U0925711

毛泽东和他的秘书们

叶永烈◆著

四川人民出版社

图书在版编目（CIP）数据

毛泽东和他的秘书们 / 叶永烈著. —成都：四川人民出版社，2016.9（2018年重印）
ISBN 978-7-220-09800-0

Ⅰ. ①毛… Ⅱ. ①叶… Ⅲ. ①传记文学－中国－当代 Ⅳ. ①I25

中国版本图书馆CIP数据核字（2016）第121869号

毛泽东和他的秘书们

叶永烈 著

责任编辑	罗晓春
整体设计	蒋宏工作室
责任校对	袁晓红
责任印制	葛红梅
出版发行	四川人民出版社（成都市槐树街2号）
网　　址	http：//www.scpph.com
E-mail	sichuanrmcbs@sina.com
新浪微博	@四川人民出版社官博
发行部业务电话	（028）86259457　86259453
防盗版举报电话	（028）86259457
印　　刷	三河市兴博印务有限公司
成品尺寸	170mm × 240mm
印　　张	38.25
字　　数	686千
版　　次	2016年9月第1版
印　　次	2018年12月第5次
书　　号	ISBN 978-7-220-09800-0
定　　价	68.00元

目　录

秘书陈伯达

第一章　初任秘书

第二章　几番风波

机要秘书罗光禄

第一章　紧张的工作

第二章　他“表扬”了毛泽东

早期的秘书

秘书童小鹏

通讯秘书李锐

附 录

中央警卫团团长张耀祠

读讲诗文的芦荻

毛泽东的37位秘书简介

写在前面

我写这本《毛泽东和他的秘书们》，是从秘书的角度写毛泽东，这是回忆、研究毛泽东的特殊视角，是了解毛泽东的一个深层次的切入点。

本书写了毛泽东的6位秘书，即秘书胡乔木、陈伯达、田家英、江青、机要秘书高智和罗光禄。我曾直接采访了陈伯达、高智、罗光禄，并采访了胡乔木夫人谷羽、田家英夫人董边以及众多的江青知情人，获得大量第一手资料。此外，书中还附有我对中央警卫团团长张耀祠、给毛泽东讲诗文的芦荻的采访实录，同样对于了解、研究毛泽东具有重要的参考价值。

为了写作《毛泽东和他的秘书们》这本书，我详细考证了毛泽东历年来任用的秘书。经过多年查证，到2005年，我查找到的毛泽东秘书为26位。经过这几年的继续查找，又找到毛泽东的11位秘书。这样，毛泽东一生任用的秘书为37位。这可能还不是最后的数字。经过继续查证，还会发现这37位之外的毛泽东秘书。本书书末附有我经过多年考证写成的《毛泽东的37位秘书简介》，以使读者对于毛泽东的秘书们有一个总体的了解。

毛泽东曾经是中共中央局秘书

在就《毛泽东和他的秘书们》一书进行多年深入探讨的时候，我发现，毛泽东本人早年既担任过中共中央局秘书，也出任过国民党上海执行局秘书。

1923年6月12日至20日，中国共产党第三次全国代表大会在广州东山恤孤院后街31号——一座简陋的两层民居楼内秘密召开。40位代表出席了会议。毛泽东以湘区党的代表身份出席。大会选举陈独秀、蔡和森、李大钊、谭平山、王荷波、毛泽东、朱少连、项英、罗章龙 9 人为中央执行委员，邓培、张连光、徐梅坤、李汉俊、邓中夏 5 人为候补中央执行委员。

中共“三大”闭幕的翌日，即1923年6月21日，新当选的第三届中央执行委员和候补中央执行委员在中共中央驻地——广州新河浦路24号春园二楼召开会议，推选产生中央局。这时，陈独秀提议中央设立秘书一职。会议选出陈独秀、毛泽东、蔡和森、谭平山（后由于谭调职，改为王荷波）、罗章龙5人组成中央局。陈独秀任中央局委员长，毛泽东任中央局秘书，罗章龙为中央局会计。中央局下设组织、宣传、妇女等部门，毛泽东负责组织，蔡和森、罗章龙、瞿秋白负责宣传，向警予负责妇女工作。

这是中共中央局首次设立秘书。不过，毛泽东所担任的中央局秘书不是一般意义上的秘书，而是中共中央局的领导人之一，相当于后来的中共中央秘书长。会议通过的《中国共产党执行委员会组织法》规定：“秘书负本党内外文书及通信及开会记录之责任，并管理本党文件。本党一切函件须由委员长及秘书签字。”由此可见，毛泽东所担任的中央局秘书相当重要。

毛泽东有很强的档案意识。自从他担任中央局秘书以来，要求所有党的文件，除了保留印刷件之外，还必须保留原件。此前，中国共产党处于草创时期，党的文件随发随烧。陈独秀在中共“三大”的报告中指出：由于“中央委员会人员太少，不能搜集很多文件。又由于遭受迫害，许多文件材料遗失了”。毛泽东担任中央局秘书之后，扭转了这种不严密的状态，开始注重保存中央文件，尤其是保存原稿，建立“发文留底稿”的制度。中共“三大”的决议、宣言、章程、报告、通告等都得到很好的保存。后来这些文献保存于中共中央地下档案库。从现存的中共中央地下档案库目录中可以看到，1923年7月至1924年7月这一年间，中共中央积存了300余件重要文件的原件。这些重要文件躲过严重的白色恐怖，至今仍完整地保存在中共中央档案馆中。

1923年9月10日，中共中央发出第5号通告，宣布中央局自广州迁回上海后的人事变动：“中局组织自迁沪后略有变动，即派平山同志驻粤，而加入荷波同志入中局。又润之（即毛泽东）因事赴湘，秘书职务由会计章龙同志兼代。”

毛泽东也曾是“国民党秘书”

2009年1月，台北的国民党中央党史展览厅举行国民党党史展览，内中国民党上海执行部1924年3月的决算书上记载，毛泽东任国民党秘书，每月领取120元大洋。这份文件原稿首度曝光，引起参观者的莫大兴趣。

这里所谓的“国民党秘书”，准确地说，是国民党上海执行部组织部秘书。

身为中国共产党党员的毛泽东，怎么会去当“国民党秘书”？

事情还得从中共“三大”说起。

中共“三大”的中心议题，就是讨论国共合作问题。大会通过了《关于国民运动及国民党问题的议决案》，指出“中国共产党须与中国国民党合作，共产党员应加入国民党”。会议决定采取共产党员以个人身份加入国民党的形式实现国共合作。大会期间，毛泽东曾和陈独秀、李大钊、徐梅坤先后两次去陆海军大元帅大本营财政部长廖仲恺家，恳谈国共合作事宜。

根据中共“三大”的决议，毛泽东加入了中国国民党，成了一位“跨党分子”，亦即既是中国共产党党员，又是中国国民党党员。

在中共“三大”决定实行国共合作的同时，孙中山在苏联顾问和中国共产党人的推动下，决意改组国民党，实行“联俄、联共、扶助农工”。

榕树低垂，一条长长的老街越秀路从树下穿过。街边的人行道上方是骑街楼，这种便于躲雨的旧房一望而知是20世纪上半叶的南洋建筑风格。2008年10月，笔者在广州越秀中路与文明路交叉口，见到高高的围墙抱住一个偌大的院子，门口高悬郭沫若题写的“广东省博物馆”6个大字。国民党“一大”会址就在大院之内。

1924年1月20日至30日，国民党“一大”就在这里召开——这“一大”是按照中共党史的习惯简称的，而按照国民党的用语则简称为“一全大会”。中国国民党的创建早于中国共产党，而召开第一次全国代表大会则晚于中国共产党。步入礼堂，只见主席台上悬挂着中国国民党党旗和孙中山肖像。主席台下是一排排深褐色木长椅，前排为临时中央执行委员座席，后面为会议代表，再后面是列席代表。正式代表对号入座，座位上贴着代表的姓名。我看到许多熟悉的名字，如廖仲恺、戴季陶、于右任、谭延闿、程潜、叶楚伧、孙科、何香凝、陈璧君等著名的国民党人士，我也看到李守常（李大钊）、谭平山、林祖涵（林伯渠）、王尽美等著名的共产党人士。其中，最引人注目的是第39号毛泽东。国民党“一全大会”代表196人之中，有24人是中共党员。经孙中山提议，“李君守常”为大会主席团5名成员之一。会议洋溢着国共合作的良好气氛。39号“毛君泽东”是相当活跃的代表，几度在大会上发言，并被选为候补中央执行委员。

1月30日下午，选举中央执行委员和候补委员时，孙中山亲自拟了一个候选人名单，交付大会表决，其中就有毛泽东。经过大会表决，毛泽东当选中国国民党中央候补执行委员。

国民党“一全大会”结束后，国民党中央执行委员会派毛泽东参加国民党上海执行部的工作。在上海，毛泽东担任国民党上海执行部执行委员、组织部秘书和文书科代理主任。

在上海毛泽东身兼国共两党秘书

2008年12月19日，我陪同毛泽东的儿媳刘松林（刘思齐）在上海茂名北路参观毛泽东旧居。1924年2月中旬，毛泽东从广州来到上海，就住在这里。当时的毛泽东，身兼国共两党的秘书：既是中共中央局秘书，又是国民党上海执行部组织部秘书。

这是毛泽东第九次来到上海，住在威海卫路云兰坊7号（今威海路583弄7号）。那是一幢两层楼砖木结构的石库门房屋，迄今仍保存完好。当时，毛泽东在这里住下之后，在端午节前后，杨开慧和母亲带着两岁的毛岸英和刚出生不久的毛岸青，也来到了这里。当时，毛泽东一家住在楼下，毛泽东的挚友蔡和森、向警予一家住在楼上厢房。

前8次来到上海，毛泽东都只是匆匆而来，匆匆而去。这一回，由于他在上海身兼国共两党的中央执行委员、国共两党的秘书，所以是他住得最长的一次，而且由于妻子杨开慧、岳母和两个儿子的到来，也是最富家庭生活气息的一次。

杨开慧来到上海之后，除了料理家务，还帮助毛泽东整理文稿。

毛泽东在上海，由于同时为国共两党工作，相当忙碌。在国民党上海执行部，以叶楚伧为代表的国民党右派，反对国共合作。毛泽东跟叶楚伧进行了坚决的斗争。

1924年11月17日，孙中山应冯玉祥等人的邀请北上，途经上海。毛泽东向孙中山面呈了包括自己在内的上海执行部14人致孙中山的信，信中反映："自八月起经费即未能照发，近来内部更无负责之人，一切事务几于停顿，希望派员解决。"当时，孙中山因北上事务繁忙，而且又身染重病，未能处理此事。1924年12月，毛泽东因工作过于劳累患病，于12月请假回湖南老家养病，结束了国民党上海执行部组织部的秘书工作。

此后，1925年9月，毛泽东从湖南前往广州。10月5日，国民党在广州召开第111次中央执行委员会议，国民党中央常务委员、国民政府主席汪精卫，当时身兼国民党宣传部长，他声言自己公务繁忙，无法顾及宣传部长工作，提议毛泽东代理宣传部长。这样，毛泽东出任国民党宣传部代理部长。10月7日，毛泽东到国民党中央宣传部就职，并主持召开宣传部第一次部务会议。

然而，国共两党渐行渐远，合作濒临破裂。1926年5月15日至22日，国民党二届二中全会在广州召开。毛泽东在20日的会议上作了《宣传部工作报告》。这次会议通过的《整理党务案》，规定担任国民党中央各部部长职务的共产党员必须辞职。从此，毛泽东离开了国民党中央宣传部。

在北伐胜利之后，国共分裂。特别是1927年4月12日蒋介石发动政变以来，血腥屠杀中国共产党人。这年秋天，毛泽东在湖南举行秋收起义，带领起义部队上了井冈山，踏上以枪杆子推翻蒋介石政权的漫漫征程。

从首任秘书谭政到末任秘书张玉凤

1928年，在井冈山担任红四军前委书记的毛泽东有了秘书。

由于毛泽东自己做过秘书，所以他要求秘书除了收发文件、起草文件之外，还必须具备强烈的档案意识。

在井冈山上，由于处在战争的流动环境之中，毛泽东无法用档案柜保存文件，就用文件箱保存文件。毛泽东对秘书贺子珍、曾碧漪说，她俩的任务就是保管好文件，保护好文件箱。那时，战斗频繁，说走就走。在行军时，文件箱在哪里，她俩便在哪里。

毛泽东的首任秘书是谭政，末任秘书是张玉凤。从1928年直至1976年毛泽东去世这48年间，毛泽东先后任用了37位秘书，依照他们担任毛泽东秘书的时间顺序排列如下：

谭政（1928）
江华（1928—1929）
贺子珍（1928—1937）
谢维俊（1928—1929）
古柏（1930—1933）
曾碧漪（1930—1933）
李井泉（1930—1931）
郭化若（1931）
谢觉哉（1933—1934）
黄祖炎（1933—1935）
王首道（1933—1934；1937—1944）
李一氓（1935）
童小鹏（1935—1936）
叶子龙（1935—1962）
吴亮平（1936—1937）
张文彬（1936—1937）
周小舟（1936—1938）
李六如（1937—1940）
和培元（1938—1941）
华民（1938）
江青（1938—1976）
陈伯达（1939—1970）
张如心（1941—1942）
柴沫（1941—1945）

胡乔木（1942—1966）
王炳南（1945）
田家英（1948—1966）
罗光禄（1948—1963）
王鹤滨（1949—1953）
高智（1953—1962）
林克（1954—1966）
徐业夫（1957—1974）
李锐（1958—1959）
谢静宜（1959—1976）
戚本禹（1966—1968）
高碧岑（1968—1974）
张玉凤（1974—1976）

毛泽东慧眼识人才

在毛泽东的众多的秘书之中，有的秘书兼做各种各样的秘书工作，也有的秘书有所分工，诸如陈伯达、胡乔木这样专门为他起草文件的政治秘书，有江青这样的生活秘书，有高智、罗光禄、徐业夫这样的机要秘书，也有郭化若这样的军事秘书、林克这样的国际问题秘书，还有像王炳南这样只在重庆谈判期间担任他的秘书（因为王炳南长期在国民党统治区工作，熟悉重庆各阶层人士）。此外，也有李锐那样的通讯秘书，即通过通讯表达自己对一些问题的见解，供毛泽东参考。

毛泽东很善于识别人才、发现人才，培养人才。谭政在井冈山上成为毛泽东的首任秘书时，不过22岁。经过毛泽东的培养，后来成为中国人民解放军大将，中华人民共和国国防部副部长。同样，在井冈山，江华担任毛泽东秘书时只有21岁。经过毛泽东的培养，他后来成为中共浙江省委第一书记，中华人民共和国最高人民法院院长。

毛泽东挑选秘书，当然很注意秘书在政治上必须绝对可靠。他挑选谭政当他的秘书，是知道谭政乃陈绍纯先生的女婿，毛泽东不仅认识陈绍纯先生，而且认识陈绍纯先生的长子陈赓，因此谭政在政治上当然可靠。毛泽东在1937年选用刚刚出狱的李六如作为秘书，是因为他早在1921年就认识李六如，并介绍李六如加入中国共产党。

毛泽东勤于读书看报。他挑选政治秘书，往往是从读书看报中发现的。

毛泽东注意起陈伯达，是在听了陈伯达在延安关于孙中山思想的讨论会上的发言之后，发现陈伯达关于孙中山思想的见解有独到之处。毛泽东又仔细读了陈伯达1939年发表在延安《解放》第82期的《墨子哲学思想》，于1939年2月1日给当时在中共中央宣传部工作的陈伯达写了一封2000字的信[1]，谈论《墨子哲学思想》。此后，毛泽东又于1939年2月20日、2月22日写了两封信给张闻天转陈伯达，评论陈伯达的《孔子的哲学思想》一文。这样，在1939年春，陈伯达调到毛泽东主席办公室工作，从此成为毛泽东的秘书，为毛泽东以及中共中央起草了许多重要文件，直至1970年，前后达31年。

陈伯达向毛泽东推荐了胡乔木。陈伯达说，胡乔木在《中国青年》1939年第1卷第2期上发表了《青年运动中的思想问题》，写得不错。毛泽东仔细看了这篇文章，说："乔木是个人才。"这样，1941年2月，中央政治局开会研究增加秘书处人员时，毛泽东提名胡乔木。从此胡乔木在毛泽东身边工作，直至1966年"文革"爆发，前后达25年。在担任毛泽东秘书期间，胡乔木为毛泽东和中共中央起草了大量重要文件。

毛泽东注意起田家英，是在1942年1月8日。那天，田家英在延安《解放日报》上发表了《从侯方域说起》一文。毛泽东读后，颇为赞赏。1946年，毛泽东请田家英担任他的长子毛岸英的家庭教师。1948年，经胡乔木推荐，田家英成为毛泽东秘书。

逐步形成毛泽东稳定的秘书群

从毛泽东任用秘书的时间来看，早期处于战争环境之中，不论是在井冈山、瑞金，还是长征途中，毛泽东的秘书任期都很短暂，变动频繁。

进入延安之后，毛泽东的工作环境相对稳定，这一时期也是毛泽东完全确立中共领袖地位、工作繁忙、著述甚多的时期。毛泽东身边的秘书增多，秘书班子逐渐稳定，形成了陈伯达、胡乔木、田家英、叶子龙、江青这样的秘书群。这个秘书班子从20世纪30年代末一直延续到20世纪60年代"文革"

[1]《毛泽东书信选集》，第140—142页，人民出版社1983年版。

前夕。1956年，经中共中央政治局常委同意，正式确定陈伯达、胡乔木、田家英、叶子龙、江青为毛泽东秘书，被人们称为毛泽东的“五大秘书”。

叶子龙在1962年被调离中南海，田家英在1966年5月23日自杀于中南海，胡乔木则在“文革”初就遭到“批判”，毛泽东这“五大秘书”中3人离开秘书工作岗位，而陈伯达、江青则分别成为中央文革小组的组长和第一副组长，后来分别成为中共中央政治局常委和委员。1970年，陈伯达在庐山会议上被打倒。“五大秘书”之中，只剩下一位并不与毛泽东生活在一起的生活秘书——江青。

在毛泽东晚年，1974年机要秘书徐业夫病重住院之后，毛泽东身边的秘书只剩下一位——张玉凤，陪伴着他直至1976年9月9日病逝。

秘书胡乔木

第一章
来到毛泽东身边

胡乔木思索了一下，说出了心中的顾虑："给毛主席当秘书，我怕当不好。我从来没有做过秘书工作。"

王若飞为了打消胡乔木的顾虑，说出了毛泽东"点将"的来历……

王若飞转达了毛泽东的意见

对于胡乔木来说，一生中最重大的事件是成为毛泽东的秘书。从此，毛泽东深刻地影响了他。胡乔木后来成为“中共中央一支笔”，也正因为他长期工作在毛泽东身边……

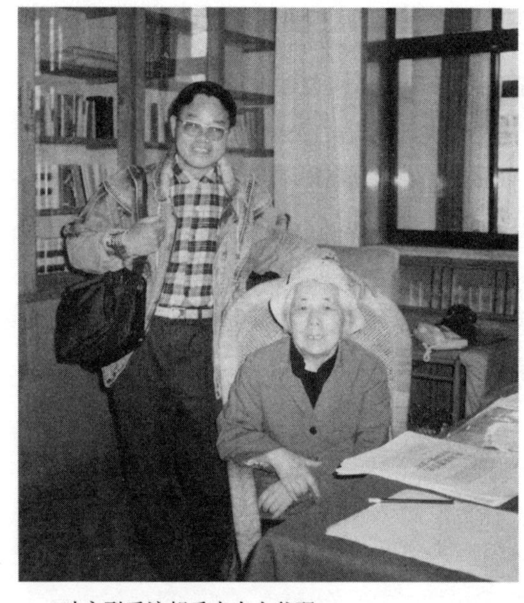
叶永烈采访胡乔木夫人谷羽

笔者请胡乔木夫人谷羽回忆，胡乔木是怎样来到毛泽东身边的？谷羽指着坐在一侧的女儿胡木英说道：“木英是1941年1月23日出生的。我记得，在生下木英后半个多月，也就是2月上旬吧。那时，我们住在延安大砭沟的窑洞里，泽东青年干部学校就在大砭沟，中共中央宣传部、中共中央组织部也在那里。乔木当时已调到中共中央宣传部工作。忽然，王若飞来窑洞看乔木，我也在场，所以知道他们谈话的内容……”

王若飞，当时的中共中央秘书长。王若飞对胡乔木郑重其事地说道：“毛主席那里需要人，决定调你到他那里做秘书工作。”

毛泽东自1931年11月7日在瑞金担任中华苏维埃共和国主席（即中央执行委员会主席）以来，人们对他的习惯称呼便是“毛主席”。尽管他后来的职务不断变化着，“毛主席”的称呼却沿用下来。在1937年8月洛川会议上，毛泽东又担任中共中央军委主席（最初叫书记）。

王若飞的话，完全出乎胡乔木的意料。他怎么也不会想到，毛泽东主席会调他当秘书。

胡乔木思索了一下，说出了心中的顾虑："给毛主席当秘书，我怕当不好。我从来没有做过秘书工作。"

王若飞为了打消胡乔木的顾虑，说出了毛泽东"点将"的来历：

"你发表在《中国青年》杂志上纪念五四运动二十周年的文章，陈伯达看了，很欣赏。他推荐给毛主席看了，毛主席说，'乔木是个人才'。所以，毛主席很早就注意你。最近，毛主席那里人手不够，他点名调你去当秘书，你同时也是中共中央政治局秘书。"

那时，陈伯达担任毛泽东的秘书，他跟胡乔木并不认识。

既然是毛泽东点名要调胡乔木去当秘书，胡乔木只得从命了。

胡乔木从大砭沟前往延安的"中南海"——杨家岭，当年中共中央首脑人物聚居的地方。杨家岭位于延安城西北约三公里，是个小山村。据说明朝太保杨兆的墓在此，故原名"杨家陵"。1938年11月20日，日本飞机首次轰炸延安城，中共中央机关当夜便从城内凤凰山麓迁入这个小山村，从此改名"杨家岭"。

毛泽东住在小山坡的三眼窑洞里，左侧是刘少奇的窑洞，右侧是朱德、周恩来的窑洞。

胡乔木从来没有做过秘书工作。新来乍到，被任命为文化秘书（后来成为政治秘书）的他，一时竟不知做些什么。毛泽东跟他谈过一次话——那是他平生头一回跟毛泽东谈话。48岁的毛泽东只是问了问这位29岁的年轻人的大致经历，便忙于工作了。胡乔木无从插手，只得在自己的办公室里闲坐。他不敢直接去问毛泽东该做些什么。

如此这般，胡乔木心里十分不安。他终于鼓足勇气，走向毛泽东的窑洞。本来，他想去问毛泽东该做什么工作，一进去见毛泽东正埋头校对文件清样，就说道："让我来校对吧！"

毛泽东笑道："好呀！"

于是，胡乔木从毛泽东手中接过清样，拿到自己办公室里校对。这是他头一回学会做秘书工作。

胡乔木所校对的，是《六大以来重要文件汇编》清样。《六大以来重要文件汇编》是中共中央书记处编印的一本"大部头"文献集，由毛泽东亲自主持编选工作。此书于1941年12月在延安正式出版，收入1928年6月中共"六大"以来至1941年11月的党内文件557篇，分上、下集出版。此书是供中共高级干部整风学习用的，借以弄清中共"六大"以来的党内路线斗争问题。这"大部头"在正式出书之前，先是把文件印成活页文选分发。胡乔木当时所校对的，正是文件活页文选的清样。

胡乔木做过编辑，又有文字功底，所以经他校对的清样，不仅没有错别字，而且更正了一些文件最初误印的地方。毛泽东对这位年轻人的工作十分满意。

校对《六大以来重要文件汇编》那500多篇文件，使胡乔木第一次系统地了解了中共“六大”以来党内高层斗争的内幕，第一次系统地读了毛泽东的许多著作，因此，协助毛泽东编《六大以来重要文件汇编》（下称《六大以来》），是他在毛泽东身边所上的“第一课”。

为《解放日报》写社论

就在胡乔木担任毛泽东秘书不久，1941年5月15日，中共中央发出了《关于出版〈解放日报〉等问题的通知》：

> 5月16日起，将延安《新中华报》《今日新闻》合并，出版《解放日报》。新华通讯社事业，亦加改进，统归一个委员会管理。一切党的政策，将经过《解放日报》与新华社向全国传达，《解放日报》的社论，将由中央同志及重要干部执笔。[1]

翌日，崭新的《解放日报》在延安诞生了。从此，《解放日报》作为中共中央的喉舌，为世人所瞩目。

《解放日报》创刊时，以博古为社长，杨松为总编辑（杨松即吴绍镒，病逝后由陆定一继任总编辑）。

博古，即秦邦宪，曾任中共中央负总责达4年，直至1935年遵义会议后不久被张闻天取代。虽说他曾犯了严重错误，但是当他认识了错误，便勇于改正，心悦诚服地在毛泽东领导下工作。他走马上任《解放日报》社长，干劲十足地提出，每天要发一篇社论！

博古是这么说的：

> 你看《真理报》——苏共中央机关报，不是每天一篇社论吗？我们要学《大公报》嘛，《大公报》的老板张季鸾、胡政之等商量商量，一篇社

[1] 《中共中央文件选集》第13卷，第110页，中共中央党校出版社1992年版。

论就出来了。[1]

正因为《解放日报》每天都要发社论，博古约请中共中央许多负责人来撰写——诚如中共中央通知中所说的那样，《解放日报》的社论，将由中央同志及重要干部执笔。

内中，胡乔木也成了博古的约稿对象——有时，是博古请毛泽东写社论，毛泽东嘱胡乔木写；也有时是博古直接约胡乔木写。

胡乔木在《解放日报》创刊不久，第一次为《解放日报》写了社论，题为《救救大后方的青年》，在6月8日刊出。胡乔木曾秘密去过中国西南大后方，他又多年从事青年工作，因此他写《救救大后方的青年》，对情况是非常熟悉的。

在社论中，胡乔木写道：

> 有志的青年绝不能懒洋洋地缩起头来睡觉，静候痛饮凯旋之酒。为了加速最后胜利的到来，每一青年都应振作精神，在环境允许的条件下，进行各种有益于抗战的工作……
>
> 用以毒害青年的武器有明枪，还有暗箭，你们不仅要认识满脸杀气，操着硬刀子的屠夫；更还要谨防那赔着笑脸，却是暗暗操着软刀子的谋士——他们更善于巧言令色，为嗜杀的暴君歌功颂德，为刀头下的青年唱安眠曲。

胡乔木显示了他写政论的功底。于是，《解放日报》编辑部“抓”住了他，约他不断地写社论，光是6月份便发表了他写的4篇社论。除了6月8日的一篇之外，还有：

6月10日，《欢迎科学艺术人才》；

6月17日，《国民党缺少什么》；

6月29日，《苏必胜，德必败》。

紧接着，他又写了不少社论：

7月8日，《国际的团结与国内的团结》；

7月27日，《出路和迷路》；

---

[1] 陆定一：《关于延安〈解放日报〉改版》，载《万众瞩目清凉山》第1集（内部资料）。

8月14日，《闻捷》；

8月26日，《最近的国际事件与中国》；

9月11日，《打碎旧的一套》；

10月24日，《开展冬学运动》；

11月6日，《庆祝边区参议会开幕》。

前前后后，他为《解放日报》写的社论，达58篇之多。在陆定一担任《解放日报》总编辑之后，反对"每天一篇社论"，社论不再一天一篇，用稿量相对减少。

那时，《解放日报》社论，代表着中共中央的声音。胡乔木能够成为《解放日报》社论的主要"写手"之一，既显示了他的理论、写作水平，也表明了他确实已成为中共高层的重要干部。

如同胡乔木所言："毫无疑问，就我个人来说，没有毛泽东同志的指导教诲，我就很难写出这些文章……"[1]

他写的社论，有的是毛泽东嘱意写作的，有的是他根据毛泽东在内部会议上的讲话精神写作的，有的是他写好经毛泽东修改、审定而发表的。

胡乔木写的社论，既有阐述中共中央政策的，也有关于边区政治的，还有抨击国民党、蒋介石的，以及关于国际形势的评论，方方面面，无不涉及。

整理毛泽东《在延安文艺座谈会上的讲话》

一张薄薄的粉红色油光纸，上面印着几行字，算是当年延安的"豪华型"请帖了：

为着交换对于目前文艺运动各方面的问题的意见起见，特定于5月2日下午一时半在杨家岭办公厅楼下会议室内开座谈会，敬希届时出席为盼。

毛泽东

凯丰

这张请帖发到延安100多位文艺界人士手中。从1942年5月2日起所召开的座谈会，后来闻名于世，即"延安文艺座谈会"。作为毛泽东的秘书，胡乔木

[1] 《胡乔木文集》第1卷《本卷序言》，人民出版社1992年版。

自始至终出席了座谈会。

在粉红色的请帖上，跟毛泽东一起署名的凯丰，本名何克全，当时的中共中央宣传部副部长，代理部长。

5月2日下午1时多，延安文艺明星——周扬、丁玲、艾青、陈荒煤、何其芳、林默涵、刘白羽、周立波、华君武、吕骥、陈波儿、萧军……汇聚在杨家岭“飞机楼”底层南厅。

“飞机楼”，是杨家岭这小山村里当年的一幢“现代化”建筑。砖石结构，当中三层，两侧一层，从山上往下看，如同一架张开双翅的飞机，人称“飞机楼”。“飞机楼”乃中共中央办公楼，是中共中央机关工作人员和附近军民在1941年建成的，胡乔木也参加过建楼劳动。

底层南厅，是中共中央会议室兼饭堂。这时，摆了二十多条长板凳，放上一张办公桌，就算是延安文艺座谈会的会场。办公桌上铺了一块白布，权且作为主席台。

当人们差不多到齐的时候，毛泽东从他的窑洞朝“飞机楼”走来。不过一分钟，就到了。凯丰主持会议，毛泽东发表讲话。毛泽东的一侧，坐着速记员。毛泽东讲话时，手中只有一份简单的提纲。速记员记录着他的讲话，胡乔木也拿出笔记本，作详尽的记录。

毛泽东出语幽默，他说：“我们有两支军队，一支是朱总司令的，一支是鲁总司令的。”那“朱总司令”，人人皆知是朱德总司令，而“鲁总司令”倒是头一回听说。经毛泽东解释，与会者方知是指鲁迅！毛泽东的意思是说，一支是武装的军队，一支是文化的军队，共产党要有文武两支军队。他用这样的话，论述文艺工作的重要性。

那天，毛泽东提出了关于文艺工作的五个问题，以期引起与会者的讨论，即立场问题、态度问题、工作对象问题、熟悉生活问题和学习问题。

毛泽东说完这番话之后，大家就展开讨论。

5月16日，继续讨论，开了一整天的座谈会。据何其芳回忆，“中间休息的时候，毛主席站在会议室的门口。外边的光线射进来，我才注意到毛主席的褪色的灰布裤子的两个膝头部分，补了两块颜色鲜明的蓝布补丁”！

林默涵是会议的出席者之一，据他对笔者说，那天有一位作家的发言口气很大，颇为出格。林默涵和许多出席者都有点听不下去了。这时，见胡乔木霍地站了起来发言，对那位作家当场加以批驳。全场的目光，都投向胡乔木。林默涵记得，胡乔木的发言，很尖锐、很明朗，也很坚决，尽管那位作家很有名气。平素，胡乔木言语不多，然而这一次发言，给大家留下的印象很深——他在关键的时候，是要说话的。

经过讨论，以至经过争论，座谈会在5月23日下午闭幕。那天，出席的人最多，会议干脆在“飞机楼”前的广场上举行。先是由朱德讲话。讲毕，趁着落日的余晖，与会者簇拥在“飞机楼”前，拍下了合影。

晚饭后，毛泽东作长篇讲话。广场上点起了汽灯。据胡乔木对他的一位友人说：“主席讲话时，手中拿着一份毛笔写的提纲。他即兴而讲，讲得很风趣，很深刻，对许多争论不已的问题作了结论。”

那天，速记员作了速记。胡乔木作为毛泽东的秘书，也在汽灯下仔细作了笔记。

毛泽东的讲话，在延安文艺界产生了巨大的影响。人们纷纷要求《解放日报》刊登毛泽东的讲话。

毛泽东是著作巨匠。他的著作，通常是由他自己亲笔写就。这一回，只有很简单的提纲，无法发表，他嘱咐胡乔木根据速记稿加以整理。

于是，整理毛泽东讲话稿的任务，便落到胡乔木头上。他确实是很合适的人选。他整理时，参考了速记稿，也参考了自己的笔记。他的整理稿，分两部分：毛泽东在5月2日的讲话，为《引言》；5月23日的讲话，为《结论》。

胡乔木的整理稿交给毛泽东之后，毛泽东又作了仔仔细细的修改。毛泽东的著述态度甚为严谨。除了那些命令、电报、声明要马上发出去之外，重要的、不急于赶时间的著作，他总要斟酌、推敲多遍。

在延安文艺座谈会召开之后，将近一年——1943年3月10日，中共中央文委和中共中央组织部召集党的文艺工作者五十来人开会，号召大家遵照毛泽东在延安文艺座谈会上的讲话精神，深入群众，深入生活。中共中央宣传部代部长凯丰和中共中央组织部部长陈云在会上讲了话。于是，延安文艺界掀起下乡热潮。

为了配合这一形势，经毛泽东同意，3月13日延安《解放日报》刊登了毛泽东《在延安文艺座谈会上的讲话》（以下简称《讲话》）部分内容。这是《讲话》首次公开发表。

直至1943年10月19日，为了纪念鲁迅去世7周年，经毛泽东仔细改定，《讲话》才在这一天全文发表于《解放日报》。

翌日，中共中央“总学委”发出《关于学习毛泽东〈在延安文艺座谈会上的讲话〉的通知》，指出：

“《解放日报》10月19日发表的毛泽东同志在1942年5月延安文艺座谈会上的讲话，是中国共产党在思想建设理论建设的事业上最重要的文献之一，是毛泽东同志用通俗语言所写成的马列主义中国化的教科书。……”[1]

该通知要求把《讲话》“尽量印成小册子”，列为“整风必读的文件”。

随着时间的推移，《讲话》产生的影响越来越大，成为毛泽东的主要著作之一。直至1992年5月，中国还隆重纪念《讲话》发表50周年。

胡乔木生前，几乎绝口未提他是《讲话》的整理者。只是晚年在一次跟他的好友晤谈时，偶尔提及此事，但也不过说了寥寥数语而已。

在延安整风的日子里

发出《通知》的那个“总学委”，全称是“中共中央总学习委员会”，成立于1942年6月2日。

10天之后——6月12日，延安《解放日报》曾刊登如下报道：

“中央成立总学习委员会，以毛泽东同志为主，康生为副，领导全延安学习。由中央总学委会每周或两周召集一次延安高级干部的学习会，会中讨论学习问题……”

那时，延安正在开展整风运动——全称是“整顿三风学习运动”。“总学委”是这个运动的最高领导机构。“整顿三风”，即整顿学风、党风、文风。

“总学委”成立之后，毛泽东曾对康生说：“实际工作由你做。”

于是，康生要求中共中央政治局委员的秘书们，协助他做工作，得到了政治局的同意。

参加工作的秘书们是：

毛泽东秘书——胡乔木
朱德秘书——黄华
王明秘书——廖鲁言
任弼时秘书——师哲
陈云秘书——王鹤寿
王稼祥秘书——陶铸
康生秘书——匡亚明

[1] 《中共中央文件选集》第14卷，中共中央党校出版社1992年版。

“总学委”召开第一次会议还决定，为了“解答各方面所提出的问题”，“决定成立一个小组”，“由凯丰负总责，陆定一、乔木、王若飞、陈伯达等参加这项工作”。

这样，胡乔木参与了“总学委”的工作。

为了开展整风运动，毛泽东接连在延安作了三次重要报告：《改造我们的学习》《整顿党的作风》《反对党八股》。

胡乔木为《解放日报》接连撰写社论，论述整风运动的重要性，阐述中央有关整风运动的精神：

《教条和裤子》（1942年3月9日）

《整顿三风必须正确进行》（4月5日）

《自我批评从何着手》（4月6日）

《整顿三风中的两条战线斗争》（5月9日）

《宣传唯物论》（6月10日）

《把我们的报纸办得更好些》（7月18日）

《报纸和新的文风》（8月4日）

他写的这些社论，差不多每一篇都提到毛泽东的见解，宣传毛泽东的观点。显然，作为毛泽东的秘书，他是非常注意和尊重毛泽东的言论。例如，他写的《教条和裤子》，把教条跟“裤子”并列，这命题似乎不可思议。读了文中他引述的毛泽东的话，那就明白其中的内涵：

“毛泽东同志在他2月1日的讲演里，曾经说今天党的领导路线是正确的，但是在一部分党员中间，还有三风不正的问题，于是你也来呀，我也来呀，大家把主观主义宗派主义党八股的尾巴割下来呀，大叫一通，尾巴完事，那么我们的党岂不就十全十美了吗？可惜尾巴是叫不下来的。大家怕脱裤子，正因为里面躲着一条尾巴，必须脱掉裤子才看得见，又必须用刀割，还必须出血。……”

哦，“裤子”的“典故”来自毛泽东的讲演。胡乔木的《教条和裤子》，沿着毛泽东的这一思路，加以发挥，加以深化。

胡乔木写的《报纸和新的文风》，所阐述的，就是毛泽东《反对党八股》的基本观点。

1943年10月11日，胡乔木在中共中央直属机关工作人员大会上作报告，题目是《关于人生观问题》。这是他配合整风运动的逐步深入，要求中共党员和干部们“进一步从世界观上求得改造，树立马克思列宁主义的世界观”。

胡乔木的报告，共分三部分：

（一）没有阶级观点行不行？有没有人没有阶级观点？

（二）有了阶级观点究竟哪一种好？

（三）怎样由这个阶级观点转变到那个阶级观点？要注意一些什么问题？

从写社论到出面作长篇报告，表明胡乔木在延安的地位不断提高。他列席中共中央政治局的整风会议，进入了中共中央的核心层之中。1942年，当中共中央宣传部代理部长凯丰生病期间，胡乔木曾一度代理这位代理部长的工作。

读书成了毛泽东和胡乔木的共同爱好

延安时期的毛泽东，是非常勤奋的。他的一系列重要著作，如《实践论》《矛盾论》等，都是在延安的窑洞里写出来的。延安的图书匮乏，毛泽东总是千方百计寻来阅读。

毛泽东在1943年12月10日，曾给秘书胡乔木写一便函，反映出他求知的渴望：

乔木：

请你就延安能找到的唯物史观社会发展史，不论是翻译的，写作的，搜集若干种给我。听说有个什么苏联作家写了一本猴子变人的小说，我曾看过的一本赖也夫的社会学，张伯简也翻过（或是他写的）一本《社会进化简史》，诸如此类，均请收集。

毛泽东

12月20日

毛泽东所说的“猴子变人的小说”，也就是苏联科普作家伊林和夫人谢加尔合写的《人怎样变成巨人》一书。毛泽东要胡乔木找这本书，因为他在读恩格斯的《自然辩证法》一书，内中有一节《劳动在从猿到人转变过程中的作用》。

毛泽东提到的另一本张伯简的《社会进化简史》，1925年由国光书店印行。张伯简是中共早期党员。

还有一本《唯物的社会学》，是赖也夫斯基著、陆一远译，1929年由上海新宇宙书店出版。

毛泽东1939年1月28日在延安的演说中，曾说过一段他的“读书观”：

“有了学问，好比站在山上，可以看到很远很多的东西；没有学问，如在暗沟里走路，摸索不着，那会苦煞人。”

胡乔木本来就喜欢看书。在毛泽东身边，受毛泽东感染，便更注意读各种各样的书。后来，读书成了胡乔木最大的兴趣爱好，他甚至同时看五六本内容截然不同的书。在胡乔木晚年，家中藏书达3万多册，装在140个书架上。即便这样，他还要经常向北京图书馆、中央编译局图书馆等处借书。另外，每到一地，逛书店、置书成了他的习惯。在中共领导人之中，胡乔木是读书较多的一个。

迄今，在档案中，还保存着胡乔木所写的12本马克思列宁主义著作目录，毛泽东在前面加了“干部必读”四字。在1949年3月召开的中共七届二中全会上，这份《干部必读》书目印发给所有到会的中共中央委员。这12本书是：《社会发展史》《政治经济学》《共产党宣言》《社会主义从空想到科学的发展》《帝国主义是资本主义的最高阶段》《国家与革命》《“左派”幼稚病》《论列宁主义基础》《联共党史》《列宁斯大林论社会主义建设》《列宁斯大林论中国》《思想方法论》。

在毛泽东身边，胡乔木除了大量读书之外，还大量读了中共有关文献。他当毛泽东秘书后的“第一课”，是协助编选《六大以来》。接着，他又协助毛泽东编选《六大以前》和《两条路线》两书。

《六大以前》于1942年10月在延安出版。此书收入1921年3月至1928年6月期间，中共和共产国际以及苏联领导人有关中国革命问题的文献198篇，是研究中共“六大”以前的历史的重要资料。出版后，供中共高级干部在整风运动中学习、研究之用。此书是以中共中央书记处名义编印的。

此外，胡乔木还常常根据毛泽东的意见，对别人的文章做编辑、修改工作。现存的1944年5月27日毛泽东致胡乔木函，便提及对艾青《秧歌剧的形式》一文作修改（后来发表于1944年6月28日延安《解放日报》）：

乔木：

此文写得很切实、生动，反映了与具体解决了年来秧歌剧的情况和问题，除报上发表外，可印成小册，可起教本的作用。最好把文尾附注移至文前，并稍为扩充几句，请与作者商酌。

毛泽东

5月27日

胡乔木把毛泽东意见转告艾青，并帮助艾青修改了文稿。

起草《关于若干历史问题的决议》

延安的整风运动，从学习文件日渐进入反省党的历史。诚如毛泽东所言："印了《六大以来重要文件汇编》这本书，在中央高级学习组研究。""现在大家在研究党的历史。这个研究是必须的，如果不把党的历史搞清楚，不把党在历史上所走的路搞清楚，便不能把事情办得更好。"[1]

中国共产党走过了曲折的路。经历了一右三"左"的反复：先是陈独秀的右倾机会主义，接着是瞿秋白的"左"倾盲动主义，李立三的"左"倾冒险主义和王明，博古的"左"倾宗派主义、教条主义。此后，又发生了张国焘的分裂主义。

要理清中共党史上的一系列问题，是不容易的。然而，不理清这些问题，不在全党取得统一的认识，也就影响着中共的团结，影响着中共的未来。毛泽东要胡乔木协助编选《六大以来》《六大以前》和《两条路线》三本书，就是为着中共高级干部们研究党史提供材料。

从1943年冬开始，整风运动转入了总结党的历史经验的阶段。

随着三本书的印发，在中共中央办公厅支部里，有人提出要追查那些错误的文件是谁起草的，一时掀起一番风波。毛泽东当即作出答复："这次处理历史问题，不应着重于一些个别同志的责任方面，而应着重于当时环境的分析，当时错误的内容，当时错误的社会根源、历史根源和思想根源，实行惩前毖后、治病救人的方针，借以达到既要弄清思想又要团结同志这样两个目的。"[2]

1944年5月21日，一次极为重要的会议，在延安的"中南海"——杨家岭召开。出席会议的正式代表为17人，即中共中央委员和候补委员。胡乔木作为毛泽东秘书、政治局秘书，列席了会议。

这次会议，便是中共六届七中全会——须知，中共六届六中全会是在1938年9月召开的，离此时已5年有余了。相隔那么久才开这次中央委员会议，足见会议的重要。

---

[1] 毛泽东：《如何研究中共党史》，《中共党史教学参考资料》第17册。

[2] 毛泽东：《学习和时局》，《毛泽东选集》第3卷。

会议选出毛泽东、朱德、刘少奇、任弼时、周恩来为主席团，决定改由主席团处理日常工作，书记处及政治局停止行使职务。这五人主席团，到了一年后的中共“七大”，都成为书记处书记，人称“五大书记”。除了任弼时因病于1950年早逝之外，毛、刘、周、朱四人核心一直保持到“文革”爆发。

这次中共中央全会，在中共党史上是创纪录的：从1944年5月21日举行第一次会议，直至1945年4月20日结束。如此漫长，是空前绝后的。这次历时11个月的中央全会，开了8次全体会议。

会议如此漫长，内中的原因在于此会是为中共“七大”作准备工作。种种准备工作之中，最费时的要算是起草《关于若干历史问题的决议》（以下简称《决议》）。《决议》，实际上就是对中共历史上的一右三“左”以及其他重要历史问题作出结论，以求统一全党的认识。在整风运动中，中共高级干部们反反复复讨论中共历史经验，最后“凝固”在《决议》之中。

在五人主席团之中，指定由任弼时主持《决议》的起草工作。

参加起草《决议》委员会的中央委员有刘少奇、周恩来、洛甫（张闻天）、博古等7人。

胡乔木也参与起草，但最初却不是由他执笔。

这是一项高难度的起草工作。《决议》中的每一句话，都要反复斟酌——因为涉及对中共以往的一桩桩历史事件的评价。

中共的领袖们都投入到这一起草工作之中。

毛泽东先是作了《如何研究中共党史》的报告，接着，在1944年4月12日又作了《学习和时局》的讲演，对中共党史一系列重大问题，谈了自己的见解——从中共“一大”谈到中共“六大”，从陈独秀谈到博古……

周恩来在1943年8月至11月，写下5万多字的笔记，记下他对一系列党史问题的见解。从11月15日起，他在整风学习会上，一连作了5天报告。1944年3月3日、4日，他又作了《关于党的六大研究》两次报告。他曾说：“做了廿年以上工作，就根本没有这样反省过。”[1]

朱德作了关于红一军团史的报告，王若飞作《关于党的历史的报告》。

张闻天也写下长篇笔记，批判了自己过去所犯的“左”倾错误，实事求是地写下对一系列党史问题的看法。

曾是中共“六大”以来“左”倾路线的主要领导人的博古，同样作自我批评，剖析自己的错误。

---

[1] 金冲及主编：《周恩来传》上卷，人民出版社1989年版。

至于王明，此时称病——因为讨论中共第三次“左”倾路线时，受批判的主要对象就是他。

《决议》反反复复地起草着，前前后后写了3次草案，大的修改改了14次之多。

毛泽东亲自过问《决议》的起草工作。对于《决议》最初的稿子，他很不满意。推倒重来，又改一稿，仍不满意。最后，指定胡乔木执笔。诚如当时参与有关工作的一位人士所忆：“胡乔木这人，思路特别清楚。乱麻似的一大堆党史问题，经他的笔一梳理，变得条理分明，一下子就清楚了……”

1971年毛泽东去南方视察时，曾说及《决议》：“别人几个月没有搞出头绪，是胡乔木理清的。”

胡乔木能有这样的“本事”，考究起来，是有缘由的：一是他在毛泽东身边工作，对于毛泽东的观点非常明了；二是他参与编选了《六大以来》《六大以前》《两条路线》三本书，熟悉了中共党史一系列文件、决定；三是他列席了政治局会议、书记处会议，听了中共高层领导的一系列报告，熟知种种内情；四是他具有相当的理论功底和文学修养。

与整理毛泽东《在延安文艺座谈会上的讲话》相比，与为《解放日报》撰写社论相比，起草《决议》的难度要高得多。胡乔木担当起这一重任，从此确立了他的“中共中央一支笔”的地位。

当然，胡乔木只是《决议》的最后执笔者，而《决议》本身是延安整风运动大学习、大讨论的结晶。毛泽东精心修改了《决议》。如今所保存的《决议》原稿上，还可看到许多中共中央领导人所作修改的手迹。

《决议》原计划交中共“七大”讨论通过。后来，为了使中共“七大”能够集中讨论中共关于抗战建国的方针，经准备出席中共“七大”的各代表团同意，于1945年4月20日由中共六届七中全会通过。

《决议》分析、批判了中共历史上一右三“左”的错误，特别着重于对以王明为代表的第三次“左”倾错误作了批判。《决议》肯定了遵义会议的历史意义，肯定了此后在中共全党确立毛泽东的领导。《决议》指出：

“党在奋斗的过程中产生了自己的领袖毛泽东同志。……我党终于在土地革命战争的最后时期，确立了毛泽东同志在中央和全党的领导。这是中国共产党在这一时期的最大成就，是中国人民获得解放的最大保证。”

《决议》起草过程中，根据毛泽东的意见，曾把3次草案都送给王明看。在1944年4月20日，《决议》获中共六届七中全会通过那一天，王明发出长信致任弼时阅转毛泽东并中共六届七中全会。王明写道：

“首先，我对这个决议草案的第一个基本认识，就是这个决议草案在党的历史问题、思想问题和党的建设方面，有重大的积极建设性的意义。”

王明还表示：

“我不仅以一个党员的资格，站在组织观点的立场上，完全服从这个决议；而且要如中央所指示者，以一个第三次‘左’倾路线开始形成的主要代表的地位，站在思想政治观点的立场上，认真研究和接受这个决议，作为今天自己改正政治、组织、思想各方面严重错误的指南。”

王明表示“心悦诚服”地承认毛泽东的正确和功绩。

连王明都如此“拥戴”《决议》，有点出乎意料。

自然，后来的情况表明王明言不由衷。在他叛离中共之后，在苏联写了《中共五十年》一书，则痛骂《决议》：“臭名昭著的中共（六届）七中全会的《决议》，是公开伪造中共历史的第一个文件。”这一段话，才是王明真正的“心声”。

不论王明“拥戴”也罢，痛骂也罢，《决议》毕竟以历史性的文献的地位，被载入中共党史。

值得提及的是，《决议》作为附录，收入《毛泽东选集》第三卷——这在《毛泽东选集》中是绝无仅有的。因为《决议》虽是根据毛泽东的意见起草并经毛泽东精心修改，但毕竟并非毛泽东个人的著作。除《决议》之外，《毛泽东选集》所收，都是毛泽东著作。这也足以表明毛泽东对《决议》的看重——因为《毛泽东选集》（指1951年以来由人民出版社印行的一至四卷）是经毛泽东本人审定的。

就在《决议》通过后的第三天——1945年4月23日，胡乔木来到延安杨家岭的中央大礼堂。中共“七大”在那里举行隆重的开幕式，胡乔木当选正式代表。主席台上方高悬红底白字横额“在毛泽东的旗帜下胜利前进”，鲜明地点出了大会的主题……

3个月后——1945年7月13日，胡乔木步入延安陕甘宁边区参议会大礼堂，“中国解放区人民代表会议筹备委员会”在那里举行。出席会议的代表共128人，胡乔木是代表之一。这次会议决定，在1945年11月召开“中国解放区人民代表会议”。只是一个月后日本投降，时局发生很大变化，“中国解放区人民代表会议”没有按原计划召开……

第二章
“中共中央一支笔”

由胡乔木撰写的《解放日报》社论不断见报，在1946年竟写了23篇之多，其中大部分社论是与蒋介石展开论战。胡乔木已成了中共方面与蒋介石论战的“笔杆子”，与那位替蒋介石拟稿的“文胆”陈布雷旗鼓相当。

随毛泽东飞往重庆

1945年8月28日，毛泽东成了中国的“新闻焦点”。

上午11时，一架草绿色C-47运输机飞离延安机场。下午3时45分，飞机降落在重庆九龙坡机场。这一起一降，毛泽东一直是记者们竞相追逐的对象。

毛泽东去重庆和蒋介石举行谈判，成了中国各报的头条新闻。

翌日重庆《新华日报》是这样报道的：

“中国共产党中央委员会主席毛泽东同志，应国民政府主席蒋介石先生的邀请，昨日上午十一时同美大使赫尔利将军、张治中将军和周恩来、王若飞同志等同机飞渝……”

其他各报，不论是共产党主办的，还是国民党主办的，新闻稿中提及的飞往重庆的共产党人，都是写毛、周、王3人。

此后，在整个国共谈判过程中，见报的中共代表也都是毛、周、王3人的名字。

在“新闻焦点”背后，谁都没有注意一位33岁削瘦的男子，他便是胡乔木。作为毛泽东的随行人员，他与毛泽东同机飞往重庆，经历了这一举世瞩目的国共谈判全过程。

他的唯一一次“曝光”，是在离开延安时，在那架飞机前拍了一张合影，自左至右依次为“穿军装的张治中，戴着盔式帽的毛泽东，身材颀长、一身西装的赫尔利，微笑着的周恩来，上衣显得过长的王若飞，侧着脑袋、目光正注视着毛泽东的胡乔木，头发从正中朝两边分开的陈龙”。

毛泽东把胡乔木列为随行人员，一起飞往重庆，足见其对胡乔木的看重。

陈龙则是毛泽东的警卫员，负责毛泽东的保卫工作。

毛泽东抵达重庆之后，虽说蒋介石为他安排了豪华住处，他还是住进了重庆的“红区”。胡乔木也随毛泽东住在“红区”。

“红区”名叫红岩村，位于重庆城郊嘉陵江畔的一个红土坡上。那里原是一片荒坡，饶国模在那里创办了“大有农场”。饶国模是黄花岗烈士饶国梁的胞妹，对中共有好感。于是，在饶国模的帮助和支持下，中共在红岩嘴十三号，建了一幢三层楼房，作为八路军重庆办事处。中共中央南方局也设在这里（对外只称“八路军重庆办事处”）。于是，红岩村也就成了重庆的“延安”——“红区”。

笔者访问了当时任中共中央南方局秘书处处长兼机要科科长的童小鹏[1]，据他回忆：

“毛泽东住在二楼东头靠里第一间。楼房里的楼梯、过道，全是铺着木板，人一走过便发出噔噔脚步声。周恩来关照工作人员们不要穿皮鞋，避免发出响亮的脚步声，影响毛泽东的休息。我们三楼的电台工作人员全部赤脚，这样走路无声……”

胡乔木依然做秘书工作。如同他写社论、起草文件一样，总是属于幕后，他仍悄然做着他的工作。

在重庆，毛泽东是备受关注的人物，求见者甚多，公务又繁忙。于是，给毛泽东增加了一位秘书，即王炳南。王炳南那时在八路军重庆办事处工作，熟悉当地的情况。

毛泽东的警卫工作由陈龙负责，加上从延安来的颜太龙，还配备了当时在重庆工作的龙飞虎、蒋泽民、贺清华、舒光才、齐吉树等参与警卫。

此外，由“八办”的刘昂负责照料毛泽东的生活，李泽纯专为毛泽东做饭。

关于胡乔木在重庆的情况，笔者从1950年2月3日新加坡的《南侨日报》上，查到这么一段报道：

> 胡乔木继陈伯达之后担任毛泽东主席的政治秘书，在这期间，他的思想、修养，获得极大的进步，深得毛的赏识。他的长处是思想周密，眼光透澈，才文并茂。他随毛在到重庆时期，中共在政治上所遭受的各种歪曲的指责，都由他在《新华日报》上经常撰文予以驳斥。他的文章，紧凑锋利，短而有力，学的是鲁迅先生的作风，常把最精彩的意思用精练的笔调描写出来警辟动人。[2]

---

[1] 1992年10月14日采访于重庆。

[2] 江山：《严正驳斥美揆造谣的新闻署长胡乔木》，“新闻人物”专栏，《南侨日报》1950年2月3日。

毛泽东为“二乔”断名

胡乔木来到重庆，发生一点小小的“麻烦”，那便是他的同乡、同学乔冠华也在八路军重庆办事处。老友相见甚欢，但乔冠华也是“笔杆子”，发表文章署笔名“乔木”，而胡乔木当时用名“乔木”——两个“乔木”聚在同一幢楼里，同在一家报纸《新华日报》上发文章，叫人分不清是哪一个“乔木”！

乔冠华由清华大学金岳霖教授推荐，于1935年考取公费留德，到德国土宾根大学哲学系进修。他写了关于《史记》的论文（据德国鲁尔大学海尔默特·马丁教授告诉笔者，他在1972年找到了乔冠华的论文，并于1976年在德国出版了这一论文），获得了博士学位。

乔冠华于1937年回国。由他的留日同学赵一肩介绍，在广东国民党余汉谋部队当参谋。当日本军队占领广州后，他前往香港，在《时事晚报》工作，撰写时事评论。这时，他起了个新笔名——“乔木”。当时他并不知道老同学胡鼎新进入延安，也取名“乔木”。好在一个“乔木”在香港，一个“乔木”在延安，商参不相见，倒也不相干。

不过，也曾闹过小小的笑话：在白区工作的胡乔木妹妹方铭，看到香港报纸刊登“乔木”的文章，于是以为哥哥在香港，写了信去，落到乔冠华手中！

1939年8月，经廖承志、连贯介绍，乔冠华在香港加入中共。

1941年12月18日，日军在香港登陆，乔冠华奉命离开香港，到东江游击队去。

他不久打道桂林，来到重庆，在八路军办事处外事组工作，同时担任《新华日报》社论委员会委员。

这么一来，署名“乔木”的文章，不断出现在《新华日报》上。《新华日报》乃是延安《解放日报》的姐妹报，人们开始发现有两个“乔木”，称延安那个“乔木”为“北乔”，称重庆的“乔木”为“南乔”。毕竟两个“乔木”不在一地，还算不太“麻烦”。

眼下，“北乔”南下，跟“南乔”相聚于重庆，这就“麻烦”了！由于“乔木”出典于《诗经》，又寓意“高大、挺直”，两“乔”都喜欢这一名字，不愿改动：“南乔”认为，他本姓乔，用“乔木”笔名，顺理成章；“北乔”呢，他连妻子的名字谷羽都出自同一典故，岂肯再改用原名胡鼎新呢？

终于，毛泽东出面，为“二乔”断名——这一轶闻，曾广为流传，通常都说成是："1949年，中华人民共和国成立，二乔进京，发生重名问题，此事惊动了毛泽东……"笔者认为，前文已经提及的1950年2月3日的新加坡《南侨日报》署名江山的文章，较为可靠。因为这篇文章发表于中华人民共和国成立之初，却指明是在重庆谈判期间，毛泽东为"二乔"断名。现引述江山的原文：

> 正当日本投降后国共第一次开始和谈的期间，中共主席毛泽东亲到重庆参加谈判，他（引者注：指胡乔木）是随员之一，恰巧这时南乔亦在重庆《新华日报》工作。
>
> 两位乔木聚在一块，许多人弄不清楚，尤其是发表署名"乔木"的文章，更使人不知是出自哪位乔木的手笔，朋友们都希望他们之间有一人把名字改一改。有一天大家在毛泽东主席那儿谈起这件事，请毛氏作评判，后经毛氏问明是他（北乔）先用乔木这个名字，而南乔的真姓确是乔，他的真姓是胡，就盼望他在名字之上加个"胡"字，南乔则仍用乔木原名。从此两乔之间有了区别，而"胡乔木"的大名也随时局的发展，而为全国人民所熟知了。

至于"南乔"，他只是写文章时用"乔木"作笔名。中华人民共和国成立之后，他成为周恩来的外交副手，历任中华人民共和国赴联合国代表团顾问、外交部外交政策委员会副主任、外交部部长助理、副部长、部长，自然也就用他的本名乔冠华了。

乔冠华还曾用过笔名"于怀"。他在1958年曾与姚溱、王力合用一个笔名"于兆力"，在《红旗》杂志上发表国际评论。那"于"来自"于怀"，"兆"来自姚字，"力"则来自王力。

胡乔木在重庆，广交那里的文化界朋友。最有趣的是，1945年9月1日晚，胡乔木随毛泽东前往重庆黄家垭口，出席中苏文化协会为庆祝中苏友好同盟条约订立的鸡尾酒会。在那里，见到了国民党政府行政院副院长翁文灏——只是这位当年的清华大学校长，已不记得胡鼎新这位学生。不过，他当年所说的"清华大学好比戏台"那番话，胡乔木倒记忆犹新。自然，翁文灏想不到，当年那位"拆戏台"的学生胡鼎新，如今居然成了毛泽东的秘书……

走笔至此，还要顺便提一下毛泽东论及"二乔"的续闻：

那是在1965年1月初，第三届全国人民代表大会第一次会议正在北京举行。毛泽东宴请部分工农代表。席间，当毛泽东得知那位因下乡务农受到表彰的知青代表董加耕是盐城人时，便说："你们盐城有'二乔'，你知道吗？"

一时间，董加耕不知所云，答曰："西门登瀛桥，东门朝阳桥。"

毛泽东笑道："我不是说桥，是说人。盐城'二乔'，是胡乔木，乔冠华！"[1]

接二连三抨击蒋介石

1945年10月11日中午，胡乔木随毛泽东一起飞回延安。跟去的时候不同，那时延安机场上一片沉闷，人们替毛泽东的安全担心。毛泽东回延安的消息传开，4000多人云集那里，一片欢呼。

大抵是在重庆那45天过度劳累，毛泽东回延安后不久，病了。他不得不遵医嘱休息。先是在延安柳树店的干部疗养所住了十来天，后来迁往王家坪的桃林休养。

那时，胡乔木住在延安枣园，妹妹方铭也住在他家。方铭记得，有一天（1945年12月）毛泽东和江青来到胡乔木家，跟胡乔木、谷羽、方铭聊着。吃饭时，毛泽东的炊事员送来豆豉烧腊肉——那是毛泽东喜欢吃的湖南家乡菜，和胡乔木一家一起吃。方铭见到，毛泽东跟胡乔木的关系非常融洽，有说有笑。毛泽东知道方铭不久前从白区来，也向方铭问及那里的情况。

那时，毛泽东经斯大林派来的两位大夫——阿洛夫和米尔尼柯夫医治，已经逐渐康复。

不久，1946年元旦来临，蒋介石发表了长篇广播演说。

蒋介石说，"乘此岁序更新的时候"，乘此"抗战胜利结束后第一度元旦"，"要将我们政府的决策"，"明告于我们全国的同胞"。

蒋介石要"明告"什么呢？他说：

"军令政令的必须统一，军队必须一律归还国家统辖，任何割据地盘破坏交通阻碍复员的军事行动，必须绝对避免，则是解决目前纷争不安的唯一先决条件。这是事实，也是真理。……"[2]

重庆谈判结束才两个来月，蒋介石的"明告"，已在暗示解决中共的"割据"——这是他要撕毁"双十协定"的重要讯号。

---

[1] 曹晋杰、王荫：《盐城二乔》，载《古今掌故》，四川省社会科学院出版社1986年版。

[2]《蒋介石广播演说》，《中共中央文件选集》第18册附录，中共中央党校出版社1992年版。

蒋介石的广播演说，当即引起毛泽东的高度重视。毛泽东决定，延安《解放日报》要全文转载《蒋介石广播演说》，以期引起大家的注意，同时决定《解放日报》要发一篇社论，驳斥蒋介石的演说。

显然，这篇社论是代表中共中央表态，颇为重要。毛泽东“点将”，要胡乔木来写。这除了由于胡乔木已成为“中共中央一支笔”之外，当然也由于胡乔木随毛泽东去了重庆，熟悉国共关系的种种微妙之处。

胡乔木全力以赴写社论，日夜奋笔，一气呵成了长达万言的《蒋介石元旦演说与政治协商会议》。

毛泽东阅后，颇为赞赏，当即交《解放日报》于1月7日全文刊登。

此文在国民党地区引起了颇大的震动，也成为延安干部们的学习文件。

社论直截了当地点名批判蒋介石——须知，两个多月前，国共两党领袖在重庆还高高举起斟满红葡萄酒的高脚玻璃杯，互相报以微笑。

胡乔木写道：

“许久以来，本报对国民党各报与国民党中央社各种卑鄙的造谣谩骂，一直没有理会过，但是对于蒋氏演说所造成的这个关系国家民族前途的分歧，我们却不能不在政治协商会议前夜，说一说我们的意见。”

胡乔木针对蒋介石的演说，加以批驳道：

“蒋氏的根本论点，与近日国民党报纸所不断宣传的一样，是说只要把中国的一切事情交给蒋氏和他周围的一小群人去独裁，只要人民放弃一切基本民主权利，对于这个独裁集团的一切军令政令都无条件服从，那么中国就可以统一，而中国在这个独裁集团统一以后，自然就可以赏赐人民和平建设、民主政治、民生改善等等；而如果不接受他的独裁，则中国就永远不能统一。中国就永远要内战，要独裁，要穷困，要被侵略等等。因此，现在我们就要根据事实来答复两个问题：第一，经过这种独裁的统一，中国究竟能否达到民主呢？第二，经过这种独裁的方法，中国究竟能否达到统一呢？”

然后，胡乔木“笔分两路”，就这两个问题批驳蒋介石。最后得出结论：

“蒋氏的‘统一’，既不能使中国得到民主，也不能使中国得到统一。”

这篇社论的发表，给一些因国共重庆谈判而做起和平梦来的人们一帖清醒剂。社论公开表明，国共双方的分歧，依然那么严重。蒋介石是无法“统一”中共，中共也绝不会答应让蒋介石“统一”。

就在这篇长篇社论发表之后，未曾歇一口气，毛泽东又交下一系列写作任务。于是，由胡乔木撰写的《解放日报》社论不断见报，在1946年竟写了23篇之多，其中大部分社论是与蒋介石展开论战。胡乔木已成了中共方面与蒋介石论战的“笔杆子”，与那位替蒋介石拟稿的“文胆”陈布雷旗鼓相当。

在1946年，胡乔木所写的《解放日报》社论是：

《努力发动解放区群众》（1月9日）；

《和平实现》（1月12日）；

《评“扩大政府组织之意见”》（1月19日）；

《军队国家化的根本原则与根本方案》（1月23日）；

《坚持和平，保护和平》（1月27日）；

《恢复交通》（1月30日）；

《再论放手发动群众》（2月20日）；

《重庆事件与东北问题》（2月25日）；

《中国法西斯派的纲领》（2月28日）；

《欢迎马歇尔将军》（3月4日）；

《国民党改革问题的两个道路》（3月12日）；

《评国民党二中全会》（3月19日）；

《驳蒋介石》（4月7日）；

《再评破产的政治理论》（4月10日）；

《东北应无条件停战》（4月12日）；

《美国应即停止助长中国内战》（6月5日）；

《要求美国改变政策》（6月25日）；

《一年的教训》（8月29日）；

《争取全面抵抗的胜利》（10月13日）；

《要求真正的停战令恢复1月13日位置》（10月23日）；

《两个声明》（11月11日）；

《立刻解散非法的“国大”》（11月25日）。

这些社论，几乎都经毛泽东审阅。毛泽东不时为之修改，为之补充。例如，胡乔木写的《重庆事件与东北问题》一文，毛泽东为之写了一段点睛之笔——当年社论发表时，这段话是用与正文一样的铅字排印的。时隔多年，后来哪些话是由毛泽东加的，已记不清了。直到胡乔木晚年，为了编《胡乔木文集》，从中央档案馆调阅原稿，查出这一段用“毛体”字写成的话：

人们只要注视到这样一点，就可一眼看穿中国法西斯分子们的阴谋之所在：从中国法西斯分子的一切言论行动中，他们总是小心保护着日本帝国主义分子和汉奸伪军，不愿丝毫触犯他们。至于对真正援助中国独立解放的盟邦苏联，却称之为‘新帝国主义’，放在必须‘打倒’之列。同样，他们对日寇汉奸略无仇恨，对于中共则恨入骨髓，必欲消灭而后快。总之，在第二次世界大战结束之后，中国法西斯分子，和国外法西斯分子一样，将一切仇恨集中于苏联与共产党及一切真正民主人士，企图把人民的胜利加以推翻。

在这里，毛泽东抨击蒋介石为“中国法西斯分子”。于是胡乔木紧接着写了《中国法西斯派的纲领》。

在1943年，抨击蒋介石的《中国之命运》是由毛泽东的另一位政治秘书陈伯达撰写的长文。在1946年，毛泽东倚重胡乔木来抨击蒋介石了。

在转战陕北的日子里

胡乔木1946年在延安《解放日报》上发表的驳斥蒋介石的社论，充满激烈的火药味儿。然而，就在这年9月，也是在《解放日报》上，他发表了一首小诗，却是那般温馨，充满柔情：

晚上立在月光里，
抱着小孩等着妻。
小孩不管天多远，
伸手尽和月亮玩。
忽见母亲悄悄来，
欢呼一声投母怀。
月光美丽谁能比？
人比月光更美丽。

这首题为《人比月光更美丽》的诗，写出月夜之美，写出夫妻之情，母女、母子之情。

那“欢呼一声”，打破了月夜的静谧，却点出了“人比月光更美丽”。

那时34岁的他，已是两个孩子的父亲：女儿幸福，儿子胜利。

国民党飞机往延安掷下的成批炸弹，炸碎了“月光下”的柔情。那是1947年3月13日，国民党飞机50架次狂轰滥炸延安达8小时之久。奉蒋介石之命，胡宗南率16个旅进攻延安。国共重庆谈判所签订的“双十协定”，早已化为乌有。

面对强敌，毛泽东决定主动撤离延安。中共中央书记处开会，议决毛泽东、周恩来、任弼时三位书记仍留在陕北，指挥作战。另两位书记——刘少奇和朱德以及一部分中央委员，组成以刘少奇为首的中央工作委员会，经晋绥解放区进入晋察冀解放区，到河北省平山县西柏坡村进行中央委托的工作。

胡乔木当时在陇东参加土改，没有在毛泽东身边。

胡宗南部队在3月19日占领了延安。虽说所占的是一座空城，国民党还是大大地庆贺了一番。

毛泽东所在的中央纵队，代号为“三支队”，共约800人。中央纵队的司令员是任弼时，政委陆定一，参谋长叶子龙，政治部主任方志高。为了保密，毛泽东改名李德胜，周恩来改名为胡必成，任弼时改名史林（司令的谐音），陆定一改名郑位（政委的谐音）。胡乔木在陇东接到了电报，要他火速赶回总部。这样，他赶到了“三支队”，又在毛泽东身边工作。对于胡乔木这位“秀才”来说，平生头一回经受战火的洗礼。

战争是严酷的。胡宗南部队用美制电台测向仪探明了中共中央纵队在安塞县王家湾，蒋介石密令“即使牺牲三个师，也要消灭中共首脑”。胡宗南令军长刘戡率4个半旅突袭，中央纵队只有3个步兵连和1个骑兵连，就连毛泽东的警卫排也上了前线。由于毛泽东指挥灵活，布下迷阵，从距离敌军只10多里路的“身边”擦过，走出险境……

自从延安陷落，报纸无法印行，《解放日报》不得不于1947年3月27日停刊。

《解放日报》社全部工作人员归入了新华社编制，大部分人员由新华社社长廖承志率领，渡过黄河，到山西太行地区重建总社。另有二三十人，由范长江率领，随中央纵队留在陕北，内中包括刘祖春、林朗、胡群德以及后来成为胡乔木秘书的东生等。

新华社最初叫“红中社”，因为那时与《红色中华》报社是同一组织机构，“红色中华社”简称“红中社”。1937年1月，《红色中华》报改名《新中华报》，红色中华社也就相应改为“新中华社”，简称“新华社”——后来竟以这简称传世。

在转战陕北的那些日子里，新华社不断发出电讯，发出来自中共首脑机关的信息，对于稳定鼓舞中共军心、民心起着莫大的作用。毛泽东急急召回胡乔木，便是要他为新华社写电讯。

据谷羽回忆，那一时期，胡乔木几乎天天要写新闻稿，仿佛成了毛泽东的“新闻发布官”。胡乔木每天把战况写成电讯，经毛泽东审阅后，交新华社发出。这些电讯除了由电台播发外，还油印散发。当时，新华社办了两份油印小报，一份是《参考消息》，一份是《评论和电讯》。《参考消息》登的是新华社接收国外通讯社和国民党中央社的电讯。据严昭告诉笔者，她当时负责收听美国电台，并把英语电讯译成中文。严昭即陆定一夫人严慰冰的胞妹。另一份《评论和电讯》，胡乔木写的那些新闻电讯，登载在这份油印刊物上，他曾经订成册，可惜如今不知在何处[1]。

谷羽当时也在毛泽东身边，帮助做些秘书工作。她记得，毛泽东也亲自动手写新闻，写评论，写社论。她舍不得把毛泽东的手稿交出去油印，总是抄写了一遍，把手稿留下。这样，她手头保存了一大批毛泽东手稿，毛泽东当时喜欢用毛笔或铅笔写作，写在宣纸上。解放后，谷羽把自己精心保存的毛泽东手稿上交，现存于中央档案馆。由于谷羽保存了这些毛泽东手稿，倒是为确定哪些新闻、评论、社论是毛泽东所写提供了最权威的依据。现已查到的胡乔木所写的新华社新闻、社论、评论，光是1947年的便有：

《祝蒙阳大捷》（5月19日，社论）；

《破车不能再开——评第四届第三次国民参政会》（6月4日，社论）；

《哀号无济于事》（6月20日，评论）；

《总动员与总崩溃》（7月13日，社论）；

《祝鲁西大捷》（7月30日，评论）；

《人民解放军二十周年》（7月31日，社论）；

《蒋介石的秘密演讲录》（8月6日，评论）；

《人民解放军的全国性反攻开始》（9月11日，新闻）；

《救国必须灭蒋》（9月18日，社论）；

《中国和亚洲——美国人民的朋友，美国反动派的仇敌》（10月30日，社论）；

《蒋介石解散民盟》（11月4日，评论）；

《星星之火，可以燎原——纪念10月革命三十周年》（11月7日，社论）；

《关于“一二·九”和“一二·一”》（11月30日，新华社信箱）。

除了胡乔木之外，经常起草新华社社论或评论的，还有陆定一。社论、评

[1] 笔者手头倒是收存了一本内部印行的延安（陕北）新华广播电台广播稿选，但均无署名，无法确定哪些出自胡乔木手笔。

论，一般经毛泽东或任弼时阅审。在那些日子里，夜行军、冒雨行军是常事，生活处于异常艰难之中。

新华社记者东生带的一支牙膏，被八九个人一起用了半年之久——每一回用，都只挤一点点！

出任中宣部副部长

陕北新华广播电台于1948年4月22日，广播了题为《收复延安》的新闻（是否系胡乔木所写，不得而知）：

“延安消息　英勇的西北人民解放军已经收复延安。困踞延安的蒋胡匪军整编十七师，在人民解放军日益扩展的强大春季攻势的震慑下，在21号早晨，仓皇弃城向南逃窜。我围城部队正乘胜跟踪追击中。我陕甘宁边区延属专员公署，中共延属地委，已经在今天进驻延安市办公。延安是去年3月19号我军主动撤离的，到现在一年一个月零三天，又回到了人民手中。”

在这一年多时间里，胡乔木随着毛泽东，风里来，雨里去，转战陕北，从安塞县王家湾（1947年，春），到靖边县小河村（6、7月），到佳县朱官寨（8月），到佳县神泉堡（9月），到米脂县杨家沟（冬），到河北阜平县城南庄（1948年春）。

当中国人民解放军收复延安之际，毛泽东并没有重返延安。胡乔木随毛泽东于1948年5月26日，来到河北平山县西柏坡村。于是，在那里的以刘少奇为首的中共中央工作委员会即行结束，那里成了新的“延安”——中共中央所在地。

这时，36岁的胡乔木在毛泽东身边已经工作了7个年头，在政治上已是中共成熟的高级干部，他一下子就获得三项新的任命：出任中共中央宣传部副部长兼新华社社长、总编辑。这是胡乔木重要的擢升。从此，他的一辈子，一直从事于中共宣传方面的领导工作。

此前，在1948年2月，胡乔木起草了《中共中央关于土地改革中各阶级的划分及其待遇的规定（草案）》。这一文件，受到了毛泽东的称赞——当时，解放区日益扩大，土地改革已成为新农村的头等大事，毛泽东在1948年2月3日至15日，也接连写了《在不同地区实施土地法的不同策略》《纠正土地改革宣传中的“左”倾错误》《新解放区土地改革要点》等三文。根据毛泽东的意见，胡乔木为中共中央起草了土改中划分阶级的文件，及时解决了各地土改中

毛泽东与胡乔木在西柏坡

亟待明确的政策。

彼一时也，此一时也。此时国民党已非气势汹汹大举进攻延安时所能相比，毛泽东坐镇西柏坡，运筹帷幄，指挥发起三大战役——辽沈战役、平津战役、淮海战役，蒋介石大势去矣！

早在1947年11月7日，毛泽东为胡乔木所写的新华社社论《星星之火，可以燎原》，增加了这样一段话：

> 中国人民现在正在进行伟大的革命战争，其目的是打倒美国帝国主义及其走狗蒋介石在中国的统治。这个战争业已取得伟大的胜利，必将继续胜利，直到打倒一切敌人，建立一个崭新的中国。……
>
> “星星之火，可以燎原”，现在已是燎原的时候了。

事实证明了毛泽东的预言完全正确。

1948年7月29日，新华社播出胡乔木在西柏坡所写的长篇社论《人民解放战争两周年总结和第三年的任务》，此文经毛泽东审阅，并作了十几处修改。毛泽东加了这一段对战争的回顾和展望的话，成为全文的核心：

“经过过去两年空前规模与空前激烈的战争，中国人民的力量已经是变得更为强大了，不独在军事上取得了极为伟大的胜利，而且在政治上有空前广大的人民群众和各民主阶层团结在共产党的正确领导的周围。人民力量的发展，及其对于反动势力的进攻，已经是不可抵挡的了。而在另一方面，在美国帝国主义援助下的中国反动势力，则已经变得更加没有出路和更加孤立，他们的统治，已经走到摇摇欲坠和土崩瓦解的边缘。在强大人民力量继续的锤击之下，他们的最后死亡，已经是不很远了。”

后来时局的发展，又一次证实了毛泽东的预计。

已是中宣部副部长的胡乔木，依然忙于为新华社写社论。胡乔木的笔，传达了中共中央的声音，传达了毛泽东的最新指示。

1948年9月30日，胡乔木写的新华社社论《庆祝济南解放的伟大胜利》播出之前，毛泽东为之加了一段话，号召国民党军官们走“辽南潘朔端师长、营口王家善师长和济南吴化文军长们的道路”，毛泽东指出：

“这样，不但可以使人民解放战争早日在全国胜利，而且你们自己也得到一个将功折罪、重新改造自己和为人民服务的机会。”

毛泽东对于胡乔木文章的审阅和修改，是非常仔细的。修改处往往颇为令人寻味，例如，1948年10月13日新华社评论《战争贩子布立特关于中国的狂妄报告》是胡乔木写的，毛泽东阅毕，只加了10个字，顿时显得非常生动。那是在写及美国顾问们估计“美援”在中国的前途时，胡乔木写道：“若干人认为像苍蝇似的吸取利润，是没有多大希望的事。”毛泽东这样加了10个字：“若干人认为像苍蝇似的从干枯的蒋介石粪坑里吸取利润，是没有多大希望的事。”

用毛泽东的话来说，在广袤的战场上，中国人民解放军是与蒋介石较量的武装力量，而新华社则是与蒋介石较量的“文装力量”。无线电波穿云透雾，传遍全中国。不仅解放区普遍收听“陕北新华广播电台”（虽说已在西柏坡，仍用“陕北”的名义）的广播，连国民党的将领们、白区的老百姓们，都收听“红色电波”。胡乔木成了毛泽东手下“文装力量”的一员主将。那一篇篇社论、评论，起着“精神炸弹”的作用。

1949年1月26日，新华社播发的评论《假和平和真和平》，曾在国民党高层引起一番轩然大波。此文亦出自胡乔木之手。此文提及了“首要战犯名单”。

胡乔木的初稿中，“首要战犯”写了三人，即蒋介石、陈立夫、谷正纲。经毛泽东亲笔修改、补充，最后由新华社播发的“首要战犯”名单是：

“蒋介石、宋子文、陈立夫、谷正纲、陈诚、何应钦、顾祝同、刘峙、汤恩伯、张群、王世杰、朱家骅、刘健群、吴国桢、潘公展、蒋经国、张君劢、左舜生、戴传贤、郑介民、叶秀峰等。”

起草中共七届二中全会公报

1949年1月31日，是一个历史性的日子：北平20多万国民党部队在百万解放军围困下陷于绝境，傅作义将军决定率部起义，这一天北平宣告和平解放。

向国内外发布北平解放的新闻，落在胡乔木头上。他奋笔写下《北平解放》新闻稿，经毛泽东改定，当时由新华社发出。

这一新闻稿1500多字，毛泽东改了近20处，现照原文摘录若干于下。凡毛泽东增写之处，以括号标注：

> 世界驰名的文化古都，拥有二百余万人口的北平，（本日）宣告解放。北平的解放是（伟大的中国人民）革命（运动）中最重要的军事发展和政治发展之一。原有国民党（反动军队及其军事机构大约二十万人左右据守）的北平，乃是执行中国共产党毛泽东主席所宣布的八项和平条件以和平（方法）结束战争的第一个榜样。这个事实的发生，是人民解放军的十分强大，所向无敌，国民党（反动军队中的广大）官兵（战意消沉），不愿再作毫无出路的抵抗，和（北平广大）人民（群众）坚决拥护真正民主和平的结果。北平的国民党主力（现）已开至城外指定地点，人民解放军定于（本）日（开始）入城（接防）。在知道了人民解放军即将开入北平之后，北平的工人、学生、市民连忙热闹非凡地筹备着盛大的欢迎仪式，并因国民党全部出城之一再延期而感觉不耐。人民解放军即将和平（地开入北平）的（消息），使这个古城突然恢复了青春的活力，（从1月23日）起物价顿然下降。街道上重新拥挤着欢天喜地的行人，他们到处探听着解放军入城的确实日期，询问着和传说着解放军和共产党的宣传品的内容。……

从《北平解放》这一新闻可以看出，胡乔木一改政论的严肃笔调，文风显得活泼。

就在发出这一新闻的翌日，新华社又发出了评论《国民党怎样看北平和平解放》。此文也是1500多字，由毛泽东写了1300多字，由胡乔木写了开头的一小段。由此可以看得出，毛泽东和胡乔木配合默契，相互切磋，无分你我。

1949年3月5日下午3时半，西柏坡村那座由中共中央机关工作人员自己动手建造的长方形职工食堂里，七十来人坐在长凳上。毛泽东主持会议，宣布中共七届二中全会在这里召开。

周恩来向大会报告出席人数。他宣布了出席会议的中共中央委员34人名单，又宣布了候补中央委员19人名单，接着，他宣布了列席会议的12人名单：

“李井泉、杨尚昆、傅钟、罗迈（即李维汉）、李涛、胡乔木、安子文、杨立三、陈刚、刘少文、高文华、廖鲁言。”

虽说作为毛泽东秘书，胡乔木曾列席中共中央许多会议，但那只作为工作人员列席。这一回，作为中宣部副部长，他是正式的列席代表，在大会上作了新闻工作的发言。

中共七届二中全会是很重要的一次会议，为中共夺取全国政权作准备。开幕那天，毛泽东作了《在中国共产党第七届中央委员会第二次全体会议上的报告》。闭幕那天（3月13日），毛泽东又作了《党委会的工作方法》报告。

毛泽东精辟地指出：

“我们很快就要在全国胜利了。这个胜利将打破帝国主义的东方战线，具有伟大的国际意义。夺取这个胜利，已经是不要很久的时间和不要花费很大的气力了；巩固这个胜利，则是需要很久的时间和要花费很大的气力的事情。……务必使同志们继续地保持谦虚、谨慎、不骄、不躁的作风，务必使同志们继续地保持艰苦奋斗的作风。”

1949年3月22日，新华社发出新闻《中共召开七届二中全会》。这样的新闻稿，也就是后来中共每次召开中央全会所发表的公报。这篇新闻稿，是由胡乔木起草的，全文1500字，内中500多字是毛泽东在审阅时所加。

毛泽东所加的文字，主要在一头一尾。开头，他加了一段关于会议的概况。末尾，他加了一段颇为重要的论断：

> 全会认为：中国的经济遗产虽然是落后的，但是中国人民是勇敢而勤劳的，中国人民革命的胜利和人民民主共和国的建立，中国共产党的领导权，加上以苏联为首的强大的全世界反帝国主义阵线的援助，中国经济建设的速度，将不是很慢而可能是相当地快的，中国的兴盛是可以计日成功的。对于中国经济复兴的悲观论点，没有任何的根据。

当胡乔木随着毛泽东去开七届二中全会时，咔嚓一声，一位记者拍下了他俩的合影。从照片上可以看出，两人正忙于走路，是记者抢拍的。胡乔木担任毛泽东秘书前后达25年之久，这帧照片竟是现今能够找到的他和毛泽东的很少的几帧合影之一!

在胡乔木晚年，他曾不无遗憾地说：“那时候，我从未想到该和主席拍张合影！”

第三章
新闻首脑

向来，胡乔木是在“幕后”工作，发表的文章是以社论、评论面目出现，他的名字很少在报刊上见到。然而，自从他担任新闻总署署长，尤其是出任中央人民政府发言人后，胡乔木从幕后走到前台，成了“新闻人物”。

“工作很繁重，都堆在你的身上”

依然是以“陕北新华广播电台”的名义，在1949年3月23日播出《中共召开七届二中全会》新闻稿（据现存的陕北新华广播电台广播稿，当时广播的标题是《中国共产党七届二中全会完满结束》）。

新闻稿的第一句话，是毛泽东所加，打破了以往对中共中央所在地严格保密的惯例，如此“亮相”道：

> 中国共产党第七届第二次中央委员会全体会议在石家庄附近举行，会议经过八天，现已完满结束。……

为什么选择会议结束后的第10天——3月23日播出？为什么点明了会议“在石家庄附近举行”？内中的原因是在3月23日这天，中共中央机关“开拔”了，从平山县西柏坡村启程，经石家庄和保定地区，朝北平进发。胡乔木随毛泽东一起北上，于3月25日乘火车抵达北平清华园车站，在那里下车。胡乔木感慨万分，因为当年他曾在清华园这“戏台”上演过“戏”，大学岁月历历在目。转眼之间，19个年头飞逝，如今他以胜利者的身份，重返古城……

毛泽东在北平城外清华园下火车，是由于中共社会部部长李克农考虑到他的安全，安排他住在远郊——香山西南坡的双清别墅。

一进入北平，百废待兴，毛泽东可谓陷入“日理万机”的忙碌之中，胡乔木也随之进入“百忙”状态。这种忙碌，可从毛泽东1949年6月24日写给胡乔木的一封便函中，窥见一二：

> 乔木：
>
> 写一篇纪念七一的论文（似不宜用新华社社论形式，而用你的名字），拟一单纪念七七的口号（纪念七七，庆祝胜利，宣传新政协及联合政府，要求早日订立对日和约，消灭反动派残余力量，镇压反动派的破坏

和捣乱，发展生产和文教）——此两件请于6月最近两天拟好，以便于6月28日发出，6月29日各地见报。写一篇七七纪念论文（带总结性），此件须于7月2日写好，3、4两日修改好，5日广播，7日各地见报。起草一个各党派的纪念七七的联合声明——此件亦须于7月2日写好，以便交换意见。以上工作很繁重，都堆在你的身上，请好好排列时间，并注意偷空睡足觉。你起草后，我给你帮忙修改，你可节省若干精力。

《英美的外交——特务外交》一文（引者注：载当日，即6月24日《人民日报》）甚有用，请令全文播发，提起警惕性。

毛泽东

6月24日下午6时

从6月24日（况且已是下午6时）至7月2日，不过一星期，毛泽东要胡乔木完成的却有4篇全局性的重要文章：

（一）纪念七一的论文；

（二）纪念七七的口号；

（三）纪念七七的论文；

（四）各党派纪念七七的联合声明。

确实，如同毛泽东所言，“以上工作很繁重，都堆在你的身上”。

胡乔木埋头苦干着。他这“中共中央一支笔”，日夜不停地写着。

在那些忙碌的日子里，他依然为新华社写了不少社论，诸如：

《要求南京政府向人民投降》（4月5日）；

《庆祝上海解放》（5月29日）；

《无可奈何的供状——评美国关于中国问题的白皮书》（8月20日）；

《旧中国灭亡了，新中国诞生了！》（9月22日）；

……

他也写了许多新闻。在1949年4月20日，当中国人民解放军横渡长江时，英舰“紫石英”号等四舰开炮，“紫石英”号负伤，被迫停在镇江附近。7月30日夜，“紫石英”号趁江陵“解放号”客轮经过镇江下驶时，强行靠近该轮，借以掩护逃跑。翌日，新华社播出新闻稿《袁仲贤将军为英舰紫石英号逃跑事发表谈话》，各报登载，连英国报纸也予转载。

袁仲贤，即中国人民解放军镇江前线司令。世人都以为那新闻稿，是袁仲贤向新华社记者所发表的谈话。其实，那是胡乔木根据毛泽东的指示，以袁仲贤的名义写的！

反反复复修改《共同纲领》

住在远离市中心的香山双清别墅，毕竟诸多不便，因此毛泽东于1949年7月迁入中南海丰泽园的菊香书屋。胡乔木也随着毛泽东搬进中南海，住在静谷，胡乔木一家住在近北面的三间西厢房内院，与田家英为邻。那里离毛泽东住处不太远。毛泽东来一个电话，胡乔木随叫随到。

那时，在胡乔木起草的种种文件之中，最费精力的莫过于参与起草《共同纲领》了。

《共同纲领》的全称是《中国人民政治协商会议共同纲领》。刘少奇在1949年9月21日的讲话中，称《共同纲领》"是总结了中国人民在近一百多年来特别是近二十多年来反对帝国主义、封建主义和官僚资本主义的革命战争的经验，而制订出来的一部人民革命建国纲领"。

这样的"建国纲领"，起草工作自然费时费力。

"政协"，有所谓"旧政协"与"新政协"之分。

"旧政协"的全称是"中国政治协商会议"，1946年1月在重庆举行，由国民党、中共、民主同盟、青年党和无党派人士参加，以"协商政治问题"。当时，蒋介石发动内战的准备工作尚未就绪，也就被迫同意举行这样的会议来"协商政治问题"。自然，当蒋介石军队向中共发动大举进攻，"政治"也就没有"协商"的余地了。

1948年4月30日，中共中央发出的《纪念"五一"节口号》第五条这样写道：

"各民主党派、各人民团体、各社会贤达迅速召开政治协商会议，讨论并实现召集人民代表大会，成立民主联合政府。"[1]

这样，也就提出了召开"新政协"的倡议。中共的这一倡议，得到了民主党派和无党派人士的响应。于是，1948年10月初，周恩来主持起草了《共同纲领》，当时叫《中国人民民主革命纲领》。1949年初，写出了第二次初稿。后来形势起了很大变化，初稿要另起炉灶。

1949年6月15日，新政协筹备会在北平成立，决定由周恩来担任《共同纲领》起草小组组长、许德珩为副组长。会议又决定，委托中共负责《共同纲

[1] 《中共中央文件选集》第17册，中共中央党校出版社1992年版。

领》草拟工作。

胡乔木参与了草拟工作。经过五易其稿，在8月22日才算写出《新民主主义的共同总纲领》（当时的名称），送毛泽东审阅。

毛泽东亲自作了修改。如今，尚可从毛泽东写给胡乔木的5封便函，看到当年修改时的繁忙景象：

其一

乔木：

纲领共印三十份，全部交我，希望（今晚十点）左右交来。题应是《共同纲领》。

毛泽东

9月3日

你应注意睡眠。

其二

乔木：

今（引者注：指9月3日）晚付印的纲领，请先送清样给我校对一次，然后付印。

毛泽东

即

其三

即刻付印（引者注：指9月5日），一小时内交我。

毛泽东

其四

照此改正，印成小册子一千本。

毛泽东

9月6日

其五

乔木：

即刻印一百份，于下午8时左右交周副主席（引者注：指周恩来）。但不要拆版，候起草小组修正后，再印一千份。

毛泽东

9月11日下午4时半

内中，从9月10日晚9时起，周恩来、胡乔木等在毛泽东处一起讨论《共同纲领》的修改，直至翌晨7时，一口气讨论了10个小时！

从毛泽东关照胡乔木“你应注意睡眠”一句，也可看出当时胡乔木工作的紧张状态。

《共同纲领》，其实不光是“建国纲领”，而且还可以说是当时的一部“临时宪法”。

周恩来先后召开了7次会议，征求各方意见。

1949年9月29日，《共同纲领》经新政协大会正式通过，正式定名为《中国人民政治协商会议共同纲领》，载入了史册。

胡乔木还为新政协的召开，写了《旧中国灭亡了，新中国诞生了》一文，作为新华社社论发表。胡乔木写道：

“中国人民政治协商会议的开幕，是中国光辉灿烂的人民的新世纪的开端。这是全中国人民空前大团结的会议。这个会议宣告了旧中国的永远灭亡和新中国的伟大诞生……”

新政协决定，自1949年9月27日起，北平改用原名北京——北京是在1928年6月20日被南京国民政府改名为北平的。北京定为新中国首都。新政协选举毛泽东为中央人民政府主席。

成为“新闻人物”

1949年10月1日，已成为一个历史性的日子。

这天下午2时，中央人民政府委员会在北京中南海勤政殿举行首次会议，一致决议：宣告中华人民共和国中央人民政府成立，接受《中国人民政治协商会议共同纲领》为本政府施政方针。周恩来被任命为政务院总理兼外交部部长。

下午3时，首都北京30万军民在天安门广场举行隆重的开国典礼。在天安门城楼上，毛泽东向全世界宣告："中华人民共和国成立了！"胡乔木也随毛泽东登上了天安门城楼。

这天，新华社播发了重要社论：《中华人民共和国万岁！》。

不言而喻，这篇社论又出自胡乔木笔下。

胡乔木写道：

"前程无限光辉的中华人民共和国已经诞生，四万万七千五百万中国人民开始自己当权管理国家，我们这个古老的东方民族揭开了历史的新的巨册……"

在新中国成立之际，胡乔木被任命为新闻总署署长。不久，他又多了一项非常恰当的任命——中央人民政府发言人。

其实，在新中国成立之前，胡乔木为新华社写了那么多社论、评论、新闻，实际上已经在扮演中共发言人的角色，只是那时没有这样的名义罢了。

此外，他仍兼任着中共中央宣传部副部长（自1950年至1954年，他担任中共中央宣传部常务副部长）以及新华通讯社社长。

他还担任中共中央机关报《人民日报》社社长。

当然，他仍是毛泽东的政治秘书。

向来，他是在"幕后"工作，发表的文章是以社论、评论面目出现，他的名字很少在报刊上见到。然而，自从他担任新闻总署署长，尤其是出任中央人民政府发言人后，胡乔木从幕后走到前台，成了"新闻人物"。

就在这时，一些报纸刊登了介绍胡乔木其人的文章，使这位一直身居幕后的人物首次"亮相"。

上海《新闻日报》在1949年12月2日，发表了署名癯山的《记胡乔木》一文，照录于下：

新华社社长及新闻总署署长胡乔木是苏北盐城县人，地主家庭出身，他父亲胡启东老先生是旧国会的议员，因为拒绝曹锟的贿选，在地方上很负清名。他原名叫鼎新，兄弟姐妹一共有五个人，他和他的大哥达新先后曾在扬州的前江苏省立第八中学读书，他是1924年秋进校的，当时才十三岁，因为一篇《送高二同学赴杭州参观序》的好文章而闻名全校。

学校特地把这篇文章刊印出来，交给大家做参考。他英文、算学的成绩，也远超在众人的上面，因此先生、同学都叫他做"神童"；说他是一个“不世出”的奇才。

他1930年考进了北京清华大学的物理系，当时一般学生的传统心理，皆以南进交大、北进清华为荣；尤其是清华毕业的学生，有优先留美的权利，更是大家所“向往”的学校。以胡氏的聪明才智，只要读完了四年，“放洋深造”，自无问题；但他却接受马列主义的真理，走上了革命的阵线……

这篇文章中尽管某些地方有出入，但大体上还是勾勒出胡乔木的人生轨迹。

两个月后——1950年2月3日，新加坡《南侨日报》刊出署名江山的文章，题为《严正驳斥美揆造谣的新闻署长胡乔木》，近两千字，更为详细。现亦照原文，摘录若干于下：

中央人民政府的发言人，政务院新闻总署署长胡乔木，日前对美国务卿艾其森（引者注：即艾奇逊）歪曲中苏会谈（引者注：指当时毛泽东率代表团赴苏与斯大林会谈）的谈话，予以严正驳斥，这是他从新闻总署成立以来代表政府所作的第一次发言，以后我们听到他代表政府发表谈话的机会一定很多，无论是关于国内或国际方面的，他好像是一位播音台的播音员一样，全国人民经常都候着他的声浪，都想从他那儿知道人民政府的意志与动向。

他的责任虽然如此之重，但他过去一直是个革命工作者，所以除了中共内部及其工作地区的人民而外，很少知道他的经历的……

接着，文章便介绍了胡乔木的经历，内中提及了他“担任毛泽东主席的政治秘书”。最后，作者写道：

现在他是新华通讯总社社长，北京《人民日报》社社长，又是政务院新闻总署署长，肩荷着全国新闻报道、政治宣传和政府发言人的重任，他会写，会说，会做，恰是胜任愉快，铢两悉称。

对于这些报道，胡乔木并不乐意。他仍希望悄然埋头于幕后，不愿报刊上介绍他本人。

好在他是新闻总署署长，嘱令各报不要再刊登关于他的报道。从此，在中国报纸上，关于他的报道画上了句号。直至他后来成为中共第二届政治局委员，按惯例要刊登简历，这才经他过目、由新华社发了一则关于他的数百字的简历，如此而已……

这里值得一提的是，1950年1月21日《人民日报》所载胡乔木驳斥美国国务卿艾奇逊的谈话，其实并不是胡乔木起草的，而是毛泽东起草的!

这一回，一反往常：平日，总是胡乔木替毛泽东起草文件，此次反过来，毛泽东为胡乔木“捉刀”！

那时，毛泽东正在苏联访问。1950年1月12日，艾奇逊发表谈话，说什么“苏联正在将中国北部地区实行合并”。苏方建议，由苏方、中方各自发表一官方声明，驳斥艾奇逊的谈话。于是，毛泽东在1月19日晨5时亲笔写好了一篇声明，是以中央人民政府新闻总署署长胡乔木对新华社记者发表谈话的形式写的。毛泽东写好声明后，用电报发往北京，毛泽东特地注明：

> （一）用密码，不可用明码；
> （二）精密校正，不要错字；
> （三）今（十九）日必须发出，并使刘少奇同志能于今夜或明晨收到。

毛泽东的电报，是发给“少奇同志并告乔木”，告知“用乔木名义写了一个谈话稿，请加斟酌发表”。

毛泽东就笔所写的电讯稿，原文如下：

> （新华社北京20日电）中央人民政府新闻总署署长胡乔木，本日向新华社记者发表谈话，驳斥美国国务卿艾奇逊的无耻造谣。
>
> 胡乔木署长说：美国国务卿艾奇逊1月12日在美国全国新闻俱乐部的长篇讲演中造了一连串的谣言。美国帝国主义的官员们以艾奇逊这类人为代表，一天一天地变成了如果不乞灵于最无耻的谣言就不能活下去的最低能的政治骗子，这件事实表示了美国帝国主义制度在精神方面堕落到了什么样的程度……

电讯稿全文1500多字，痛斥了艾奇逊，理所当然引起国内外的注意。当然，胡乔木的名字也引起了注意。

据当年担任毛泽东俄语翻译的师哲回忆，斯大林曾问及中国政府是否发表了声明。

毛泽东答："发表了，是用胡乔木的名义发表的。"

斯大林问："胡乔木是什么人？"

毛泽东答："是新闻署长，是以他的名义发表声明的。"

毛泽东频频致函胡乔木

担任中央人民政府发言人，担任新闻总署署长，胡乔木跟毛泽东的联系频繁。不过，已经进了北京城，虽然同住中南海，毕竟不像在延安那样喊一声就过来。何况胡乔木担任了许多职务，要参与许多社会活动。因此，毛泽东常常给胡乔木写便函。如今，透过这些毛泽东便函，倒是可以看出胡乔木当年的工作情形。

1949年10月21日，毛泽东一份便函如下——

乔木：

我军于昨日到达迪化（引者注：乌鲁木齐的旧称）。请写短评一篇，能于明日见报为好。关于人民解放军入新的消息及评论，不要有"占领"字样，均称到达某地；评论中应提到得到新疆军政当局同意并欢迎人民解放军迅速开进的。

毛泽东

10月21日下午3时

三天后，毛泽东又写一函——

乔木：

此类新闻，不应在全国发表，也不应在西安兰州的广播台上广播，只可在哈密等地地方报纸上发表。并请拟电告知彭、甘。

毛泽东

10月24日

毛泽东提及的"这类新闻"，是指进驻新疆的中国人民解放军逮捕了原国民党军队中的反动分子的新闻。"彭"，彭德怀；"甘"，甘泗琪。他俩当时担任中国人民解放军第一野战军司令员及政治部主任。可见毛泽东虑事甚细，很注意新闻的分寸。

在胡乔木兼任《人民日报》社长时，总编辑为邓拓。1949年12月1日，邓拓写了关于《人民日报》存在问题及进行改革的意见，给陆定一、胡乔木并报毛泽东、刘少奇。毛泽东作了如下批语——

乔木：

此事应早日解决，不应拖得太久。邓拓意见似乎是好的。

毛泽东

12月4日

1950年元旦，正在莫斯科访问的毛泽东发来电报——

少奇转乔木：

广西全境，广东之南路及雷州半岛，西南全境（除李弥、余程万二部及西昌胡宗南一部外），西北全境，残敌均已肃清。请用中共中央名义起草一个致各野战军的贺电，电稿写好后告我看一下再发。

毛泽东

1月1日

1950年1月14日，毛泽东又发电报给胡乔木，告知“我今晚九时动身去列宁城参观，要三天才能回来”。毛泽东嘱这三天内《人民日报》社论“由少奇同志看过即可发表”。

2月14日，毛泽东发来颇长的电报，注明“限即刻到”，交“少奇、乔木”。毛泽东要他们“将新华社（社）论《中苏友好合作的新时代》一文立即作如下之修改，然后随条约一道于今夜广播”。毛泽东陈述了六条意见，最后写道：“以上删改，请乔木负责改好校正无讹，并请少奇同志精校一遍，务使毫无遗憾，与中苏双方所发表的条约及协定内容完全一致，否则参差不齐，影响很坏，至要至要！”

1950年9月29日，毛泽东致函胡乔木，指出：“请查过去宣传中有无规定在1950年打台湾的事，有人说他看过元旦文件内说今年要打台湾的话，未知确否？以后请注意……”

在1950年10月21日，毛泽东连发两函给胡乔木：

乔木同志：

外国通讯社如对志愿军有反映，请注意在四五天内不要登载在《参考消息》上。

毛泽东

10月21日

乔木同志：

昨日《光明日报》上吴耀宗的文章，可以广播，《人民日报》应当转载。

毛泽东

10月21日

吴耀宗当时任中华基督教青年会全国协会出版组主任，他在《光明日报》上发表了《这样推进基督教革新运动》一文。

在1950年11月3日，毛泽东致函胡乔木——

乔木：

此件天津《进步日报》已发表，北京《人民日报》及《光明日报》似可以发表，请酌办。

毛泽东

11月3日

此处提及的是北京大学曾昭抡教授等300多人联名致函毛泽东，表示抗议美国发动侵朝战争。

翌日，毛泽东致函胡乔木，则是关于发表《各民主党派联合宣言》（罗隆基起草，关于各民主党派全力拥护抗美援朝）——

乔木，并徐冰同志：

此件请乔木即印清样七份，印好后以四份分送毛周刘朱（引者注：指毛泽东、周恩来、刘少奇、朱德），以三份交徐冰，请徐冰于今日下午再找李济深、黄炎培、罗隆基三人一阅，取得同意，于今日下午七时以前退回我。

毛泽东

11月4日上午9时

11月17日，毛泽东致胡乔木函指出："《参考消息》上，无根据地乱安题目，帮助美国人恐吓中国人，也应加以整顿。"

毛泽东素来重视报纸，阅报甚细。他给胡乔木写了那么多的信件，表明他对新闻工作的注重。

发表《实践论》的前前后后

毛泽东在1950年11月22日写给胡乔木的信中，要他起草一个关于如何正确地写电报的文件，颇有意思——

乔木同志：

请你负责用中央名义起草一个指示，纠正写电报的缺点，例如：不要用子丑寅卯、东冬江支等字代替月、日，要写完全的月、日，例如11月22日；署名一般要用完全的姓名，不要只写姓不写名，只在看报的人完全明了其人者允许写姓不写名，便如刘邓（引者注：指刘伯承、邓小平），陈饶（引者注：指陈毅、饶漱石）等；地名、机关名一般必须写完全，只在极少数情况下允用京津沪汉等省称；还有文字结构必须学会合乎文法，禁止省略主词、宾词及其他必要的名词，形容词和副词要能区别其性质，等等。请你为主，起草一个初稿，再邀杨尚昆、李涛、齐燕铭、薛暮桥及其他你认为有必要邀请的同志开会一次或两次，加以修改充实，然后送交我阅。

毛泽东

11月22日

信中提及的杨尚昆，当时任中共中央办公厅主任，李涛为人民革命军事委员会作战部部长，齐燕铭任中央人民政府办公厅主任，薛暮桥为政务院财政经济委员会秘书长。

毛泽东要胡乔木起草这样的文件，是知道胡乔木写文章很注意语法、用词。大抵也正因为这个缘故，后来毛泽东让胡乔木代表中央参与语言文字工作，担任中国文字改革委员会委员、国家语言工作委员会委员、中央推广普通话工作委员会委员、汉语拼音方案审订委员会副主任。

1950年12月28日，毛泽东写给胡乔木的信，则是关于发表《实践论》

一事：

乔木同志：

此两文已看过，可以发表。

第一天发表《实践论》。第二天发表《真理报》的评论。分两天登报。

可先在《人民日报》发表，然后新华社再用文字广播。

毛泽东

12月28日

毛泽东信中提及的《真理报》的评论，是指1950年12月18日《真理报》所发表的编辑部评论《论毛泽东的著作〈实践论〉》。

胡乔木遵照毛泽东的嘱咐，先在1950年12月29日《人民日报》上发表了《实践论》，翌日刊出《真理报》文章。

毛泽东的《实践论》，写于1937年7月。

1950年2月，当毛泽东要从苏联回国时，斯大林提议出版毛泽东的选集，以总结中国革命的经验。为了协助毛泽东编辑选集，斯大林指派了尤金来华。

毛泽东回国后，由他的俄语翻译以及苏联汉学家费德林着手翻译。尤金读了俄文稿，对《实践论》极为推崇，建议送往苏联发表。毛泽东同意了。

尤金把《实践论》俄文稿交人呈送斯大林。斯大林阅毕，交由苏共中央理论刊物《布尔什维克》于1950年第23期（12月出版）全文发表。12月18日，《真理报》配发了评论文章。

于是，毛泽东给胡乔木写了那封信，决定在《人民日报》全文发表《实践论》，翌日发表《真理报》评论。

也就在写那封信的同一天，毛泽东又给胡乔木写了一信——

乔木：

（一）可将胡佛演说以资料名义刊于《人民日报》第四版及《世界知识》上。（二）不但“领导方法决定”，而且有许多其他文件，都有在报上重新发表一次的必要。此事请与陈伯达商量一下，开出一个文件单，加以审查，然后发表。

毛泽东

12月28日

这里提及的胡佛，是美国前总统。“胡佛演说”，是指胡佛1950年12月20日在纽约发表的关于国际形势及美国对外政策的广播演说。毛泽东看了演说稿，非常仔细地考虑了在中国加以发表的形式——以什么名义，在什么报第几版，在什么杂志上同时登，都作了很具体的安排。

至于“领导方法决定”，是指毛泽东在1943年为中共中央起草的关于领导方法的决定。这显然是由于《实践论》的发表，使毛泽东想及，“有许多其他文件，都有在报上重新发表一次的必要”。

每天指导着报纸工作

受毛泽东的感染，也受毛泽东的委托，胡乔木如同毛泽东那样，时时注意着报纸。作为“新闻首脑”，又兼着《人民日报》社社长，胡乔木每日打开的头一份报，便是《人民日报》。

毛泽东阅报时，随手写下种种意见，总是批给胡乔木。胡乔木呢？他阅《人民日报》，随手写下种种意见，总是批给“范、邓、安”，亦即范长江、邓拓、安岗。他的这些信件，到了《人民日报》社，被作为档案保存下来，迄今犹在。

胡乔木是写社论的好手，因此对《人民日报》的社论要求颇严。1950年6月7日，他给范长江写信，对于《人民日报》送来请他审读的“公私工商业关系社论”认为“写得并不好，原因是没有分析”。他要求“最好是重写”，要说理透彻，“有说服性”，“要把必要的材料成熟地掌握一下，找出逻辑关系来”。他认为，“凡写重要问题的社论必须充分展开逻辑，才有被人接受和重视的理由”。

此后，胡乔木又多次谈及社论的写作。他说：

“写社论，选题是政治问题，怎样写是技巧问题。社论要有分类，各类社论的性质不同，彼此相差很大，对待敌人的社论和纪念性的社论和解决当前问题的社论就不一样。反驳杜勒斯（引者注：美国国务卿）只要驳倒就完了，不能指示他做什么。纪念性的社论只提出一般性的任务，而对国内的实际问题就要提出一些具体任务。”

他还曾这样说及：

“报纸上的社论应当解决当前的问题，不能去解决已经解决了的问题。其次，社论的篇幅应该有一定的限制，在时间上也应该有一定的限制。有些社论今天不发表，明天发表就没有意义了，特别在国际斗争方面。社论不仅要认识世界而且要改造世界。”

那时尚无“社论写作学”之类，胡乔木从自己写作社论的多年甘苦之中，谈了不少精辟之见。

他也很注意评论。他说：

“评论是报纸的灵魂，是报纸的声音。其他的东西虽然也是报纸的声音，但是评论是它的主要声音。”

1951年1月5日，胡乔木致函“范、邓、安”：

“《人民日报》第三版的版面仍未见有显著的改善。其主要原因仍是缺乏思想性的文字，未能成为讨论思想问题的战线。”

1951年3月4日，胡乔木在信中写道：

“评论的沉闷当然首先是因为评论的内容空泛，使人不知道作者究竟在打算叫人干什么，提倡什么和反对什么。”

也就在这一天，《人民日报》第三版从《开明少年》杂志第66期上转载了一段文章，意思是说喜马拉雅山的主峰不应用外国人名称“额非尔士峰”，而应叫“珠穆朗玛峰”。文章用了标题《我们伟大祖国有世界最高的山峰》。胡乔木看了，颇不满意，写信论述了自己对于标题的见解：

注意标题——这是我对于《人民日报》的一个要求。

今天的报纸第三版有一段文章，题目是《我们伟大祖国拥有世界最高的山峰》。这个题目是报纸上许多不好的标题之一。从这个题目人们决不能得到关于这段文章内容的任何暗示，而且也不能引起任何兴味，因为标题里的话是谁都知道的。这段文章正确的标法应当是《额非尔士峰的名字应与通令纠正》，《额非尔士峰应当恢复祖国的原名》，《用外国人名称呼我国最高峰是一个错误》，《纠正我国地理名称上的一个重要错误》，《世界第一高峰是谁发现的》，《发现世界最高峰的是中国人，不是外国人》，等等。

我所以详细指出这个例子，是因为《人民日报》上这类毛病太多了，简直是每一天每一页都有这种题不对文、不着边际、毫无生气的题目。我要求编辑部切实改正这种现象。

只要全部题目（连小题）都是生动醒目的，文章又都是对题而不是离题的，那就表示整个报纸的生动醒目的问题，已经解决了一大半。加上短评、信箱、动态、通讯、图片等成分安排好，编排不是故意叫人难受，那么，报纸就会活跃得像春天的大花园一样了。

对于《人民日报》，胡乔木几乎到了“管头管脚”的地步，看到什么就说什么，他不断给“范、邓、安”写信。

1950年5月13日，他在信中要求《人民日报》改进广告工作，以期成为“领导全国广告改进的首脑”。

1950年6月25日，他写信称：“《人民日报》读者来信很有益，但每信后面应注明处理情形或意见，如此信已复如何如何，此信已转抄某处某处，此信已请某人某人代复，此信为何尚未答复。否则看了就未免令人纳罕。”

胡乔木曾对《人民日报》及其他报刊的工作，写过许多这类信件，有时打电话，有时托人转告，有时约见报社领导。用他自己的话来说：“因宣传部负责每天指导宣传工作特别是报纸评论的工作。”[1]

终于累得病倒了

给《人民日报》频频写指示信的胡乔木，在1951年1月8日至1951年3月4日之间，却忽地成了“空白期”。

给胡乔木频频写指示信的毛泽东，在1950年12月28日写了那封关于发表《实践论》的信之后，至1951年3月2日才又给胡乔木写了关于转载萧乾的《在土地改革中学习》一文的指示信，中间也出现了一段“空白期”。

在这“空白期”——1951年1月中旬至2月底，胡乔木到哪里去了呢?

他的夫人谷羽是这么回忆的：

1950年12月16日，她生下第三个孩子，正住在医院里。这样，胡乔木有了二子一女。他为新生的儿子取名“和平”。和平早产，才七个月，出生后只得养在氧气箱里。

谷羽正忙着照料早产的儿子，一天，忽地传来消息，胡乔木病倒了，送进了北京医院!

胡乔木是累倒的。在毛泽东身边工作，差不多天天像绷紧的弦，况且毛泽东的生活昼夜颠倒——白天，胡乔木作为新闻总署署长、中宣部副部长，要办公；入夜，毛泽东开始办公，又常常找他。日子久了，他得了严重的神经衰弱

[1] 引自胡乔木1953年12月7日致毛泽东、刘少奇函。

症。笔者曾采访毛泽东的机要秘书罗光禄，他也得此症。

胡乔木生活没规律，又得了胃病。那天，他突然胃出血，吐了一盆子血，被急急送入北京医院。

北京医院院长、外科专家周泽沼亲自给胡乔木诊治。卫生部副部长傅连暲也赶往北京医院，过问此事。

经过检查，胡乔木患胃溃疡，已经穿孔，所以造成大出血。大夫认为，应该马上动手术，切除溃疡部分，但是又很担心，因为胡乔木体质弱，已经大出血，怕经受不起大手术。

周恩来总理闻讯，赶往北京医院，召集医生会诊，听取各方意见。

谷羽的答复非常干脆："开刀！"

知道胡乔木要动手术，那天上午，经过一夜紧张工作的毛泽东，正要上床休息，要值班卫士把他的保健医生王鹤滨找来。

"王医生，你代表我去看看胡乔木同志，他病得很重，住进了北京医院。"毛泽东对王鹤滨说，"他可是个大好人哪！"

王鹤滨随即赶往北京医院，上到病房主楼三层，见到了傅连暲，也见到了胡乔木。王鹤滨回忆道：

> 胡乔木患溃疡病，大出血，面色苍白，显得很虚弱。医生护士们正忙着为他作手术前的准备工作。我走到躺在输送床上的胡乔木同志身旁，他马上要被送入手术室了。
>
> "毛主席很关心您的健康，叫我代表他来看望您。"我握着胡乔木那发冷的、缺少血色的手说。
>
> "谢谢毛主席的关怀，请转告主席，请他放心，不会出事的，要给我作手术。"胡乔木同志苍白的脸上显出了笑容，兴奋而稍有点吃力地说着。
>
> "请主席放心！"当把他推向手术室时，胡乔木带着笑容又叮嘱我一次。[1]

胡乔木被推进手术室，由北京医院院长周泽沼亲自主刀。胡乔木的胃溃疡颇严重，胃被切除了四分之三！

毛泽东关注着胡乔木的病情。除了听取王鹤滨的报告之外，毛泽东还要求北京医院逐日把胡乔木的病况报来。

---

[1] 王鹤滨：《紫云轩主人——我所接触的毛泽东》，中共中央党校出版社1991年版。

手术之后，又发生意外的情况：胃与肠粘连，可能需要再动一次手术！

体质已很虚弱的胡乔木，能否再经受得住第二次手术？

周恩来闻言，又一次来到北京医院，听取大夫们的意见。周恩来问大夫们，除了再开刀之外，还有没有别的办法？

大夫们终于决定采用别的办法治疗，未动手术，解决了胡乔木的胃肠粘连。

胡乔木本来就消瘦。胃切除大部分之后，更是影响了消化。谷羽说：“他一辈子从来没有胖过！”

在北京医院住了两个来月，也就造成了那一段“空白期”。

胡乔木刚出院，便开始工作。毛泽东在1951年3月2日给他写了一信：

乔木同志：

3月1日《人民日报》载萧乾《在土地改革中学习》一文，写得很好，请为广发各地登载。并为出单行本，或和李俊龙所写文章一起出一本。叫新华社组织这类文章，各土改区每省有一篇或几篇。

毛泽东

3月2日

萧乾，作家，当时任《人民中国》（英文版）副总编辑。李俊龙则为政务院参事，写了《战斗中的湖南农民》，载于1951年2月10日《人民日报》。

这封信表明，胡乔木又开始忙碌了。不过，他尚在休养之中。他和谷羽住到北京颐和园的谐趣园疗养。

谐趣园乃颐和园的“园中之园”，风景幽雅。此园原名“惠山园”，是清朝乾隆皇帝游江南时看中无锡惠山的寄畅园，下令在京仿建。后来，在光绪十九年重修，改名“谐趣园”。园内有涵远堂、湛清轩、瞩新楼、知春堂等13座亭台楼阁，一泓碧水，游廊曲折，清静古朴，世外桃源。胡乔木在此一住数月，精神为之一爽。

这时，他在中南海的住处，已从静谷迁往春耦斋北面偏西的来福堂，与中共中央宣传部副部长凯丰为邻。后来，又迁往中南海喜福堂居住。

第四章
“大手笔”

这篇《再论》，一时间震撼着国内外。在中国，此文成为每一位中共党员、每一位中国公民必须学习的文件；在国外，众多的记者、政论家、政界人物，在反反复复琢磨着这篇文章。

毛泽东不止一次称赞过《再论》，深表满意。

参与编辑《毛泽东选集》

在颐和园谐趣园疗养的那些日子里，毛泽东仍不时给胡乔木写信，交办各种宣传事务。

那时毛泽东住在石家庄。

3月14日，毛泽东致函胡乔木："3月13日《光明日报》载有一篇天津通讯，题为《天津天主教徒奋斗前进 积极展开（自立）革新运动》，写得很好，请予广播，并在《人民日报》转载。同日该报还登了天津津沽大学教授张羽时的一篇文章，题为《和天主教教友们谈怎样受教》，说明天主教革新的理论根据，很有说服力，请考虑在《人民日报》转载。"

3月20日，毛泽东致函胡乔木，论及关于召开中国共产党第一次全国宣传工作事宜："（一）宣传会议可自5月5日至15日开十天，如15日以后四中全会还未开会再延长五天，否则不要延长。（二）理论教育决定（引者注：指中共中央关于加强理论教育的决定）可先以草案发各地，通知照发。（三）选集（引者注：指《毛泽东选集》第一卷）提前发表的少数文章，待看后送你，4月或可发一二篇。《学习》上不要发表我的文章。"

《毛泽东选集》的编辑工作，花费了胡乔木颇多精力。

《毛泽东选集》最早的编辑者是邓拓。那是在1944年初，经中共中央宣传委员会批准，由中共中央晋察冀分局编辑、出版《毛泽东选集》，邓拓主持此事。1944年5月，第一部《毛泽东选集》问世。在那样的艰苦岁月，能够印出《毛泽东选集》，确非易事。但是，《毛泽东选集》那时并未经毛泽东本人改定。

毛泽东访苏时，斯大林建议出版《毛泽东选集》，毛泽东本人亦有此意，何况随着中国革命的胜利，也确实需要出版《毛泽东选集》。于是，出版《毛泽东选集》，在毛泽东访苏归来后，被郑重其事地提到议事日程上来。

1950年5月，中共中央政治局决定成立《毛泽东选集》编辑委员会，由刘少奇任主任。

《毛泽东选集》的编辑工作，主要由毛泽东的3位秘书承担，即陈伯达、胡乔木和田家英。毛泽东本人亲自过问这一工作。

《毛泽东选集》的编辑工作，大致上是这样分工的：

毛泽东亲自作修改工作，最后定稿；

陈伯达负责全面编选工作，但没有参与第四卷工作；

胡乔木主要负责语法修辞用字和标点方面的工作，编第四卷时负责全面工作；

田家英负责注释工作，组织了中宣部、近代史研究所、中共中央党校、军事科学院等人员参加。涉及历史方面的注释，大都由历史学家范文澜写。田家英还负责出版及外文翻译方面的组织工作。

笔者在采访陈伯达时，他说，《毛泽东选集》书前的《本书出版的说明》是他写的。文末本来署“中共中央毛泽东选集编辑委员会”，由于考虑到“编辑”两字似乎不妥——毛泽东的文章还要由别人“编辑”？于是他改署“中共中央毛泽东选集出版委员会”。此后，便一直沿用这一名义。

《毛泽东选集》第一卷中的一些文章，经毛泽东阅定后，在出版前交《人民日报》发表。这便是毛泽东给胡乔木信中所提及的“选集提前发表的少数文章，待看后送你，4月或可发表一二篇”。

《毛泽东选集》第一卷在1951年10月12日出版发行，第二卷在1952年4月10日出版发行，第三卷在1953年4月10日出版发行。

第四卷在胡乔木主持之下，与前三卷不同，先是把全书编定，最后由毛泽东主持通读定稿。第四卷的许多题解以及政治性释文，由胡乔木执笔写成。编辑及定稿工作，在1960年2、3月间进行。1960年9月下旬，第四卷出版发行。

胡乔木为编辑《毛泽东选集》一至四卷，出了大力。

《中国共产党的三十年》署名内幕

就在编辑《毛泽东选集》第一卷的那些日子里，一个盛大的节日来临了——1951年7月1日，是中国共产党建党30周年纪念日。对于中国共产党来说，不仅“三十而立”值得庆贺，而且打败了蒋介石，取得了全国政权，更值得庆贺。

1951年7月1日尚未到来，各地给中共中央及毛泽东的致敬信、致敬电便潮水般涌来。那时，中国共产党已拥有580万党员。

中共中央政治局决定，1951年6月30日在北京举行隆重的大会，庆祝中国共产党诞生30周年，毛泽东等出席大会，由刘少奇作报告。

请谁为刘少奇起草报告呢？自然，最合适的人选是胡乔木。因为胡乔木编过《六大以前》《六大以来》以及《毛泽东选集》，又起草过《关于若干历史问题的决议》，对中共党史到了“烂熟”的地步。

那时，胡乔木已经离开了谐趣园，住在北京六所休养。

大抵也正因为对于中共党史“烂熟”的缘故，花了一个星期，胡乔木就交卷了，为刘少奇起草了题为《中国共产党的三十年》的报告。

不料，毛泽东阅后，却写了批示，此文以胡乔木名义发表。

胡乔木知道了这一消息，以为不便遵命：这么一来，怎么向刘少奇交代？

毛泽东说少奇同志那里，由他去打招呼，另找人起草报告。

如此这般，胡乔木只得从命。

《人民日报》迅速排印了《中国共产党的三十年》，定于6月22日见报。在6月21日，胡乔木给毛泽东写了一封信，请示有关文章的一些问题，毛泽东在他的信上作了批语：

主席：

“三十年”（引者注：即《中国共产党的三十年》）《人民日报》要求明日增出一张一次登完，现其余均已排好，希望能把改的一页清样马上看一下，在十二点前退回。

对陈独秀说是当时“最有影响的马克思主义宣传者和党的发起者”，拟改为“有很大影响的社会主义宣传者和党的发起者”，是否较妥？（毛批：可以。）

“事实证明，毛泽东同志的农村包围城市的方式已经完全胜利”，此处用“方式”意义不明确，拟改“原理”或“道路”或“战略”或“方针”，请示何者较妥。（毛批：“方针”为好。）

叙述整风时说“党抓紧了这个局势比较稳定的时期”，但前面说这是敌人扫荡最残酷最紧张的时期，似有不合。可否改为：“党抓紧了这个局势较少变化的时期进行了全党范围的马克思列宁主义教育，这种教育在战争和革命猛烈发展和迅速变化的时期曾经是难于大规模进行的。”（毛批：这样好。）

第一次代表大会代表人数各说都是十三人，唯李达说是十二人，理由是包惠僧非代表。两说不知孰是？（毛批：是十二人。）

以上各点请指示。

敬礼！

胡乔木

21日

在接到毛泽东的批复后，《中国共产党的三十年》署名胡乔木，发表于1951年6月22日《人民日报》。新华社全文发，全国各地报纸也全文刊载。中央人民广播电台全文广播。另外，人民出版社还印行了单行本。

《中国共产党的三十年》，是总结中共成立30年历程的第一本简明党史，产生了很大影响，成了各地纪念中共建党30周年的主要学习文件。其影响超过了刘少奇在纪念中共30年大会上的报告。

胡乔木向来在幕后工作。即使是作为中央人民政府发言人曾公开亮相，那也只是“新闻首脑”的形象。这一回，则是作为理论家、党史专家的身份亮相，开始为人们所知道。

虽说胡乔木一生写过众多的社论、评论、决议、文件，但《中国共产党的三十年》是其中少有的署名胡乔木发表的著作。正因为这样，《中国共产党的三十年》在人们的印象中，差不多成了胡乔木的代表作———提及胡乔木，人们会马上说，哦，他写过《中国共产党的三十年》！

此处顺便提一笔，关于中共“一大”的代表，毛泽东的批示称“是十二人”，从此中共党史专家们便沿用此说。直至近年来，才承认包惠僧亦是中共“一大”代表，承认中共“一大”代表是13人。

头绪繁多的种种兼职

胡乔木那时还有一个兼职，即文化教育委员会秘书长。

文教委员会直属政务院，统管文化、教育、科学、卫生各部门。文教委员会的主任，由政务院副总理郭沫若兼任。副主任为陆定一，秘书长为胡乔木。

据林默涵回忆，文教委员会下设一个计划委员会，最初内定林默涵为副主任，已列入名单，只消上报、批准就行了。

然而，出乎意料，胡乔木反对此议。

一天，胡乔木跟林默涵一起散步。胡乔木对他直截了当地说：“据传，要安排你当计划委员会副主任。照我看，你当个委员差不多。你要知道，这个委员会的许多委员，资历比你深，你当副主任不合适……”

胡乔木这话，当然使林默涵心中颇不舒服，不过他毕竟还是听从了胡乔木的意见。

不久，计划委员会的正式名单公布了。林默涵一看，跟别的委员一比较，自己当副主任确实不合适，胡乔木的意见是对的，心中的不悦也就很快消失了。

那时，林默涵的夫人孙秀英在北京城外工作。她来自延安，照理在中央部委安排个一官半职是不成问题的。当中共中央组织部找她谈话时，她说希望从事幼儿教育工作，使许多人感到惊讶。于是，她被分配到北京城外紫竹院幼儿园当领导。那时交通不便，她只能一星期回城一趟。这么一来，林默涵带着10岁的女儿住在城里，生活诸多不便。胡乔木知道了，就把林默涵连同女儿一起接到中南海自己家中住，三餐一起吃。胡乔木还安排林默涵出访苏联，让他开阔眼界，便于今后工作。林默涵深为胡乔木的真诚、热情所感动。

胡乔木的兼职不少，他受毛泽东委托，还兼管着中共中央翻译工作委员会。

1951年7月10日，胡乔木给毛泽东写了关于中共中央翻译工作会议情况的报告。报告说，会议讨论了《斯大林全集》中文版的翻译工作，拟在5年内完成《斯大林全集》共16卷的翻译工作。会议也讨论了《毛泽东选集》的俄译稿事宜，拟由王稼祥、李立三、张闻天3人（均精熟俄语，又有理论修养）校阅。会议提议组成中共中央翻译工作委员会，由王稼祥负责。然而，王稼祥一再推辞。

于是，毛泽东在1951年7月13日致函胡乔木，考虑到胡乔木英语不错，要他暂且兼管中共中央翻译委员会的工作：

乔木同志：

同意你的各项意见。但委员会的主持人稼祥既不愿担任，就由你暂时担任为好，每月召开一次会，将来再考虑用他人。

毛泽东

7月13日

胡乔木担任中国文字改革研究委员会委员，参与了文字改革工作。

1953年春，胡乔木在中国文字改革研究委员会第二次全体会议上，传达了毛泽东对文字改革的一些意见：

文字改革工作关系到几万万人，不可操切从事，要继续深入研究，多方征求意见。

去年拟出的拼音字母，在拼音的方法上虽然简单了，但策划还是太繁，有些比注音字母更难写。拼音文字不必搞成复杂的方块形式，那样的体势不便于书写，尤其不便于速写。汉字就因为笔划方向乱，所以产生了草书，草字就是打破方块体势的。

毛泽东与胡乔木

拼音文字无论如何要简单，要利用原有汉字的简单笔划和草体；笔势基本上要尽量向着一个方向（“一边倒”），不要复杂；方案要多多征求意见加以改进，必须真正做到简单容易，才能推行。

过去拟出的七百个简体字还不够简。作基本字要多利用草体，找出简化规律，作成基本形体，有规律地进行简化，才算得上简化。

会议的新闻稿，由胡乔木转毛泽东审阅。毛泽东阅后，作了修改，并于1953年5月22日致函高教部部长、中国文字改革研究委员会主任马叙伦：

马部长：

此件（引者注：指会议新闻稿）由胡乔木同志从尊处转来，因给一些同志传阅，耽阁（搁）了很多时间，兹特奉还。如要在《中国语文》上发表，请照修改样式为荷！

顺致敬意

毛泽东

1953年5月22日

胡乔木作为中共中央宣传部常务副部长，还要兼顾并主持着中宣部的工作。诸如中宣部、政务院文教委员会的机构设置、干部配备，也由他主持拟定，于1951年1月15日向毛泽东递送报告。翌日，毛泽东便作了批复：

乔木同志：

此件很好，可照此实行。唯赖若愚调总工会为秘书长，陶鲁笳是否能调出待考虑，江青是否适宜做处长也值得再考虑一下。

毛泽东

11月16日

江青，原本任毛泽东的生活秘书，此时亟想“露峥嵘”，先是担任“电影指导委员会”委员。1951年6至7月，江青率“武训历史调查团”去山东堂邑一带，从调查武训的历史入手，开展对电影《武训传》的批判。回来后，这个调查团写出了《武训历史调查记》，毛泽东亲自作了修改，于1951年7月11日致函胡乔木：

乔木同志：

此件（引者注：指《武训历史调查记》）请打清样十份，连原稿交江青。排样时，请嘱印厂同志校正清楚。其中有几个表，特别注意校正勿误。

毛泽东

7月11日

《武训历史调查记》在《人民日报》发表后，江青越发得意，企望着走上政治舞台。不过，由于毛泽东在给胡乔木的信中表示“江青是否适宜做处长也值得再考虑一下”，胡乔木就把原本拟安排江青担任中宣部电影处处长，改为副处长。

又是文教委员会秘书长，又得顾及文字改革和中共中央翻译工作委员会，还得主持中宣部常务工作，主持新闻总署、《人民日报》、新华社工作，当然，他最重要的职务还是毛泽东秘书——在那些日子里，胡乔木的工作头绪甚多。即便如此，胡乔木还不断为《人民日报》写社论，诸如：

《中国人民志愿部队抗美援朝保家卫国的伟大意义》（1950年11月20日社论）；

《在伟大爱国主义旗帜下巩固我们的伟大祖国》（1951年元旦社论）；

《评朝鲜停战谈判》（1951年8月11日社论）；

《印度缅甸拒绝签订美英对日和约》（1951年8月29日社论）；

《迎接1953年的伟大任务》（1953年元旦社论）；

《苏联共产党的统一和巩固是全世界劳动人民的利益》（1953年7月12日社论）；

……

在杭州起草《宪法》

胡乔木忽地要离开北京。

1953年12月7日，胡乔木给毛泽东、刘少奇写了请示信：

“在我即将离开北京并暂时离开宣传部工作的条件下，凯丰同志似有能经常列席中央会议的需要”，“因宣传部负责每天指导宣传工作特别是报纸评论的工作，而仲勋同志现在对宣传部工作过问的可能很少，所以希望中央对此能予以格外的考虑”。

为此，毛泽东于12月10日在胡乔木的信上，作如下批语——

刘、周、朱、陈、高、小平、仲勋、尚昆阅，退少奇处理。

（一）乔木暂离时期，凯丰列席中央会（议）是必要的；（二）文字问题待会谈。

毛泽东

12月10日

毛泽东批语中提及的“刘、周、朱、陈、高”，指刘少奇、周恩来、朱德、陈云、高岗。前四人当时任中共中央书记处书记，高岗为中共中央政治局委员。

凯丰当时为中共中央宣传部副部长。

毛泽东批语中提及的“文字问题”，是指由胡乔木起草的关于汉字改革及少数民族文字问题的两个文件。

胡乔木为什么要离京？他到哪里去了呢？

这是因为又降重任于他肩上——起草《中华人民共和国宪法》。

1952年12月24日，在全国政协常委第四十三次会议上，周恩来代表中共提议，以全国政协的名义向中央人民政府建议：根据《中华人民共和国中央人民政府组织法》第七条第十款，于1953年召开全国人民代表大会和地方各级人民代表大会，并着手起草宪法。全国政协常委会一致通过了周恩来的提议。于是，宪法的起草工作，便提到了议事日程上来。

毛泽东亲自挂帅，主持宪法起草工作，出任宪法起草委员会主席。只是1953年因部分省市受灾，政务院发出救灾工作指示，全国人民代表大会也推迟至1954年召开，宪法的起草工作也相应推迟。

宪法是根本大法，起草工作也就很慎重。1953年底，中共中央成立了宪法初稿起草小组，着手起草。后来，经中共中央政治局决定，起草小组由8人组成，即陈伯达、胡乔木、董必武、彭真、邓小平、李维汉、张际春、田家英。实际上，真正动笔起草的，在这8人之中，显然是3位“笔杆子”——陈伯达、胡乔木、田家英，均为毛泽东秘书。

为了避开北京冗杂的事务，便于专心起草宪法，毛泽东带着起草小组于1953年12月24日来到杭州。

起草小组通过内务部，搜集了许多国家以及中国往昔的种种《宪法》。胡乔木一时间完全“进入角色”，钻进了《宪法》堆里，反复钻研着种种《宪法》，内中有：

1918年苏俄《宪法》；

1936年苏联《宪法》；

罗马尼亚、波兰、德国、捷克等国《宪法》；

1946年法国《宪法》；

1913年天坛《宪法》草案（亦即《中华民国宪法草案》，因在北京天坛祈年殿起草而得名）；

1923年曹锟《宪法》；

1946年蒋介石《宪法》；

……

胡乔木在《我所知道的田家英》一文中，这么写及在杭州的工作情形：

“1953年底，毛主席指定陈伯达、田家英和我准备去杭州起草宪法。陈已先拟初稿，听说又要别人参加，改动他的稿子，就已很不高兴。到杭州后，陈告诉家英，他要住在北山高处，表示他不负任何责任。第一次开会讨论，他又对家英发火，认为任何人非经他的许可，不得在主席面前讨论原稿，并且不许向主席说明会中原委。家英对陈的这种专横行为非常愤慨，却无法反抗。此后，每次开会以前，先得向陈做一次汇报。直到罗瑞卿后来（他是一道来的，但以前并没有参加起草宪法的讨论）直截了当地提出某某条应该这样改，某某条应该那样改，陈管不了他，陈独裁的局面也就打破了。陈因为一开始就不愿到杭州来，来了势必改动他的原稿，加上讨论时毛泽东自己也常常当面对陈的草稿提出种种重大的修改意见，所以在整个起草过程中他闷闷不乐，常对家英说：‘我不行啦，要回老家当小学教师啦’，等等。”[1]

胡乔木的回忆，透露了陈伯达与他及田家英的矛盾。

参与过起草《共同纲领》的胡乔木，对于起草《宪法》已算是有了经验。

起草工作颇为紧张：1954年2月中旬，起草小组写出了初稿；2月20日，写出二读稿；2月25日，写出三读稿；3月8日，写出四读稿。

3月12、13、15日，中共中央政治局召开扩大会议，对四读稿进行讨论、修改，大体上完成了《宪法草案》的起草工作。

此后，草案交各方广泛讨论，8000多人提出了5000多条意见。直至1954年9月20日，第一届全国人民代表大会第一次会议正式通过了《中华人民共和国宪法》。

据陈伯达告诉笔者，《宪法》的序言是由胡乔木执笔的。胡乔木也参与了其他部分的起草。

不过，在紧张地完成了四读稿之后，《宪法草案》的修改重担压到了田家英肩上。胡乔木离开了起草小组。

胡乔木又到哪里去了呢？

第二次病倒

胡乔木到苏联去了！

繁重的工作，使胡乔木又一次病倒。这一回，他的右眼患中心性视网膜炎，先是在北京住院治疗，不久送往苏联，住进了莫斯科克里姆林宫医院。

在那里，闹了笑话：苏联大夫进病房，嗅到一股异味。细细找寻，发现胡乔木带来了发出臭味的东西——在玻璃瓶里，装着白色的小方块食物，长着灰绿色的霉斑，臭气冲天。大夫双眉紧皱，把玻璃瓶扔进了废物箱。胡乔木深为惋惜，因为那是他特地从国内带来的喜欢吃的臭豆腐！

胡乔木病了之后，承受工作重担的田家英也累倒了。虽然田家英比胡乔木小10岁——那时只有32岁，累得吐血了。

---

[1] 《毛泽东和他的秘书田家英》，中央文献出版社1989年版。

对于“秀才”来说，眼疾对工作影响最大，不能看书、看报、看文件，也无法从事写作。不得已，胡乔木只得放下笔杆子，专心休养，又度过了一段“空白期”。

眼疾日渐康复，胡乔木的笔重新忙碌起来，帮助周恩来起草在第一届全国人民代表大会第一次会议上要作的政府工作报告。

1954年9月19日，毛泽东致函胡乔木——

胡乔木同志：

此件（引者注：即政府工作报告）看了一遍，有些觉得不妥处作了记号，有些处改了几个字，请你斟酌。

毛泽东

9月19日

过了几天，由胡乔木写的《为和平、民主和社会主义而斗争的五年》，作为《人民日报》国庆社论，于1954年10月1日发表了。这表明胡乔木已经恢复了正常工作。

此时，他又多了一项任命：担任中共中央副秘书长。当时的秘书长为邓小平。

他在中南海的住处，从来福堂迁至喜福堂，这时又迁至颐园的一座四合院。从此，他在颐园一住12年，直至“文革”爆发，他被逐出中南海。

作为中共中央副秘书长，作为毛泽东的政治秘书，他参与了当时政治生活的种种重大事件。

他参与了对高岗、饶漱石的批判。1955年3月12日，毛泽东写给他一信——

即送胡乔木同志：

此件你阅后请送恩来同志阅，最好能于今天或明天在政治局会议上通过，今晚或明晚即印发党代表会议参加者。

毛泽东

3月12日

毛泽东信中提及的“此件”，即邓小平准备在中国共产党全国代表会议上要作的《关于高岗、饶漱石反党联盟的报告》。

他也参与了对胡风的批判。

毛泽东在1955年6月6日致函陆定一、周扬——

定一、周扬同志：

社论尚未看。对“第三批材料”的注文，修改了一点，增加了几段。请你们两位，或再邀请别的几位同志，如陈伯达、胡乔木、邓拓、林默涵等，共同商量一下，看是否妥当。

我以为应当借此机会做一点文章进去。

毛泽东

6月6日

他还参与了准备提交中共七届六中全会讨论的《关于农业合作化问题的决议（草案）》和《农业生产合作社示范章程（试行草案）》的修改工作。前者，是由陈伯达起草的。

1955年9月6日，毛泽东致函中共中央办公厅主任杨尚昆——

尚昆同志：

此两件，请于今日上午印好，下午即送在京各中委、候补中委、各副秘书长、农村工作部各副部长和秘书长各一份。并告胡乔木请他研究和主持修改示范章程。

毛泽东

9月6日零时半

出任中共中央书记处候补书记

1956年9月15日下午，一次盛大的历史性会议，在北京召开——中国共产党第八次全国代表大会开幕。此时，离1945年的中共“七大”已经整整11年了。

为着起草中共“八大”文件——毛泽东的《开幕词》、刘少奇的《政治报告》、周恩来的《关于发展国民经济的第二个五年计划的建议的报告》等，毛泽东的3位秘书处于高度忙碌之中。

就在大会召开的前一天，毛泽东还给3位秘书写了这么一封信——

伯达、乔木、家英同志：

（一）“党的领导”部分，看了一遍，可用，估计不会有太多的修改了。但是一定还会有一些修改。我们都要睡觉。你们在上午十二时以前改好后，直接交尚昆付翻译和付印。

（二）开幕词又作了一些修改，已去打清样送你们，请再加斟酌，于下午交我为盼！

毛泽东

9月14日上午6时

毛泽东在中共“八大”所致开幕词，最初由陈伯达起草，毛泽东阅后不满意，认为“扯得太远”，改由田家英另起一稿。

胡乔木主要忙于和陈伯达一起起草政治报告，另外也协助周恩来修改关于第二个五年计划的报告。

在中共“八大”，胡乔木当选为中共中央委员。

紧接着，在中共“八大”闭幕的翌日——9月28日，召开中共八届一中全会。会议选举新的中央领导机构。胡乔木当选为中央书记处候补书记。

当时当选为中央书记处书记的是：邓小平、彭真、王稼祥、谭震林、谭政、黄克诚、李雪峰。

候补书记为：刘澜涛、杨尚昆、胡乔木。

从此，胡乔木参加中共核心会议，不再是列席者，而是出席者了。

写出《再论无产阶级专政的历史经验》

刚刚从起草中共“八大”文件的忙碌中透过一口气来，胡乔木又陷入新的忙碌之中。

毛泽东把一个大任务，交给胡乔木：写一篇大文章，驳斥赫鲁晓夫！

这篇文章便是著名的《再论无产阶级专政的历史经验》。

中共和苏共产生严重的分歧，是从1956年2月苏共“二十大”开始的。

以朱德为团长的中共代表团，出席了苏共“二十大”。

2月24日夜，苏共“二十大”举行重要会议。苏共没有请各国共产党代表团出席，内中也包括中共代表团。虽说他们事先向中共代表团打了招呼：“我们党对于中国共产党是没有什么可保密的，但是对于别的党就不一样了。只是不便于单独邀请中共代表团，请你们原谅。”

那是一个不平常的夜晚。赫鲁晓夫通宵达旦作了秘密报告，题为《关于个人崇拜及其后果》。

苏共倒是真的没有把中共代表团当成外人，很快地，便把赫鲁晓夫秘密报告的速记稿，送给了中共代表团。

赫鲁晓夫的秘密报告，全面地否定了斯大林，批判了个人崇拜，引起了中共代表团的震动。

苏共“二十大”结束后，由于团长朱德还要继续出访，赫鲁晓夫秘密报告的速记稿由邓小平带回北京，毛泽东读了秘密报告后震怒了，中共中央政治局也为之震惊了。

毛泽东指出苏共“二十大”两大原则性错误：其一，全盘否定斯大林；其二，所谓从资本主义“和平过渡”到社会主义，否定了无产阶级专政。

毛泽东不能容忍赫鲁晓夫的“离经叛道”的行径，决定公开予以驳斥。

毛泽东嘱咐陈伯达起草一篇《人民日报》社论，阐述中共的观点。于是，陈伯达写了《关于无产阶级专政的历史经验》。此文于1956年4月2日打出清样。毛泽东嘱“立即送各政治局委员、各副秘书长，王稼祥、陈伯达、张际春、邓拓、胡绳等同志”，然后于3日下午召集上述人员开会讨论，进行修改。

《关于无产阶级专政的历史经验》原本是《人民日报》社论，临发表之际，毛泽东改署为《人民日报》编辑部文章。毛泽东亲笔在标题之下，加了这样一句话——

（这篇文章是根据中国共产党中央政治局扩大会议的讨论，由《人民日报》编辑部写成的。）

这篇长文于1956年4月5日发表于《人民日报》，首次开始了中苏两党意识形态的公开论战，引起世界瞩目——虽说行文是婉转的，只在字里行间透露了中共与苏共意识形态的差异。

那时，两大阵营严重对立着：以苏联为首的社会主义阵营和以美国为首的资本主义阵营。中苏两党之间的意识形态分歧，理所当然地使资本主义阵营为之兴高采烈。

于是，苏联政府在1956年10月30日，发表了《关于发展和进一步加强苏联同其他社会主义国家的友谊和合作的基础的宣言》。

于是，胡乔木奉毛泽东之命，写了题为《社会主义各国的伟大团结万岁》一文，以《人民日报》社论的名义于1956年11月3日发表。

胡乔木写道：

“以伟大的苏联为首的社会主义各国的团结一致，是世界和平事业和人类进步事业的最重要的支柱。社会主义国家由于思想基础和奋斗目标的一致，形成了人类历史上前所未有的兄弟式的互助合作关系。”

虽说中苏双方都强调了“友谊”“合作”“团结”，而且还强调这是“万岁”的，然而，意识形态的分歧正日益加剧。于是，就在那篇“团结万岁”的社论发表不久，根据毛泽东的指示，胡乔木起草《再论无产阶级专政的历史经验》（简称《再论》）。

此文按照类似于《关于无产阶级专政的历史经验》的讨论范围加以讨论。发表时，仍照前例，在标题之下加了一行字：

（这篇文章是根据中国共产党中央政治局扩大会议的讨论，由《人民日报》编辑部写成。）

这篇长文于1956年12月29日发表于《人民日报》。

这篇《再论》，一时间震撼着国内外。在中国，此文成为每一位中共党员、每一位中国公民必须学习的文件；在国外，众多的记者、政论家、政界人物，在反反复复琢磨着这篇文章。

毛泽东不止一次称赞过《再论》，深表满意。

胡乔木在《再论》一开头，这样写道：

在1956年4月间，我们曾经就斯大林问题讨论过无产阶级专政的历史经验。从那个时候以来，在国际共产主义运动中，继续发生了一系列引起我国人民关切的事件。铁托同志在11月11日的演说和各国共产党对于这篇演说的评论，在我国报纸发表以后，再一次使人们提出了许多需要加以答复的问题。我们现在这篇文章将着重地讨论以下一些问题，就是：

第一，关于苏联的革命和建设的基本道路的估计；

第二，关于斯大林的功过的估计；

第三，关于反对教条主义和修正主义；

第四，关于各国无产阶级的国际团结。

这篇长文点的是铁托，实际上批判的是赫鲁晓夫。

在20世纪40年代，毛泽东的主要敌手是蒋介石；20世纪50年代初，毛泽东发动抗美援朝，以美国为主要对手；自1956年起，毛泽东开始了与赫鲁晓夫——被他称为“现代修正主义”的较量。

作为毛泽东的政治秘书，胡乔木的笔，跟随着毛泽东：20世纪40年代抨击蒋介石，20世纪50年代初抨击美国，眼下转为抨击“现代修正主义”了。

《再论》已作为一篇重要的历史文献，载入国际共产主义运动文库。迄今，仍为许多研究中国现代史、研究中共、研究毛泽东的国内外专家们所引用。

《再论》成了胡乔木一生笔耕的巅峰之作。他，不仅仅是“中共中央一支笔”，他已是“中共中央大手笔”了。

第五章
“大跃进”年代

毛泽东深刻地影响着胡乔木。1957年12月12日，《人民日报》发表胡乔木所写的社论《必须坚持多快好省的建设方针》，便体现了毛泽东当时开始发热了的头脑。

在“不平常的春天”里

邓小平对毛泽东作过这样的评价：

> 总起来说，1957年以前，毛泽东同志的领导是正确的，1957年反右派斗争以后，错误就越来越多了。[1]

作为毛泽东的政治秘书，胡乔木随着毛泽东走过那些严峻的岁月。

跨入1957年，毛泽东开初的步子是正常的。

4月27日，中共中央发出了《关于整风运动的指示》，决定在全党进行一次以正确处理人民内部矛盾为主题，以反对官僚主义、宗派主义和主观主义为内容的整风运动。

三天之后，毛泽东致函胡乔木——

> 乔木同志：
>
> 此篇有用，请在《人民日报》上转载。南京一篇，上海一篇，尚未转载，请给我，写上按语。
>
> 毛泽东
>
> 4月30日

毛泽东提及的“此篇”，即北京大学教授、著名遗传学家李汝祺在1957年4月29日《光明日报》上发表的《从遗传学谈百家争鸣》一文。

遵毛泽东之嘱，胡乔木关照《人民日报》转载李文，当时加上毛泽东所写的“编者按语”：

[1] 邓小平：《对起草〈关于建国以来党的若干历史问题的决议〉的意见》，《邓小平文选》，人民出版社1983年版。

“这篇文章载在4月29日的《光明日报》，我们将原题改为副题，替作者换了一个肯定的题目，表示我们赞成这篇文章。我们欢迎对错误作彻底的批判（一切真正错误的思想和措施都应批判干净），同时提出恰当的建设性的意见来。”

毛泽东将李文改题为《发展科学的必由之路》。

毛泽东重视李汝祺的文章，因为他在1957年2月作《关于正确处理人民内部矛盾的问题》的演讲（最初的题目为《如何处理人民内部的矛盾》）中，提倡“百花齐放，百家争鸣”。笔者访问过李汝祺的高足谈家桢教授，据告，遗传学曾一度被打成“伪科学”，所以李汝祺《从遗传学谈百家争鸣》一文引起毛泽东注意。

毛泽东还注意到1957年4月13日《大公报》的社论《在社会大变动的时期里》，嘱令：“送胡乔木同志阅。可惜人民［日报］缺乏这样一篇文章。”

毛泽东于4月26日致函胡乔木，批评了《人民日报》：“《大公报》、《中国青年报》的理论水平高于《人民日报》及其他京、津、沪各报，值得深省改进。《人民日报》社论不涉及理论（辩证法、唯物论），足见头脑里没有理论的影子，所以该报只能算是第二流报纸。”毛泽东这一批语，是写在4月24日《大公报》报头上，注明“乔木阅”。

毛泽东对《人民日报》的批评，促使胡乔木亲自执笔为《人民日报》写社论。

5月2日，《人民日报》刊出胡乔木所写的社论《为什么要整风？》，从理论的角度，阐述了中共中央关于实行整风运动的意义。

那些日子，倒是被《大公报》的社论说中了——“在社会大变动的时期里”。在1957年5月15日，毛泽东写了一篇极为重要的文章。此文最初题为《走向反面》，拟以“本报评论员”名义发表于《人民日报》。排出清样后，毛泽东在文章上批了“内部文件，注意保存”8个大字，并把文章的题目改为《事情正在起变化》。既然是“内部文件”，署名也就相应改为“中央政治研究室”。这“内部文件”，直到6月12日，才印发“中央一级若干同志”，署名又改为“毛泽东”。

《事情正在起变化》一文，意味着大转弯。此文直至收于《毛泽东选集》第五卷，才于1977年4月公之于世——已是整整20年后了。

毛泽东写道：

“几个月以来，人们都在批判教条主义，却放过了修正主义。”

毛泽东以为：

“有一部分人有教条主义错误思想。这些人大都是忠心耿耿，为党为国的，就是看问题的方法有‘左’的片面性。”

也就是说，教条主义虽“左”，不过是方法问题罢了。

毛泽东又认为：

“共产党的右派——修正主义者。”

“他们跟社会上的右翼知识分子互相呼应，联成一起，亲如弟兄。”

“右派大约占百分之一、百分之三、百分之五到百分之十，依情况而定。”

也就是说，修正主义，亦即右派，是立场问题。

毛泽东尖锐地指出：

“党内党外的右派都不懂辩证法：物极必反。我们还要让他们猖狂一个时期，让他们走到顶点。他们越猖狂，对于我们越有利益。人们说：怕钓鱼，或者说：诱敌深入，聚而歼之。现在大批的鱼自己浮到水面上来了，并不要钓。这种鱼不是普通的鱼，大概是鲨鱼吧，具有利牙，喜欢吃人。……”

这份在20年后才发表的内部文件，表明了毛泽东下决心发动一场反右派斗争，而且采取“诱敌深入，聚而歼之”的策略。

在他此文中所表露出来的“‘左’是方法问题，右是立场问题”的思想，后来导致了宁“左”勿右，导致了中国的航船向“左”偏航，以致导致了那场“史无前例”的“文革”。

在毛泽东6月12日印发《事情正在起变化》之后，根据毛泽东的指示，胡乔木写了《是不是立场问题》，于6月14日作为《人民日报》社论发表。社论强调了“坚决反对社会主义的右派分子”，是“立场问题”。

紧接着，6月22日，《人民日报》发表了胡乔木所写的著名的社论《不平常的春天》。此文是经毛泽东审阅后发表的，毛泽东作了若干修改、补充。

胡乔木一开头便写道：

“1957年的春天，对于我国的政治界和知识界，是一段不平常的时间。”

胡乔木写道：

“历史是在斗争中前进的，人们的思想是在争论中前进的。整风是不可避免的争论，对资产阶级右派的批判也是不可避免的争论。现在有争论，将来还会有争论。”

他还写道：

“在目前的争论中，有些人难免不会想到天气的寒暖。虽然立场之说还不能人人同意，但是立场不同，政治气候的寒暖之感也不同，这却是一个客观的事实，在我们社会主义者看来，目前的天气确确实实是一个大好春光的艳阳天。是的，这是一个不平常的春天……”

不言而喻，胡乔木谈论天气，显然是针对费孝通教授1957年3月24日在《人民日报》所发表的《知识分子的早春天气》。费孝通成了资产阶级右派的头面人物。

《不平常的春天》一文，被列为反右派斗争的必读文件。这篇社论，在1957年曾是广有影响的。

此后，胡乔木又接连为《人民日报》写了多篇配合反右派运动的社论：

《这一次人民代表大会》6月26日）；

《斗争正在开始深入》（7月8日）；

《党不能发号施令吗？》（7月10日）；

《在朋友问题上驳斥右派》（7月18日）；

《用人可以不问政治吗？》（7月23日）。

随毛泽东出席莫斯科会议

1957年11月2日至21日，毛泽东率中国党政代表团访苏，出席十月革命40周年庆祝大会。由于全世界64个共产党、工人党代表此时聚会莫斯科，也就借此讨论共同签署《社会主义国家共产党和工人党宣言》和《和平宣言》。

中国党政代表团的成员是宋庆龄、邓小平、彭德怀、乌兰夫、陈伯达、杨尚昆、胡乔木。

毛泽东第一次访苏时只带陈伯达，这一回把两位政治秘书都带去，显然，在64个共产党、工人党会议上，面临着意识形态的尖锐斗争——尤其是在共同起草宣言时，增一字、减一字都大有讲究，所以陈伯达、胡乔木双双出马了。当然，陈伯达懂俄语（早年在苏联学习过），胡乔木懂英语，也是有助于跟苏共及其他党的代表切磋文字。

毛泽东第一次访苏，坐火车。陈伯达回忆，那火车在西伯利亚大铁道上跑了好久好久。

这一回乘坐苏联的“图104”客机，几小时就到了。

毛泽东第一次访苏，跟斯大林会谈，虽说也有不快之处，总的气氛是融洽的。这一回跟赫鲁晓夫会谈，面和心不和，那笑脸是强装的。《人民日报》所发表的《关于无产阶级专政的历史经验》及其续篇《再论》，已经公开表露了中共的观点。两文的执笔者陈伯达和胡乔木参加莫斯科两个宣言的起草，将充分体现中共的意识形态见解。

金日成、胡志明、哥穆尔卡、卡达尔、陶里亚蒂、多列士……共产阵营群星汇聚莫斯科。

当年担任毛泽东俄语翻译的李越然，如此回忆道：

“赫鲁晓夫向毛主席谈起了苏联卫国战争时期的情况，说斯大林当年对南方前线的指挥有错误，使得某次战役惨遭失败；又说某某元帅胆小如鼠，一见到斯大林，两条腿像麻秆，吃败仗就是由于这个人只会报告和俯首听命。而他自己又是如何如何的勇敢，向斯大林提出过正确的作战方案，遭到拒绝，等等。每当他津津乐道这些的时候，毛主席不是吃饭不作表示，就是把话题引开。当年只是一员中将的赫鲁晓夫自吹他比斯大林还高明，竟在指挥过千百次战役的毛主席面前显示他个人的军事才能，确实很不得体。……”

毛泽东极其厌恶赫鲁晓夫，直至他后来发动了旨在“揪出中国赫鲁晓夫”的“文革”。

胡乔木在莫斯科非常忙碌，参加宣言的起草工作。这比他在国内起草文件要麻烦得多。他写出中文稿，要译成俄文稿、英文稿。别的党提出的意见，要从俄文、英文译成中文。

这么来回地翻译着、修改着，还要不断地向毛泽东汇报，听取毛泽东的指示……

胡乔木还帮助整理了毛泽东在莫斯科的三次讲话稿。后来，在1958年5月，这三次讲话稿作为中共八大二次会议文件发给代表们。

11月21日，胡乔木刚刚随毛泽东飞回北京，便忙着为《人民日报》写社论《伟大的革命宣言》，于11月25日刊出。这篇社论，代表中国共产党阐述了对莫斯科会议及莫斯科宣言的见解。

擂响“大跃进”的战鼓

1957年大张旗鼓的反右运动，导致了1958年“左”的大爆发。

1957年11月13日的《人民日报》社论《发动全民，讨论四十条纲要，掀起农业生产新高潮》，已经透露了“左”的端倪：

“有人害了右倾保守的毛病，像蜗牛一样爬行得很慢，他们不了解在农业合作化以后，我们就有条件也有必要在生产战线上来一个大跃进。”

这是“大跃进”一词第一次见诸报刊。

毛泽东读了社论，欣然道："这是个伟大的发明，这个口号剥夺了反冒进的口号。"

毛泽东还为这篇社论写下一段批语：

"建议把一号博士头衔赠给发明'跃进'这个伟大口号的那一位（或者几位）科学家。"

毛泽东的这段批语，透露了他的"跃进"之情。

11月18日，毛泽东在莫斯科会议上的一段话，表明了他急于求成之心：

"中国人是想努力的。中国从政治上、人口上说是个大国，从经济上说还是个小国。赫鲁晓夫同志告诉我们，十五年后，苏联可以超过美国。我也可以讲，十五年后，我们可能赶上或者超过英国。因为我和波立特、高兰同志（引者注：分别为英共主席和总书记）谈过两次话，我问他们国家的情况，他们说现在英国年产两千万吨钢。中国呢？再过十五年可能是四千万吨，岂不超过了英国吗？在十五年以后，在我们阵营中间，苏联超过美国，中国超过英国。……到了那个时候，我们就无敌于天下了，没有人敢和我们打了，世界也就可以得到持久和平了。"

毛泽东深刻地影响着胡乔木。1957年12月12日，《人民日报》发表胡乔木所写的社论《必须坚持多快好省的建设方针》，便体现了毛泽东当时开始发热了的头脑。

胡乔木用了刚刚"发明"不久的"跃进"一词：

"1956年我国国民经济的跃进的发展，证明这个方针是完全正确的、必需的和行之有效的。"

胡乔木指出："还有少数有保守思想的人实际上在反对这个方针。"

胡乔木批判了"反冒进"：

"在去年秋天以后的一段时间里，在某些部门、某些单位、某些干部中间刮起了一股风，居然把多快好省的方针刮掉了。有的人说，农业发展纲要四十条冒进了，行不通；有的人说，1956年的国民经济发展计划全部冒进了，甚至第一个五年计划也冒进了，搞错了；有的人竟说，宁可犯保守的错误，也不要犯冒进的错误，等等。于是，本来应该和可以多办、快办的事情，也少办、慢办甚至不办了。这种做法，对社会主义建设事业当然不能起积极的促进的作用，相反地起了消极的'促退'的作用。"

不久，胡乔木又为《人民日报》写了元旦社论《乘风破浪》，为1958年的大跃进擂响了战鼓。

胡乔木写道：要"争取1958年农业生产的大跃进和大丰收"。

他向全国人民发出呼吁："让我们乘压倒西风的东风前进，乘压倒右派、压倒官僚主义、压倒保守思想的共产主义风前进！"

受到毛泽东的批评

1958年成了"大跃进"年代。"意气风发"的毛泽东频频出巡，在各地接连召开会议，为"大跃进"鼓劲。胡乔木也随毛泽东出席一系列会议：

1月杭州会议（部分省市委书记会议）、南宁会议（九省二市书记会议）；

3月成都会议（中央工作会议）；

4月汉口会议（成都会议的继续）。

毛泽东严厉地批判了"反冒进"，指出："反冒进离右派只有五十米远了！"

毛泽东说："反冒进是非马克思主义的，冒进是马克思主义的。"

不得已，在5月召开的中共八大二次会议上，周恩来作了检讨：

"反'冒进'的错误，集中地反映在1956年11月八届二中全会的发言中间。"

"反'冒进'的错误是严重的。幸而由于党中央和毛主席的正确领导和及时纠正……"

陈云也在会上作了检查：

"对于当时反'冒进'的那个方针性错误，我负主要的责任。"

此外，被迫作关于反"冒进"的"错误"检查的还有李先念、薄一波。

周恩来、陈云、李先念、薄一波的检查，为毛泽东发动批判"反冒进"提供了注脚——他那"有的放矢"之"的"究竟是谁。

为了实现"大跃进"，1958年8月17至30日，在北戴河召开了中共中央政治局扩大会议，发表公报，号召"全党全民为生产一千零七十万吨钢而奋斗"！

公报由胡乔木起草。

薄一波曾作如下回忆：

"有几位地方上的负责人（引者注：如中共上海市委书记柯庆施）极力主张钢铁翻番。毛主席很高兴。我心里不踏实，怕完不成，就向毛主席建议把'一〇七〇'写到公报上。毛主席赞成。当时我就通知起草公报的胡乔木同志，说毛主席说了，把'一〇七〇'写到公报上。我的意思，大家都这样主张，就得大家负责任，写到公报上有‘将军’之意。事实证明，我的这个建议是错误的。”

薄一波，当时担任国务院副总理兼国家经委主任。虽说几个月前作过关于“反冒进”检讨，头脑还是冷静的。只是他知道无法抵制那“跃进”浪潮，来了个“将军”之法。既然毛泽东点头了，胡乔木也就照办了，把“一〇七〇”（即生产1070万吨钢）写入公报。

三个多月后，中共八届六中全会在武昌召开。起草会议公报的，依然是胡乔木。

写公报时，胡乔木又遇上同样的问题：全会讨论通过了国民经济1959年的“跃进指标”，要不要写入公报、公之于众？

作过关于“反冒进”检查的陈云，头脑也还是清醒的。他知道那些“跃进指标”难以完成，便找胡乔木谈话，建议不要把具体数字写入公报。

胡乔木没有听进陈云的建议，又不敢向毛泽东报告陈云的意见。由胡乔木起草的会议公报，还是写上了这么一段：

“中央全会……提出1959年国民经济发展的一些主要指标：钢产量将从今年预计产量一千一百万吨左右增加到一千八百万吨左右，煤炭产量将从今年预计产量二亿七千万吨左右增加到三亿八千万吨左右，粮食产量将从今年预计产量七千五百亿斤左右增加到一万零五百亿斤左右，棉花产量将从今年预计产量六千七百万担左右增加到一亿担左右。”

胡乔木起草的公报，经毛泽东审阅、同意。毛泽东于1958年12月15日致函胡乔木——

乔木同志：

此件（引者注：指中共八届六中全会公报）可以定稿。只在第三页增加了几个字。请用电话把修改处告诉北京，准备17日下午广播，连同主席问题决议（引者注：指全会同意毛泽东关于他不作下届国家主席候选人的建议的决议）一起，18日见报。

毛泽东

12月15日下午10时

公报发表后，那钢、煤、粮、棉四大指标，成了全党、全国1959年的奋斗指标。然而，高指标脱离了实际，“大跃进”成了虚火。

陈云一次又一次向毛泽东陈述自己的意见。起初，毛泽东听不进去。1958年12月26日，毛泽东过生日，陈云在跟他一起吃饭时提醒他：“明年钢产量一千八百万吨，恐怕完不成。”毛泽东不以为然，答道：“我提出的东西，对不对要由实践来检验。”

在1959年1月、4月，陈云又提出降低指标的意见。高指标在执行中遇上了麻烦。渐渐地，毛泽东听进了陈云的意见。

1959年4月，中共八届七中全会在上海召开。毛泽东说：“不能每天高潮，要波浪式前进。”这表明他对高指标的问题，已经有所感觉。

然而，中共八届七中全会公报，仍然重述了中共八届六中全会公报中提到的“四大指标”。公报写道：

“全体会议经过充分的讨论，通过了1959年国民经济计划草案。这个国民经济计划草案，是根据八届六中全会提出的钢产量一千八百万吨、煤产量三亿八千万吨、粮食产量一万零五百亿斤、棉花产量一亿担这四大指标和今年第一季度生产和建设的情况而编制的……”

陈云看了之后，直接把意见告诉毛泽东：“不应把这些指标写进公报，这样很被动。”

毛泽东听了，觉得陈云言之有理。

这时，陈云才提起，在中共八届六中全会结束时，他曾对胡乔木说过，请胡乔木转告毛泽东。

这下子，毛泽东生胡乔木的气了。毛泽东颇为尖锐地批评胡乔木：“你不过是个秘书，副主席的意见不报告？”

那时，陈云担任中共中央副主席。毛泽东表扬了陈云，说道：“真理有时在一个人手中。”

胡乔木向来小心谨慎，很有组织纪律性，很少受到毛泽东批评。

这一回胡乔木挨批评，其实，当时他也有他的难处。因为也就在中共八届六中全会上，王稼祥对人民公社问题有意见，跟刘少奇谈了。刘少奇转告了毛泽东，毛泽东甚为不悦。

大抵知道这一情况，胡乔木未敢把陈云的意见转告毛泽东——如果胡乔木当时如实转告了，毛泽东也未必听得进去，反而会怪罪陈云。因为1958年12月26日毛泽东生日那天，陈云当面跟毛泽东说了，毛泽东也没有听进去。何况，胡乔木所起草的中共八届六中全会公报，是经毛泽东审阅、同意后才发表的……

中共八届七中全会之后，陈云受毛泽东和中共中央书记处的委托，进行经济计划指标的调查。5月11日，他在政治局会议上，提出把1959年钢产量降为1300万吨。

后来的事实，证明陈云的意见是符合中国实际的：1959年中国的钢产量只有1387万吨（况且这数字也是掺了不少“水分”的）。

虽说毛泽东批评了胡乔木，好在乔木马上表示接受批评，而且问题的性质并不严重，也就过去了。从此，胡乔木在毛泽东身边工作，越发小心——他本来就很谨慎小心。

批罢“西尼”驳“东尼”

在那些日子里，毛泽东接连批评了他的3位秘书——先是陈伯达，接着是胡乔木，然后是田家英。

毛泽东对陈伯达的批评非常严厉。那是在1958年11月的郑州会议上，毛泽东狠狠地批评了陈伯达提出的“产品交换”，于11月9日写了《致中央、省市自治区、地、县四级党委委员》的一封信，建议大家读《苏联社会主义经济问题》和《马恩列斯论共产主义社会》两书，以求弄清“一大堆混乱思想”（指陈伯达）。一时间，把陈伯达批得灰溜溜的。

毛泽东对于田家英的批评，将在后文写及。

相比而言，在3位秘书之中，胡乔木受到的毛泽东的批评是最轻的。

胡乔木依然处于正常工作状态。

1959年4月底，毛泽东交给胡乔木一项重要的写作任务：以《人民日报》编辑部名义，写一篇关于尼赫鲁演说的评论。

尼赫鲁，当时的印度总理，他本来对中国持友好态度。后来，尼赫鲁支持西藏叛乱，转为反华。1959年4月27日，他在印度人民院发表演讲，把西藏平叛说成是“武装干涉”，他表示同情和支持“西藏人的自治愿望”。毛泽东读后，指示《人民日报》于4月30日全文转载尼赫鲁演讲，同时要胡乔木写一篇评论。

胡乔木倾注全力写出了一篇《再论》式的长篇评论，题目为《西藏的革命和尼赫鲁的哲学》。《再论》批判的是“西尼”——尼基塔·赫鲁晓夫，此文批判的则是“东尼”——尼赫鲁。胡乔木这支笔批了“两尼”。

毛泽东很欣赏胡乔木这篇文章，嘱令仍以“《人民日报》编辑部根据中共中央政治局扩大会议讨论写成”的名义发表，使此文的“规格”向《再论》看齐。

毛泽东曾说过：“胡乔木写过许多好文章，《再论》和《尼赫鲁的哲学》

就是他写的嘛！”

1959年5月6日，《人民日报》全文刊载了《西藏的革命和尼赫鲁的哲学》长文。胡乔木十分准确地掌握着与尼赫鲁论战的分寸：

“我们现在被迫在自己的评论中同尼赫鲁先生有所争辩，这是我们非常难过的事。尼赫鲁先生是我们尊敬的友好邻邦印度的总理，是世界上有威望的政治家之一。对于我们来说，尤其不能忘记的是，他是一位中国的友人，一位帝国主义的战争政策和侵略政策的反对者。而且，他对于社会进步，也曾经发表过不少开明的言论。……”

胡乔木正是在肯定了尼赫鲁的这一面之后，展开了对他的另一面的批判：

“但是，他在1959年4月27日的讲话中却唱着一种多么不同的调子！”

在这“但是”之后，胡乔木逐条批驳了尼赫鲁关于中国西藏问题的一系列错误论点，最后又回归到希望中印继续友好、共同携手的话题上。

确实，胡乔木很恰当地掌握了分寸，做到了毛泽东所说的“有理，有利，有节”。

《人民日报》的“婆婆”

在那些日子里，胡乔木依然是“新闻首脑”。据当时担任他的秘书的商恺告诉笔者，胡乔木每日是如何“评报”的……

每日清早8时，《人民日报》社必定派一位领导干部或编辑，带着当天的《人民日报》，来到中南海颐园胡乔木家中。胡乔木住的是四合院，商恺在东厢房办公，胡乔木在北房办公。

“评报”在胡乔木办公室里进行。胡乔木花了些时间看当天《人民日报》，然后进行评论，从报纸的标题、版式、内容，逐一发表意见。商恺拿出笔记本，在一侧记录他的意见。

报社干部也记录他的意见。回去后，即向报社总编传达胡乔木的“评报”意见，以利马上改进。

商恺原本是《人民日报》驻山西记者，被胡乔木调来，担任秘书，也做新闻理论研究。

日积月累，商恺记录的胡乔木“评报”的话，厚厚的一大本。

有一段时间，邓拓每天或隔天带报纸来，听取胡乔木“评报”意见。

胡乔木“评报”，有时很尖锐。尤其是在他提了多次意见，如果《人民日报》还是不改，他也会光火："我都快说了一百次了，你们还是不改。你们《人民日报》的脸皮，比长城还厚！"

即便在他光火之际，也还很注意语言的形象性和生动性！

胡乔木"评报"，方方面面都评，以下是他的若干评语：

现在报纸上的题目实在太少了，文章太长了。长文章像一个大胖子那样，一个人一躺就把一张大床占得满满的，应当不让胖人上报。

报纸版面，每个时期都要有中心。围绕中心进行宣传，不要东打一枪，西打一枪。

标题好比人的外貌。标题要活泼、生动，也就是要通俗化。编辑部要研究这个问题。像什么"工作急待改进"，还是打官腔。像"严正处理"之类的字眼，都是老一套，不能吸引人。要有趣味，有政治性的趣味。

新华社的一条电讯说，1958年，中国电影几乎遍及全世界，到处受到热烈欢迎和赞赏，很多影片创下了当地的卖座纪录（1959年1月2日新华社新闻稿）。这样的报道是吹牛，是虚夸。

他注意到1959年12月18日《人民日报》社论《养猪事业能够高速度发展吗？》内中提及"养猪的高潮很快就会遍及全国每一个角落"，认为不妥。他说：

"我国一些国民聚居区是没有养猪习惯的，不应该要求禁猪的地方发展养猪事业。社论是报纸的灵魂，每一个论点都应该力求准确，尤其是一些重要的政策性的社论，更应该分寸恰当，入情入理，无懈可击。"

胡乔木在写作上是内行，说了不少经验之谈：

有些同志发愁社论写得不生动，有些生动的事情一写就不生动了，这是什么原因呢？怎样才能写得生动？

每篇文章都有它的结构，也就是形式。形式注意不要平淡。发展农业生产，平原最好，因为平原上庄稼容易生长，容易机械化。但是文章不要平原，画家也怕画平原。这地平线就不好处理，画得太靠上了吧，天就显得太小，不像样子；画得靠下些吧，天太大了，空荡荡的，只能画人、鸟，很单调。地平线上，无非画些庄稼、房舍、牛吃草，很难有多少变化。文章最大的弱点就是平铺直叙。这样的文章不生动，没有吸引力。文章虽然是逻辑思维的表现，也应该生动。

要生动，就得有变化。怎样变化呢？无非是说了正面，又去说反面；说了这一面，又去说那一面；用了肯定的语气，又用怀疑的语气。一篇文章，如果从头到尾都是句号，连一个问号和感叹号也没有，大概不会很好。说书的人喜欢卖关子，弄个悬案：欲知后来如何，且听下回分解，就是为了让听的人发生兴趣。

胡乔木用地平线比喻，又用海浪比喻：

“海里面的浪，远看是平的，近看却不平。因此海浪给诗人很大的灵感，因为它奔腾澎湃，象征着生命的激烈的冲击。为什么海浪能引起诗人的灵感呢？就因为它有高有低。它卷得那么高，使你担心它跌下来，不能不紧张地期待着它的变化。文章也应该这样，有变化，有波浪。文章没有冲击，只有句号，决不是好文章。句号是表示平稳的，人说话如果老用这种平稳的腔调，就可以起安眠药的作用，文章也是这样。一篇社论如果从头到尾都是句号，句号前面都是‘的’字：‘这些困难是应该充分加以考虑的’‘这些倾向是必须克服的’‘我们认为错误是很明显的’。‘的’‘的’‘的’，一篇社论共有十段，每段结尾都是‘的’字，这样一个劲地‘的’下去，不是会叫人打瞌睡吗？”

他天天“评报”，关心着《人民日报》的每一个标点。有人称他是《人民日报》的“婆婆”。其实，他的一头连着毛泽东、中共中央政治局，一头连着《人民日报》，是个少不了、少不得的“婆婆”。

也正因为这样，毛泽东要《人民日报》发表什么样的文章、转载什么样的文章，总是通过胡乔木向《人民日报》转告。

顺便提一笔，1956年7月1日《人民日报》改出八大版时，那《致读者》是胡乔木写的。他在《致读者》中阐述了《人民日报》的任务和八个版面安排以及改进方向。这表明他对《人民日报》的过问是那么的具体，是居于总编之上的“大总编”。

第六章 庐山风波

这一回庐山上，可谓惊心动魄，胡乔木差一点进入“俱乐部”——倘若那句“五八年大跃进出了轨，翻了车”传入毛泽东的耳朵，知道是他说的话，那就麻烦了。

他还算“机警”，知道风向不对，马上作了那长篇发言，度过了政治危机。

在庐山会议上大力纠“左”

在1959年4月的上海会议（中共八届七中全会）之后，毛泽东那颗发热的脑袋，稍稍冷却了一些。他几度表扬陈云。除了前文已引述过的毛泽东称赞陈云“真理有时在一个人手中”之外，还说过“国乱思良将，家贫思贤妻”之类的话，这“良将”“贤妻”指的也是陈云。毛泽东开始采取一些防“左”措施。毛泽东甚至要陈云全面负责经济工作，说“陈云当总指挥好”。

1959年6月20日，毛泽东写给胡乔木及《人民日报》总编辑吴冷西的信，也反映出毛泽东的头脑冷静了些。那是毛泽东从新华社编印的第2801期《内部参考》上，读到了广东东江流域暴雨成灾的消息之后，写了一信——

乔木、冷西同志：

广东大雨，要如实公开报道。全国灾情，照样公开报道，唤起人民全力抗争。一点也不要隐瞒。政府救济，人民生产自救，要大力报道提倡。工业方面重大事故灾害，也要报道，讲究对策。此件阅后退回。

毛泽东

6月20日上午4时

正是在这种“冷却”的气氛中，从7月2日起，在“清凉世界”庐山召开了中共中央政治局扩大会议（自8月2日起至8月16日则为中共八届八中全会），史称“庐山会议”。陈云和邓小平由于健康原因未出席会议。

会议最初的议题是继续纠“左”。如毛泽东所言：“不要做热锅上的蚂蚁，要做冷锅上的蚂蚁。”

据李锐回忆，他和胡乔木、田家英同车从北京前往武汉，再转船到九江。李锐是毛泽东当时的通讯秘书，他说：

“在火车上，我同胡乔木、田家英有过闲谈，对五八年的‘大跃进’，都基本上持否定态度。”

毛泽东一路上兴致颇好，诗兴大发，写了《到韶山》《登庐山》两首诗，抄给胡乔木、周小舟，迅即在山上传开。这么一来，使会议的气氛更为宽松。

胡乔木在跟李锐、田家英、吴冷西的闲谈中，说出了自己去年未把陈云意见转告毛泽东的原委：

“当时不汇报，是为了保护陈云，否则上海会议时，陈云也恢复不了名誉。”

胡乔木对于毛泽东关于“经济发展的平衡是暂时的、相对的，不平衡是永久的、绝对的”论断，也表示怀疑，提出了自己的不同见解。

上山之初，毛泽东提出19个问题，供会议讨论。他还指定7人起草会议纪要，即胡乔木、谭震林、曾希圣、周小舟、田家英、吴冷西、李锐，以胡乔木为组长。

于是，胡乔木分12个专题，由组员们分头去写。他自己写“形势和任务”这一总纲式的专题。不久，写出了《庐山会议诸问题的议定记录（草稿）》（下称《议定记录（草稿）》）。

这份《议定记录（草稿）》，于7月14日印发后，便招来一些意见，认为对“大跃进”的“成绩讲得不够”，而“缺点写得很具体”。尤其是对胡乔木写的“形势和任务”那一节，意见颇多。

不得已，7月19日，胡乔木在会上作了发言，进行了申辩：

“不要一提出问题，好像就在怀疑成绩，是在把缺点夸大了。缺点不应该夸大，也不应该缩小。但是，在现在的会议上，各人所见有些参差不齐，也不必紧张。总之，只要是问题存在的，就要加以正视、研究发生这些问题的原因。应该有什么说什么，不要戴帽子。如果说错了，讲清楚改过来就行了。我们讨论的目的无非是为了早日实现光明的前途，这一点大家是一致的。说虚夸已完全过去了，我不能同意。”[1]

屈指算来，胡乔木在毛泽东身边已工作了18个年头，上庐山之后也一直在毛泽东身边工作。然而，就连他也未曾料到，毛泽东在庐山上来了个急转弯：从纠“左”急转为反右倾！

还算好，胡乔木工作在毛泽东身边，消息极为灵通。就在他作了那番申辩之后的第三天，他得知庐山上的风向要转了。7月21日早上，他知道张闻天要在会上作长篇发言，即给张闻天挂电话，关照他“少讲缺点，尤其不要涉及全

[1] 李锐：《庐山会议实录》，春秋出版社、湖南教育出版社1989年版。

民炼钢和得不偿失的问题”。然而，张闻天不顾胡乔木这一重要提醒，仍然作了批“左”的长达三小时的发言……

终于摆脱政治危机

1959年7月23日上午，成为庐山会议的转折点。

毛泽东发话了。他说他“现在学会了听，硬着头皮顶”。他在庐山上，已经“顶了二十天”。毛泽东警告一些人：

“他们重复了五六年下半年、五七年上半年犯错误的同志的道路，自己把自己抛到右派边缘。”

毛泽东这次讲话，一下子把会议从反“左”，转到了反右倾上面去了。

7月26日，会议印发毛泽东对一封信的批示，内中写道：

“我们党三十八年的历史，就是这样走过来的。反右必出‘左’，反‘左’必出右，这是必然的。”

原来，毛泽东是依照“反‘左’必出右”的这一“必然”规律，展开了反右倾。

首当其冲的是“主帅”彭德怀，因为彭德怀在7月14日写了一封三千来字的信给毛泽东，指出“在1958年的大跃进中……一些左的倾向有了相当程度的发展”。

其次则是张闻天，被称为“副帅”，因为他那三小时的发言尖锐地批“左”。

此外，还有黄克诚、周小舟，也被列入“反党集团”。

毛泽东的几位秘书，此时也处境艰难：

李锐积极批“左”。毛泽东说，“李锐这次也是右派”。于是，他也在劫难逃了。

陈伯达曾称赞过彭德怀的信，此时马上“反戈一击”，算是滑了过去。

田家英处境危险。他曾尖锐地批评了毛泽东的“左”的言行，差一点被划入“右派”。

胡乔木呢？也颇为不妙。且不说他负责起草的《议定记录（草稿）》已经遭到非难，连他在上山途中说过的“五八年大跃进出了轨，翻了车”也被人揭发出来。所幸揭发者说此话是李锐讲的（其实是李锐转述过胡乔木的话），而李锐不愿牵连胡乔木，自己承担了！

胡乔木得以过“关”，还在于毛泽东平日对胡乔木的印象还不错。李锐曾如此回忆：

> 有天刘澜波告诉我，柯庆施向他说，主席跟柯谈到对乔木的观感，说乔木跟他一二十年，总还是一介书生。
>
> 这使我想起五八年四月广州会议时，主席谈到要善于听不同意见和反面意见时说的话：我们身边有个胡乔木，最能顶人，有时把你顶到墙上，顶得要死。[1]

毛泽东对胡乔木“一介书生”的评价，大体上是颇为准确的。胡乔木一直难改浓厚的书生意气。

至于最能顶人，表明他也并非一贯唯唯诺诺，一旦发表不同意见，够尖锐的。

好在毛泽东对胡乔木毕竟还是很信任的，而胡乔木平素也小心谨慎，“顶人”并不多。

会议“反右倾”，日渐进入高潮。内中，特别是揭发了彭德怀、张闻天、李锐等所说毛泽东像“斯大林晚年”，一下子掀起批判高潮。8月10日下午，胡乔木抓住这一“谬论”，发挥了他的写社论的专长，富有逻辑地从六个方面进行批驳，指出毛泽东与斯大林晚年的不同：

一、斯大林晚年严重脱离群众、脱离实际。毛主席在哪一点脱离群众、脱离实际？群众路线的工作方法，不是毛主席创造的又是谁创造的？如果不密切联系、彻底依靠、放手发动群众，怎么会出现去年的大跃进、公社化运动？

二、斯大林晚年在党内是不讲民主的或者很少讲民主的，连中央全会都不召开。而我们却不但经常开全会，而且经常开扩大的全会，这次会议也就是一次。很多文件都是省、市委书记起草的，很多意见都是大家议出来的。毛主席十分重视党内民主、尊重同志们的意见，怎么能说和斯大林晚年相同？

三、斯大林晚年提倡个人迷信，毛主席在这个方面也同他相反。七届二中全会就作出决定，不许祝寿，不许以人名命地名。中央曾根据毛主席的意见通知，他的塑像除了作为美术家的作品可以在美术馆陈列外，一律不许在公共场所陈列。

四、斯大林在肃反问题上犯了严重的错误，他常把党内矛盾、人民内部矛

---

[1] 李锐：《庐山会议实录》，春秋出版社、湖南教育出版社1989年版。

盾同敌我矛盾混淆起来，以至在苏共党内有许多中央委员、高级将领等被错误地杀害了。难道毛主席曾经杀过一个中委、一个将军、一个党代会的代表吗？毛主席对党内斗争的原则是惩前毖后、治病救人，是分清两类不同性质的矛盾，正因为这样，许多犯过错误的同志至今仍然在党中央团结一致地工作。

五、斯大林晚年无论在理论上和实践上都有停滞的倾向。在斯大林时期，苏联农业30年没有超过沙皇时代的最高水平。他否认对立面的统一，否认否定之否定，实际是丢了辩证法。毛主席正好相反，简直可说是辩证法的化身。他虽已六十几岁，精神比许多青年人都年轻，真正是生动活泼，一往无前。总路线、大跃进、人民公社，是同他对辩证法的深刻了解分不开的，是同他始终充满朝气的精神状态分不开的。

六、斯大林晚年对外犯过大国主义的错误。毛主席对别的国家一向很尊重，朝鲜问题就是一个好例子，对越南蒙古的关系也是这样。对苏联的有些问题，我们也提出过意见，但是并没有妨碍两国的团结。革命过程中总会有些缺点和错误，问题是我们发现得快、纠正得快。

在作了以上6个方面的分析之后，胡乔木引述了恩格斯的名作《论权威》，说明党需要领导者个人的威信，亦即权威，这是党和人民的宝贵财富，必须保卫，决不能破坏。

虽说胡乔木并不赞同“反右倾”，但他作为毛泽东的政治秘书，必须在政治上维护毛泽东。这番长篇发言，是胡乔木的公开表态，意味着他要从被动转为主动。

胡乔木这一长篇发言，毛泽东听了颇为满意。翌日，毛泽东在大会上作长篇讲话，内中不指名地提及胡乔木：

“李锐不是秀才，是俱乐部的人。”“想把秀才们挖去，不要妄想，是我们的人。”

“俱乐部”，指的是以彭德怀为首的所谓“军事俱乐部”（“反党集团”的代称）。“秀才们”，包括胡乔木、田家英，也包括陈伯达。

这么一来，胡乔木解脱了！

胡乔木担任毛泽东秘书18年以来，一直紧跟毛泽东，平平稳稳。虽说不久前毛泽东就陈云一事批评了他一回，但不算太严重。这一回庐山上，可谓惊心动魄，胡乔木差一点进入“俱乐部”——倘若那句“五八年大跃进出了轨，翻了车”传入毛泽东的耳朵，知道是他说的话，那就麻烦了。

他还算“机警”，知道风向不对，马上作了那长篇发言，度过了政治危机。

不过，从此之后，他和毛泽东之间产生了潜在的裂痕。这裂痕，他知，毛泽东知，表面上却仿佛一切如常。

依然是毛泽东政治秘书

从庐山返回北京，胡乔木依然是毛泽东的政治秘书。

到北京不久，1959年9月7日，毛泽东便写了一信给胡乔木——

乔木同志：

诗两首，请你送给郭沫若同志一阅，看有什么毛病没有？并加以笔削，是为至要。主题虽好，诗意无多，只有几句较好一些的，例如“云横九脉浮黄鹤”之类。诗难，不易写，经历者如鱼饮水，冷暖自知，不足为外人道也。

毛泽东

9月7日

毛泽东所说的“诗两首”，就是他的新作《到韶山》和《登庐山》。信中，毛泽东跟胡乔木如叙家常。

6天之后，毛泽东又给胡乔木一函——

乔木同志：

沫若同志两信都读，给了我启发。两诗又改了一点字句，请再送郭沫若一观，请他再予审改，以其意见告我为盼！

毛泽东

9月13日早上

“霸主”指蒋介石。这一联写那个时期的阶级斗争。通首写三十二年的历史。

信中提及的“霸主”，是指《到韶山》中“红旗卷起农奴戟，黑手高悬霸主鞭”一句。

就在写这两封谈论诗词的信中间，9月11日，毛泽东在军委扩大会议上讲话，严厉批评彭德怀等：“有几位同志，据我看，他们从来不是一个马克思主义者，是马克思主义的同路人。他们只是资产阶级分子、投机分子混在我们党内。”

胡乔木依然“评报”，只是不写社论了。从那篇《尼赫鲁哲学》之后，他就没有给《人民日报》写社论——直至1984年8月27日才重新为《人民日报》写了社论《大量吸收先进青年入党》。

他仿佛失去了锐气，常说自己睡眠不好。虽说他患神经衰弱症已经多年，此刻他说自己病症日益加重。

他花费很多时间读书。1960年12月29日，他曾给彭真写了一信——

彭真同志：

袁枚的《黄生借书说》抄一份送上。因未找到普通选本，《四部备要》本头太大不便传送，未将原书送来。

文意颇好（末了还是要借书的早还，并不肯送人，不过这也证明借书之难），可以考虑请人译为白话，写一短文介绍，在《北京日报》或《人民日报》副刊发表。

敬礼

胡乔木

1960年12月29日

离开了毛泽东身边

1961年1月14日至18日，胡乔木在北京出席了中共八届九中全会。毛泽东在会上号召大兴调查研究之风。

会议刚刚结束，1月20日，毛泽东便给田家英写了一信。信中写道：

已告陈胡，和你一样，各带一个调查组，共三个组，每组组员六人，连组长共七人，组长为陈、胡、田。在今、明、后三天组成。每个人都要是高级水平的，低级的不要……

你去浙江，胡去湖南，陈去广东……

毛泽东自己带头作调查研究，所以派出3位秘书——陈伯达、胡乔木、田家英各率一组下去，规定调查两个月，然后“都到广东过春节”。

那时，由于“高举”大跃进、总路线、人民公社“三面红旗”，搞“左”

的一套，搞得上上下下乱了套。尤其是人民公社，没有章程，全国农村乱了套。毛泽东派出调查组，为的是调查农村情况。

1962年2月23日，三个调查组在广州会合。毛泽东听了汇报之后，召开会议，着手起草人民公社工作条例。出席会议的有陶铸、陈伯达、胡乔木、田家英、廖鲁言、赵紫阳、邓力群、许立群、王力、王鲁、逄先知等。胡乔木参加了起草工作。

1962年3月22日，中央工作会议通过了《农村人民公社工作条例（草案）》（即《六十条》）。翌日，又通过了由胡乔木起草的《中共中央关于认真进行调查工作问题给各中央局，各省、市、区党委的一封信》。信中写道：

> 最近发现的毛泽东同志1930年春所写的《关于调查工作》一文，是一个极其重要的文件，有十分重大的理论意义和实践意义。现在中央决定将这篇文章发给全党高级及中级干部学习……
>
> 中央认为，最近几年的建设成就是伟大的，证明总路线、大跃进、人民公社的方向是正确的。但是在农业、工业等方面的具体工作中，也发生了一些缺点错误，造成了一些损失。这些缺点错误之所以发生，根本上是由于许多领导人员放松了在抗日战争期间和解放战争期间进行得很有成效的调查研究工作，满足于看纸上的报告，听口头的汇报……

随着这“一封信”下发，全国掀起“调查研究热”。《红旗》杂志也在1961年第3、4期发表社论《大兴调查研究之风，一切从实际出发》。

此后不久，中共中央于1961年5月21日至6月12日，在北京召开会议，对《农村人民公社工作条例（草案）》进行修改。

会议开幕时，胡乔木来了。没几天，胡乔木请病假，离开了会场。他的神经衰弱症加剧了，无法正常工作。

1961年8月17日，胡乔木给毛泽东写了一信，说明病情，要求请长期病假。一星期之后，正在庐山上主持中共中央工作会议的毛泽东复一函，表示同意——

> 乔木同志：
>
> 8月17日信收到，甚念。你须长期休养，不计时日，以愈为度。曹操诗云：盈缩之期，不独在天。养怡之福，可以永年。此诗宜读。你似以迁地疗养为宜，随气候转移，从事游山玩水，专看闲书，不看正书，也不管时事，

如此可能好得快些。作一、二、三年休养打算，不要只作几个月打算。如果急于工作，恐又将复发。你的病近似陈云、林彪、康生诸同志，林、康因长期休养，病已好了，陈病亦有进步，可以效法。问谷羽好。如你转地疗养，谷宜随去。以上建议，请你们二人商量酌定。我身心尚好，顺告，勿念。

毛泽东

1961年8月25日

从此，胡乔木离开了他的工作岗位，虽说他名义上还是毛泽东的政治秘书，实际上他已不在毛泽东身边工作。政治秘书工作，由陈伯达一人承担。陈伯达权重一时，以致“文革”爆发时出任中央文革小组组长。

胡乔木这一病，不止病“一、二、三年”——一直病到“文革”爆发。

胡乔木患神经衰弱症，这是确实的。不过，他一病就病得那么久，内中有没有政治因素，这就不得而知了。

毛泽东的信中，提及了陈云、林彪、康生的病况。内中，康生、林彪的病，明显地带有“政治病”的色彩……

第七章 “病中吟”

写诗词，使久违了的胡乔木，重新与毛泽东恢复了“热线”联系：诗词送到毛泽东那里，毛泽东为之修改，退回；胡乔木再改，再送；毛泽东又改，又退；胡乔木又改，又送……

“一介书生”的种种“故事”

不再每日一早就看《人民日报》，不再每日“评报”。

不再忙着写社论，起草中共中央文件。

不再三天两头收到毛泽东的便函，不再按毛泽东的嘱咐办这事办那事。

胡乔木离开了中国的政治核心，离开了北京，“迁地疗养”去了。

于是，在“天堂”杭州，西子湖畔，每日清早总有三辆自行车悠悠地行驶。那便是胡乔木，还有他的秘书、警卫。沿着西湖转上几圈，算是早锻炼。平素不喜欢体育运动的他，此时只能选择骑自行车锻炼身体。进入北京城之后，轿车进进出出，如今像学生时代那样骑自行车，他显得自在，仿佛年轻了许多。

他也爬山，或者跑步，或者散步。

原本昼夜忙碌的他，此刻像停了摆的钟，用不着连接发出“滴答滴答”声了。

毛泽东说他“一介书生”，这话倒是颇为传神。虽说他高官多年，依然书生意气，书生作风。他在各地漫游、养病，留下许多关于他的“故事”……

在湖南长沙，招待所里每日早餐供应豆浆，餐桌正中放一碟白糖。那年月，正是中国经济困难时期，白糖供应非常紧张。他一坐下来，便指着那碟白糖对众人道：“谁也别吃！”

大家遵命，一直喝淡浆。招待所工作人员感到奇怪，这些北京客人怎么不吃糖？

他规定，每餐两荤一素一汤足矣。招待所里知道他是中央首长，往往给他多加菜，他马上派秘书到食堂门口去“堵截”，不许再上菜。

夏日，他在大连海滨度假。招待所为他做的菜，依然是一道接一道。他下令退菜，留下三个菜，其余的原封不动退还。

食堂的管理员不解其意，以为退还的菜必定是胡乔木不喜欢吃的，于是，动脑筋变换菜谱，凡是退过的菜不再做给他吃。可是，他依然不断退菜——退菜之中有不少是他前几次曾留下来吃的菜。管理员实在摸不透胡乔木的胃口，他不知道胡乔木是嫌菜太多而退菜。

临走时，管理员对胡乔木秘书道："你们首长的口味，实在难捉摸！我们开了几次会也没研究出来！"

秘书听罢，这才知道管理员误会了，以为是不合口味才退菜！

唯一一次例外，是食堂的管理员见了胡乔木，当面问道："首长喜欢吃什么菜？"

胡乔木应道："豆腐！"

胡乔木万万没想到，他的一句答语，使招待所的工作人员忙了好一阵子：那招待所在大连棒槌岛上，虽说岛上有卖豆腐的，但管理员不敢去买，因为正值炎夏，怕市面上的豆腐不卫生。可是，招待所里又没有做豆腐的设备。怎么办呢？只好从大连运来石磨，运来黄豆，请来做豆腐的师傅。如此这般，才专为胡乔木做出了豆腐！

其实，胡乔木并非对豆腐有什么特殊的兴趣。他认为，豆腐很便宜，所以就漫而应道爱吃豆腐。他万万没有想到，他随口而说的一句话，却使那个招待所"兴师动众"了一番……

他来到哈尔滨休养。当地给他派了三辆车：一辆给他坐，一辆备用车供他的随行人员坐。另外还派了一辆警卫车，那是考虑到他是中共中央书记处候补书记，需要加强警卫工作。

于是，胡乔木一出去，后边便跟着两辆车。他很不高兴，认为太浪费。他先是要求去掉警卫车，接着，他要随从人员上他那辆车。可是，他后来发现：那辆警卫车，依然在后面跟着，只是远远地跟着罢了——因为警卫人员奉命警卫，如果离开，出什么事，谁负得起责任？令他费解的是，那辆备用车是空车，居然也同样远远地跟着——因为随从人员上了胡乔木的车，超过了那辆车的额定载客人数，备用车不能不在后边跟着。万一警察发现超载，虽然因车内坐着胡乔木也许可以使司机免受处罚，不过车上超载的客人必须下来而上备用车……

胡乔木被弄得哭笑不得，当地的接待部门也被胡乔木弄得哭笑不得！

这种种"故事"，倒是活脱脱勾画出胡乔木的"书生"形象。

远离“阶级斗争”谈诗论词

在养病的那些日子里，胡乔木遵毛泽东之嘱，除了“专事游山玩水”之外，还“专看闲书，不看正书”。

他原本写过诗，也就喜欢看诗。他对1962年6月18日《人民日报》所载郭小川的长诗《厦门风姿》发生兴趣。

1962年9月6日，胡乔木致函陈毅、康生，谈起了诗歌创作——

陈总、康老：

介绍你俩看一首诗——《厦门风姿》，这首诗除感情热烈、文采富丽外，特别可注意的是一百六十行通体都用对仗（隔句对和当句对，略似骈赋）调平仄，每句押韵（北方流行的所谓十三辙的宽韵），章法严谨（每四行一节，每一大段一韵到底），虽然篇幅略感冗长，不无小疵，但用白话写新式的律诗，究为诗史上的创举，也是主席号召的在古典诗歌基础上发展中国诗的一个认真的努力。这首诗发表已两个月了，我也是由于报刊的推荐和电台的朗诵才找出来看的。因为您俩都关心这方面的情况，不揣冒昧，特以奉上，并请对所见不当之处予以指正。

敬礼

胡乔木

1962年9月6日

收到胡乔木的信之后，“元帅诗人”陈毅作了如下批语——

康生：

乔木同志送来郭小川长诗，请阅。我觉得郭小川在新诗人中是有前途的。乔木同志意见甚对，的确太冗长，不耐看。如何，请提意见。

陈毅

9月8日

翌日，康生作了如下批语——

已阅，甚好，确是创举。“无韵律不成诗”，这是历来的看法，读此诗，心中甚喜，唯词句尚欠精练，不知对否？

康生

9月9日

就在胡乔木谈论郭小川的诗的那些日子，中国的历史车轮在毛泽东的驾驭下越发向“左”。1962年9月24日至27日，中共八届十中全会在北京举行。毛泽东发出了“千万不要忘记阶级斗争”的号召。会议批判了“单干风”“翻案风”。

倘若胡乔木不请病假的话，他该为中共八届十中全会起草公报了。也许，他还得根据毛泽东的指示，为《人民日报》写上一篇“千万不要忘记阶级斗争”之类的社论。然而，他如今却在研究诗词，远远离开那“阶级斗争”的风云。

就在中共八届十中全会结束不久，各报大谈“阶级斗争”之际，他却对杭州大学教授、词学研究家夏承焘的两篇谈北宋辛弃疾的词的文章发生兴趣。两文是上海《文汇报》所载《谈辛弃疾的〈水龙吟·登建康赏心亭〉》及《辛弃疾的〈菩萨蛮·书江西造口壁〉》。

胡乔木写了这么一封信——

承焘先生：

近读大作谈辛词《水龙吟》一文，略有所见，写上呈政。

词中下片首两句，先生以为反语，这种说法对帮助读者了解稼轩抱负之不同凡俗，可能是好的。但作者原意果否如此，似尚有斟酌之必要。我国封建时代地主阶级文人羡慕归隐，几成通例，虽豪杰之士如稼轩者亦不能免，此在辛词中所在多有，即在与此作同一时期，用同一故实以示对张翰之向往者，亦屡见不鲜，所以这里很可不必曲为之说。求田问舍云云，直承上文，只是深一层来宣泄自己的痛苦心情，盖退既不能乐享林泉，进又不能报国救世，心非许汜，而迹则无以异之，坐视华年，冉冉以去，此真所谓大无可如何之日，故欲红巾翠袖为之一揾英雄泪也（红巾翠袖解为离骚求女之意，亦失之凿）。此词用意本甚显豁，先生一代词学大师，岂待班门弄斧。意者或求之过深，将以现代进步观点要求古人，解释古人，遂不觉大义微言，触目皆是。前之释苏词“朱栏绮户”句，殆亦生此耳。古人之进步，终不能如今人之进步，其于君臣男女家国出处之间，观点径庭，直不可以道里计。我们只要还古人一个本来面目，便是马克思主义的唯物主义的历史主义的态度。这样，古人留给我们的好东西，其价值并不因而减少，反是亦未必因而增加。私见如此，不敢自必，献之高明，曾其或有一助乎。书造口壁词解释很好，邓广铭先生考辨金兵实未追至造口，但宋后确曾逃经造口，谓与此词起兴全不相涉，理由似不能认为充足。

专此，即颂

著安

胡乔木

1962年12月13日

那时，胡乔木在研究辛弃疾的词，也喜爱苏东坡的词，自称“苏辛之徒”。

“没有百忙”的“好事之谈”

每日喝一瓶酸奶，以补胃酸的不足——那是他动了那次胃切除手术后，留下的后遗症。

自然，也闹出小小的笑话。外地招待所的服务员以为北京客人偏爱酸奶，给胡乔木的随行人员们也奉上一瓶酸奶。

在疗养中他仍手不释卷，读书看报，随手写写信。

就在给夏承焘写信后的两天——1962年12月15日，他致函叶籁士，提出建议：

“《文字改革》周刊上可否辟这样一栏，总题例如‘常用汉字的由来’（或‘这些字为什么这样写’？诸如此类），每期介绍一些字的古今繁简正俗演变，使一般人了解现在的几乎任何一个字都是经历过很多改革……”

1962年11月5日，他致函人民美术出版社，对于《革命历史画选》的序言，指出一系列语法上的错误：

“第一句：没有谓语，只有一个复杂的主语不能成立。第二句：是第一‘句’的谓语，但是全句太冗长了。第三句：也是第一‘句’的谓语，没有主语。第六第七句：都没有主语……”

那篇序言，是这样写的：

“一百多年来中国人民革命斗争所经历的悲壮曲折道路，特别是近几十年，中国人民在中国共产党和毛主席领导下进行的惊天动地革命斗争英雄事迹，用艺术形式表现出来。使广大群众学习革命前辈那种不怕困难，不畏艰苦敢于斗争敢于革命的伟大精神；学习他们对于人民革命事业的无比忠诚，鞠躬尽瘁的崇高品质，以继承发扬革命的光荣传统，是有着重大意义的一件事。也是美术家的十分光荣的任务。……”

胡乔木的意见，确实是一针见血的。他用“评报”式的目光扫视那本画册，立即发现了问题。

他的信到了人民美术出版社图片画册编辑室，理所当然引起了震动。他们当即回信，感谢胡乔木在“百忙”之中，给予指正。

胡乔木见信之后，又于1962年11月30日复函，淡然道：

“我现在是在养病，没有百忙，因此才会作这些好事之谈。”

这句话，倒是道出了他彼时的心境。

确实，他正因为“没有百忙”，所以写了许多信，作“好事之谈”。

1963年2月14日，他给人民文学出版社楼适夷，写了一封近4000字的长信，作“好事之谈”——就该社所出的《没有地址的信、艺术与社会生活》一书，提出了详尽的意见。此外，还对人民文学出版社的出版工作，提出意见，诸如：

“已逝世的本国作者，和重要的外国作者，可否多附作者像，下系作者签名式和生卒表？”

“有些书中的专名最好注出原文或拉丁译名，附人物表者人名后也可加原文。如果学术论著，能编索引最好。”

如此，“好事”意见，开列了一条又一条。信末，他谈及了自己的近况：

“拉杂写来，不觉已有许多。由于生病，很久没写过什么东西了，现在是利用写信来练习恢复作文的能力，同时也是利用病假来说这些琐碎的闲话。”

在那些日子里，他在一封信中写道：“我要我的秘书商恺同志为中国妇女出版社编一册《自从我的妻子双目失明以后》。”此事可谓“好事”之举。

他关注着《白求恩文集》的出版工作，1964年5月3日给包之静去函，提出意见。

他关心着中国青年出版社出版的《白求恩传》一书，把清样“从头到尾看了一篇，觉得很好。顺手作了一些文字上和标点上的校改”。

他发觉“现各种书籍广告太少见，对读者很不方便”，于1964年3月14日致函楼适夷，要求加强新书广告工作。

他见到《北京晚报》上有关“芙蓉国”的文章，剪下，于1964年3月13日寄石西民，说明"'芙蓉国'即指湖南"。他跟石西民讨论"芙蓉国"，为的是解释毛泽东的《七律·答友人》中"芙蓉国里尽朝晖"一句。

又在追赶毛泽东的步伐

中国的政治形势，日趋紧张。好在胡乔木正"一年、二年、三年"地养病，以至起草那些"重要文件"与他无关了：

那关于"四清运动"的《前十条》《后十条》以及《二十三条》；

那与苏共论战的《一评》《二评》直至《九评》，直至《二十五条》……

林彪崛起，鼓吹"四个第一"，"活学活用"；

江青开始"露峥嵘"，抓"京剧革命"；

毛泽东尖锐地批评文艺界"最近几年，竟然跌到了修正主义的边缘"……

病中的胡乔木，很少跟毛泽东联系。1964年4月23日，他给毛泽东写了一信：

主席：

前几天，我在政治研究室图书馆中，偶然发现了一本在太行山出版的《抗大五周年纪念刊》，里面第一篇就是您写的纪念抗大三周年的文章。一下子读完了，真是说不出的高兴。因为不但这篇文章言简意赅，风骨劲拔，使千载以下人读之，犹觉虎虎有生气；特别有意义的，还是这篇文章中首次出现了（自然是说在您的文章中，并且以现在我们所能看到的为限）"三八作风"中的三句话。反动派愈反对我们，愈足以表明我们之正确光荣，这个提法似乎也首见于此。此外，这篇文章对目前的青年学生和教育工作者也很有益。全国都要学解放军，全国的学校都要学抗大，学它的革命性，进步性和艰苦奋斗而又生动活泼的朝气。为此，我要我的秘书把这篇文章抄了一份送给您，请您看看，考虑一下可否收入《毛主席著作选读》？文中用铅笔画的字和符号是我写的，大部分是为了与全书体例一致，仅供您参考。又，这篇文章曾被编入《毛泽东同志论教育》一书（三五—三七页），但似未发生多少影响。

敬祝您的健康，并问江青同志好。

胡乔木

1964年4月23日

这封信表露了他对毛泽东的一贯尊重，对于毛泽东著作的一贯关心。

这位《人民日报》的“婆婆”，已经许久未对《人民日报》发表指示。在1964年3月，他接连给《人民日报》副总编辑胡绩伟去函。

3月14日，他要求胡绩伟学习3月8日上海《解放日报》的编者按，认为按语“要言不烦，却很能引人入胜——入马列主义之胜，很希望《人民日报》能在这些方面学学《解放日报》和其他办得好的地方报，使版面上的革命空气和理论空气进一步活跃起来”。

3月16日，他又致函胡绩伟。胡乔木写道：

“在全国活学活用毛泽东思想的高潮中，相形之下，我们的报纸在宣传方面似乎还没有站到最前列。”

他认为《解放军报》和《解放日报》办得不错。他要求把副刊“由只是文人的地盘变为工农兵和各行各业干部的共同地盘”。要“见缝插针地宣传马列主义毛泽东思想，宣传阶级斗争社会主义”。

他在1964年12月19日致函文字改革委员会叶籁士、胡愈之，对工作提出尖锐的批评。他说“文改会工作人员一贯忽视马克思列宁主义和毛泽东思想”。他还批评道：

“继续让小资产阶级或资产阶级的空谈、空想、主观、片面、脱离群众、脱离实际的思想方法和工作方法占据领导地位，我认为这是非常危险的。”

不言而喻，这是胡乔木得知1964年6月27日毛泽东批示：“文艺界各协会和它们所掌握的刊物的大多数，十五年来，基本上不执行党的政策。”他不能不仿照毛泽东的批示，对文字改革委员会也来了那么一通批评。

这时他写的信，已不是“好事之谈”，不是“琐碎的闲话”，而是又在追赶着毛泽东的步伐，虽说他仍在请长期病假之中，虽说此时的毛泽东已陷入晚年“左”的迷误之中。

写诗词使他和毛泽东恢复联系

病中读诗吟词，胡乔木又发诗兴。不过，与以往不同，过去他只写新诗，这时对旧体诗词产生了浓厚的兴趣。

1964年10月，胡乔木写了第一首词《六州歌头·国庆》——

茫茫大陆，回首几千冬。人民众，称勤勇，挺神功。竟尘蒙！夜永添寒重。英雄种，自由梦，义竿耸，怒血迸。讶途穷。忽震春雷，马列天涯送。党结工农。任风惊浪恶，鞭影指长虹。穴虎潭龙，一朝空。

喜江山流，豪情纵；锤镰动，画图宏。多昆仲，六洲共；驾长风，一帆同。何物干戈弄，兴逆讼，卖亲朋，投凶横，求恩宠，媚音容。不道人间，火炬燃偏猛。处处春浓。试登临极目，天半战旗红，旭日方东。

胡乔木1965年1月21日复大学生耿庆国的信中，谈及自己写词的一些情况及见解：

以前我没有写过词，这次发表的是我初次的习作。以后可能还写一些或发表一些，但这现在还不能决定。当然，我以前曾经读过一些词，作过一些初步的研究，否则是不会一下子就写出来的。

词这种文学体裁很特殊，严格地说来是已经过时了，要学习写作需要一定时间的学习，以便掌握有关知识和技巧，因此我并不鼓励你认真去写它……

我近年由于得了比较严重的神经衰弱症，不能工作，也因此才有时间学习这些东西。虽然它们的内容完全是革命的，没有旧诗词中常见的那些坏东西，但是无论如何，如列宁所说，写革命都不如实干革命更有趣。

一发不可收。胡乔木对于填词一下子入了迷，光是1964年10月便写了七首。不过，如他自云，他的诗词“带着鲜明的政治印记”。诸如他看了话剧《千万不要忘记》，便写了一首《贺新郎·看〈千万不要忘记〉》：

一幕惊心戏。记寻常亲家笑面，肺肝如是。镜里芳春男共女，瞎马悬崖人醉。回首处鸿飞万里。何事画梁燕雀计，宿芦塘那碍垂天翅？天下乐，乐无比。

感君彩笔殷勤意，正人间风云变幻，纷纷未已。兰蕙当年今何似？漫道豺狼摇尾；君不见烽烟再起？石壁由来穿滴水，忍江山变色从蝼蚁？阶级在，莫高睡。

胡乔木学写旧体诗词，不言而喻，是受毛泽东的感染，写旧体诗词，使他与毛泽东有了同一爱好，借以沟通。如他所言，“试写旧体诗词，坦白地说，是由于一时的风尚”。这“风尚”来自毛泽东。

胡乔木把自己最初所写的16首词，抄呈毛泽东。果真，毛泽东非常喜欢——虽说当时毛泽东正开始就“四清”运动的性质等问题，跟刘少奇正面交锋，仍忙里偷闲，为胡乔木改词。

1964年12月2日，胡乔木给毛泽东写了这样一封信——

主席：

词稿承您看了，改了，并送《诗刊》（现因停刊改送《人民文学》）（注），这对我是极大的鼓励，非常感激。康生同志告，您说词句有些晦涩，我完全同意，并一定努力改进。三首词结句的修改对我是很大的教育。

因为粗心，稿中有一首漏了一句，有一首少抄了两个字。幸同时寄呈郭老，他详细地推敲了，给了我一封长信，除指出以上错漏外，还提了许多修改意见。为了便于您最后改定，我向人民文学社要了清样（结果不知怎的寄来了原稿），想根据郭老的指点先作一番修改。有些觉得两可的，就只注在上面，请您选定。有几处修改要加说明，用纸条贴在稿旁，供您斟酌。此外，我又续写了三首《水龙吟》，重加排次，使这一组词相具首尾，补足稿中应说而未说的方面，请您审阅。这三首我也另寄郭沫若同志和康生同志了，请他们把修改的意见直接告诉您。

《沁园春》一首，在此曾给林乎加同志和陈冰同志看过，后来又把其中提出的意见同霍士廉、曾祥仁两同志说了，得到了他们的完全同意。省委决定对西湖风景区进行改造。《浙江日报》已登了十几篇读者来信，要求风景区也要破旧立新，彻底整顿，把苏小小墓等毒害群众的东西加以清理。这是你多年以前就提出的主张，在现在的社会主义革命新高潮中总算有希望实现了（毛泽东批语：这只是一个开始而已）。所以在此顺便报告，并剪附今天的《浙江日报》一纸。此事待有具体结果后再行报告，以便能在北京和其他地方有所响应。

敬礼

胡乔木

1964年12月2日

写诗词，使久违了的胡乔木，重新与毛泽东恢复了“热线”联系：诗词送到毛泽东那里，毛泽东为之修改，退回；胡乔木再改，再送；毛泽东又改，又退；胡乔木又改，又送……就这样，胡乔木在1964年12月20日、27

日、28日，频频致函毛泽东。这是自从他请病假以来，从未有过的与毛泽东频繁联系。

写诗词还表明，胡乔木头脑清楚，具备写作能力，可以返回毛泽东政治秘书的工作岗位。

江青警告："不许干扰主席工作！"

1965年元旦，对于胡乔木是异乎寻常的。

这天，胡乔木并未为《人民日报》写元旦社论，却在《人民日报》上发表《词十六首》。

更异乎寻常的是，中共中央的理论刊物《红旗》居然也同时发表了《词十六首》。

沉默多时的胡乔木，忽然以诗人的身份，站出来亮相了！

显然，这是胡乔木重返中共政治核心的讯号。

胡乔木这样谈及他的《词十六首》：

"都是在毛泽东同志的鼓励和支持下写出来，经过他再三悉心修改以发表的。我对毛泽东同志的感激，难以言表。经他改过的句子和单词，确实像铁被点化成了金，但是整篇仍然显出自己在诗艺上的幼稚。"[1]

胡乔木《词十六首》以"高规格"发表，在全国引起广泛注意。周振甫两番注释《词十六首》，王季思教授则对《词十六首》作了讲评。

陈毅于1965年1月20日致函胡乔木——

乔木同志：

……那天在主席处，主席说，乔木词学苏辛，但稍晦涩。主席又说，中国新诗尚未形成，恐怕还要几十年云云。把这消息告诉您，供您参考。您填的词我是能懂的。我认为旧诗词可以新用，您的作品便是证明。因此您初次习作，便能入腔上调便是成功，中间有几首我很喜爱。您多写便会更超熟练，以此为祝！大创作是等着您的，更以此为祝！中国新体诗未完全形成，我亦有此感。我也是主张从旧体诗略加改变去作试验。我写新诗亦习作旧体，就是想找一个办法有助于新诗的形成。这想法不坏，但实践

[1] 胡乔木：《人比月光更美丽》后记，人民文学出版社1988年版。

还跟不上。因而看您填词，便大喜，以为我们是同路中人也。自然您比较严守词格，这是对的。

不依规矩不能成方圆，但也有到了大破规矩的时候，便更好些，这看法也是可以成立的。……

陈毅

1965年1月20日

毛泽东的首肯，“元帅诗人”的称赞，广大读者的鼓励，使胡乔木诗兴更浓。

他不断地写诗词，每月数首，在1965年又写出《诗词二十六首》。

如1965年2月看了影片《夺印》，写了《梅花引·夺印》一词：

领袖语，牢记取，百年大计争基础。背行囊，带干粮，眉飞色舞队队下乡忙。当年八路今重到，共苦同甘群众靠，万重山，不为难，不插红旗定是不回还。

社藏鼠，欺聋瞽，不爱贫农爱地主。话连篇，表三千，偷梁换柱黑网结奸缘。人间自有青霜剑，慧眼何愁形善变？起群雄，灭阴风，还我河山长作主人翁。

他的诗词，带有那个时代的明显的特色，“带着鲜明的政治印记”。

内中，《采桑子·反“愁”》四首，倒是超脱一些，也就更为隽永些。现录二首：

谁将愁比东流水？无限波澜，载得风帆，踊跃奔腾直向前。登天独首何须怨？不止高山，突兀颠连，怎见人间足壮观？

相思未了今生愿。万里烽烟，怒发冲冠，岂可缠绵效缚蚕？孤芳绝代伤幽俗。待入尘寰，与众悲欢，始信丛中另有天。

胡乔木不断地写诗词，不断地朝毛泽东那里送。他压根儿没有想到，此事竟深深地激怒了“政治新星”江青。

那时，毛泽东对胡乔木的诗词“终日把玩推敲”，帮他逐句修改。江青极为不悦。正因为这样，江青后来曾当面斥责胡乔木道：

“你的诗词主席费的心血太多，简直是主席的再创作。以后不许再送诗词给主席，干扰他的工作！”

胡乔木的“诗词热”，至1965年6月戛然而止。直至1978年3月，他才重新有了写诗词的“雅兴”——那时江青已成了阶下囚。

第八章
“文革”风雨

胡乔木怎么忽地“免斗”了呢？事后才知道，是周恩来打电话到工人体育馆，说是不许斗胡乔木。

周恩来的电话，使胡乔木“免斗”了一些日子。他在家，忙着写各种各样的交代，忙着接待方方面面的造反派的提问。

江青早已对他不悦

江青对于胡乔木的不悦，自然并不始于、也并不由于胡乔木的诗词“干扰”了毛泽东的工作。

平素，作为毛泽东的政治秘书，胡乔木总少不了要与江青接触。他们之间除了“你好”、“最近身体好吗”之类“礼貌用语”之外，别无什么来往。

江青对于胡乔木的不悦，由来已久。

笔者有一份“文革”中红卫兵为了“歌颂”江青而编写的“大事记”，内中倒是各处点了胡乔木的名，从中多少可以看出江青很早就不悦于胡乔木。这份“大事记”的全称是《文化革命的伟大旗手——江青同志与反革命修正主义文艺黑线斗争大事记》。反面材料正面用，如今也还是有点用处的——

△1949年4月

中央电影局在北京成立，直属被反革命修正主义分子周扬、胡乔木等人把持的中宣部领导，后又归属文化部。以江青同志为代表的无产阶级革命派坚定不移地认为电影事业同样必须加强无产阶级的领导。

△1950年3月—5月

反动影片《清宫秘史》经周扬、胡乔木一伙批准，在北京、上海等地上映，并在报刊上大肆吹捧。

江青同志根据毛主席的指示，在中宣部的一次会议上严正指出：《清宫秘史》很坏，应该批判。但却遭到陆定一、周扬、胡乔木等人疯狂抵制，胡乔木还搬出了他的黑后台：“少奇同志说的，这是一部爱国主义的影片，不能批判。”从而在政治思想战线上，扼杀了这场严肃的革命大批判运动。

△1950年9月8日

在“电影指导委员会”召开的第三次会上，胡乔木作长篇报告，公然反对以毛泽东思想指导电影艺术的创作，极力反对电影表现毛主席的军事战略思想。会上，江青同志和胡乔木展开了针锋相对的斗争。

△1950年9月14日

在胡乔木提议下召开讨论1951年一般故事片题材计划的座谈会。江青同志不怕暂时的、表面的“孤立”，继续坚持斗争，又一次明确提出：“要搞三大战役，希望明年至少要搞出一个来。”但胡乔木和江青同志大唱反调，胡说什么“描写人民生活的过去和未来，也就是我们的根本题目”等等。

△1951年9月

在中宣部一次会议上，江青同志对胡乔木、周扬等人坚持资产阶级反动立场、抗拒对《武训传》的批判，进行了坚决的斗争，提出尖锐的批评。周扬一伙极为不满，伺机攻击江青同志，到处散布流言蜚语，妄图反攻倒算。

从这些“文革”资料中可以看出，江青和胡乔木的矛盾，早已产生。江青和胡乔木的关系颇为微妙：论职务，胡乔木是江青的“顶头上司”，因为江青那时是中宣部文艺处副处长，而胡乔木则是中宣部常务副部长；然而，江青并不把胡乔木放在眼中，因为她是毛泽东夫人，而胡乔木是毛泽东秘书。

江青总是把胡乔木视为“周扬一伙”，当然也有历史上的原因：30年代，当江青（蓝苹）大闹上海电影界时，胡乔木担任左翼文化总同盟书记，周扬则是中国左翼作家联盟党团书记、中共上海中央局文委书记。他们深知当年蓝苹的底细。

不过，自1952年2月江青因病休养，直至1962年，一直“锁在云雾中”（内中只在1954年为批判俞平伯《红楼梦简论》而露过面），也就与胡乔木没有“摩擦”。胡乔木对她敬而远之，只在给毛泽东的信中附一笔“问江青同志好”而已。

然而，随着江青权势的不断膨胀，随着“文革”的日益逼近，她“讨伐”胡乔木也就提上日程了。

本来，胡乔木作为毛泽东的政治秘书，“文革”原本不会“革”到他头上的。他被划入“另册”，大体上有几桩原因：

第一，毛泽东抨击中宣部是“阎王殿”，而他一直担任中宣部副部长；

第二，那桩影片《清宫秘史》公案；

第三，那桩《海瑞罢官》公案。

《海瑞罢官》的“黑后台”

众所周知，“文革”的序幕，是由1965年11月10日上海《文汇报》发表姚文元的“宏文”《评新编历史剧〈海瑞罢官〉》而揭开的。

细细追究起来，最初鼓励吴晗写海瑞、歌颂“海瑞精神”的，竟是胡乔木！

对于这一点，吴晗本人说得非常清楚。郭星华曾回忆在1966年3月和吴晗的谈话：

> 有一次，当我们谈起写《海瑞罢官》这一剧时，吴晗同志对我说：“写海瑞是乔木同志约我写的，说毛主席提倡海瑞精神，我是研究明史的，应该写。”[1]

批《海瑞罢官》成了“文革”的导火线；约吴晗写海瑞，也就成了胡乔木倒台的导火线。

其实，号召向海瑞学习、提倡海瑞精神的，是毛泽东。

1959年4月，中共八届七中全会在上海召开期间，毛泽东观看了湘剧《生死牌》，剧中有着“南包公”美名的海瑞上场，引起了毛泽东的兴趣。毛泽东嘱坐在身边的秘书田家英去借《明史》，他说：“我想看一看《海瑞传》。”

4月3日晚，毛泽东细读《海瑞传》，极有兴味。

翌日上午，毛泽东在大会上说起了海瑞的故事。

毛泽东说：“尽管海瑞骂了皇帝，但是他对皇帝还是忠心耿耿的。我们应当提倡海瑞这样一片忠诚而又刚直不阿、直言敢谏的精神。”

向来很注意宣传毛泽东思想的胡乔木，听了毛泽东的这番话，就觉得应该写一篇《海瑞骂皇帝》，在《人民日报》上发表，以便全党、全民都从中领会毛泽东对海瑞的评价和推崇。找谁写呢？他想起了明史专家吴晗。于是，向吴晗传达了毛泽东讲话的精神。

吴晗对明史烂熟，又是快笔头，迅即挥就《海瑞骂皇帝》一文。《人民日

---

[1] 郭星华：《书生本色，太史奇冤——〈海瑞罢官〉写作经过纪实》，载《吴晗纪念文集》，北京出版社1984年版。

报》于1959年6月16日刊出此文，署名“刘勉之”——吴晗的笔名。

此后，毛泽东又多次提倡海瑞精神。他劝周恩来也看看《明史·海瑞传》，并对周恩来说：“我们又不打击又不报复，为什么不敢大胆批评，不向别人提意见？明明看到不正确的，也不批评斗争，这是庸俗。不打不相识嘛！”

于是，吴晗又写出《论海瑞》一文。只是稿子送到时，胡乔木上庐山了。

在庐山上，面对彭德怀、张闻天等尖锐的正确意见，毛泽东不仅听不进去，而且发动了反击，把他们打成“反党集团”。这时，毛泽东虽说近乎“叶公好龙”，但仍在提倡海瑞精神，只是忽地又把海瑞分为“左派海瑞”“右派海瑞”两类。

毛泽东是这样说的：

“我又提倡海瑞，又不喜欢海瑞。有一半是真的，右派海瑞说的不听。我是偏听偏信，只听一方面的。海瑞历来是左派，左派海瑞我欢迎。现在站在马克思主义立场批评缺点，是对的，我支持左派海瑞！”

毛泽东把海瑞分为“左派海瑞”“右派海瑞”，是非常牵强的。不过，他所说的“我又提倡海瑞，又不喜欢海瑞”倒是实话，他确实处于这样矛盾的心理之中。

胡乔木下山后，读了吴晗的《论海瑞》，向他转告了毛泽东关于海瑞的最新论述。于是，吴晗在文末，添了一段“蛇足”一般的话：

“有些人自命海瑞，自封‘反对派’，但是，他们同海瑞相反，不站在人民方面，不站在今天的人民事业——社会主义事业方面，不去反对坏人坏事，却专门反对好人好事，说这个搞早了，搞快了，那个搞糟了，过火了，这个过直了，那个弄偏了，这个有缺点，那个有毛病，太阳里边找黑子，十个指头里专找那一个有点毛病的，尽量夸大，不及其余，在人民群众头上泼冷水，泄人民群众的气。这样的人，专门反对好人好事的人，反对人民事业的人，反对社会主义事业的人，不但和历史上的海瑞毫无共同之点，而且恰好和当年海瑞所反对而又反对海瑞的大地主阶级代表们的嘴脸一模一样。广大人民一定要把这种人揪出来，放在光天化日之下，大喝一声，不许假冒！让人民群众看清他们的右倾机会主义的本来面目，根本不是什么海瑞！”

《论海瑞》一文加上了批判“右倾机会主义”的“尾巴”，也就在1959年9月21日《人民日报》发表了。

此后，吴晗“再接再厉”，写出了新编历史剧《海瑞罢官》。

吴晗万万没有想到，江青视《海瑞罢官》为眼中钉。她和张春桥、姚文元密谋，炮制了那篇“大批判文章”《评新编历史剧〈海瑞罢官〉》。

在那年月，什么事情都讲究“揪黑后台”。胡乔木自然就成了《海瑞罢官》这“大毒草”的“黑后台”，于是乎在劫难逃了！

和毛泽东的最后一次谈话

1966年4月10日，以中共中央文件名义印发了《林彪同志委托江青同志召开的部队文艺工作座谈会纪要》。“文革”紧锣密鼓声，震撼着华夏大地。

这时，胡乔木在杭州疗养。毛泽东也正在杭州：1966年4月16日至26日，毛泽东在杭州召开中共中央政治局常委扩大会议，为发动“文革”作准备。

也就在这时，一班“笔杆子”聚集在上海锦江饭店后楼，忙于起草《五一六通知》（《中国共产党中央委员会通知》）。

起草小组名义上由陈伯达、康生、江青主持。由于陈、康要在杭州出席政治局常委扩大会，起草工作实际上由江青主持。“秀才”张春桥、吴冷西、王力、关锋、戚本禹、尹达、穆欣、陈亚丁等为起草小组成员——再也没有胡乔木的份儿。

最为忙碌的要算江青的心腹张春桥了。《五一六通知》每改一稿，张春桥便派人直送杭州毛泽东。毛泽东作了修改，又派人直送上海张春桥。随着《五一六通知》的下达，“文革”正式揭幕了，中国大地掀起了大字报狂潮。

毛泽东仍在杭州，遥控着北京的“运动”。就在毛泽东如此忙碌的时刻，胡乔木求见毛泽东。因为胡乔木已经接到通知，要他回北京，参加“运动”。他预感到不祥。知道毛泽东也在杭州，他希望见一次，谈谈心里话。

往昔，作为毛泽东的政治秘书，胡乔木见毛泽东是很容易的。只消打个电话，写张条子，就能见到。如今不比往昔。胡乔木求见，不知什么原因，迟迟未见答复。

不予答复，也许意味着毛泽东不见他了。于是，胡乔木打点行装，与夫人谷羽以及秘书、警卫坐一辆小轿车，怅然离开杭州，前往上海，计划由上海回北京。

轿车刚刚抵达上海，忽地从杭州打来电话，说是毛泽东要接见胡乔木。

急匆匆，轿车掉头，又从上海重返杭州。

急匆匆地回去，急匆匆地见面，见面时胡乔木思路全乱了，原本要向毛泽东诉说的一些话，都没有说出来。

毛泽东对他说的话，也很简单："你回到北京，少说话，多看看，多了解情况。"

就这样，简短地见了一面，毛泽东就去忙别的事情去了。

胡乔木万万没有想到，这竟然是他跟毛泽东的最后一次谈话！

此后，当毛泽东回到北京，虽然胡乔木曾希望求见毛泽东，却被江青挡驾了。

作为毛泽东多年的政治秘书，胡乔木毕竟对毛泽东充满感情。虽说他这一生不知跟毛泽东见过多少次，但这最后一次谈话实在太令人遗憾了。此后，他多次跟家里人说起："我最后那次见主席，怎么会把要讲的话都忘了讲呢！"

这遗憾，永远不可弥补。

自从这一次与毛泽东诀别之后，他的毛泽东的政治秘书一职也就画上了句号——虽说自从他1961年8月向毛泽东请长期病假以来，政治秘书一职已名存实亡。通常，总是说他担任毛泽东秘书25年，即从1941年2月至1966年6月。实际上是20年，即从1941年2月至1961年8月。

怀着深深的失落感迁出中南海

1966年6月初，当胡乔木刚刚回到中南海颐园家中，忽地接到通知，康生约他一谈。

康生有什么事找他呢?

不久前，5月28日，中共中央曾发出《关于中央文化革命小组名单的通知》，任命陈伯达为组长，康生为顾问，江青、王任重、刘志坚、张春桥为副组长。

康生，正是权重一时之际。他跟胡乔木寒暄了一阵，无非是"最近身体好一些了吗"之类。接着，他便进入正题，要胡乔木迁出中南海！

从1949年起，胡乔木便住在中国的政治中枢中南海，一住17年。如今，为什么要迁出中南海?

康生所说的"理由"，自然是冠冕堂皇的：中南海要修路，颐园里你那房子要拆……

当然，即便是那里真的要修路，完全可以安排胡乔木住在中南海别的地方。然而，康生要胡乔木在中南海外找住处。显然，这是要把他逐出中南海！

胡乔木从康生那里回来，心境是沉重的。因为就在一个月前，就在中南海里，发生了令人心惊肉跳的事，虽说他当时在杭州，后来才听说：

那是田家英，在5月22日接到通知，要他立即搬出中南海。5月23日上午，田家英悲壮地结束了自己的一生，上吊于中南海永福堂！

田家英被安上了“篡改毛主席著作”的罪名。那是在他整理毛泽东的一份谈话记录时，删去了几句关于《海瑞罢官》的话：“《海瑞罢官》的要害是‘罢官’。嘉靖皇帝罢了海瑞的官，1959年我们罢了彭德怀的官，彭德怀也是‘海瑞’。”这下子，深深激怒了江青。

就这样，在“文革”大幕刚刚拉开之际，毛泽东的3位秘书的命运便泾渭分明了：

正直刚烈的田家英死了；

书生意气的胡乔木靠边了；

善于投机的陈伯达高升了。

当然，康生找胡乔木谈话时，还算是“客客气气”的，胡乔木毕竟还是中共中央书记处候补书记。而田家英呢，他是被“停职反省”，限时限刻搬出中南海。

据云，当时为了毛泽东的安全，着手“清理中南海”。要胡乔木迁出中南海是江青的主意，但是她不便跟胡乔木谈，便由康生出面。

于是，胡乔木由中共中央机关事务管理局的干部陪同，在中南海之外找房子。胡乔木看了十余处房子，选中了天安门广场附近一幢房子——那里原是某国驻华大使馆。他喜欢那房子有很大的书库，可以安顿他数万册藏书。

就这样，怀着深深的失落感，胡乔木离开了中南海……本来就沉默寡言的他，这时话更少了。

神情木然地站在天安门城楼上

胡乔木牢牢记住毛泽东在杭州的“一少二多”的叮嘱：“少说话，多看看，多了解情况。”

1966年6月6日，胡乔木派出身边的工作人员前往北京大学，看大字报，了解情况。

当然，光是听听工作人员的汇报，也不行。他也必须亲自出去“多看看”。

上哪儿去呢？去儿子那学校吧——北京邮电学院。虽说他是按照毛泽东的指示去“多看看，多了解情况”，不料却从此埋下祸根——后来，他被这个学院的红卫兵们“盯”上了。

1966年7月20日，中共中央发出《关于成立毛泽东著作编辑委员会的通知》，上面印着胡乔木的名字，使胡乔木稍稍松了一口气——

主任：刘少奇

副主任：康生、陈伯达、陶铸

委员：李井泉、李雪峰、刘澜涛、宋任穷、王任重、魏文伯、胡乔木、萧华、刘志坚、张平化、熊复、王力、戚本禹、刘汉

虽说按照他的资历，理应是副主任。不过，他能列名委员之中，表明他的政治境遇尚可。

紧接着，中共八届十一中全会于1966年8月1日至12日在北京召开。毛泽东主持了会议，写下《炮打司令部——我的一张大字报》。会议于8月12日通过了《关于撤销和补选书记处书记的决定》，没有碰胡乔木，撤销了彭真、陆定一、罗瑞卿的中央书记处书记和杨尚昆的候补书记职务，调陶铸担任中央书记处常务书记，调叶剑英担任书记处书记。而胡乔木呢？仍是候补书记——既没有升为书记处书记，也未撤职，保持原职。

会议结束不久，8月18日，毛泽东在天安门城楼第一次检阅红卫兵。

那天，胡乔木也上了天安门城楼，他的名字也出现在新华社的电讯之中。不过，他站在远离毛泽东的地方，未敢走过去跟毛泽东说上几句。他跟别人也几乎不说话，只是按规定的位置木然站着，如此而已。

胡乔木神情沮丧，是因为就在4天以前——8月14日，中央文革小组找他谈话，对他进行了批评，指出他犯了一系列的错误：从《清宫秘史》、中共八届七中全会、庐山会议直至《海瑞罢官》……8月15日，胡乔木不得不就以上问题写了一份简短的检查，表了个态。

这天晚上，他对身边的工作人员正式宣布：“我犯了错误！”

8月17日，胡乔木提出：收缩工作，精简人员，搬家，缩小居住面积，并要求到京郊四季青人民公社参加劳动。

8月18日，就在他上天安门城楼之际，他的父亲胡启东在北京八宝山的墓碑被砸！父亲胡启东晚年住在胡乔木家，于1957年2月病逝，葬于八宝山。他的墓碑，是由于右任的弟子、书法家胡公实写的。母亲夏氏也住在胡乔木家，后来死于肺结核。在“文革”中，时兴讲成分，所谓“老子英雄儿好汉，老

子反动儿混蛋”。胡乔木的父亲胡启东虽说是开明绅士、进步人士，但在“文革”中被骂为“大地主”。自然，他的墓碑被砸了。胡乔木呢，也被斥为“大地主的孝子贤孙”。

胡乔木从天安门上下来，便忙着写检查。8月28日，胡乔木改毕检查，派人送呈毛泽东。

8月31日，毛泽东第二次在天安门广场检阅红卫兵。胡乔木虽然已经处境维艰，还是收到了入场券，登上天安门城楼。他的表情，更为木然。

9月5日，中共中央办公厅秘书局对胡乔木停发文件。这是极为严重的讯号，意味着他从此正式“靠边”了！

胡乔木也意识到事态的严重，提出：降低工资，或把工资作为党费上交；取消哨兵、厨师、专车；又一次提出搬家。

9月7日上午，中央文革小组开会，听取胡乔木的检查，并对他再一次进行了批评。

这样，9月15日，当毛泽东在天安门广场第三次检阅红卫兵时，胡乔木便没有收到入场券。他被取消了上天安门城楼的资格。须知，这时刘少奇、邓小平都还登上天安门城楼呢。

胡宅离天安门广场甚近，广场上那“毛主席万岁”“无产阶级文化大革命万岁”的口号声，不断传入胡乔木耳中。他木然地听着。此后，毛泽东一次次接见红卫兵，胡乔木再也没有登上天安门城楼了。他只能在家中写检查。

胡乔木提出了写检查的计划：

一、关于《清宫秘史》的检查；

二、关于《海瑞罢官》的检查；

三、关于庐山会议的检查；

四、关于《人民日报》工作的检查。

这位当年的“中共中央大手笔”，如今成了“检查一支笔”！

不过，他就连写检查，也非常认真：他要工作人员到北京图书馆借有关《清宫秘史》的资料；他给历史学家范文澜去信，请教有关问题；他还要查阅《人民日报》的合订本……

中南海里贴出了批判胡乔木的大字报，称他为“周扬一伙”，称他是“阎王殿中的阎王”（“阎王殿”指中宣部），甚至还提到他的名作《中国共产党的三十年》是“篡改党史”、为“中国赫鲁晓夫歌功颂德”，是“大毒草”！

最初，还讲究“内外有别”，中南海里的大字报不外传。然而，世上哪有不透风的墙？

何况，那中央文革小组正在往外抛材料，巴不得借此混乱之际整掉一批宿敌冤家……

北京邮电学院红卫兵“盯”住了他

终于，1966年10月12日，北京西长安大街上，刷出爆炸性的大字标语：“陶鲁笳、胡乔木回院作检查！”

顿时，消息不胫而走，传遍北京城：胡乔木挨批判啦！

大字标语上所谓“回院”，指什么“院”呢？看一下落款，便明白了——“北京邮电学院红卫兵”。

本来，胡乔木和北京邮电学院没有什么瓜葛。毛泽东嘱咐他“多看看，多了解情况”，他便去北京邮电学院，那是因为他的儿子胡石英在这个学院上四年级；另外，这个学院的党委书记杨思九的爱人王榕，和谷羽很熟，谷羽是王榕的入党介绍人。考虑到有这么些熟人，便于了解情况，胡乔木也就上北京邮电学院去看大字报。

胡乔木毕竟是“中央首长”。听说胡乔木来了，北京邮电学院工作组组长朱春和便要胡乔木给师生讲话。6月18日，胡乔木在那里作了讲话，无非是要师生们听从工作组的领导，积极投入“文化大革命”……

主张向各学校派驻工作组，是当时在北京主持工作的刘少奇的意见。不料，毛泽东在7月18日回到北京之后，听取了江青等人关于工作组的汇报，认定派工作组是路线性的错误。8月5日，毛泽东写了《炮打司令部——我的一张大字报》，便尖锐地批判了刘少奇派工作组的“错误”，称之为“站在反动的资产阶级立场上，实行资产阶级专政，将无产阶级轰轰烈烈的文化大革命运动打下去”，“长资产阶级的威风，灭无产阶级的志气，又何其毒也！”。

1966年10月1日《红旗》杂志社论，根据毛泽东的指示，提出了批判“资产阶级反动路线”——派工作组被称为“资产阶级反动路线”。

早在8月23日，北京邮电学院红卫兵便已经给胡乔木写信，对他6月18日在该院的讲话，提出批评。胡乔木当即回信，承认错误。

在《红旗》国庆社论的“鼓舞”下，全国上下掀起了批判“资产阶级反动路线”的高潮。于是，10月12日，北京邮电学院红卫兵召开批判工作组大会，也就刷出了要求胡乔木“回院作检查”的大字标语。

在开会的前一天——10月11日，北京邮电学院红卫兵通过邮电部，给胡乔木打电话，要求他翌日来校出席批判大会。胡乔木没有去，写了一张大字报，承认错误，派秘书送到了北京邮电学院。

那时，利用年轻、狂热的红卫兵们“冲击”老干部，乃是中央文革小组的一大“发明”。清华大学红卫兵揪斗王光美、刘少奇，便是一例——他们跟清华大学“结伙”，也是因为孩子在那里上学。北京邮电学院的红卫兵，便紧紧“盯”住了胡乔木。

10月17日，胡乔木感冒，病倒了。10月21日，他接汪东兴电话，说是北京邮电学院红卫兵来到中南海接待站，强烈要求胡乔木到该院作检查。

看样子，光是写信、写大字报承认错误还不行。10月26日，胡乔木派出秘书前往中南海西门，接待北京邮电学院红卫兵，向他们承认错误。

红卫兵们死死“盯”住胡乔木，非要他去学院作检查不可。无奈，10月28日，胡乔木在中南海警卫团招待所接待了北京邮电学院红卫兵代表，听取了他们的意见，并答应去该院作检查。

胡乔木被红卫兵们“缠”住了：10月31日上午，他来到北京邮电学院，参加红卫兵们的“控诉工作组”大会。中午回家。当晚七时半，他又到该院，向全院红卫兵作了公开检查。然而，事情并未就此了结……

红卫兵闯入胡宅大抄家

1966年12月24日，朔风吹过北京街头，人们不由得缩起了头颈。

在胡乔木住处附近，忽地来了几位陌生的年轻人，打量着大门，打量着四周的围墙。用军事语言来说，那便是“侦察地形”。虽然胡乔木在家中，但对于围墙外的异常动向一无所知。

25日晚7时，北京已是一片黑茫茫，一群戴红卫兵红袖章的北京邮电学院学生，闯进了胡宅。来者不善、善者不来，他们竟前来“造胡乔木的反”——抄家！

在那荒唐的年月，一群红卫兵，居然就可以抄中共中央书记处候补书记的家！自然，他们也不是吃了豹子胆的——事先已经跟那权大无比的中央文革小组打过招呼。

胡乔木家，存有许多中共中央文件及重要材料，即便在那乱糟糟的时候也不能流入外界。虽然在一片“打倒胡乔木”的口号声中，胡乔木和夫人谷羽被红卫兵看管起来，胡乔木身边的工作人员还是拨通了中央文革小组和中共中央办公厅的电话。

中央文革小组马上来了一个穿军装的人物，到了胡宅，声称：“我们赞成红卫兵们的行动！”

中共中央办公厅秘书局也来人，提出：“胡乔木家的文件，可以由‘中央文革’、中办、红卫兵三方共同派代表进行封存，然后送交中共中央办公厅，红卫兵不得把文件带走。至于胡家的书、画册，红卫兵要对其中的‘封、资、修’采取革命行动，可以，但是带走时必须留下收条。”

“中央文革”的代表，不得不同意中共中央办公厅秘书局的意见。

胡乔木家的文件多，书更多，抄家颇为费时，进行了一夜。

胡乔木很焦急，给汪东兴打了几次电话，一直未打通。

大批的文件，被运往中共中央办公厅。

红卫兵们来不及运走那么多书，就在乱翻一通之后，在书库门上贴了封条。在书库中发现一堆《中国共产党的三十年》样书，被红卫兵拿去当“大批判”用的“反面资料”。

在抄家即将结束之际，红卫兵节外生枝，要把胡乔木押往北京邮电学院去批斗。

此事非同小可。工作人员立即打电话给周恩来，汇报这一紧急情况。

周恩来很干脆地答复：“不能带走！”

工作人员把电话耳机给红卫兵听。周恩来对红卫兵明确地说道：“为什么要把胡乔木带走？不能带走！你们要他写检查，他可以在家里写嘛！”

周恩来的话，红卫兵不能不听，一番风波平息了。

在“一月革命”的寒风中游街

北京邮电学院红卫兵们的“革命行动”，引起了连锁反应：

中南海的“红旗革命造反团”来了，兴师问罪；

文字改革委员会的“革命造反队”“毛泽东思想战斗队”“风雷激战斗组”也前来造胡乔木的反；

《人民日报》社的“井冈山战斗团”“遵义红旗战斗团”“红卫军”强烈要求胡乔木去作检查；

……

就连聋哑学校的学生，也来要求见胡乔木，要批判他。

胡乔木处于“围剿”之中。在各路兵马里，最为胡搅蛮缠的，要算是离胡乔木家不过咫尺之遥的一所中学的“毛泽东主义红卫兵”。这班娃娃们不知天高地厚，造反精神“十足”，何况就在胡宅跟前。

胡乔木怎么会被这些“毛泽东主义红卫兵”盯上呢？

此事说来，竟是那般不可思议：

1966年9月30日，为了表示对于国庆节的庆贺，虽说胡乔木已不能为《人民日报》写上一篇国庆社论了，倒是仍不失“书生”本色——那天，他拿起笔，在自家外边的围墙上，写起标语来。

正巧，那所中学的两名中学生走过来，认得他便是大名鼎鼎的胡乔木，就跟他聊了起来。两名中学生难得有机会跟胡乔木谈话，回去后，居然便整理出一份谈话记录，而且称之为“胡乔木九三〇谈话记录”。

10月12日，西长安街上出现要求胡乔木“回院作检查”的大字标语，马上就传入这所学校。“毛泽东主义红卫兵”们当然也就要把“斗争的矛头”对准一箭之遥的“大首长”。胡乔木那份“九三〇谈话记录”，自然也就成了该校难得的“大批判资料”。

北京邮电学院红卫兵抄了胡乔木家，这所中学的“毛泽东主义红卫兵”马上“配合作战”，于12月26日给胡乔木贴了大字报，并要求胡乔木去该校作检查。此后，几次三番派人找胡乔木，“盯”得比北京邮电学院的红卫兵们更紧。

胡乔木这支笔，抨击过蒋介石，抨击过艾奇逊，抨击过赫鲁晓夫，抨击过尼赫鲁，此时此刻，他的笔却不能不忙于向红卫兵们写检查。就连那所中学的“毛泽东主义红卫兵”们要他写检查，他也不能不写。

紧接着，一连串的批斗开始了：

1967年1月5日下午，胡乔木被文字改革委员会的造反派揪去，作了检查。

1月9日下午，中国科学院应用地球物理研究所“革命造反司令部”把胡乔木揪去，召开“斗争胡乔木大会”。

1月10日，夫人谷羽也遭冲击，要“留住办公室两天，写检查”，要家中送去被子、漱洗用具。

1月11日下午，《人民日报》社造反派把胡乔木揪去，要他“低头认罪”。当夜，胡乔木吃了三回安眠药，也只睡着两小时。

1月12日下午，胡乔木被揪到北京邮电学院批斗，至6时半才回家。夜，胡乔木又失眠，精神变得很差。

花样不断翻新，批斗不断升级。1月17日上午10时多，北京邮电学院红卫兵们又来到胡宅，把胡乔木押上一辆敞篷大卡车，在凛冽的寒风中，在高音喇叭不断呼喊“打倒胡乔木”口号声中，来了一次游街批斗。卡车过西单，过新街口，驶到北京矿业学院门口，再去北京钢铁学校、北京邮电学院。然后，整整一下午，在北京邮电学院批斗胡乔木。接着，又是游街——这一天，胡乔木算是领教了“一月革命”的滋味儿。

回到家中，胡乔木的鼻孔便不通气了，感冒颇重。可是，他还得写交代——按编号，他已给北京邮电学院写第六份交代了。

翌日，中国科学院“红旗总部”派人前往北京八宝山，砸了胡乔木父母的坟，甚至把他父母的头颅从墓中取走！

紧接着，1月19日上午，“全国中等学校首都战斗团西城区分团”又来揪胡乔木。在批斗会上，红卫兵嫌胡乔木弯腰的“度数”不够，打了他一拳！批斗会结束时，他因弯腰过久，“度数”太大，双腿麻木，无法走路，只得由两个人搀着，才勉强走出会场上了车……

胡乔木哭了！

周恩来的关照使他“免斗”

北京冒出了“批判胡乔木联络总站”。

那是北京邮电学院“东方红公社”的“批判胡乔木总联络站”，声称批斗胡乔木一概要与他们联系。

然而，前来揪斗胡乔木的造反派、红卫兵越来越多，远非北京邮电学院那个联络站所能“承包”：《光明日报》的“长征战斗队”来了，中国文联的造反派来了，《民间文学》造反派也来了，就连苏州也来了个“地专机关捍卫毛泽东思想革命造反团”。

批判胡乔木的大字报、传单贴满北京大街小巷。笔者手头有一本“《内刊》反修兵”编印的传单集《打倒胡乔木》，载有“北邮东方红”（“北邮”即北京邮电学院）的一系列批判胡乔木的传单。从这些发黄的传单中，可以觑见当年批判胡乔木的情景。

内刊中《胡乔木的十大罪状》，如下：

一、恶毒攻击毛主席，极端仇恨毛泽东思想；

二、攻击三面红旗，反对社会主义；

三、取消党的领导，推行资产阶级办报路线；

四、吹捧刘少奇，充当刘、邓黑司令部的干将；

五、招降纳叛，结党营私；

六、破坏对《清宫秘史》的批判；

七、为彭德怀喊冤伸屈；

八、鼓吹“自由化”，宣扬超阶级的心理学；

九、资产阶级的丑恶灵魂，地主阶级的孝子贤孙；

十、破坏无产阶级文化大革命。

内中“恶毒攻击毛主席”，是因为胡乔木1955年在《人民日报》社说过这么一番话：

> 在一般文章里，引用毛主席的话或提到毛主席的时候，最好用“毛泽东同志”这个称呼。
>
> 因为主席是他的职务，在文章里不需要这样写。例如：“毛主席的文艺方针”，这句话，意思是国家领袖提出来的文艺方针，好像是领袖提出来的不得不接受。反之，如要说成“毛泽东同志的文艺方针”，意思就是一个同志写出来的，因为正确被大家视为方针，这比较好。

至于“吹捧刘少奇”，则是由于：

“胡乔木很早以前就和刘少奇勾勾搭搭。早在四十年代初，就卖力吹捧刘少奇。在他写的《中国共产党的三十年》和他起草的《关于若干历史问题的决议》两篇文章中，就大张旗鼓地吹捧执行王明右倾机会主义路线的刘少奇，胡说什么刘少奇是白区工作中正确路线的代表……”

这样，胡乔木的《中国共产党的三十年》，也就成了“一株反对毛主席，吹捧刘少奇，反对毛泽东思想，贩卖修正主义私货的大毒草”。

2月1日，一个万人批斗大会在北京工人体育馆举行。上午8时半，胡乔木就被中国科学院的造反队揪去，押往那里。下午1时，大会即将开始。按照那时的惯例，出席者已在那里念小红书《毛泽东语录》了。在一阵阵毛泽东语录的朗读声中，在主席台后面，一大群“黑帮分子”胸前挂着牌子，正排好了队。胡乔木也在其中，胸前挂着“反革命修正主义分子胡乔木”字样。

大会开始了。按照“程序”，大会发言批判谁，就把哪个“黑帮分子”押入会场。到了下午3点钟左右，该轮到胡乔木“入场”了。造反派正押着胡乔木往里走，忽地有人跑过来说：“不斗胡乔木了，马上把他送回家！”

胡乔木怎么忽地“免斗”了呢？事后才知道，是周恩来打电话到工人体育馆，说是不许斗胡乔木。

周恩来的电话，使胡乔木“免斗”了一些日子。他在家，忙着写各种各样的交代，忙着接待方方面面的造反派的提问。他牙痛，还得挤公共汽车去北京医院看病。

“免斗”不过20天而已。2月21日，中国科学院八个造反派组织联合斗争张劲夫，非要揪胡乔木陪斗不可。那天下午，胡乔木乘“喷气式飞机”——低头，弯腰，双臂后举。有时，造反派还揪他的头发。会议结束，胡乔木又一次迈不动腿了，被人架上车，抱下车，这才回到家中。

胡乔木腰痛不已，无奈之中，他说了这样的话：“批斗会我愿参加，只是变相武斗能取消就好了！”直到这时，他的话还文绉绉的。

大抵是胡乔木再度挨斗的情况反映上去了，2月28日晚8时，中共中央办公厅主任汪东兴在中南海南楼跟胡乔木及秘书商恺谈话，宣布三条规定：

第一，今后各单位革命群众不要再把胡乔木同志揪去斗争。如果一定要揪去，必须经中央批准。各单位如需向胡了解情况，可以到胡处座谈，但不能斗争。谈话范围也只能限于同该单位有关的情况，其他情况一律不要谈。

第二，今后革命群众可以向胡乔木同志提问题，但胡写的检查交代等材料，只能交给中央，不能交给“联络站”或其他单位。中央不承认什么“联络站”。胡乔木身边工作人员写的大字报，也如此处理。

第三，胡乔木同志的住所如不安全，可以换个地方住。要注意胡的健康，安排胡的生活，使他得到相应的休息。有病要治疗。

这三条规定，当然不是汪东兴个人的意见。据云，那是周恩来提出，陈伯达、康生、江青也画了圈，表示同意。陈伯达还在报告上写了一段话：“我的意见，以后不要再揪去斗争他，写的材料要交给中央……”

自从有了这三条规定，胡乔木又一次“免斗”了。他开始外出散步，有说有笑。只是去北京医院看病，他仍要挤公共汽车了。家中的保密电话自1月14日被中共中央办公厅撤销之后，也一直没有再恢复。他仍被各种各样的“外调”及“交代”所困扰。不过，不管怎么说，1967年3月，胡乔木总算松了一口气。

戚本禹的文章掀起大风波

胡乔木才“太平”了一个月，陡地又起大风波。

3月31日上午，他乘公共汽车去北京医院打针、取药。下午，接待文字改革委员会的造反派，谈至6时。一切都还“太平”。

凌晨两点多，正是夜深人静之际，胡宅门前忽地响起了“打倒胡乔木”的口号声。

北京邮电学院“东方红公社”的七八十名红卫兵来了，在胡宅的高高的围墙上刷了大标语，并且又把胡乔木斗了一通。

红卫兵们怎么会在凌晨2时多前来贴大标语呢？

那年月，讲究“闻风而动”。红卫兵“闻”到什么“风”呢？

那是因为又一篇“大批判宏文”发表了。此文的作者是红得发紫的中央文革小组成员戚本禹，那篇长文曰《爱国主义还是卖国主义？——评反动影片〈清宫秘史〉》，发表在1967年第5期《红旗》杂志。《红旗》是半月刊，那时乱了套，第5期在3月31日出版。当夜，先由中央人民广播电台播出。红卫兵们刚刚听了广播，立即“闻风而动”了。

虽说胡乔木已经被斗了多次，上了大字报，上了小报，而这一回却由中共中央机关刊物《红旗》对他来了个“半点名”，意味着对他的斗争猛然升级了。

戚本禹的文章是这样提及胡乔木的——

> 毛主席严正指出：《清宫秘史》是一部卖国主义的影片，应该进行批判。他还说过：《清宫秘史》，有人说是爱国主义的，我看是卖国主义的，彻底的卖国主义。但是，反革命修正主义分子陆定一、周扬和当时的中央宣传部常务副部长胡××等，以及背后支持他们的党内最大的走资本主义道路的当权派（引者注：指刘少奇），却顽固地坚持资产阶级反动立场，公然对抗毛主席的指示，说这部反动影片是“爱国主义”的，拒绝对这部影片进行批判。
>
> 当时，担任文化部电影事业指导委员会委员的江青同志，坚持毛主席的无产阶级革命路线，几次在会议上提出要坚决批判《清宫秘史》。但是，陆定一、周扬、胡××等人却大唱对台戏……

谁都明白，这“胡××”即胡乔木。在当时，这叫“半点名”。

从戚本禹的这一段文字中也可以看出，江青对于胡乔木的宿怨，确实由来已久。虽说一个月前江青以及陈伯达、康生还在关于“免斗”胡乔木的报告上画了圈，此刻从戚本禹文章中透露出来的刀光剑影，才是他们的本意。

戚本禹文章的发表，使一个月前汪东兴所传达的三项规定濒临作废。胡乔木一下子又成了“大批判”的“热点人物”。

4月4日晚，胡乔木接到电话，说是6日下午要在人民大学操场开大型批判大会，斗争他。参加的单位有人民大学“三红”（即“红卫兵”“工人红卫队”“东方红”）、中共中央党校红旗战斗队、高等教育部延安公社、中国科学院红旗总部、中宣部哲学社会科学部红卫兵联队、北京邮电学院东方红公社等。

好在到了6日中午，只是来了两辆卡车，在胡宅门口大呼了一阵“打倒胡乔木”之后，便扬长而去。

紧接着，12日又接北京邮电学院“批判胡乔木总联络站”的通知，说15日下午召开斗争胡乔木大会，陪斗者为陆定一、周扬、吴冷西。胡乔木搬出那三项规定来对付。谁知对方竟说：“请示过‘中央文革’，已经同意！”

于是，“免斗”牌失效了。15日上午9时半，胡乔木便被揪到北京邮电学院。下午1时45分，当胡乔木被押进会场时，陪斗者不仅有陆定一、周扬、吴冷西，居然还有彭真！这表明，批斗大会的幕后操纵者，确实是“中央文革”！

24日，胡乔木又被拉到中国科学院批斗，又是“喷气式”，恢复“老规格”了。

26日下午，心理学研究所来电话，告知5月4日举行“北京心理学界斗争批判大会”，主斗为胡乔木。对方声称，已经得到“上头”同意。参加批斗的单位除了心理学研究所之外，还有北京师范大学“井冈山”、北京大学“新北大公社”。

就在胡乔木面临着又一次批斗之际，一桩意想不到的事情发生了……

毛泽东意外地来看望他

不仅胡乔木没有想到，可以说，谁也不会想到：毛泽东来看望他！

那是1967年5月1日，国际劳动节。毛泽东要上天安门城楼，他的轿车从中南海出来，驶向天安门城楼，途中经过胡宅。虽说毛泽东从未到过胡宅，他却知道胡乔木住在这里（据云，是毛泽东见到胡宅墙上北京邮电学院红卫兵4月1日凌晨所贴“打倒胡乔木”大字标语，知道胡乔木住此）。

“停车！”毛泽东突然发出了这一命令，使中共中央办公厅副主任、中央警卫团团长张耀祠感到意外——因为在出发前，毛泽东并未说过要在半途停车。

“去看看胡乔木！”毛泽东说了这话，张耀祠才明白过来。

张耀祠当即下车，去敲胡宅的门。

张耀祠从未去过胡宅。下车后，径直向临街的东大门走去。

胡宅有两扇大门：朝东的大门，是原先大使馆用的。自从胡乔木搬进去之后，东大门一直紧闭着，从未启用。胡家平时进出，走胡同里朝北的大门。

张耀祠咚咚敲东大门，胡宅里谁都没注意。张耀祠敲了一阵子，四周许多人跑过来，围观毛泽东。张耀祠见无人开门，以为胡乔木不在家。加上围观者迅速增加，毛泽东只得吩咐开车。

在围观者之中，有不少是胡乔木的邻居。他们迅速把这一消息告诉胡家工作人员。胡乔木知道了，又激动，又深感遗憾！

胡乔木不敢奢望毛泽东来看他，但多么期望毛泽东能够接见他一次，哪怕是对他作一次批示，或者关于他说几句话也成。在那“一句顶一万句”的年代，毛泽东的一句话，就能把他从逆境中救出。然而，毛泽东居然来看望他，这无疑是天大的喜讯。

可是，张耀祠敲错了门，使胡乔木遗憾万分。

翌日，胡乔木正在草拟致毛泽东的感谢信时，忽地几位中南海的警卫人员来到他家，察看四周的地形。胡乔木接到通知，毛泽东说昨日走错门，今日再来！

毛泽东到底没有忘记他这位做了25年的政治秘书，使胡乔木心中非常宽慰。

他忙着整理客厅。自从抄家之后，家中乱糟糟的。他把一张大沙发整理好，安放在客厅中，以便让身材高大的毛泽东坐。

胡宅上上下下，像迎接盛大节日一般，等待着毛泽东的光临。

晚饭后，中共中央办公厅主任汪东兴来了，跟胡乔木一起，在客厅里等待着毛泽东的光临。

等着，等着，不见动静。直到夜12时，从中南海来电话，毛泽东不来了！

后来才知道，据说那天毛泽东要来看胡乔木，江青大吵了一通。

毛泽东虽然没有来，但是说了一句话：“我心到了！”此言后来传进胡乔木的耳朵，他也说了一句话：“我心领了！”

胡乔木发出了致毛泽东的感谢信。他在信中说，如果主席无时间，他可以去看主席。

然而，他再也没有机会见到毛泽东。

不过，消息迅速在北京城里传开。即使是红卫兵、造反派，也不敢再去揪斗胡乔木。从此，胡乔木有了真正的“免斗牌”。

就连陈伯达，也知道毛泽东仍尊重胡乔木。当中共中央办公厅向中央文革小组请示今后如何处理胡乔木问题时，陈伯达说：“‘中央文革’的意见是背靠背地斗，不要揪他。如有人问是谁说，可告是陈伯达同志。如不问，就算了。”照“中央文革”的意见，胡乔木仍要“斗”，只是“背靠背地斗，不要揪”罢了。

足不出户　闭门闲居

自从1967年5月1日开始，胡乔木再也没有被拉出去批斗。

他的日常事务大体有三：一是接待外调，二是继续写检查，三是看病。

他家变得“门庭若市”，外调人员纷至沓来，排满他的日程表。

从前来外调的单位来看，大体反映出他往日的工作范围：《人民日报》社、新华社、中宣部、中共中央党校、语言研究所、浙江大学、国家计委、北京大学、中国历史博物馆、国家经委、中国科学院、中共上海市委、天津南开大学、辽宁大学、中国科学技术大学、中国作家协会、中国文联、中国人民大学、中共中央统战部、中共中央马恩列斯著作编译局、故宫博物院、外文局、人民出版社、外交部……

在外调高潮过去之后，他渐渐有工夫看书、看报。他曾主动要求去清扫大街，说是为人民服务。扫了几次，被工作人员劝住了，毕竟要保障他的安全。

他曾一度要求把每月300元的工资，抽100元作为党费上交。工作人员还是劝住了他，按一般规定交党费。

渐渐地，他越发变得清闲。“文革”10年，他几乎足不出户，就在胡宅那围墙之内生活着。

他在院子里种菜，种瓜。

他的大部分时间花在读书上，把《资本论》重读了一遍，还细读了许多马、恩、列、斯著作。

他渐渐被世人遗忘。

他在自己家中，过着平静的生活。遗憾的是，他家离天安门广场太近了。中国发生任何重大的事件，总可以从天安门广场上的口号声、高音喇叭声中反映出来。这时，也就打破了胡宅的宁静。

照理，如此空闲，该是写诗填词的大好时机。他却诗兴全无，一首新作也未曾写出来。

他每日仍细细看报，只是无须“评报”了。他总是很注意报上的黑体字——毛泽东的最新指示。毛泽东，依然是他最为关注的对象。

他的中共中央书记处候补书记一职，未被撤销过。但是，在1969年的中共“九大”，他连代表都不是，党内的种种职务也就自行消失。

江青一直想打倒他，成立了专案组，专门收集他写的种种社论、评论。专案组“辛辛苦苦”，好不容易才收集了厚厚一大本，送到毛泽东那里。毛泽东看了一遍，说道：“胡乔木写得很不错嘛！”江青不敢吱声了。

不过，这个专案组，后来倒给胡乔木“帮了忙”：在出版文集时，提供了不少资料！

1971年夏日，毛泽东南巡。8月底，他在长沙接见广州部队司令员丁盛。丁盛问毛泽东：“胡乔木是什么样的人？”

毛泽东答道：“胡乔木曾为中央起草了许多重要文件。《关于若干历史问题的决议》，别人搞了几个月，没有搞出头绪。他一写，就写出来了。《再论无产阶级专政的历史经验》也是他写的，写得不错。所以，我们就没有动他。”

毛泽东这段话，说出了在“文革”中没有“动”胡乔木的原因，也表明他对胡乔木的评价。

平心而论，胡乔木在毛泽东身边工作20多个春秋，一向勤勤恳恳，忠心耿耿，又不出头露面，所以毛泽东对他的印象一直不错。至于“文革”中所罗列的胡乔木的“错误”，毛泽东其实也很明白：

关于《清宫秘史》，胡乔木无非是转达了刘少奇的话罢了；

关于《海瑞罢官》，胡乔木的初衷是要宣传毛泽东关于海瑞的见解；

至于庐山会议，胡乔木倒是讲过一些反“左”的话，那也是因为毛泽东上山之初反复强调纠“左”……

随着邓小平的复出而复出

面壁9年，到了1975年，63岁的胡乔木忽地频频走出家门，活跃起来。

他在1975年6月，获得一项新的任命：国务院政治研究室主任。

胡乔木怎么会突然复出？

那是因为邓小平复出！

1973年3月，邓小平复出，重新出任国务院副总理。1975年1月，邓小平出任中共中央副主席、中央政治局常委、中共中央军委副主席兼中国人民解放军总参谋长、国务院副总理。2月2日，周恩来在《关于国务院各副总理分工问题的请示报告》中又写明，邓小平“在周恩来总理治病疗养期间，代总理主持会议和呈批主要文件”。这一报告经毛泽东批准，也就开始了邓小平实际上主持中共中央日常工作、国务院日常工作。

邓小平于1975年1月6日第一次约胡乔木谈话。邓小平说，他要找一些像胡乔木那样的老人马，出任国务院顾问，这些人要像过去钓鱼台的写作班子那样，写一些重要的理论文章。邓小平提及，三个世界的划分、苏联的社会性质、战争与和平问题、资本主义世界经济危机问题等，“这些都是国内外广大群众迫切需要系统地解答的。从‘九评’以后，就很少那样系统地解答问题的文章了。现在的一般文章，总之一句话，就是没有论证。……”

邓小平对胡乔木说：“要写这些文章要多找一些人，多带一些徒弟，组织一个写作班子。”

1975年6月8日，邓小平第二次约胡乔木谈话。邓小平说：“不要叫顾问了，打算成立一个政治研究室，邓力群和你一起工作。”

这样，胡乔木就担任了政治研究室负责人。

邓小平要着手进行一系列的整顿，内中包括整顿思想，整顿理论。邓小平点将，点到了胡乔木头上。

胡乔木从“闲人”变成了忙人。据胡乔木日记记载，他光是到邓小平那里，便去了25次之多！

经毛泽东批准，胡乔木参加了《毛泽东选集》的整理工作。这对于胡乔木来说，是一项重要的任命，因为这表明毛泽东仍任用他。邓小平在向胡乔木转达毛泽东的意见时，说毛泽东也“提了过去的老话”，说及胡乔木的一些缺点：“有时很固执”，“主观主义”，等等。

邓小平嘱胡乔木：“毛选的稿子，文字上一概由你个人负责”，“你定了稿，再由我送给主席审查”。

邓小平是个聪明人。他深知要想排除江青一伙的干扰，理顺当时中国国民经济那乱糟糟的局面，必须借助于毛泽东的权威。邓小平很欣赏毛泽东在1956年4月所作的题为《论十大关系》的讲话，作为一项紧急任务，交给胡乔木，要胡乔木加以整理，尽快公开发表。邓小平要把毛泽东的《论十大关系》，用来对付江青一伙。

在讨论《论十大关系》的整理稿时，邓小平就借题发挥起来。邓小平说：

“党的基本路线，一定要有一套具体路线和具体政策，不然，基本路线就是空的。路线不是空喊。”

邓小平还很微妙地说：

“高喊反复辟的人，就是真正复辟资本主义的人。”

邓小平打算在《论十大关系》整理稿经毛泽东审阅同意之后，发给全党讨论学习，以纠正许多错误的观点。

在胡乔木整理出《论十大关系》之后，邓小平即致函毛泽东：

“这篇东西太重要了，对当前和以后，都有很大针对性和理论指导意义。”

邓小平希望马上公开发表《论十大关系》，毛泽东却表示暂时不要公开发表。这样，邓小平的这一步棋，未能如意。

邓小平又着手整顿那乱成一锅粥的中国科学院。1975年7月18日，邓小平派出胡耀邦前往中国科学院负责党组工作并兼任副院长（院长郭沫若因病休养）。胡耀邦一上任，便忙着起草《科学院工作汇报提纲》（简称《汇报提纲）》）。胡耀邦花了20多天，写出了初稿。用他的话来说，“是拼了一点老命的”。

8月11日，胡耀邦带着《汇报提纲》到邓小平那里去念了一遍。

胡乔木

邓小平要胡乔木帮助修改《汇报提纲》。于是，胡乔木这支笔，又“重操旧业”了。

闭门9年，胡乔木读了不少书，此刻派上用场了。

胡乔木还为《汇报提纲》加上不少重要的话：

“不搞技术，政治就无所谓挂帅。”

“对理论研究不应任意加以贬低、指责甚至污辱。”

“不能简单依靠摘引几句经典著作加以逻辑的引申就算完事。”

胡乔木提出，必须“突出

一个‘扭’字”！“扭”，就是扭转，把“四人帮”的那一套空头政治“扭”过来，“扭”到“三项指示为纲”上来。

《汇报提纲》经胡耀邦、胡乔木这“二胡”以及李昌、王光伟反复修改，于9月下旬基本定稿。邓小平送呈毛泽东，准备在毛泽东同意后作进一步修改下发全国。然而，毛泽东却未表同意。

在起草《汇报提纲》的同时，邓小平又指令国家计委起草《关于加快工业发展的若干问题》（简称《工业二十条》）。这一重要文件，邓小平仍要胡乔木主持修改工作。

《工业二十条》是整顿工业的纲领性文件。内中尖锐地批评了“四人帮”：“他们口头上也讲党的基本路线，实际上把两个阶级、两条道路的斗争放在一边，不抓这个主要矛盾，而是成天闹人民内部的这一派同那一派的矛盾，新干部和老干部的矛盾，你攻过来，我攻过去，没完没了，少数搞资产阶级派别活动的头头，争权夺利，拉山头，搞分裂，闹得企业不得安宁，地方不得安宁，党不得安宁。”

《工业二十条》还指出：“他们打着反复旧的旗号搞复旧，打着反复辟的旗号搞复辟，破坏革命，破坏生产，把党的好干部，把先进模范人物和先进集体打下了台，坏人当道，好人受气。”

《工业二十条》强调，要整顿那些“软、散、懒”的领导班子。

《工业二十条》于1975年9月20日完成“讨论稿”。

除了主持修改《汇报提纲》和《工业二十条》之外，胡乔木深感手中没有宣传阵地不行。《人民日报》《红旗》杂志等都控制在姚文元手中，姚文元如今成了“新闻首脑”。根据邓小平的意见，经毛泽东同意，批准以中国科学院哲学社会科学学部名义筹办新刊物《思想战线》。

《思想战线》创刊号上，拟推出重头文章《论全党全国各项工作的总纲》（简称《论总纲》）。此文是国务院政治研究室在邓力群的主持下，根据邓小平多次讲话精神起草的。

《论总纲》阐述了毛泽东提出的“学习无产阶级专政理论”“还是安定团结为好”“把国民经济搞上去”三项指示是各项工作的总纲，而把发展生产、实现四个现代化作为各项工作的出发点和归宿。

又一次“半点名”批判

《思想战线》未及问世便流产了。

忙碌了一阵子的胡乔木，又退回到家中。

1975年11月，形势骤变，毛泽东不满于邓小平的整顿。11月下旬，中共中央政治局在北京举行打招呼会议，宣读了经毛泽东批准的《打招呼讲话要点》，指出有“一股右倾翻案风”，“有些人总是对这次文化大革命不满意，总是要算文化大革命的账，总是要翻案”。

不久，“批邓、反击右倾翻案风”运动席卷全国。在“批邓”高潮之中，“四人帮”的御用写作组集中火力批判《论总纲》《汇报提纲》和《工业二十条》，称之为“三棵大毒草”。

这“三棵大毒草”，棵棵跟胡乔木有关，其中的两棵还是由胡乔木主持修改的。于是，批判的排炮，朝邓小平轰击，也朝胡乔木轰击。

胡乔木又一次遭到了“半点名”。1976年4月，上海的“帮刊”《学习与批判》第四期上发表署名康立、延风的《〈汇报提纲〉出笼的前前后后》，“半点名”式地称胡乔木为“邓小平的参谋班子中的那个‘理论家’”。

1976年4月7日，中共中央政治局根据毛泽东的提议，通过了《关于撤销邓小平党内外一切职务的决定》。于是，对于“三棵大毒草”的批判力度，不断加强了。

1976年8月23日，《人民日报》发表了社论《抓住要害深入批邓》，掀起了批判“三棵大毒草”的新高潮。社论指出，这是“三株反党、反马克思主义的大毒草”。社论作了如下“分析”：

《论总纲》是“兜售‘三项指示为纲’的修正主义纲领”，“复辟资本主义的宣言书”；

《汇报提纲》是“反对无产阶级在整个上层建筑对资产阶级实行全面专政”的“一个修正主义标本”；

《工业二十条》则是“洋奴买办的经济思想和一整套修正主义办企业路线的写照，名为加快工业发展，实为加快资本主义复辟”。

经江青提议，人民出版社在1976年8月出版了由北京大学、清华大学大批判组编辑的《评〈论全党全国各项工作的总纲〉》《评〈关于加快工业发展的若干问题〉》《评〈关于科技的几个问题〉》三本小册子，印数达几千万册。

大量印行这些小册子，据云是为了“发动群众”，进行批判。

于是，各报各刊，大报小报，笔伐“三棵大毒草”。仅《人民日报》，从1976年8月13日至10月6日，发表的批判“三棵大毒草”的文章、通讯，便达110余篇之多！

胡乔木又被迫写检查，以至写揭发材料之类了。他的屋外，从天安门广场上不时传来“批邓、反击右倾翻案风”的口号声。

不过，也传来令胡乔木为之欣慰的消息：那三本小册子里，附了“三棵大毒草”的原文，以“供批判用”。由于小册子的大量印行，才使普通的老百姓得以见到“三棵大毒草”。

他们说：原来，“大毒草”是这么回事！“大毒草”倒是说出了我们的心里话，批它们干什么？

1976年9月9日，毛泽东去世的消息传来，胡乔木陷入深深的悲伤之中。毛泽东毕竟是他最为崇敬的人，多年秘书生涯使他对毛泽东充满深厚的感情。然而，在长长的毛泽东治丧委员会名单里，依照姓氏笔画，姓胡的只有“胡炜、胡良才、胡金娣”，却没有胡乔木！

终于，1976年10月6日那“十月革命”，扭转了中国的历史车轮，胡乔木破涕为笑了……

秘书陈伯达

第一章
初任秘书

陈伯达记得，那是1939年春，张闻天找他，商谈调动工作问题。张闻天告诉他，毛泽东提名，调他到毛泽东办公室工作。理所当然，陈伯达以欣喜心情，一口答应下来了。

据陈伯达回忆，当时调他去，担任的职务是“中央军委主席办公室副秘书长”。

初来延安

1937年9月，陈伯达从北平来到延安。新来乍到，陈伯达在延安没有受到注意。虽说他当时因发起“新启蒙运动”已颇有名声，但只在北平、上海等文化界有较大影响，而在延安，他的“知名度”还很低。“新启蒙运动”的讨论，并没有波及延安。

陈伯达到达延安之时，正值陕北公学创办之际。这是中共一所培养干部的学校。校长为成仿吾。考虑到陈伯达说曾在北平中国大学国学系教过书，于是，中共中央组织部便安排他到陕北公学当一名教员。陕北公学刚刚创办，正需要教员。

说实在的，陈伯达此人，只宜写文章，不宜当教员。他那一口闽南“普通话”，学生很难听懂。他讲课时，要不断在黑板上写粉笔字，才能让学生明白他讲的意思。与其说是讲课，倒不如说是“写”课！

在陕北公学教了一阵，陈伯达被调往中共中央党校当教员。校长乃康生。

1938年5月5日，马列学院在延安成立。这是中共培养理论干部的学校，院长张闻天。张闻天即洛甫，曾在莫斯科中山大学学习，跟陈伯达早就相熟。张闻天当即把陈伯达调到马列学院当教员。

这样，陈伯达教过马列主义知识，教过历史，也教过哲学。

记得有一次开会，毛泽东来了。张闻天当众介绍陈伯达，说道：“这是从北平来的陈伯达同志，他是北平‘新启蒙运动’的发起人。”

张闻天说毕，噼噼啪啪响起一阵掌声。掌声过后，毛泽东也并未注意到陈伯达。似乎毛泽东当时并未读过关于“新启蒙运动”那些文章，因此对张闻天所介绍的“北平‘新启蒙运动’的发起人”没有在意。

教书毕竟非陈伯达所长，因为学生们纷纷反映，听不懂他的课。于是，陈伯达被调到中共中央宣传部，被任命为出版科科长——须知，1927年陈伯达入党才几个月便在武汉担任此职，不料在11年之后，他竟仍然担任此职！

陈伯达担任过中共北方局宣传部长，担任过中共北平市委“三人委员会”

成员，这些情况中共中央组织部当然是知道的。陈伯达在延安得不到重用，原因是明白的：在延安有不少留苏归来的干部，知道陈伯达在苏联学习时倒向托派。托派问题在当时是很严重的问题。这样，组织上对陈伯达的任用，也就有一定的戒心。

这样，初来延安的那些日子，陈伯达的心境不那么舒畅。特别是他的一些同辈人，职务远远高于他：当年上海大学的同学康生，如今不仅是中央党校校长，而且还担任要职——中共中央社会和情报部部长；当年留苏时的同学张闻天，如今不仅是马列学院院长，而且还是中共中央政治局常委兼中共中央宣传部部长。当时陈伯达在马列学院当教员时的顶头上司是他，到了中宣部当科长那顶头上司还是他。所幸张闻天待他尚好。

陈伯达觉得委屈，仿佛在延安坐的是冷板凳。延安的高级干部中，大部分是经过长征到达那里的，在长征中结下生死之谊，彼此关系很密切，而他从白区来，跟这些长征干部不熟悉，总有着隔膜。

陈伯达甚至有点后悔，觉得不该来延安。因为他在白区的文化界好不容易打开了局面，已经颇有声望，在那里倘若继续写文章，做文化工作，名气会更大……

陈伯达的情绪低落，又一次跌入了低谷。1938年上半年，陈伯达埋头于写作，写出了《三民主义概论》一书。尽管他担任中共中央宣传部出版科科长，却自知在延安难以出版这本书。

1938年6月，知道王明要去重庆，陈伯达托王明把书稿带去，在重庆出版。

陈伯达的《三民主义概论》是一本倾向不好的书。书中极其错误地对北伐前夕伪装革命的蒋介石作了很高的评价：

> 正是因为当时的主要的国民党领袖，是这样不为帝国主义挑拨离间的诡计所动摇，这样坚决地继续中山先生和仲恺先生的精神和政策，结果才把陷于“四面楚歌之中”的革命广州挽救过来，终于能够排除万难，克服大敌，转危为安，使革命势力得以继续发展和扩大，如果不是这样，那么，真如古人所说的“汉之为汉，未可知也”了。

当时的“国民革命军总司令”蒋介石，乃乔装左派，乘北伐之机扩大自己的势力。他的反革命面目在“四一二”政变中暴露无遗。他根本谈不上“坚决地继续中山先生和仲恺先生的精神和政策”。

陈伯达的《三民主义概论》，对于旧三民主义与新三民主义的原则区别，对于三民主义与共产主义的原则区别，也作了许多错误的论述。

陈伯达在低谷中徘徊。

倘若陈伯达继续按照《三民主义概论》这样的错误方向写下去，这位理论家就要发生“理论大滑坡”，跌入危险的境地。就在这个时候，一次偶然的机会，陈伯达引起毛泽东的注意。

毛泽东的指点，拨正了陈伯达的航向。从此，陈伯达投奔毛泽东旗帜下……

引起毛泽东的注意

陈伯达记得，那是在延安的一次座谈会，讨论孙中山的思想。会上对孙中山思想的阶级性发生了争论。一种意见说，孙中山的思想属于小资产阶级；另一种意见认为，他的思想属于民族资产阶级。

毛泽东很仔细地倾听着双方的争论。双方各有道理，争论颇为激烈。

就在这个时候，陈伯达发言了。他尽量讲得慢一些，便于让大家听懂。陈伯达与众不同，又一次采取了他对待文学界两个口号之争那样把对立的双方加以统一的方法，加以阐述：“我认为，孙中山的思想有两个两重性——既包括小资产阶级思想的两重性，又包含民族资产阶级思想的两重性……”

毛泽东的目光，注视着陈伯达。毛泽东轻声问旁边的人：“现在发言的人，叫什么名字？”

旁边的人在纸上写了“陈伯达”三个字。

陈伯达发言完毕，毛泽东站了起来，很高兴地说道：“刚才陈伯达同志的发言很好，很恰当地分析了孙中山思想的阶级属性问题……”

散会之后，毛泽东把陈伯达留下来，问了一些关于他的情况。

陈伯达回去之后，傍晚，毛泽东忽然派人通知，要他赶到机关合作社去吃晚饭。

陈伯达急急应召赶去。到了那里才明白，毛泽东宴请一美国记者。毛泽东对陈伯达说：“今天顺便也请你——请你和美国客人。”

这次请客很简单，毛泽东、翻译、美国记者、陈伯达四人同桌而聚。

起初，毛泽东跟美国客人说了一些客套话。后来，他转向陈伯达，问起北平文化界的情况，问起张申府的近况。张申府，原名张崧年，中共最早的党员之一，后来脱党。

毛泽东得知陈伯达在北平中国大学开过周秦诸子课，而毛泽东对中国古代哲学也饶有兴趣，他们之间有了共同的话题，越谈越投机，竟把美国客人撂在一边……

这一天，成了陈伯达一生的转折点。从此，他成为毛泽东手下的一支笔。毛泽东这位时代的巨人，给予他不可估量的影响：在打败日本帝国主义、打败蒋介石、建设新中国的胜利大进军中，毛泽东建立了丰功伟绩。陈伯达在毛泽东的统率下，也做过一些有益的工作。毛泽东从1957年开始，逐渐向“左”偏航，以致在“文革”中陷入“左”的迷误。陈伯达用他的笔，阐述并发展了极左路线、极左理论，成了一位十足的“左”派理论家，以至堕落为林彪、江青反革命集团的主犯之一，成为历史的罪人……

与毛泽东探讨中国古代哲学

被毛泽东看中之后，陈伯达不再坐冷板凳了。

中年陈伯达

经毛泽东提议，陈伯达在延安举行中国古代哲学讲座。每一次讲座，毛泽东差不多都去听。

毛泽东一去，许多人也跟着去。虽然陈伯达的话难懂，但听久了，也慢慢听惯了。这些课，陈伯达过去在北平讲过，如今加了些新的内容、新的见解。

很快地，陈伯达在延安理论界有了名声。

1938年秋，延安成立“新哲学会”，陈伯达成了这个学术团体的头面人物，执笔写了《新哲学会缘起》，发表于1938年9月《解放》周刊。

1939年1月，陈伯达写出《墨子哲学思想》一文，恭恭敬敬给毛泽东送去，请求指正。

这时的毛泽东，已从五次反“围剿”的战乱之中，已从两万五千里长征的羁旅之中解脱出来，在相对安定的延安窑洞里，不断著述，写出《实践论》，写出《矛盾论》，写出《论持久战》，写出《基础战术》（这本书未收入《毛泽东选集》）……他正处于一生的著作高峰期，他显得非常勤勉，思维活跃，正在探索着一系列的理论问题。

陈伯达的《墨子哲学思想》引起毛泽东很大兴趣。他很细致地读完，亲笔给陈伯达复了一信。毛泽东的书信通常很短，一二百字而已，这次破例，给陈伯达写了很长的复信，全文如下：

伯达同志：

《墨子哲学思想》看了，这是你的一大功劳，在中国找出赫拉克利特（引者注：古希腊唯物主义哲学家）来了。有几点个别的意见，写在另纸，用供参考，不过是望文生义的感想，没有研究的根据的。

敬礼！

毛泽东

2月1日夜

（一）题目

似改为“古代辩证唯物论大家——墨子的哲学思想”或“墨子的唯物哲学”较好。

（二）事物的实不止属性，还有其最根本的质，质与属性不可分，但有区别的，一物的某些属性可以除去，而其物不变，由于所以为其物的质尚存。“志气”，志似指事物之质，不变的东西（在一物范围内），气似指量及属性，变动的东西。

（三）“君子不能从行为中分出什么是仁什么是不仁”，这句话的意思应是：君子做起事来却只知做出不仁的事，不知做仁的事，似更明白些。

（四）说因果性的一段，似乎可以说同时即是必然性与偶然性的关系。“物之所以然”是必然性，这必然性的表现形态则是偶然性，必然性的一切表现形态都是偶然性，都是偶然性表现。因此，“没有这部分的原因就一定不会有10月10日的武昌起义”是对的，但辛亥革命的必然性（大故）必定因另一偶然性（小故）而爆发，并经过无数偶然性（小故）而完成，也许成为10月11日的汉阳起义，或某月某日的某地起义。“不是在那恰当的时机爆发起来就不一定成为燎原之火”是对的，但也必定会在另一恰当的时机爆发起来而成为燎原之火。

（五）中庸问题

墨家的“欲正权利，恶正权害”、“两而无偏”、“正而不可摇”，与儒家的“执两用中”、“择乎中庸服膺勿失”、“中立不倚”、“至死不变”是一个意思，都是肯定质的安定性，为此质的安定性而作两条战线斗争，反对过与不及。这里有几点意见：①是在作两条战线斗争，用两条战线斗争的方法来规定相对的质。②儒墨两家话说得不同，意思是一样，墨家没有特别发展的地方。③“正”是质的观念，与儒家之“中”（不偏之谓中）同，“权”不是质的观念，是规定此质区别异质的方法，与儒家“执两用中”之“执”同。“欲”之“正”是“利”，使与害区别。“恶”之“正”是“害”，使与利区别而不相混。“权者两而无偏”，应解作规定事物一定的质不使向左右偏（不使向异质偏），但这句话并不及“过犹不及”之明白恰当，不必说它“是过犹不及之发展”。④至于说“两而无偏，恰是墨子看到一个质之含有不同的两方面，不向任何一方面偏向，这才是正，才真正合乎那个质”，则甚不妥，这把墨家说成折中论了。一个质有两方面，但在一个过程中的质有一方面是主要的，是相对安定的，必须要有所偏，必须偏于这方面，所谓一定的质，或一个质，就是指的这方面，这就是质，否则否定了质。所以墨子说“无偏”是不要向左与右的异质偏，不是不要向一个质的两方面之一方面偏（其实这不是偏，恰是正），如果墨家是唯物辩证论的话，便应作如此解。

（六）“半，端”问题

墨子这段，特别是胡适的解释，不能证明质的转变问题，这似是说有限与无限问题。[1]

以上所以全文照录毛泽东1939年2月1日致陈伯达函，是因为这封信清楚地表明：陈伯达所擅长的中国古代哲学研究，正是毛泽东思索的热点。正因为这样，看了陈伯达的文章，毛泽东会随手写下这样的学术性的长信，与他进行详细地讨论。也正因为这样，陈伯达被毛泽东所看中，并非偶然。这封信表明，他们有着共同的兴趣和话题，而毛泽东的见解比陈伯达高出一筹。

陈伯达一见毛泽东对他的文章如此看重，于是又向毛泽东呈送了《孔子的哲学思想》《老子的哲学思想》。陈伯达也请他的“顶头上司”——当时的中共中央宣传部部长张闻天看了文章。

[1] 《毛泽东书信选集》，第140—143页，人民出版社1983年版。

毛泽东读后，兴致仍然很浓，于1939年2月20日写一封更长的信致张闻天转告陈伯达，兹摘录部分原文如下：

> 伯达同志的《孔子哲学》我曾经看过一次（没有细看），觉得是好的，今因你的嘱咐再看一遍仍觉大体上是好的，惟有几点可商榷之处开在下面，请加斟酌，并与伯达同志商量一番。
>
> 我对孔子的东西毫无研究，下列意见是从伯达文章望文生义地说出来的，不敢自信为正确的意见。
>
> ……

在这封信中，毛泽东详细地写了七点意见，针对陈伯达的文章，谈了自己对孔子哲学思想的看法。

陈伯达收到信后，当即按照毛泽东的意见作了修改，再呈毛泽东。1939年2月22日，毛泽东又写了一信致张闻天转告陈伯达：

> 伯达同志的文章再看了，改处都好。但尚有下列意见，请转达伯达同志考虑。
>
> ……
>
> 是否有当，请见及陈同志斟酌。

在这封信中，毛泽东又补充谈了三点意见。

借助于对中国古代哲学的探讨，借助于呈送文章向毛泽东请教，陈伯达与毛泽东的关系日益密切起来。

毛泽东终于决定把这位“陈同志”调到自己身边工作……

担任毛泽东秘书

陈伯达记得，那是1939年春，张闻天找他，商谈调动工作问题。张闻天告诉他，毛泽东提名，调他到毛泽东办公室工作。理所当然，陈伯达以欣喜心情，一口答应下来了。

据陈伯达回忆，当时调他去，担任的职务是“中央军委主席办公室副秘书长”。中央军委主席为毛泽东，因此也就是到毛泽东办公室工作。

办公室的秘书长为李六如。李六如是毛泽东的老朋友，早在1921年便经毛泽东、何叔衡介绍加入中国社会主义青年团，同年加入中国共产党。北伐时，曾任国民革命军第二军第四师党代表……后来，在1957年，他把自己丰富的革命经历写成长篇小说《六十年的变迁》，其中主人公“季交恕”便是以李六如为原型塑造的形象。

刚到军委主席办公室工作，陈伯达觉得不甚适应。因为李六如分配他处理军务电文，他要把前方发来的军事电报内容向毛泽东报告，然后按毛泽东的意见草拟复电，发往前线。他是“秀才”，对于打仗一窍不通。

没多久，毛泽东也看出陈伯达不适合做军务电文方面的秘书工作。陈伯达的兴趣，似乎还在那些“老古董”——孔子、墨子、老子，而这些与秘书工作毫不相干。

“我建议你把研究的兴趣，从中国古代哲学转向现实。你应当做些现实的研究。”毛泽东对他说。

他接受了毛泽东的意见。

这样，他从收收发发军务电文，改搞资料工作。用陈伯达的话来说，他成了“材料员”。毛泽东给定了四个题目，要他收集资料。这四个研究课题是：

《抗战中的军事》；

《抗战中的政治》；

《抗战中的教育》；

《抗战中的经济》。

在毛泽东的指导下，陈伯达做了资料收集工作。这些资料，后来分为四册印行。陈伯达说，是毛泽东帮助了他，把他的研究工作的注意力从古代转向现实生活。收集、整理这些资料，使陈伯达对中国现实有了全面的了解，为他后来写《评〈中国之命运〉》等书打下了基础。

陈伯达成了毛泽东的政治秘书。毛泽东让他超脱于一般的收收发发之类的秘书事务性工作，而是协助自己从事政治理论研究工作。据陈伯达回忆，那时毛泽东40多岁，正值中年，精力充沛，毛泽东的著作一般都由毛泽东亲自执笔，不用秘书代劳。只是一些技术性文件，要秘书起草，以节省他的时间。毛泽东写毕，有时请秘书看看，提些意见，作些修改。毛泽东本人便是著作巨匠，擅长写作，他的著作别具一格，自成一体，非他人可以代笔。陈伯达记得，只有收入《毛泽东选集》第二卷的《中国革命和中国共产党》一文第一章《中国社会》，是李维汉起草的，陈伯达作了修改，最后由毛泽东改定；第二章《中国革命》，是毛泽东亲自写的。

毛泽东需要秘书动笔的，常常是他的演讲。他在演讲时，一般只有很简单的提纲，有的甚至是即兴式发言，连提纲都没有，这时，需要秘书作记录，整理出讲话稿，由毛泽东改定。

据陈伯达回忆，他曾为朱德在党的“七大”上的报告《论解放区战场》做过一些修改工作，陆定一也参加过修改。

在延安整风中，李六如被调离毛泽东办公室。从此，李六如不再在毛泽东身边工作。

陈伯达的职务，不断地在变动着：他成为中共中央秘书处的秘书。不久，中央研究院成立，院长为张闻天，副院长为范文澜，陈伯达担任秘书长。

这个研究院之下，又分若干研究室，陈伯达兼中国问题研究室主任。后来，中央政治研究室成立，陈伯达被任命为主任。他的职务虽然在不断变动，但是他实际上一直在做毛泽东的政治秘书。特别是他后来所担任的中央政治研究室主任之职，就是做政治秘书的工作。

《简明大不列颠百科全书》所载陈伯达延安时期的简历，基本上是准确的：

“1937年在延安中共中央党校、马列学院教书。并在中共中央宣传部、军委、中央秘书处、中央政治研究室等机构工作。”

由于毛泽东的信任，陈伯达进入了中共高层，接触中共高级机密——尽管他的职务还并不很高，而工作岗位显然占据要津。陈伯达日后的飞黄腾达，那起飞的起点便是“毛泽东秘书”这一职务。

后来，陈伯达对他的同乡、在中共中央编译局工作的陈矩孙（陈杰）说“私房话”时，曾口吐真言：

“最要紧的是跟人，跟准一个人；第二是有自己的一批人……”

这可以说是陈伯达毕生的“经验”之谈。他“跟准”了毛泽东，确是“最要紧”的。

在陈伯达担任毛泽东的秘书将近两年的时候，由于毛泽东的工作担子越来越重，需要增加秘书，陈伯达向毛泽东推荐了胡乔木。

胡乔木夫人谷羽回忆说：

当时，陈伯达并不认识胡乔木。

那是在1941年2月，中共中央秘书长王若飞找胡乔木谈话，告诉他组织上决定调他担任毛泽东秘书。

当时，胡乔木毫无思想准备，担心自己无法胜任这一新的极为重要的工作。

王若飞为了打消胡乔木的顾虑，说出了毛泽东“点将”的来历：

“你发表在《中国青年》杂志上纪念五四运动二十周年的文章，陈伯达看了，很赞赏。他推荐给毛主席。毛主席看了，说：‘乔木是个人才。’所以，毛主席早就注意你。最近，毛主席那里人手不够，他点名调你去当秘书，你同时也是中共中央政治局秘书。”[1]

以上回忆是谷羽亲口对笔者所说——尽管那时陈伯达已经成为“林彪、江青反革命集团”的16名主犯之一，但是她并不避嫌，仍实事求是地把历史真实情况告诉笔者。

自从胡乔木来了之后，陈伯达和胡乔木互相配合，为毛泽东分担了大量的文字工作，起草了众多的中共中央文件和重要文章，成为中共中央的两支笔。

抨击蒋介石的《中国之命运》

发起“新启蒙运动”，使陈伯达在“中国思想界上有点小名”；对王实味开展“大批判”，使陈伯达在延安崭露头角。陈伯达的名字第一次引起全中国的注意，甚至引起国外的关注，那是1943年7月21日，延安《解放日报》从第一版起，刊出陈伯达的长文《评〈中国之命运〉》。

《中国之命运》是一本什么书？蒋介石的“名著”也！这本书成了国民党统治区“人人必读”的“政治圣经”，是大中学校“最重要的课外读物”，是各级教育部门的“正规考试课目”。

《中国之命运》是在1943年3月10日出版的。据透露，此书乃“国民党顾问”陶希圣为蒋介石捉刀。

陈伯达所写的《评〈中国之命运〉》，虽以个人名义发表，但行文处处以“我们共产党人”的口气，况且又是在中共中央机关报《解放日报》头版头条刊出，势必被认为是中共对《中国之命运》的抨击，理所当然引起全国的关注。

1980年美国斯坦福大学出版社出版的《毛主义的崛起：毛泽东、陈伯达及其对中国理论的探索（1935～1945）》的第八章，详细论及《中国之命运》及《评〈中国之命运〉》。作者怀利（Raymond F.Wylie）是美国里亥大学国际关系助理教授。他在书中指出：

[1] 叶永烈1993年4月1日采访胡乔木夫人谷羽。

（国共）双方最后争取人心的一场斗争于1943年春在思想战线上展开了，1946年扩展到军事领域，以1949年共产党取得席卷全国的胜利而告终。

蒋介石同毛泽东一样，也深知思想领域里的斗争的重要，但总的说来，他远不如对手运用得有效。可是蒋抢在共产党前面，在1943年3月10日出版了他的名著《中国之命运》，同时在全国发动一场大规模思想运动，以宣传这本书和国民党主义……

《中国之命运》阐明了国民党的立场："抗战的最高指导原则惟有三民主义。抗战的最高指导组织，惟有中国国民党。"蒋以此表示自己追随孙中山，但欣然以新的国父和群众的导师自居，他声称："中正身当我中华民国独立自由重新发轫之初，抚今思昔，策往励来，特陈述我国家民族百年的经历，指出我国民族今后的方向……愿我全国同胞共同体察而力行之。"

一位有经验的研究中国现代史的学者指出，蒋在出版《中国之命运》作为教科书的同时，兼任重庆国立中央大学校长，绝非巧合。蒋介石既然身为中国政治领袖而遵循"古风"，就必然会追求"由英雄进而成为圣人"……

国民党刚发起一个宣传运动以配合《中国之命运》的发行，就又发生了一件加剧国共两党紧张关系的事件。这就是共产国际在5月15日宣告解散。共产党当然知道国民党发动这场宣传运动的意义。当时曾授权陈伯达等中共主要论战家对蒋介石这本书中的主要观点作出官方评论。

诚如怀利先生所言，陈伯达的《评〈中国之命运〉）被视为"官方评论"，因此不仅大大提高了陈伯达的身价（"中共主要论战家"），而且使陈伯达的文章广泛地引起重视。

笔者请陈伯达回忆《评〈中国之命运〉》的写作经过。他的回忆，第一次披露了一些鲜为人知的内幕，现根据录音整理如下：

蒋介石的《中国之命运》出版后，延安也有了。毛泽东主席看了，笑着对我们几个"秀才"说："蒋介石给你们出题目了，叫你们做文章呢！"我领会毛主席的意思，是要我们写反驳的文章。我写《评〈中国之命运〉》，是毛主席的话，启发了我，我才有写那篇文章的想法。

我一口气写了三天三夜（当然要吃饭，也略有休息）。我一面写，一面哭，我太激动了，因为极大义愤吧。我以前写过许多文章，从来没有这么激动过。

我不知道这篇文章将以什么名义发表——作为《解放日报》社论呢，还是评论员文章呢，所以我没有署自己的名字。文章的原标题是《评蒋介石先生的〈中国之命运〉》。

写完以后，我马上给毛主席送去。当时，毛主席住在枣园。记得，送去的时候，毛主席正在休息。我不敢惊扰他，就把稿子留在他那里，回去了。

毛主席起来后，就看我的稿子，一口气看完，然后在原稿上添了好些极尖锐、精彩的句子，并署上我的名字。

第二天早上，毛主席派人把我找去，毛主席把稿子给了我，上面写着他的批示："送《解放日报》发。"

稿子送到《解放日报》，报社领导同志看了，觉得有些地方说得太厉害了。另外，这篇文章势必会在国民党统治区引起震动，一定要请负责那里统战工作的周恩来同志过目。

正巧，周恩来同志刚从重庆回来（引者注：1943年7月16日，周恩来和邓颖超等一起从重庆返回延安）。毛主席召集了一个小型的中央会议，周恩来也参加了，讨论我的文章。经过讨论，作了些小的改动，题目改为《评〈中国之命运〉》。

这篇文章在1943年7月21日《解放日报》上发表。周恩来还指示，用内部电报把文章拍送重庆，在国民党统治区印小册子发行。

此文发表后，蒋介石发出一个内部通令，严禁这个小册子，并叫我做"陈逆伯达"。

其实，写这篇文章，不是我自己的功劳，是党的工作。如果说有功劳的话，那是党的功劳。

我确确实实是这样认为的：如果没有毛主席启发我，没有毛主席的支持，就不会有这篇文章。如果我不去延安，也不会有这篇文章。在党的领导下，在毛主席的领导下，我才有可能写出这篇文章。

《评〈中国之命运〉》是陈伯达一生中最重要的著作之一。笔者问他文章中哪些话是毛泽东加的，他说手头已经没有书了，记不清毛泽东所加的话。不过，文章开头关于陶希圣的一段，是毛泽东亲笔写的，这一点他记得很清楚。他说："毛主席加上去的话，气魄比我大得多，非常深刻，非常有力，我是远远比不上的。”

根据1945年9月由新华书店晋察冀分店所印的《评〈中国之命运〉》单行本，开头那段毛泽东所写的话，果真非同凡响：

> 中国国民党总裁蒋介石先生所著的《中国之命运》还未出版的时候，重庆官方刊物即传出一个消息：该书是由陶希圣担任校对的。许多人都觉得奇怪：蒋先生既是国民党的总裁，为什么要让自己的作品，交给一个曾经参加过南京汉奸群、素日鼓吹法西斯、反对同盟国、而直到今天在思想上仍和汪精卫千丝万缕地纠合在一起的臭名远著的陶希圣去校对呢？难道国民党中真的如此无人吗？《中国之命运》出版后，陶希圣又写了一篇歌颂此书的文章，中央周刊把它登在第一篇，这又使得许多人奇怪：为什么中央周刊这样器重陶希圣的文章？难道蒋先生的作品非要借重陶希圣的文章去传布不成？总之，所有这些，都是很奇怪的事，因此，引起人们的惊奇，也就是人之常情了。

批判蒋介石的《中国之命运》，却先拿陶希圣开刀，这样的开篇确实与众不同。毛泽东的棋高一筹的睿智，往往就是在这些地方流露。

当然，《评〈中国之命运〉》毕竟是陈伯达写的。这篇文章对于批判蒋介石、宣传毛泽东思想，确实起过一定的作用，这也是应予肯定的。文章曾十分鲜明地提到了“毛泽东的思想”——这在1943年那样的岁月还不多见：

“中国共产党的思想，是毛泽东的思想，是中国化的马克思列宁主义。它在马克思列宁主义这一个思想上，不但和苏联共产党的思想相同，而且也和全世界各国共产党思想相同，但是，科学的马克思列宁主义正是要求每个国家的共产党人根据自己的国情提出政纲，决定政策，而依靠人民自己救自己，中国共产党在中国的工作正是这样做的……”

陈伯达的《评〈中国之命运〉》是毛泽东亲自决定发表的。就在《评〈中国之命运〉》发表于延安《解放日报》的当天——1943年7月21日，毛泽东便给当时任中共中央南方局副书记兼宣传部部长、统战部部长的董必武，发去电报，全文如下[1]：

---

[1] 《毛泽东文集》第3卷，第49—50页，人民出版社1996年版。

关于公布《评〈中国之命运〉》一文

必武：

此次反共高潮之近因，一由于国际（引者注：指共产国际）解散，二由于相信日将攻苏，故蒋（引者注：指蒋介石）企图以宣传攻势动摇我党，以军事压迫逼我就范。乃事机不密，为我党揭穿，通电全国，迎头痛击，于是不能不竭力否认（如胡、徐——引者注：胡，胡宗南，国民党军第一战区第三十四集团军总司令；徐，徐永昌，国民党政府军事委员会军令部部长——等复电），尽量敷衍（如对周、林——引者注：周，周恩来；林，林彪），并稍示和缓（边境已有两个师后撤）。但实际上目前军事准备决不会放松，政治压迫亦必会加紧（如七七封锁新华——引者注：指《新华日报》，日前检查渝办——引者注：指八路军驻重庆办事处）。我为彻底揭穿其阴谋并回答其自皖变（引者注：指皖南事变）以来的宣传攻势计，除已发之通电及解放社论外，并于本日公布陈伯达驳斥蒋著《中国之命运》一书，以便在中国人民面前从思想上理论上揭露蒋之封建的买办的中国法西斯体系，并巩固我党自己和影响美英各国、各小党派、各地方乃至文化界各方面。为此目的，望注意执行下列数事：

一、收到此文广播后，设法秘密印译成中、英文小册子，在中外人士中散布。

二、在渝办、报馆（引者注：指新华日报社）中，以此文作为课本，进行解释讨论。

三、搜集此文发表后的各方面影响，并将国民党回驳此文的文章择要电告，并全部寄来。

四、新华尤其群众（引者注：指《群众》杂志）可用其他迂回办法揭露中国法西斯的罪恶（思想、制度、特点和行为）。

五、其他技术问题由恩来电告。

毛泽东

从毛泽东的这一电文，足以看出，毛泽东对陈伯达所写的《评〈中国之命运〉》是何等地重视！

在陈伯达发表了《评〈中国之命运〉》之后，延安的另几位“秀才”也响应毛泽东的指示，写了批判蒋介石《中国之命运》一书的文章。其中有历史学家范文澜的《谁革命？革谁的命？》、哲学家艾思奇的《〈中国之命运〉——

极端唯心论的愚民哲学》、戏剧家齐燕铭的《驳蒋介石的文化观》等。这四篇文章曾结成一集，书名仍用《评〈中国之命运〉》，曾广为印行。

1943年7月30日，毛泽东在给彭德怀的电文《关于审干的九条方针和在敌后的八项政策》中，又一次强调[1]：

> 望将延安民众大会通电、解放报社论及陈伯达、范文澜评《中国之命运》等文多印广发，借此作一次广大深入的有计划的阶级教育，彻底揭破国民党的欺骗影响，不要把此事的重要性看低了。国民党思想在我们党内是相当严重地存在的。

1943年8月5日，中共中央总学习委员会发出《有系统地进行一次关于国民党的本质及对待国民党的正确政策的教育通知》，规定了五篇文章为各单位必读的学习文件：中共中央《为抗战六周年纪念宣言》《延安民众大会关于呼吁团结反对内战通电》、刘少奇《清算党内的孟什维克主义思想》、陈伯达《评〈中国之命运〉》、王稼祥《中国共产党与中国民族解放的道路》。刘少奇、王稼祥是中共资深的领导人，陈伯达居然能与他们并列，清楚地表明自从发表《评〈中国之命运〉》之后，陈伯达在党内的声望迅速提高了。

于光远在1998年6月所发表的回忆文章，谈到了当时自己对陈伯达的《评〈中国之命运〉》的印象以及《评〈中国之命运〉》的广泛影响[2]：

> 从整风起陈伯达的地位突然提高很快。我这个人对人事升迁一向不那么注意，可是连我都感觉到了这一点。特别是1943年夏天他署名的长文《评〈中国之命运〉》在《解放日报》头版以整版的篇幅发表，使得我和一起工作的许多同志都有这样的感觉：陈伯达一下子成了我们党内一个很重要的人物。《评〈中国之命运〉》是一篇很长的文章，气魄很大，完全是代表党中央的口气，后来出了单行本。中央机关总学习委员会指定此书作为各单位必读的学习书。《中国之命运》是蒋介石1943年初发表的，当作国民党"干部必读"教材的一本书。当时我正在被审查抢救，没有看到。蒋介石这本书的基本内容我是从陈伯达的评论中知道的。据说这本书是陶希圣为蒋介石写的。陈伯达的那篇文章，提得那么尖锐、驳斥得那么

---

[1]《毛泽东文集》第3卷，第53页，人民出版社1996年版。

[2] 于光远：《初识陈伯达》，《读书》1998年第6期。

有力，我不得不佩服。当时我就想，这篇文章一定是经过毛泽东看过改过的。但是文章的底子总是陈伯达的。党中央决定用陈个人名义发表也说明陈伯达在党内的地位大大提高。

两年之后党的七大召开，毛泽东在所作的开幕词中，把《论联合政府》和蒋介石的《中国之命运》并提，作为中国之命运的两种。这个开幕词在传开之后，更使我感到陈伯达那篇文章的分量。

写《人民公敌蒋介石》

在西柏坡，陈伯达又埋头于写作。

陈伯达写出了他的另一部较有影响的新著——《人民公敌蒋介石》。

关于这本书的写作经过，他自述如下：

> 《人民公敌蒋介石》是在西柏坡写的。原来准备的材料，由延安带来。
>
> 那时毛主席还在陕北，刘少奇同志在西柏坡主持工作。
>
> 写完后，我请刘少奇同志看，他因忙，说："你陈伯达骂蒋介石，还用审查吗？不必审查了，就拿去付印好了。"
>
> 我到了阜平印刷厂，记得，这本小册子的前一部分和最后一部分，曾经由新华广播电台广播过……
>
> 现在，蒋介石虽然已死，但历史的公案并不会消失。犹如袁世凯虽死得很久，但袁世凯的公案并不会消失一样。蒋介石将永远钉在历史的最可耻的柱子上。我写了《人民公敌蒋介石》，在这件事上，我认为我也许可算是做了一点很微小、很微小的事。就这一点，我算并没有白白地加入了伟大的共产党。

陈伯达的《人民公敌蒋介石》一书，共分六章：

一、帝国主义在中国的最后一个大狗牙，中国人民的第一号公敌；

二、从假革命到反革命；

三、代替北洋军阀而起的封建买办新王朝；

四、抗战失败主义和继续与人民为敌；

五、穷凶极恶，日暮途穷，即将被人民活捉审判；

六、消灭蒋介石，打碎蒋家小朝廷的全部统治机构。

陈伯达此书，完成于1948年1月底，最初由阜平印刷厂印成单行本。此后，曾在各地广为印行。

关于陈伯达的这几本政论著作，人民出版社于1962年出版的李新等主编的《中国新民主主义革命时期通史》第四卷，曾作了如下评介：

陈伯达的《窃国大盗袁世凯》《中国四大家族》和《人民公敌蒋介石》等书，从各个不同方面揭露了以蒋介石为首的四大家族的狰狞面目，清算了他们勾结美帝国主义屠杀中国人民的血腥罪行。

《窃国大盗袁世凯》揭露了蒋介石不仅继承了袁世凯的反动衣钵，而且大大地发展了他的阴险的机巧权术。蒋介石对中国人民的压迫和屠杀，给中华民族带来的灾难比较袁世凯是有过之而无不及。但是，蒋介石的命运也和袁世凯一样，必将被人民革命的烈火所烧死。

《中国四大家族》从经济方面揭露了以蒋介石为首的国民党反动派的本质，它根据无可争辩的事实深刻地揭露了四大家族在经济上的垄断，乃是其发动内战、实行法西斯统治、出卖国家主权的根源。四大家族是靠打内战和掠夺、屠杀中国人民而起家致富的。为了维持经济上的独占，继续无穷尽地掠夺人民，四大家族必然在政治上实行独裁的法西斯统治，和全国人民为敌。他们依靠出卖中国主权来取得外国的援助，所以在四大家族统治下，希望中国实行和平、民主和独立是绝对不可能的。只有以革命的手段推翻四大家族的统治，才能消灭内战和取得民族独立。

《人民公敌蒋介石》从政治方面无情地揭露了蒋介石阴险残忍的面目，进一步证明了蒋介石是中国人民的头号公敌，是美帝国主义驯服的走狗。它根据20年来蒋介石反动统治由发展到灭亡和帝国主义100年来在中国的统治由发展到覆灭的历史事实，充分论证了毛泽东的《目前形势和我们的任务》这篇划时代的中国革命檄文中所作的英明论断：我们不但必须打败蒋介石和帝国主义，而且能够打败它们。这本书充分地说明了20年来，在中国两条道路的斗争是毛泽东道路和蒋介石道路的生死斗争，而胜利的必定是毛泽东的道路，失败的必定是蒋介石的道路。这本书在对蒋介石的政治斗争中发挥了重大的作用，它阐发了毛泽东将革命进行到底的伟大号召和光辉思想，教育了全国人民特别是中间阶层和中间党派，有力地打击了国内外反动派。

《评〈中国之命运〉》《窃国大盗袁世凯》《中国四大家族》和《人民公敌蒋介石》的出版，使陈伯达博得了“理论家”的美誉，就连《简明不列颠百科全书》也称之为“在党内有影响的理论宣传家之一”。

陈伯达“跟准”了毛泽东。他在《人民公敌蒋介石》中，称颂毛泽东为“伟大的中国英雄”“中国人民的舵手”“中国有史以来第一个伟大的人民战略家”……他“跟对”了。

美国宾夕法尼亚州里亥大学的怀利在所著《毛主义的崛起：毛泽东、陈伯达及其对中国理论的探索（1935～1945）》一书中，曾对陈伯达的理论研究作如下评价：

延安时期，陈伯达主要从事理论研究、政治宣传和毛泽东报告的拟订工作，他和毛泽东一起逐渐形成了“马克思主义中国化”的思想，并在马克思主义中国化的运动中起了领导作用。他撰写了大量的理论文章，宣传马列主义，宣传毛泽东的思想，歌颂毛泽东在中国共产党历史中的重要作用。陈伯达是“毛泽东神话”的始作俑者。无论是在毛泽东同中国共产党党内亲苏分子的权力斗争中，还是在中国共产党同国民党的理论斗争中，陈伯达始终是一位关键人物。在毛泽东思想形成和把毛泽东思想提升为中国共产党的官方理论指导的过程中，陈伯达都起了非常重要的作用。1945年中国共产党召开第七次代表大会，“毛泽东思想”（“马克思主义中国化”思想的最终表达）正式写进党章，成了中国共产党的官方理论和行动指南。就是在这次代表大会上，陈伯达被选为候补中央委员。陈伯达升迁如此之快，可见他的贡献是相当大的。他是一位为毛泽东服务的党的理论家和历史学家。

1948年底，陈伯达被任命为马列学院副院长，而当时的正院长则是刘少奇。

第二章
几番风波

陈伯达在郑州会议上因鼓吹极左经济理论，挨了批；上庐山之前，听说会议的主题是继续纠“左”，也就把他的政治赌注押在批“左”这一边。

他万万没有想到，毛泽东上山之后，会一下子从纠“左”来了个一百八十度的大转弯，转为“反右倾”。在这大转弯的时候，陈伯达差一点被甩了出去！

搬入中南海

在中共七届二中全会召开之前的一个多月——1949年1月31日，北平宣告和平解放。

1949年3月25日，中共中央和中国人民解放军总部由西柏坡移至北平。毛泽东和朱德在北平检阅了中国人民解放军部队。从这一天起，北平成了中国的红色的政治中心。

陈伯达随着毛泽东来到北平。想及12年前急匆匆逃离北平，如今以胜利者的姿态昂首进入北平，陈伯达感慨万千。尤其是在他的车子驶过北海公园附近时，猛然间想及那里的草岚子监狱，心中犹有余悸。然而，当年淋巴腺滴着脓汁、可怜巴巴的他，如今已是中共中央委员，真可谓彼一时此一时也……

进城之初，陈伯达便成为政治舞台上忙碌的演员：

1949年7月2日，中华全国文学艺术工作者代表大会开幕，会议的第7天，陈伯达作了一番“指示”。他“亲临会场”，“要求提高思想，强调学习毛泽东思想和作风，苦心反复研究社会各种现象”。他说：“毛泽东思想就是马列主义和中国革命实践的最好的结合，文艺工作者必须学习毛泽东思想。”翌日——7月10日，《人民日报》便报道了陈伯达的这番讲话。

就在发表这番讲话的前一天，陈伯达出现在中国新经济学研究会总筹备会上。《中国四大家族》的发表，使陈伯达赢得“经济学家”的桂冠。他当选为主任，马寅初、杜守素、薛暮桥为副主任。

几天之后——7月14日，陈伯达出现在中国社会科学工作者代表会的发起人会议上。林伯渠被选为主席，沈钧儒、郭沫若、陈伯达、李达为副主席。

9月23日，陈伯达在中国人民政治协商会议第一届会议上，以“社会科学工作者首席代表”的身份作了发言。他是中国人民政治协商会议共同纲领的主要起草者之一。

10月14日，陈伯达坐在新华书店出版工作会议的主席台上，“号召工作态度要严肃负责”。

10月20日，陈伯达在首都各界纪念鲁迅大会上，发表题为《鲁迅是我们的榜样》的演说……

进城之初，由于马列学院（后改称中共中央党校）设在北平西郊颐和园那里，陈伯达作为副院长也就住在那里。可是，他又是毛泽东的政治秘书，毛泽东常常要找他。刚进城，周恩来驱车北平城里，精心为毛泽东挑选住所。周恩来选中了地点适中、闹中取静、绿树红墙、一派古风的中南海，作为政府办公用地。中南海与北海以北海大桥为界，大桥以北为北海，以南便是中海与南海。中海、南海以蜈蚣桥为界，合称中南海。从此，中南海便成为中国的政治中枢所在地。

周恩来把中南海的勤政殿，给毛泽东作为办公、居住之处。第一次把中南海勤政殿作为政界要地披露报端的，是在毛泽东、周恩来进入北平的半个来月（最初毛泽东住在北平香山）——1949年4月13日，毛泽东在中南海勤政殿会见以张治中先生为首的国民党政府代表团。以周恩来为首的中共代表团与张治中等举行谈判，也在勤政殿。

颐和园与中南海相距甚远，每逢毛泽东电召陈伯达，过了半个来小时，陈伯达的汽车才抵达中南海。

“你搬到中南海来住吧！”毛泽东说道。

于是，陈伯达搬入了中国的政治中枢，起初就住在勤政殿一间小屋里。那儿毕竟不能久住，而且陈伯达开始第三次恋爱，没有房子怎么行呢？总算给了他房子，让他住在迎春堂。迎春堂由南向北有三个四合院，陈伯达住在其中的一个，那房子早已上了“年纪”，颇为破旧。他的邻居是周扬和熊复。

中南海分为甲区和乙区。毛泽东住在甲区，陈伯达住的是乙区。持有特殊的通行卡，才可由乙区进入甲区。作为毛泽东的政治秘书，陈伯达持有特殊通行卡。一接到毛泽东的电话，他便从迎春堂步行前往勤政殿，约莫一华里，走十几分钟就到了。

那时的毛泽东，除了身边的许多工作人员之外，有着正式秘书职务的是4个人，人称“四大秘书”，即陈伯达、胡乔木、田家英、叶子龙。胡乔木不住在中南海。与毛泽东住在一起的是田家英和叶子龙。叶子龙是机要秘书。日常秘书工作由田家英负责。1956年，经中共中央政治局常委同意，毛泽东的秘书为5位，即增加了江青。江青原是机关协理员，这时成为负责国际方面问题的毛泽东秘书。

田家英是在1948年成为毛泽东的秘书。

据陈伯达回忆，1946年2月，毛泽东的长子毛岸英从苏联留学归来，回到延安。毛泽东发觉，毛岸英在苏联多年，对于中国文化历史的知识颇为欠缺。毛泽东请陈伯达当毛岸英的教师。可是，毛岸英听不懂陈伯达那福建口音，再说陈伯达正忙于自己的著述，便以“话听不懂”为理由推托了。陈伯达向毛泽东推荐了田家英。

田家英是四川成都人，家庭贫寒，小时候在中药店里当学徒。1937年，不满16岁的田家英奔赴延安。1938年加入中国共产党。他先后在延安的陕北公学、马列学院、中共中央政治研究室、中共中央宣传部工作。

田家英帮助毛岸英学习中国文化历史知识，慢慢与毛泽东熟悉。

后来，毛泽东身边需要人帮助料理文件，选中了田家英。这样，27岁的田家英，担任了毛泽东秘书。

跟随毛泽东访问苏联

忙着买呢大衣、皮帽子、皮鞋，向来不大讲究衣着的陈伯达，一下子“洋”起来了。因为毛泽东告诉他：“你跟我一起到苏联去。”

那是1949年12月中旬，新中国诞生才两个多月，毛泽东便把百事待兴的国内问题撂在一边，到苏联去会见斯大林，以求得苏联的物质援助——这是当时中国头等重大的问题。

这是毛泽东平生头一回出国。他要陈伯达随行，一则陈伯达是他的政治秘书，二则陈伯达熟悉苏联的情况——在阜平的时候，他就曾经考虑派陈伯达前往苏联。

毛泽东的随行人员除陈伯达外，还有机要秘书叶子龙、负责安全事务的汪东兴、俄语翻译师哲。

对于陈伯达来说，这是第一次把他放在非常显眼的位置上，因为毛泽东的苏联之行举世瞩目，而在代表团中他居于第三位——名字排列在毛泽东与他之间的，是中华人民共和国首任驻苏大使、外交部副部长王稼祥。

毛泽东是坐火车从北京出发的（从1949年9月27日起，北平改名北京），经过东北，沿着漫长的西伯利亚大铁道前往莫斯科。又一次见到白雪皑皑、阒无人迹的西伯利亚，陈伯达不由得回忆起1927年头一回去苏联时的情景。

西伯利亚零下四十摄氏度的严寒，使毛泽东身体不适，他生病了。

经过漫长的旅行，毛泽东所乘坐的专列，从1949年12月6日离开北京，在12月16日抵达莫斯科。苏联方面巧妙地安排了专列抵达莫斯科车站的时间——

中午12时。这样，当列车刚刚停稳，克里姆林宫的大钟便发出悠扬的十二响当当钟声。

苏联给予毛泽东以最高规格的礼遇。除了斯大林之外，苏联的最高党政军领导人都出现在月台上的欢迎行列里。那时的斯大林作为苏联领袖，已经立下规矩，不去车站或机场迎送客人。

各国驻苏大使、记者，也云集车站。仪仗队向毛泽东投来注目礼。陈伯达跟随在毛泽东身后，头一回在如此隆重的场合出面，被闪光灯包围，大出风头。他的“名言”——“最要紧的是跟人，跟准一个人”，这时仿佛得到了最“光辉”的证实。

遗憾的是，由于毛泽东身体不适，莫洛托夫为了照顾毛泽东，压缩了欢迎仪式，匆匆十几分钟便结束了。

陈伯达随毛泽东驱车前往莫斯科近郊孔策沃别墅——这幢设施讲究的别墅，是斯大林在第二次世界大战中居住过的。另外，斯大林还在克里姆林宫里，为毛泽东安排了另一住所。

就在毛泽东抵达莫斯科的当天晚上6时，陈伯达跟随毛泽东前往克里姆林宫，见到了形象熟悉、头发已显得花白的斯大林。斯大林率领苏共政治局全体委员前来会见毛泽东。斯大林见到毛泽东的第一句话便是：“想不到你是这样的年轻和健壮！”

站在两位大人物之侧，陈伯达目击这次历史性的会见，兴高采烈。

斯大林和毛泽东，并排坐在长桌的顶头。长桌斯大林一侧，坐着苏共政治局委员们，而毛泽东一侧，坐着王稼祥、陈伯达和代表团其他成员。每个人面前，都放着葡萄酒、矿泉水、高脚酒杯。双方的随员都很拘谨。谈话只在斯大林与毛泽东之间进行，苏方翻译是苏联驻华大使参赞费德林，中方翻译为师哲。

斯大林对毛泽东说了一句充满歉意的话：“你们已经取得了伟大的胜利，而胜利者是不受指责的。”这句话的含意是深刻的，因为斯大林曾支持过王明的“左”倾机会主义路线，曾阻止过中国人民解放军进军中国南方，也曾怀疑过毛泽东在中共“七大”提出的联合政府。

翌日，斯大林与毛泽东会见的照片，醒目地登载在苏联各报上。陈伯达在照片上找到了自己，深感荣耀。当年他在莫斯科中山大学受到党内劝告，如今参加中苏最高级会谈，陈伯达为自己的跃升而欣慰。

抵达莫斯科之后的第五天，恰逢斯大林70大寿。陈伯达随着毛泽东，出席了在莫斯科举行的隆重的祝寿大会。毛泽东居于各兄弟党的领导人队伍之首，发表了祝词。

《人民日报》发表了陈伯达在访苏前预先写好的文章《斯大林和中国革命——为庆祝斯大林七十寿辰而作》。陈伯达称斯大林为“世界最伟大人物”和“天才导师”，而称毛泽东为“斯大林的学生和战友”（若干年后，在“文革”中，陈伯达这位“理论家”则称毛泽东为“世界最伟大人物”和“天才导师”，而称林彪为“毛主席的学生和战友”）。陈伯达只字未提斯大林对中国革命的干扰和错误论断，把中国革命的胜利说成“斯大林的学说”的胜利，“斯大林的思想”的胜利。

陈伯达标新立异地说：“斯大林寿辰是世界的‘人日’。”

在中国旧礼俗中，农历正月初一为鸡日，初二为狗日，初三为猪日，初四为羊日，初五为牛日，初六为马日，初七为人日。陈伯达居然把斯大林生日，作为全世界的“人日”，真令人瞠目以对！

文末，陈伯达高呼：“至高无上的、光荣的、伟大的斯大林万岁！”

在莫斯科的日子里

斯大林的生活习惯与毛泽东相似，喜欢夜间工作。他与毛泽东的会谈，总是在夜间。陈伯达一次又一次在毛泽东之侧，参加孔策沃别墅里的中苏最高级会谈。

中苏最高级会谈的气氛是非常严肃的，有时出现意想不到的“险情”。当年的苏方翻译、后来的苏联科学院通讯院士费德林在1988年10月23日苏联《真理报》上，发表的回忆文章《历史的篇章——夜间会谈》曾作若干披露：

> 斯大林在这个房间里一出现，周围的所有人便似乎停止了呼吸，个个呆若木鸡，同他一起到来的是一种危险感，一种可怕的气氛……
>
> 有一次，毛泽东在回忆过去同国民党军队战斗的艰苦岁月时，介绍了共产党军队被敌军包围的情况。
>
> 当时的形势极端危险，他们多次冲锋，但是，未能突破敌人的封锁。于是，指导员号召战士：“不畏艰险，视死如归。”
>
> 这个警句，我听起来很费解。于是，我请求毛泽东用汉字写在纸上。他拿起纸和笔，飞快地用他很有特色的豪放笔锋写了八个大字。
>
> 所有这些字，分开看，每个我都很熟悉。但由于不明白最后一个中国

字“归”，所以简直就无法理解整句话的意思。不得不再次请毛泽东解释一下这个中国字的意思，并对整句话里使用这一格言作出自己的解释。

“您还打算长时间在这里搞秘书活动吗？”突然听到斯大林带命令口吻的声音。可以设想一下我在这种时刻的自我感觉。我像触了电一样……

“请按字面意思翻译这个字和整个句子！”他吩咐说。

斯大林说罢，连头也没有回。但贝利亚的头却似乎单单转向我（引者注：贝利亚为负责苏联国家安全工作的内务部长），他戴着夹鼻眼镜，有一双鹰一般敏锐的眼睛。我感觉到了他的目光……

有一次，和我坐在一起的毛泽东小声地问我，斯大林为什么把红葡萄酒和白葡萄酒掺到一起，而其余的同志为什么不这样做。我回答说，很难解释，这事最好问斯大林。但是毛泽东坚决反对，并说，这不礼貌。

“你们在那儿秘密地小声交谈什么，要背着谁？”我背后响起了斯大林的声音。他的话在我内心产生了某种迷信般的恐怖。这种突然的问话把我吓了一跳，我把脸转向他，看到一个戴夹鼻眼镜的人的凶恶目光（引者注：指贝利亚）。

“是这么回事……”我开始说。

“是的，是有点事……”斯大林说。

“毛泽东同志问，您为什么把各种酒掺起来，而其他同志为什么不这样做？”我说。

“那您为什么不问问我呢？”他用眼睛死死地盯着我。

我早就发现，他有点怀疑我，不大相信我。“请原谅，毛泽东坚持不要这样做，他认为，这样问您有点不礼貌……”

“而您觉得在这儿应该听谁的呢？”斯大林略带狡黠地问我……

费德林所回忆的两桩小事，纯属芝麻绿豆，却生动地反映出当时中苏两党最高级会谈的气氛——彼此都紧张地提防着，并非铺满友谊的鲜花。

斯大林和毛泽东的会谈，总算逐步有了进展，发展到要签订《中苏友好同盟互助条约》。这是两国政府之间的条约。于是，毛泽东命周恩来总理前往苏联。

周恩来带着政府代表团出发。代表团成员中有伍修权（当时任外交部苏联东欧司司长）、李富春（当时任东北人民政府副主席）、叶季壮（中央贸易部部长）、吕东（东北工业部副部长）、张化东（东北贸易部副部长）、赖亚力（外交部办公厅副主任），还有何谦、沈鸿、苏农官、欧阳钦、柴树潘、程明陞、聂春荣、常彦卿等。

后来又增加了赛福鼎、邓力群、马寒冰。

驻苏大使馆武官边章五、参赞徐介潘、戈宝权也参加了有关工作。

周恩来于1950年1月20日乘火车抵达莫斯科。在车站迎接的有米高扬（苏联部长会议副主席）、维辛斯基（苏联外交部长）、罗申（苏联驻华大使）和王稼祥、陈伯达等。

此后的中苏政府会谈，在周恩来和维辛斯基之间进行。

“老鼠搬家”事件和《红罂粟》事件

在莫斯科的日子里，陈伯达与毛泽东之间曾几度发生龃龉，受到了毛泽东的批评。

最初的不快，是在一次与斯大林的会谈时发生的。

那一次，毛泽东谈起了蒋介石。斯大林忽然朝陈伯达说话了：“哦，我读过陈伯达同志的《人民公敌蒋介石》。”

陈伯达本来一直坐在一旁静听，一听到斯大林提及他的著作，非常高兴，情绪马上活跃起来，未等翻译把话译成汉语，懂俄语的陈伯达已在笑了。

斯大林把注意力从毛泽东转向陈伯达，说了起来：“你的书里头所讲的宋美龄和小罗斯福的故事，很有趣，很有趣！”

其实，那是陈伯达的《人民公敌蒋介石》一书中，引述了美国总统罗斯福之子——小罗斯福的一段回忆：

“我……代我父亲出席蒋氏夫妇的鸡尾酒会。他们的别墅离我们的住所约一二里远。当我走进门的时候，我发现丘吉尔的女儿撒拉正和我扮演着同样的角色。可是我没有机会和她谈话；蒋夫人走到我的身旁，毫不停留地把我带到两张并排放着的椅子上坐下。我觉得她像一位颇为老练的演员。差不多有半小时之久，她生动地，有风趣地，热心地谈着……她把身子靠向前来，闪耀着光彩的眼睛凝视着我，同意我所说的每一句话，她的手轻轻地放在我的膝盖上。……我相信蒋夫人多少年来始终是以一种征服人的魅力与假装对她的谈话对方发生兴趣的方式来应付人们——尤其是男人。”

斯大林对小罗斯福的这段故事感兴趣，居然对大家重述了一遍。

这么一来，作为政治秘书的陈伯达一时成了谈论的中心，却把毛泽东撂在了一边，形成喧宾夺主的局面。

斯大林谈兴正浓，居然拿起了酒杯，走到陈伯达面前："为中国的历史学家、哲学家陈伯达同志干杯！"

陈伯达也举起酒杯，回答道："为全世界最杰出的历史学家、哲学家斯大林同志干杯！"

陈伯达忘乎所以，似乎他的身边没有坐着毛泽东一般。陈伯达深为自己在最高级会谈中大出风头而兴高采烈。

这次会谈中的反常现象，理所当然地激怒了毛泽东。

深夜，结束会谈。送走斯大林之后，陈伯达仍处于兴奋之中，却接到毛泽东的通知："下一次会谈，你不要参加了！"

果然，下几轮中苏两党最高级会谈的长方桌旁，不见了陈伯达。

毛泽东不让陈伯达参加中苏两党最高级会谈，意在表明：就中方而言，陈伯达无足轻重——他可以参加会谈，也可以不参加会谈。

几天之后，毛泽东要起草文件，却找不到陈伯达。

"陈伯达哪里去了？"毛泽东问机要秘书叶子龙。

"他搬走了！"叶子龙答道。

"他搬到哪里去了？"毛泽东又问。

"搬到大使馆去了。"叶子龙答。

"他为什么搬走？他到大使馆去干什么？他是我的秘书，他的工作在这边！他搬走，为什么不跟我说一声？"毛泽东显得非常不高兴。他要叶子龙通知大使馆，陈伯达必须立即搬回来！

陈伯达只得灰溜溜地搬回来。陈伯达向毛泽东解释说，他的儿子陈小达在苏联学习，16岁了，多年不见，想在大使馆跟儿子一起住几天……

"你为什么不得到我的同意就搬走？你的工作岗位究竟在哪里？"毛泽东严厉地批评了陈伯达。

望着毛泽东愠怒的脸，陈伯达知道事态已相当严重，赶紧向毛泽东赔不是，作了检查。

毛泽东在陈伯达作了检查之后，仍把他留在身边工作。不过，这件事在毛泽东心中，从此留下了不愉快的阴影。

后来，在陈伯达倒台后，对陈伯达进行批判时，曾经算老账，说陈伯达在陪同毛泽东前往苏联时，"陈伯达竟然采取'老鼠搬家'的罪恶行动……竟然不同毛主席住在一起，而搬到驻苏使馆去住。他在莫斯科会谈期间，行踪诡秘，同苏方搞了一些不可告人的勾当"。

在陈伯达晚年，对于这"老鼠搬家"事件，向笔者解释说，他是搬到我国驻苏使馆去住，又不是搬到苏方的什么地方去住，而他搬到我国驻苏使馆去住，不存在“行踪诡秘”的问题。

他搬出毛泽东主席住地，则是因为他被排斥于中苏会谈之外，在那里无事可做，住到我国驻苏使馆可以让儿子过来跟他一起住。他说，他并没有“同苏方搞了一些不可告人的勾当”。

此后不久，发生了所谓的“《红罂粟》事件”。

陈伯达倒台后，在1972年7月，关于他的“审查报告”中有这么一段：

“他接受苏方的邀请，同苏方人员密谈。他出席观看丑化和污蔑中国革命的芭蕾舞剧《红罂粟》，并同该剧的编导座谈。”

1989年9月13日，叶永烈最后一次采访陈伯达，7天之后陈伯达去世

这又是怎么回事呢？

在笔者采访陈伯达的那些日子里，正值《参考消息》连载费德林的回忆录。费德林是中苏会谈的见证人。他的回忆录《历史的篇章——夜间会谈》在1988年10月连载于苏联《真理报》，由于内容涉及中苏会谈，中国新华社的《参考消息》也就予以译载。其中，费德林写及《红罂粟》事件。

费德林的回忆录后来在1995年由新华出版社出版中译本，书名为《我所接触的中苏领导人》。书中的回忆比当年《参考消息》的连载更详尽。现据《我所接触的中苏领导人》一书的《陈伯达看芭蕾舞的故事》引用如下：

> 我还要讲一段我亲身经历的事，一个值得吸取教训的故事。
>
> 1950年2月毛泽东访问莫斯科时，我们文化部门想让中国朋友了解一下首都莫斯科的文化生活。他们觉得最好从大剧院上演的芭蕾舞剧《红罂粟》开始。舞剧的剧情同中国有点关系。至少，它的作者和编导是这么认为的。他们是过分地以想象代替现实了。为了加深印象，《红罂粟》的作曲者格里埃尔也应邀出席。
>
> 由于某种原因（恐怕不是偶然的），毛泽东没有来观剧，尽管大家都希望他能到场。

几位中国朋友由著名的党的思想理论家陈伯达教授率领，坐在贵宾席上。中国同志看得很认真，直觉有些问题还相当奥妙。

当剧中一个上海的老鸨出场时，陈伯达突然问：“咦，这个家伙是干吗的？”

我作了解释，但是他并不罢休：

“这个丑八怪是中国人吗？其他那些也是中国人？你们以为中国人就像台上扮演的那个样子？你们觉得好玩，是吗？”

我不知怎么回答是好，这可不是一般性的问题。

我不得不对他说，我们大家都是从自己的角度、从自己的想象出发的。外国人很难演出中国人的样子，必须加以化装……

“恐怕不是化装问题吧？你看他那样子、他的动作，简直让人恶心！……”陈伯达激动地说。

我不安地注视着教授的情绪。随着剧情的发展，他的问题越来越多，戏到半途，陈伯达不想看了，提出退席。

我费了好大口舌才勉强把中国客人挽留下来，否则大家下不了台。我拿出的最后一招是借口著名的作曲家格里埃尔也出席了，他年老体衰，出来一趟不容易……

“你说，《红罂粟》是著名作曲家的作品？”陈伯达打断我的话。

当时我觉得这人太刻薄了，太不讲情面。于是不得不想出各种口实来挽留他，我说，我们的功勋音乐家已经高龄，他今天是专程为欢迎中国贵宾而来的……

最后陈伯达才打着官腔说：“那好吧，为了礼貌，留个情面，我们看下去。居然这样来丑化中国人的形象，简直像一群土匪、丑八怪。对于进步的艺术家来说，简直是不能容忍。对不起，这太不像话了……”

演出结束后，我们应邀来到大剧院经理室，那里摆好了酒菜，招待中国贵宾。

后来的事态加深了本来就很尴尬的局面。这时候，无论是富丽堂皇的家具摆设，如描金的桌子和丝绒软椅，殷勤周到的服务，还是主人的热情好客，都引不起陈伯达及其随行人员的兴趣。气氛很沉闷，没有通常观剧后谈笑风生的局面。

不言而喻，主人期待着中国客人讲几句捧场和表扬的话，因为《红罂粟》是专门为他们排演的。但是中国人莫名其妙地沉默着。于是，我以陪同人员的身份请陈伯达谈谈观感。

“谈出来让人扫兴，还是不谈为好。如果可以的话，请你别把我的话翻译过去。”陈伯达板着脸，显然不愿发表评论。

但是不翻译是不行的。因为大家都在听我们谈话，并且期待着想知道中国人讲了什么，按主人的话说，随便说点什么都行。要知道，我们已习惯于听表扬，根本想不到他们会说别的话。我只好来点外交辞令，请陈伯达不要客气，因为他的意见对剧院今后的工作十分宝贵。

陈伯达开口了：“请原谅，我们对这个舞剧的名字《红罂粟》就持有异议。我们中国人把罂粟看成是鸦片的同义字。也许你们不知道，鸦片是我们的死敌，曾经毒害过我们好几代人……不过，我并不是责怪你们……”说毕，他装出一种歉意的笑容。

不愉快的冷场。谈话陷于僵局。大家无话可说。于是陈伯达又补充说，这个剧的情节和几个中国人的形象都是不可取的。谈话进行不下去，草草收场。

我陪着中国同志离开大剧院，他们从此没有再回来。中国贵宾也没有兴致再去欣赏莫斯科戏剧艺术的杰作了。

不过，我们的朋友后来曾在电视节目中观看了舞剧《天鹅湖》。

“你喜欢这个舞剧吗？”我问陈伯达。

“蛮有趣的，不过，为什么这些舞女都要光着身子跳舞呢？”陈伯达反问我。因为在中国的传统戏剧里，女演员都是“套着”肥大的衣服表演的。总之，双方的传统不一样。中国演员在舞台上总是穿着衣服，把身材和体形掩盖住，他们不允许用别的方式。

还有一件有意思的事，电视上播放一出由著名寓言作家米哈伊洛夫亲自参与演出的剧。陈伯达和他的同志们一面看剧，一面哈哈大笑。我问陈伯达：“你喜欢他的演出吗？”

“你说，他为什么要像公牛一样号？”教授问我。

“他是我们的男低音，他不是号，是在唱。对不起，每个人都有自己的口味，自己的欣赏力，我们俄罗斯人喜欢听他的歌。就像你们喜欢听京剧一样，唱京剧不用真嗓子，而是像山羊叫……”我回敬他一句。

“是吗？是这样吗？……”高明的教授嚷了一句。

中国朋友走了之后，大剧院把《红罂粟》从剧目单上撤了下来。直到改名为《小红花》才继续上演，其他内容……没有改变。

我不想在这里讲大道理。《红罂粟》的故事确是很荒诞的。它说明我们一些艺术大师的无知，这是他们不了解其他民族和我们近邻的生活实际所造成的。他们追求异国情调，结果呢，不仅破坏了人们的情绪，而且破坏了友谊和睦邻关系。特瓦尔多夫斯基有过这么一句话："一句不实之词带来的是损失，只有真情受人欢迎。"

作为当事人，费德林客观地、十分清楚地描述了"《红罂粟》事件"的全过程。

笔者让陈伯达看了费德林的回忆文章。陈伯达看后，对笔者说：

"我记得费德林，个子高高的，普通话说得比我好多了。事情的经过，确实像费德林所写的那样。"

陈伯达对于"《红罂粟》事件"的回忆，则作为另一个当事人，从另一个角度说明了经过。

颇为出人意料的是，陈伯达对《红罂粟》的不满——对那"怪物"的不满，是从芭蕾舞的足尖开始的：

有一晚，苏联联络人费德林找我，请我去看一看芭蕾舞剧。既然主人好意，我给毛主席说，就去了。

事情已过几十年，我人又老朽，不复甚记忆，不过依稀记得的：

说来可笑，我过去在苏联读过书，可是从来没有看过芭蕾舞。进剧场后，看到女演员足尖，以为是仿中国女人的小足，心里已觉不快。看下去，中国革命完全是由苏联一些船员领导，而发展，而胜利。剧本写的是关于中国革命的事，剧情却不像中国革命中所发生过的。因此，在剧场中，我一直纳闷，没有鼓掌。费德林几次劝我鼓，我还是没有鼓。

直到剧已终了，在观众的热烈鼓掌声中，特别是观众表示对中国来客的热情，为中苏的友谊，为感谢观众的盛意，我也对着观众鼓了。

剧场指挥在剧终后找我谈话，询问意见，我坦率地说，根据我是一个参加中国革命的人，我觉得剧情不像。

这次看戏，就这样不欢而散。

回到住所，见毛主席，说了经过和自己的意见。

看《红罂粟》的全部过程，就是这样。

实际上，那回要我去看这个剧，不过先试一试中国人的态度，作为请毛主席去看先做的一种准备。随后苏联人还是要请毛主席看，但毛主席已从我这里知道剧情，就没有去。

“《红罂粟》事件”曾在莫斯科掀起一番风波，有着各种说法。费德林和陈伯达作为两个主要的当事人，其回忆的内容大体上是一致的。那天与陈伯达一起去看《红罂粟》的，还有师哲等人。

据陈伯达回忆：“当中苏谈判告一段落，毛主席即对我说，你现在要参观一些什么，你就去看。我除了看列宁集体农庄外，还到列宁晚年养病和逝世的地方去，并且按照引路者的要求，写下自己的感想。这些参观，都预先请示毛主席，后来又对他报告过。”

1950年2月14日，在克里姆林宫举行《中苏友好同盟互助条约》隆重的签字仪式。苏方出席仪式的有斯大林、莫洛托夫、伏罗希洛夫、维辛斯基等，当时尚未显赫的赫鲁晓夫也出席了仪式；中方出席仪式的有毛泽东、周恩来、王稼祥、陈伯达等。周恩来和维辛斯基分别代表两国政府在条约上签字。

当晚，由王稼祥大使夫妇出面，举行盛大的鸡尾酒会，庆祝《中苏友好同盟互助条约》的签订。斯大林和苏联党政军负责人出席酒会，毛泽东和代表团全体成员作陪。

2月16日，斯大林在克里姆林宫欢宴中国党政代表团。56岁的毛泽东，握别70岁的斯大林，于翌日登上回国的专列。这次访苏，毛泽东和斯大林是初会，又是永别。

陈伯达跟随毛泽东一起回国。在莫斯科度过的两个月，是陈伯达平生第一次参加重要的外交活动。

与毛泽东同车回去的，还有在苏联进行秘密访问的越南民主共和国主席胡志明。

专列进入中国东北境内之后，陈伯达又随毛泽东在东北参观、视察，回到北京已是3月上旬了。

参与编辑《毛泽东选集》

陈伯达对毛泽东毕恭毕敬、诚惶诚恐那般“谦逊”之态，赢得毛泽东的信任，让他参加一项重要的工作——编辑出版《毛泽东选集》。

《毛泽东选集》在1944年5月曾分册出版过。那是在中共中央晋察冀中央局领导下，由邓拓编辑出版的。此后又出过几种版本。那时毕竟处于战争年代，选集又未经毛泽东亲自审阅过，印得比较匆忙。这一次，则由“中共中央毛泽东选集出版委员会”负责编选、出版。

据1949年底陪毛泽东访问苏联的师哲回忆：

“在工作人员拟订条约和协定时，毛泽东和周总理一同到克里姆林宫拜访斯大林。在这次会见中，斯大林提出，为了总结中国革命的经验，建议毛主席把自己写的文章、文件等编辑出版。毛主席说他也有此意。”

1951年4月2日，中央人民政府出版总署发出了《关于做好〈毛泽东选集〉出版、印刷、发行工作的指示》。

1951年10月12日，《毛泽东选集》第一卷出版发行。1952年4月10日，《毛泽东选集》第二卷出版发行。1953年4月10日，《毛泽东选集》第三卷出版发行。《毛泽东选集》第四卷，则在1960年9月29日出版发行。

据陈伯达说，收于《毛泽东选集》第一卷正文之前的《本书出版的说明》，是他起草的，写于1951年8月25日，全文如下：

本书出版的说明

这部选集，包括了毛泽东同志在中国革命各个时期中的重要著作。几年前各地方曾经出过几种不同版本的《毛泽东选集》，都是没有经过著者审查的。体例颇为杂乱，文字亦有错讹，有些重要的著作又没有收进去。现在的这部选集，是按照中国共产党成立后所经历的各个历史时期并且按照著作年月次序而编辑的。这部选集尽可能地搜集了一些为各地方过去印行的集子还没有包括在内的重要著作。选集中的各篇著作，都经著作者校阅过，其中有些地方著者曾作了一些文字上的修正，也有个别的文章曾作了一些内容上的补充和修改。

下面有几点属于出版事务的声明：

第一，现在出版的这个选集，还是不很完备的。由于国民党反动派对于革命文献的毁灭，由于在长期战争中革命文献的散失，我们现在还不能够找到毛泽东同志的全部著作，特别是毛泽东同志所写的许多书信和电报（这些在毛泽东同志著作中占很大的部分）。

第二，有些曾经流行的著作，例如《农村调查》，遵照著者的意见，没有编入；又如《经济问题与财政问题》，也遵照著者的意见，只编进了其中的第一章（即《关于过去工作的基本总结》）。

第三，选集中作了一些注释。其中一部分是属于题解的，附在各篇第一页的下面；其他部分，有属于政治性质的，有属于技术性质的，都附在文章的末尾。

第四，本选集有两种装订的本子。一种是各时期的著作合订的一卷本，另一种是四卷本。四卷本的第一卷包括第一次国内革命战争时期和第二次国内革命战争时期的著作；第二卷和第三卷包括抗日战争时期的著作；第四卷包括第三次国内革命战争时期的著作。

中共中央毛泽东选集出版委员会

1951年8月25日

文末所署“中共中央毛泽东选集出版委员会”，是他在写此文时临时所拟。原本叫“中共中央毛泽东选集编辑委员会”，刘少奇任主任。陈伯达觉得要规避“编辑”两字，因为毛泽东的文章，岂可要别人来“编辑”？弄得不好，会惹麻烦。他咬文嚼字一番，改用“中共中央毛泽东选集出版委员会”。这么一来，这个“委员会”名义上只是负责出版事宜——虽然实际上做着编辑工作。

做编辑工作的，实际上是毛泽东的三位秘书，即陈伯达、胡乔木、田家英。为了写《毛泽东选集》的注释，成立了一个班子，由田家英负责。历史学家范文澜参加了注释工作，涉及历史的许多注释是范文澜写的。

《毛泽东选集》的编辑工作，是作为一项极为重要的工作进行的。据《赫鲁晓夫回忆录》第十八章记载：

毛泽东给斯大林写了封信，要他推荐一位苏联的马克思主义哲学家到中国去帮助编毛选。毛泽东在他的著作出版以前要一位有教养的人帮助他整理一下，以避免在马克思主义哲学方面出现错误。尤金就被选上去了，去了北京。

在一段时间里，尤金和毛泽东相处得很亲密。毛泽东去拜访尤金的次数比尤金拜访毛泽东的次数还多。斯大林甚至有点担心尤金对毛泽东不够尊重，因为他让毛泽东来看他，而不是他去看毛泽东。总之，一切都顺利。

……但是，当他和毛泽东在哲学见地上发生冲突的时候，他无论作为大使（引者注：当时尤金担任苏联驻华大使），还是作为我们和毛泽东的联系人，对我们都无好处了。所以我们召回了他。

费德林在他的回忆录中，也详细写到尤金来华的情况，内中多处提及陈伯达：

尤金到北京后就着手审阅我和中国同行一起搞的毛泽东著作俄译本。正如俗话所说，中国的大米饭不是白吃的。

不久便同毛泽东约定了日子，以便审查书中的注释和院士写的导言。这次约会定在中南海毛泽东的办公室。

谈话开始前，毛泽东对这项工作给大家带来的麻烦和困难表示歉意。他感到很过意不去……然后谈话进入正题。

毛泽东请尤金提提意见，这对“作者今后正确理解和分析具体事物将是非常宝贵……”。

“毛泽东同志，我们仔细拜读了您的大作，”尤金说，“它有着深刻的科学性，在理论上也很成熟。由于作者对马克思主义哲学的理解，以及对中国具体实际的透彻了解，才能对局势作出客观的评价，指导党进行无往不胜的斗争……”

“尤金同志，谢谢你，你太客气了……我这些粗浅的东西实在不敢当。这些都是在长征途中和战斗第一线仓促写成的，手头没有马克思列宁主义的原著，错误在所难免……希望大家加工修改。”毛泽东轻轻地说。

“您太谦虚了，毛泽东同志，你对自己的作品过于自谦，我没有发现什么严重错误，只是个别地方做了一点记号，写上我个人的想法……”说着，尤金翻开笔记本，提出几个意见，并指出具体哪篇文章，哪一段，第几页。担任翻译的师哲立刻告诉陈伯达教授，陈是中共中央负责毛泽东著作编辑委员会的领导人。陈伯达拿出中文本来查对。

“陈伯达，你对院士的这两个意见是怎么看的？”毛泽东问。

“我仔细听了院士的意见，我觉得他提得很对。不过我们已经对以前发表的一些提法作了修改，在尤金同志来到北京之前就更正了。”陈伯达安然回答。他显然知道如何用墨笔来填写空白。

“请你继续提出宝贵意见，尤金同志。”毛泽东接着说。

“这里的意见，也是这个精神。”尤金继续引用有关作品，某一段，某一页。

他讲完之后，毛泽东用同样的方式问陈伯达。

“毛泽东同志，这个想法很好，不过，我们已经作了必要的订正。中文本修订过了。

这是一个疏漏。当时印刷条件不好……”陈伯达报告说。

毛泽东的理论作品就是这样进行审定的。它表明中共中央编辑委员会及其领导人的组织工作做得很好，他们的工作无懈可击。苏联哲学家想到的问题他们早已想到了，因此这次谈话实际上只是履行一个手续而已。

但是我敢肯定说，在出版毛泽东选集俄文版的过程中，陈伯达的委员会对最初的文本作了较大的改动，而不是像他当着毛泽东的面所说的那样。此外，尤金的许多意见要么没有采纳，要么用另一种措辞来说明。[1]

据陈伯达回忆，毛泽东本人对于《毛泽东选集》在出版之前，逐篇作了推敲，是很细致的。

毛泽东也很细心听取别人的意见。收入《毛泽东选集》的文章，与最初发表的原文有些地方不同，便是毛泽东在出选集时作了修改。根据毛泽东的意见，陈伯达做了一些文字性技术性改动。陈伯达说，修改较多的是《中国社会各阶级的分析》《实践论》《矛盾论》《论联合政府》等文。

1951年3月8日，毛泽东曾就修改《矛盾论》问题，给陈伯达、田家英写了一信：

伯达、家英同志：

《矛盾论》作了一次修改，请即重排清样两份，一份交伯达看，一份送我再看。论形式逻辑的后面几段，词意不畅，还须修改。其他有些部分也还须作小的修改。

此件在重看之后，觉得以不加入此次选集为宜，因为太像哲学教科书，放入选集将妨碍《实践论》这篇论文的效力，不知你们感觉如何？此点待将来再决定。

你们暂时不要来，待《矛盾论》清样再看过及他文看了一部分之后再来，时间大约在月半。

毛泽东

3月8日

毛泽东细心听取各方面意见。1951年3月27日，毛泽东在致李达的信中也谈道：

《实践论》中将太平天国放在排外主义一起说不妥，出选集时拟加修

[1] 费德林：《我所接触的中苏领导人》，第172—174页，新华出版社1995年版。

改，此处暂仍照原文。

编辑《毛泽东选集》，使陈伯达有机会系统地读了毛泽东的著作。他抓住这个机会，把宣传毛泽东思想的大旗抓在手中。新中国已经诞生，毛泽东已成为举世公认的中国人民的领袖。对于陈伯达来说，抓住宣传毛泽东思想的大旗，他也就成为中国首屈一指的“理论家”了。

陈伯达着手写《论毛泽东思想——马克思列宁主义与中国革命的结合》一书。

1951年1月23日，毛泽东曾致函陈伯达：

伯达同志：

我还是和过去差不多，拟于一周后去附近地点正式休息一时期，行前当找你一谈。关于介绍《实践论》，《学习》上有了一篇（引者注：指1951年1月15日出版的《学习》杂志三卷八期社论《〈实践论〉——学习和工作的指南》），我没有全看，你写文章时请翻阅一下。你文章写成时，如有时间，可以给你看一遍。

毛泽东

1月23日

1951年7月1日，为了纪念中国共产党诞生30周年，陈伯达由人民出版社出版了《论毛泽东思想——马克思列宁主义与中国革命的结合》一书，称颂“毛泽东同志是马克思列宁主义在中国最杰出的代表”。这本书成为陈伯达在新中国成立后的一部主要著作。

尤金看了这本书，认为可以译成俄文在苏联发行，因为书中强调：“在毛泽东同志的领导下，追随苏联共产党的榜样，我们的党已经是布尔塞维克化的革命党。”不过，尤金认为书名不恰当——书中提到了“马克思”“列宁”“毛泽东”，没有提到斯大林！

“陈伯达同志，我建议您把书名改成《毛泽东论中国革命》，这样更加简练、切题些。”尤金向陈伯达提出了建议。

陈伯达答应了。

于是，这本书的俄文版，便改用《毛泽东论中国革命》。

1951年9月，陈伯达到印刷厂，向工人们演说：“印刷《毛泽东选集》是一种很伟大很光荣的工作。由中国人写作的最伟大、最好的书，就是这本书，就是《毛泽东选集》。全中国、全亚洲、全欧洲和全世界的工人阶级，都要求出版这部书。《毛泽东选集》出版以后，全中国和全世界的工人阶级都会感谢大家！”

1953年8月，当人民出版社重印此书中文版时，陈伯达居然也把书名改为《毛泽东论中国革命》。

另外，在1953年5月13日《人民日报》上，陈伯达发表了《毛泽东同志论革命的辩证法》，对毛泽东的《矛盾论》《实践论》进行解释，阐述毛泽东的哲学思想。

另外，因为他担任中国科学院副院长，在院长郭沫若陪同下，到中国科学院发表长篇讲话。

讲话稿刊登于1952年9月4日《人民日报》，题为《在中国科学院研究人员学习会上的讲话》。

这时，陈伯达的一系列著作，由人民出版社印成单行本出版。就连《在中国科学院研究人员学习会上的讲话》，也印成米黄色封面的小册子发行。他已俨然成为中国的“理论家”。

作为中央马列学院副院长，陈伯达还负责筹备建立“中央红色教授学校”，亦即马克思主义教师学校。1952年12月4日，陈伯达、杨献珍、陈昌浩与苏联谢甫磋夫教授就这一问题作了谈话。翌日，陈伯达等写报告给毛泽东。

1952年12月10日，毛泽东写了对陈伯达等关于筹备马克思主义教师学校等问题的报告的批语：

乔木同志：

将此件抄送各中央局宣传部长一阅，使他们初步了解中央准备成立红色教授学校的意图及其伟大的意义。

毛泽东

12月10日[1]

起草《关于无产阶级专政的历史经验》

1956年3月，在中共中央政治局扩大会议即将结束的时候，毛泽东提出一

[1] 《建国以来毛泽东文稿》第3卷，第635页，中央文献出版社1999年版。

项重要任务，那就是写一篇正面阐述中共对斯大林的评价的文章，而且要求在一星期内完成。

这一重要文章的起草任务，落到了陈伯达头上。

这篇文章，也就是《关于无产阶级专政的历史经验》。

吴冷西这么回忆道：

会议结束前，毛主席提出，对于赫鲁晓夫大反斯大林，我们党应当表示态度，方式可以考虑发表文章，因为发表声明或作出决议都显得过于正式，苏共还没有公布赫鲁晓夫的秘密报告而且此事的后果仍在发展中。政治局全体成员表示赞成。

毛主席最后说，这篇文章可以支持苏共二十大反对个人迷信的姿态，正面讲一些道理，补救赫鲁晓夫的失误；对斯大林的一生加以分析，既要指出他的严重错误，更要强调他的伟大功绩；对我党历史上同斯大林有关的路线错误，只从我党自己方面讲，不涉及斯大林；对个人迷信作一些分析，并说明我党一贯主张实行群众路线，反对突出个人。他说，文章不要太长，要有针对性地讲道理。他要求一个星期内写出来。[1]

毛泽东委托陈伯达起草《关于无产阶级专政的历史经验》。不言而喻，这是对陈伯达极大的看重。

《关于无产阶级专政的历史经验》最初是作为《人民日报》社论写的。陈伯达长期担任毛泽东的秘书，深谙毛泽东的思想观点，而且列席了中共中央政治局扩大会议，充分理解毛泽东对赫鲁晓夫秘密报告的精辟分析。这样，陈伯达很快就写出《关于无产阶级专政的历史经验》的初稿。

习惯于夜间工作的毛泽东，花了一夜时间细读了陈伯达的初稿，于1956年4月2日凌晨4时，给中共中央副主席刘少奇及中共中央秘书长邓小平写了一便函：

少奇、小平同志：

社论已由陈伯达同志写好，请小平于本日（2日）夜间即印成清样约20份左右，立即送给各政治局委员，各副秘书长，王稼祥、陈伯达、张际春、邓拓、胡绳等同志，请他（们）于3日上午看一遍。3日下午请你们

[1] 吴冷西：《忆毛主席》，第6—7页，新华出版社1995年版。

召集一次政治局会议（有看过清样各同志参加），提出修改意见；于4日上午修改完毕。4日下午打成第二次清样，由书记处再斟酌一下，即可发稿，争取5日见报。目前有了这篇社论就够了。

毛泽东

4月2日上午4时

遵照毛泽东的吩咐，邓小平嘱令急排陈伯达起草的社论。然后又遵毛泽东的指示，把清样分送各政治局委员、中共中央各副秘书长。

当时的中共中央政治局委员共13人，即毛泽东、朱德、刘少奇、周恩来、陈云、康生、彭真、董必武、林伯渠、张闻天、彭德怀、林彪、邓小平。

邓小平兼任中共中央秘书长（原秘书长为任弼时，于1950年10月病逝。邓小平于1954年4月被任命为秘书长），副秘书长有李富春、胡乔木。

此外，毛泽东还嘱分送王稼祥、陈伯达、张际春、邓拓和胡绳等5人。

这样，总共为20人——正因为这样，毛泽东嘱印清样20份。

王稼祥当时任中共中央对外联络部部长。

陈伯达为中共中央政治研究室主任。

张际春为中共中央宣传部副部长。

邓拓为《人民日报》总编辑。

胡绳为中共中央政治研究室副主任。

毛泽东要求以上20人在4月3日上午，无论如何把清样看一遍。

4月3日下午，毛泽东指定中共中央副主席刘少奇主持政治局会议，讨论《关于无产阶级专政的历史经验》。除了政治局委员之外，毛泽东指名送去清样的人也出席了会议。

《人民日报》的社论，很少有这样高规格的审稿。

毛泽东虽未出席会议，但比任何人都仔细地看清样，进行修改。

修改工作亦以高速度进行。根据毛泽东和政治局会议的意见，陈伯达连夜进行修改，于4月4日清早改毕。

4月4日上午8时，毛泽东嘱令将此文第二次打清样。毛泽东写了一便函：

“照此改正，再打清样十五份，于今日上午十点，连同这份原稿，送交我的秘书高智，勿误为盼。”

第二次的清样由中共中央书记处对个别字句作最后的斟酌。毛泽东也细细地又看了一遍，此文定稿。

下午5时，此文送交新华社。新华社马上组织发稿，并组织许多翻译人员连夜进行翻译。

不言而喻，在各种文本中，以俄文稿最受重视。

翌日，《人民日报》全文刊登了《关于无产阶级专政的历史经验》。

俄译稿是由师哲负责。他组织了编译局、外文出版社及《友好报》八九个人突击翻译，内中有几位是苏联专家。俄译稿分成八大块，分头进行翻译，在4月5日上午9时完成。由师哲通校全文，于下午3时定稿，交给新华社。

《关于无产阶级专政的历史经验》，实际上可以说是中国共产党关于国际共产主义运动的声明。正因为这样，此文以高规格、高速度进行定稿。

此文是以毛泽东的意见作为基本观点写成的。陈伯达写出初稿后，毛泽东作了多次、多处修改。

毛泽东最重要的改动，是4月4日在印第二次清样前，把原定的以《人民日报》社论名义发表，改为《人民日报》编辑部文章。毛泽东亲笔在标题之下，加上了这一句分量很重的话：

“这篇文章是根据中国共产党中央政治局扩大会议的讨论，由《人民日报》编辑部写成的。”

这就是说，此文是代表中国共产党中央政治局扩大会议的意见。

毛泽东是为了加强此文的权威性而加了这句话。

毛泽东对此文所作的修改，有以下几个方面[1]：

一、关于斯大林。

毛泽东对于斯大林晚年，写了这么一句：“他骄傲了，不谨慎了，他的思想里产生了片面性，对于某些重大问题做出了错误的决定，造成了严重的不良后果。”

毛泽东还写道：

“斯大林在他一生的后期，愈陷愈深地欣赏个人崇拜，违反党的民主集中制，违反集体领导和个人负责相结合的制度，因而发生了例如以下的一些重大的错误：在肃反问题上扩大化；在反法西斯战争前夜缺乏必要的警惕；对于农业的进一步发展和农民的物质福利缺乏应有的注意；在国际共产主义运动中出了一些错误的主意，特别是在南斯拉夫问题上作了错误的决定。斯大林在这些问题上，陷入了主观性和片面性，脱离了客观实际状况，脱离了群众。”

二、回顾中共的党内斗争史，表明中共没有发生斯大林那样的错误。

毛泽东在陈伯达所写的中共党内斗争史那一段中，加上了几句：“其中特

[1]《建国以来毛泽东文稿》第6卷，第59—67页，中央文献出版社1999年版。

别严重的是李立三路线和王明路线，前者是在1930年发生的，后者是在1931年至1934年发生的，而以王明路线对于革命的损害最为严重。”

在抗日战争一段，毛泽东加了一句：

我们党内又出现了“以王明同志为代表的右倾机会主义的错误路线”。

由此可见，毛泽东对于王明路线是非常憎恨的。

此后，毛泽东又加了一段：

“在中华人民共和国成立以后，在1953年，我们党又出现了高岗、饶漱石的反党联盟。这个反党联盟代表国内的反动势力，而以危害革命事业为目的。如果不是党中央发觉得早，及时地击破了这个反党联盟的话，党和革命事业的损失将会是不堪设想的。”

毛泽东总结了中共党内斗争的经验：

“由此可见，我们党的历史经验，也是在自己同各种错误路线作斗争的过程中使自己获得了锻炼，因此取得了伟大的革命胜利和建设胜利的。至于局部的和个别的错误，则在工作中时常发生，仅仅是依赖党的集体智慧和人民群众的智慧，及时地加以揭露和克服，才使它们不能获得发展的机会，没有成为全国性的长期性的错误，没有成为危害人民的大错误。”

毛泽东以上这一总结，是在表明中共在他的领导下并没有发生斯大林那样的错误。

三、毛泽东表示中共要从斯大林错误中吸取教训。

毛泽东把斯大林晚年错误称为“泥坑”。毛泽东写道：

“我们是不愿意陷到这样的泥坑里去的话，也就更加要充分地注意执行这样一种群众路线的领导方法，而不应当稍为疏忽。为此，我们需要建立一定的制度来保证群众路线和集体领导的贯彻实施，而避免脱离群众的个人突出和个人英雄主义，减少我们工作中的脱离客观实际情况的主观主义和片面性。”

应当说，这时的毛泽东头脑还是清醒的。可惜，在他的晚年，却也陷入了这一“泥坑”。

毛泽东还指出，不仅仅是中共需要从斯大林的错误中吸取教训。他写道[1]：

“如果有些共产党人发生骄傲自满和思想硬化的情形，那么，他们甚至也会重犯过去自己犯过的或者别人犯过的错误。这一点，我们共产党人是必须充分估计到的。”

---

[1] 《建国以来毛泽东文稿》第6卷，第60页，中央文献出版社1999年版。

四、力主用历史的观点看斯大林。

毛泽东为文章专门加了1000多字的一段，成为全文的“核心段”。那就是文章结尾时的最后两段，对全文进行了总结。

毛泽东在这一段中明确地说出不同于赫鲁晓夫的观点，虽然口气还是温和的：

“共产党人对于共产主义运动中所发生的错误，必须采取分析的态度。有些人认为斯大林完全错了，这是严重的误解。斯大林是一个伟大的马克思列宁主义者，但是也是一个犯了几个严重错误而不自觉其为错误的马克思列宁主义者。我们应当用历史的观点看斯大林，对于他的正确的地方和错误的地方作出全面的和适当的分析，从而吸取有益的教训。不论是他的正确的地方，或者错误的地方，都是国际共产主义运动的一种现象，带有时代的特点。”

毛泽东选择1956年4月5日发表《关于无产阶级专政的历史经验》一文，其中的原因是翌日——4月6日米高扬将率苏联政府代表团前来北京，毛泽东要给他们一个“下马威”。

《关于无产阶级专政的历史经验》一文，对于赫鲁晓夫的批评没有点名。然而此文一发表，各国都看出来，毛泽东和赫鲁晓夫、中共和苏共之间存在着分歧。

在《关于无产阶级专政的历史经验》一文发表之后，毛泽东于1956年4月25日在中共中央政治局扩大会议上作了如下讲话：

“苏联过去把斯大林捧得一万丈高的人，现在一下子把他贬到地下九千丈。我们国内也有人跟着转。中央认为斯大林是三分错误，七分成绩，总起来还是一个伟大的马克思主义者……”

过了3天，即4月28日，毛泽东在中共中央政治局扩大会议上，又一次提醒人们不要跟着赫鲁晓夫跑：

“我们不要盲从，应加以分析。屁有香臭，不能说苏联屁都是香的。现在人家说臭，我们何必也跟着说臭？”

当然，毛泽东这些话，只是在中共高层会议上讲。公开申明这些观点，只是通过发表《关于无产阶级专政的历史经验》这篇文章正面说理。

分歧迅速扩大。特别是在1956年6月28日，波兰西部的城市波兹南发生了骚乱，引起波兰政局的动荡，人称“波兰事件”；紧接着，1956年10月23日，匈牙利首都布达佩斯又爆发大规模游行，政局大动荡，人称“匈牙利事件”。波、匈事件的爆发，其原因虽是多方面的，但无不是由赫鲁晓夫全盘否定斯大林引起的……

毛泽东不能不再度公开申明中共的观点，于是指示写作《再论无产阶级专政的历史经验》（以下简称《再论》）。

这一回，毛泽东没有把起草的担子压在陈伯达肩上。毛泽东善于“平衡”。《再论》是毛泽东的另一位政治秘书胡乔木起草的。

陈伯达和胡乔木这两位政治秘书，当时乃毛泽东的左膀右臂。毛泽东对于这两位政治秘书，喜欢轮流使用。凡重要文件，陈伯达起草这一篇，尔后胡乔木起草另一篇。这一回，陈伯达写了《关于无产阶级专政的历史经验》，毛泽东就把写《再论》的任务交给了胡乔木。《再论》是以毛泽东1956年11月15日在中共八届二中全会上的讲话为基本观点的。

《再论》仍沿用《关于无产阶级专政的历史经验》的“规格”，1956年12月29日，仍以《人民日报》编辑部名义发表。文章同样标明：“这篇文章是根据中国共产党中央政治局扩大会议的讨论，由《人民日报》编辑部写成的。”

相比之下，《再论》不再那么婉转，直截了当地点了铁托的名。文章批的是铁托，明眼人一看，就知道实际上批的是赫鲁晓夫。

《再论》是中共重要历史文献，也是国际共产主义运动的重要历史文献。追溯中共和苏共的大论战，追溯毛泽东和赫鲁晓夫的大论战，不能不研究这两篇最初的论战文献。

进入中共中央政治局

在起草《关于无产阶级专政的历史经验》时，陈伯达还不是中共中央政治局委员，属于扩大会议的“扩大”范围。只过了几个月，陈伯达进入了中共中央政治局。

那是1956年9月15日至27日，中共第八次全国代表大会在北京召开。

作为中共中央的“笔杆子”，陈伯达理所当然地参加过刘少奇代表中共中央向大会所作的政治报告的起草和修改工作。

毛泽东多次审阅这一政治报告，曾几度就政治报告的修改问题致函陈伯达。1956年8月31日，毛泽东致函陈伯达：

伯达同志阅后，即送少奇同志：

此部分修改得很好，可以作为定稿了。我只作了一些小的修改，请酌定。请伯达即行着手对“国家政治生活中的若干问题”进行修改，在9月5

日以前改好，打清样于9月5日晚上送阅为盼！

毛泽东

31日3时

此后，毛泽东在1956年9月6日批示陈伯达：

伯达同志：

周总理及洛甫同志今日开始修改政治报告，请你与总理联系，或即与总理处合并举行。

毛泽东

9月6日7时

9月7日，毛泽东要求陈伯达、胡乔木这两位秘书“加班加点”：

伯达同志：

“改造”、“建设”两部分乔木改稿，我看可用，不须大改，但小改是必要的。务请你们在今日加班加点，请于今日晚上十二时以前全部改好，交我看过，再送少奇看过打样，于明日上午交付翻译。我们请总理同时修改，请你与他联系，于晚上九时以前索取他的改样，由你酌量采取。头三部分，今日也要争取改好，我已（告）总理注意，改好后交你。

毛泽东

9月7日7时

终于，毛泽东在9月8日给陈伯达的信中说，“可以休息一天”了：

伯达同志：

今日你和其他同志可以休息一天。

请你将我准备讲的那段话，加以修改，并请饬你的秘书给我抄正一张，于下午交我为盼！

毛泽东

9月8日8时

9月10日，毛泽东又批示陈伯达：

伯达同志：

国家政治生活部分，读改时，请邀彭真、罗瑞卿、董老三同志参加，今日改毕，照前抄三份，分送刘、周及我。

毛泽东

9月10日5时

最后，毛泽东在9月14日给陈伯达、胡乔木、田家英3位秘书写了一信：

伯达、乔木、家英同志：

（一）“党的领导”部分，看了一遍，可用，估计不会有太多的修改了。但是一定还会有一些修改。我们都要睡觉。你们在上午十二时以前改好后，直接交尚昆付翻译和付印。我们起床后再看改样好了。

（二）开幕词又作了一些修改，已去打清样送你们，请再加斟酌，于下午交我为盼！

毛泽东

9月14日上午6时

据陈伯达说，当时他除了参加过刘少奇代表中共中央向大会所作的政治报告的一部分起草、修改工作外，还花费许多精力起草《中国共产党第八次全国代表大会关于政治报告的决议》（1956年9月17日由大会通过）。

陈伯达在该决议中字斟句酌的是写入这么一段话：

“我们国内的主要矛盾，已经是人民对于建立先进的工业国的要求同落后的农业国的现实之间的矛盾，已经是人民对于经济文化迅速发展的需要同当前经济文化不能满足人民需要的状况之间的矛盾。这一矛盾的实质，在我国社会主义制度已经建立的情况下，也就是先进的社会主义制度同落后的社会生产力之间的矛盾。”

这一段关于国内主要矛盾的论述，涉及全局，涉及党的基本路线。当时毛泽东是持保留态度的。

到了1957年9月20日至10月9日召开的中共八届三中全会，毛泽东便明确提出了自己的观点，认为主要矛盾是无产阶级和资产阶级的矛盾，完全否定了“八大”决议中的这一段话。

毛泽东在中共八届三中全会上说：

“无产阶级和资产阶级的矛盾，社会主义道路和资本主义道路的矛盾，毫无疑问，这是当前我国社会的主要矛盾。”

陈伯达紧跟毛泽东，步毛泽东的后尘，否定了自己写入中共八大决议的那段话。“理论家”的“理论”，随着中国政治风向的改变而改变了。

紧接着，在1958年5月5日至5月23日召开的中国共产党第八次全国代表大会第二次会议（简称“八大二次会议”）上，毛泽东再度强调了自己的观点。

刘少奇也接受了毛泽东的观点。他在向大会所作的工作报告中说：

“在整个过渡时期，也就是说，在社会主义社会建成以前，无产阶级同资产阶级的斗争，社会主义道路同资本主义道路的斗争，始终是我国内部的主要矛盾。”

新华社1958年6月20日编印的《内部参考》第2510期，刊载《各地对少奇同志报告学习和讨论的情况》一文，文章分十个方面综合了各地学习和讨论刘少奇八大二次会议报告时提出的问题。

文章反映了代表们的讨论情况：八大一次会议提出“国内主要矛盾是先进的社会制度和落后的生产力之间的矛盾”，八大二次会议提出“无产阶级与资产阶级，社会主义和资本主义道路之间的矛盾是过渡时期的主要矛盾”，两次会议提法不一致，究竟哪一个对？

文章说：有人认为八大一次会议的提法错了，中央对当时形势的估计过分乐观，但也有人认为是正确的，因为当时资产阶级敲锣打鼓接受社会主义改造，那时在策略上不能也不应提资产阶级与无产阶级的矛盾是过渡时期的主要矛盾。但有人问，既然说社会主义革命在政治、经济、思想战线上已取得了决定性胜利，这就是说要不要社会主义的问题已经基本解决，如果承认这种理解是对的话，为什么还说国内的主要矛盾是两条道路的斗争？既然今后的主要矛盾是两条道路的斗争，为什么又说今后的主要任务是技术革命和文化革命？为什么主要矛盾和主要任务不一致？今后阶级斗争的规律如何？我们应该树立怎样的敌情观念？

毛泽东见了《各地对少奇同志报告学习和讨论的情况》一文，在1958年6月23日写下批语给陈伯达：

陈伯达同志：

请约定一、康生、乔木、胡绳、邓力群、田家英几位同志，将此期第一篇所列问题，主要是八、九、十节的问题，当场看一遍，当场逐个问题进行分析，有四、五小时也就可以了。然后和我谈一次为盼！这些问题值得注意，不要置之不理。

毛泽东

6月23日

毛泽东给陈伯达的这一批示，提请中共高层注意这一重大问题，以求统一认识。从此，中共“八大”决议上的那段话，再也没有人敢说了。

在中共“八大”上，陈伯达又当选为中央委员。

1956年9月28日，在中共八届一中全会上，陈伯达向前迈进一步，进入政治局候补委员的行列。

政治局委员有毛泽东、刘少奇、周恩来、朱德、陈云、邓小平、林彪、林伯渠、董必武、彭真、罗荣桓、陈毅、李富春、彭德怀、刘伯承、李先念。

政治局候补委员为乌兰夫、张闻天、陆定一、陈伯达、康生、薄一波。

在中共“七大”，陈伯达为中央候补委员，在中央委员和候补委员名单中，排名次序为第47位；如今，他“前进”至第21位。

不过，这时陈伯达的主要工作，仍是担任毛泽东的政治秘书。

“八大”结束之后，陈伯达作为毛泽东的政治秘书，为毛泽东整理了几篇重要的讲话稿。这时的毛泽东，虽然国务、党务冗忙，但文章还是亲自执笔写的。陈伯达协助整理的，是毛泽东在各种会议上随口而谈的讲话记录稿。陈伯达在整理时，所用的基本上都是毛泽东的原话，只是作些删节，调整段落顺序，或者把几次讲话记录合并成一篇文章。整理出初稿之后，交给毛泽东审定。毛泽东常常作了许多修改、补充，这才定稿发表。正因为毛泽东事后作的改动较大，因此正式作为文章发表，往往与讲话的原始记录有许多差别。

据陈伯达回忆，毛泽东的《论十大关系》，是他帮助整理的。此文原是毛泽东在中共中央政治局扩大会议上的讲话。彭真把记录稿给了陈伯达，陈伯达又补入毛泽东在其他几次会议上的讲话记录，共计十个问题。整理之后，毛泽东作了修改。

《关于正确处理人民内部矛盾的问题》，也是陈伯达根据会议记录加以整理的。主要是毛泽东1957年2月27日在最高国务会议第11次（扩大）会议上的讲话的记录，但也补了另几次讲话的内容。整理之后，毛泽东又作了较多的改动，亲笔增添了新的内容。

对《在中国共产党全国宣传工作会议上的讲话》一文，毛泽东亲自所作的增删最多。当年听过毛泽东讲话的人，后来看了文章，都有这种感觉——许多当场听到过的话，文章里没有；文章中有些话，则是当场未曾听到的。

笔者的兄长当时在浙江省工作，迄今保存着中共浙江省委宣传部印发的《毛主席在全国宣传工作会议上的讲话》记录稿。这一记录稿是毛泽东讲话的原文，内中有几句提及陈伯达：

“还是要到工厂去，到农村去。最近有几个同志到农村去蹲了几个月，很有益处，一个陈伯达同志，一个邓子恢同志。走一走比不走好。走马看花是一种方法。还有一种是下马看花。陈伯达、邓子恢他们两个同志下马去看了几个月，作了调查，交了朋友。我们的作家、艺术家应不应该去呢？我看是应该去的。”

不言而喻，陈伯达在整理时，删去了他自己以及邓子恢的名字。

陈伯达认为，毛泽东所作的这些增删，是正常的。因为讲话时随口而说，在整理成文时经过他仔细思索，有增有删，诚如一篇文章写成后也要改几遍一样。再说，文章要比即兴讲话缜密得多。另外，文章在报上发表后，收入选集，再作些修改，也是正常的。

陈伯达再三地说，他只是做秘书工作，做做“文字理发匠”的工作。毛泽东的这些根据讲话记录整理而成的文章，用的都是毛泽东的原话。只有个别处，他在不违背毛泽东原意的前提下，把记录的文字改得通顺一些，如此而已。

1957年1月，陈伯达曾向中央和毛泽东写了一个关于福建省莲塘乡农业合作社的调查报告，尖锐地反映了当时农村存在的一些问题。

陈伯达的报告指出，农村干部不但握有很大的政治权力，而且握有很大的经济权力，诸如产品分配权，财政、贷款、预购款的管理、支配权，等等。

陈伯达说，一些干部不能正确地运用这些权力，严重脱离群众，为了自私自利的企图而滥用权力，违反党的政策，生活、思想蜕化，引起群众的反感。

陈伯达指出，一些农民向调查组反映，一些干部的工分同他们差不多，或者还要少，为什么能够经常上饭馆？为什么能戴手表、用派克笔、听留声机？有的社员还说，他们根本不知道夏收余谷卖后有多少存款、用途如何。

陈伯达还一针见血地指出，群众反映，乡社干部是“官官相卫”，有的干部明说：“我们几个干部屁股相向，就不怕群众”，“什么人浮上来，就把他打下去”。河北省委也向中央反映，农村干部强迫命令成风，致使干群矛盾尖锐。[1]

---

[1] 朱地：《1957：大转弯之谜——整风反右实录》，第3—4页，山西人民出版社、书海出版社1995年版。

陈伯达伴随毛泽东度过1957年那个不平常的夏天。毛泽东设下“阳谋”，使一大批知识分子被“扩大”到“右派”的行列之中。所幸陈伯达处在毛泽东身边，消息灵通，没有中那“阳谋”圈套。倘若陈伯达不谙熟毛泽东的动向，就凭他在1957年1月所写的那个报告，就难逃“反右派”之祸。

那个不平常的夏天，是毛泽东一生中不平常的转折点。

在此之前，毛泽东率领亿万中国人民推翻三座大山，建立新中国，不愧为正确，因之也就无愧于光荣、伟大、英明；在此之后，64岁的毛泽东向“左”偏航，越来越偏离正确的航道，直至73岁陷入“左”的迷误，发动那“史无前例”的“文革”，终于在83岁痛苦地离去，留下一个“左”病深重的中国……一向“跟准”毛泽东的陈伯达，在向“左”大转弯的时候，比毛泽东跑得更快、更远，以至这位曾写过《人民公敌蒋介石》的“理论家”成为“人民公敌”——林彪、江青反革命集团的16名主犯之一。

主持《红旗》笔政

新中国成立后，陈伯达挂了一连串的“副”职，到了1958年5月25日，才获得一项正职任命。

那是中共八届五中全会在北京举行。会议增选了林彪为中共中央副主席兼政治局常委，增选柯庆施、李井泉、谭震林为政治局委员，增选李富春、李先念为书记处书记，同时决定创办中共中央理论刊物《红旗》，任命陈伯达为总编。

5天之后——6月1日，《红旗》杂志创刊号便问世了。白色封面上印着鲜红色的毛泽东手书“红旗”。

创刊号的阵营如下——

毛泽东：《介绍一个合作社》。

陈伯达：《南斯拉夫修正主义是帝国主义政策的产物》。

张闻天：《关于美国经济危机》。

柯庆施：《劳动人民一定要做文化的主人》。

周扬：《新民歌开拓了诗歌的新道路》。

王任重：《依靠群众　势如破竹》。

据陈伯达回忆，虽然决定出版《红旗》是在中共八届五中全会才做出正式决定，但是筹备工作早就开始了。

创办一个理论刊物，这是毛泽东提出的建议。最初，陈伯达并不想办《红旗》这样的政治理论刊物，却是想办学术性理论刊物。毛泽东不同意陈伯达的办刊设想。这样，陈伯达只得放弃了办学术性刊物的意见。

《红旗》的发刊词是陈伯达写的。写好之后，呈毛泽东审阅。毛泽东在1958年5月24日写下批语：

“此件写得很好，可用。”

《红旗》的刊头，理所当然，请毛泽东挥就。

在1958年5月24日，毛泽东就题写《红旗》刊头，致函陈伯达：

伯达同志：

报头写了几张，请审检；如不能用，再试写。

毛泽东

5月24日上午

毛泽东很认真地为《红旗》题写刊名，竟写了20多幅！

毛泽东在所写的不同的刊头字体旁，分别注明：

“这种写法是从红绸舞来的，画红旗。”

“比较从容。”

经过陈伯达和编委们细细品评着毛泽东为《红旗》刊名所作的20多幅书法作品，最后选中了那幅“这种写法是从红绸舞来的，画红旗”的刊头。

《红旗》作为中共中央的政治理论刊物，编委会的阵营颇为强大。第一届《红旗》编委有：邓小平、彭真、陆定一、王稼祥、张闻天、胡乔木、陈伯达、康生、陶铸、王任重、李井泉、柯庆施、舒同、李达、周扬、胡绳、邓力群、王力、范若愚、许立群。这个编委会，可以说囊括了当时中共中央的“笔杆子”。陈伯达被任命为总编，也就成了这个“秀才”班子的头儿。

后来，又任命了4位副总编，即胡绳、邓力群、王力、范若愚。

第一次编委会在居仁堂召开。开会时，发生一桩小小的误会：来了两个李达！

原来，同名同姓，有两个李达，一个李达，字永锡，号鹤鸣，乃是中共创始人之一，中共“一大”代表，主编过中共第一个党刊《共产党》月刊。这个李达是《红旗》编委。另一个李达，原名李德三，乃中国人民解放军上将，担任过国防部副部长、副总参谋长。发开会通知的人弄错，给这位李达上将也发了通知。

邓小平一见李达上将，笑了，说道：“你来了，也好。就坐下来听听吧！”

在《红旗》杂志上发表文章，陈伯达用过笔名“周金”。胡绳用笔名“施东向”。国际评论文章常署“于兆力”——由乔冠华、姚溱、王力三人合写。乔冠华过去在重庆时用过笔名“于怀”，“兆”则是“姚”的偏旁，三人的姓名合成了“于兆力”。不过，三人只合作写了一篇。此后署“于兆力”的文章，是王力一人写的。

邓力群是刘少奇秘书。他担任《红旗》副总编，分管经济方面的理论文章。

毛泽东十分重视《红旗》。毛泽东读《红旗》创刊号，发觉所载他的文章《介绍一个合作社》，错了一个字。

《红旗》所载《介绍一个合作社》，有这么一段：

“大字报是一种极其有用的新式武器，城市、乡村、工厂、合作社、商店、机关、学校、部队、街道，总之一切有群众的地方，都可以使用。已经普遍使用起来了的，应当永远使用下去。”

后面这一句中，《红旗》多排了一个“的”字。

为此，毛泽东给《红旗》总编辑陈伯达写了一封信：

陈伯达同志：

第四页第三行多了一个“的”字。其他各篇，可能也有错讹字，应列一个正误表，在下期刊出。

毛泽东

6月4日

陈伯达接到毛泽东此函，嘱令下属仔细校勘《红旗》，将第一期、第二期的讹误之处，在第三期上刊登正误表。

毛泽东向来重视舆论工具，特别是《红旗》，是他提议创建的中共中央理论刊物。所以，在《红旗》创刊之后，毛泽东不时把自己看中的文章，批转给陈伯达，建议《红旗》发表。

比如，1958年7月3日，毛泽东给邓小平、彭真、谭震林、陈伯达写了一信：

小平、彭真、震林、伯达同志：

你们看这封信是否可以发表？我看发表毫无害处。请伯达打电话给广东省委，问一下这封信是否已在党内刊物上发表，或者是用单个文件发表〈到〉各县，或者并没有发去？再则告诉他们，我们拟在红旗上发表，他们意见如何？以其结果告我为盼！

毛泽东

6（7）月3日上午7时

请在7日下午退给陈伯达。

毛泽东推荐什么信在《红旗》杂志上发表呢？

毛泽东所推荐的是中共广东省委书记赵紫阳的一封信。由于毛泽东的亲自推荐，赵紫阳受到全国的注意。毛泽东还亲自为赵紫阳的信，写了按语《介绍一封信》：

广东省委书记赵紫阳同志最近率领北路检查团到从化县，经四天工作，给省委写了一封信，提出了三个问题：一，对早稻生产的看法问题；二，群众路线问题；三，大字报问题。这些都是全国带普遍性的重要问题，值得一切从中央到基层的领导同志们认真一阅。红旗半月刊应当多登这样的通信。这封信的风格脱去了知识分子腔，使人高兴看下去。近来的文章和新闻报道，知识分子腔还是不少，需要改造。这封信在广东党内刊物上发表，由新华通讯社当作一份党内文件发到北京的。其实，这类通讯或文章，完全可以公开发表，无论对当地同志和全党同志都有极大好处。我同意赵紫阳同志的意见，早稻每亩（么）能收三百斤已经很好，比去年的二百斤增长50%，何况还有三百五十至四百斤的希望。原先的八百斤指标是高了，肥料和深耕两个条件跟不上去。这是由于缺乏经验，下半年他们就有经验了。对于这件事，从化的同志们感到难受，这种难受将促进他们取得经验，他们一定会大进一步。群众路线问题，仍然是一个值得全党注意的问题。其办法是从全省各县、全县各乡中，经过鉴定，划分为对于群众路线执行得很好的，执行得不很好也不很坏处于中间状态的和执行得很坏的这样三大类，加以比较，引导第二、第三两类都向第一类看齐，到第一类县乡去开现场会议，可以逐步地解决这个问题。这个问题，不但农村有，城市也有，故是全党性的问题，仍然需要采取大鸣大放大辩论大字报的方法去解决。

毛泽东

1958年7月3日[1]

---

[1]《建国以来毛泽东文稿》第7卷，第303页，人民出版社1992年版。

此后，为了在《红旗》杂志上发表赵紫阳的这封信，毛泽东再度致函陈伯达：

陈伯达同志：

此事请你处理，我来不及了。

毛泽东

7月30日

1958年7月14日，毛泽东就《湖北京山县合作乡八一社常年办食堂的经验》一文，又批示陈伯达：

陈伯达同志阅。退毛。

第十一页湖北京山县合作乡一个合作社办食堂一事，可以考虑在红旗上发表。

毛泽东

7月14日

《红旗》创办伊始，影响并不很大。后来，在中苏两党大论战中，很多文章以《人民日报》编辑部和《红旗》杂志编辑部的名义发表，使《红旗》杂志为国内外所瞩目。在“文革”中，重要的社论常以《红旗》社论名义发表，与《人民日报》《解放军报》合称“两报一刊”，影响更大了。

在陈伯达担任总编期间，《红旗》杂志虽然也发过一些好文章，但主要是在为极左路线制造舆论。尤其是在“文革”中，《红旗》成了“左”旗，搅乱全党、全军、全国的思想，起了极坏的作用。

《红旗》编辑部也不断扩大，人员不断更换。关锋进入《红旗》，成为常务编委。戚本禹进入《红旗》，成为历史组负责人。王力、关锋、戚本禹，成为陈伯达手下的三员“左”派大将。

《红旗》编辑部设在北京沙滩。那里的一幢大楼，半幢是《红旗》编辑部，另半幢则是文化部。也就是说，《红旗》编辑部在大楼里所占的办公用房，与文化部旗鼓相当。

在粉碎“四人帮”之后，在批判“两个凡是”的那些日子里，《人民日报》《光明日报》《解放军报》旗帜鲜明，唯有《红旗》坚持“两个凡是”，使《红旗》声誉扫地。后来，《红旗》终于停刊，改出《求是》。

在郑州遭到毛泽东痛斥

在1958年10月19日，毛泽东写下批示，嘱陈伯达和张春桥一起前往河南遂平调查人民公社问题。这是毛泽东第一回点名要张春桥随“大理论家”陈伯达外出调查。

河南遂平县在当时以大办人民公社而出名。1958年9月1日出版的《红旗》第7期曾刊载了河南遂平县《嵖岈山卫星人民公社试行简章（草案）》。

毛泽东的信是这么写的：

伯达同志：

想了一下，你和张春桥同志似以早三天去河南卫星公社进行调查工作为适宜，不必听21日刘子厚同志的报告。集中精力在卫星公社调查七天至十天，为杭州会议准备意见，很有必要。可带李友九去帮忙。如同意，请告叶子龙同志，为你们调一架专机即飞郑州。

毛泽东

10月19日上午7时

到郑州时，最好能请史向生同志和你们一道去卫星社。史对人民公社有研究，他去过卫星社。他是省委书记。

毛泽东信中提及的李友九，当时担任《红旗》杂志编辑。

毛泽东嘱令调专机给陈伯达和张春桥，这充分表明毛泽东对他们此行的重视。

毛泽东在写下那封给陈伯达的信之后半小时，又补充写了一信给陈伯达：

伯达同志：

去河南时，请把《马、恩、列、斯论共产主义社会》一书带几本去，你们调查团几个人，每人一本，边调查，边读书，白天调查，晚上阅读，有十几天，也就可以读完了。建议将胡绳、李友九都带去，练习去向劳动人民做调查工作的方法和态度，善于看问题和提问题。

我过了下星期就去郑州，一到，即可听你们关于卫星社观察所得的报告，在四省第一书记会议上予以讨论。

毛泽东

10月19日上午7时半

四天后，毛泽东又给陈伯达一函：

陈伯达同志：

你们调查研究卫星社大约要一个星期，包括调查团（社）营（大队）连（队）的各项问题。

然后，请找遂平县级同志们座谈几次，研究全县各项问题。以上请酌量处理。

毛泽东

10月23日下午5时

又过了五天，毛泽东写第四封信给陈伯达：

陈伯达同志：

回信收到。我还须几天才能出发。如果遂平调查已毕，你们可去附近某一个县再作几天调查，以资比较。于11月2号或3号回到郑州即可。已令吴冷西、田家英二同志昨日夜车出发，分赴修武七里营两处调查几天再去郑州。

毛泽东

10月28日上午4时

当时，陈伯达早已是中共“大秀才”，而毛泽东把张春桥的名字与陈伯达相提并论，使张春桥受宠若惊。

于是，奉毛泽东之命，陈伯达头一回与张春桥同行，前往河南嵖岈山。

一个是毛泽东的政治秘书，一个是柯庆施的政治秘书，此行究竟如何呢？

据陈伯达晚年自述：

1958年7、8月间，河南省发表了《嵖岈山卫星人民公社试行简章》。我预先并不知道有这样的“章程”。这个“章程”做了不少“规定”，“公共食堂”就是其中之一。

在是年，似乎是当时领导农村工作的中央负责同志主持起草了一个“关于农村建立人民公社问题的决议”。记得，我没有参加这个决议文件的起草工作。

本来，我没有想到嵖岈山去参观，因为毛主席要我同张春桥去一趟，就去了。当然，受到当地一些招待。

似乎是住在我们对面的一位老头子，泄露出来关于“高产”麦田的秘密：那块所谓特别“高产”的麦地，是那几个爱作假的人在夜里趁大家睡觉的时候，搬运其他许多田里的大量麦子堆上去的。各地前来参观的人络绎不绝，大家看的集中地点是那早已收割的“高产”麦地，麦早已收了，可是不少的参观热心家却在那一块地里挖一把土带回去，作为纪念，或想作回去的“科学的试验”物。

那里的干部可能觉到我的态度不如他们原来设想的那样高兴。他们一个负责人曾经问我有什么意见，是否有不对之处。当然，那时我还不能说出什么。

没有几天，毛主席来电话指示，不要住太久。我们一些人在短短几天就离开了。

此行对于张春桥来说，是异常兴奋的。因为是平生头一回奉毛泽东之命执行任务，何况与“大理论家”陈伯达同行；陈伯达的回忆却是平淡的，他对于这个来自上海的“秀才”并没有太留意。

陈伯达回忆河南嵖岈山之行中所说：“没有几天，毛主席来电话指示，不要住太久。我们一些人在短短几天就离开了。”毛泽东给他们打电话，是从郑州打来的。1958年11月2日至10日，毛泽东在郑州召开有部分中央领导人和部分地方领导参加的会议，后来被人们称为“第一次郑州会议”。

毛泽东选择郑州作为开会的地方，是因为河南乃人民公社化运动的发源地，此次会议开始研究人民公社化运动所产生的一些“左”的错误。毛泽东要陈伯达、张春桥回来，为的是出席会议。

陈伯达从嵖岈山一回来，受到了毛泽东的批评。这次批评相当厉害。会议结束时所发的纪要中，有一段话是不指名批评陈伯达的：

……同时批评了废除商品生产，实行产品调拨的错误主张。指出在社会主义阶段废除商品生产和等价交换是违反客观经济发展规律的，中国的商品生产很不发达，现在不仅不能消灭，而且应该大力发展。人民公社应该在发展自给性生产的同时，多搞商品生产，尽可能多地生产能够交换的东西，向全省、全国、全世界交换。

陈伯达受到毛泽东的如此严厉批评，相当狼狈。关于他为什么会受批判，他在晚年作了回忆：

从嵖岈山到遂平县里那天晚上，一个会计（似乎很年轻）说了这样一件事："我们这里出'沙子'，用'沙子'去武汉交换机器，这是'产品交换'。"

到郑州后，我和同去的张春桥见毛主席，当还没有正式汇报之前，作为闲聊，我说了那会计把沙子换机器叫做"产品交换"一事。毛主席一听，就马上插上我的话，说："你主张'产品交换'，不要'商品交换'了！"

其实，这是毛主席一时误会了。当时还没有开始正式汇报，我在那瞬间只是闲说那个"会计"的说法，并没有表示我主张什么。

当然，斯大林的《社会主义经济问题》一书，我也看过。但是，对这样极端复杂的问题，直到现在，我顶多只能开始进幼稚园长期刻苦学习，当时怎么可能信口开河呢。

不知怎样的，毛主席当时对我说的话，竟然一传十，十传百，整个参加郑州会议的人都传遍了，我觉得大家都怕和我接近。我的确处于很狼狈的状态。有两位地方同志或许知道我当时说话的经过，到我的住处看一下我，那时真使我感激不尽。

陈伯达所回忆的遭到毛泽东批判之后的惶恐、孤立的心情、处境，是十分真实的。毛泽东的批评，使"理论家"一下子贬值了，如同得了瘟疫一般，人们见他躲之不迭，退避三舍。

在那"左"浪滚滚来的岁月，陈伯达跳得很高。他忙于抢浪头、赶时髦，在"发明"了人民公社之后，他还想继续有所"发明"。他主张"取消货币"，他主张"取消商品经济"。那位会计所说的"产品交换"，正符合他的心意。他是作为一种"新生事物"向毛泽东汇报。

他完全"疏忽"了，脑袋也曾热过一阵的毛泽东，此刻已看出人民公社化中的种种"过热"现象，他已开始着手降温，纠正"左"的偏差、"左"的错误。正在兴头上的陈伯达，被毛泽东浇了一盆冷水！

坐在一侧的张春桥，把毛泽东对陈伯达的当面批评句句牢记，立即作为"新动向"向柯庆施汇报。消息很快从柯庆施那里传出，成了轰动性的新闻，诚如陈伯达所言，"一传十，十传百，整个参加郑州会议的人都传遍了"。

1980年第1期《战地》杂志，曾发表李锐的《怀念田家英》一文，内中谈及郑州会议的情景：

"陈伯达发表不要商品生产、取消货币的谬论，遭到毛主席严厉的批评指责。摔了这个筋斗，陈伯达痛苦之至，我们毫不同情。”

到了1958年11月9日，事态变得益发严重。毛泽东这天在郑州写了一封《致中央、省市自治区、地、县四级党委委员》的公开信，不点名地狠狠批判“号称马克思主义经济学家”的陈伯达。此信作为中央文件印发全国，一时间，对陈伯达的批判扩大到中共各地党组织。

毛泽东批判陈伯达的信，全文如下：

同志们：

此信送给中央、省市自治区、地、县这四级党的委员会的委员同志们。

不为别的，单为一件事：向同志们建议读两本书。一本，斯大林著《苏联社会主义经济问题》；一本，《马恩列斯论共产主义社会》。每人每本用心读三遍，随读随想，加以分析，哪些是正确的（我以为这是主要的）；哪些说得不正确，或者不大正确，或者模糊影响，作者对于所要说的问题，在某些点上，自己并不甚清楚。读时，三五个人为一组，逐章逐节加以讨论，有两至三个月，也就可能读通了。要联系中国社会主义经济革命和经济建设去读这两本书，使自己获得一个清醒的头脑，以利指导我们伟大的经济工作。现在很多人有一大堆混乱思想，读这两本书就有可能给以澄清。有些号称马克思主义经济学家的同志，在最近几个月内，就是如此。他们在读马克思主义政治经济学的时候是马克思主义者，一临到目前经济实践中某些具体问题，他们的马克思主义就打了折扣了。现在需要读书和辩论，以期对一切同志有益。

为此目的，我建议你们读这两本书。将来有时间，可以再读一本，就是苏联同志们编的那本《政治经济学教科书》。乡级同志如有兴趣，也可以读。大跃进和人民公社时期，读这类书最有兴趣，同志们觉得如何呢？

毛泽东

1958年11月9日于郑州

读了毛泽东的信，陈伯达犹如身处悬崖边缘！

说实在的，陈伯达号称“理论家”，其实对于马列主义并未真懂。有人曾指出，陈伯达没有通读过马克思的《资本论》！

毛泽东在郑州会议快结束时，对陈伯达说：“你马列主义没学好，你到广东去向陶铸同志学习！”这一句话，如同一记耳光，刮在陈伯达脸上。

“理论家”的双颊在发烧。尽管他已是《红旗》的大掌柜，居然“马列主义没学好"！尽管他已是中共中央政治局候补委员，可是只消毛泽东一句话，便足以使他从悬崖上摔下来。

他明白，他这一次挨批，原因在于没有"跟紧"：当毛泽东已经着手纠正人民公社化以来"左"倾错误时，他还在那里搞极左！

在郑州会议结束后，毛泽东再次命陈伯达与张春桥同行，"会后出征"，前往山东范县[1]。这又一次表明，毛泽东对于上海"新秀才"张春桥的看重。

那是中共中央宣传部在1958年11月4日编印的《宣教动态》第134期上，刊载的《山东范县提出1960年过渡到共产主义》一文，引起毛泽东的注意。

那是山东范县人民公社党委（县委）第一书记谢惠玉，1958年10月28日在范县共产主义建设积极分子万人大会上，作了关于范县二年过渡到共产主义的规划报告。《宣教动态》第134期刊登了这一报告的摘要。内中这么写及：

"农业生产万斤化。规划提出1960年粮食作物种植十五万亩，保证亩产二万斤，争取三万斤，共产三十九亿斤；棉花种植十五万亩，保证亩产籽棉一万五千斤，争取二万五千斤，总产二十二亿五千万斤；花生种植十五万亩，保证亩产五万斤，争取八万斤，总产七十五亿斤；甜菜种植五万亩，保证亩产三万斤，争取五万斤，总产十五亿斤。今年的水利要实现河网化。五九年全部土地田园化，灌溉自流化、标准化，六〇年达到灌溉电气化、自流化。到那时：田间耕作用机器，灌溉自流用电力；粮食亩产好几万，堆大敢与泰山比；棉絮开放似雪野，花生多得不用提；丰收一年顶百季，人人喜得了不的。"

这一报告还说：

"丰衣足食。到1960年基本实行'各尽所能，各取所需'的共产主义分配制度。到那时：人人进入新乐园，吃喝穿用不要钱；鸡鸭鱼肉味道鲜，顿顿可吃四大盘；天天可以吃水果，各样衣服穿不完；人人都说天堂好，天堂不如新乐园。"

毛泽东看罢，颇为兴奋，于1958年11月6日写下批示：

> 此件很有意思，是一首诗，似乎也是可行的。时间似太促，只三年。也不要紧，三年完不成，顺延可也。陈伯达、张春桥、李友九三同志有意思前去看一看吗？行路匪遥，一周可以往还，会后出征，以为如何？
>
> 毛泽东
>
> 11月6日上午9时

---

[1] 范县1952年至1964年属山东省，1964年至今属河南省。

此后，1959年1月，根据毛泽东的指示，陈伯达又前往广东、福建考察人民公社生产情况。

1959年1月18日，陈伯达请中共福建省委转交毛泽东并中央一封信。信中反映了他在考察广东、福建两省部分地区农业生产情况时提出的一些看法：

（一）现在除了应推广密植的方法到那些还是稀植的地区外，还应注意密植的适当程度，根据不同的土质、气候等条件，密植程度应有不同。

（二）深耕程度应照顾地方的不同条件，在不同地区、气候和季节，应注意深耕的不同尺寸。

（三）应将粮食底子向群众公开，节约用粮。力争丰年吃好，歉年吃饱。

（四）不论生产或生活问题，都应反复同群众商量，不宜只由干部单方面独断。不要勉强群众去做他们不愿意做的事情。

（五）去年大跃进，有些地方提出要压这个、跨那个的口号，这样做并不一定会使自己成为先进，并且往往会使自己陷于落后。

（六）今年这里的农业生产指标，可以考虑提翻一番，或稍低些，力争超过，不要提得过高。报纸公布去年完成的数字，也应该是严肃的。

（七）公社要有一套逐步完善的关于劳动组织、定额和报酬的生产管理制度。

1959年1月25日，毛泽东就印发陈伯达关于人民公社生产方面几个问题的来信写了批语：

小平同志：

此件请印发到会各同志。同时，发给各省、市、区党委，作参考。

毛泽东

1月25日

1959年1月27日，中共中央把陈伯达的这封信转发给各省、市、自治区党委。

在庐山上弄错风向

中国的政治风云变幻莫定。1959年盛暑，陈伯达跟随毛泽东上了庐山。从7月2日至8月16日，中共中央在浓雾缭绕的庐山，相继召开了政治局扩大会议和八届八中全会。

风向急转，毛泽东在庐山发动了声势浩大的“反右倾”运动，斗争的锋芒直指彭德怀、黄克诚、周小舟、张闻天。

本来，这次会议是准备继续纠“左”的。诚如李锐那篇《怀念田家英》中所写的：

“（1959年）6月底，庐山会议之前，许多严重的‘左’的错误，如高指标、瞎指挥、浮夸风，特别是共产风，已经发现，在逐步纠正之中。开会前夕，毛主席提出十九个要讨论的问题，准备纠‘左’。会议的初期，是‘神仙会’，毛主席找我们少数几个人谈了三次，谈得很融洽，有时满堂欢笑……”

可是，毛泽东出人意料来了个急转弯，从纠“左”一下子转到“反右倾”。

毛泽东把彭德怀、黄克诚、周小舟、张闻天打成“反党集团”，这是庐山会议的“主题歌”。然而，“反右倾”也波及了积极纠“左”的田家英，他在庐山会议之后受到毛泽东的冷遇。虽然仍担任毛泽东的秘书，但毛泽东对他的信任只是有限度的了。

李锐回忆田家英的那篇文章，记述了很重要的一组历史镜头：

> 1959年庐山的大风波，原因很复杂，这同当时有兴风作浪、唯恐天下不乱之人，也有关系。
>
> 7月23日，正式宣布批判彭德怀同志之后，我和家英等四个人，沿山漫步，半天也没有一个人讲一句话。走到半山腰的一个石亭中，远望长江天际流去，近听山中松涛阵阵，大家仍无言相对。亭中有一块大石，上刻王阳明一首七绝，亭柱却无联刻。有人提议：写一首对联吧。我拣起地下烧焦的松枝，欲书未能时，家英抢着写了这一首名联：
>
> 四面江山来眼底
> 万家忧乐到心头
>
> 写完了，四个人依然默默无声，沿着来时的道路，各自归去。

这是一组节奏缓慢凝重的历史镜头。田家英为党为国忧心似焚，尽在无言之中。

李锐，当年的水电部副部长，做过毛泽东的兼职秘书。李锐所写“我和家英等四个人”另两人为何人？苏晓康、罗时叙、陈政所著《“乌托邦”祭》中，透露了另两个人的姓名：陈伯达、吴冷西。

奇怪，大“左”派陈伯达怎么曾加入这个“默默无声”的行列？照理，毛泽东已经在那天作万分激愤的批彭发言，正是陈伯达机不可失的“紧跟”之时。他，怎么也有点灰溜溜起来呢？

自然，他与田家英不同。田家英对“左”的一套深恶痛绝，与彭德怀站在一条战壕里。

陈伯达呢？一位不算很高明的政治投机商。他在郑州会议上因鼓吹极左经济理论，挨了批；上庐山之前，听说会议的主题是继续纠“左”，也就把他的政治赌注押在批“左”这一边。

他万万没有想到，毛泽东上山之后，会一下子从纠“左”来了个一百八十度的大转弯，转为“反右倾”。在这大转弯的时候，陈伯达差一点被甩了出去！

1972年7月，中央专案组印发过一个关于陈伯达的审查报告。尽管这个报告今日看来带有浓重的“文革”味，有些事例也不准确，但是关于庐山会议的那一段，倒也写出了当年陈伯达的尴尬处境：

1959年第一次庐山会议，陈伯达跑到彭德怀那里去了，参与了彭德怀的“军事俱乐部”。1959年7月14日，彭德怀抛出向党进攻的信件。当天晚上，陈伯达当众向彭德怀说：“彭老总，你的信写得很好，我们都支持你。”

据《彭德怀自述》一书中披露，彭德怀“13日晚饭后，就开始写那封信（实际上，7月12日晚腹稿已成），7月14日晨将写成的信，送给主席亲收”。陈伯达在7月14日当天便看了此信，并在当天晚上当众赞扬彭德怀。

请注意，陈伯达说的不是悄悄话，而是“当众向彭德怀说”。听见这话的，不只是彭德怀，而是“众”人。

九天之后，事情急转直下，如《彭德怀自述》：

> 7月23日上午，主席在大会上讲话，从高度原则上批判了那封信，说它是一个右倾机会主义的纲领：是有计划的、有组织的、有目的的。并且指出我犯了军阀主义、大国主义和几次路线上的错误。听了主席的讲话，当时很难用言语形容出我沉重的心情。回到住所以后，反复思索主席的讲话，再衡量自己的主观愿望与动机，怎么也是想不通。当时抵触情绪很大。

也就在这天下午，发生了李锐所描述的一幕：陈伯达、吴冷西、田家英和他默默地沿山漫步，默默地各自回去……

陈伯达处于心惊胆战之中。因为毛泽东对彭德怀的批判，调子很高，已经把彭德怀与高岗、饶漱石相提并论，何况毛泽东在讲话中，又提及了郑州会议，提及政治经济学，甚至提及了人民公社的“发明之权”……陈伯达又一次处于岌岌可危的悬崖边缘！

毛泽东的一句话，点穿了急转弯的原因：“现在不是反‘左’而是反右……反了几个月的‘左倾’，右倾必然出来！”

“理论家”显然慢了一拍：在毛泽东反“左”时，他还在那里鼓吹“左”，所以挨批；这一回，毛泽东反右了，他又跟“右倾机会主义分子”站在一起！

参与起草人民公社“六十条”

自从写长文“批判”了彭德怀之后，陈伯达又重新得到毛泽东的信任，要他负责起草《农村人民公社工作条例》，共九章六十条，人称“六十条”。

须知，陈伯达虽是人民公社的“发明”者，当毛泽东在北戴河主持起草关于在农村建立人民公社的决议时，并没有通知这位“发明”者参加。据陈伯达说，其时他也住在北戴河！

《农村人民公社工作条例》经过了反复的修改过程：

1960年11月3日，先是下达《中共中央关于农村人民公社当前政策的紧急指示信》。这封信共十二条，人称“十二条”。

根据“十二条”，写出了《农村人民公社条例（草案）》，这个草案是1961年3月在广州召开的中共中央工作会议上，在毛泽东的主持下，由陈伯达执笔起草的。陈伯达曾自述如下：

> 1961年，在广州制定的人民公社工作条例六十条，是征得毛主席同意，由我起草的。起草后，我到一些乡村询问群众关于取消公共食堂的意见，大家热烈地赞成完全取消。后来，即根据各地的经验，对取消公共食堂问题作了完全取消的新肯定。这个修改过的六十条，也是毛主席要我同各地方同志商议后写的。

起草个什么文件，本来并不重要，而重要的是陈伯达终于又重操旧业，从危机中解脱出来——这危机始于第一次会议，而在庐山差一点成了灭顶之灾，最后随着“反戈一击”才反败为胜。

《农村人民公社条例（草案）》对农村人民公社作出了一系列政策规定：

人民公社是社会主义的互助互利的集体经济组织，实行各尽所能，按劳分配，多劳多得，不劳动者不得食的原则，避免社员之间在分配上的平均主义；

人民公社一般为三级所有，队为基础。生产大队对生产队实行包产、包工、包成本和超产奖励的三包一奖制；

生产队实行独立核算，自负盈亏，直接组织生产，组织收益分配；

农民可以经营少量自留地和从事小规模家庭副业；

……

1961年6月，陈伯达在北京参加了中共中央召开的工作会议，对草案进行了部分修改，取消了部分供给制、公共食堂、社员口粮分到食堂等规定。修改后的条例，称为《农村人民公社工作条例（修正草案）》。

1962年9月27日，《农村人民公社工作条例（修正草案）》由中共八届十中全会讨论通过。

为了在广州召开的中央工作会议上，能够写出《农村人民公社工作条例（草案）》，1961年1月，毛泽东曾指示田家英、胡乔木、陈伯达分别带一个调查组下乡，进行调查。为此，毛泽东还特地找出他1930年5月写的《调查工作》一文（后来改题为《反对本本主义》，收入1964年出版的《毛泽东著作选读》）发给每个组员。

关于这次下乡调查，毛泽东曾给秘书田家英写了一封信，全文如下：

田家英同志：

（一）《调查工作》这篇文章，请你分送陈伯达、胡乔木各一份，注上我请他们修改的话（文字上，内容上）。

（二）已告陈、胡，和你一样，各带一个调查组，共三个组，每组组员六人，连组长共七人，组长为陈、胡、田。在今、明、后三天组成。每个人都要是高级水平的，低级的不要。每人发《调查工作》（1930年春季的）一份，讨论一下。

（三）你去浙江，胡去湖南，陈去广东。去搞农村。六个组员分成两个小组，一人为组长，二人为组员。陈、胡、田为大组长。一个小组（三人）调查一个最坏的生产队，另一个小组调查一个最好的生产队。中间队不要搞。时间10天至15天。然后去广东，三组同去，与我会合，向我作报告。然后，转入广州市作调查，调查作业又要有一个月，连前共两个月。都到广东过春节。

毛泽东

1月20日下午4时

此信三组21个人看并加讨论，至要至要！

毛泽东又及

毛泽东像当年指挥作战一般，向陈伯达、胡乔木、田家英布置了调查任务。然后，又是在毛泽东主持下，经过集体讨论，由陈伯达执笔，才写出了《农村人民公社工作条例（草案）》。

陈伯达当时任中共中央政治研究室主任。

在广州写出草案之后，毛泽东还以中共中央名义于1961年4月25日发出通知，提出了关于当时农村工作中若干关键问题的调查题目，其中包括：食堂问题，粮食问题，供给制问题，山林分级管理问题，给农民留一定数量的柴山作为自留山的问题，三包一奖问题，耕牛、农具归大队所有好还是归生产队所有好的问题，一、二类县、社、队全面整风和坚决退赔问题，恢复手工业问题，恢复供销合作社问题以及其他问题。

那一时期，毛泽东倾注心血于整治人民公社问题。经过调查研究，经过一次又一次修改条例，才使中国农村从1958年突然爆发的人民公社化运动，慢慢地纳入轨道运行。

从1961年8月起，胡乔木患病，毛泽东建议他“须长期休养，不计时日，以愈为度”。这样，在起草文件方面，毛泽东不得不更倚重陈伯达了。

陈伯达也帮助刘少奇做了一些文字工作。他参与起草了刘少奇1962年1月27日在中共中央扩大的工作会议（亦即“七千人大会”）上的报告。他也曾对刘少奇的《论共产党员的修养》作了整理、修改，并在他主编的《红旗》杂志上重新发表。据云，《论共产党员的修养》（以下简称《修养》）在延安发表时，陈伯达也曾做过一些文字整理工作。内中所引孟子的话：“故天将降大任于斯人也，必先苦其心志，劳其筋骨，饿其体肤，空乏其身，行拂乱其所为，所以动心忍性，曾益其所不能。”这是陈伯达建议刘少奇加上去的。

然而，在“文革”中，陈伯达“变脸”，对刘少奇“反戈一击”。陈伯达所主编的《红旗》杂志，成为轰击所谓“黑《修养》”的主炮——刘少奇

“贬值”了，他的《修养》也随之“贬值”。重新发表《修养》的是《红旗》杂志，总编陈伯达；倒过来狠批《修养》的也是《红旗》杂志，也是总编陈伯达。这一切，都随着“政治行情”的涨落而涨落。

顺便提一笔，在陈伯达倒台之后，他的那篇《人性、个性、党性》（载于1944年9卷15期延安《解放》周刊），则被当作“黑《修养》”的“姐妹篇”，受到姚文元主编的《红旗》杂志的批判——因为那时的陈伯达已是“行情”看跌了，早已从《红旗》总编的宝座上摔下来了！

批判“现代修正主义”

20世纪50年代末60年代初，“理论家”一边投身于“反右倾”，一边致力于“批判现代修正主义”。陈伯达和康生，是“批判现代修正主义”的两员干将。

如今，那场共产主义运动的大论战，早已成为历史。以冷静的目光重新审视那时中苏两党的论战文章，苏共那大国沙文主义“老子党”气焰确实过分，而中共的极左思潮也相当厉害。

邓小平在1980年5月31日的《处理兄弟党关系的一条重要原则》一文，对这场大论战作了客观的总结：

> 各国党的国内方针、路线是对还是错，应该由本国党和本国人民去判断。……欧洲共产主义是对还是错，也不应该由别人来判断，不应该由别人写文章来肯定或者否定，而只能由那里的党、那里的人民，归根到底由他们的实践做出回答。人家根据自己的情况去进行探索，这不能指责。即使错了，也要由他们自己总结经验，重新探索嘛……我们反对人家对我们发号施令，我们也决不能对人家发号施令。这应该成为一条重要的原则。[1]

对于“现代修正主义”的批判，尽管中共的锋芒所向是对准苏共赫鲁晓夫，但最初却是点南斯拉夫铁托的名。陈伯达在《红旗》杂志创刊号上，便发表了《南斯拉夫修正主义是帝国主义政策的产物》，向铁托猛轰一炮。

伍修权在他的回忆录《外交部八年》中，曾写及当年陈伯达的文章造成的错误影响：

---

[1]《三中全会以来重要文件汇编》上册，第456—457页，人民出版社1982年版。

> 1958年5月我奉召被调回国内（引者注：当时伍修权担任我国驻南斯拉夫大使），一到家就先在外交部把我批了一顿，因为我是八届中央委员，又责成我到八大二次会议上去作检讨。我听了对我的批判，又重新看了我从南斯拉夫发回来的几个电报，自己也觉得同国内的调子相距太远了，我的报告肯定南斯拉夫还是一个社会主义国家，认为南共纲领中有着符合马列主义的正确的一面。而国内的论调却把南共纲领说成是“反马列主义的，是彻头彻尾的修正主义”，南斯拉夫已实行了资本主义复辟……
>
> 我对这些说法起初是难以接受的，因此在八大二次会议的小组发言时，仍然讲了一些南斯拉夫真实情况。但是我个人看法改变不了上面定的调子，当时康生和陈伯达对这事就特别起劲，他们又写文章又作报告，大骂“以南共为代表的现代修正主义者”，到处煽风点火，唯恐天下不乱……[1]

陈伯达如此起劲地批判“现代修正主义”，为的是表白自己“紧跟”毛泽东。因为毛泽东早在1957年3月，便已明确指出：“我们现在思想战线上的一个重要任务，就是要开展对于修正主义的批判。”

在《红旗》创刊后的第二期上，陈伯达再度批判南斯拉夫“现代修正主义”，写了《美帝国主义在南斯拉夫的赌注》一文。

此后，论战公开在中苏两党之间进行。1960年4月20日，为了纪念列宁的90诞辰，陈伯达所主编的《红旗》杂志发表了编辑部文章《列宁主义万岁》。这篇文章以纪念列宁90诞辰为契机，全面谴责了苏联“现代修正主义”如何偏离了列宁主义。《列宁主义万岁》一文在国内外引起广泛的关注。

从1962年12月15日至1963年3月8日，中共接连发表7篇论战文章。这些文章是：

《全世界无产者联合起来，反对我们的共同敌人》；

《陶里亚蒂同志同我们的分歧》；

《列宁主义和现代修正主义》；

《在莫斯科宣言和莫斯科声明的基础上团结起来》；

《分歧从何而来？——答多列士等同志》；

《再论陶里亚蒂同志同我们的分歧——关于列宁主义在当代的若干重大问题》；

《评美国共产党声明》。

---

[1]《中共党史资料》1982年第4辑。

这些文章，公开了中共与苏共、法共、意共、美共在意识形态上的严重分歧。

这些文章大都由钓鱼台的“秀才班子”起草。陈伯达也参加了一部分起草工作。

钓鱼台，即北京西城三里河附近的钓鱼台国宾馆。在“文革”中，那里因是中央文革小组所在地而闻名全国。

从1960年起，中共中央为了适应国际共产主义运动论战的需要，调集了一批“秀才”，在钓鱼台国宾馆里工作。

这个“秀才班子”主要为5人，即康生、吴冷西、王力、姚溱、范若愚。康生作为中共中央书记处书记，是“秀才班子”的负责人。吴冷西是新华通讯社及《人民日报》社社长。王力为中共中央对外联络部副部长。姚溱为中共中央宣传部副部长。范若愚为《红旗》杂志副总编。

另外两名“秀才”只是挂名，并未参加多少具体工作——外交部副部长乔冠华，中共中央对外联络部副部长赵毅敏。

这个“秀才班子”的助手有贾一丘、朱庭光、崔奇、刘克林、孙轶青、范戈、钱抵千。

此外，中共中央政治研究室及中国社会科学院各研究所为“秀才班子”提供许多资料，但不算是“秀才班子”成员。

对于如此重要的“秀才班子”，陈伯达当然要插上一手。但是，那里已被康生控制。陈伯达参与了一部分工作，而领导权毕竟落在康生手中。

据云，《再论陶里亚蒂同志同我们的分歧》一文，主要由陈伯达起草。

这7篇文章的发表，使论战逐渐趋于白热化。1963年3月30日，苏共中央致函中共中央，对国际共产主义运动系统地提出他们的看法。

中共中央对苏共中央的来信，要作出公开答复。钓鱼台的“秀才”中有人主张写一长文，系统地批驳苏共中央在信中提出的种种观点。写出草稿后，被毛泽东否定了。

这时，毛泽东说了一句非常微妙的话：“我要的是张燮林式，不要庄则栋式！”

起草任务落到了陈伯达头上。陈伯达反反复复揣摩毛泽东的那句话。幸亏他在毛泽东身边多年，悟明了毛泽东的妙语本意：庄则栋与张燮林同为中国乒乓名将，打球的风格却截然不同。庄则栋用的是近台快攻，是进攻型的，而张燮林则是削球手，号称“攻不破的长城”，擅长防守，能够救起对方发来的各种各样的刁球、险球。

陈伯达查阅了毛泽东关于国际共产主义运动的历次讲话记录，和王力、范若愚一起，从正面阐述毛泽东的观点下笔，写出“张爕林式”的文章。这篇洋洋数万言的文章，经毛泽东审阅，正合他的心意。

于是，毛泽东在武汉召开会议，参加者有刘少奇、邓小平、彭真、康生、陈伯达、吴冷西、王力、姚溱、范若愚，经过讨论，此文定稿了。

另外，毛泽东嘱，送金日成、胡志明征求意见。

此文在1963年6月14日发表，即“中国共产党中央委员会对苏联共产党中央委员会1963年3月30日来信的复信”，亦即《关于国际共产主义运动总路线的建议》。此文阐述了中共对于国际共产主义的二十五条意见，常被人简称为《二十五条》。

《二十五条》除了正面阐述了中共的论战观点之外，还全面批判了苏共的观点，概括苏共观点为“三和两全”，即和平共处、和平竞赛、和平过渡这“三和”及全民国家、全民党这“两全”。

苏共中央于1963年7月14日针对中共中央的《二十五条》，发表了《给苏联各级党组织和全体共产党员的公开信》（下称《公开信》），逐条批驳了《二十五条》。苏共中央在苏联报刊上发表《公开信》的同时，作为“附件”，一起发表了中共中央的《二十五条》。

1963年7月20日，中国报纸作出反响，重新刊登了《二十五条》，同时发表了苏共中央的《公开信》。

此后，苏联报刊针对中共中央的《二十五条》，连续发表社论《苏共高举列宁主义伟大旗帜》《党和人民牢不可破的一致》《我们忠于列宁主义》等。

此后，中国以《人民日报》、《红旗》编辑部名义，接连发表了9篇评论苏共中央《公开信》的文章。这便是当年家喻户晓的“九评”。

“九评”是由钓鱼台的“秀才班子”写的。陈伯达有时参加审稿，不像写《二十五条》那样亲自主笔——因为康生在主持“九评”写作，他就不便插手了。

“九评”的篇目如下：

《苏共领导同我们分歧的由来和发展——评苏共中央的公开信》（1963年9月6日）

《关于斯大林问题——二评苏共中央的公开信》（1963年9月13日）

《南斯拉夫是社会主义国家吗？——三评苏共中央的公开信》（1963年9月26日）

《新殖民主义的辩护士——四评苏共中央的公开信》（1963年10月22日）

《在战争与和平问题上的两条战线——五评苏共中央的公开信》（1963年11月19日）

《两种根本对立的和平共处政策——六评苏共中央的公开信》（1963年12月12日）

《苏共领导是当代最大的分裂主义者——七评苏共中央的公开信》（1964年2月4日）

《无产阶级革命和赫鲁晓夫修正主义——八评苏共中央的公开信》（1964年3月31日）

《关于赫鲁晓夫的假共产主义及其在世界历史上的教训——九评苏共中央的公开信》（1964年7月14日）

此外，“十评”原也已经写好，因赫鲁晓夫在1964年10月14日下台，“十评”未及发出，改作彭真的讲演稿公开发表。

1964年11月21日，《红旗》杂志发表社论《赫鲁晓夫是怎样下台的》。

这场在毛泽东领导下的批判“现代修正主义”运动，其中包含有批判苏联大国沙文主义等正确内容，但是历史已证明其中对于当时把赫鲁晓夫在苏联所进行的改革、铁托在南斯拉夫所进行的改革，一概斥为“复辟资本主义”，则是错误的。赫鲁晓夫实际上是一位不成功的改革家。赫鲁晓夫对于斯大林个人迷信的批判也是有一定的积极意义，但又做得过分。毛泽东把改革和对个人迷信的批判都当作“现代修正主义”，结果在“左”的迷误中越陷越深，以致着手发动“文化大革命”，宣称“文革”是为了“防止资本主义复辟”，同时他的个人迷信也在“文革”中达到了登峰造极的地步。

陈伯达这位“理论家”在批判“现代修正主义”中，“跟准”毛泽东，在1960年初他就“明确地指出”：“毛泽东继承、捍卫和发展了马克思列宁主义。”后来，这句话加上三个副词，被写入以林彪名义发表的《毛主席语录》的《再版前言》：

“毛泽东同志天才地、创造性地、全面地继承、捍卫和发展了马克思列宁主义，把马克思列宁主义提高到一个崭新的阶段。”

毛泽东口授“二十三条”

历史的车轮日渐驶向那天崩地裂的“文革”。

细细探索起来，“文革”的前奏早已开始：批判“现代修正主义”是其前奏，“四清”运动也是其前奏。毛泽东对外“批修”，对内搞“四清”。

“四清”运动，1962年底在中国农村逐步推开。那“四清”最初是“清工分，清账目，清财物，清仓库”，叫“小四清”。后来扩大为“大四清”，即“清政治，清经济，清组织，清思想”。

“四清”运动在农村开展。城市里则进行“五反”运动，即“反对贪污盗窃、反对投机倒把、反对铺张浪费、反对分散主义、反对官僚主义”。

后来，“四清”与“五反”运动合称为“社会主义教育运动”，简称“社教运动”。

毛泽东认为，资本主义已在苏联，在南斯拉夫复辟，为了防止中国“变修”“变色”，要开展“社会主义教育运动”。他在1963年5月9日发出了警告：如不警惕，“少则几年、十几年，多则几十年，就不可避免地要出现全国性的反革命复辟，马列主义的党就一定会变成修正主义的党，变成法西斯党，整个中国就要改变颜色了”。

毛泽东在思索着防止资本主义在中国“复辟”，防止中国出现“赫鲁晓夫式人物”。他早在庐山会议上便已说过：“共产党的哲学，就是斗争哲学。”在斗垮彭德怀之后，毛泽东已在寻找新的斗争对象。他的极左思想不断膨胀，他的斗争矛头指向了多年来同生死、共患难的战友——刘少奇。

陈伯达第一次得悉毛泽东要整刘少奇这一惊人消息，是在1965年1月。

夜深了，陈伯达服了安眠药，迷迷糊糊躺在床上。

电话铃声急促地响起。那是一只机要电话，势必有要紧的事要告知他。他赶紧驱走睡意，接了电话。果真，事关重大：毛泽东要他马上去一趟！

陈伯达岂敢怠慢。对于毛泽东的召见，他总是召之即来。毛泽东习惯于夤夜工作，苦了陈伯达。

匆匆赶到毛泽东那里。原来，毛泽东要起草一份关于社教运动的文件，由他口授，陈伯达笔录。

从毛泽东的话里，陈伯达这才轧出重要的“苗头”——毛泽东要整刘少奇！

原来，毛泽东与刘少奇在社教运动中的分歧由来已久，直到这时终于表面化了……

毛泽东搞社教运动，像搞“文革”一样，事先并没有什么“伟大战略部署”，而是干着看，边干边摸索。

毛泽东是在1962年9月召开的中共八届十中全会上，发出“千万不要忘记阶级斗争”的号召时，提出要进行社会主义教育运动。最初，刘少奇对社教运动是投赞成票的。

1963年5月20日，中共中央在杭州召开工作会议，在毛泽东的主持下通过了《中共中央关于目前农村工作中若干问题的决议（草案）》，对农村的社会主义教育运动第一次提出十条政策，人称“前十条”。

毛泽东为“前十条”的前言，亲笔加了一大段话：“人的正确思想是从哪里来的？是从天上掉下来的吗？不是，是自己头脑里固有的吗？不是。人的正确思想，只能从社会实践中来，只能从社会的生产斗争、阶级斗争和科学实验这三项实践中来……”毛泽东所加的这一大段话，后来被作为毛泽东的一篇著作发表，题为《人的正确思想是从哪里来的？》。

“前十条”披露了毛泽东的“最新名言”：“阶级斗争，一抓就灵。”“前十条”的核心，便是“抓”中国农村的“阶级斗争”。“前十条”指出，社教运动的任务是“打击和粉碎资本主义势力猖狂进攻的社会主义斗争”。

对“前十条”，刘少奇是支持的，这年9月，中共中央又下达了《中共中央关于农村社会主义教育运动中的一些具体政策的规定（草案）》，也是十条，称“后十条”。“后十条”提出运动要“以阶级斗争为纲”，刘少奇也是支持的。刘少奇对于社教运动所作的几次讲话，有些观点也相当“左”。

但是，后来刘少奇在一些重要问题上，产生了与毛泽东不同的看法。比如，对于社教运动的性质，刘少奇主张是什么问题解决什么问题，不一定什么都“以阶级斗争为纲”，都要从“两条路线”“两个阶级”的高度去上线上纲。再如，毛泽东提出社教运动的主要对象，是那些党内走资本主义道路的当权派，刘少奇则不同意。

毛、刘之间的分歧，到了1964年底逐渐激化。

1964年12月15日至12月底，中共中央召开关于社教运动的工作会议，由刘少奇主持。考虑到毛泽东当时身体不大好，没有请他出席会议。12月底，在刘少奇的主持下，会议制定了《中共中央政治局召集的全国工作会议讨论纪要》，共十七条，作为中共中央文件，印发全国。从1965年元旦之后，至1月14日，会议进入第二阶段，改由邓小平主持。邓小平认为，这是一般性的工作会议，况且第一阶段会议毛泽东也未参加，也就劝毛泽东不必参加第二阶段会议。不料，毛泽东心中不悦，径往会场，出席会议。

毛泽东在会上，不指名地批评刘少奇在社教运动中搞“人海战术”“繁琐哲学”“倾盆大雨”“神秘化”“打击面过宽”等。

毛泽东说到社教运动的矛盾时，刘少奇插了一段话：“各种矛盾交叉在一起，有四清和四不清的矛盾，有党内外矛盾的交叉，矛盾很复杂，还是有什么矛盾就解决什么矛盾为好。”

毛泽东一听，面露愠色。他猛吸着烟，沉默不言，顿时会场陷入了僵局……

就在这天夜里，毛泽东急召陈伯达，口授指示。毛泽东说一句，陈伯达记一句；毛泽东说一条，陈伯达记一条。

记着，记着，安眠药的药力发作了。陈伯达尽力提起精神，却只是机械地记下毛泽东的一条条意见，自己的思维变得非常迟钝。

总算记完了，毛泽东让他回去整理，陈伯达这才松了一口气。

陈伯达回到家中，囫囵而睡。安眠药的药力总算退去。他在大清早起床，比往日早了两个多小时，赶紧翻看记录，心不由得收紧了。

他，固然早就“跟准”毛泽东。可是，在他的心目中，刘少奇是中共第二号人物，也必须“紧跟”的，早在中共北方局工作时，那位不曾露面的中央代表刘少奇，使他肃然起敬。在中共“七大”，刘少奇在政治报告中，提到毛泽东的名字达105次之多。此后陈伯达写文章，也言必称毛泽东。在中共“八大”之后，刘少奇的地位更加显得重要。陈伯达看风使舵，与康生一起，重新发表刘少奇的《论共产党员的修养》，不仅在《红旗》杂志上刊登，而且印了1500万册单行本！在毛泽东和刘少奇之间，陈伯达原本是两边讨好，左右逢源。眼下，毛与刘产生严重分裂，陈伯达必须在两者之中择一而从。理所当然，他倒向毛泽东……

他着急地要整理笔记。无奈，昨夜在迷迷糊糊状态下所记的笔记，连他自己也理不出个头绪来。

他打电话急召王力，王力还在睡梦之中呢。

王力一听“大秀才”找他，连忙赶去。王力到底比陈伯达小17岁，此时只有44岁，头脑比陈伯达灵活。他帮助陈伯达从那混乱的记录中理出了头绪，分成了一条又一条。

就在这一天，会场上再度出现紧张的气氛：毛泽东手中拿了两本小册子，来到会场，毛泽东在讲话之前，亮出了手中那两本小册子——一本是宪法，一本是党章。那天开的会议，既不讨论宪法，又不讨论党章，毛泽东带那两本小册子来干什么呢？大家都觉得诧异。

直到毛泽东开始讲话，大家才意识到情况的严重性。毛泽东说：“我这里有两本书，一本是宪法，规定我有公民权；一本是党章，规定我有党员权利。现在，你们一个人不让我来开党的会议违反党章；一个人不让我讲话，违反宪法！……”

毛泽东所说的一个人是指主持会议的邓小平，显然，他误会了邓小平的好意，以为不让他来开会；另一个人，当然是指刘少奇。

在这次会上，毛泽东言词尖锐地批评了刘少奇。毛泽东动了感情，把刘少奇昨天的插话，当作压制他的发言。作为党的主席与国家主席的对立，此后在“文革”中被说成是两个司令部——以毛泽东为首的“无产阶级司令部”和以刘少奇为首的“资产阶级司令部”之间的斗争。

会后，经彭真、陶铸等的劝说，刘少奇在中共中央政治局生活会上作了检讨。刘少奇说，他不该插话，插话是对毛泽东不尊重的表现。毛泽东则不满意于刘少奇的检讨，说问题不是对他尊重不尊重，而是彼此之间的原则分歧——修正主义与反修正主义的重大分歧！

陈伯达马上意识到一场新的“路线斗争”开始了。唯一的抉择，便是继续“跟准”毛泽东。

他唯毛泽东之命而从，着手起草新的关于社教运动的文件。

中南海迎春堂陈寓，几位“秀才”聚集在那里，陈伯达在执笔。

门前，一辆小轿车随时准备出发。

“秀才”们讨论了一阵子，陈伯达写出几页，马上送给通讯员。小轿车出发了，驶出中南海西门，来到一公里左右的中共中央办公厅印刷厂，立即付排。

小轿车回到迎春堂时，按照前几页手稿排出来的清样，已由通讯员带回来了。

如此这般，陈伯达在紧张地进行“流水作业”。

中共中央办公厅印刷厂以高质量排版，连一个标点符号都不准排错。

总算把文件全部写出、排好，众“秀才”都困乏了，回家了，陈伯达却没有休息，步行前往中南海甲区——亲自给毛泽东送去。

经过毛泽东改定，文件在1965年1月14日交会议讨论通过，便以中共中央名义印发全党。

文件的标题为《农村社会主义教育运动中目前提出的一些问题——中共中央政治局召集的全国工作会议讨论纪要》，总共二十三条，人称“二十三条”。

在正文之前，有一通知，强调了此件乃“标准件”，否定了以前文件中与此件的“抵触”之处：

通　知

各中央局，各省、市、自治区党委，中央各部委党组，军委，总政治部：

中央政治局召集全国工作会议，讨论了农村社会主义教育运动中目前提出的一些问题，并写出了讨论纪要。现在把这个文件发给你们，中央过去发出的关于社会主义教育运动的文件，如有同这个文件抵触的，一律以这个文件为准。

这个文件发至县、团以上党委和工作团、队党委。

中央1965年1月14日

这份由毛泽东主持、陈伯达执笔的文件，在第二条“运动的性质”中，不点名地批评了刘少奇，而且第一次提出了“运动的重点”，是“整党内那些走资本主义道路的当权派”——实际上已具备了发动“文革”的《五一六通知》的雏形。

第二条原文如下：

二、运动的性质：

几种提法：

（一）四清和四不清的矛盾，

（二）党内外矛盾的交叉，或者是敌我矛盾和人民内部矛盾的交叉，

（三）社会主义和资本主义的矛盾。

前两种提法，没有说明社会主义教育运动的根本性质。这两种提法，不说是什么社会里的四清四不清矛盾，也不说是什么党的内外矛盾交叉，也不说是什么历史时期，什么阶级内容的敌我矛盾和人民内部矛盾的交叉。从字面上看来，所谓四清四不清，过去历史上什么社会里也可能用；所谓党内外矛盾交叉，什么党派也可能用；所谓敌我矛盾和人民内部矛盾交叉，什么历史时期也可能用；这些都没有说明今天矛盾的性质，因此不是马克思列宁主义的。

最后一种提法，概括了问题的性质，是马克思列宁主义的，是同毛泽东同志和党中央从1949年七届二中全会以来关于整个过渡时期存在着阶级矛盾、存在着无产阶级和资产阶级的阶级斗争、存在着社会主义和资本主义的两条道路斗争的科学论断相符合的。忘记十几年来我党的这一基本理论和基本实践，就会要走到斜路上去。

这次运动的重点，是整党内那些走资本主义道路的当权派，进一步地巩固和发展城乡社会主义的阵地。

那些走资本主义道路的当权派，有在幕前的，有在幕后的。

支持这些当权派的，有的在下面，有的在上面。

在下面的，有已经划了的地主、富农、反革命分子和其他坏分子，也有漏划了的地主、富农、反革命分子和其他坏分子。

在上面的，有在社、区、县、地甚至有在省和中央部门工作的一些反对搞社会主义的人，其中有的本来就是阶级异己分子；有的是蜕化变质分子；有的是接受贿赂，狼狈为奸，违法乱纪。

有些人是不分敌我界限，丧失无产阶级立场，包庇自己的亲属、朋友、老同事中那些搞资本主义活动的人。

我们绝大多数干部是要走社会主义道路的，但是他们中间有些人，对社会主义革命的认识不清，用人不当，对工作检查不力，犯官僚主义错误。

随着“二十三条”的下达、贯彻，各地纷纷开始“整党内那些走资本主义道路的当权派”。

人们把“党内走资本主义道路的当权派”简称为“走资派”。后来，社教运动发展为“文革”，发展为全国、全面地“整走资派”，揪出了在“二十三条”中已不点名地批判了的刘少奇——“中国头号走资派”。正因为这样，这个“二十三条”，已为“文革”埋下了祸根。

起草《五一六通知》

南北对峙，形势严峻。1966年2月，当江青在上海忙于搞《纪要》时，北京以彭真为首的“五人小组”正忙于起草另一个与《纪要》唱“对台戏”的文件。真是历史的巧合：在上海锦江宾馆里开座谈会的是5个人，在北京人民大会堂西大厅里讨论起草文件的也是5个人！北京的5个人是彭真、陆定一（国务院副总理、中宣部部长兼文化部部长）、康生（中共中央书记处书记）、周扬（中宣部副部长）、吴冷西（新华社社长兼《人民日报》社社长）。这个五人小组是1964年5、6月间，根据党中央、毛泽东的意见成立的，在中央政治局、书记处领导下开展文化革命方面的工作，组长彭真，副组长陆定一。

这个小组针对姚文元文章发表后引起的一场大风波，写出了《关于当前学术讨论的汇报提纲》，人称《二月提纲》。《二月提纲》的主要内容共六个方面，其中第四点特别强调，左派学术工作者要“用适当的方式互相批评和相互帮助，反对自以为是，警惕左派学术工作者走上资产阶级专家、学阀的道路”。另外，还指出：“要坚持实事求是、在真理面前人人平等的原则，要以理服人，不要像学阀一样武断和以势压人。”显然，这些话不指名地批评了姚文元及其同伙。

2月8日，彭真等去武汉向毛泽东汇报之后，于2月13日把《二月提纲》印发全党。印发文件时，觉得“五人小组”一词不明确，姚溱（中共中央宣传部副部长）临时加上“文化革命”四字，变成“文化革命五人小组”。在此之前，这个小组一直只称“五人小组”。

尽管《二月提纲》在正式发布前，由彭真等向毛泽东当面作了汇报，但毛泽东在不久之后便支持江青的《纪要》，而斥责《二月提纲》为“修正主义纲领”。

毛泽东不满于《二月提纲》。1966年3月下旬，毛泽东在上海跟康生谈话时，多次批评了彭真。康生回京，向中共中央书记处传达了毛泽东的指示，决定撤销《二月提纲》。康生指定王力起草一个通知，准备作为中共中央文件发给全党。据王力对笔者说，他记得，他所拟的《通知》只一句话，即：“中共中央通知，1966年2月12日中央批转的《文化革命五人小组关于当前学术讨论的汇报提纲》现予撤销。”这个《通知》经政治局讨论同意。

《通知》急送毛泽东，他不满意，说道：“《通知》不应是技术性的，而应是理论性的。”

于是，毛泽东找“理论家”陈伯达，要他另行起草《通知》。

据陈伯达告诉笔者，他领会毛泽东所说的《通知》“应是理论性的”，也就是从理论的高度批判《二月提纲》。“那是要我写一篇大文章呀！”陈伯达当过多年的毛泽东政治秘书，颇能领会毛泽东的意图。

陈伯达意识到这是毛泽东对他的极大的信赖：江青和张、姚起草批判《海瑞罢官》时，完全瞒着他；江青搞《纪要》时，请他帮助修改；这一回，毛泽东把起草《通知》的重任，压在他的肩上。

陈伯达找了“快笔头”王力合作。由陈伯达主稿，王力协助，两人很快在1966年4月初写出初稿。

初稿在钓鱼台讨论。康生在初稿上加了一句很有“分量”的话，即称《二月提纲》为“彻头彻尾的修正主义的文件”。康生此人，比泥鳅还滑。作为“五人小组”的成员，他参加过《二月提纲》的讨论，并和彭真一起飞往武汉向毛泽东汇报。此刻，他一甩袖子，说《二月提纲》是“背着他搞的”，提高了嗓门驳斥《二月提纲》。这么一来，《二月提纲》仿佛只是“四人小组”的“汇报提纲”，与他无关了，论奸雄，康生堪为其首。

《通知》初稿送毛泽东。这时，康生又提出一个重要的“建议”：“光有通知还不够。应该搞一份大事记，作为附件，一起下发。”这么一来，《通知》的规模就越搞越大了。

毛泽东决定，成立一个起草小组来起草《通知》。毛泽东点名陈伯达为起草小组组长，陈伯达提名以下人员为组员：康生、江青、王力、吴冷西、张春桥、陈亚丁、关锋、戚本禹、尹达、穆欣。这个小组后来成为“中央文化革命小组”的班底。陈伯达主持起草《通知》，康生负责起草《大事记》。

1966年4月16日至26日，毛泽东在杭州召开中共中央政治局常委扩大会议。这次会议实际上是为发动“文革”作准备。各大区的书记也去开会。毛泽东提议，起草小组到上海去起草《通知》。

于是，起草小组的成员们纷纷前往上海，聚集在上海锦江宾馆后楼，名义上说是为政治局会议准备材料，实际上是在那里讨论、修改《通知》。陈伯达、康生要到杭州出席中共中央政治局常委扩大会议，因此起草小组的实际领导权便落在了江青手中。

这时，当年只是中共上海市委书记处书记的张春桥，也第一次在起草中央文件中显示了重要作用；起草小组写完一稿，即由张春桥派人急送杭州。毛泽东看后加了一些话，派人即送张春桥，由他转起草小组。起草小组根据毛泽东的批示又进行讨论、修改，再由张春桥派人送毛泽东，毛泽东又加了一些话退张春桥……王力笑称张春桥为“秘书长”。只是张春桥的那位“亲密战友”姚文元此时还被撂在锦江宾馆外，还够不上“中央级”的“秀才”的资格。

如此上海—杭州穿梭，足见毛泽东对《通知》的重视。当起草小组举行最后一次会议时，陈伯达和康生从杭州赶回上海，出席会议。会议开到一半，毛泽东还让秘书徐业夫打电话到上海，又加了一些话。电话是王力接的。王力听不清楚，让吴冷西接，一边接，一边记下毛泽东添入《通知》中的话。

《通知》起草完毕，并未在杭州的中共中央政治局常委扩大会议上亮相，却由康生带到北京。《通知》不敢交中共中央办公厅印刷厂排印，怕那里会“泄密”——让彭真知道；康生把《通知》弄到公安部部长谢富治手下的公安部印刷厂去排印。

云密风紧，中国的政治气氛日益紧张。“五一”节，在天安门城楼上便见不到彭真了——他是北京市市长、中共北京市委第一书记，每逢“五一”、国庆，原是必定上天安门城楼的。

1966年5月4日起，中共中央政治局扩大会议在北京召开。会议一直开到26日才结束。会议的主旨是批判彭真、罗瑞卿、陆定一、杨尚昆的“反党错误”。另外，也涉及了田家英。

5月16日，会议通过了《通知》，从此被称为《五一六通知》。其实，它的全称是《中国共产党中央委员会通知》。

《五一六通知》果真是“理论性的”，是一篇“大文章”。它罗列了《二月提纲》的“十大罪状”，逐条加以批驳，提出了一整套“左”的理论、路线、方针、政策。它是“无产阶级文化大革命”的“纲领性文件”。十年浩劫，就是从《五一六通知》通过之日算起——

这一天，已被公认为“文革”正式开始的一天。

《五一六通知》以“中发（六十六）二六七号文件”向全党下达。同时，在《通知》之后，附了所谓的《1965年9月到1966年5月文化战线上两条道路斗争大事记》。

《五一六通知》中毛泽东亲笔所加的话，是全文的点睛之笔：

> 高举无产阶级文化革命的大旗，彻底揭露那批反党反社会主义的所谓“学术权威”的资产阶级反动立场，彻底批判学术界、教育界、新闻界、文艺界、出版界的资产阶级反动思想，夺取在这些文化领域中的领导权。而要做到这一点，必须同时批判混进党里、政府里、军队里和文化领域的各界里的资产阶级代表人物，清洗这些人，有些则要调动他们的职务。尤其不能信用这些人去做领导文化革命的工作，而过去和现在确有很多人是在做这种工作，这是异常危险的。
>
> 混进党里、政府里、军队里和各种文化界的资产阶级代表人物，是一批反革命的修正主义分子，一旦时机成熟，他们就会要夺取政权，由无产阶级专政变为资产阶级专政。这些人物，有些已被我们识破了，有些则还没有被识破，有些正在受到我们信用，被培养为我们的接班人，例如赫鲁晓夫那样的人物，他们现在睡在我们的身旁，各级党委必须充分注意这一点。

毛泽东的这些话，固然正是他晚年严重“左”倾错误思想的集中体现，但陈伯达作为《通知》起草小组的组长，也是负有重大责任的。这位“理论家”，已经成为中国的“文革理论家”，成为炙手可热的“大左派”！

第三章 “文革”大员

对于陈伯达来说，当上这么一个拥有无限权力的“小组长”，成为他一生的巅峰。这个“小组长”，远远超过他过去所担任过的一切职务，胜过《红旗》总编，胜过马列学院院长，也胜过那一连串的“副”——中国科学院副院长、中共中央宣传部副部长、国家计委副主任……

与江青一起为“中央文革”组阁

中央文化革命小组，人称“中央文革”，是中国历史上的一个怪物。

这么一个“小组”，搅得华夏大地不得安宁，祸水横流，灾难四起。

这个“小组”，起初只说是“中央常委的秘书班子”，后来不断膨胀，取代了中共中央书记处，直至取代了中共中央政治局！这个“小组”变成了中国“无产阶级司令部”的同义语。

谁敢说一句这个“小组”的坏话，谁敢说一句这个“小组”的要员的坏话，就要被打成“现行反革命”，就要受到“无产阶级专政”……

这个“小组”，是根据《五一六通知》建立的。《五一六通知》中有这么一段话：

陈伯达

“撤销原来的‘文化革命五人小组’及其办事机构，重新设立文化革命小组，隶属于政治局常委之下。”

不过，在《五一六通知》下达时，并未决定这个“小组”的人选。

毛泽东亲自提名陈伯达为这个“小组”的“小组长”，据云，在起草《五一六通知》时，毛泽东便曾跟陈伯达打过招呼。最初，这个“小组”的名字叫“文化革命委员会”，设立“主任”。陈伯达说，他还是当个“小组长”吧，于是在《五一六通知》中写成“文化革命小组”。

尽管毛泽东亲自提名陈伯达担任中央文革小组的“小组长”，陈伯达仍推辞再三。

陈伯达曾这么回忆：

"文革"前，周总理（毛主席那时不在北京，我认为，周总理是奉毛主席的指示同我谈话的）对我提出担任中央文革小组组长的职务，我认为不能胜任，不肯担任。记得，好像是谈过几次（三次？）。周总理说："这样，中央不能分配你的工作了？"我才表示接受。

陈伯达又这么回忆：

不久，毛主席回北京来，我又向他提出，我是个"书生"，担任不了这个职务（引者注：指中央文革小组组长之职）。毛主席说，你可把"书生"两个字去掉。这样，我就只好担任了。

也就是说，陈伯达向周恩来、毛泽东都当面再三推辞过中央文革小组组长之职。推辞不了，这才应允下来。陈伯达回忆，在他应允之后：

周总理说："那你可开个小组的名单。"

这样，"小组长"陈伯达便奉命开始"组阁"。

陈伯达起草中央文革小组名单，首先这么考虑的：

这件事既然是毛主席的意思，那时他在上海，江青也在那里，前些日子，我也在上海，江青曾要我看一次"样板戏"（智取威虎山），林彪也在那里看，我想，这个问题会和江青有关。

"文革"中非常活跃的中央文革小组第一副组长江青

这就是说，陈伯达已经清楚意识到江青势力的崛起，而毛泽东本人当然不会亲自提名江青，于是陈伯达在"组阁"时，首先把江青列入名单。

陈伯达曾对毛泽东说："让江青同志当组长，我当她的助手！"

毛泽东理所当然地否决了。这样，江青便成为陈伯达"组阁"名单中名列第一的副组长。

陈伯达接着这么考虑：

> 还有毛主席要拟文件，有时曾指示我找关锋、戚本禹、王力合作。于是，把康生列在顾问，江青列在副组长，王力、关锋、戚本禹列为组的成员，写成名单给周总理。

从陈伯达以上的回忆，可以得出他最初交给周恩来的中央文革小组名单，共6人：

组长：陈伯达；副组长：江青；顾问：康生；组员：王力、关锋、戚本禹。

请注意，在陈伯达最初开列的中央文革小组名单上，没有江青手下的两员“大将”——张春桥和姚文元！

江青一进入“组阁”名单，马上提议：“春桥同志应该担任副组长。”江青的这一提名，使张春桥从上海跃入中央。

经过陈伯达和江青共同“组阁”，提出了中央文革小组的初步名单。经中共中央政治局常委同意，报毛泽东批准。

1966年5月28日，中共中央发出了关于设立“中央文化革命小组”的通知，通知中写明组长为陈伯达，顾问为康生。

副组长的名字未写入通知，但已定下来，共4人，即江青、王任重、刘志坚、张春桥。

组员名单是陈亚丁、吴冷西、王力、尹达、关锋、戚本禹、穆欣。

这份名单，实际上也就是《五一六通知》起草小组的名单。

后来，觉得陈亚丁、吴冷西有些“问题”，从名单中删去了，增加了曾参加《纪要》讨论的谢镗忠。

对于王力，曾有过争论。毛泽东对王力有看法，认为他不合适。陈伯达力保王力，仍把他留在名单之中。

姚文元原本“榜”上无名。

1966年6月16日至18日，中央文革小组在上海锦江宾馆开成立会——因为当时毛泽东和江青都在上海。小组成员除王力之外，都来上海出席会议。

据关锋回忆，江青在会上提议增加姚文元为组员。

陈伯达对姚文元没有好印象，大概是姚文元那篇“雄文”抢了头功使他不悦，陈伯达当即表示反对，说道：“姚文元不合适，他的父亲姚蓬子是叛徒，容易叫人抓住小辫子。”

陈伯达当众如此说，差一点使江青下不了台，江青马上甩出了“王牌”：“我请示一下主席。”

翌日，江青在会上说请示过主席了，于是，“中央文革”便多了一名成员姚文元，此后姚文元平步青云，进入“中央文革”是关键性的一步。

江青力荐姚文元，陈伯达则力荐王力。陈伯达的理由是，王力是钓鱼台“秀才班子”里的成员，是个“老人”，起草文件比姚文元要熟练。

于是，在6月20日，王力接到正式通知——他是“中央文革”成员。

如此增增减减，“中央文革”的班子算是定下来了。经毛泽东提议，后来增加陶铸为顾问。1966年8月2日，中央补发通知，通报“中央文革”成员名单，共14人：

组　长　陈伯达
顾　问　陶铸、康生
副组长　江青、王任重、刘志坚、张春桥
组　员　王力、关锋、戚本禹、姚文元、谢镗忠、尹达、穆欣

以后又补充4名组员：郭影秋（代表中共中央华北局），郑季翘（代表中共中央东北局），杨植霖（代表中共中央西北局），刘文珍（代表中共中央西南局）。至于中共中央中南局和华东局的代表，由王任重、张春桥兼任。

这时，“中央文革”进入“全盛时期”，正式成员共18人。

“中央文革”设立了办公室。第一任办公室主任是王力，副主任为戚本禹、穆欣、曹轶欧。

曹轶欧即康生之妻。王力当办公室主任没多久，到1966年11月，改由《解放军报》宋琼当主任。又过两个月，宋琼被打倒，办公室改为办事组，由王光宇负责。后来，改由肖力负责。

肖力，即毛泽东与江青的女儿李讷（常被误写为李纳），取“小李”之谐音也。

“中央文革”在钓鱼台“安营扎寨”。随着“中央文革”的名声大振，“钓鱼台”在全国的知名度也不断提高，以至后来“钓鱼台”成了“中央文革”的代称。

陈伯达、尹达、关锋住在钓鱼台14号楼。那里成了“中央文革”的办公楼。后来，“碰头会”改在16号楼召开，但“中央文革”的办公室、会议室仍设在14号楼。

江青住在11号楼，由此得了个代号叫“十一楼”，那时一说“十一楼”的指示，便知道是江青的指示。

王力早在1960年就住钓鱼台8号楼，这时仍住在那里。康生也是老“钓鱼台”，一直住8号楼。

张春桥和姚文元那时算是“走读生”，来来往往于北京与上海之间。到北京后，便住钓鱼台6号楼。

郭影秋、郑季翘、杨植霖、刘文珍不在北京工作，不住钓鱼台，其中郭影秋后来换成吴德，作为中共中央华北局的代表。

随着“文革”一步步推进，如同毛泽东所比喻的剥笋一般，在一片打倒声中，“剥”去了陶铸，“剥”去了王任重，“剥”去了刘志坚……“中央文革”的成员不断减少，权力也越来越集中。

后来，真正成为“中央文革”的“首长们”，是这么一些“大左派”：

组　长　陈伯达
顾　问　康生
副组长　江青、张春桥
组　员　王力、关锋、戚本禹、姚文元

对于陈伯达来说，当上这么一个拥有无限权力的“小组长”，成为他一生的巅峰。这个“小组长”，远远超过他过去所担任过的一切职务，胜过《红旗》总编，胜过马列学院院长，也胜过那一连串的“副”——中国科学院副院长、中共中央宣传部副部长、国家计委副主任……

这个“小组长”，实际上相当于20世纪五六十年代的中共中央总书记，而组员们相当于中共中央书记处书记。

接管《人民日报》

在田家英死后的第3天——5月25日下午2时，“文革”之火在北京大学点燃。由聂元梓、宋一秀、夏剑豸、杨克明、高云鹏、李尘醒、赵正义7人共同署名的大字报《宋硕、陆平、彭珮云在文化革命中究竟干些什么？》，贴在北京大学大膳厅东墙上。顿时，北京大学轰动了。

数百人围观大字报，并与领头贴大字报的女人、中共北京大学哲学系党总支书记聂元梓展开激烈的辩论。

被大字报点名的宋硕，乃中共北京市委大学部副部长；陆平，北京大学校长兼中共北京大学党委书记；彭珮云，女，北京大学党委副书记。

据陆平告诉笔者，聂元梓等人的大字报是在一位“冯大姐”的指点下写成的。“冯大姐”何人？康生之妻曹轶欧！

康生在北京大学点起了这把“文革”之火，北京的气氛骤然紧张。

不过，大字报的影响毕竟有限。要把“文革”之火在全国燃起，必须借助于报纸。党中央机关报《人民日报》历来是“兵家必争之地”。须知，《人民日报》在社长吴冷西的主持之下，对于“文革”显得十分冷漠。姚文元那篇《评新编历史剧〈海瑞罢官〉》发表之后，《人民日报》沉默了好久，直至第20天——1965年11月31日，才在重重压力之下，在第5版“学术研究”专栏里予以转载……

“我只看《解放军报》，不看《人民日报》！”在那些日子里，毛泽东曾不满地这么说过。

《解放军报》受林彪控制，在那些日子里，“左”味十足，一时名声大振。1966年4月18日，《解放军报》发表《高举毛泽东思想伟大红旗　积极参加社会主义文化大革命》一文。5月4日发表《千万不要忘记阶级斗争！》一文。5月8日，刊载化名“高炬”的文章《向反党反社会主义的黑线开火》……这家报纸原是军内报纸，一时间仿佛成了“左”派机关报，影响远远超出军界，弄得《人民日报》在种种压力之下要转载《解放军报》的文章，而一向的惯例总是《解放军报》转载《人民日报》的文章。《人民日报》社长吴冷西，曾是钓鱼台写“九评”的“秀才班子”成员，曾是起草《五一六通知》小组成员，曾列入“中央文革”最初的名单而终于被圈掉大名，这清楚表明他的处境已岌岌可危了。

撤换吴冷西的呼声，日甚一日。

1966年5月30日，在北京主持中央工作的刘少奇出于无奈，和周恩来、邓小平一起，只得向在杭州的毛泽东写信请示：

“拟组织临时工作组，在陈伯达同志直接领导下，到报馆（引者注：指《人民日报》社）掌握报纸的每天版面，同时指导新华社和广播电台的对外新闻。”

毛泽东当天迅即作了批示：“同意这样做。”

陈伯达急急点将，带着唐平铸等人，组成一个工作组，于5月31日晚进驻《人民日报》社。

没有登报声明，没有发布“进驻”消息，《人民日报》在一夜之间便落进陈伯达手中。陈伯达称这是一次“小小的政变”。

吴冷西曾这么回忆：

在5月政治局扩大会议之后，5月31日，经过毛主席批准，中央宣布由陈伯达带领工作组进驻《人民日报》，实行夺权。用陈伯达自己的话来说，他在《人民日报》搞了一个“小小的政变”。

6月1日，《人民日报》发表了他主持起草的题为《横扫一切牛鬼蛇神》的社论。从此，不仅《人民日报》，全国新闻界大难临头，遭到空前浩劫。

所谓“文化大革命”从此开始，我不久即被捕入狱。[1]

吴冷西在“军事监护”下，失去了自由，成为“阶下囚”，度过那“文革”岁月。

陈伯达一“接管”《人民日报》社，《人民日报》就改变了声调。

翌日——6月1日，原本是欢歌曼舞的国际儿童节。往年，每逢这一天，《人民日报》总是要向千千万万孩子们献上一束鲜花。可是，1966年6月1日的《人民日报》，却变得杀气腾腾。头版头条的社论与国际儿童节毫不相干，而是8个寒光闪闪的大字：《横扫一切牛鬼蛇神》！

如果说《五一六通知》是“文革”的纲领，那么，这篇《横扫一切牛鬼蛇神》便成了在全国公开发动“文革”的动员令。这篇社论的主稿者，便是陈伯达。他在5月31日晚定稿后，第二天就见报了，未曾送杭州毛泽东那里阅定。

这篇社论很明确地提出了“政权”问题。半年多以后，演变成上海的“一月革命”，演变成席卷全国的“夺权”风暴。如果说，姚文元的《评新编历史剧〈海瑞罢官〉》打的是“拐弯球”的话，这篇社论则是重炮直轰了：

一个无产阶级文化大革命的高潮，正在占世界人口四分之一的社会主义中国兴起。

在短短的几个月内，在党中央和毛主席的战斗号召下，亿万工农兵群众，广大革命干部和革命的知识分子，以毛泽东思想为武器，横扫盘踞在思想文化阵地上的大量牛鬼蛇神。其势如暴风骤雨，迅猛异常，打碎了多少年来剥削阶级强加在他们身上的精神枷锁，把所谓资产阶级的“专

[1] 吴冷西：《忆毛主席》，第153—154页，新华出版社1995年版。

家”“学者”“权威”“祖师爷”打得落花流水，使他们威风扫地……

革命的根本问题是政权问题。上层建筑的各个领域，意识形态、宗教、艺术、法律、政权，最中心的是政权。有了政权，就有了一切，没有政权，就丧失一切。因此，无产阶级在夺取政权之后，无论有着怎样千头万绪的事，都永远不要忘记政权，不要忘记方向，不要失掉中心。忘记了政权，就是忘记了政治，忘记了马克思主义的根本观点，变成了经济主义、无政府主义、空想主义，那就是糊涂人。无产阶级和资产阶级之间在意识形态领域内的阶级斗争，归根到底，就是争夺领导权的斗争……解放十六年来思想文化战线上的连续不断的斗争，直到这次大大小小“三家村”（引者注：“三家村”指邓拓、吴晗和廖沫沙，三人曾合写《三家村札记》）反党反社会主义黑线的被揭露，就是一场复辟和反复辟的斗争……

赫鲁晓夫修正主义集团在苏联篡党，篡军，篡政，这个事实，对全世界无产阶级来说，是一个非常严重的教训。目前中国那些资产阶级代表人物，那些资产阶级“学者权威”，他们所做的，就是资本主义复辟的梦。他们的政治统治被推翻了，但是他们还是要拼命维持所谓的学术“权威”，制造复辟舆论，同我们争夺群众，争夺年青一代和将来一代……

牛鬼蛇神，原是一种文学比喻，是佛教中“牛头”“铁蛇”般的阴间鬼卒的形象。自《横扫一切牛鬼蛇神》发表之后，“牛鬼蛇神”成为一种政治概念，而这种政治概念却又是模糊不清，没有严格定义的。在“文革”中，许多无辜者被打成“牛鬼蛇神”（简称“牛”），打入“牛棚”，其源盖出于陈伯达所主稿的这篇祸害无穷的社论。

当然，在此之前，1966年5月25日聂元梓等7人在北京大学贴出的那张大字报中，便已经提出：

“坚决、彻底、干净、全部地消灭一切牛鬼蛇神”！

不过，聂元梓等人所写的毕竟是一张大字报，而《人民日报》社论是党的方针政策的集中体现。

1980年11月29日上午，最高人民法院特别法庭第一审判庭曾就《横扫一切牛鬼蛇神》这篇社论，审问了陈伯达。

当时的法庭记录如下：

审判员李明贵问陈伯达：“1966年6月1日《人民日报》社论《横扫

一切牛鬼蛇神》是你组织人写的和亲自审定的吗？”被告人陈伯达答：“我写的，是我写的。我写的不在于我拿笔写不拿笔写，我口述，我口述的。”法庭出示和投影陈伯达亲自修改的《横扫一切牛鬼蛇神》初稿和清样，并由法庭工作人员说明：“1966年6月1日社论是陈伯达亲自主持撰写和亲笔修改定稿的。社论初稿的题目是《再接再厉，把无产阶级文化大革命进行到底》，陈伯达审定时，把题目改为《横扫一切牛鬼蛇神》……”出示后，陈伯达供认上面的字是他改的，标题是他定的。审判员任凌云宣布：宣读钱抵千1980年7月25日证言和朱悦鹏1980年8月12日证言。宣读后，陈伯达说：“听到了”，“这个具体经过我是忘了”，“这篇文章的全部责任，全部，不是一部分的责任，我都要负担起来”。审判员李明贵宣布：“被告人陈伯达被指控亲自授意和审定1966年6月1日《人民日报》社论《横扫一切牛鬼蛇神》的事实，调查完毕。”

笔者跟陈伯达谈及《横扫一切牛鬼蛇神》这篇社论时，他很感叹地说：“那时候我像发疯了一样！那篇社论起了很坏的作用。责任确实在我，不在别人。”

此后一个多月——1966年7月8日，毛泽东在“西方的一个山洞”里写给江青的那封信，用了“横扫牛鬼蛇神”这样的话：

此事现在不能公开，整个左派和广大群众都是那样说的。公开就泼了他们的冷水，帮助了右派，而现在的任务是要在全党全国基本上（不可能全部）打倒右派，而且在七、八年以后还要有一次横扫牛鬼蛇神的运动，尔后还要有多次扫除，所以我的这些近乎黑话的话，现在不能公开，什么时候公开也说不定，因为左派和广大群众是不欢迎我这样说的。……

当然，陈伯达万万没有想到，“在七、八年以后还要有一次横扫牛鬼蛇神的运动”中，把他也“横扫”进去了——此是后话。

6月1日陈伯达在《人民日报》点起一把邪火。也就在这一天，康生跟陈伯达唱“双簧”，在中央人民广播电台点起一把邪火……

据陆平告诉笔者，6月1日这天，他在中共北京市委开会。

散会时，吴德通知陆平：“聂元梓等人的大字报今晚广播，明天见报。”

陆平心头一震。这张诬良发难的大字报，值得由中央人民广播电台向全中国广播？！

当晚8时，当陆平收听中央人民广播电台的新闻节目时，果真，头条新闻便是聂元梓等人的那张大字报！

陆平事后才得知，那是康生在背后捣鬼……

康生为什么会插手北大呢？1967年初，当有人炮打曹轶欧时，康生于1月22日接待群众代表，作了如下表白：

“关于我爱人曹轶欧，有人说她是北大工作组的副组长，这是不对的。我爱人等五人，曾组成一个调查小组在1966年5月去北大，目的是调查彭真在那里搞了哪些阴谋，发动左派写文章，根本与工作组没有关系。聂元梓的大字报，就是当时在我爱人的促进下写的。”

康生“过谦”矣！曹轶欧对于那张大字报的作用，岂止是“促进”，乃是幕后导演也。

那张大字报在1966年5月25日下午贴出之后，深夜12时，在京主持中央工作的刘少奇、周恩来派了华北局、国务院外办和高教局负责人前来北大，重申内外有别的原则，批评聂元梓等人贴的大字报。

康生从曹轶欧那里弄到聂元梓等人的大字报，悄然转往杭州，直送毛泽东。毛泽东看后，打电话给康生和陈伯达，决定广播这张大字报。

6月1日下午，康生像打了大胜仗似的，发布消息：“经毛主席同意，聂元梓等人的大字报今晚广播，明天见报！”

陈伯达接到毛泽东的电话，当即把聂元梓等人的大字报发排，打算明日见报。陈伯达还准备亲自到北京大学去看一看，考虑能否为大字报配发一篇评论。王力和关锋自告奋勇前往北大，让陈伯达留在《人民日报》社主持工作。晚上，王力、关锋从北大回来后，说北大“革命形势一派大好”。于是，连夜赶写了评论员文章《欢呼北大的一张大字报》，由陈伯达签发，拼在第一版。

也就在6月1日晚，原中共河北省委主管文教的书记张承先被任命为工作组组长，急急派往北大。

原北京大学工作组第一批成员之一的时友人先生，在1996年3月28日从北京给笔者来信，回忆当年的情景：

我本人即为该工作组的第一批成员，随张承先同志于6月1日晚上进驻北京大学，直至8月初全体撤出。

当时我在高等教育部教学一司工作，6月1日晚上七点多钟在家听完中央广播电台播完聂元梓等人的大字报后，突然接到通知让我到蒋南翔部长办公室，说有重要任务布置，我立即随来人一起回办公楼，蒋南翔部长即向我和其他几位同志宣布，当日下午中央决定以北京新市委的名义向北京大学派出工作组，组长为张承先，副组长为刘仰峤（当时任高教部副部长），成员皆为高教部干部共四人，即杨惠文、黄圣骅、白晶和我，并要我们立即出发去北大向张承先和刘仰峤同志报到。我连家里人都没能打招呼就走了。到北大后，当晚就在礼堂召开全校干部大会，宣布北京新市委的决定，由工作组代行校党委职权领导运动。紧接着中央又从国务院部委、各省市和海军航空兵领导机关抽调大批人员参加工作组，形成校、系两级机构。

6月2日，陈伯达“接管”之后出版的第二张《人民日报》，火药味比6月1日更浓。这天，在头版刊登了聂元梓等人的大字报，加了一个耸人听闻的大标题《大字报揭穿一个大阴谋》，配发了评论员文章。另外，还发表了一篇唱“左”调的社论《触及人们灵魂的大革命》。此后，“文革”的种种用语，诸如“狠触灵魂”“灵魂深处爆发革命”等，源出于此篇社论。

《人民日报》刊载聂元梓等人的大字报，等于在党中央的机关报上点了宋硕、陆平、彭珮云的名，中共北京大学党委和中共北京市委立即受到猛烈的冲击。6月2日下午，赶往北京大学，看到许多大字报对当天的《人民日报》表示“热烈欢呼”，陈伯达得意地笑了！

康生显得异常活跃。他说：“大字报广播了，见报了，我感到解放了！”

6月3日晚，陈伯达再度前往北京大学，看到一批反击聂元梓的大字报。陈伯达气呼呼地说：

“保皇党！现在又出现了保皇党！”

6月4日的《人民日报》，又是硝烟弥漫。头版头条，刊载了惊人消息：中共中央决定改组中共北京市委，由中共中央华北局第一书记李雪峰兼任市委第一书记，调中共吉林省委第一书记任市委第二书记。北京市“文化大革命”工作，由新市委领导。新市委则作出三条新决定：（一）派以张承先为首的工作组到北京大学领导“文化大革命”；（二）撤销中共北京大学党委书记陆平、副书记彭珮云的一切职务；（三）在北京大学党委改组期间，由工作组代行党委职权。

头版，遵陈伯达之命，配发了社论《毛泽东思想的新胜利》，“欢呼”北京市委改组和工作组进驻北大。

这天，陈伯达还签发了社论《撕掉资产阶级“自由、平等、博爱”的遮羞布》，公开透露了《五一六通知》的内容。

6月5日，根据陈伯达两次去北大后的谈话精神，《人民日报》发表社论《做无产阶级革命派，还是做资产阶级保皇派？》。陈伯达给那些支持以彭真为首的原北京市委和陆平为首的原北大党委的人，送了一顶“保皇派”的帽子。从此，“保皇派”一词在“文革”中广泛应用，一大批坚持革命真理、反对“文革”的同志被斥为“保皇派”、“保”字号。

陈伯达主持下所发表的《人民日报》5篇社论，被印成活页文选，广为传播，成了人人必读的“学习文件”：《横扫一切牛鬼蛇神》《触及人们灵魂的大革命》《毛泽东思想的新胜利》《撕掉资产阶级“自由、平等、博爱”的遮羞布》《做无产阶级革命派，还是做资产阶级保皇派？》

这5篇社论起着极大的蛊惑、煽动作用，“文革”之火在中华大地熊熊燃烧起来。《人民日报》所载聂元梓等的大字报，在全国树立起“造反”的“样板”。成千上万个聂元梓起来了，千千万万张“造反”大字报贴出来了。

和江青一起点火于北大

7月18日晚，刘少奇得知毛泽东归来，火速赶去，但是陈伯达和康生已经捷足先登了，毛泽东门口停着小轿车。

刘少奇作为中共中央副主席、中华人民共和国主席求见毛泽东，被秘书挡驾了，请他明日再来。

翌日，刘少奇再度来到毛泽东那里，毛泽东已经从陈伯达、康生那里听过汇报。没谈几句，毛泽东便用很严肃的口气对刘少奇说：“派工作组是错误的。回到北京后，感到很难过。冷冷清清。有些学校大门都关起来了。甚至有些学校镇压学生运动。谁去镇压学生运动？只有北洋军阀。凡是镇压学生运动的人都没有好下场！运动犯了方向、路线错误。赶快扭转，把一切框框打个稀巴烂。”

毛泽东的话，如同给刘少奇当头浇了一盆冷水！

刘少奇显得非常尴尬……陈伯达却为递过“不要搞工作组”的条子而欣喜异常。

就在毛泽东回京后的第三天，陈伯达作出了迅速的公开的反应：派人前往清华大学，探望被工作组下令关押的蒯大富。

蒯大富，清华大学化学工程系三年级学生，21岁。他出生于江苏省滨海县一个农民之家，祖父是新四军战士，父母都是40年代的中共党员，仗着“根正苗红”，无所顾忌。他是老大，家中有五弟一妹。18岁那年，他考上清华大学时，便出了一回小小的风头——《人民画报》刊登了他的照片，加上“农民子弟上大学”的新闻标题。从此，更增加了他的政治上的“优越感”，越发“无畏”了。1966年6月1日晚上，他刚刚听了中央人民广播电台广播的聂元梓等人的大字报，便如同吃了一帖兴奋剂，提笔给聂元梓写了声援信。翌日，他在清华园贴出大字报，亮出“造反”的旗号。

刘少奇向清华大学派驻了工作组，组长叶林，副组长便是刘少奇夫人王光美。蒯大富反校党委，也反工作组，成为清华大学造反派头目。工作组把他定为“右派”。为了表示自己的反抗，蒯大富进行“绝食斗争”，一下子轰动了清华园……

陈伯达派人对蒯大富表示“慰问”，顿时使蒯大富“力量倍增”，加紧了反工作组、反王光美的斗争。

就在陈伯达给蒯大富丢了个眼色的第二天，“中央文革”第一回在北京大学“亮相”。组长陈伯达、副组长江青驱车前往北大，说是“调查文化大革命运动情况”。在江青看来，清华成了王光美的“点”、成了刘少奇的“点”，她要把北大作为她的“点”。江青比毛泽东晚两天——7月20日，回到北京。

头一回去北大，江青和陈伯达话不多（尽管在此之前，在6月2日、3日陈伯达两次去过北大，但与这一次抓“点”不同）。档案中有一份当时江青、陈伯达在北大讲话的原始记录，十分简短，全文照录于下：

江青同志讲话——

“党中央万岁！北大革命同学万岁！”

“我也没有多少话要讲，因为我对情况不了解，我代表毛主席来看看你们，听听你们的意见，看看你们的大字报。因为情况不清楚，也没有什么话好讲，是不是请陈伯达同志讲讲。”

陈伯达同志讲话——

“我们不清楚情况，要调查研究。根据毛主席的调查研究的做法来听听大家的意见。昨天《人民日报》社论《从群众中来 到群众中去》你们看了没有？（同学答：看了！）要好好看，我们就是那种态度，工作组要走群众路线。”

“毛主席说：要从群众中来，到群众中去。要多听，多看，多想。你们提了很多不同的意见。有不同的意见不要紧，是好现象。”（这时江青

同志点头微笑）

“要采取辩论的方法把道理讲清楚。我们还要了解情况，回去要研究。同志们，同学们，让我们宣誓：

‘誓死保卫党中央、毛主席！’

‘誓将无产阶级文化大革命进行到底！’”

从以上原始记录可以看出，江青和陈伯达第一回在“群众”中“亮相”，话不多，声言是来“调查研究”。不过，就在这几句话中，江青便亮出了“第一夫人”的牌子——“我代表毛主席来看看你们”，而陈伯达则领着学生们“宣誓”——“誓死保卫毛主席”。这两位“演员”初次登台，便配合十分默契。江青自称“小学生”，陈伯达则自称“小小老百姓”。

就在“亮相”的次日，江青和陈伯达又来北大，再作讲话。讲话也很简短，但颇为耐人寻味。以下是7月23日的原始记录：

江青同志讲话——

革命的同学们：

我和陈伯达同志是来做小学生的，我和他一块来听同志们的意见，看一看你们的大字报。这样我们可以多懂得事，少犯点错误，跟同志们一块来搞文化大革命。我们是一块的，不是脱离你们，你们什么时候有意见叫我们来，我们立即来。现在我们了解还不够，还提不出什么具体意见。总之，一片大好形势，你们的革命热情是好的，干劲是好的，我们都站你们革命派一边。革命是大熔炉，最能锻炼人。革命派跟我们在一块，谁不革命谁就走开，我们站在革命派一边。

我们听说，你们昨天一夜没有睡，在辩论。我们想来听听你们的辩论，可是来了就不行了。

希望你们今夜好好睡觉，吃好睡好，才能打好这一仗。

现在请陈伯达同志讲话。

我们一定把同志们的革命热情，革命干劲带给毛主席。

陈伯达同志讲话——

刚才江青同志讲的话，也是代表文化革命小组要讲的话。我完全同意她的话。我们是来向你们学习的，学习你们的斗争经验。在文化革命的斗争中，北大走在最前列，相信在党的领导下，在毛泽东思想指引下，一定能够继续前进。

要听取不同意见，我们的意见是说“六一八”是反革命事件是不对的，是错误的。

希望大家在斗争中好好学习毛主席著作，学习他怎样分析情况。在文化革命中，我们要掌握毛泽东思想武器，好好学习毛主席著作。革命道路是不平坦的，是会有些反复。“六一八”以前、以后，在这几天，不就有几个反复变化吗？这说明革命道路是曲折的，是有反复的。

毛主席万岁！

毛泽东思想万岁！

两个“谦谦君子”——一个“小小老百姓”，一个“小学生”，都是来“学习的”。江青和陈伯达的第二次“联合演出”，也是够“谦逊”的。

可是，这一回——也就是经过一天的“调查”，陈伯达说了一句关键性的话，即“说‘六一八’是反革命事件是不对的，是错误的”。须知，仅仅在一个月前，也正是这个陈伯达，说“六一八”事件是“一个反革命事件，一定有一个地下司令部”。真可谓覆手为云，翻手为雨，陈伯达的调子改变何其快也！

陈伯达的一句话，在北京大学掀起了一场风暴。陈伯达否认了“六一八”事件是“反革命事件”，立即使北京大学工作组陷入了被动。造反派学生群起而攻以张承先为首的工作组。

工作组是刘少奇派的。反工作组，也就是为了反刘少奇。

北京大学掀起的反工作组的浪涛，很快就波及北京各高等院校……

7月20日，中共中央通知：任命陶铸为中共中央宣传部部长，陈伯达为顾问（仍兼任副部长）。

陈伯达和江青“点火于基层”，在1966年7月下旬，以“小学生”的姿态活跃于北京许多大学。向来不擅长于演讲的陈伯达，这时总是要把王力拉在身边，让王力充当他的翻译。相对而言，王力的苏北话还算好懂一些。

1966年7月24日，陈伯达、江青、王力来到北京广播学院。陈伯达在那里所发表的一段话，曾通过大字报、传单传遍全国各地。

这是“文革”以来，头一回在公众场合，当着江青的面，大吹江青。此后，吹捧江青的传单满天飞，“理论家”带了一个头。

以下是当时陈伯达讲话记录原文：

我的普通话说得不好，现在请一位同志作翻译。（王力同志上）

……（中略）

最后讲一讲，诽谤中央负责同志的要驳斥。今天递的一个条子，就是诽谤江青同志的。

江青同志是中央文革小组的第一副组长。江青同志是“九一八”事变后参加革命的，有35年的斗争历史。江青同志是我党的好党员。为党做了很多工作，从不抛头露面，全心全意地为党工作。她是毛主席的好战友，很多敌人都诽谤她。

江青同志在“九一八”事变后在天津入党。我认识介绍江青同志入党的人（引者注：此处指黄敬。实际上，江青是在青岛入党，黄敬为介绍人）。

江青同志在文化革命中起了很大作用。京剧改革是文化大革命很重要的开端，外国人也承认这一点，好人赞扬这一点，坏人也不得不承认这一点。而京剧改革这件事，江青同志是首创者。

京剧改革前，我到剧院去看，很少人去看戏。京剧改革后，发生了很大变化，要买票定座，很久很久才能看到，都是满满的。这是文化大革命的很大变化，是开端。不要小看这个开端，这个改革与每个人的生活有很大关系，生活在北京的人每个人都要去看戏吧！

京剧改革引起了一系列改革问题，京剧改革引起了对30年代文艺路线的批判，这就引起了要检查我们的文艺路线是否执行了毛主席《在延安文艺座谈会上的讲话》的指示，执行了马克思列宁主义文艺路线？是执行无产阶级文艺路线，还是执行资产阶级文艺路线？革命是经常从一个地方打开缺口的，现在文化革命是从京剧改革打开缺口的，包括我在内都感激江青同志。这个条子使我想起了历史上所有革命者没有不受诽谤的，不受迫害的。你们不是有一百多人受迫害，被当成反革命失去了自由，受到了围攻吗？一个革命者就是要在这种围攻中站得住。

刚才递条子是揭露诽谤的，可见有人在这里散布流言蜚语，散布诽谤，要警惕！

陈伯达确实擅长投机，他借那么一张条子大大发挥了一通，把江青着着实实地捧了一通。他并非不知江青的底细，况且多年来他在毛泽东身边工作，也深知江青的为人。他如此美言江青一番，说穿了，是为了巩固自己这个“中央文革”小组长的地位——倘若他得不到“第一副组长”江青的支持，他就寸步难行。他已经清楚地意识到江青的势力正在恶性膨胀！

陈伯达其实深知江青的为人。在晚年，他如此回忆道：

江青毫无原则，却自充她是最、最、最高举毛泽东思想红旗的。她自以为可指挥一切，好像是谁违背她，谁就是反对毛主席，就是反革命，等等。她就是这样，阴谋夺中央的领导大权的。

在庐山上（引者注：指1970年8月在庐山召开中共九届二中全会），那时全会还未开。一次，周恩来同志路过我住处，我曾经与他交谈过江青对毛主席的关系。

我说，江青对毛主席并不忠实，有三次对我谈过，她要离开毛主席。第一次，在延安枣园，她说，她要离开毛主席，可找两个看护料理毛主席的生活。第二次在西柏坡，在她住处。有一回我去找毛主席，他刚不在。江青又说，她要离开毛主席，到旁的地方去。第三回，解放后，在北京西山，我去看毛主席，他也刚不在，江青又说，她要离开毛主席。

周恩来同志听到我说北京西山的事，他即接着说："西山这一回，我是知道的，是毛主席要我把她送到莫斯科去的。"

我想，她说的要离开毛主席这三次，都是在革命的关头上。在北京西山时，虽然北京已解放，但战争还在继续，要事如麻，她却用她一人的事进行干扰毛主席，说这是"忠于毛主席"，不是太荒唐了吗？周恩来同志排除她的干扰，把她送去莫斯科，是英明的。

江青说的是一回事，自己想做的又是另一回事，她想的就是经过冒充，不择手段，达到夺中央权力的目的。

陈伯达的这一段话，表明他对江青的底细是一清二楚的。

可是，当他需要取悦江青的时候，他也"经过冒充，不择手段"了！

江青正需要"理论家"的捧场。不过，这么一捧，江青一得意，"唱"得走调了！

7月25日，毛泽东接见了以陈伯达为首的"中央文革"全体成员，明确指出，工作组"起坏作用，阻碍运动"、"统统驱逐之"。7月26日晚，"中央文革"以"强大"的阵营，出现在北京大学。"组长"陈伯达来了，"顾问"康生来了，"第一副组长"江青来了，"副组长"张春桥来了，"组员"戚本禹来了……

北京大学万名师生云集大操场，以热烈的掌声迎接这一批"中央首长"。

江青很得意，因为"中央文革"已经决定，在这次大会上猛轰以张承先为首的工作组，给刘少奇以沉重的一击。

声称自己是“小学生”的江青，越说越激动，竟然说了一大通令人愕然的话：

“再看看张承先的干部路线，在领导核心中有一个张少华，是中文系五年级学生，她的母亲张文秋是一个×××××××××，她自己说她是毛主席的儿媳妇，我们根本不承认！……”

江青这番“走调”的话，使全场万名听众如同丈二金刚摸不着头脑。张少华，亦即邵华，1959年与毛泽东的次子毛岸青结婚，怎么不是“毛主席的儿媳妇”？江青所说“我们根本不承认”，这“我们”除了江青外，还有谁呢?

江青又给张文秋泼了一通污水。张文秋是毛泽东的“双重亲家”，一位饱经风霜的老革命：

张文秋名国兰，又名姗飞，文秋是她的号。1903年出生于湖北京山县青树岭谢家湾。1926年1月加入中国共产党。经恽代英介绍，她与中共党员刘谦初（1930年曾任中共山东省委组织部长）相识、相爱。张文秋很早便认识毛泽东，也与杨开慧相熟。张文秋与刘谦初结婚后，生下女儿刘思齐，又名刘松林。在刘谦初不幸牺牲后，张文秋来到延安，与红军长征干部陈振亚结婚，生下女儿张少华。陈振亚后来担任八路军一一五师后方留守处政治部主任。1939年春，陈振亚被新疆军阀盛世才害死。张文秋把刘松林和张少华这对异父同母的姐妹抚养长大。后来，刘松林与毛岸英结婚，成为毛泽东的长媳，张少华则成为毛泽东的二媳。自命“第一夫人”的江青，在家中容不得毛泽东前妻杨开慧的儿子，也容不得儿媳和张文秋。这些原本是家事，江青一“走调”，居然在万人大会上捅出来，边说边哭，非常激动。

江青骂了张少华，骂了张文秋，忽然又说起自己的女儿李讷来：

“另外还有一个叫郝斌的，是教师、党支部书记，他也算是一个积极分子。本来在广西搞四清，后来不知怎么到顺化来了。他坚决执行前北京市委修正主义路线，实行反攻倒算。李讷不同意，跟他作斗争，他们就围攻李讷和另一位同志。李讷态度不太好，后来我叫李讷找郝斌去作自我批评。我说你态度不好，你检查自己。关于郝斌的，你一点也不要说。可是李讷去作自我批评时，他不见。我容忍了好几年了。这是阶级斗争，有人要腐蚀我们的子弟，阶级斗争到我们家里来了，这就是张承先。

“这几年，我在文艺界工作，东来一下子，西来一下子，也不知道怎么斗争，受了多少迫害。我本来没有心脏病，现在我心脏也不好了，我也要控诉！”

江青的这番话，实在大煞风景。台下议论纷纷，不知江青所云。

这时，江青大抵也意识到自己“走调”，赶紧说了一句：

“现在请陈伯达同志讲话好不好？”

陈伯达言归正题，点名批判了北京大学的工作组，这才使“走调”的大会拨正了“大方向”。

陈伯达当时讲话的记录如下：

今天在会上听到各种不同的意见，争论得很激烈很尖锐，这是阶级斗争的正常现象，是阶级斗争的规律。对工作队的问题是阶级斗争的问题，在以张承先为首的工作队的问题上，争论得这样激烈，不是偶然的，是阶级斗争的反映。我们赞成大家的意见，撤销以张承先为首的工作组。这是一个阻碍文化革命的工作组，是个障碍物。我们在文化大革命的路上，要搬掉这个障碍物。

有的同学想给工作组辩护，给他们涂脂抹粉。除了别有用心的不说，在我们同学中，对工作组有迷信，好像没有工作组，同学就不能革命了。实际上工作组是压制同学们革命的盖子，我们建议新市委把这个盖子揭开。我们很多人受了旧社会习惯势力的影响和剥削阶级习惯势力的影响，好像没有工作组就不能革命。我们破坏这个习惯势力。我们重复毛主席经常说的话，破除迷信，破除习惯势力……你们能不能自己革命？有没有无产阶级雄心壮志？任何革命都不能包办代替。无产阶级文化大革命中，在我们头脑里还残存着残余的资产阶级灵魂。毛主席就指出：这是触及人们灵魂的大革命。要自己动脑筋，革掉资产阶级的灵魂！

就这样，陈伯达一席话，便使进驻北大不到两个月的工作组彻底完蛋了。北大工作组曾非常严厉地批评过“六一八”事件，发过《北京大学文化大革命简报（第九号）》，在当时受到刘少奇的称赞，写下批语“中央认为北大工作组处理乱斗现象的办法，是正确的，及时的”。当时曾赞同过刘少奇批示的陈伯达，这时完全“抹去”了自己在一个多月前说的话，来了180度的大转弯：

有人说“六一八”事件是反革命事件是错误的。反过来说：“六一八”事件应该是革命事件。同学们都得注意，党的领导的标准是什么呢？就是党中央的领导，毛主席的领导。党代表怎么才能代表党的领导呢？就是执行了党中央和毛主席的指示。同学们说：“六一八”事件就是根据党中央、毛主席的指示精神，群众来斗争牛鬼蛇神的。我认为这种做法是妥当的。

确实，陈伯达“反过来说”了！

在那些日子里，陈伯达不断地“反过来说”，游说于北京各大学，掀起一场反工作组的浪潮。

7月27日，陈伯达在北京师范大学，把工作组称为“保姆”。他说：“你们现在不要搞保姆了。这么大了，保姆又不好，又不会。做保姆的要先学习，也要先当学生。没有学习过就不能当保姆。”

陈伯达点名批评了以孙友渔和以刘卓甫为首先后进驻北京师范大学的两期工作组。陈伯达批评他们是“钦差大臣”：“他们一来就摆出钦差大臣的派头，自以为是，以为自己懂得文化大革命。其实什么也不懂。自以为是，很可悲。”

醉翁之意不在酒。陈伯达和江青率“中央文革”的成员们点火于北京各大学，掀起反工作组的高潮，其目的在于在群众中搞臭刘少奇……

在“文革”档案中，笔者查到一篇歌颂“理论家”的“功绩”的文章，内中这么评价陈伯达的反工作组的“贡献”，倒是从反面勾画出当年陈伯达的形象：

“在刘邓资产阶级反动路线五十天统治的白色恐怖里（引者注：这“五十天”指1966年6月1日《人民日报》发表社论《横扫一切牛鬼蛇神》，至1966年7月18日毛泽东回到北京），伯达同志坚决执行毛主席的革命路线，执行林彪同志的指示，坚决反对刘邓派出工作组镇压文化大革命，公开号召群众冲破资产阶级的反革命白色恐怖。并同康生、江青等同志一起，以‘小学生’、‘小小老百姓’的姿态，深入北京许多高校，支持革命造反派。伯达同志在汇报会议和中央政治局的扩大会议上，发扬大无畏的革命精神，同刘少奇展开了面对面的斗争，有力地打击了这个党内头号走资派。”

在重重压力之下，1966年7月28日，中共北京新市委作出了撤销大中学校工作组的决定。

翌日，“北京市大专学校和中等学校师生文化革命积极分子大会”在人民大会堂举行。

命运岌岌可危的刘少奇，出现在主席台上，发表讲话道：

“至于怎么样进行无产阶级文化大革命，你们不大清楚、不大知道，你们问我们；我老实回答你们，我也不晓得……”

跃为第五号人物

毛、刘总摊牌的时刻终于到来了。

一个明显的讯号，在中共高层政治圈子中产生震动。

那是1966年7月27日至30日，中共八届十一中全会的预备会议在北京召开。尽管中共八届十一中全会还没有开，会议的公报的初稿却在陈伯达的主持之下已经写好了!

据王力回忆，有三件事使他感到吃惊：

第一，为何送审传阅的名单上没有刘少奇?

第二，送审传阅的名单上，主席后边即是林彪。

第三，初稿上，曾引述了刘少奇几天前发表的一段话，给勾掉了！那是7月22日，作为中华人民共和国主席的刘少奇发表声明，表示中国人民最坚决最热烈地支持越南胡志明主席7月17日发表的《告全国同胞书》，公报的初稿曾引用了刘少奇声明中的几句话。

这三件事已经清楚表明，刘少奇在即将召开的中共八届十一中全会上要挨批判——连公报初稿都不再送他审阅了！另外，也清楚表明，林彪即将取代刘少奇——会议还没开，林彪已名列第二了!

紧接着，1966年8月1日这一天，发生三件大事：

第一件，《人民日报》为庆祝中国人民解放军建军39周年，发表社论《全国都应该成为毛泽东思想的大学校》。社论公布了毛泽东在1966年5月7日写给林彪的信，为林彪成为“副统帅”造舆论。

第二件，毛泽东给清华附中的红卫兵写了一封信。红卫兵，取义于“保卫红色政权的卫兵”，原本是北京青年学生中的秘密组织。毛泽东在信中说，你们的行动“说明对一切剥削压迫工人、农民、革命知识分子和革命党派的地主阶级、资产阶级、帝国主义、修正主义和他们的走狗，表示愤怒和声讨。说明对反动派造反有理，我向你们表示热烈的支持”。从此之后，红卫兵运动在毛泽东的“热烈的支持”下席卷全中国。而毛泽东也就成了他们的“红司令”。

第三件，中共高层人士进行大变动的中共八届十一中全会，这天起在北京召开。毛泽东亲自主持了会议。毛、刘在这次会议上总摊牌。74位中共中央委员和67位候补中央委员出席了会议。47人列席了会议。

8月4日，毛泽东在政治局常委会上尖锐地批评了刘少奇，指责刘少奇派工作组“镇压群众运动”，犯了“路线错误”。毛泽东甚至当着刘少奇和常委们的面说：“牛鬼蛇神，在座的就有！”据云，张春桥起了不小的作用。他把刘少奇对《北京大学文化革命简报（第九号）》的批语，送交毛泽东。如同火上加油，毛泽东看后，益发对刘少奇反感。毛泽东下定了打倒刘少奇的决心。

刘少奇不得不步步退却，一次又一次承认错误。8月1日，刘少奇便在八届十一中全会上，对派工作组承担了责任。

8月2日，刘少奇在北京建筑工业学院讲话（这所学院是刘少奇的“点”）说：

“看来工作组在你们学校是犯了错误的。这个错误也不能完全由工作组负责，我们党中央和北京新市委也有责任……”

8月3日，刘少奇对各大区负责人和中央一些部委说，自己“跟不上形势”，对于“文化大革命”，“仍然是很不理解，很不认真，很不得力”。

8月4日，刘少奇对北京建筑工业学院的工作组发表讲话。档案中所载原文如下：

“炮打司令部是正确的。如果是好人，反错了，还是好人。如果不让人家造反，非把你反掉不可，工作组不让人家造反嘛！……

“这次文化大革命要触及灵魂。历代统治者都是镇压学生运动的，从北洋军阀到蒋介石。我们共产党人也不知不觉地镇压了学生运动。我们这样做，肯定要失败……”

刘少奇已承认自己“不知不觉地镇压了学生运动”了！

毛泽东却不满于刘少奇的这些检查，认为他并非“不知不觉”。终于，在8月5日，毛泽东以十分偏激的心情，写下了讨刘檄文，即《炮打司令部——我的一张大字报》：

> 全国第一张马列主义大字报和人民日报评论员的评论，写得何等好啊！请同志们重读一遍这张大字报和这个评论。可是五十多天里，从中央到地方的某些领导同志，却反其道而行之。站在反动的资产阶级立场上，实行资产阶级专政，将无产阶级轰轰烈烈的文化大革命打下去，颠倒是非，混淆黑白，围剿革命派，压制不同意见，实行白色恐怖，自以为得意，长资产阶级的威风，灭无产阶级的志气，又何其毒也！联系到1962年的右倾和1964年的形“左”而实右的错误倾向，岂不是可以发人深省的吗？

毛泽东的这张大字报，重炮猛轰刘少奇的“资产阶级司令部”，使身为中华人民共和国主席、中共中央副主席、中共第二号人物的刘少奇从此一蹶不振。也就在这篇《炮打司令部》中，毛泽东表扬了陈伯达主持写作的《人民日报》评论员文章，说是“写得何等好啊”。这样，陈伯达的晋升，也将是无疑的。

陈伯达立即“紧跟”，写了大字报，坚决拥护毛泽东的《炮打司令部》。陈伯达成了“反刘英雄”。他的大字报被作为会议文件印发。

听说毛泽东“炮打”刘少奇，原本在大连、没有出席八届十一中全会的林彪，在8月6日坐专机赶回北京。空军司令吴法宪去机场迎接。8月8日，林彪接见了以陈伯达为首的“中央文革”的成员们，对他们鼓励了一番。林彪宣称“这次文化大革命最高司令是毛主席”。

陈伯达得到毛泽东和林彪的好评，他连升两级。

会议决定补选6名中央政治局委员，陈伯达成为其中之一——陶铸、陈伯达、康生、徐向前、聂荣臻、叶剑英。这样，他从中共“八大”时的中央政治局候补委员，升为中央政治局委员。

会议决定重新选举中央政治局常委，共选11人，陈伯达当选。这样，他从中央政治局委员又升为中央政治局常委。

这11位中央政治局常委名字的排列顺序，几经改动，才予正式公布。

最初的名单据陈伯达和王力回忆是：毛泽东、林彪、周恩来、邓小平、陈伯达、刘少奇、康生、朱德、李富春、陈云、陶铸。

邓小平怎么会名列第四呢？因为他在选举政治局常委时得全票，所以列于毛、林、周之后，居第四。

连中央委员都不是的江青，看到这张名单，大为不满。她说：“邓小平过去名列第七，这一回跟着刘少奇犯了错误，派了工作组，怎么反而升到第四位？不行！这样排不行！”江青不敢找毛泽东，而是去找林彪，说出自己心中的不满。江青的话，正是说出了林彪的意思。于是，把邓小平排到陈伯达之后：毛泽东、林彪、周恩来、陈伯达、邓小平、康生、刘少奇、朱德、李富春、陈云、陶铸。

江青看了名单，仍不满意。江青说：“‘老夫子’书生一个，压不住邓小平。陶铸厉害，把陶铸调上去！”

根据江青的意见，陶铸从末位一下子升到第四位：毛泽东、林彪、周恩来、陶铸、陈伯达、邓小平、康生、刘少奇、朱德、李富春、陈云。

这一次排定的名单，成为见报公布的名单，江青开创了中共党史上的“史无前例”——一个不是中共中央委员的人，竟有那么大的权力，去改变中共中央政治局常委的排列顺序！

这么一来，陈伯达成为中共第五号人物！尽管他自称“小小老百姓”，实际上已成了一个手握大权的“大首长”。

须知，在1945年中共“七大”，陈伯达成为中央候补委员，按排列顺序是第四十七号；

1956年在中共“八大”，陈伯达成为中央政治局候补委员，排名第二十一号；

这一回，他越过了刘少奇，越过了朱德，越过了陈云，越过了邓小平，一下子跃为第五号人物。他在党内举足轻重了！

在这张名单上，陈伯达排在康生之前——在陈伯达和康生之间，还夹着邓小平。这表明，虽然陈伯达和康生同为中共“理论家”，但是如今陈伯达的地位在康生之上。

主笔“十六条”

陈伯达跃为第五号人物，除了他在反工作组这一“错误路线”斗争中立了大功，而且还因为他在起草《五一六通知》之后，又写了《关于无产阶级文化大革命的决定》，由中共八届十一中全会通过，成为“无产阶级文化大革命的纲领”。

《关于无产阶级文化大革命的决定》共十六条，通常称之为“十六条”。8月8日，中共八届十一中全会通过了“十六条”。8月9日，全国各主要报纸都在头条位置全文发表了“十六条”。8月13日，《人民日报》以头版头条地位发表社论《学习十六条　熟悉十六条　运用十六条》，声称“十六条是毛泽东同志亲自主持制定的”，“是毛泽东同志提出的无产阶级文化大革命的纲领”。

一时间，“十六条”成为全中国人民的“学习文件”。大街小巷贴满标语：“学习十六条！熟悉十六条！运用十六条！”各种场合的会议，人们也高呼这样的口号。

“十六条”是毛泽东指定陈伯达负责起草的。据陈伯达回忆，着手起草是在1966年6月下旬。王力也参加了起草工作。据王力回忆，在周恩来回国时，他正在钓鱼台和陈伯达一起起草“十六条”，当时他跑步去通知康生，告知周恩来抵京的时间，康生去机场迎接。周恩来离开巴基斯坦是1966年6月30日，归国途中视察了某导弹试验基地，然后飞回北京。所以王力的回忆与陈伯达回忆是相符合的。

“十六条”前后改过多次。陶铸、王任重、张春桥参加过一些修改工作。

1966年7月16日，陈伯达交出供讨论用的第一稿（此前的几次草稿不在内），题为《无产阶级文化大革命的形势和党的方针政策问题》。最初并没有十六条，而只有十三条，毛泽东阅后，作了修改。

7月26日，印发第二稿，以供翌日召开的中共八届十一中全会预备会议讨论。题目改为《无产阶级文化大革命的形势和党的若干政策问题》。

7月29日，根据讨论的意见作了若干修改，印发第三稿，题目改为《关于无产阶级文化大革命的决定》。这一题目是毛泽东提出来的，此后一直沿用这一标题，直到正式公布。

8月3日，经中共八届十一中全会讨论，又改出第四稿。

8月8日，由中共八届十一中全会正式通过时，再作若干修改，成了第五稿，即正式见报的定稿。

“十六条”是“二十三条”和《五一六通知》的“左”的继续，是“无产阶级文化大革命”的“大纲”。

以下是“十六条”的摘要：

一、社会主义革命的新阶段：当前正在开展的无产阶级文化大革命，“是一场触及人们灵魂的大革命；是我国社会主义革命发展的一个更深入、更广阔的阶段”。虽然1949年以后，资产阶级已被推翻，但它还企图“用剥削阶级的旧思想、旧文化、旧风俗、旧习惯腐蚀群众，征服人心，力求达到他们的复辟的目的”。

“在当前，我们的目的是斗垮走资本主义道路的当权派，批判资产阶级的反动学术‘权威’，批判资产阶级和一切剥削阶级的意识形态。”

“这次运动的重点，是整党内那些走资本主义道路的当权派。”

二、主流和曲折：“广大工农兵、革命的知识分子和革命的干部是这场文化大革命的主力军”，他们能够向“那些公开的、隐蔽的资产阶级代表人物”发动攻势。他们可能会出现这样那样的缺点，但他们的革命大方向始终是正确的。阻力主要来自那些走资本主义道路的当权派。

三、“敢”字当头，放手发动群众：无产阶级文化大革命必须把毛泽东思想放在首位。领导者不要害怕打破常规。革命组织单位必须接受批评和自我批评，以便领导群众。革命组织必须提高警惕，防止坏人混进队伍。

四、让群众在运动中自己教育自己：必须让群众自己解放自己。要信任群众，依靠群众，尊重群众的首创精神。要：“敢”字当头，去掉怕字。“要充分运用大字报，大辩论这些形式，进行大鸣大放”。不要怕出乱子，“不能那样雅致，那样文质彬彬，那样温良恭俭让”。

五、坚决执行党的阶级路线：要区分谁是我们的敌人，谁是我们的朋友。“党的领导要善于发现左派，坚决依靠革命的左派”，彻底孤立最反动的右派，争取中间派，团结大多数，经过运动，最后达到团结百分之九十五以上的干部，团结百分之九十五以上的群众。“一大批本来不出名的革命青少年成了勇敢的闯将”。

六、正确处理人民内部矛盾：要区分人民内部矛盾和敌我矛盾。即使少数人的意见是错误的，也允许他们申辩。“要保护少数”。

七、警惕有人把革命群众打成“反革命”：要防止转移斗争的主要目标。

八、干部问题：干部大致可分为以下四种：好的；比较好的；有严重错误，但还不是反党反社会主义的右派分子；少量的反党反社会主义的右派分子。前两种人是大多数，对反党反社会主义的右派分子，要充分揭露，要斗倒、斗垮、斗臭。但同时要给他们一个“重新做人”的机会。

九、文化革命委员会、文化革命代表大会：它们都是文革的权力机构。这些组织的成员都必须由群众选举产生，当选者如果不称职，可以改选，撤换。

十、教育改革：“改革旧的教育制度，改革旧的教学方针和方法，是这场无产阶级文化大革命的一个极其重要的任务”。学校不能由资产阶级知识分子来统治。“必须贯彻执行毛泽东同志提出的教育为无产阶级政治服务、教育与生产劳动相结合的方针，使受教育者成为有社会主义觉悟、有文化的劳动者”。学制要缩短，课程设置要精简。

十一、报刊上点名批判的问题：“在报刊上点名批判，应当经过同级党委讨论，有的要报上级党委批准”。

十二、关于科学家、技术人员的政策：只要他们不反党反社会主义，不里通外国，就要团结他们。要帮助他们逐步改造世界观。保护有重要贡献的科学家。

十三、同城乡社会主义教育运动相结合。

十四、抓革命，促生产：我们的目的，是要使人的思想革命化，因而使各项工作做得更多、更快、更好、更省。

十五、军队：军队文化大革命运动和社会主义教育运动，按照中央军委和总政治部的指示执行。

十六、毛泽东思想是无产阶级文化大革命的指南：要高举毛泽东思想的伟大红旗，实行无产阶级政治挂帅。

“十六条”与“二十三条”、《五一六通知》一脉相承，都强调了“这次运动的重点，是整党内那些走资本主义道路的当权派”。

8月4日，当时还在大连的林彪，看了“十六条”，打来长途电话表态：“这个决定是一个很革命的决定，它保证了能横扫一切牛鬼蛇神，保证了能够把运动坚决地扩大和深入起来和长期坚持下去，我完全同意中央全会的看法和方针。”

8月7日，毛泽东的《炮打司令部》作为会议文件印发。8月8日，通过了“十六条”，全会便转入了对刘少奇的批判。

无可奈何，8月10日，刘少奇在小组会上作了自我批评。刘少奇说：

“主席不在家这一段由我主持工作，我绝不逃避责任。中心问题是站在资产阶级立场上，反对群众运动。这次文化大革命，群众起来要民主，主席又这样大力支持，把我们夹在中间，这也是上压下挤。革大家的命可以，革我们的命可不可以？这是个大问题，要下定决心，革我们自己的命，无非是下台。我们这些人可以下台……”

在“上压下挤”之中，刘少奇果然“下台”，虽然他名义上还是中共中央政治局常委，名列第八，实际上是靠边了。

林彪升为第二号人物，他是在1958年5月中共八届五中全会上被增选为中共中央副主席的。

由中共八届一中全会选出的副主席有刘少奇、周恩来、朱德、陈云4位。八届十一中全会并没有宣布撤销刘、周、朱、陈的副主席职务，但从那以后，刘、朱、陈受到“文革”冲击，周恩来也意识到林彪咄咄逼人，便嘱咐新华社，“我的名义用政治局常委吧，不用中央副主席名义”。这么一来，在报上以“中共中央副主席”名义出现的只有林彪，他实际上成了唯一的中共中央副主席。

中央工作会议上的激烈斗争

一场新的激烈的斗争，又在中共核心层中展开。

中共八届十一中全会结束还不到两个月，1966年10月9日至28日，中共中央工作会议又在北京召开。

会议由毛泽东主持。中央各部门、各中央局、各省、市、自治区党委负责人出席了会议。会议的主题，便是“彻底批判资产阶级反动路线”，亦即批判刘、邓。

会议是毛泽东提议召开的。原来只准备开3天，后来开7天，以至开了19天。

在会上唱主角的是林彪和陈伯达。他们在会上都作了长篇讲话，讲话记录被印成一本小册子，广为散发，作为“学习文件”。

林彪在讲话中，指名道姓，猛烈地攻击刘少奇和邓小平。现照小册子上的原文摘录如下：

……中央有几个领导同志，就是刘少奇、邓小平同志，他们搞了另外一条路线，同毛主席的路线相反。刘邓路线，就是毛主席大字报说的，“站在反动的资产阶级立场上，实行资产阶级专政，将无产阶级轰轰烈烈的文化大革命运动打下去，颠倒是非，混淆黑白，围剿革命派，压制不同意见，实行白色恐怖，自以为得意，长资产阶级的威风，灭无产阶级的志气，又何其毒也。”……

由于文化革命是无产阶级和资产阶级的政治斗争，这样两条路线的斗争问题就必然产生。关于两条路线的斗争，大家这两天都清楚了。一条是以刘邓为代表的路线，是压制群众、反对革命的路线，另一条路线呢，就是毛主席的敢字当头的路线，是相信群众、依靠群众、发动群众的路线，也就是党的群众路线，是无产阶级革命路线。一个是群众路线，一个是反群众路线，这就是我们党内两条路线的尖锐对立，在一个短时期内，刘邓的这条路线是取得了一个差不多统治的地位，全国照他们的路线执行了。可是归根结底毛主席的路线总是胜利的，因为它是真理……

革命的群众运动，它天然是合理的。尽管群众中有个别的部分，个别的人有“左”有右的偏差，但是群众运动的主流总是适合社会的发展的，总是合理的……

陈伯达在会上作了题为《无产阶级文化大革命中的两条路线》的长篇讲话，后来改题为《对两个月运动的总结》印发。所谓“两个月”，即指中共八届十一中全会以后的两个月。

毛泽东曾在陈伯达的讲话稿上作如下批示：

即送陈伯达同志。改稿看过，很好。抓革命，促生产这两句话是否在什么地方加进去，请考虑。印成小本，大量发行，每个支部，每个红卫兵小队，至少有二本。

毛泽东

10月24日23时

陈伯达的讲话，那激烈的调子不亚于林彪，指责刘、邓搞的是“国民党的‘训政’”。兹照原文，摘录于下：

伟大的红卫兵运动，震动了整个社会，而且震动了全世界。红卫兵运动的战果辉煌，可以无愧地说，整个文化革命运动比巴黎公社、比十月革命、比中国历来各次群众运动都来得更深刻，更汹涌澎湃，这是国际上更高阶段的无产阶级革命运动。这个运动引起全世界人民的欢呼和支持，同时激起全世界帝国主义者和现代修正主义的恐惧、痛恨，而许多庸人则为之目瞪口呆。

在这大好的形势下，资产阶级反对革命的路线会自然消失了吗？不！它并不会自然消失……党关于无产阶级文化大革命的十六条，纠正了前一阶段的错误路线，纠正了资产阶级反动路线，但是错误路线还可以用另外的一些形式出现。无产阶级革命路线与资产阶级反对革命路线的斗争还是很尖锐、很复杂的，斗争一直围绕着对待群众采取什么立场，采取什么态度的问题上。有些人不愿意执行党的路线、无产阶级的路线、革命的路线，即毛主席的路线。因为毛主席的群众路线是同一些同志还没有改造好的资产阶级世界观彻头彻尾地不相容的。

毛主席提出的无产阶级文化大革命的路线是让群众自己教育自己、自己解放自己的路线。可是提出错误路线的某些代表人，他们都是反对让群众自己教育自己、自己解放自己的，他们在这场触及人们灵魂的大革命中把国民党的“训政”搬出来了，他们把群众当成阿斗，把自己当成诸葛亮。这条错误路线要把无产阶级文化大革命引到相反的道路上去，变为不是无产阶级的文化大革命，而是资产阶级反对无产阶级的反动的文化“大革命”。

工作组只是一种组织形式，这种组织形式在某种运动中如果运用得适当是可以的，有的是必要的。但是在这次文化大革命中提出错误路线的某些领导人，把工作组这种组织形式强加在群众头上，不过是为了便于推行那种错误路线罢了。

工作组虽然撤走了，但是那些不赞成毛主席路线的人仍然可以利用职权，利用其他形式来代替……有些人仍然顽固不化，对毛主席的批评不理，还是要你搞你的，我搞我的，这不是资产阶级的本能在他们的头脑中和行动中起作用又是什么呢？……

路线问题要分开看，一种是提出的，一种是执行的，提出错误路线的是某些错误路线的代表人物，他们要负主要责任。

党内路线斗争是社会阶级斗争的反映，错误路线有它的社会基础，这个社会基础，主要是资产阶级。这条资产阶级错误路线在党内有一定的市场，因为党内有一小撮走资本主义道路的当权派，因为党内还有相当一批世界观没有改造和没有改造好的糊涂人……

陈伯达的讲话，除了谈“形势大好”“两条路线斗争的继续”外，还谈了另外两个问题，即“去掉怕字，放手发动群众”，“坚持毛主席提出的阶级路线，团结大多数”。

陈伯达在结束讲话时高呼：“用伟大的毛泽东思想武装起来的中国人民必将横扫一切牛鬼蛇神！”

据陈伯达自云，他是花了三天时间赶写出这篇讲话稿的。

陈伯达的讲话，跟林彪的讲话紧密配合，在全党掀起“彻底批判资产阶级反动路线”的高潮。

毛泽东也在会上讲了话。他随口而讲，没有稿子。从他的讲话记录来看，他的“调子”比林彪、陈伯达要低一些，甚至提及了“也不能全怪少奇同志和小平同志”。照毛泽东的讲话记录，摘录于下：

我讲几句，讲两件事。

十七年来，有些事情，我看是做得不好，比如文化意识方面的事情。

想要使国家安全，鉴于斯大林一死，马林科夫挡不住，发生了问题，出了修正主义，就搞了一个一线、二线。现在看起来，不那么好。我处在二线，别的同志在一线，结果很分散。一进城就不那么集中了。搞了一线、二线，出了相当多的独立王国……

引起警觉，还是“二十三条”那个时候。

从许多问题看来，这个北京就没有办法实行解决，中央的第一线存在的问题就是这样。所以我就发出警告，中央出了修正主义怎么办？这是去年九十月间说的。我感觉到，在北京我的意见不能实行，推行不了。为什么批判吴晗不在北京发起呢？北京没有人干这件事，就在上海发起。姚文元同志的文章，就是在上海发表的。

北京的问题，到现在可以说基本上解决了。

我要说的再一件事，就是这次文化大革命运动。

我闯了一个祸，就是批发了一张大字报；再就是，给清华大学附属中学红卫兵写了一封信；再，我自己写了一张大字报。

给清华大学附属中学红卫兵的信，并没有送出，但是他们已经知道了，传出去了。

文化大革命运动时间还很短。六月、七月、八月、九月，现在十月，五个月不到。所以，同志们不那么理解。

时间很短，来势很猛。我也没有料到，一张大字报（北大的大字报）一广播，就全国轰动了。给红卫兵这封信，我还没有发出，全国就搞起红卫兵来了。各种各派的红卫兵都有，北京就有三四个司令部。红卫兵一冲，把你们冲得不亦乐乎。

上次会议（引者注：指中共八届十一中全会），我说，会议的决定，有些人不一定执行。果然很多同志还不理解。经过两个月以后，碰了钉子，有了一些经验，这次会议就比较好了。

……

这一冲，我看有好处。过去多少年我们没有想的事情，这一冲就要想一下了。无非是犯一些错误，那有什么了不起的呀？路线错误，改了就是了。谁人要打倒你们呀？我是不要打倒你们的，我看红卫兵也不一定要打倒你们……

这一次会议的简报，差不多我全都看了。你们过不了关，我也着急呀。时间太短，可以原谅，不是存心要犯路线错误，有的人讲，是糊里糊涂犯的。也决不能完全怪少奇同志、邓小平同志，他们两个同志犯错误也有原因。

过去中央一线没有领导好。时间太短，对新问题没有精神准备，政治思想工作没有做好。所以这一次又做了十七天，我看，以后会好一些。

刘少奇也出席会议。面对着种种的批评和责难，他只好作检查。刘少奇在“文革”中作过多次检查，这一次的检查最长、最详细。刘少奇的讲话中，几处提及了陈伯达。

以下摘录刘少奇1966年10月23日在中央工作会议上检查的原文：

同志们：

我坚决拥护主席和林彪同志的指示，同意陈伯达同志的讲话。我看了各小组会的大部分简报，了解到一些地方和中央的一些部门在指导无产阶级文化大革命中程度不同地犯了错误，许多同志都进行了检讨，这使我的心情十分沉重：因为这同我在前一段无产阶级文化大革命中所犯的错误，是有关系的。

在今年6月1日以后的50多天中，我在指导无产阶级文化大革命中发生了路线错误，方向错误。这个错误的主要责任应该是由我来负担。其他同志的责任，例如在京的中央其他领导同志，国务院某些部委的领导同志，北京新市委的领导同志，某些工作组的领导同志，某些地方的领导同志等等，他们虽然也有一定的责任，但是，第一位要负责任的，就是我。

在今年7月18日以前的一段时间内，毛主席不在北京。党中央的日常工作，是由我主持进行的。北京市各方面的文化大革命情况，是经常在我主持的中央会议上汇报的。在这些汇报会议上作出了一些错误决定，批准或者同意了一批错误的建议。

……

当工作组已经派出，已经有同志发现工作组同革命的群众运动发生对抗的现象，并且提出不要工作组，例如陈伯达同志早就提出过这种意见。陈伯达同志是根据毛主席的启发而提出这种意见的。当时，我们如果能够领会毛主席的思想，调查研究大量的事实，立即将大批工作组撤回，也还是可以不至于犯严重的路线错误的。但当时我们没这样做……

尽管刘少奇是被迫作这番检查，但是刘少奇说“陈伯达同志早就提出这种意见”，使陈伯达喜滋滋的，似乎证明了陈伯达的“正确”。

“新账老账一起算”，向来是“流行”的“整人公式”。刘少奇也不例外。他的检查除了被迫承认了派工作组这一“路线错误”之外，不得不历数自己1946年2月、1947年夏、1949年春、1951年7月、1955年、1962年、1964年一次又一次的“错误老账”。最后，“挖根源”，陈述了四点“犯路线错误、方向错误”的“原因”，表示要“学习林彪同志活学活用毛主席著作的榜样，决心改正自己的错误，力求在今后为党为人民作一些有益的工作”。

刘少奇检讨到这种地步，林彪、陈伯达、康生、江青并不放过他。

中央工作会议收场不久，陈伯达主编的《红旗》杂志第15期发表社论《夺取新的胜利》，提高了“批判刘邓”的调子：

以反对毛主席为首的党中央的无产阶级革命路线为目标的资产阶级反动路线，已经被广大群众所识破。一些执行过错误路线的同志正在改正自己的错误，回到正确的路线上来。极少数顽固坚持资产阶级反动路线的人，越来越孤立了。革命左派的队伍，有了很大的发展、壮大和提高。

广大革命群众，正在扫除一切绊脚石，沿着毛主席亲手开辟的无产阶级文化大革命的道路，大踏步地前进。

党内一小撮走资本主义道路的当权派，极少数顽固坚持资产阶级反动路线的人，并不甘心自己的失败。他们错误地估计了形势。他们还在玩弄新的花样，采取新的形式来欺骗群众，继续对抗以毛主席为代表的无产阶级革命路线……

除了猛攻刘少奇之外，陈伯达还尖锐地批判邓小平。陈伯达在1966年10月25日的讲话中，称“邓是错误路线的急先锋”，“邓的面貌如果不在我们全党搞清是危险的，他同刘打着一样的旗帜”，“邓搞独立王国”，“1962年搞包产到户也是邓说的”……

在“彻底批判资产阶级反动路线”的“新高潮”的猛烈冲击下，刘少奇和邓小平完全靠边了，再不露面了。“中央文革”取代了中共中央书记处，陈伯达权重一时，他这个“小组长”拥有比总书记还大的权力。

尽管报上天天在批判刘、邓的“资产阶级反动路线”，但是大多数中共高级干部想不通，诚如毛泽东1967年5月接见阿尔巴尼亚军事代表团谢胡等人所说的那样：

《五一六通知》已经明显地提出了路线问题，也提出了两条路线问题。当时多数人不同意我的意见，有时只剩下我自己，说我的看法过时了，我只好将我的意见带到八届十一中全会上去讨论，通过争论我只得到了半数多一点人的同意，当时还有很多人仍然想不通。李井泉想不通，刘澜涛也不通。伯达同志找他们谈，他们说，“我在北京不通，回去仍然不通”。

最后我们只能让实践去进一步检验吧！

毛泽东提到的李井泉，当时是中共中央政治局委员、中共中央西南局第一书记；刘澜涛则是中共中央书记处候补书记、中共中央西北局第一书记。李井泉、刘澜涛代表着一大批“想不通”的中共高干！

为江青捧场

1966年11月26日，毛泽东最后一次——第8次接见来自全国各地的红卫兵。从1966年8月18日毛泽东第一次在天安门广场接见红卫兵以来，3个多月中，毛泽东已接见了1100多万红卫兵。

已经在中国政治舞台上站稳脚跟的江青，也急于公开亮相。她能“接见”谁呢？自诩为“无产阶级文艺英勇旗手”的她，要“接见”她的“文艺大军”。

1966年11月28日，首都文艺界举行盛大集会。江青登台，陈伯达带着“中央文革”的“秀才”们为之捧场。

江青在会上发表了长篇演讲。这篇演讲，成为她继《林彪同志委托江青同志召开的部队文艺工作座谈会纪要》之后的第二篇“力作”。这篇讲话在《人民日报》和《红旗》杂志公开发表，成为“学习文件”，而且还收入1968年2月由人民出版社出版的《江青同志讲话选编》。

鉴于这是江青第一回登台公开亮相（她以前的种种在群众场合的即兴讲话，只是被用油印机印成传单散发而已），她的讲话将向国内外发布，所以她在向“文艺界的同志们，朋友们，红卫兵小将们”致以“无产阶级的革命敬礼”之后，就“说说我自己对无产阶级文化大革命的认识过程”。

江青从“由于生病、医生建议要我过文化生活”说起，到发现“《海瑞罢官》《李慧娘》等这样严重的反动政治倾向的戏”，到争取“批评的权利”……

在谈了冗长的“认识过程”之后，江青谈及了“文革”。她提及了陈伯达：

6月1日，北京大学第一张马列主义的大字报发表以后，我用了一个来月的时间，观察形势，分析形势，我感觉出现了不正常的现象。这一个来月，我开始大量注意学校。……毛主席是7月18日回到北京的，我是7月20日回到北京的。原来应该休息几天，但是听了陈伯达同志，康生同志，以及在京的中央文化革命小组的同志们的意见，我就报告了毛主席。我感到需要立刻跟伯达同志、康生同志去看大字报，倾听革命师生的意见。事实同那些坚持资产阶级反动路线、坚持派工作队的人所说的完全相反，广大群众热烈欢迎我们，我们才知道，所谓北大“六一八”事件，完全是一个革命事件！……

接着，江青大言不惭地谈起了“京剧革命”的“伟大成绩”。她说，毛主席和他的亲密战友林彪同志，伯达同志，康生同志，以及其他许多同志，“都肯定了我们的成绩，给过我们巨大的支持和鼓舞！”。

在这次大会上，陈伯达又一次给予江青以“巨大的支持和鼓舞”。上一回——1966年7月24日，陈伯达在北京广播学院的那一番对江青的“高度评价”，还只是印在传单上。这一回，陈伯达发表讲话，对江青作了“热情赞扬”。他的讲话发表在《人民日报》上，发表在《红旗》杂志上。“理论家”的“热情赞扬”，对于公开亮相的江青来说，是何等地需要。

陈伯达在讲话中，称赞江青作出了“特殊的贡献”。讲话原文如下：

我国的无产阶级文化大革命，以毛泽东思想为指南，毛泽东同志创造性地发展了马克思列宁主义的文艺理论，用无产阶级宇宙观，系统地、彻底地解决了我们文艺战线上的问题，同时，系统地、彻底地给我们开辟了无产阶级文化革命的一条完全崭新的道路。

1962年，在党的八届十中全会上，毛主席提出了要抓意识形态领域里的阶级斗争。在毛主席的这一伟大号召下，在毛泽东思想的直接指导下，掀起了京剧改革，芭蕾舞剧改革，交响音乐改革等古为今用，洋为中用，推陈出新的革命改革的高潮，用京剧等形式，表达中国无产阶级领导下的群众英勇斗争的史诗。这个新的创造，给京剧、芭蕾舞剧、交响音乐等以新的生命，不但内容是全新的，而且在形式上也有很大的革新，面貌改变了。革命的现代剧，到处出现在我们的舞台上。这种无产阶级文艺空前地吸引了广大群众。但是，反动派，反革命修正主义分子，他们却咒骂它，恨死它。不为别的，就是因为这种新文艺的作用，将大大加强我国人民群众的政治觉悟，将大大加强我国无产阶级专政和社会主义制度。

我在这里想说，坚持这种文艺革命的方针，而同反动派、反革命修正主义分子进行不屈不挠的斗争的同志中，江青是有特殊的贡献的。

陈伯达的讲话，激起久久的“向江青同志学习”“向江青同志致敬”的口号声。“理论家”的“赞扬”，为江青的亮相投射了一束明亮的光。

此后，陈伯达仍不时为江青当吹鼓手。1967年5月23日，陈伯达在首都纪念毛泽东《在延安文艺座谈会上的讲话》发表25周年大会上，吹嘘江青是“打头阵的”：

> 江青同志一贯坚持和保卫毛主席的文艺革命路线。她是打头阵的。这几年来，她用最大的努力，在戏剧、音乐、舞蹈各个方面，做了一系列革命的样板，把牛鬼蛇神赶下文艺的舞台，树立了工农兵群众的英雄形象。许多文艺工作者，在毛泽东思想的指引下，同江青同志一起，成为文艺革命披荆斩棘的人。

陈伯达如此“热心”地“树”江青，拍江青的马屁，讨好江青，其实也是为了稳住他那“中央文革”组长的交椅。江青已在“中央文革”说一不二，掌握了实权。

江青当然感谢“理论家”为她捧场，不过，在这个骄横的女人眼里，陈伯达这“老夫子”只是个“迂儒”罢了。康生瞧不起陈伯达，骂他是“乌龙院”的“院长”，而江青也目中无人，骂他是“刘盆子”。

刘盆子何人？那是东汉时赤眉农民起义，欲立新帝，选中了刘盆子。刘盆子是西汉远支皇族，算是刘邦的后裔，起初在起义军中放牛，号为“牛吏”。刘盆子沾了皇族的光，在公元25年被立为皇帝，年号建世。江青骂陈伯达为“刘盆子”，挖苦他当“中央文革”组长如同刘盆子当皇帝一样。

江青还嘲笑陈伯达是“黎元洪”。黎元洪原是湖北新军第二十一混成协统领。1911年武昌起义时，黎元洪吓得趴在床底下，可是革命军却把他从床下拖出来担任政府鄂军大都督！

陈伯达和江青之间，捧捧骂骂，在“中央文革”里争争斗斗。陈伯达常常斗不过这位“第一夫人”。气愤之际，陈伯达竟然也说：“我成了刘盆子！”在陈伯达看来，刘盆子不过是傀儡，他也成了傀儡。

尽管“理论家”与“第一夫人”在“中央文革”勾心斗角，但他们毕竟是一伙，在推行“无产阶级文化大革命”方面完全一致。

陈伯达的自杀闹剧

在中央文革小组，陈伯达不断受到江青的排挤。

陈伯达在晚年，曾对他与江青在中央文革小组中的尖锐矛盾作了回忆。陈伯达说，江青在中央文革小组实行“独裁”：

中央文革小组如开会，江青总是继续瞎想瞎说，并且说了就算，跟她不能讨论什么事。

这种会开下去，只能使她可以利用小组名义，把小组当作她独立的领地，继续“独裁”，胡作非为。

我认为自己应该做的，是学习，是到些学校、工厂，或一些居民地点，看看谈谈。

根据毛主席规定的“要文斗，不要武斗”的方针和中央的决定，只要我知道哪里有打砸抢的事，我是要去制止的。有时带了一些打人的武器回来，为的是要告诉小组的人知道有这些事，江青便说：“你放着小组的会不开，搞这些干什么。”

我的最大罪恶，首先是极端狂妄地提所谓路线问题。这是永远无法宽恕的。同时，我又胡乱随便接见一些人，乱说瞎说，让一些同志蒙受大难，这也是无法宽恕的。

陈伯达回忆起江青如何在中央文革小组里“臭骂”他的：

周总理主持中央文革碰头会后，我只参加周总理召集的会，不再召集小组的会。周总理不在钓鱼台召集会的时候，我通常不再进那个“办公楼”。

不记得是哪一年，我曾经不经心地走进那个办公楼，看看管电话的同志，并且在开会厅坐了一下。忽然，江青来了，康生也来了，姚文元就在楼上住，一叫就到。

江青即宣布开会，臭骂我一通，康生也发言。他们那些话，我已记不住，主要是说，为什么不召集小组开会，等等。我只得让他们骂，不作回答。显然，我只有不肯召集小组单独开会这点本能，可以对付一下江青。

由于陈伯达无法在中央文革小组待下去，他曾一度提出，希望辞去中央文革小组组长之职，到天津去工作。陈伯达曾这样回忆：

天津问题的由来，是我听说中共天津市委第一书记万晓唐同志自杀。万晓唐同志我是很熟的，在文化革命前我到天津去，差不多都是他出面招待，文化革命后听到他自杀，我很苦闷，有一回，还作了调查，没有调查出什么眉目。

因为我不想当那中央文革小组组长，也实在当不下去，天津出了此事，我就在中央会议上提出我到天津工作，毛主席表示同意。虽则我没有提出辞去“组长”名义，但意在不言中了。此事陶铸同志也在，我还要陶铸同志帮腔。后来听说有人批评我，听说有同志还帮我说话，说我就要到天津去重新学习。但是，过了些天，毛主席又说，天津情况也很复杂，你也难工作，让解学恭去。中央谈话的这一切经过，解学恭当然不可能知道。一回，在天安门上，毛主席遇见解学恭，就告以此事，可能周总理也在。解学恭到天津的经过，的确是这样。后来我听说，毛主席过去曾经认得解学恭。以后解决各省问题，中央会议在周总理的具体主持下，做了分工，由我参与天津事，在决定主要人选时，我根据中央的意见，就提解学恭担任中共天津市委第一书记。

江青插进一脚，解学恭应该是会觉得到的，在北京解决天津问题的会议上，戚本禹来了，一晚，在会上发号施令，要大家把材料都送给他。这时我就离开会场，在会场外找人聊天，让戚本禹去发威风去。

有一次天津的大学生两派互斗，一派被围，断水断电，周总理主持的中央会议决定我马上到天津去解决，我当天晚到天津就到现场，解决了一方之围，但我被另一方层层包围，几乎要被挤死，幸而解放军给我救急，找到一个吉普车，把我推进车上，匆匆开出，这是我经常感念伟大的解放军的。

在天津刚有些秩序时，江青听了她在天津的一个耳目的话，就夜间叫几十辆大卡车，把天津那时所有活动分子都弄到北京来，我阻止此事已来不及，还被迫去参加。此会一结束，天津市副市长王亢之回到天津自杀，天津市公安局局长江枫被禁闭。

这里提到的王亢之、江枫，都与陈伯达有较多的来往。在陈伯达倒台之后，王亢之、江枫以及天津作家方纪，均被当时的天津报刊称为“陈伯达在天津的死党”。

1968年初，王亢之在被江青点名之后自杀。在自杀之前，王亢之留下遗嘱，把他所珍藏的宋版古籍送给陈伯达。

1979年初，身在秦城监狱的陈伯达从报上得知王亢之平反的消息，马上向有关部门提出请求，把王亢之送给他的两部宋版书，交还给王亢之家属。

陈伯达还回忆起，在中央文革小组，他与江青互相“回敬”：“我看不起你！”

陈伯达说：

可能是在1968年，有一回，接到江青那里的电话，说要开会，是在她的住处。我去了，江、康、姚都已先在。

江青提出：“你要迫死《人民日报》一个文艺编辑。”

我说，报馆编辑部互相审查历史，我没有发动，没有参加，没有出什么主意，怎么会是我要迫死他？

康生说：“你没有看他写的东西，那是‘绝命书’呀。”

接着，江青把她桌上的大瓷杯子狠狠地往地上一摔，化作粉碎，表示她对我的极度愤怒。我觉得房外有警卫战士，如果看到这堆碎片会很奇怪，因而把这些碎片一点一点地收拾起来，带回自己住处，要我那里的工作人员放到人足踩不到的河沟里。

那时，如果那位文艺编辑竟然屈死，我就要对此负重大的罪。但康、江并不关心任何人的命运。这件事当作问题向我提出，仅仅是“欲加之罪，何患无辞”。

听别人说，江青那时正要用那个文艺编辑当秘书，为此找了这样的借口。也是听别人说，因为毛主席反对此事，故未用成（这些事只是当时听说，没有做任何事实查对）。

江青早已找了一个借口，把我赶出中南海。上面的事发生后，第二天我即到当时新找的房子住下来，想避免在钓鱼台继续受她的糟踏。当然，有时我也还到钓鱼台那个原住处看看。

就我离开钓鱼台这件事，在毛主席主持的一次会上，江青乘机正式告我一状，说：

“陈伯达已不要我们了，他已离开钓鱼台，另住其他地方。我同××（指她的女儿）回到中南海给主席当秘书好了。”她在搞挑拨离间的勾当。在当时的情况下，我一句话未说。

一次会上，江青说：“我同陈伯达的冲突，都是原则的冲突……”

张春桥也在会上鼓起怒目视我。

我火气一发，不再听江青霸道下去，从座位上起来，即走出会堂。

江青回过头来大声说："我看不起你！"

我回了一句："我也看不起你！"

陈伯达在中央文革小组里，不断与江青对吵。但是，陈伯达不能不容忍江青，这全然是因为江青是"第一夫人"：

《人民日报》有一个不懂事的管照片的青年，找了毛主席一张相片，又找到江青一张，就拼凑成一块。据说，这是那个文艺编辑授意的。我原不知道这事，有一次开会后听说过，也没有再去询问。但有一次会议时，江青忽然对这张相片事发言，大意是："人家说我要当武则天，慈禧太后，我又没有她们的本事。×××有什么历史问题，也不跟我说。"

我插了一句说："你说我要迫死他，谁敢给你说？"

江青便大声说："你造谣！"

周总理接上一句："你是说过呀。"

江青就跟总理对顶起来。

这时我离开会场，在大会堂转了一圈，又要进会场。周总理说："你回来干什么呀？"

我听了周总理的话，觉得可不再参加会议，就回到住处。

当夜，有两位同志来，一个当时在总理处管警卫工作，一个是当时中央办公厅的工作人员。见面时，他们没有说什么话，但我一见，就觉得总理的高义盛情，深为感动。我说了一句："如果不是因为毛主席的关系，谁理她呀？"

这样的话，后来我也跟别人说过。

此事以后，我才通过宣传联络员去了解这张相片的制作的经过，也才看到这张假照片。

就在毛泽东冷落了陈伯达，把他撂在一边，忽地从王力那里传出爆炸性消息：陈伯达要自杀！

消息是绝对可靠的，因为那是陈伯达亲口对王力说的："很紧张，想自杀。"

王力当即劝慰他："主席批评你，是爱护你，是好事。主席说过，没有希望的人，就不批评了。可见主席是把你当成有希望的人，这才批评你。"

陈伯达却答道："我查了书，拉法格是自杀的，列宁还纪念他，证明共产主义者可以自杀！”“理论家”到底与众不同，自杀还要查一查书呢！

拉法格（Paul Lafargue，1842—1911）是马克思的女婿——马克思次女劳拉的丈夫。他出生于圣地亚哥（古巴），1866年参加第一国际，巴黎公社时期领导波尔多工人为保卫公社而斗争。1868年4月2日，在英国伦敦与马克思次女劳拉结婚。婚后，生下子女三人——沙尔·埃蒂耶纳、燕妮、马可·罗朗。1911年11月25日，拉法格和劳拉一起在德拉韦伊离世。

陈伯达查了书，查了列宁纪念拉法格的文章，居然要把自己与拉法格相比，以为自己自杀之后也会有人“纪念”他，把他当作“共产主义者”。

陈伯达的思想压力，确实是够重的。毛泽东在2月10日那几句分量很重的话，不时在他耳际响着：“你这个陈伯达，你是一个常委打倒一个常委。过去你专门在我和少奇之间进行投机。我和你相处这么多年，不牵涉到你个人，你从来不找我！”毛泽东还说，要陈伯达、江青作检讨，“中央文革”要开会，批评陈伯达、江青。毛泽东要王力打电话给张春桥、姚文元，就是为了出席“中央文革”的会议，批评陈伯达、江青。

在那次会上，毛泽东还说了一句至为重要的话：“我看现在还同过去一样，不向我报告，对我实行封锁。总理除外，总理凡是重大问题都是向我报告的。”

毛泽东这话，指林彪，也指陈伯达。打倒陶铸，成立上海人民公社等，陈伯达都未向毛泽东报告。

陈伯达在毛泽东身边工作多年，深知毛泽东的话决定一个人的命运——不论你资格多老，地位多高，毛泽东一推，你就会倒。彭德怀如此，刘少奇如此……

摆在陈伯达面前的道路只有两条：要么检讨，要么自杀。

按照毛泽东的指示，“中央文革”决定于2月14日下午开会，批评陈伯达和江青。

陈伯达是怎样度过这次比郑州会议更险峻的政治危机呢？

陈伯达闹着要自杀，王力劝他还是写检讨为好。

“我心里乱糟糟的，怎么写检讨？”陈伯达说。

王力给他出主意：“那你就简单写几句，在主席那里挂个号，备个案。以后再详细写检讨。”陈伯达仍摇头：“这简单的几句，我现在也写不了。这样吧，你替我写几句，我照你的抄。”这么个“理论家”，连向毛泽东“挂个号”的几句话，也要王力代为捉刀！

“那天，要我在接见‘专揪王任重造反团’时讲打倒陶铸的事，事先我一点也不知道。”陈伯达向王力说道，“那天我服了安眠药，没有醒，我是从被窝里被叫去讲话的。江青要我讲，我乱讲了一通。”

显然，陈伯达要把责任朝江青身上推。王力也明白他的意思，点穿了他：“这不对呀，你那天讲得很有条理，不是‘乱讲一通’。”

陈伯达叹道：“我没有法子呀，江青逼我讲，不讲不行呀！”

王力说：“你要向总理汇报清楚。”

据王力回忆：“在2月14日‘中央文革’会议之前，周恩来在钓鱼台14号楼同陈伯达谈话，谈了几个小时，陈伯达打消了自杀的念头。陈伯达还找康生谈了一次，说了情况。开会前，我和关锋去请康生到会，康生拍着桌子说：‘这都是江青搞的，要开会就批江青。伯达让她逼得都要自杀了。’当时我没说话，认为他们要吵就吵吧！关锋哀求说：‘康老，无论如何不能这样发脾气，要忍住，这样你到会上骂江青同志，怎么得了？’康生憋住了。”

刚刚度过政治危机的康生，此时装出一副要替陈伯达打抱不平的样子。其实，他也只是私下里说说江青而已——他深知“第一夫人”是万万碰不得的。

批评会在1967年2月14日下午3时召开，会议的地点是“中央文革”所在地——钓鱼台16楼。

因为这只是“中央文革”的会议，到会的清一色全是“中央文革”成员，计有陈伯达、康生、张春桥、王力、关锋、戚本禹、姚文元，江青理应到会的，因为她是“中央文革”第一副组长，何况又是这次挨批评的对象，可是她说自己“病了”，也就溜之大吉。

于是，挨批评的对象，变成只有一个——陈伯达。尽管江青没有来开会，会上谁也没有批评她一句。

康生、王力、关锋对陈伯达的批评，是轻轻的，轻轻的。据说，因为他们已经知道陈伯达准备自杀，生怕说重了，陈伯达受不了，会真的去自杀——究竟是他们怕陈伯达自杀，还是存心护着陈伯达，不得而知！

倒是张春桥、姚文元“动真格”，批评起陈伯达来火力颇猛。张春桥咬文嚼字道：“主席虽然同时批评了伯达同志、江青同志，但是主席用语不一样。主席说伯达是‘进行投机’，这是一个路线问题；主席说江青同志‘眼高手低，志大才疏’，这只是一个作风问题。所以我认为伯达同志的错误的性质，跟江青同志不同，不能混为一谈。伯达同志‘进行投机’，性质是很严重的……”

显而易见，张春桥、姚文元是江青的“嫡系部队”。

陈伯达作了一番检查，无非是说自己“路线斗争觉悟不高，对毛泽东思想领会不深”，等等。

康生打了圆场：“今天的会，算是第一次会，江青同志生病了，没有来。以后等江青同志身体好了，再开吧。”

康生这么一说，会议便结束了。此后，“中央文革”再也没有开过批评陈伯达、江青的会——尽管江青并没有病，不过，开过了这么一次会，“中央文革”算是“落实”了毛泽东的指示，好向毛泽东交账了。

后来，关锋跟陈伯达闹矛盾，便把陈伯达声言要自杀的事告诉了江青。

江青见到陈伯达，指着他的鼻子骂道：“你给我自杀！你给我自杀！你自杀，就开除你的党籍，就是叛徒，你有勇气自杀吗？”

面对江青的辱骂，陈伯达不吱声，再也没有搬出“拉法格是自杀，列宁还纪念他”之类的“自杀理论”。陈伯达的一出自杀闹剧，至此算是降下帷幕……

尽管陈伯达没有自杀，还是当他的“中央文革”组长，但毛泽东的严厉批评毕竟给了他沉重的一击，就毛泽东对他的“信任度”而言，到1967年之后明显降了，远不如1966年了……

批斗刘、邓、陶

炎暑来临了。1967年7月13日，毛泽东召开“中央文革碰头会”。平常，毛泽东是不参加“中央文革碰头会”的。这天，据说毛泽东想到武汉游长江，因为1966年7月16日，毛泽东在武汉畅游长江，眼下快一周年了，他要再游一番。他临行前找“中央文革”谈话。

在这个会上毛泽东说了一句很重要的话：“一年开张，二年看眉目，定下基础，三年收尾，这就叫文化大革命。”

“秀才”们赶紧记下毛泽东的这句话。照毛泽东的意思，“文革”再进行两年，便可鸣金收兵了。

当天晚上，毛泽东乘坐专列，离开了北京。汪东兴、杨成武、郑维山随行。

翌日清晨，为了安排好毛泽东在武汉的活动，周恩来乘飞机从北京飞往武汉。

毛泽东一走，周恩来一走，“中央文革”以为天赐良机，马上做了一个不小的“小动作”……1980年11月28日上午，最高人民法院特别法庭第一审判庭审问陈伯达时，便是追查这一问题：

审判员任凌云向被告人陈伯达宣布："你被指控伙同江青、康生擅自决定批斗刘少奇，并由戚本禹组织召开'批斗刘少奇大会'，同时进行抄家，对刘少奇、王光美进行人身迫害。现在法庭就这一事实进行调查。"

他问："1967年7月18日戚本禹组织召开批斗刘少奇大会，对刘少奇、王光美进行人身迫害，是不是你和江青、康生擅自决定的？"

被告人陈伯达答："我说不准确，我不记得。"

问："1967年7月中旬，戚本禹送给你一份批斗刘少奇报告，你是怎么批的？"

答："我实在是不记得，请原谅，我年纪很大，加之当时兼任的事情很多，但是，这本来是重要的事情，我还是不记得。"

法庭出示、宣读和投影江青、康生、陈伯达批准的中央办公厅王良恩1967年7月15日关于批斗刘少奇的报告。在报告上，戚本禹批："请伯达、江青、康老决定。"康生圈阅并批"同意"，陈伯达、江青圈阅同意。陈伯达原报告中的"少奇"二字勾掉，在"刘"字后边加上"邓陶夫妇"四个字。出示后，陈伯达供认："我看那个字是我写的，我签字的。"

问："报告上的'邓陶夫妇'四个字是不是你亲笔加上的？"

答："这个字我再看一下。"

法庭再出示报告，给陈伯达辨认。然后，审判员任凌云问："是不是你亲笔加上的？"

陈答："是我加的，我看了是我的字。"

法庭宣读了字迹鉴定书。

接着，审判员任凌云问："你伙同江青、康生擅自决定批斗刘少奇，对刘少奇、王光美进行人身迫害，这些是事实吧？"

答："按照这个签字，当然是事实。"

公诉人检察员曲文达经审判长同意后发言，并要求出示证据。审判员李明贵宣布："现在宣读1980年2月10日萧孟的证言和1980年7月6日闵耀良的证言。"宣读后，被告人陈伯达说："我听到了。我没听清楚说到我的问题。"法庭再次宣读了闵耀良的证言，然后，陈伯达说："听清了。"

审判员任凌云宣布："被告人陈伯达被指控伙同江青、康生擅自决定批斗刘少奇，对刘少奇、王光美进行人身迫害的这一事实，法庭就调查到这里。”

陈伯达与江青、康生、戚本禹在毛泽东、周恩来刚刚离开北京，便对刘少奇发起了突然袭击。刘少奇的子女刘平平、刘源、刘亭亭在怀念父亲的《胜利的鲜花献给您》中，记述了他们当时目击的情景：

当天晚上（引者注：指1967年7月18日），几十万群众围在中南海的四周，上百个高音喇叭不停地喧闹。在江青、康生、陈伯达、戚本禹的直接策划下，中南海的“造反派”把爸爸妈妈分别揪到中南海的两个食堂进行批斗，同时抄了我们的家。在斗争会上，不许爸爸说一句话，强按着他低头弯腰站了两个小时。爸爸已是年近七旬的老人，难以忍受这种折磨。他掏出手绢想擦一下汗，被旁边的人狠狠一掌，把手绢打落，汗水滴在地上……[1]

7月18日好不容易熬过去，另一个灾难性的日子又来到了——1967年8月5日。整整一年前的这天，毛泽东写了《炮打司令部》，给了刘少奇致命的一炮。为了纪念《炮打司令部》1周年，又掀起了狂暴的批刘高潮。

1967年8月5日这一天，《人民日报》公开发表了毛泽东的《炮打司令部》全文，同时配发社论《炮打资产阶级司令部》。社论说：“党中央号召，全国无产阶级革命派动员起来，集中火力，集中目标，进一步深入地、广泛地从政治上、思想上、理论上，对党内最大的一小撮走资本主义道路当权派，开展革命大批判。”

上百万人涌向天安门广场，在那里举行声势浩大的“批斗刘邓陶誓师大会”。

中南海也鼎沸了。本来，只是批斗刘少奇的，由于陈伯达加了“邓陶夫妇”四个字，使邓小平夫妇、陶铸夫妇也受到批斗。

中南海的批斗会分三处，分别在刘、邓、陶所住的院子里举行。三位夫人陪斗。

据刘少奇子女回忆：“在长达两个多小时的斗争会上，爸爸不断遭到野蛮的谩骂和扭打。爸爸的每次答辩，都被口号声打断，随之被人用小红书劈头打

---

[1] 《历史在这里沉思》，华夏出版社1986年版。

来，无法讲下去。我们看见爸爸在尽力反抗，不肯低下那倔强的头……”

据陶铸夫人曾志回忆：“斗陶铸的有三百多人，我被拉去陪斗。我看见有几个人把陶铸的脑袋使劲往下按，把他的双手反剪着，陶铸则进行着反抗，拼命把头昂起来，于是几个人围上去对准他一阵拳打脚踢，额头上顿时鼓起几个鸡蛋大的肿包。为了拍实况纪录片，这场残忍的闹剧足足持续了三个小时。我俩心碎神疲地回到家中……”

在邓小平家院子里，邓小平和夫人卓琳也受到了造反派们的批斗。

刘少奇在结束批斗后，回到办公室，他拿出《中华人民共和国宪法》要秘书转达他的抗议：

> 我是中华人民共和国的主席，你们怎样对待我个人，这无关紧要，但我要捍卫国家主席的尊严。谁罢免了我国家主席？要审判，也要通过人民代表大会。你们这样做，是在侮辱我们的国家……

在那样的岁月，宪法被视为废纸，刘少奇的抗议无济于事。

据王力回忆，7月18日晚，当中南海的造反派在“中央文革”支持下揪斗刘少奇时，毛泽东正在武汉召集会议，讨论武汉问题。出席会议的有周恩来、谢富治、王力、余立金、李作鹏、汪东兴、杨成武和武汉军区司令员陈再道、武汉军区政委钟汉华。毛泽东对武汉两大派问题（即“三钢三新”与“百万雄师”）发表讲话。毛泽东正在讲话，汪东兴接到北京长途电话，说中南海造反派在斗刘少奇。汪东兴当即向毛泽东汇报。毛泽东说：“我不赞成那样搞，那样势必造成武斗。还是背靠背，不搞面对面。”毛泽东让汪东兴把他的话转告在北京主持工作的林彪。

陈伯达、江青、康生装聋作哑，依然煽动造反派发动8月5日的斗刘、邓、陶夫妇的大会。

利用“七二〇事件”大做文章

就在“中央文革”的脑袋发烫之际，武汉爆发了反“中央文革”成员王力的大游行。

一桩震动全国的事件——“七二〇事件”，在武汉发生。

毛泽东想去武汉畅游长江，武汉乱糟糟，已不是一年前的模样。那一次，毛泽东横渡长江，5000人随他伴游，10万人伫立两岸欢呼，何等地壮观、气派。“文革”才进行了一年，武汉分裂了，两大派对立着，大规模的武斗一触即发。在如此混乱的局面下，毛泽东断然不能游长江了。毛泽东在那里，处理那棘手的两大派问题。

“中央文革”当时在武汉的唯一成员是王力。1967年6月下旬，毛泽东派谢富治和王力前往西南，解决云南、四川、贵州三省的问题。自从阎红彦含冤而逝之后，云南一片混乱。谢富治过去当过中共云南省委第一书记，所以毛泽东派他去。王力是作为“中央文革”成员派去的。比之于关锋、戚本禹，王力的实际工作经验要丰富。谢富治提出增加余立金，毛泽东又建议增加李再含。于是，一行4人，前往西南。另外，还有“北航红旗”4名红卫兵同行。

7月13日晚，正在重庆的谢富治接到周恩来从北京打来的电话，要他火速飞往武汉。电话中，周恩来未说原因，只说武汉有“紧急任务”。其实，那是因为毛泽东要去武汉，调谢富治到武汉，为的是保证毛泽东的安全——毛泽东记得，驻守武汉的部队原是谢富治指挥过的。

谢富治提出王力、余立金和“北航红旗”红卫兵是否同行？周恩来同意了。

7月14日上午，周恩来从北京飞抵武汉；中午谢富治、王力等从重庆飞抵武汉，住东湖宾馆；晚，毛泽东坐专列抵达武汉，周恩来前往车站迎接。毛泽东、周恩来、谢富治、王力等到达武汉，除武汉军区司令陈再道等知道以外，是绝密的行动。

14日晚，周恩来没有安排谢富治、王力去车站接毛泽东。谢富治说是要上街看大字报，带着王力去了。谢、王都是“文革”中的“红人”，常在各种场合抛头露面，很快就被人认出。

于是，武汉两大派都贴出大标语欢迎谢富治、王力。本是“绝密”的行动，一下子就走漏了消息。但是，两大派都不知毛泽东、周恩来在武汉。

15日一早，毛泽东召见谢富治、王力，听取他们关于西南问题的汇报。毛泽东说，他要坐镇武汉，以解决武汉问题。

毛泽东要周恩来出面主持武汉军区党委扩大会议，听取武汉情况汇报。会议从15日开至18日，参加者不到30人。

18日晚，毛泽东召集会议，确定了关于武汉问题的三条方针，即：武汉军区在支左中犯了方向性错误（注：指武汉军区支持“百万雄师”）；“三钢”“三新”是革命群众组织，要以他们为核心来团结其他组织；“百万雄师”是保守组织。不过，毛泽东还说：“都是工人，我就不相信一派那么左，一派那么右，不能联合起来？工人阶级内部，没有根本的利害冲突。”

7月19日晨，周恩来飞往北京。当天，谢富治、王力、余立金、刘丰、萧前等来到武汉水利学院。那里是“钢工总”的总部。谢富治和王力在讲话中，透露了昨夜会议所定下的三条方针。王力还说：“相信武汉的问题是可以就地解决的，因为武汉有一支钢铁的无产阶级革命派。”谢富治、王力的讲话，使“三钢”“三新”这一大派“热烈欢呼”。

消息飞快传出去，谢富治和王力的讲话录音到处用高音喇叭广播，武汉轰动了，“百万雄师”愤怒了！

“百万雄师”不敢碰谢富治，因为谢富治毕竟是国务院副总理兼公安部部长。王力作为“中央文革”的“大员”，说什么“武汉有一支钢铁的无产阶级革命派”，那“钢铁”不就是指“三钢”那一派吗？王力的话，支一派，打一派，激怒了“百万雄师”，成了“百万雄师”的攻击目标。

武汉街头贴出了声讨王力的大字报：《王力究竟是人还是鬼——深思几个为什么？》。大字报指出：

“王力自窃据中央文革成员以来，一贯以极左面貌出现。在他插手的四川、内蒙、江西、河南、湖北、浙江、云南等省，均出现大抓‘谭氏’人物（引者注：“谭氏”指北京红卫兵领袖人物之一谭力夫），大搞武斗，大流血，大混乱，大破坏，工厂停工，这是为什么？王力是不是挑动群众的罪魁祸首？把王力揪住，交给湖北三千二百万人民，与各兄弟省革命组织一道，进行斗争，挖出这颗埋在毛主席身边的定时炸弹。打倒王力！王力从中央文革滚出去！”

19日下午3时，在武汉军区小礼堂召开军区党委扩大会，师以上干部参加。据陈再道回忆：

王力用教训人的口吻说：“看来你们对文化大革命一点也不理解，因此，我只好像给小学生上课一样，从一年级的第一课讲起……”王力从1965年姚文元批判《海瑞罢官》的文章讲起，一直讲到1967年军队支左。胡说什么武汉的职工联合会（“百万雄师”的前身）是陶铸的官办组织，是用来破坏工人运动的。而工人总部则高举“造反有理”的旗帜……现在的主要矛盾是党内军内一小撮走资派……会议一直开到夜11时。

7月20日凌晨，支持“百万雄师”的武汉八二〇一部队6辆卡车急驶，后面跟着四十几辆“百万雄师”的卡车，车上装满手持长矛的造反队员，他们要造王力的反。

军队冲入武汉军区大院。另一部分冲入东湖宾馆。正在睡梦中的王力被突然抓走，押往军区四号楼，拉到三楼的一间六平方米的小屋里。“百万雄师”的负责人要王力签字，承认他们是革命群众组织。王力说：“我没有权签这个字。哪一派是不是革命群众组织，由中央决定。”王力又说：“‘百万雄师’至少是群众组织，而且是一个很大的群众组织。”显然，王力不承认“百万雄师”是“革命群众组织”。

王力的态度，使“百万雄师”怒气冲天。如王力所回忆的：“突然涌进了一些人，不知是什么人，连他们（即指“百万雄师”）的负责人也控制不住，动手打了我，把手表和钢笔也抢了，打得一塌糊涂！”这位“大秀才”的踝骨被打断了！

“百万雄师”总动员，出动数千辆卡车排成四路纵队，举行浩浩荡荡的游行。“打倒王力”之声，震撼着武汉三镇。这便是“七二〇事件”。

消息立即传到北京，传到钓鱼台，传到江青、陈伯达、康生的耳朵里。“百万雄师”敢打“中央文革”的“大员”王力，江青、陈伯达、康生认为，这正是个好“题目”，“中央文革”可以借此做一篇大文章。

据林彪秘书张云生所写的回忆录《毛家湾纪实》（春秋出版社1988年版）载：

> 7月20日下午，江青来到人民大会堂，十万火急地要见林彪（引者注：当时林彪住在人民大会堂浙江厅）。江青见林彪之前，通常都在事先打个招呼，这次也顾不得了。林彪因怕“出汗”，对于会客有种种“禁忌”，这次也不在乎了。在江青之后，陈伯达、康生、张春桥、关锋、戚本禹、姚文元也陆续到了林彪住的大会堂浙江厅。最后，总理也来了。
>
> “叫叶群也来！”李文普（引者注：林彪秘书之一）从浙江厅出来，传达江青的命令。
>
> “出了什么事，这么急？”我问出面接待这些客人的李文普。
>
> “听说王力在武汉挨打了！”李文普小声说……叶群急匆匆地去了浙江厅。一个小时左右，会议散了。叶群来到秘书值班室，向我、张益民（引者注：亦为林彪秘书）和李文普作应急式的布置。
>
> “武汉出了大问题了！”叶群显得有些紧张和激动，“王力在武汉挨打了，这简直是翻了天！王力是中央文革成员，打了他，就等于打了中央文革。主席正在武汉，这也是把矛头指向了主席。现在最令人担心的是主席的安全。总理决定亲自去武汉，保护主席赶快向上海转移。中央文革决

定，要借这次武汉事件大做一下文章，保卫毛主席，保卫中央文革，保卫‘文化大革命’，把当前这种反动逆流打下去。”……

周恩来办事干练、利索。7月20日下午3时54分，周恩来专机便离开北京。在飞往武汉途中，空军司令吴法宪制造紧张空气，说是陈再道在武汉王家墩机场布兵，要劫总理。于是，周恩来专机只得降落在离武汉60多公里的山坡机场。

周恩来到达武汉之后，为了息事宁人，指示武汉军区副司令员孔庆德和独立师师长牛怀龙，尽快设法救出王力。因为一旦救出了王力，这场轩然大波就会慢慢平静下来。

后来，武汉八一九九部队奉命救出王力。王力回忆道：“利用吃饭的机会，他们把我弄到二十九师。我在二十九师后来又被人发现，又转移到西山。”

周恩来匆匆赶往毛泽东那里。周恩来担心毛泽东的安全。王力回忆说：“这一次主席打破不坐飞机的惯例，坐飞机到了上海。总理亲自布置主席由宾馆的后门转移到机场，改乘军内的小汽车，用武汉军区空军的车号。大卡车在前面开路。他老人家对于被迫离开武汉很恼火。这是他老人家成为党的领袖以来从未发生过的事情。”毛泽东乘坐的飞机是在7月21日凌晨2时从武汉王家墩机场起飞的。

7月21日中午，王力换上军装，被护送到武汉军区空军司令部。

7月22日凌晨3时，王力被秘密护送到武汉远郊的山坡机场。

林彪、江青、陈伯达、康生决定利用王力飞回北京之际，大造声势。他们组织了数万人在北京西郊机场，像迎候“英雄”凯旋一般欢迎王力。

7月22日下午，谢富治和王力所坐的飞机先飞。周恩来在武汉处理好一些事情之后才登机起飞。

到达北京上空，谢富治和王力的飞机在空中盘旋，不降落，“蘑菇”了一些时候，特地让晚飞半小时的周恩来专机降落。这样，让周恩来参加了机场欢迎行列，大大提高了欢迎的“规格”。

当腿上绑着石膏、绷带的王力出现在北京西郊机场，欢迎“英雄”的人群中爆发出响亮的口号声：

“打倒武汉‘百万雄师’！”

“揪出武汉反革命事件的黑后台！”

“王力同志是坚定的左派！”

“向王力同志学习！”

“向王力同志致敬！”

“誓死保卫‘中央文革’！”

“谁反对‘中央文革’就打倒谁！”

当天晚上，林彪召集会议，“中央文革”成员全体参加。林彪定下了调子：“武汉‘七二〇事件’是反革命暴乱！”

第四章
兵败庐山

毛泽东的目光射向陈伯达，十分严肃地说：“你们继续这样，我就下山，让你们闹。设国家主席的问题不要再提了。要我早点死，就让我当国家主席！谁坚持设，谁就去当，反正我不当！”

跟林彪建立“热线”联系

陈伯达在“中央文革”的日子，已经越来越不好过了。

在打倒王、关、戚之后，“中央文革”只剩5个人，真的成了一个“小”组。可是，在这5个人之中，张春桥、姚文元是江青的“嫡系部队”，康生是江青的“军师”，陈伯达这个组长在“中央文革”中处于孤立的地位。连他自己也渐渐意识到，第六个回合所要打倒的，十有八九是他了！

他寻求新的政治伙伴，以求结成新的联盟，巩固自己每况愈下的地位。

靠毛泽东吗？毛泽东当然要依靠的。但是，毛泽东接二连三的批评，表明毛泽东对他的信任是很有限的。

靠周恩来吗？周恩来正气凛然，是不可能跟他拉拉扯扯的。

“第一号人物”毛泽东靠不上，“第三号人物”周恩来靠不拢，陈伯达的唯一选择，就只有与“第二号人物”林彪接近。

在历史上，陈伯达与林彪本来没有什么“友谊”的渊源可寻。在工作上，一个是文人，一个是武将，也没有什么联系。可是，在“王、关、戚”被揪出来之后，在“杨、余、傅”事件之后，为着自身的生存，为着政坛格斗的需要，陈伯达渐渐从钓鱼台“离心”，改换门庭，投向毛家湾。

林彪呢？在“杨、余、傅”事件之后，黄永胜取代了杨成武，出任中国人民解放军总参谋长，林彪在军队里的势力日益扩大。不过，林彪手下清一色的都是武将，他所缺的是“秀才”。看出陈伯达在“中央文革”中受排挤，林彪当然乐于把这么一位“理论家”拉过来。

出于各自的政治需要，出于各自的政治处境，林彪和陈伯达之间的来往渐渐多起来，以至于陈伯达两口子吵架，也由叶群出面予以“调解”。

陈伯达与林彪的暗中联系，那“中转站”是叶群。陈伯达跟叶群同乡，况且早在延安就已经有过来往，所以很快就建立了“热线”。

林彪秘书张云生曾为陈伯达、叶群之间的通话做过一次记录，他的回忆透露了陈伯达当年的心境：

一次，叶群正在听我讲文件，陈伯达来了电话。叶群接电话后，我想退出，叶群用右手掌在空中向下压了两下，又作出拿笔写字的姿势，示意让我留下作记录：

“你好！老夫子。”叶群接过电话后说，“几天没见了，真有些想念你……你讲吧，这里就我一个人。”我觉得很窘。叶群说这里就她一人，可是实际上还有我在旁听。叶群又一次作手势，再次示意我作好记录。“……啊！你想来毛家湾，还有点怕。你怕什么呢？……啊，你说不是怕林彪同志（叶群故意重复对方的话），你对林彪同志还是完全信任的。啊……你说你怕的是你周围的环境……你的心情一直很不舒畅，甚至有时候一个人在暗地哭过……怎么搞的？那几个小的（原注：大概是指王、关、戚）过去对你不好，不是都已经处理了吗？……啊，你说问题不是那样简单……嗯，你说主席对你是好的，林彪同志对你是好的，可是还有人对你不好。谁呢？……总理吗？……那又是谁呢？你不好说……江不是对你很好吗？……嗯，江不像过去了……她批评你政治上不成材……你说心里难过，总想哭……你想到毛家湾来，又不敢来……你暂时不来也好。你放心，林彪同志是关心你的，支持你的……对，一组那里对你的看法也还好，你别伤心，你要注意保重……你放心，我不会对任何人讲，绝不会。再见！”

叶群放下电话后，立刻把我作的电话记录收了去。她站起来说：“对你们当秘书的，保不了密。知道了就行了，但不准对别人说。老夫子现在处境很难，总想找我帮助，可是我能帮什么呢？我得找首长去！”（引者注：“首长”指林彪）

从那以后，张云生常常接到福建口音的电话：“我是陈伯达。我想和叶群同志讲个电话。”

陈伯达不大去毛家湾，怕的是太显眼，容易引起别人注意。他通过叶群这条“热线”跟林彪联系。三天两头，陈伯达跟叶群之间的电话越打越多，有时一谈就是个把小时！

陈伯达在电话中闲聊时说了句想吃海螃蟹，区区小事一桩，叶群却马上以“林办”名义打电话，让空军用飞机运来，送到陈伯达那里……

陈伯达收下毛家湾的礼物，回赠什么呢？他给林彪题诗，给叶群题诗。后来，甚至林彪手下那几员武将黄永胜、邱会作那里，都有了“老夫子”的题诗。

陈伯达给邱会作题了这样一首诗：

繁霜冷雨独从容，
晚节犹能爱此功。
宁可枝头抱蕊老，
不能摇落坠西风。

这首《咏菊》诗是叶群所作，由陈伯达题写。邱会作把陈伯达手迹刻在菊花砚上，回赠叶群……

起草“九大”政治报告的激烈争斗

1968年10月13日至31日，中共八届十二中全会在北京举行。

原计划在这时召开的并非中共八届十二中全会，而是中共“九大”。

1967年11月27日以中共中央、中央文革联名发出的《中央关于对征询召开“九大”的意见的通报》，其中第六条这么写的：

“关于‘九大’开会时间，多数同志建议明年秋天国庆节前召开。‘九大’过后接着开‘人大’，把刘少奇罢掉，解决国家主席问题。这样，明年国庆节上天安门的都是毛主席无产阶级司令部的新的党和国家领导人。”

中共“九大”，是一次权力再分配的会议。中共高层的权力之争迟迟未能明朗化，于是原定在1968年国庆节前召开的中共“九大”也就迟迟开不起来。毛泽东只得提议，先开中共八届十二中全会，作为召开中共“九大”的预备会议。

毛泽东在中共八届十二中全会上，发布了一段“最高指示”：“这次无产阶级文化大革命，对于巩固无产阶级专政，防止资本主义复辟，建设社会主义，是完全必要的，是非常及时的。”毛泽东的这段话，为召开中共“九大”定下了基调。

会议再一次批判了“二月逆流”，把四帅三副说成是“一贯右倾”。会议通过了《关于叛徒、内奸、工贼刘少奇罪行的审查报告》，作出了把刘少奇“永远开除出党，撤销其党内外一切职务”的错误决定。

会议的公报宣告：“全会认为：经过无产阶级文化大革命的风暴，已经从思想上、政治上、组织上为召开党的第九次全国代表大会，准备了充分的条件。”

这样，中共“九大”的准备工作也就紧打紧敲开展起来了。

为中共“九大”准备的主要文件共两项：政治报告和修改党章报告。

谁来起草报告，意味着谁在党内有较大的势力。围绕着由谁来起草，发生了一场激烈的争斗。

毛泽东、林彪、周恩来是不会去执笔起草这两个文件的。似乎顺理成章，应当由“第四号人物”“理论家”陈伯达去起草。何况，陈伯达是“大手笔”，一系列中共重要文件曾出自他的笔下。

张春桥、姚文元先下手为快，早已把修改党章之权抢到手。1967年12月16日，以中共中央、中央文革联名发出的《关于进行修改党纲党章工作的通知》中，便已指出：“根据毛主席和党中央的指示，上海市革命委员会正在展开一场群众性的修改党纲党章的运动。他们采取领导和群众相结合的方法，以三种形式结合进行：（一）组织了市一级的修改小组；（二）分别到工厂、机关、学校、商店、公社、连队、街道选择一批点，组织了几十个群众性的修改小组，为市的修改小组提供参考性的修改稿；（三）市一级的革命群众组织和驻沪三军自己选择一批基层单位，展开修改党纲党章的讨论，广泛听取和集中群众意见。这种做法收到了很好的效果……”

如此看来，修改党章的工作，陈伯达是无法插手了。

不过，在陈伯达看来，起草政治报告，非他莫属。

可是，毛泽东却指定由陈伯达、张春桥、姚文元三人起草。

这时候的陈伯达，常住米粮库胡同家中，已经不大去钓鱼台了。他与康生、江青、张春桥、姚文元之间，已产生很深的裂痕。他与林彪的日益接近，使这一裂痕日益扩大。他已很难跟张春桥、姚文元合作。

陈伯达如此回忆道：

“九大”前，原来决定要我和张春桥、姚文元共同起草政治报告稿。我不愿同张、姚等人合作。起草人名单上，是我列在前面。我就自己着手，并组织几个人帮助搞材料。

在我起草的稿子上，我写过关于“刘邓路线”的话。毛主席看过，说了一个重要批示：“邓小平同志打过仗，同刘少奇不一样，报告上不要提他。”

记得，毛主席的话，我向周恩来同志报告过。

张春桥几次打电话要我到钓鱼台去，和他们一同搞。我说，你们可以搞你们的。结果，他们就以康生带头的名义，搞出一个稿子。

实际上，起草人的名单虽是毛泽东定的，却叫林彪出面来抓起草工作——因为毛泽东已指定林彪来作政治报告。1969年2月下旬，林彪在毛家湾召见了三位“大秀才”——陈伯达、张春桥、姚文元。林彪说了自己的一些意见。这时，张春桥、姚文元对陈伯达说：“你先动笔吧。需要我们时，就随时找！”

陈伯达在米粮库胡同埋头于写政治报告，与钓鱼台分庭抗礼。

他要秘书王文耀、王保春到处打电话，为他收集资料：

要新华社给他送来工厂、农村的生产情况资料；

要中央研究室的“秀才”们帮助他找资料，查马列经典著作；

给李雪峰打电话，从石家庄弄来河北省的一些资料……

他想要北京市的资料，托秘书给北京市革命委员会主任谢富治打电话，却碰了钉子。谢富治说：“如果是中央要材料，我给。如果是你陈伯达个人要材料，我不能给！”

他起草的“九大”政治报告的题目是《为把我国建设成强大的社会主义国家而奋斗！》，全文分十个部分。他送给毛泽东审看的是第一部分和全文的提纲。当时，他还未写出全文。

陈伯达向中央请假一个月，全力以赴起草政治报告。

陈伯达深信，凭他的这支笔，完全可以独自写出政治报告。他不理张春桥和姚文元。

张春桥和姚文元着急了。他们借口陈伯达写得太慢，会影响“九大”的召开，准备另搞一摊，另外起草一份政治报告。

陈伯达得知张、姚的动向，就把自己的提纲和已经写完的三个部分，拿出来讨论。

会上，张春桥、姚文元批评陈伯达的初稿是鼓吹“唯生产力论”。

于是，张春桥、姚文元拉了康生，决定另起炉灶。

康生很刁，推说自己生病，不参加具体讨论。张春桥、姚文元以为这是夺取起草权的好机会，花了一个星期就突击出一份政治报告来。

这时，康生开腔了。他给林彪打了电话。当时毛家湾林办秘书，记下了康生的话：“我最近生了病，没有直接参加政治报告的起草。春桥、文元写的稿子，我看了一遍。我觉得，作为接班人向‘九大’作的报告，这个稿子的分量是不够的。但是在这样短的时间内，他们就能拿出有一定水平的初稿来，还是不易的。我看它可以作为进一步讨论修改的基础，因为它的基本思路是能站住脚的。”

康生又得到江青的支持，使陈伯达完全处于孤立的境地了。

终于，江青得知毛泽东对陈伯达写的初稿有过批示，而陈伯达竟不告诉她，更不告诉康生、张春桥、姚文元。

江青、康生大怒，说陈伯达“封锁毛主席的声音”！

陈伯达与江青、康生大闹起来。陈伯达回忆了当时的情景：

> 在“九大”前，江青和康生出谋划策，以所谓我“封锁毛主席的声音”为借口，在人民大会堂东大厅搞了一个大会，到会的人在大厅里几乎坐得满满的。
>
> 江青自己宣布：她是会议主席，“陈伯达作检讨”。
>
> 她同康生两人“你唱我和”。我只说了一句话便被打断。
>
> 江青说：“陈伯达不作检讨，不让他说了。”她也不让参加会议的其他人发言。
>
> 当时工作人员一般都穿军装，我在会上穿的也一样。江青提出要摘掉我衣帽上的帽徽领章。
>
> 我看，这个会是为打倒我而开的会，没有什么可辩，就大喊一声：“大字报上街！”（即赞成打倒我的大字报上街）
>
> 叶群在会上高呼：“拥护江青同志！”

江青联合康生，差一点要把陈伯达打倒了。在这个节骨眼上，最令陈伯达吃惊的是，叶群居然会高呼“拥护江青同志”。

不过，会议刚刚结束，叶群马上又悄悄地向“老夫子”打招呼：在那种场合，她只能那样喊！

开了那次批评会之后，陈伯达依然不服，他还是写他的那份政治报告，不愿跟康生、张春桥、姚文元合作。

这么一来，就有了两份不同的政治报告。毛泽东在这两份政治报告中必须作出选择：要么用陈伯达起草的，要么用康生、张春桥、姚文元起草的。

借助于江青在背后的活动，康生、张春桥、姚文元起草的政治报告，交由中央讨论。这当然意味着他们写的政治报告一旦获得通过，将会被大会采用。

陈伯达在讨论的时候，抓住机会，也对他们的稿子提出意见。这时候的张春桥，已经不把他这个“组长”放在眼里，与他公开吵了起来。

陈伯达是这样回忆的：

> 冲突的一次集中的表现，是在“九大”预备时期。我在中央会议上，

对康生、张春桥、姚文元等所拟的“九大”政治报告稿（即林彪在“九大”会上念的）提出了这样的意见：“还是应当搞好生产，发展生产，提高劳动生产率。尽搞运动，运动，就像伯恩斯坦所说的‘运动是一切，而目的是没有的’。”

张春桥反驳说：“你说的是‘唯生产力论’！世界上劳动生产率最高的，是一些小国，如卢森堡、比利时等国；你举的现在中国的例子，也是中小城市……”

毛主席听了以后，进卫生间。出来后，毛主席说：“考虑在报告上添进陈伯达的意见。”

但是，这么一来，使江青、康生、张春桥、姚文元异常激怒。

过了两天，开一个会，对我进行了一个从来没有的、言词极其激烈的责斥和批评。

在我倒后，“四人帮”接连不断地攻击所谓“唯生产力论”，并反过来对我加封一个所谓“伯恩斯坦”的名义。

陈伯达依然故我，还在写他的政治报告。他企望自己写的政治报告，能够得到毛泽东的赞许。一旦毛泽东认可了，他的稿子就会被采用。他非要争这口气不可。这倒不是为了一篇稿子。他知道，一旦康生、张春桥、姚文元的稿子被正式采用，那就意味着他这位“理论家”一钱不值！

与此同时，在钓鱼台，康生、张春桥、姚文元也在全力以赴，一遍又一遍地修改他们起草的政治报告。

这是一场激烈的竞争和格斗——“九大”的帷幕还未拉开，陈伯达跟江青、康生、张春桥、姚文元已在那里拼搏了！

离“九大”召开的日子越来越近了，两派“大秀才”还在那里斗法！

陈伯达改了一遍又一遍，总算写出了政治报告。他恭恭敬敬地给毛泽东写了一封信，连同他写的政治报告，装入一个大牛皮纸口袋。然后，把牛皮纸口袋亲手封好，写上“即呈毛主席”。

往日，他住中南海迎春堂，定然亲自走去，送到毛泽东那里。如今，他住在米粮库胡同，要见毛泽东已不那么容易了。他只得派人送往中南海。

陈伯达在家静候佳音，他深信，自己如此用心，花了一个月写出的政治报告，一定会受到毛泽东的嘉许。“九大”一定会用他的稿子。他毕竟是在毛泽东身边工作多年的“理论家”，写过那么多中央文件。他的稿子必定会比康、张、姚的稿子高明得多！

很快有了回音。他派人送去的那个牛皮纸口袋，从中南海退回来了。毛泽东亲笔在牛皮纸口袋上写道：

退伯达同志

毛泽东

陈伯达以为毛泽东会有亲笔信给他，可是他一看那牛皮纸口袋，顿时傻眼了：原封不动，毛泽东没有拆！

陈伯达如五雷轰顶，毛泽东不拆信，意味着他的稿子不屑一看！那牛皮纸口袋是他亲手封的，他看得出，没有被拆过！

他拆开皮纸口袋，里面装着他给毛泽东写的那封恭恭敬敬的信……

陈伯达对笔者说："我当场就哭了，哭得很厉害，很厉害。我一辈子都没有那样哭过！我很伤心，很伤心！……"

是的，陈伯达是很伤心：

这不仅仅意味着他一个月的心思白费，而且意味着他在与江、康、张、姚的竞争中败北！

更重要的是，这意味着毛泽东对他的不信任——对他的稿子不看一眼！

哭罢，陈伯达咬咬牙，对秘书说："送中央办公厅印刷厂排印！"

"主席不用了，还排印？"秘书有些不解。

"印吧，印吧，做个纪念也好！"陈伯达嘟囔着。

陈伯达做好了下台的思想准备……

与林彪密商

8月21日上午，林彪、叶群飞抵九江机场。

与林彪、叶群一起上山的，还有一位"军委秘书"。这位"军委秘书"酷肖林彪。他不是别人，正是林彪之子林立果。

林彪气派非凡，上山之前，他的住处已架好六条电话专线。上山之后，两架云雀式直升机在山上待命。这位"副统帅"仿佛随时预防不测。庐山上的严峻形势，林彪未上山就已有所准备了。

往常，陈伯达总往毛泽东那边跑。如今他已改从新主，朝林彪这边跑。林彪抵达庐山的当天下午，"理论家"去林彪那里，谈了一个多小时。他们商量了如何对"陆定一式的人物"发动攻击。

陆定一早在1966年5月就被打倒了。眼下，他们所说的"陆定一式的人物"是有着特殊的含义——指的便是张春桥。因为直接与毛泽东冲突，他们不敢；与江青、康生交锋，还不是时候；最合适的攻击目标，便是张春桥。在他们看来，张春桥的腰杆还不算太硬。"先打弱小之敌"，兵家历来如此。

"相"来了。"将"也来了，除了黄永胜留守北京之外，吴法宪、李作鹏、邱会作也都前来林彪下榻之处密商。

据吴法宪交代：

"1970年8月21日在庐山，黄昏前叶群邀吴法宪、李作鹏、邱会作去游仙人洞。叶群说：设国家主席还要坚持。我根据林彪、叶群的交代，8月23、24、25日先后同王秉璋、王维国、陈励耘等人讲过坚持设国家主席问题，对其中有些人还讲过不设国家主席林彪怎么办，往哪里摆。"

据陈伯达晚年回忆，他一上庐山，就与吴法宪、李作鹏、邱会作来往密切：

"到庐山下飞机时，我告诉吴法宪，这次宪法草案修改后，主席如果批发，就很好，不要再提什么意见了。记得，后来吴法宪、邱会作、李作鹏几个人到过我那住处一次，我又再重复这个话。"

翌日——8月22日，已处于暴风雨的前夜。

22日下午，中共中央政治局在庐山召开常委会。毛、林、周、陈、康相聚。常委会上似乎风平浪静。毛泽东重复他在中共"九大"召开时说过的话："希望这次大会，开成一个团结的大会，胜利的大会。"毛泽东又一次强调"团结"，显然是针对着存在不团结的现象而说的。

周恩来则对明日大会开幕式怎么开、三项议程怎么安排，谈了具体的意见。

林彪又一次提出在宪法中要有国家主席的条文，遭到毛泽东当面否定。林彪很不高兴，没有表示要在明天的开幕式上讲话。

政治局常委"五巨头"会议结束之后，陈伯达又去林彪那里。因为许多机密要事在电话中谈甚为不便，陈伯达与林彪的私下接触变得异常频繁。

政治局常委会决定，中共九届二中全会定于23日下午3时举行开幕式。

上午，陈伯达又去林彪那里。

中午，正准备午睡的史敬棠，突然接到陈伯达的电话，要他立即去一下。

据史敬棠对笔者说，他到了陈伯达那里，见陈伯达桌子上放着一本1954年版的《中华人民共和国宪法》。陈伯达指着第二章第二节"中华人民共和国主席"，口授了若干修改意见，要史敬棠当场按他的意思写成新的条文。写完后，陈伯达看了一遍，又作了一些修改。前后大约花了一个小时。改毕，陈伯达让史敬棠回去。史敬棠如同被蒙在鼓里一般，不知陈伯达为什么如此着急要拟定关于中华人民共和国主席的新条文。

一场闪电式的攻击战，在一个多小时后的中共九届二中全会开幕式上展开了……

林彪发动突然袭击

23日下午，中共九届二中全会在雾中庐山拉开帷幕，原定3时开会，但直到3时45分才正式开始。

周恩来根据昨日政治局常委会的决定，在会上宣布三项议程，谈了会议时间的安排，传达了毛泽东关于“开成一个团结的大会，胜利的大会”的意见。

就在周恩来讲毕之后，林彪突然在大会上讲话，一讲就讲了一大篇，完全出人意料。

大抵是把“出奇制胜”之类军事韬略搬到政治舞台的缘故，林彪的长篇讲话显然是经过精心准备的。那天上午，他就和叶群仔细研究了一番。

根据当时林彪讲话录音所整理的原始记录，林彪的讲话是这样开始的：

“昨天下午，主席召集了常委会，对这次会议作了指示。这几个月来，对于这个宪法的问题和人代会的问题都是关心的。这个宪法修改，人代会的召开问题，都是主席提出的。我认为这很必要，很合时宜。在这次国内、国外大好的革命形势下开人代会和修改宪法，对于巩固无产阶级文化大革命的成果，巩固和加强无产阶级专政、反帝反修的斗争，对国际共产主义的运动，都会是有深远影响的……”

林彪在讲了这么一番堂而皇之的开场白之后，像往常一样，摆出“亲密的战友”“最好的学生”的姿态，颂扬毛泽东，颂扬“毛泽东思想是全国一切工作的指导方针”。

说着，说着，渐入“正题”。

林彪说：“我们说毛主席是天才，我还是坚持这个观点。毛主席的天才，他的学问，他的实际经验，不断地发展出新的东西来。”

林彪说：“你们大家是不是觉得老三篇（引者注：指毛泽东写的《为人民服务》《愚公移山》《纪念白求恩》这三篇文章）不起大作用呀？我觉得这个东西还是起作用。有人说毛主席对马列主义没有发展。从形而上学的观点，认为事物是凝固的，僵死的，而不是活生生的，可变化的，是随着条件的不同而有所不同的。这种观念不符合马列主义的起码原则，是反马列主义的。这点是值得我们同志们深思的，尤其是在中央的同志值得深思。因为他那个中央不同。我们这个国家是无产阶级专政的国家，共产党当权的国家。最高的一声号令，一股风吹下去，就把整个的事情改变面貌，改变面貌，改变面貌。因此，在这个问题上，我们值得把脑筋骨静下来想一想，是不是这回事情？……”

林彪所说的“有人”“他那个中央”，显然指的是张春桥。

林彪鼓吹了一番天才论之后，很含蓄地谈及了国家主席问题。有碍于昨天毛泽东已当面否决了设国家主席，林彪不便于正面冲锋，来了个“迂回进攻”。他说：

“这次我研究了这个宪法，表现出这样的一个情况的特点，一个是毛主席的伟大领袖、国家元首、最高统帅的这种地位，毛泽东思想作为全国人民的指导思想，这一点非常重要，非常重要，是宪法的灵魂。”

林彪所说的“国家元首”，也就是“国家主席”的另一种提法罢了。他的这段话，婉转地重申了设国家主席的主张。

林彪的这一席话，向毛泽东公开挑战。用“文革”的惯用语言来说，叫作“打着红旗反红旗”。林彪的讲话，打的是颂扬毛泽东的旗号，骨子里却在那里反毛泽东。毛、林从“亲密战友”到反目成仇，虽然有一个发展、渐进的过程，而林彪的这一突然袭击式的讲话，却是一个转折点。

笔者请陈伯达回忆这历史性的一幕。他如是说：

> 在庐山全会正式开会之前，林彪个人单独在一个房间同毛主席谈话。周恩来同志和我以及其他人都在另一个房间。等待时间并不很短（引者注：又据别人回忆，叶群当时守在走廊上，以防“十一楼”闯进去。“十一楼”亦即江青）。
>
> 毛主席和林彪单独谈话以后，大会开了。
>
> 原定是康生报告“宪法草案”，可是林彪抢先说话。据所记忆，是关于“宪法草案”中毛泽东思想的问题以及关于写“天才”的问题。
>
> 林彪讲后，康生便向我挑战，要我也接着讲。我没有讲。
>
> 于是康生夹七夹八地讲了，并引用当时林彪的几句话。
>
> 会散以后，我觉得要问林彪，他的讲话是否得到毛主席的同意。林彪说，他的讲话是毛主席知道的。
>
> 我离开林彪住处，下面就是“军委办事组”几个人的住处。我顺便过

了一下，他们问我可否给找一些马恩列斯关于天才的话，我答应给找。

我答应这事，实在很鲁莽，因为上山时候，我并没有想就这个问题发表什么意见，好像是仅带了列宁选集，不记得还带有几本什么书，所以临时托同去的人在山上找了一些，当夜就用电话将找到的一条一条告诉吴法宪。随后又另抄，第二天在会上给汪东兴（引者注：陈伯达的回忆与吴法宪1971年12月23日的交代不符。吴法宪揭发，1970年8月13日晚，叶群便打电话要陈伯达准备论天才的语录，并非上庐山才要陈伯达编的）。

陈伯达提及的“军委办事组”几个人，也就是吴法宪、李作鹏、邱会作这几员“大将”。

陈伯达晚年在另一份手稿中，这么回忆道：

在九届二中全会正式开会的那天，原来的日程是康生讲宪法草案的问题，并没有林彪讲话这个日程，但他忽然抢先讲话，态度完全反常。林彪讲话似乎有一个拟稿，但语言无序。因此，对他这个讲话，我觉得非常突然，是曾有怀疑的。

我散会后应该直接到毛主席处，请问林彪讲话所疑之处，但却匆匆赶去问林彪：他的讲话是否事先同毛主席谈过。（因为在开会前，他们曾经在一起）林彪诓骗我，我愚蠢至极，竟信不疑，犯了大罪。

从林彪那里出来后，我又到林彪下面几个人住处，议论江青一阵，接受了邱会作要我找天才语录的意见。因林彪的讲话很乱，我给叶群打电话，要她把林彪讲话记录给我整理，当然是想给林彪抹粉，表现我当时还没有看出林彪的反革命野心。

回到住处，就在带去的几本书中找来找去，找到一条，便给打一次电话，此事我做的太荒唐，害己害人，毛主席对我的最严厉批评和教育，是非常中肯的。

听林彪讲话的录音，不知是谁布置的，听录音时，我的座位和汪东兴靠近。我把已经找出的关于马克思主义经典作家的天才语录汇在一起交汪，记得对他说过，可以考虑打印一下。

据史敬棠回忆，在庐山，陈伯达要他找“天才”语录时，告诉他大约哪几篇马列著作中谈及天才问题，让史敬棠尽快查到原文。

林彪在好多次讲话中谈及天才问题，陈伯达曾想把林彪的话也编进去。林彪知道以后，坚决反对。因为林彪要这份论“天才”的语录，为的是用马列主义的“老祖宗”压毛泽东——倘若在其中加了林彪的语录，岂不成了画蛇添足？

吴法宪对于“天才”问题劲头十足，那是因为他在怀仁堂跟张春桥就这个问题吵过一架，他很想能够从经典著作中找到理论根据，以驳倒张春桥。

林彪讲话之后，他的“相”和“将”一片欢欣鼓舞。叶群对陈伯达、吴法宪、李作鹏、邱会作说：这是对“陆定一式人物不点名的点名”！“相”和“将”们自然一听就明白。

王维国、陈励耘要差一些，不知道林彪讲话针对谁。吴法宪张开左手手掌，用右手食指在掌心写了个“张”，王维国、陈励耘恍然大悟。

“这件事你们不可说去。叶群同志说了，不能点名。是不点名的点名。”吴法宪关照着。当天晚上，中共中央政治局开会，讨论国民经济计划，吴法宪突然提出：“明天全会听林副主席讲话录音，学习林副主席讲话，进行讨论！”会后，吴法宪马上得到林彪表扬，说他“立了一功。”

“理论家”变得异常忙碌。往日，他在为毛泽东捉刀时，才会这样忙碌，如今，他为林彪而忙。他连夜编好《恩格斯、列宁、毛主席关于称天才的几段语录》，在电话中念给吴法宪听，吴法宪记录后，马上要打字员打印……

陈伯达所要打印的《恩格斯、列宁、毛主席关于称天才的几段语录》全文如下：

恩格斯、列宁、毛主席关于称天才的几段语录

恩格斯称马克思为天才

恩格斯称赞马克思写的《路易·波拿巴特政变记》一书为：“这是一部天才的著作。”

卡·马克思著《路易·波拿巴特政变记》中弗·恩格斯为本书德文第三版作的《序言》，《马克思恩格斯文选》第221页。

列宁称马克思、恩格斯为天才

1.“当你读到这些评论的时候，就会觉得自己好像是在亲自听取这位天才思想家讲话一样。”

2.“马克思的全部天才正在于他回答了人类先进思想已经提出的种种问题。”

《马克思主义的三个来源和三个组成部分》，《列宁选集》第二卷第

378页。

3. “马克思的天才就在于他最先从这里得出了全世界历史提示的结论，并且一贯地推行了这个结论。这一结论就是关于阶级斗争的学说。”

《马克思主义的三个来源和三个组成部分》，《列宁选集》第二卷第382页。

4. 列宁在《预言》一文中，在引用了恩格斯谈到未来世界大战时所说的一段话后，赞扬恩格斯：“这真是多么天才的预见！”

5. “在现代社会中，假如没有‘十来个’富有天才（而天才人物不是成千成百地产生出来的）、经过考验、受过专门训练和长期教育，并且彼此能够很好地互相配合的领袖，无论哪个阶级都无法进行坚持不懈的斗争。”

《怎么办？》，《列宁选集》第一卷第422页。

毛主席称马、恩、列、斯为天才

“马克思、恩格斯、列宁、斯大林之所以能够作出他们的理论，除了他们的天才条件之外，主要地是他们亲自参加了当时的阶级斗争和科学实验的实践，……”

《实践论》，《毛泽东选集》第264页。

陈伯达到底不愧为“理论家”。他自己一句话也不说，而是引用恩格斯、列宁以至毛泽东本人关于天才的语录，以这样“最权威”的“理论”来证实“天才论”。

陈伯达的逻辑也很“严密”：

恩格斯称马克思为天才；

列宁又称马克思、恩格斯为天才；

毛主席也称马、恩、列、斯为天才。

所以，陈伯达连夜找出的这几段语录，可以说是极为有力的“理论武器”。

据汪东兴回忆：

24日上午散会时，陈伯达在礼堂门口塞给我一份材料，他对我说：“这份材料请打印5份。”

我问：“你是要发给常委吗？”

他说：“是。”

我一看要打印的材料是几条语录。我考虑常委看完后，可能要发给政治局委员，就交代会议秘书处打印20份。[1]

最为忙碌兴奋的一天

24日的黎明，悄然来临，林彪的“将”和“相”们虽然忙了一夜，却早早起床了，他们处于亢奋之中。“副统帅”昨日一马当先，今日他们便要上阵厮杀了。

一早，叶群便把林彪的意思，转告“将”和“相”。她说：“今天下午要分组讨论，你们要在各组发言。如果你们不发言，林副主席的讲话就没有根据了。”

叶群谈了以下“注意事项”：

一、要表态拥护林副主席讲话，坚持天才观点。

二、要坚持设国家主席。但是，因为常委会已作了决定，设国家主席的问题暂时不要提了，以免被动。

三、林副主席在讲话中没有点名，你们在发言中也不要点名。

四、集中火力攻“陆定一式人物”，不要讲康生反对“四个伟大”的提法，打击面宽了，主席那里通不过。虽然张春桥的后台就是江青，但在发言中半个字也不能涉及江青，否则就要碰壁，问题暴露了，什么也搞不成。

五、你们在发言时，要用眼泪表示自己的感情。

“导演”如此详细规定了“演员”们的台词以至表情，到了下午分组讨论的时候，“演员”们一齐动作起来了。那份连夜赶印的论“天才”的语录，出现在各小组会会场。

陈伯达回忆说：

“我是属于华北小组的，在会上，我发言除了会上记录外，我也预先简单写几句，内容已不完全记得，但天才问题是说了的……”

陈伯达所说的“预先简单写几句”，也就是事先写好发言提纲。他的发言提纲已无从寻觅，但是，他的发言记录尚可从档案中查到。

陈伯达当时是跳得最高的一个。他先是以“理论家”的架势，谈论了一通毛泽东对于中国革命和马列主义的贡献，毛泽东思想是如何光辉，然后话锋一

[1] 汪东兴：《毛泽东与林彪反革命集团的斗争》，第39页，当代中国出版社1997年版。

转，指向了张春桥：

但是，竟然有个别的人把毛泽东同志天才地、创造性地、全面地继承、捍卫和发展了马克思列宁主义这句话说成“是一种讽刺”。

林彪同志说，这次修改的宪法里面规定了毛泽东思想作为全国人民的指导思想，是宪法的灵魂，是三十条里最重要的一条，这反映我国革命中最根本的经验。我完全同意林彪同志这个根本的观点。但是，同志们要懂得，加进这一条也并不是那么容易的，是经过很多斗争的。

吴法宪同志说得很对，有人想利用毛主席的伟大和谦虚，妄图贬低毛主席，贬低毛泽东思想。但是这种妄图，是绝对办不到的，在毛泽东思想教育下已经觉悟起来，已经站起来的伟大中国人民，很能够识破他们，揭穿他们的各种虚伪。

文化大革命取得了伟大胜利以后，有的人居然怀疑（八届）十一中全会关于无产阶级文化大革命的公报，这是不是想搞历史的翻案？

多么猖狂呀，有的反革命分子听说毛主席不当国家主席，手舞足蹈，非常高兴，像跳舞一样高兴。

就在陈伯达发言的同时，按照林彪的统一部署，林彪集团的成员们在各个小组里也纷纷发言，倾巢出动。

叶群在中南组，用很气愤的神情说：“林彪同志在很多会议上都讲了毛主席是最伟大的天才，说毛主席比马克思、列宁知道的多、懂得的多，难道这些都要收回吗？坚决不收回，刀搁在脖子上也不收回！”

吴法宪这位空军司令，在西南组以猛烈的炮火攻击张春桥：“这次讨论修改宪法中有人对毛主席天才地、创造性地发展了马列主义的说法，说是个讽刺。我听了气得发抖。如果这样，就是推翻八届十一中全会，是推翻林副主席的《再版前言》……要警惕和防止有人利用毛主席的伟大谦虚来贬低伟大的毛泽东思想。”

李作鹏在中南组，提出一系列的“有人”“有人”，暗指张春桥：“本来林副主席一贯宣传毛泽东思想是有伟大功绩的，党章也肯定了的，可是有人在宪法上反对林副主席。所以党内有股风，是什么风？是反马列主义的风，是反毛主席的风，是反林副主席的风，这股风不能往下吹，有的人想往下吹，有人连‘中国人民解放军是毛主席亲自缔造和领导的，林副主席直接指挥的’他都反对，说不符合历史。”

邱会作在西北组，同样来了个“不点名的点名”：“对毛主席思想态度问题，林副主席说‘毛主席是天才，思想是全面继承、捍卫……’这次说仍然坚持这样观点，为什么在文化革命胜利、（九届）二中全会上还讲这问题，一定有人反对这种说法，有人说天才、创造性发展……是一种讽刺，就是把矛头指向毛主席、林副主席。”

由于“副统帅”事先统一过口径，所以“相”和“将”们步调是那么的整齐，全线出击。

不过，比起几个武将来，陈伯达终究是“宣传老手”。他迅速地改定自己的发言记录稿，作为华北组的二号简报付印（总号为六号）。这样他在华北组上的一席话，化为铅字，马上会使所有出席会议的中共中央委员看到。这期简报由华北组组长李雪峰在24日晚10时多签发付印，25日晨向与会者分发。

24日晚，陈伯达还干了一件重要的事：林彪23日下午在开幕式上的讲话，已由工作人员根据录音整理出来。林彪把记录稿交给陈伯达。以往，陈伯达总是替毛泽东的讲话记录稿做“文字理发匠”。如今，他“跟准”了林彪。林彪的讲话记录稿共24页，上万字，陈伯达作了精心修改。陈伯达把林彪原话中“因为他那个中央不同”之类太刺眼的词句删去了，把“最高的一声号令”改为“上层一些同志的一声号令”等。

24日这一天，是陈伯达最为忙碌、兴奋的一天。

“翻车了，倒大霉了”

又一个黎明到来了。

25日清早，散发着油墨气味的华北组二号简报在庐山上分发，庐山震动了！

简报称赞林彪在开幕式上的讲话“非常重要，非常好，语重心长”，代表了全党的心愿，代表了全军的心愿，代表了全国人民的心愿。

简报强烈要求：毛泽东同志当国家主席，林彪同志当国家副主席（注：这是用特殊的语言和方式坚持设国家主席）。

简报对陈伯达在讲话中提到的所谓“妄图否认我们伟大领袖毛主席是当代最伟大的天才”的人，表示最大、最强烈的愤慨；表示对这种人，应该“揪出来”，“应该斗倒斗臭，应该千刀万剐”！

这份简报，一下子使庐山的政治气温骤然上升。

林彪听了秘书念简报，笑了。林彪说："听了那么多简报，数这份有分量，讲到了实质问题。比较起来，陈伯达讲得更好些。"

吴法宪一看简报，后悔让陈伯达抢了头功。他急令西南组也出简报，吴法宪在自己的发言记录里补加了许多"尖端性"的词语，诸如"篡党夺权的野心家、阴谋家""定时炸弹""罪该万死""全国共讨之，全党共诛之"。

李作鹏一看简报，也着急了。他对邱会作说："你看人家登出来了，你们西北组温度不够。"邱会作赞同道："要加温，要加温！"

林彪的头脑热了。林彪的"相"和"将"们忙于加温。可是，毛泽东却说自己的手凉了！

那是毛泽东把南京军区司令许世友上将找去。毛泽东把自己的手放在许世友的手上，对他说："你摸摸，我手是凉的。我只能当导演，不能当演员。你回去做做工作，不要选我做国家主席！"

庐山的气候瞬息万变，25日上午，叶群获知重要情报："十一楼"带着张春桥、姚文元去找毛泽东告状了！

据云，江青一见到毛泽东，就尖声大叫："主席，不得了哇！他们要揪人！"

又据云，毛泽东让江青回去，只见张、姚……

毛泽东跟张、姚说些什么呢？叶群不得而知。不过，她猜得出来，张春桥是被"揪"的人，显然向毛泽东求救！

毛泽东如何"裁决"，将决定庐山会议的斗争方向：只要毛泽东说一声"张春桥该揪"，那么庐山会议将是批判张春桥的会议，林彪和陈伯达将大获全胜；倘若毛泽东支持张春桥，那……

下午，按原定日程，仍是分组讨论。不过，毛泽东临时通知，召开中共中央政治局常委及各组组长会议。各组照旧讨论。

毛、林、周、陈、康"五巨头"又重新聚集在一起。笑容从毛泽东脸上消失，预示着会议的气氛是沉重的。"文革"把毛泽东推拥到至高无上的地位，他的"最高指示"意味着"终审判决"。

毛泽东严肃地作出三项指示：

第一，立即休会，停止讨论林彪在开幕式上的讲话；

第二，收回华北组二号简报；

第三，不要揪人，要按"九大"精神团结起来，陈伯达在华北组的发言是违背"九大"方针的。

毛泽东的目光射向陈伯达，十分严肃地说："你们继续这样，我就下山，让你们闹。设国家主席的问题不要再提了。要我早点死，就让我当国家主席！谁坚持设，谁就去当，反正我不当！"

毛泽东的话，使陈伯达丢魂丧胆，使林彪极为难堪。大约为了给林彪留点面子，毛泽东对林彪说："我劝你也别当国家主席。谁坚持设，谁去当！"

毛泽东的一席话，使庐山的政治气温骤降。林彪和陈伯达都意识到，这一回他们输了！

对于这次举足轻重的中共中央政治局常委扩大会议，陈伯达是这样回忆的：

> 在毛主席那里开会时，我的记忆中，江青、张春桥都未到，因为他们先向毛主席告状，事先已获得胜利，他们可不必出席。而李雪峰和我虽出席，却是处在被告的地位。
>
> 华北小组简报惹了大祸，我想是其中有类似"把人揪出来"的句子。我的记忆，这不是我说的，也不是李雪峰同志和华北组其他同志说的。如果我的记忆不错，好像是汪东兴说的。
>
> 江青、张春桥见了华北组简报，开始似乎有点恐慌，因为他们惯于"揪人"，现在却有人也想把他们"揪出来"。
>
> 在揪人正盛时，我曾对康生说，我过去不知道有"揪"字和"砸"字，《康熙字典》上没有这两字。康生于是把《康熙字典》中这两个字翻出来，证明我的无知。现在"揪"字却安在江青、康生等人的头上了。真是中国人的所谓"一报还一报"。
>
> 我估计，谁提议"揪出来"，他们是会知道的。郭玉峰参加华北组，他经常往康生、曹轶欧那里走，康、曹同江、张又经常在一起，或许他们就是从郭玉峰口里知道的吧。
>
> 在毛主席那里开会时，那位提出"揪出来"的，也没有事，当时他出席或不出席，我记不清了。
>
> 从此之后，我就没有再参加过毛主席那里的会，都不再通知我了。
>
> 在事情发生的过程中，我去见过周恩来同志。记得他说："江青、张春桥是先到我这里要谈话的，还没有见面，他们却又走了，直接到毛主席那里去了。"

值得提一笔的是，正当毛泽东召开中共中央政治局常委扩大会议、批评林彪和陈伯达的时候，当时还只是中共中央委员的王洪文，不知高层的格斗，正在小组会上谈自己学习林彪讲话的“体会”：“林副主席讲话非常重要。给我们敲了警钟，不承认天才，就是不承认毛主席的正确领导……”

中共中央政治局常委扩大会结束之后，各组组长便紧急向小组传达毛泽东的指示。于是，各组急刹车，不再讨论林彪讲话，收回华北组二号简报。王洪文吓了一大跳，连忙改口……

倘若从23日林彪在九届二中全会开幕式上发动突然袭击，到25日下午毛泽东下令收回华北组二号简报，连头带尾，不过两天半时间，一下子便兵败庐山。

林彪集团丢盔卸甲，一蹶不振：

林彪——闷闷不乐回到住所，一声不吭，脸色刷白。

叶群——吩咐秘书道：“要降温了！我的书面发言不要整理了，你把草稿给我。”

林立果——“翻车了，倒大霉了！”

陈伯达——如今回忆道：“‘揪’到我头上，始料不及！”

吴法宪——后来回忆道：“我听了之后，情绪一落千丈，心情十分紧张，心冷了半截，后悔莫及了，知道犯了错误了！”

李作鹏——懊恼地说：“这下子麻烦了！”

邱会作——从会议记录中撕下自己的发言记录。

刚刚还气壮如牛，转眼间溃不成军，一败涂地。不过，在溃退之中，林彪仍竭力稳住他的队伍，以求保存实力……

毛泽东怒斥陈伯达

陈伯达下台的日子终于到来。

雾锁群嶂，云漫众峰。庐山，浮云遮望眼，难识真面目。

匆匆十一载，弹指一挥间。1970年8月20日，陈伯达从北京飞抵江西九江机场，又从那里上庐山。不胜感慨，11年前，在那次庐山会议——中共八届八中全会，他先是跟彭德怀站在一起，然后随机应变，倒打一耙，化险为夷。眼下，中共九届二中全会即将在庐山召开，故地重游，11年前的余惊不时袭上陈伯达心头。

在中共九届二中全会上，林彪对毛泽东发起突然袭击。毛泽东把批判的矛头首先指向了跟林彪结盟的陈伯达。

8月31日，毛泽东终于对陈伯达来了个总清算、总攻击。毛泽东针对陈伯达所编的《恩格斯、列宁、毛主席关于称天才的几段语录》，写下那篇著名的《我的一点意见》。虽说只是“一点意见”，却“一句顶一万句”，从政治上宣布了陈伯达的死刑。陈伯达的政治生命，从此终结。

毛泽东的《我的一点意见》有700字，而当年炮打刘少奇的《炮打司令部》不过200多字。《我的一点意见》全文如下：

这个材料（引者注：指陈伯达所编《恩格斯、列宁、毛主席关于称天才的几段语录》）是陈伯达同志搞的，欺骗了不少同志。第一，这里没有马克思的话。第二，只找了恩格斯一句话，而《路易·波拿巴特政变记》这部书不是马克思的主要著作。第三，找了列宁的有五条。其中第五条说，要有经过考验、受过专门训练和长期教育，并且彼此能够很好地互相配合的领袖，这里列举了四个条件。别人且不论，就拿我们中央委员会的同志来说，够条件的不很多。例如，我跟陈伯达这位天才理论家之间，共事三十多年，在一些重大问题上就从来没有配合过，更不去说很好的配合。仅举三次庐山会议为例。第一次他跑到彭德怀那里去了。第二次，讨论工业七十条，据他自己说，上山几天就下山了，也不知道他为了什么原因下山，下山之后跑到什么地方去了。这一次，他可配合得很好了，采取突然袭击，煽风点火，唯恐天下不乱，大有炸平庐山，停止地球转动之势。我这些话，无非是形容我们的天才理论家的心（是什么心我不知道，大概是良心吧，可绝不是野心）的广大而已。至于无产阶级的天下是否会乱，庐山能否炸平，地球是否停转，我看大概不会吧。上过庐山的一位古人说：“杞国无事忧天倾”。我们不要学那位杞国人。最后关于我的话，肯定帮不了他多少忙。我是说主要地不是由于人们的天才，而是由于人们的社会实践。我同林彪同志交换过意见，我们两人一致认为（引者注：此处毛泽东用“我们两人一致认为”，为的是“分割”林、陈，逐个击破），这个历史学家和哲学家争论不休的问题，即通常所说的，是英雄创造历史，还是奴隶们创造历史，人的知识（才能也属于知识范畴）是先天就有的，还是后天才有的，是唯心论的先验论，还是唯物论的反映论，我们只能站在马列主义的立场上，而决不能跟陈伯达的谣言和诡辩混在一起。同时我们两人还认为，这个马克思主义的认识论问题，我们自己还要继续研究，并不认为事情已经研究完结。希望同志们同我们一道采取这种态度，团结起来，争取更大的胜利，不要上号称懂得马克思，而实际上根本不懂马克思那样一些人的当。

9月1日，毛泽东的《我的一点意见》印发，全体中共中央委员人手一份。如同一颗原子弹在陈伯达头上爆炸，这位“天才理论家”顿时被摧毁！

笔者在采访陈伯达时，曾问及他当时读了毛泽东的《我的一点意见》时的心情。陈伯达说，他当时先是极度震惊、慌张，接着想到的是“完了”。但是，他也有想不通的地方。他最为想不通的是毛泽东的这句话：“我跟陈伯达这位天才理论家之间，共事三十多年，在一些重大问题上就从来没有配合过，更不去说很好的配合。”陈伯达说，“我怎么也想不通。我在主席身边工作了那么多年，怎么会‘在一些重大问题上就从来没有配合过’呢？”

陈伯达震惊也罢，想不通也罢，反正毛泽东的《我的一点意见》，实际上成了陈伯达在政治上的“死刑宣判书”！

中共九届二中全会改变了议程，转入批判陈伯达。只是因为毛泽东在《我的一点意见》中加了“我们两人一致认为”，保护了林彪，使林彪依然保持“副统帅”的地位。做检查的只是陈伯达、吴法宪和汪东兴。

毛泽东召集中共中央政治局和各大组召集人开会。在会上，毛泽东说，在这次庐山会议的发言中犯了错误的人，应该作自我批评，应该作检查。毛泽东特别点了陈伯达的名，要他作检查。毛泽东还点了吴法宪、叶群、李作鹏、邱会作的名，嘱咐林彪召集他们开会，听取他们的检查。

在毛泽东的《我的一点意见》印发的翌日——9月2日，根据毛泽东的意见，林彪召集陈伯达、吴法宪、叶群、李作鹏、邱会作开会。另外，根据毛泽东的意见，汪东兴也参加了会议。

在毛泽东看来，汪东兴出席会议，一方面可以了解会议的情况，另一方面汪东兴也犯了一点错误——尽管汪东兴的错误性质跟陈伯达、吴法宪、叶群、李作鹏、邱会作不同。

在陈伯达晚年，回忆此事，是这么说的：

“叶群来电话，要我到林彪那里做检讨。我在电话上说，我请求到下面（地方）去。参加林彪召集这个会的，除了住在他下面的几个人（引者注：指吴法宪、李作鹏、邱会作）外，还有汪东兴。”

汪东兴则是这么回忆的：

会议开始时，林彪说：“今天，找你们开个会。你们在会上为什么要在同一个时间发言？为什么都引用了同样的语录？你们要坦白，要交代！”

林彪讲完后，到会的人都不发言，有的翻材料，有的喝水。[1]

林彪的问题，确实令他手下的“将”与“相”们无法回答，因为那发言、那语录，本是林彪自己布置“在同一个时间发言”的，如今怎么倒过来问人家呢？！

汪东兴继续回忆道：

过了一段时间，林彪又说：“嗯，为什么没有人发言？”

这时，我发了言，批判了陈伯达。我指出，华北组的讨论就是陈伯达放炮后搞乱的。

林彪听了，表情很尴尬。

我发言后，其他的人七嘴八舌地讲了一些。会议很快就散了。[2]

9月3日，林彪又召集一次会议。这一回，没有通知汪东兴参加。毛泽东事后对汪东兴说：

“不要你了，说明你不是那个圈子里的人。”

陈伯达在华北小组接受批判。陈伯达晚年这么回忆：

记得平常我很少做记录，但就我所在的华北小组，我曾努力把同志们的批评记录下来。直到现在我还多少记得一些非常中肯的批评，例如，批评我没有什么实践，脑子里尽是“封资修”（引者注：即封建主义、资本主义、修正主义），等等。这些都永远是我应该记住的座右铭。

后来，事隔一年，在1971年8月中旬至9月12日，即“九一三事件”爆发前夕，毛泽东曾多次谈及庐山的九届二中全会，谈得就更加明朗化了，批了林彪，也批了陈伯达。

现据中共中央办公厅1972年3月18日印发的《毛主席在外地巡视期间同沿途各地负责同志的谈话纪要（1971年8月中旬至9月12日）》中，涉及陈伯达及

[1] 汪东兴：《毛泽东与林彪反革命集团的斗争》，第51页，中共中央党校出版社1997年版。

[2] 汪东兴：《毛泽东与林彪反革命集团的斗争》，第51页，中共中央党校出版社1997年版。

九届二中全会的部分，照原文转录于下：

1970年庐山会议，他们搞突然袭击，搞地下活动，为什么不敢公开呢？可见心里有鬼。他们先搞隐瞒，后搞突然袭击，五个常委瞒着三个（引者注：指林彪、陈伯达瞒着毛泽东、周恩来、康生），也瞒着政治局的大多数同志，除了那几位大将以外。那些大将，包括黄永胜、吴法宪、叶群、李作鹏、邱会作，还有李雪峰、郑维山。他们一点气都不透，来了个突然袭击。他们发难，不是一天半，而是8月23、24日到25日中午，共两天半。他们这样搞，总有个目的嘛！彭德怀搞军事俱乐部，还下一道战书，他们连彭德怀还不如，可见这些人风格之低。

我看他们的突然袭击，地下活动，是有计划、有组织、有纲领的。纲领就是设国家主席，就是"天才"，就是反对"九大"路线，推翻九届二中全会的三项议程。有人急于想当国家主席，要分裂党，急于夺权。天才问题是个理论问题，他们搞唯心论的先验论。说反天才，就是反对我。我不是天才。我读了六年孔夫子的书，又读了七年资本主义的书，到1918年才读马列主义，怎么是天才？那几个副词（原注：指"天才地、全面地、创造性地"三个副词），是我圈过几次的嘛。"九大"党章已经定了，为什么不翻开看看？《我的一点意见》是找了一些人谈话，作了一点调查研究才写的，是专批天才论的。我并不是不要说天才，天才就是比较聪明一点，天才不是靠一个人靠几个人，天才是靠一个党，党是无产阶级先锋队。天才是靠群众路线，集体智慧。

林彪同志那个讲话（原注：指林彪1970年8月23日在九届二中全会上的讲话），没有同我商量，也没有给我看。他们有话，事先不拿出来，大概总认为有什么把握了，好像会成功了。可是一说不行，就又慌了手脚。起先那么大的勇气，大有炸平庐山，停止地球转动之势。可是，过了几天之后，又赶快收回记录（原注：指叶群私自收回她在九届二中全会中南组会议上的发言记录）。既然有理，为什么收回呢？说明他们空虚恐慌。

1959年庐山会议跟彭德怀的斗争，是两个司令部的斗争。跟刘少奇的斗争，也是两个司令部的斗争，这次庐山会议，又是两个司令部的斗争。

庐山这一次的斗争，同前九次不同（引者注：毛泽东曾历数与陈独秀、瞿秋白、李立三、罗章龙、王明、张国焘、高岗及饶漱石、彭德怀、刘少奇为党内"九次路线斗争"）。前九次都作了结论，这次保护林副主席，没有作个人结论，他当然要负一些责任。对这些人该怎么办？还是教育的方针，就是“惩前毖后，治病救人”。对林还是要保。不管谁犯了错误，不讲团结，不讲路线，总是不太好吧。回北京以后，还要再找他们谈谈。他们不找我，我去找他们。有的可能救过来，有的可能救不过来，要看实践。前途有两个，一个是可能改，一个是可能不改。犯了大的原则性的错误，犯了路线、方向错误，为首的，改也难。历史上，陈独秀改了没有？瞿秋白、李立三、罗章龙、王明、张国焘、高岗、饶漱石、彭德怀、刘少奇改了没有？并没有改。

我同林彪同志谈过，他有些话说得不妥嘛。比如他说，全世界几百年，中国几千年才出现一个天才，不符合事实嘛！马克思、恩格斯是同时代的人，到列宁、斯大林一百年都不到，怎么能说几百年才出一个呢？中国有陈胜、吴广，有洪秀全、孙中山，怎么能说几千年才出一个呢？什么“顶峰”啦，“一句顶一万句”啦，你说过了头嘛。一句就是一句，怎么能顶一万句。不设国家主席，我不当国家主席，我讲了六次，一次就算讲了一句吧，就是六万句，他们都不听嘛，半句也不顶，等于零。陈伯达的话对他们才是一句顶一万句。什么“大树特树”，名曰树我，不知树谁人，说穿了是树他自己。还有什么人民解放军是我缔造的和领导的，林亲自指挥的，缔造的就不能指挥呀！缔造的，也不是我一个人嘛。

对路线问题，原则问题，我是抓住不放的，重大问题，我是不让步的……

你们对庐山会议怎么看法？比如华北六号简报（引者注：华北组二号简报因是九届二中全会会议简报第六号，所以也称“华北六号简报”，但以“华北组二号简报”更准确些），究竟是革命的，半革命的，还是反革命的？我个人认为是一个反革命的简报。九十九人的会议（原注：指1971年4月中央召开的批陈整风汇报会议。出席这次会议的，有中央、地方和部队的人共计九十九人），你们都到了，总理也作了总结讲话，发了五个大将的检讨（原注：黄永胜、吴法宪、叶群、李作鹏、邱会作五人的检讨），还发了李雪峰、郑维山两个大将的检讨，都认为问题解决了。其实，庐山这件事，还没有完，还没有解决。他们要捂住，连总参二部部长一级的干部都不让知道，这怎么行呢？

我说的这些，是当作个人意见提出来的，同你们吹吹风的。现在不要作结论，结论要由中央来作……

要学列宁纪念欧仁·鲍狄埃逝世25周年那篇文章，学唱《国际歌》、《三大纪律八项注意》。不仅要唱，还要讲解，还要按照去做。国际歌词和列宁的文章，全部是马克思主义的立场和观点。那里边讲的是，奴隶们起来为真理而斗争，从来就没有什么救世主，也不靠神仙皇帝，全靠自己救自己，是谁创造了人类世界，是我们劳动群众。庐山会议时，我写了一个七百字的文件（原注：即毛主席《我的一点意见》一文），就提出是英雄创造历史，还是奴隶们创造历史这个问题。国际歌就是要团结起来到明天，共产主义一定要实现。学马克思主义就团结，没有讲分裂嘛！我们唱了五十年国际歌了，我们党有人搞了十次分裂（引者注：指前面已提及的九次"路线斗争"加上林彪、陈伯达的这一次）。我看还能搞十次、二十次、三十次，你们信不信？你们不信，反正我信。到了共产主义就没有斗争了？我就不信。到了共产主义也还是有斗争的，只是新与旧，正确与错误的斗争就是了。几万年以后，错误的也不行，也是站不住的……

庐山会议上讲了要读马、列的书。我希望你们今后多读点书。高级干部连什么是唯物论，什么是唯心论都不懂，怎么行呢？读马、列的书，不好懂，怎么办？可以请先生帮。你们都是书记，你们还要当学生。我现在天天当学生，每天看两本参考资料，所以懂得点国际知识。

我一向不赞成自己的老婆当自己工作单位的办公室主任。林彪那里，是叶群当办公室主任，他们四个人（原注：指黄永胜、吴法宪、李作鹏、邱会作）向林彪请示问题都要经过她。做工作要靠自己动手，亲自看，亲自批。不要靠秘书，不要把秘书搞那么大的权。我的秘书只搞收收发发，文件拿来自己选，自己看，要办的自己写，免得误事……

我们的干部，大多数是好的，不好的总是极少数。清除的不过百分之一，加上挂起来的不到百分之三。不好的要给以适当的批评，好的要表扬，但不能捧，二十几岁的人捧为"超天才"（引者注：指林立果），这没有什么好处。这次庐山会议，有些同志是受骗的，受蒙蔽的。问题不在你们，问题在北京……

最后一次求见毛泽东

面对毛泽东的严厉、尖锐的批评，陈伯达陷入了四面楚歌的境地。

陈伯达把最后的一点希望，寄托在毛泽东身上。

陈伯达求见毛泽东，渴望毛泽东能够宽恕他。在庐山，唯一能够拯救陈伯达的是毛泽东。

陈伯达的回忆，透露了1970年9月5日上午他平生与毛泽东最后一次见面的情景——这是迄今从未披露过的：

我请求见毛主席。等了一会，毛主席那里来电话要我去。我很高兴去了。这是最后得见毛主席。

见面握手以后，他说："这两年你都不见我看我了。"

的确，这两年除了开会外，我很少单独去见毛主席，这是违反以前多年的习惯的。

解放初，最早我住党校，随后毛主席要叫我练习做点事，要我住中南海，因为打电话到党校找我来一趟至少要半个钟头或不止半个钟头，很不方便。住中南海后，见面倒是很方便，而且我总是随找随到。但是，"文革"后，江青对我干涉过见毛主席的事，说我每次说话太久。过一段时间，恰巧刘叔晏没有经过我同意，我又住在钓鱼台，她就自己经过公安部在住处做错一件事（查一个脚印，本来是无聊的事，如果我先知道，我想是不会让做的）。事后谢富治向江青汇报，江青于是就对我下逐客令："中南海是主席住的地方，你们不能再在中南海住了，要搬出去。"

本来我因为书堆得很多，又想有时找一些同志一起做点事较方便，所以请北京市委负责同志帮找一个地方，即新建胡同。江青下令把我赶出中南海，于是全家就在新建胡同安置了。自此以后，要见毛主席，总要先打电话向秘书打听，主席起床没有，有没有客人……等等。有几次打听得很不愉快，有时秘书就干脆说，"我要回家了"。于是我感觉要见毛主席已是一件不容易的事，渐渐地不单独求见毛主席了。这样事，首先要涉及江青，我是很不便向毛主席说清楚的。当然，对党来说，这不过是极微小的事，但毛主席这时见面劈头一句话就提"两年不见"的问题，可见江青的挑拨离间手段所起的作用。

毛主席说我官做大了，架子大了，不来见了。还说我文章也不写了，总是动动嘴巴，叫别人去写……

毛主席批评我参加"军事俱乐部"。

我说，我愿做自我检讨。

毛主席说，这样很好，党的政策是惩前毖后、治病救人。

我感激毛主席这个宽大的盛意，但是一下子，说不了很多话。

毛主席谈话很简短。告别时，毛主席同我亲切地握手，说："团结起来，争取更大的胜利。"

离开毛主席时，毛主席说，你可以去找和你一块工作的几个人谈谈。还有，他问我，李现在在哪里？

因此，从毛主席那里出来后，我就到江青住处。到庐山后，江青两次打电话要我到她那里去，我没去；后来又来电话说要来我这里，她也未来。所以，一直未见面。这次，我是第一次去她那里，她故意嘲笑地说："稀客！稀客！"什么话也没有说，就要我跟她到康生那里。

在康生那里，先看到曹轶欧，她不招呼。进到康生住的大房子，张春桥、姚文元已先在，可见他们经常在一起论事。

谈话开始了。记得江青第一句话："你们借口拥护林副主席，实际上反对林副主席……"

张春桥说："你为什么不见毛主席？你借口徐业夫同志的电话不好联系，有什么不好联系的呢？"

姚文元骂我："为新启蒙运动事，你让我坐等了好久……"（引者注：这是姚文元打算批判新启蒙运动，已经整理了材料，陈伯达不同意。）

以后各人相继轰，原话现在记不起来了。

随后，组织上通知我，由周恩来同志、康生帮助我写反省。记得周恩来同志沉默寡言，没有谈什么，发言的是康生。我在庐山的检讨发言内容，基本上是康生授意的。

在我做检讨的会上，我非常感谢恩来同志：他代我念那篇由康生授意而写就的稿子。当然，也可以说，因为我的普通话说不好。

会毕，就在会场上，我高兴地去感谢周恩来同志。康生也在那里。恩来同志说，你感谢康生好了。

恩来同志说的正符合事实，是康生给我打了检讨稿的底子。

康生很冷淡地回答："不要怕丑。"

检讨会的第二天，我觉得事情完了，回家务农好了。可能是恩来同志不放心，叫了大夫、护士来看我，要我出去上庐山一游。我请他们和做招待工作的同志一块走。遇到风景好处，同大家照了几张相片。照相后，又继续游山玩水，这一天是从到庐山后最高兴的。

但是，风声所播，也是兴尽悲来了。流传的话就是："陈伯达并没有沉痛，还去游山玩水哩。"

于是，会又开了，这时我已不参加任何大会小会，但似乎简报还看得见。有些关于我的事，是从简报上看到的。

后来听说，在一个会上，有人曾经批我在大的问题上没有同毛主席配合。周恩来同志解释说，是“在一些大的问题上没有配合，不是在一切重大问题上都没有配合”。并指出例子。在那样条件下，周恩来同志竟说这样的话，更使我感到他对事对人的公正。

9月6日下午，中共九届二中全会终于闭幕。在闭幕式上，中共中央宣布对陈伯达进行审查。

毛泽东在闭幕式上作了讲话。

毛泽东在讲话中说，必须从陈伯达问题中吸取教训，高级干部一定要读马、列的几本书。

毛泽东称陈伯达为“黑秀才”。

毛泽东说：“现在不读马、列的书了，不读好了，人家（引者注：指陈伯达）就搬出什么第三版（引者注：指陈伯达编印的《恩格斯、列宁、毛主席关于称天才的几段语录》中收了恩格斯为马克思《路易·波拿巴特政变记》德文第三版所作的序言中的话）呀，就照着吹呀，那么，你读过没有？没有读过，就上这些黑秀才的当。有些是红秀才哟。我劝同志们，有阅读能力的，读十几本。增加对唯物论辩证法的了解。……要读几本哲学史，中国哲学史，欧洲哲学史。一讲读哲学史，那可不得了呀，我今天的工作怎么办？其实是有时间的。你不读点，你就不晓得。这次就是因为上当，得到教训嘛，人家是哪一个版本，第几版都说了，一问呢？自己没有看过。”

毛泽东在讲到庐山会议这场斗争时，批评林彪一伙“大有炸平庐山、停止地球转动之势”。

毛泽东说：

“庐山是炸不平的，地球还是照样转。极而言之，无非是有那个味道。我说你把庐山炸平了，我也不听你的。”“你就代表人民？我是十几年以前就不代表人民了。因为他们认为，代表人民的标志就要当国家主席。我在十几年以前就不当了嘛，岂不是十几年以来都不代表人民了吗？我说，谁想代表人民，你去当嘛，我是不干。你把庐山炸平了，我也不干。你有啥办法呀？”

毛泽东强调搞好党内外团结。他说：

“不讲团结得不到全党的同意，群众也不高兴。……所谓讲团结是什么呢？当然是马克思列宁主义基础上的团结，不是无原则的团结。提出团结的口号，总是好一些嘛，人多一点嘛。包括我们在座的有一些同志，历来历史上闹别扭的，现在还要闹，我说还可以允许。此种人不可少。你晓得，世界上有这种人，你有啥办法？一定要搞得那么干干净净，就舒服了，就睡得着觉了？我看也不一定。到那时候又是一分为二。党内党外都要团结大多数，事情才干得好。”

就在这天深夜，江青接到林彪的电话，说是叶群前来看她。

江青非常得意。因为叶群来访，定然是向她负荆请罪。出乎江青意料，叶群来了，竟带着黄永胜、吴法宪、李作鹏、邱会作诸“将”而来，只是没有“相”。

叶群对江青说：“这次我们上了陈伯达的当，犯了错误。林副主席多次批评我们，辜负了主席的教导，对不起江青同志。林副主席一定要我们来向江青同志道歉，请江青同志原谅。”

江青一听这话，大喜，说道：“老夫子跟张春桥、姚文元有矛盾，文人相轻嘛！我们不能上他的当。”

这下子，双方都往陈伯达身上推。据吴法宪交代，林彪非常明确地对他说：“错误要往陈伯达身上推。强调上当受骗！”

中共中央全会的新闻公报，按照惯例是在闭幕当天发布的。这一回例外，拖到9月9日晚才发布公报。这可能因为毛泽东需要斟酌公报词句的时间。

正式发表的中共九届二中全会公报没有真实透露雾中庐山那场惊心动魄的斗争，只是用很模糊的语言写道：“全党要认真学习毛主席的哲学著作，提倡辩证唯物论和历史唯物论，反对唯心主义论和形而上学……伟大领袖毛主席教导我们：‘国家的统一，人民的团结，国内各民族的团结，这是我们的事业必定胜利的基本保证。’”

直到一年以后发生“九一三”事件，人们重读公报上这段话，才明白是暗示着批判了“天才”论和林彪、陈伯达的分裂主义。

秘书田家英

第一章
志趣相投

毛泽东比田家英年长29岁，犹如他的父辈。工作在毛泽东身边，田家英深受毛泽东的熏陶。何况田家英原本就喜欢文史，跟毛泽东有共同的兴趣、共同的爱好，这使他们之间跨越年纪的沟壑，如切如磋，亲密无间。

差不多成了毛泽东的“总管家”

北京。中南海。离毛泽东所住的勤政殿不过咫尺之遥的一间平房里，桌上、柜上、书架上、椅子上，摊满一张张厚实的纸头，每一张纸头上都压着书或者用旧报纸细心包裹着的砖头，生怕风会吹乱这些纸头。

一位30岁上下的男子，捋起中山装的袖子，正在那里聚精会神地往纸头上盖章。每盖好一张，立即用书、砖头压住，露出红色大印，让印油慢慢吹干。

那一张张纸头非同一般——中华人民共和国中央人民政府委员会主席毛泽东颁发的委任状。

那图章也非同一般——毛泽东的图章。

毛泽东是在1949年9月下旬召开的中国人民政治协商会议第一届全体会议上，当选为中央人民政府委员会主席。

新中国呱呱坠地。新政府诞生伊始。毛泽东主席忙着颁发一张张委任状。

为毛泽东主席掌印的，是他的秘书田家英。田家英因此博得了一个雅号，曰“掌玺大臣”——他手中的毛泽东印章，仿佛成了当年的“御玺”一般。

中央人民政府委员会主席颁发的委任状，是权威性、历史性的证件。田家英“掌玺”，一丝不苟：每一个印，都横平竖直，落在正中，绝无半点歪斜；印油均匀，印章上的一笔一画都盖得一清二楚；盖毕，要等印油完全干燥，这才算完工。

平日工作中很注意节俭的他，为毛泽东买印泥时，却不顾高价了。那天，他骑着自行车来到北京琉璃厂，对那里的印泥挑三剔四，直至寻到一盒货真价实的清朝皇宫用的八宝印泥，这才买下。这种印泥不仅色泽鲜红，有股麝香清香，而且可历数百年而不变色，配得上用于那一张张极为庄重的委任状。

毛泽东一见这盒高贵的印泥，果真非常喜欢。印泥保存在“掌玺大臣”手头，用了多年，从未加过印油，那印色依然鲜艳、纯红、均匀、细腻。

田家英是在1948年来到毛泽东身边工作的。他忠诚、细致、干练、爽直，深得毛泽东信赖、倚重。为毛泽东“掌玺”，只是田家英的种种秘书工作中的一项。把“玉玺”都交给了田家英，显示了毛泽东对他的充分信任。

毛泽东的存折，也叫田家英保管。毛泽东的稿费，由田家英存着。来了毛泽东的亲友，毛泽东就给田家英写条子，这个送200元，那个送300元，由田家英取出存折，勤务员王福瑞去银行取钱，然后交田家英送到毛泽东亲友手中。

开国之初，毛泽东已故前妻杨开慧的亲戚不断来京。毛泽东总是派田家英去接待、照料杨家亲戚，把田家英看成家里人一样。

老画家齐白石、徐悲鸿泼墨作画赠毛泽东，代表毛泽东前往老画家那里看望、致谢的，也总是田家英。

20世纪50年代，中央在一份文件中，曾正式公布毛泽东的5位秘书的名单，依次为陈伯达、胡乔木、田家英、叶子龙、江青。由此，人称“五大秘书。”

在这“五大秘书”之中，陈伯达、胡乔木是毛泽东的政治秘书。他俩不在毛泽东身边居住，主要是为毛泽东起草各种文件，做文字性工作。叶子龙是机要秘书。江青是生活秘书。田家英呢，事无巨细，凡是毛泽东需要他做的，他都尽力而为，从起草文件、下乡调查、处理信访直至“掌玺”、保管存折。

略举毛泽东的几封短函，便可看出，田家英差不多成了毛泽东的“总管家”！

1954年，毛泽东的一封短函吩咐道：

家英同志：

（一）杨秀生（引者注：杨开慧族兄）信请抄转长沙杨开智（引者注：杨开慧胞兄）先生，询问信内所述情形是否属实，我完全不记得了。

（二）今年寄杨家补助费一千二百万元（引者注：指旧人民币。一万元旧人民币相当于一元新人民币），上半年的六百万元宜即寄去，请予办理。

（三）李淑一女士，长沙柳直荀同志（烈士）的未亡人，教书为业，年长课繁，难乎为继。有人求我将她荐到北京文史馆为馆员，文史馆资格颇严，我荐了几人，没有录取，未便再荐。拟以我的稿费若干为助，解决这个问题，未知她本人愿意接受此种帮助否？她是杨开慧的亲密朋友，给以帮助也说得过去。请函询杨开智先生转询李淑一先生，请她表示意见。

毛泽东

3月2日

又是找信，又是抄信，又是汇款，又是代为写信，毛泽东一张字条，便交给田家英一大堆工作。

田家英认认真真逐一办理。

又如，1955年，毛泽东写一字条交办：

田家英同志：

请付工厂照改。每省的题目和每篇的题目，均照我在目录上改的去改正。其余的，今天可以不必送我看了。

迅速打出八份（加陈云同志一份），最好于今日下午或晚上送交各同志。

你和乔木（引者注：即胡乔木）各分一半彻底地作一次文字上的修改，包括题目改得生动些。请告乔木。

毛泽东

9月27日4时

这里提到的是毛泽东当时正在主编的《中国农村的社会主义高潮》一书。毛泽东交给田家英的工作，不仅有事务性的，而且有很多是政治秘书范畴内的工作。

田家英甚至是毛泽东的“图书馆馆长”。博览群书的毛泽东，最爱的是书。他的床，一半睡人，一半放着书。刚解放时，他的藏书并不太多。据给毛泽东管理图书报刊的逄先知回忆，最初“毛泽东的书总共还不到十个书架”，而到了1966年夏，“他的藏书已达几万册，建成了一个门类比较齐全、又适合毛泽东需要的个人藏书室”。逄先知说：“这里要特别提到，为建设毛泽东的个人藏书室，田家英所做的贡献是不应当忘记的，他是花了很多心血的。没有他的指导和具体帮助，建成这样的图书室是困难的。”

不光是建立这个图书室耗费田家英许多心血，毛泽东还常常写来字条，要田家英代为查书。毛泽东是一个酷爱中国古典诗词曲赋的人，自幼把许多名作背得滚瓜烂熟。不过，人的记忆力毕竟有限。要把记忆中的诗词写入著作，总要核对一下原文。有时，记得其中一句佳句，记不得全诗。有时，记得全诗，记不得作者。毛泽东不断写来字条，替他查对原文的总是田家英。例如，1964年12月29日，毛泽东给田家英写了条子：

近读五代史后唐庄宗传三垂冈战役，记起了年轻时曾读过一首咏史诗，忘记了是何代何人所作。请你一查，告我为盼！

毛泽东附了他凭记忆默出的《三垂冈》一诗：

英雄立马起沙陀，
奈此朱梁跋扈何。
只手难扶唐社稷，
连城犹拥晋山河。
风云帐下奇儿在，
鼓角灯前老泪多。
萧瑟三垂冈下路，
至今人唱百年歌。

田家英为他查到了原诗及其作者，使田家英惊叹不已的是，毛泽东默出的诗，只错了两个字！

与毛泽东如切如磋、亲密无间

毛泽东的书房里，忽地挂起了一幅清朝书画家郑板桥（郑燮）的手迹。郑板桥乃“扬州八怪”之一，草书劲峭，体貌疏朗，自成一格。

在抽烟、喝茶的片刻，毛泽东踱了过去，不时驻足，细细欣赏着郑板桥那竖长撇法运笔，有时甚至用手指头在掌心比划起来。

毛泽东喜欢书法。他的字，潇洒豪放，无拘无束，如天马行空，似蛟龙过海。闲暇时，端详百家书法是他的嗜好。

那幅郑板桥的草书挂了几天，忽地不见了，却出现在田家英家中。

过了些日子，又一幅清朝书法家的手迹，出现在毛泽东书房。几天之后，却又出现在田家英家中……

人才学家们仔细研究过父母对子女、教师对学生的影响，却未曾研究过首长对秘书的影响。

毛泽东比田家英年长29岁，犹如他的父辈。工作在毛泽东身边，田家英深受毛泽东的熏陶。何况田家英原本就喜欢文史，跟毛泽东有共同的兴趣、共同的爱好，这使他们之间跨越年纪的沟壑，如切如磋，亲密无间。

平心而论，田家英的字写得并不好。毛泽东常派他去北京荣宝斋买字帖，使他对书法也产生强烈的兴趣。毛泽东最喜欢的是怀素的字，书法属“怀素体”。怀素是唐朝名僧，毛泽东的大同乡——湖南长沙人，以“狂草”著称。怀素继承并发展了唐朝张旭的狂草，后人称之为“颠张狂素”。见到怀素的帖子，田家英必定为毛泽东买下。见到东晋书法家王羲之的草书拓本，于右任的《标准草书范本千字文》，以及《草诀歌》，田家英也为毛泽东收集。

常在荣宝斋走动，田家英竟因此爱上清朝的字。他的工资、稿费，有多余的就用来买清朝字画——主要是字。借此他研究书法，更借此研究清史。陆陆续续，他买了上千幅清朝字画，成为他毕生的唯一“财产”。每当他买到清朝的字幅，总是先在毛泽东那里挂几天。毛泽东看过了，他这才移回家中。闲暇时，评论古人书法，常成为毛泽东和他的共同话题。

毛泽东写诗词，写罢，或觉得诗词写得不好，或认为字写得不好，随手就把纸揉成一团，扔进废纸篓。爱诗爱字爱毛泽东的田家英，却说那是“国宝”，总是从废纸篓里把一团团宣纸拣起，摊平，然后装裱起来。如此这般，他裱成一大叠。内中有毛泽东自己写的诗词，也有毛泽东抄录古人的诗词，如唐朝诗人白居易的《琵琶行》。

1963年，在为毛泽东编辑《毛主席诗词》一书时，田家英拿出从废纸篓里捡回的一首诗《七律·人民解放军占领南京》。毛泽东看毕，哈哈大笑：“嗬，我还写过这么一首诗！写得还可以，收进去吧。”

原来，1949年4月，当时已经由西柏坡迁至北平香山的毛泽东，得知解放南京的喜讯，欣然命笔，写下一首七律。大抵写毕又不甚满意，揉成了一团。幸亏田家英细心，保留了毛泽东的手稿。自从《毛主席诗词》印出，这首七律广为流传，脍炙人口：

钟山风雨起苍黄，
百万雄师过大江。
虎踞龙盘今胜昔，
天翻地覆慨而慷。
宜将剩勇追穷寇，
不可沽名学霸王。
天若有情天亦老，
人间正道是沧桑。

如今，能够随口背出此诗的大有人在，而这首诗背后的故事倘不是田家英夫人向笔者讲述，几乎鲜为人知。

毛泽东爱诗，田家英亦爱诗。正因为这样，1958年首次出版《毛主席诗词十九首》时，田家英便是编辑者——他平时很用心抄录收集毛泽东诗词。至1963年田家英编《毛泽东诗词》时，增至37首。毛泽东常要田家英替他查对古诗，使田家英对诗词的兴趣更浓。

借古鉴今。毛泽东平日饱览中国古籍，从经史子集到稗官小说，都为他视野所及。田家英在毛泽东身边多年，亦熟知中国古代文史。毛泽东读了好书，感慨一番，还要向田家英推荐。比如，从1958年毛泽东给田家英的一封短函，便可见一斑——

田家英同志：

如有时间，可一阅班固的《贾谊传》。可略去《吊屈》《鹏鸟》二赋不阅。贾谊文章大半亡失，只存见于《史记》的二赋二文，班书略去其《过秦论》，存二赋一文。《治安策》一文是西汉一代最好的政论，贾谊于南放归来著此，除论太子一节近于迂腐以外，全文切中当时事理，有一种颇好的气氛，值得一看，如伯达、乔木有兴趣，可给一阅。

毛泽东

4月27日

毛泽东是一团炽热的火。他，感染着、影响着他四周的人。到了后来，田家英的文风竟酷似毛泽东！

1956年9月15日，中国共产党第八次全国代表大会在北京隆重召开。在暴风雨般的掌声中，毛泽东和他的战友们步上主席台。毛泽东从衣袋里掏出开幕词，抑扬顿挫地念了起来：

“同志们：中国共产党第八次全国代表大会，现在开幕了……”

毛泽东的开幕词很短，不过两千多字。根据当时记录，毛泽东致开幕词时，曾被34次热烈的掌声打断，其中有5次是“长时间的热烈鼓掌”，足见开幕词在代表心中引起极其强烈的反响。

开幕词中的“华彩段落”，被人们作为“毛泽东格言”反复引用：

“国无论大小，都各有长处和短处，即使我们的工作得到了极其伟大的成绩，也没有任何骄傲自大的理由。虚心使人进步，骄傲使人落后，我们应当永远记住这个真理。”

谁都以为，这篇充满“毛泽东风格”的开幕词，当然出自毛泽东手笔。

可是，当代表们赞许这篇开幕词时，毛泽东却坦诚地说道：“这不是我写的，是一个少壮派，叫田家英，是我的秘书。”

如果不是毛泽东说出“底细”，那开幕词完全是“毛派”笔调，谁也未曾想到是别人代笔。

毛泽东是著作巨匠，毛泽东著作出自他的笔下。不过，在筹备中共“八大”的那些日子里，毛泽东事忙，委托陈伯达起草开幕词。

“陈老夫子”洋洋洒洒写了一大篇。毛泽东一看，摇头了。

可是，这时离开幕之日已经很近。

“田家英，你来写吧。写得短些，有力些。”毛泽东把起草开幕词的任务，交给了田家英。

田家英干了一个通宵，写出来了。

毛泽东一看，笑了。开幕词经中共中央政治局讨论，个别处作了一些修改。毛泽东把改定的开幕词装进衣袋里，然后拍了拍衣袋说道：“开幕词落实了，我放心了！”

他崇拜正直刚烈的谭嗣同和林则徐

田家英是“文革”的第一批受难者，于1966年5月愤然弃世。隔着“天堑”，生者无缘对死者进行访问。

我去北京访问田家英夫人董边。头一回是在隆冬，给她家挂电话，不巧，她去南方休养了。这一回在夏末去北京，一打电话，耳机里传出来的正是她的声音：“欢迎你来！”

叶永烈采访田家英夫人董边

她家在一幢高层公寓里。客厅内一大排玻璃书橱，整整齐齐竖放着一本本书。

她坦率、热忱，毕竟曾经沧桑，显得深沉。直梳短发，方脸，一副深咖啡色边框的眼镜，延安老大姐的气质。已经离休在家的她，患哮喘，但谈锋甚健，每一回差不多都一口气谈四个来小时，常常朗朗大笑。

笔者请董边谈她的家英。她拿出一本亲手剪裁、装订的田家英印谱——这位“掌玺大臣”自己的印章。

笔者翻阅着印谱，发觉，这是田家英品格的缩印，是他的座右铭的汇集。

有十几个印章，都刻着“小莽苍苍斋”字样。我不解其意。经董边解释，笔者才明白：“家英崇拜谭嗣同。谭嗣同的书斋叫‘莽苍苍斋’。他步谭嗣同的‘后尘’，把自己的书斋叫作‘小莽苍苍斋’。谭嗣同的‘莽苍苍’的原意是博大宽宏。”

在田家英的藏书上，都盖着“小莽苍苍斋”印章。他买了字、画，也盖上“小莽苍苍斋”印章。难怪，他的“斋章”多达十几个。

“另一个受家英崇拜的人，是林则徐。谭嗣同和林则徐都是爱国爱民、忧国忧民、气贯长虹、刚正不阿的历史人物，家英敬佩他们。这是刻着林则徐诗句的印章。”董边指着另一页，说道。

那一页印章，刻着两句诗：

苟利国家生死以，
岂因祸福避趋之。

那是1850年，林则徐在病中奉诏南征。这位钦差大臣在广东潮州病危时，仍执意征战，哼出了这两句诗。田家英请人篆刻这两句诗，用以激励自己。

在印谱中，有用田家英自己拟的格言刻成的印章：

理必归于马列
文必切于时弊

此外，还有：

实事求是
忘我

在“忘我”之侧，盖着“无我有为斋印”。那“无我有为斋”，是田家英的又一“斋名”。

笔者看了田家英的许许多多格言印章，对其中一句“向上应无快活人”不解。

“他的意思是说，干事业的人没有多少时间去‘快活’——玩儿，娱乐。”董边解释道。

“掌玺大臣”自己竟有那么多“玺”。透过这些印章上的一句句格言，可以窥见逝者当年的内心世界，精神脊梁。哦，那是田家英的心声！

笔者请董边忆家英，顺口问了一句：“在家里，你喊他‘家英’吗？”

“不，不，在家里我从来没有喊他家英。只有现在，跟别人谈起他，才说‘家英’、‘家英同志’。”董边说道。

“你在家里喊他什么呢？”笔者追问。

“喊他‘田鸡’！”她答。

“‘田鸡’？！”

她哈哈大笑，笑了好久好久，把话题拉向那远逝的岁月……

田家英并不姓田，本名曾正昌。在中国共产党诞生的翌年——1922年1月4日，他出生在四川成都的一个小康之家。父亲曾国融开一家中药店。母亲姓周，生了三子一女，田家英是最小的一个。

随着父母的早逝，小康之家跌入了贫困的泥沼。田家英3岁丧父，12岁丧母。才念了初中一年级的他，在母亲病逝之后，不得不离开课堂，在药铺里当学徒。

贫困是砥砺意志的磨刀石。失学的他，在帐子上挂起对联，表达自己的心愿：

走遍天下路
读尽世上书

1935年，只有13岁的他，开始向报刊投稿。他取了好多个笔名，田家英是他最常用的笔名。他在报上发表散文，也写点诗、小说及书评，得到了一些稿费。他在14岁考入成都县立中学，继续求学。一边读书，一边仍用田家英这笔名发表文章。14岁的他，已经显露出才华，也显露出超人的意志。艰难人世，使他早熟。他的同龄人尚在一片混沌之中，他已能在迷雾中判明正确的航向。年仅14岁，他便加入了“海燕社”——中共领导下的抗日救亡团体。

15岁那年，他加入了“成都中华民族解放先锋队”——中共的外围组织，简称“民先”。

在加入“民先”不久，他便要求奔向那光明的所在——延安。中共党员侯方岳为他办理了前往延安的手续。中共早期领袖人物赵世炎之姐赵世兰，亲笔为他写了给八路军武汉办事处以及延安的介绍信。于是，15岁的田家英便进入了红星照耀下的圣地……

奉命做田家英思想工作的董边跌入爱河

到了延安，几乎没有人知道曾正昌其人——他改名田家英了。从此，田家英这笔名成了他的名字，而他的原名倒鲜为人知。后来，另一个也叫田家英的人进入延安。为了避免同名同姓带来的麻烦，那个田家英改名为陈野苹，曾任中共中央组织部副部长。

田家英进入陕北公学学习。陕北公学是延安大学的前身，是抗日战争时期中国共产党培养革命干部的学校。校长成仿吾。

在陕北公学学习才几个月，1938年2月，16岁的田家英加入了中国共产党。

3月，田家英结束了学习，被组织上留在陕北公学工作。他最初的两项职务，便显示出他日后的特色：一是担任中共陕北公学总支秘书——他办事细致、认真，后来被毛泽东看中，毕生从事秘书工作；二是担任中国近代史教员——喜欢文史，后来成为毛泽东和他的共同兴趣。

一年之后，田家英进入延安马列学院学习。在那里学习了一年，他留在那里的中国问题研究所工作。

1941年9月，中央决定成立中央政治研究室。研究室主任由毛泽东兼任，副主任为陈伯达。下设几个组，政治组组长为邓力群，国际组组长为张仲实，等等。中央政治研究室成立伊始，从各处选拔研究工作人员，总共大约选了四十来人，其中有19岁的田家英。田家英分配在经济组，后来调往政治组。在那里，田家英结识了董边——她在政治组。

其实，董边也在陕北公学、马列学院学习过，该算是田家英的同学，但是那时他们不认识。

董边，这个1918年出生在山西五台山附近的姑娘，有着一番传奇经历：

她的父亲是商人，“二掌柜”。她的母亲，一连生了两个女儿。她的父亲非要个儿子不可，讨了小老婆。这时，她的母亲又怀孕了。父母都盼望着这一回生一个儿子。母亲临盆了。当时山西农村的习俗，生孩子时蹲在尿盆上分娩。一看生下来的又是个丫头，母亲失望了，盖上尿盆的盖子，不要这女孩。幸亏给隔壁的崔大妈知道了，从尿盆里救起这女婴。崔大妈说："丫头也是人呀！"这个女婴便是董边！

不过，由于在尿盆里受凉，被崔大妈救起后放在炕上也没人理会，女婴挨冻，从此落了个病根——哮喘。直至今日，哮喘仍折磨着董边。

就因为是丫头，董边从小就受气，母亲也受气。董边心中憋着这口气，发誓要为妇女争气。她的两个姐姐小学毕业后，就嫁人了。她在村里没念完小学，却一定要到城里上高小。父亲不答应，她就在家里绝食，非达目的不可。父亲无可奈何，只得送她到忻县县城里读高小、初中。后来，她还到太原女子中学念高中。

太原毕竟是山西省会，使她的眼界大开。她开始读胡愈之夫人沈兹九主编的《妇女生活》杂志，读《世界知识》《东方》杂志，思想日趋进步。后来，她到山西临汾，投奔那里的八路军办事处。当时担任山西临汾八路军学兵队女生队长的，是杨尚昆的夫人李伯钊。李伯钊收下了董边。这"学兵队"，是训练青年的学校，有600多人。在那里，杨尚昆给学兵队讲游击队的政治工作，彭雪枫（八路军作战处处长兼驻晋办事处主任）讲游击战术，陈克寒讲现代史，等等。

经过两个多月的训练，1938年1月，董边被分配到山西前线作战。她随部队过了黄河，进入延安。邓颖超大姐把她分配到陕北公学学习。1938年4月，她在陕北公学加入中国共产党——田家英比她早两个月在那里入党。

最初，分配她的工作是在油印室刻蜡纸。每天清早，为了做准备工作，她总是拿着钢板来到窑洞外边，用汽油刷洗得干干净净。不料，在寒风中吸着那汽油味，诱发了她的气喘病，一下子病倒了，到来年春暖这才好了些。她无法再去刻蜡纸。

于是，1939年3月，她被调到女子大学学习了一年。毕业后，在那里的干部处工作。跟她一起工作的有叶群、余文菲（后来成为陈伯达第二任妻子）。

1941年7月，延安中央研究院建立（前身为马列学院）。董边和叶群、余文菲、夏鸣、诸有仁（陈伯达当时的妻子）等一起去报考。她们来到了考场——杨家岭大礼堂。

除了笔试之外，还有口试。董边在口试时，居然逗得考官哈哈大笑。

那考官，乃马列学院教务长邓力群。

邓力群问："你看过《红楼梦》吗？"

董边答："看过。"

邓力群问："你最喜欢《红楼梦》里哪一个人物？"

董边答："我喜欢贾宝玉！"

考官一听，忍不住笑了——这是"严肃"的考场里从未有过的。

笑毕，邓力群又问："你为什么喜欢贾宝玉，不喜欢林黛玉呢？"

董边答："因为贾宝玉反对封建，林黛玉哭哭啼啼！"

董边这么一答，考官满意了。

不久，董边跟叶群、夏鸣、余文菲等一起考入中央研究院。整整三个月，她的任务就是一个——读《共产党宣言》。为了读懂这本薄薄的马列经典著作，她找了许多参考材料。

三个月后，她被调入刚刚成立的中央政治研究室，分配在政治组。这时，她认得了田家英——不过，大家都喊他外号"田鸡"，也有叫他"田儿"。她竟因此叫惯他"田鸡"，叫了一辈子！

至于她给他写信，则写成"田基"。

那时候，田家英已经结婚。

田家英最初的妻子叫刘成智，是他在成都读中学时的同学，一起搞抗日救亡运动，并奔赴延安。到了延安，当田家英在马列学院工作时，和刘成智结婚。婚后一年多，彼此的性格不融洽，感情产生了裂痕。刘成智主动提出与田家英离婚。

田家英陷入了苦闷之中。

研究室的同事们知道这事儿，想办法弥合。那时，刘成智和董边都喜欢跳舞。田家英是个从不入舞场的人。跳完舞，董边和研究室的女同事送刘成智到田家英住的窑洞里去。但是，刘成智还是走了。

组织上知道田家英思想极度痛苦，派人前去劝慰，做他的思想工作。派谁去呢？董边跟他在同一个组工作，就派董边去！

于是，董边奉组织之命，前去看望田家英。一进窑洞，田家英正在闷闷地抽烟。一闻到烟味儿，就像刷钢板时闻到汽油味似的，董边连连咳嗽起来，田家英赶紧掐灭了烟头。

"去跳跳舞吧！"董边见田家英如此孤独，想用跳舞使他驱除烦恼，说道，"好多人在那里跳舞呢，多热闹。我是个'跳舞积极分子'。"

不料，田家英的嘴里，蹦出一句话："跳啥子舞？顶肚皮罢了！"

董边一听田家英把跳舞说成"顶肚皮"，哈哈大笑。笑罢，又跟他争论起来，说他这是"侮辱跳舞！"

他和她都是爽直的人，如此"争论"一番，反而意外地发现——彼此挺谈得来！

这样，奉命做田家英思想工作的董边，无意之中跌入了爱河！虽然田家英结过婚，虽然董边比他大4岁，但彼此都不在乎。

这真是奇缘！

结婚时他和她“约法三章”

天天同在一个组工作，朝夕相处，田家英和董边的感情日深。那时，董边研究国民党统治区的教育工作，田家英研究中国近代史。

两颗心越挨越近。他俩决定结婚。那是在1942年12月12日——那日子很好记，因为6年前的这一天发生“西安事变”，即“双十二事变”。

延安时代的结婚手续极其简单。那天，董边给支部书记周太和写了个条子：“我和家英今天结婚，请组织上批准。”就这么一句话！

其实，不写条子，跟支部书记说一声也行。董边觉得有点不好意思，所以用笔代口。

周太和看了条子，当场向董边点了一下头，微微一笑——这就表示批准了！

支部书记周太和挺不错，他本来跟党小组长一起住一个窑洞，当即搬到别的地方去住。让出那个窑洞，给田家英和董边作为“洞房”——真正的“洞”房。

到了傍晚，消息传进同事王惠德耳中。他走进窑洞，见田家英和董边在里面看书，似乎毫无结婚的迹象，将信将疑，问道：“听说你们要结婚？”

田家英没吭声。

董边答道：“哪有这回事，我们在工作呢！”说罢，依旧看书。

王惠德真以为他们在工作，掉头走了。

待王惠德走远，董边和田家英相视大笑。

夜里，生了盆炭火，董边拿出一包陕北红枣，在锅里煮。然后，把党支部的一位老同志——组织委员彭达章请来，三个人一起吃枣子汤，就算是“婚宴”了！彭达章既是“证婚人”，又是唯一的“来宾”。

喝完枣子汤，彭达章告辞了。

这时，董边向田家英提出三条，算是“约法三章”：

第一，一切为了进步；

第二，两个人的事，女方做主；

第三，不能因日后分开工作（在战争岁月夫妻分在两地工作是常有的事）而感情破裂。

田家英一口答应了。后来，他俩果真都信守这三条——他俩的“夫妻公约”。

如此简单的婚礼，没有任何排场，没有金钱和美貌的交易，有的是赤诚、真正的爱情，这样的爱情不是“飞鸽牌”，而是“永久牌”。董边对刘成智也不介意，曾与田家英一起去看望她——她在枣园医务室工作。

结婚之后，董边头一回使用“夫妻公约”所“赋予”的权力，即第二条，“两个人的事，由女方做主。”

那是因为董边怀孕了，“由女方做主”，董边不要这个孩子。虽说对于他和她，都是第一个孩子，可是在战争年月，只有首长及烈士的孩子才可能由保育员带养。通常，女同志生孩子，组织上就让她不工作，在家带孩子。董边不愿意放弃工作，决计不要孩子。田家英虽然心中很想要个孩子，但还是服从“约法三章”。

1944年6月，临产的董边住进中央医院。跟她住在一起的一个产妇，是枣园乡西沟村村长的媳妇，叫吴桂花。吴桂花已经生了四个孩子，都没有成活。这一回生第五胎，生下来又死了，吴桂花正哭哭啼啼。

董边决定把小孩送给吴桂花，对她说：“不管我生下的是男孩还是女孩，都给你！”

“给我了？！”吴桂花吃惊地睁大了眼睛。

“一言为定！”董边用很坚决的口气说道。

没一会儿，吴桂花的丈夫来了。她的丈夫一听，自然喜出望外。不过，他还是有点顾虑，问董边道：“你真的不要孩子？孩子长大了，你也不要？”

“口说无凭，立字为据！”董边说道，“我可以写一张永远不要这个孩子的字据给你们。”

这下子，吴桂花和她的丈夫相信了这位女干部说的是真话。

董边分娩了，生下一个胖小子——她的母亲因为只生女孩、没生男孩，一辈子受气；她自己也因为是个女孩，一生下来差点被剥夺生的权利。然而，如今她生下了男孩，只看了一眼，连奶都未喂一口，就送人了！田家英来了，也只看了一眼孩子。在那战火纷飞的岁月，他们哪有一个安定的小窝？哪有精力照料孩子？

董边是个说话算数的人。她完全遵从她的诺言，没有再向那个老乡要回自己的孩子。不过，作为母亲，她总牵挂着儿子的命运。她自己去看儿子不方便。她曾托中央政治研究室同事褚太乙同志在下乡时去老乡家看望过，听说孩子长得很好，她也就放心了。

解放后，她从未去查找过那个孩子的下落。尽管要找的话，是不难找到的，因为孩子所在的那家有名有姓，地点也清清楚楚。但是她立过“永远不要”的字据，她说应当“取信于民”，永不反悔。

那些日子里，田家英从中央政治研究室调往中共中央宣传部，在胡乔木的领导下，他和曾彦修（笔名严秀）一起编写小学课本。

田家英成了延安的“秀才”。他为延安《解放日报》写了许多杂文。他的杂文确实“杂”，古今中外，广征博引，反映出作者是一位道地的“杂家”，有着政治、历史、文学、哲学的广博知识。

他和董边在努力地工作着，“一切为了进步”！

第二章
毛泽东的得力助手

在各种各样的中央会议上，田家英还是一位“记录大臣”。毛泽东在许多场合随口而讲的话，经田家英记录成文字，整理成文章。例如，毛泽东1962年在七千人大会上的讲话，就是田家英记录、整理的。

田家英甚至还为毛泽东保管日记。

他和毛岸英同龄，却成了毛岸英的老师

自从和董边结婚之后，田家英便戒烟了。因为董边闻不得烟味儿，怕抽烟引发她的气喘病，田家英“告别”了香烟。只是喝酒无碍于妻子的气喘病，他仍喜欢喝两盅。

不过，在生了孩子之后，身体虚弱，董边的气喘病还是发作了。延安缺医少药，董边一病就病了半年多。

董边病好以后，也调到中共中央宣传部工作。

艰苦卓绝的8年抗战终于结束。延安处于兴奋之中，大批干部离开延安，去开辟新的红色区域。

董边跟田家英商量，报名到前线去。董边给蔡畅大姐写了一封信，表示了自己的决心。第二天，蔡大姐就复信同意。于是，董边告别了田家英，融入了那支浩浩荡荡开赴前线的队伍。

不料，这一别，竟3年未见面。

董边来到冀东，活跃于京、津、唐三角地区。她在那里参加“清匪反霸”“复查土改”工作，担任党的区委书记。

田家英仍留在延安工作。夫妻间，远山阻隔，消息杳无。冀东和延安之间，隔着一大片国民党统治区，邮路阻断。偶尔，有人前往延安开会，才能捎上一封信。3年之中，只通过两三回信。

一天，田家英正在给理发员们上课，忽听得窗外喊：“田老师，信！”

田家英一看信封上写的是董边的笔迹，真是“家书抵万金”，顿时泪水模糊了眼眶。他是一个感情容易冲动的人，喜怒哀乐马上“显影”。可是，学生们傻眼啦，怎么老师连信都没拆，光看到个信封，就如此激动？

“今天不上课了！我没办法上课啦！”田家英对学生们说道，“明天，我一定给大家补上。好，下课！”

这件事在延安传为笑谈。就连董边在今日重忆此事，也笑得前仰后合。

3年别离，1000多个日日夜夜，不论田家英还是董边，都恪守“约法三

章”中的第三章：“不能因日后分开工作而感情破裂。”

在那些日子里，田家英曾到晋绥解放区静乐县参加土改工作团。他在汾河流域一个很偏僻的村子里，住了半年。后来，他又到了晋察冀解放区。每到夜晚，土改中那些火热的场面在他的脑海中不断翻腾着。他居然诗兴大发，创作一首反映土改运动的长诗《不吞儿》。如他在《〈不吞儿〉校后记》中所言：

“每天夜里在煤油灯下，写四五十行，二十来天的时间，居然写成了这‘上部’和‘下部’的三节……”

他的这首长诗，带有浓烈的陕北民歌信天游色彩和乡土气息，受到了诗人萧三的赞许。他爱诗——这后来又成了他和毛泽东的共同点。

1948年，已处于全国胜利的前夜。5月，中共中央移至河北平山县西柏坡村。田家英也随中央到了那里。

1948年12月，有一批在东北工作的干部要前往西柏坡，路过冀东。组织上考虑到董边和田家英已3年未见，让她搭上大卡车，和那批干部一起前往西柏坡。

她兴冲冲来到了平山县西柏坡，以为能够见到久别的丈夫。可是，田家英竟不在那里——他到东北去了!

董边被安排在东柏坡住下来。她的住处离陈伯达住处很近。她听说，陈伯达已“换”了“两任”夫人，正在物色“第三任”夫人：他和诸有仁离异之后，与余文菲结合。此时，又与余文菲离异了……董边和诸有仁、余文菲都认识，对于陈伯达喜新厌旧的生活作风很看不惯。

到了东柏坡之后，邓颖超大姐把董边安排到中央妇委工作。当时，正忙于筹备召开中国妇女第一次全国代表大会，董边参加了编书小组编了12本书。从此，董边一直做妇女工作。

大约过了半个月的样子，一天，两个二十几岁的男青年一起走入董边所住的院子里。前边的一个见到董边，恭恭敬敬地鞠了一躬，喊了一声：“师娘好！”

董边从未有过“师娘”的称呼，顿时涨红了脸，不知道是怎么回事。

见到后面那位在哈哈大笑，才明白了几分——后面那位正是田家英!

经田家英解释原委，董边才清楚是怎么回事：原来，田家英被调到毛泽东身边工作，先是担任毛泽东长子毛岸英的教师，后来成为毛泽东的秘书。刚才向董边鞠躬的，便是毛岸英。

毛岸英是在1936年经中共上海地下组织安排，送到苏联学习的，直到1946年才回国。

由于在苏联多年，他连汉语都讲不好。毛泽东想请一位教师来教毛岸英，教语文、教历史。他选中了田家英。从此，田家英来到毛泽东身边工作。

田家英最初引起毛泽东的注意，是在1942年1月8日。那天，田家英在延安《解放日报》上发表了《从侯方域说起》一文。毛泽东读后，颇为赞赏。虽说那只是一篇千余字的杂文，但是可看出作者的文史功底和敏锐的思想。

侯方域是明末的“四公子”之一，入清后参加河南乡试，中副榜，曾向清总督出谋献策。田家英对于这个“生长在离乱年间的书生”，作了精辟的剖析。他写道：

“两年前读过侯方域文集，留下的印象是：太悲凉了。至今未忘的句子‘烟雨南陵独回首，愁绝烽火搔二毛’，就是清晰地刻画出书生遭变，恣睢辛苦，那种愤懑抑郁，对故国哀思的心情。

“一个人，身经巨变，感慨自然会多的，不过也要这人还有血性、热情、不作‘摇身一变’才行，不然，便会三翻四覆，前后矛盾。比如侯方域吧，‘烟雨南陵独回首’，真有点‘侧身回顾不忘故国者能有几人’的口气。然而曾几何时，这位复社台柱，前明公子，已经出来应大清的顺天乡试，投身新朝廷了。这里自然我们不能苛责他的，‘普天之下’此时已是‘莫非’大清的‘王土’，这种人也就不能指为汉奸。况且过去的奴才已经成为奴隶，向上爬去原系此辈常性，也就不免会企望龙门一跳，跃为新主子的奴才。‘后之视今，亦犹今之视昔。’近几年来我们不是看得很多：写过斗争，颂过光明，而现也正在领饷作事，倒置是非的作家们的嘴脸。……”

文笔如此老辣深沉，而作者竟然只有20岁！当毛泽东听说作者田家英的大概情况之后，在他的大脑的记忆仓库里，也就留下“田家英”三个字了。

此后，毛泽东注意起这个“少壮派”来。当需要一位教师教毛岸英时，毛泽东想起了田家英——田家英熟悉文史，年纪又与毛岸英相仿，请他教语文、历史是最合适不过的了。

就这样，毛岸英的同龄人——田家英，成了毛岸英的老师。田家英兢兢业业完成毛泽东交给他的任务。他选用鲁迅的著作作为毛岸英的语文课本。至于历史常识，则是他凭借自己“肚皮”里的学问讲给毛岸英听。他很认真地备课，很认真地教——虽然只有一个学生。

毛岸英非常喜欢他的老师。这两“英”简直如影随形，平时一起出去，一起散步，一起聊天，甚至连上厕所也一起去！师生如同兄弟。正因为这样，当田家英从东北一回到西柏坡，听说董边在东柏坡，急急赶去，毛岸英也随他一起去看董边。

西柏坡和东柏坡相隔不过半里地。当天晚上，董边搬到西柏坡田家英那里住。阔别三个春秋，夫妻这才有时间互道别后情形。

田家英告诉董边，自从担任毛岸英的老师之后，跟毛泽东主席的接触也就日渐增多。那时候，正处于历史性胜利的前夜，毛泽东的工作变得异常繁忙，秘书工作也明显加重了。当时担任毛泽东的秘书的陈伯达、胡乔木忙不过来，需要增加新的秘书。胡乔木向毛泽东推荐了田家英，一则田家英工作认真细致，颇有才华，二则只有26岁，是“壮劳力”。

胡乔木过去在中共中央宣传部曾与田家英共事，对田家英相当了解。他俩曾合写过《东北问题的真相》等文章。

于是，田家英应召来到毛泽东那里。毛泽东口授一段意思，要田家英当场拟一电文。

显然，这是一次特殊的“面试”。田家英一挥而就，毛泽东看后表示满意。

组织上经过研究，决定调他担任毛泽东的秘书。

田家英用6个字形容他最初的心态：“拘束”“害怕”“紧张”。他生怕自己难以胜任这一重要的工作。

他向胡乔木请教，向萧三请教。他们告诉田家英，要做好毛泽东的秘书，最根本的一条，是学好毛泽东著作，领会毛泽东思想。

田家英拿出一本本用土纸装订的本子给董边看，那上面分门别类抄录着毛泽东著作以及他的学习心得——他听从了胡乔木、萧三的意见，非常认真地学习毛泽东的著作（后来，中国青年出版社曾把田家英的学习笔记以《一个同志的读书笔记》为题，作为内部读物印过）。

毛泽东还让田家英“实习”，派他前往东北调查工商业情况。田家英奉命经大连去东北。虽然他对经济问题并不在行，还是圆满地完成了毛泽东交给的任务。他刚从东北归来，此行就是他作为毛泽东秘书的第一次“实习”。

经过“面试”，经过“实习”，田家英从此正式担任毛泽东的秘书，达18年之久。

担任毛泽东的秘书之后

就在田家英担任毛泽东的秘书不久，便接到一项重要任务：1949年1月31日，天未破晓，一架神秘的飞机降落在石家庄机场上。那是一架苏联军用飞机。从飞机上下来4位客人。在机场上等候的吉普车，载着客人直奔西柏坡。

毛泽东、周恩来、刘少奇、朱德、任弼时一起会见了客人。这来自远方的贵客，便是米高扬。担任工作翻译的是师哲，担任生活翻译的是毛岸英，而担任会谈记录的则是田家英。

田家英飞快地记录着，然后又连夜誊清，整理成会谈纪要，送呈毛泽东。田家英高效率而准确无误的记录，使毛泽东对这位新秘书感到满意。

一个多月后——1949年3月23日，田家英随毛泽东离开西柏坡，朝北平进发。

北平那时刚刚解放，城里还不安定，毛泽东住在西郊香山的双清别墅。田家英也住那里，而董边在城里工作。

董边记得，那一阵子每个星期天她都赶往香山。

“来，董边，交给你任务。”每一回，田家英总是拿出一大堆信封，叫董边帮他写。

原来，群众给毛泽东写信，由田家英处理。每星期收到二三十封的样子（后来远远超过此数）。内中重要的群众来信，田家英挑选出来送给毛泽东批阅，其余的由他代拟回信。事务冗杂，他写好了回信，每星期天抓董边的“差”，要她用毛笔写信封上的地址、收信人姓名。

“呵，田家英，你的老婆成了你的秘书啦！”人们见了，都这么笑道。

董边还用两块白布缝了个信插，便于田家英把群众来信分门别类地插在上面。虽说已经进入大城市，他们还保持着当年延安窑洞里的办公风格。

1949年夏，一封来信反映上海在解放之初群众失业、生活困难。田家英看到信中反映的内容重要，随即转呈毛泽东。毛泽东十分重视此信。不久，党中央作出了“三个人的饭五个人匀着吃”的重大决策，以解决刚刚进城、生产尚处于混乱状态时所面临的经济困难。

1950年，北京大学的一封来信反映，学生的课程负担太重，健康水平下降。此信经田家英转毛泽东，毛泽东作了批示，使全国高等学校都重视了减轻学生负担、增强学生体质的工作。

随着毛泽东的声望的不断提高，群众出于对领袖的无限信赖，来信雪片般飞来。田家英很仔细地收看每一封群众来信，拣出重要的信件送呈毛泽东。

1950年5月，江苏省无锡师范学校附属小学教员吴启瑞写信给毛泽东，诉说自己有8个孩子，均年幼，而经济拮据，遂使孩子营养不良，面黄肌瘦，请求人民领袖给予关怀。田家英看了这位普通小学教员的信，深表同情——虽然来信所谈的不是重大政治问题，但他还是转送毛泽东，以求领袖了解民情。

毛泽东看了吴启瑞的信，殊深轸念。他提起笔来，亲自回信：

> 5月来信收到，困难情形，甚为系念。所请准予你的三个小孩加入苏南干部子弟班、减轻你的困难一事，请持此信与当地适当机关的负责同志商量一下，看是否可行。找什么人商量由你酌定，如有必要可去找苏南区党委书记陈丕显同志一商。我是没有不赞成的，就是不知道该子弟班有容纳较多的小孩之可能否？你是八个孩子的母亲，望加保重，并为我问候你的孩子们。
>
> 毛泽东

读着毛泽东的信，就连田家英都深深为之感动了！在日理万机之中，毛泽东如此关心一位有着八个孩子的小学女教师，为一桩小事这般费神，体现了人民领袖的品格。

不久，1951年10月，北京师范大学一位姓汤的教授突然去世，他的遗孀是家庭妇女，家中有三女二子，最大的15岁，最小的才8个月，顿时陷入了经济窘境。她给毛泽东写信，请求帮助。

田家英又一次把信送转毛泽东。

毛泽东在信上用铅笔画了许多横道道，然后在一旁给田家英写下一段指示：

> 请你持此信去看此信作者一次，并去师大找负责人谈一下。汤教授死了，马上停发薪水，对家属又无安置，似不甚妥。办法还是要从师大方面去想，才有出路。

田家英照办了，帮助那位汤教授的遗孀摆脱了困境。

田家英在毛泽东身边，不知替他处理了多少封人民来信。他认为，这是党和人民之间的重要的联系渠道。毛泽东对他的工作十分满意。只是有一回，毛泽东很不高兴，差一点发脾气了！

那是毛泽东踱进田家英的办公室，见到一大叠毛泽东复信的手稿。毛泽东眉头一皱，用责问的口气对田家英说道："你为什么把我的回信扣下来？为什么不发出去？"

田家英赶紧向毛泽东解释道："您的回信，我抄了一遍，都发出去了。"

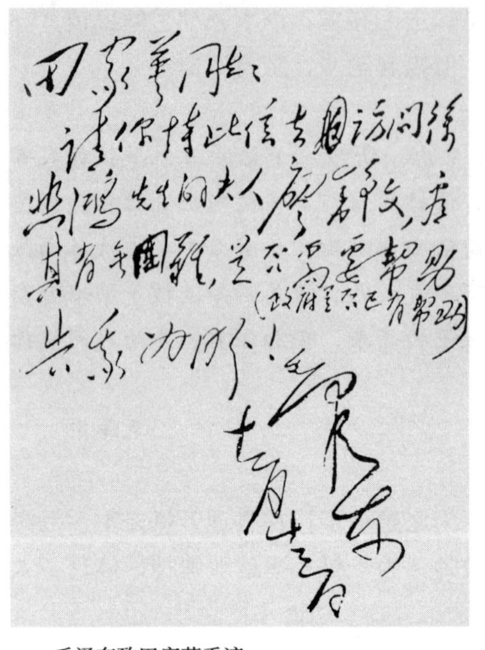

田家英同志：
请你持此信去访问徐悲鸿先生的夫人廖静文，看其有无困难，是否需要帮助（政府应当有帮助的），告我为盼！
毛泽东
七月廿三日

毛泽东致田家英手迹

“为什么不把我的原信发出去？”毛泽东仍然不高兴。

“您的手稿要作为档案保存起来。这是很重要的历史资料。如果把原件寄到各地去，很容易散失。”田家英再度作了解释。

“好，好。你想得周到！”毛泽东的怒容转为笑容，表扬了田家英。

人民来信成千上万飞入中南海。田家英一个人无法处理，于是，成立了秘书室，专门为毛泽东处理人民来信。田家英写了专门的报告，建议各级领导机关应指定专人或成立专门机构认真处理人民来信。毛泽东对这一报告作了如下批示：

“这是专门为我处理人民来信的秘书室写的报告，其观点和所提意见是正确的。必须重视人民的通讯，要给人民来信以恰当的处理，满足群众的正当要求，要把这件事看成共产党和人民政府加强和人民联系的一种方法，不要采取掉以轻心置之不理的官僚主义态度。”

在毛泽东的批示和秘书室的报告印发全国后，各地都逐步建立起信访机构。后来，中共中央办公厅还专门成立了信访局。

入住中南海

1949年3月23日，田家英随毛泽东离开西柏坡，前往北平。3月25日到达北平，住进香山。

6月15日，毛泽东离开香山到中南海，开始在香山、中南海两地办公，9月中旬，毛泽东迁居中南海。

中南海的南海北岸西侧，朱红大门上方高悬“丰泽园”三字。丰泽园建于清康熙年间，原是康熙以及后来的皇帝讲礼的地方。丰泽园总共三进，第二进是主体建筑颐年堂，成为毛泽东召集中央领导人开小型会议的地方。许多重要决策在这里作出。

在丰泽园颐年堂东侧，有一座四合院，原本是清朝皇室藏书之所，曰“菊香书屋”。康熙题联：“庭松不改青葱色，盆菊仍靠清净香。”菊香书屋便取义于此联。那里成为毛泽东的住所。

田家英随毛泽东进入中南海。当时，胡乔木和田家英都住在静谷。静谷在丰泽园之西，那里是当年的皇家园林，精致幽雅。由于毛泽东身边的工作人员多，住房相当紧张。胡乔木住在进入静谷门内左手那排房子，三间厢房，包括了胡乔木的办公室和全家住处。田家英则未能携家眷入住静谷，当时妻子董边和孩子住在北京万寿路的中央政治研究室的宿舍——田家英是这个研究室的副主任。田家英在静谷里的卧室很小，只容得下一张单人床和一把椅子，那房子光线暗淡、潮湿，江青曾经看了一下说：“简直像个狗窝！”

直到1957年，董边和两个女儿才住进中南海。但是她们未能与田家英住在一起，因为静谷这里人多屋少。当时董边和孩子们住在中南海的南海东岸一幢楼房里，那里叫作“南船坞”。中央办公厅警卫局局长汪东兴当时也住在“南船坞”。

1960年，由于静谷那里的房子老旧，被列为危房，中共中央办公厅给田家英在中南海分配了新的住房，妻子董边和孩子们终于可以跟田家英住在一起。这一回，田家英迁入了永福堂。

在中南海怀仁堂的东南，有四座四合院，人称“四福堂”。所谓“四福堂”，就是名称之中皆带一个“福”字，即来福堂、增福堂、永福堂、喜福堂。

1950年下半年，胡乔木家就从静谷迁往“四福堂”中的来福堂。后来胡乔木家又迁往喜福堂。1954年，胡乔木家搬到颐园，一住12年，直至1966年“文革”爆发，他被逐出中南海。颐园与“四福堂”中的永福堂是前后院。

永福堂不仅与胡乔木所住的颐园是近邻，而且与增福堂为邻——陆定一一家入中南海就住在那里，直到1966年被逐出中南海。

永福堂，这是一座挂着乾隆御书“永福堂”匾额的北京老式四合院。

解放初永福堂住的是朱德一家。朱德搬迁之后，1953年从朝鲜回来的彭德怀住进永福堂。永福堂三间北房东西一字排开，当中一间是餐厅，东侧的一间是彭德怀的起居室，西侧的一间为办公室。东厢房曾作为召开军委办公会议的会议室，西厢房是工作人员的办公室和宿舍。

永福堂的三间南屋住着任弼时夫人陈琮英。任弼时原本住在北京景山东街丁2号住所。1950年10月27日任弼时病逝之后，毛泽东让任弼时夫人陈琮英带着孩子住进中南海永福堂。

彭德怀在1959年夏的庐山会议遭到“批判”之后，于1960年搬离中南海永福堂，远迁北京西郊吴家花园。中共中央办公厅把永福堂分配给田家英。

董边说，搬进永福堂之后，北屋的正房住家，西厢房是毛泽东的藏书室，东厢房是逄先知的办公室。三间南屋依然住着任弼时夫人陈琮英。直到“文革”开始后，陈琮英一家搬迁至红霞公寓，后又搬到西四一个四合院里。

宣传毛泽东思想

据董边回忆，进京之初，她和田家英过着供给制生活，两口子没有一只手表。

田家英在陕北公学学习时的一位同学，后来到香港做地下工作，解放后来北京，送了一只手表给田家英。

田家英却把手表给了董边，因为董边那时刚生下一个女孩子，有了手表可以定时喂奶，比田家英更需要表。

他俩在进京之后，才算有了自来水笔。在此之前，他们只有铅笔！

有时候，田家英手头也有钱，显得很“阔气”——那钱是毛泽东给的，他替毛泽东到书店里大批大批地买书。

不过，他不大跑新华书店，却是常去旧书店。去多了，他跟旧书店里的营业员混得很熟。他往往熟门熟路，拿起一把竹扶梯爬上去，钻进那满是灰尘的旧书堆里。倘有收获，只消看他的脸——准是笑嘻嘻的。

当毛泽东看到他从旧书堆里“淘”来的“宝贝”，脸上也是笑嘻嘻的。他简直成了毛泽东的“购书大臣”。

有一回，有一套书不是买的，是公安部送到田家英那里，转给毛泽东。毛泽东一看，爱不释手，放在书房里，不时翻看，不知看了多少遍。

这是一套不平常的书。虽说《红楼梦》家家户户的书架上都有，而毛泽东手头的《红楼梦》却是独一无二的。那套《红楼梦》共四卷，线装，不是印的，而是手抄本！

原来，那是一个旧文人入狱，在狱中发挥“一技之长”，端端正正用小楷抄成这套《红楼梦》，献给毛泽东！在所有的古典文学名著中，毛泽东最喜欢的正是《红楼梦》。这套《红楼梦》抄本，每一个字都像刻出来似的，粗粗看去，如同印出来的一般。

解放初，田家英住在中南海静谷。董边在全国妇联工作，平常住在椿树胡同。

那时，进出中南海很严格，要凭特殊的出入证方予放行。董边在星期六晚上才回中南海，在那里度过星期日。

1950年，董边生下了大女儿。

田家英由于工作一丝不苟，受到毛泽东的器重，得到不断的提拔。他担任了中共中央办公厅秘书室主任、中共中央政治局主席秘书、中华人民共和国主席办公厅副主任、中共中央政治研究室副主任、中共中央办公厅副主任。

由于田家英熟知毛泽东的著作，他参加了《毛泽东选集》的编辑工作。从选定文章，到写作注释，直至校对、印刷，不分巨细，他都一一去做，不差丝毫。他是《毛泽东选集》四卷987条注释的主编，他意识到，这不是一套普通的书，是一部影响亿万人民思想的著作，是一部具有世界影响的著作，是一部传世之作。

在编辑委员会（田家英是其中一员）的努力之下，《毛泽东选集》第一卷在1951年10月12日出版，第二卷在1952年4月10日出版，第三卷在1953年4月10日出版，第四卷在1960年9月29日出版。

田家英还参加了《毛泽东选集》第五卷的编辑工作。这本书虽然直至1977年4月15日才正式出版，但是实际上在1964年就已经编好，排出清样。

不过，第五卷收入的是毛泽东在1949年9月至1957年11月的著作。

这些著作没有像前四卷那样成熟。尤其是毛泽东在1957年的许多文章，已明显出现“左”的失误。毛泽东似乎也意识到这一卷著作不成熟。压在那里，不予印行。直至粉碎“四人帮”之后，华国锋主持中央工作，为了表示“高举毛泽东思想伟大红旗”，急急把第五卷付印——倘若此书不是在1964年已经编好，在1977年是不可能那么快印出来的。

田家英作为毛泽东的助手，曾帮助编辑了那本在1955年曾轰动一时的《中国农村的社会主义高潮》。

他编辑了《毛主席诗词十九首》和《毛主席诗词三十七首》。

1963年，他在农村调查时，发觉农村干部文化水平有限，通读《毛泽东选集》四卷有困难。为此，他向中央建议，出版《毛泽东著作选读》。他的建议被中央所接受。为了适合一般干部学习的需要，《毛泽东著作选读（甲种本）》在1964年6月出版了。另外，为了适合战士学习的需要，还编辑出版了《毛泽东著作选读（乙种本）》。这两种选读本，实际上是毛泽东著作的通俗本、精华本。田家英的这一建议，为普及毛泽东思想做出了贡献。

在1965年，田家英编辑了《毛泽东著作索引》一书。这本书便于人们查找毛泽东著作。

另外，在1965年，田家英还编辑了《毛主席语录》。当时，解放军总政治部已经于1964年5月编辑出版了《毛主席语录》（1966年12月该书再版时，林彪写了《再版前言》）。田家英看了解放军总政治部编的《毛主席语录》，觉得那是从部队工作的角度编的，不适合于一般干部。于是，他另起炉灶，编了一本《毛主席语录》，已印出内部参考本。陈伯达自诩“毛泽东思想研究权威”，一见田家英编了《毛主席语录》，要插手进来，跟田家英吵了一架。陈伯达一赌气，自己组织班子编《毛主席语录》。后来，这两种《毛主席语录》都没有得以公开发行。

田家英尽心尽力地宣传毛泽东思想。他曾到中央党校、中直机关党委、全国妇联、共青团中央、中共中央华中局等许多部门作报告，谈学习毛泽东思想的体会。

这位毛泽东的“掌玺大臣”，成了毛泽东思想的“宣传大臣”！

深入实际　调查研究

毛泽东跟田家英曾有过亲密的合作。在毛泽东写给田家英的许多信件中，有一封写于1961年的信，全文如下：

田家英同志；

（一）《调查工作》（引者注：即毛泽东1930年5月写的《反对本本主义》）这篇文章，请你分送陈伯达、胡乔木各一份，注上我请他们修改的话（文字上，内容上）。

（二）已告陈、胡，和你一样，各带一个调查组，共3个组，每组组员6人，连组长共7人，组长为陈、胡、田。在今、明、后3天组成。每个人都要是高级水平的，低级的不要。每人发《调查工作》（1930年春季的）一份，讨论一下。

（三）你去浙江，胡去湖南，陈去广东。去搞农村。6个组员分成两个小组，一人为组长，二人为组员。陈、胡、田为大组长。一个小组（三人）调查一个最坏的生产队，另一个小组调查一个最好的生产队。中间队不要搞。时间10天至15天。然后去广东，三组同去，与我会合，向我作报告。然后，转入广州市作调查，调查工业又要有一个月，连前共两个月。

都到广东过春节。

毛泽东

1月20日下午4时

此信给三组21个人看并加讨论，至要至要！！！

毛泽东又及

此信清楚表明，“掌玺大臣”又成了“调查大臣”！

当时，田家英前往浙江嘉善县魏塘公社调查。到了广州，他向毛泽东建议，人民公社产生的许多毛病，在于无章可循，各地自搞一套，应当搞出个条例来。

毛泽东接受了田家英的建议。1961年2月，当三个组齐集广州，在毛泽东的主持下，便开始讨论、起草《农村人民公社工作条例（草案）》。田家英是起草人之一。后来，这个条例经1962年8月中共中央八届十中全会通过，下发全国农村实行。这个条例共六十条，被人们简称为“农业六十条”或“六十条”。毛泽东说过，制订“六十条”，是田家英“发明”的。

田家英这位“调查大臣”，一次又一次离开花繁草茂、湖光似画的中南海，前往各地农村调查，和农民一起在田头聊天，甚至一起进城拉粪。

他，1958年10月，出现在河南省新乡县七里营人民公社的麦田里；

他，1959年上半年，在四川新繁县大丰公社作了半年调查；

他，1962年率调查组来到毛泽东故乡——湖南湘潭县韶山和刘少奇故乡——湖南宁乡县花明楼；

……

田家英

有了调查研究，有了发言权。田家英参与了一系列中央文件的起草工作。“六十条”仅是其中的一项。1962年，中共中央《关于改变农村人民公社基本核算单位问题的指示》，出自他的笔下。《农业生产合作社示范章程草案》《高级农业生产合作社示范章程》等，田家英也是起草者之一。

据董边回忆，20世纪50年代初，田家英收集了各国宪法及有关资料，足足放满两只书橱。那阵子，他全力以赴在钻研宪法。他是1954年9月公布的《中华人民共和国宪法》的起草者之一。

在各种各样的中央会议上，田家英还是一位“记录大臣”。毛泽东在许多场合随口而讲的话，经田家英记录成文字，整理成文章。例如，毛泽东1962年在七千人大会上的讲话，就是田家英记录、整理的。

田家英甚至还为毛泽东保管日记。

毛泽东记日记，这是迄今为止所有关于毛泽东的文章中从未透露过的。董边曾见过毛泽东在1958年前后写的日记。笔者请她详细回忆，据她说：

毛泽东不用市场上所售的那种日记本记日记。他的日记本与众不同，是用宣纸订成的，16开，像线装书。

毛泽东从来不用钢笔记日记。平日，秘书总是削好一大把铅笔，放在他的笔筒里。他的日记常用铅笔写，有时也用毛笔。

毛泽东的日记本上没有任何横条、方格，一片白纸而已。毛泽东写的字很大，一页写不了多少字。

毛泽东的日记很简单，记述上山、游泳之类生活方面的事。他的日记不涉及政治，不写今天开什么会，作什么发言。

毛泽东的日记从未公布过。随着时光的推移，世人有朝一日总会见到公开出版的别具一格的毛泽东日记。

第三章
“曲生何乐，直死何悲”

他是一个没有城府，喜怒形于色的人。他因为接到久别的妻子的一封信，会当众高兴得哭起来。当他蒙受诬陷，他又一怒而以死相抗。他不会掩饰，不会屈膝，也不会忍耐。他离世之际，不过44岁，正值年富力强、生命之花最为茂盛的时候！

庐山上的政治风暴差一点把他推入深渊

对于毛泽东来说，1957年是舵手偏航的起点。诚如邓小平在评价毛泽东时，颇为中肯地说："总起说来，1957年以前，毛泽东同志的领导是正确的，1957年反右派斗争以后，错误就越来越多了。"[1]

1959年，那场震撼庐山的风暴，差一点使田家英跌入政治危机之中。

那年7月，中共要员云集江西避暑胜地庐山，最初开的是"神仙会"。所谓"神仙会"，乃是像神仙一般无拘无束漫谈，讨论若干问题。

刚上山时，逛山景，游胜地，田家英和所有上山的人一样，心境舒畅。据李锐在《庐山会议实录》一书中所载，田家英那几天和康生、陈伯达三人联句，写下这样的诗：

> 三人结伴走，同上含鄱口；不见鄱阳湖，恨无拿云手。鄱阳忙开言，不要拿云手；只因圣人来，羞颜难抬首。五老牛马走，鄱阳紧闭口；东海圣人来，群山齐拱手。若请诸葛亮，西风去借求；晴日君再来，畅饮浔阳楼。

毛泽东也诗兴勃发，写下《到韶山》《登庐山》两首诗，很快地在山上传了开来。

"神仙会"真的快活似神仙。开开会，发发言，游山玩水睡大觉，在那雾中庐山消磨夏日，真是神仙过的日子。

然而，庐山深沉莫测，风云多变。"神仙会"开了半个来月，忽地风起云涌，神仙般的日子戛然而止。

那是因为"神仙会"的主题是纠"左"。"神仙"们的发言，渐渐触及毛泽东在1958年"大跃进""人民公社""大炼钢铁"中一系列"左"的失误。

---

[1]《对起草〈关于建国以来党的若干历史问题的决议〉的意见》，《邓小平文选》，第258—259页。

“神仙会”的最高音符，是在7月14日，由彭德怀发出的。

彭德怀是毛泽东的老战友。就在毛泽东成为中华人民共和国主席、成为党和人民的享有无比威望的最高领袖之后，彭德怀还一如当年直呼他为“老毛”。这位自称“我这个简单人类似张飞”的老帅，在7月14日给毛泽东写信，尖锐地指出：“浮夸风气较普遍地滋长起来”，“小资产阶级的狂热性，使我们容易犯‘左’的错误”。

彭老总的一片忠言，被毛泽东视为“反党”“右倾机会主义”。毛泽东在庐山上发出地动山摇的声音：

“现在不是反‘左’而是反右！”

在这急转弯的时刻，田家英差一点被划入了“反党集团”！

田家英跟彭老总并没有什么“组织联系”，却是不约而同对于1958年的“左”倾错误有着一致的看法。自然而然，他对彭德怀表示同情。

7月23日上午，毛泽东在庐山上以“震怒”的神色，作了长篇讲话，排炮一般朝彭德怀猛轰。

听罢毛泽东这一席话，田家英和李锐、吴冷西、陈伯达4个人沿山低头漫步，久久无言。走近半山的一个石亭（据李锐回忆可能是小天池），沉默已久的田家英拣起松枝，在地上写下一副旧联，表达心中无尽的苦闷：

四面江山来眼底
万家忧乐到心头

庐山上再也没有“神仙会”那阵子自由自在的讨论气氛。那舒卷的轻纱般的浓雾，此刻变成了呛人的硝烟。刚上山时曾经赞许过彭德怀的陈伯达，在石亭前也曾彷徨、惊恐，茫无头绪。然而，他迅即向“左”转，紧跟毛泽东，在会上慷慨激昂地作批彭长篇发言。这位“理论家”终于摆脱了困境，一跃成为“反右倾”的“主将”。他飞快地写出批彭长文《资产阶级世界观，还是无产阶级世界观》，经毛泽东以中央名义加了按语，印发全党作为学习文件。不久，此文又在《红旗》杂志刊登，推向全国。

田家英不会油滑，不会“见机而作”。特别是在他的好友李锐也成为庐山“炮火”的轰击目标时，他对李锐寄予了深深的同情。

李锐当时是水利部部长。他擅长文笔，曾著《毛泽东的早期革命活动》一书，对毛泽东及其著作有一定的研究，而且敢于直言。毛泽东让李锐当“通讯秘书”——有什么见解，写信向他反映。

在延安时，李锐任《解放日报》编辑。田家英向《解放日报》投稿，必经李锐之手，彼此有着“文字之交”。李锐原先的妻子范元甄是中央政治研究室国际组组长。每星期六，李锐到妻子那里，也就常常见到田家英。由于对许多问题的见解相同，到了后来，李锐和田家英无话不谈，交往甚笃。

在庐山，李锐被打成彭德怀“军事俱乐部”成员。毛泽东说李锐是“右派”。

终于，在8月1日召开的中共中央政治局常委会上，毛泽东多次点了李锐的名，也提及了田家英。毛泽东说：

“田家英历来比较右，如批《红楼梦》，《正确处理人民内部矛盾》，学生闹风潮，《零讯》启事等……”

虽然毛泽东还没有把田家英的问题看成像李锐那么重，没有说他是“右派”，但是说他“比较右”，而且“历来”如此，清楚地表明了毛泽东对田家英和他的分歧已有察觉。毛泽东历数田家英“历来比较右”的种种具体表现，说明他早就注意到田家英的“右”，只是没有讲出来罢了！

毛泽东的话，使田家英“面无人色”（李锐的形容），陷于极大的震惊之中！

不过，这还仅仅是震惊而已。最为惊心动魄的，是周小舟在大会上被迫作交代，偶然说走了嘴，差一点使田家英从悬崖上掉进万丈深渊。

周小舟当时是中共湖南省委第一书记。在庐山，他被打成“彭、黄、张、周”反党集团。诚如后来发表的《中国共产党八届八中全会关于以彭德怀同志为首的反党集团的错误的决议》中所指出：“八届八中全会揭发出来的大量事实，包括彭德怀、黄克诚、张闻天、周小舟等同志所承认和他们的同谋者、追随者所揭发的事实，证明以彭德怀同志为首的反党集团在庐山会议期间和庐山会议以前的活动，是有目的，有准备，有计划，有组织的活动……”

周小舟落到了“反党集团”的“头目”的地步，受到小会攻，大会轰。他在大会上被迫作交代时，提及田家英私下里对李锐说过的一段话。李锐因为跟周小舟熟稔，把田家英的话讲给了周小舟听。万万没想到，周小舟在被逼得天旋地转时，不慎捅出了这几句话。他说：

“田家英对李锐讲过，他离开中南海的时候，准备向主席提三条意见：一是能治天下，不能治左右；二是不要百年之后有人来议论；三是听不得批评，别人很难进言。”

顿时，如同在会场上爆炸了一颗原子弹，人们惊呆了！李锐为田家英捏了一把冷汗。

主持会议的刘少奇，转过头来问李锐道："周小舟说的是怎么回事？"

幸亏李锐在这千钧一发之际，保护了挚友田家英。李锐大声地说："这三条意见是我自己的想法，跟田家英无关，大概是小舟听误会了，这完全由我负责！"

这时，刘少奇接着说道："李锐不是中央委员会的人，他的问题不在这里谈，另外解决。"

就这样，田家英的话被当场遮掩过去，未予深究。处在悬崖边缘的他，被救了下来。这样，李锐被打成彭德怀"反党集团"的"追随者"，田家英幸免于难。

下了云遮雾障的庐山，田家英重新回到中南海——没多久，他吃惊地得知，被免去国防部长职务的彭德怀被逐出中南海"永福堂"，远迁北京西郊吴家花园。田家英心中不安，牵挂着李锐，给李锐打电话。如李锐所忆：

"回到北京之后，他特地跟我通过一次电话，其中讲了这样一句话：'我们是道义之交。'不幸被人听见，几天之后，我家中的电话就被拆除了……"

此后，李锐被逐出北京，流放到遥远的北大荒。

李锐的电话被谁听见呢？是李锐身边的人，告发了他……

成了江青和陈伯达的眼中钉

由于那至关重要的三句话被李锐遮护了，田家英依然在毛泽东身边工作着。毛泽东对他未存芥蒂，只是总觉得他有点"右"。关于这一点，毛泽东在庐山上便已明言。好在被毛泽东看作"右"的人不是一个，而是一大批——毛泽东愈入晚年愈偏"左"，在他看来，一大批反对极'左'路线的人也就成了"右"了。

1962年夏日，在白浪滔滔的北戴河，中共中央举行工作会议。毛泽东又一次点名批评田家英"右倾"，他成为那次会议上四个被点名的"右倾分子"之一。

毛泽东对田家英的批评，使毛泽东的"左右"幸灾乐祸。

对于毛泽东的"左右"，田家英早已有厌恶之感。正因为这样，他对李锐所说的"三条"之中，头一条便是："能治天下，不能治左右。"

"左右"，古书中指近侍、近臣，如《左传·昭公六年》中所言："左右谄谀。"

又一次由于“站得近，看得清”，长年在毛泽东身边工作的他，很早就察觉到江青的政治野心。

田家英最初看不惯江青，还只是限于她的生活作风。他对她采取“不敬”而“远之”的态度。渐渐地，江青“偶尔露峥嵘”，染指中国的政治。田家英深知江青的为人，更加远而避之。江青也意识到田家英刚直不驯，不会为她张目，欲除之而无机会。正因为这样，当她听说毛泽东批评田家英“右倾”，不由得兴高采烈起来，骂他是“资产阶级分子”“右倾机会主义分子”“老右”。

在毛泽东的“左右”之中，常常跟田家英发生正面冲突的是陈伯达。

在延安，在中央政治研究室，陈伯达曾是田家英的顶头上司。他俩先后成为毛泽东的秘书之后，陈总是在他之上——“陈、胡、田、叶、江”。

进京之后，虽说陈伯达也住在中南海，但他所住的“迎春堂”离毛泽东所住勤政殿有一段路。除了毛泽东打电话要他前来之外，平时他不在毛泽东身边。这位“理论家”偏又喜欢摸气候，以使他的“理论”能投毛泽东所好。于是，他常常向田家英打听：“主席最近在看些什么书？在注意什么问题？”他希望从田家英那里，得知毛泽东的思想“脉搏”。

田家英深恶痛绝“理论家”这种“刺探”行为。他先是敷衍，后来干脆当面拒绝，使“老夫子”的脸红一阵、白一阵。

这位“理论家”活像个投机商。他的“理论”随行就市，今日这般说，明朝那样写，一切都看政治“行情”行事。1958年11月，在郑州会议上，陈伯达眼看“左”风正盛，提出取消商品经济，取消货币，不料押错了宝，被毛泽东狠批一顿。紧接着，在1959年炎夏的庐山会议上，“老夫子”满以为“左”价下跌，在“神仙会”上大声疾呼纠“左”，却又押错了宝，于是来了个急转弯……对于“理论家”的“德性”，田家英看得清清楚楚，笑他有野心而无主见。

田家英对江青回而避之，而对“老夫子”倒是常常当面顶撞。董边曾忆及一富有趣味的细节：

田家英和陈伯达都爱字画。田家英把自己刚买到的字画，先挂在毛泽东那里，有时给陈伯达看见了。于是，“老夫子”常常到田家英那里看字画，甚至向田家英借去。

“田家英，你有那么多的字画，可得当心点，别让小偷偷了！”有一回，“老夫子”一边看字画，一边揶揄道。

“我的字画如果被偷，第一个贼就是你！”田家英巧妙地讽刺道。

“老夫子”和他都哈哈大笑。笑毕，“老夫子”才意识到田家英的话中带刺儿。

随着时代的车轮辚辚作响，日渐向“文革”逼近，江青日趋活跃，与“老夫子”的联系日益密切。江、陈联合，逐渐成为中国政治舞台上一股崛起的“左”派势力。

就在这时，在毛泽东的“左右”之中，又冒出了一个原本排不上号的人物，加入“左”派阵营。此人便是戚本禹。

戚本禹比田家英小10岁，原先在田家英手下帮助处理人民来信，后来成为信访局的一个科长。

关于戚本禹，董边的记忆之中还保存着这么一个镜头：

夏日，当董边午睡醒来，发觉从书房里传出谈话声。

咦，田家英怎么没有午睡？是谁在中午来找他？

董边一看，是田家英跟戚本禹在那里谈话。

待戚本禹走后，董边问田家英，干吗在中午跟他谈话？

田家英叹道：“人家已经成了江青那里的红人，得罪不起。他在写关于李秀成的文章，找我要资料。我有什么办法？只好马上照办，在中午跟他谈话，帮他找资料……”

“文革”的锣鼓声近了，近了。江青、陈伯达、戚本禹得志，正在和张春桥、姚文元、王力、关锋组成“联合阵线”（后来演变为“中央文革”），而“一贯右倾”的田家英自然成了他们的眼中钉、肉中刺了。

被安上“篡改毛主席著作”的罪名

整人要有口实。1965年12月，田家英终于被江青和陈伯达抓住了“大把柄”！

那些日子里，田家英随毛泽东住在杭州。风景秀丽、冬日和暖的杭州，是毛泽东最喜欢的去处之一。好多个冬天，他都在那里度过。

1965年的寒冬，毛泽东又来到杭州。不过，这时的他忙碌异常，正在思索着在中国做一篇大文章——发动“文革”。

从12月8日起，田家英随毛泽东从杭州来到上海，中共中央政治局常委扩大会议在上海举行。这次会议的主题是解决罗瑞卿问题，打响了批判所谓“彭（真）、罗（瑞卿）、陆（定一）、杨（尚昆）反党集团”的第一炮。

当毛泽东回到杭州，在12月21日上午，召集五位“秀才”开会。这5位“秀才”是陈伯达、田家英、胡绳、艾思奇、关锋。

在1965年4月底，毛泽东曾在长沙召见过这5位“秀才”，开过一次会。那是因为毛泽东要全党学习6本马列经典著作，找这5位“秀才”连同他自己每人为一本马列经典著作写序。毛泽东跟5位“秀才”在长沙讨论了一通。时隔半年多，又在杭州继续谈论长沙的话题。

那天上午毛泽东情绪很好，海阔天空地聊了起来，所谈的内容大大超过了写序的范围。毛泽东的话，在那时已经“一句顶一万句”了。艾思奇和关锋往笔记本上仔仔细细记录着毛泽东的话。按照平时的习惯，田家英也打开笔记本，记下毛泽东的重要的话。

毛泽东谈着，谈着，忽然提及了不久前轰动中国的两篇文章——1965年11月10日《文汇报》所载姚文元的《评新编历史剧〈海瑞罢官〉》和12月8日第13期《红旗》所载戚本禹的文章《为革命而研究历史》。

毛泽东说了一段评论式的话：

“戚本禹的文章很好，我看了三遍，缺点是没有点名。姚文元的文章也很好，对戏剧界、历史界、哲学界震动很大，缺点是没有击中要害。《海瑞罢官》的要害是‘罢官’。嘉靖皇帝罢了海瑞的官，1959年我们罢了彭德怀的官，彭德怀也是‘海瑞’。”

毛泽东的谈话刚一结束，陈伯达就飞快地把“喜讯”告诉江青——因为江青组织张春桥、姚文元写了那篇《评新编历史剧〈海瑞罢官〉》，发表之后受到以彭真、邓拓为首的中共北京市委的坚决反对，而毛泽东的话无疑是对她的最有力的支持。

于是，原本只作为毛泽东随口而说的话，却要整理出谈话纪要。

整理纪要的任务，落到了田家英头上——他既是5个“秀才”之一，亲耳听了毛泽东的谈话，何况他又是毛泽东的秘书。

由于艾思奇、关锋的记录最详细，田家英转请他俩整理记录。

关锋和艾思奇连夜整理，干了一通宵，就写出了纪要。他俩把纪要交给了田家英。

田家英看后，删去了毛泽东对姚文元、戚本禹的评论那段话。这是因为田家英不仅对1959年庐山会议批判彭德怀有看法，而且对姚文元的文章也不以为然——毛泽东曾要田家英看吴晗的《海瑞罢官》剧本，田家英看后对毛泽东说：“看不出《海瑞罢官》有什么问题！”田家英对戚本禹也是有看法……

艾思奇知道了，担心会给田家英带来麻烦，曾好意地提醒他：“主席的谈话，恐怕不便于删。”

田家英答道：“那几句话是谈文艺问题的，与整个谈话关系不大，所以我把它删去了。”

田家英说的，当然是一番托词。他此时此刻，以林则徐那两句诗激励自己：“苟利国家生死以，岂因祸福避趋之。”

田家英心怀正气、豪气，删去了毛泽东那段“最高指示”，触怒了江青、陈伯达、张春桥、关锋、戚本禹、姚文元这批正在扶摇直上的“左”派。江青给田家英安了一个在当时足以置之死地的“罪名”，曰：“篡改毛主席著作！”

山雨欲来，风满华夏。

阶级斗争的弦，在1966年上半年不断地拧紧了：

2月，《林彪委托江青同志召开军队文艺工作座谈会纪要》在上海起草；

4月17日，《人民日报》发表《请看吴晗同志解放前的政治面目》；

5月4日至26日，中共中央政治局扩大会议在北京召开，批判“彭、罗、陆、杨”；

5月8日，江青主持的写作班化名“高炬”在《解放军报》上发表《向反党反社会主义的黑线开火》，把邓拓、吴晗、廖沫沙这“三家村”定为“反党反社会主义的黑线”；

5月10日，上海的《解放日报》《文汇报》同时刊出姚文元杀气腾腾的长文《评“三家村”——〈燕山夜话〉〈三家村札记〉的反动本质》；

5月16日，标志着“文化大革命”正式开始的《五一六通知》，由中共中央政治局扩大会议通过；

5月17日，“文化大革命”的第一个受害者——邓拓，在子夜写下遗书，然后服下大量安眠药，于18日凌晨离开人世；

紧紧跟着邓拓到那个冥不可知的世界去的，便是田家英——“文化大革命”的第二个屈死者。

逐出中南海的命令使田家英心似刀绞

给了田家英沉重一击，那是在1966年5月22日——星期日。

下午3时，中南海“永福堂”田家英家门口，忽然来了一辆轿车。从车上下来三个人——中共中央组织部部长安子文、中共中央对外联络部副部长王力以及那个正在走红的戚本禹。

他们进屋，不巧，田家英和秘书逄先知外出。董边在家，告诉他们，田家英很快就会回来的。

于是，安子文、王力并排在长沙发上坐定，戚本禹坐在旁边的单人沙发上。三个人神情严肃，看来，“无事不登三宝殿”。董边不知来意，又不便问。

在沉闷的气氛中等了一会儿，田家英和逄先知回来了。看样子他们要谈重要的问题，董边站了起来，打算避开。这时，安子文对她说：“董边，你也是高级干部，坐下来一起听听。”逄先知也留了下来。

安子文对田家英的谈话要点，据董边回忆，是这样的：

“我们是代表中央的三人小组，今天向你宣布：第一，中央认为你和杨尚昆关系不正常（引者注：当时杨尚昆任中共中央办公厅主任，田家英任副主任，在工作上有许多联系），杨尚昆是反党反社会主义的，你要检查；第二，中央认为你一贯右倾。

“现在，我们代表中央向你宣布：停职反省，把全部文件交清楚，由戚本禹代替你管秘书室的工作。你要搬出中南海！”

田家英几乎屏着呼吸，听完安子文的话。安子文很明确地说，他们三个人是代表中央来的，显然并非安子文的个人意见。中共中央政治局扩大会议正在北京举行。显然，已成为新贵的江青、陈伯达借批判“彭、罗、陆、杨”的势头，要拔掉他们早就想拔去的眼中钉——田家英。

关于“三人小组”，笔者在访问王力时，他是这样说明的：“当时政治局决定成立一个小组，下面分为处理彭真、陆定一、杨尚昆、田家英问题的四个分小组（引者注：罗瑞卿问题已在上海会议期间处理）。田家英分小组的组长是安子文，组员是王力、戚本禹。”

安子文是奉命而来，因为他的职务是中共中央组织部部长。诚如董边回忆此事时所说：“安子文同志在1966年7月也被批斗、关押，遭受到严重迫害，直到十一届三中全会以后，才得到平反。他在病重期间，还关心地询问田家英和我的问题是否已经平反。”

在安子文作为三人小组组长传达了中央意见之后，田家英的眉间皱起深深的“川”字纹。他竭力克制自己内心的激愤，冷静地问道：“关于编辑‘毛选’的稿件是不是也要交？”

“统统交。”安子文答道。

这时，戚本禹问道：“毛主席关于《海瑞罢官》的讲话记录，在你那里吗？”

戚本禹所说的记录，当然就是指毛泽东那次杭州谈话的记录——他是非常关心那份原始记录，想知道内中的究竟。

“没有。”田家英很干脆地回答道。

谈话就这么结束了，开始点交文件。田家英把手边的文件，一份份移交给戚本禹，戚本禹逐份登记。安子文和王力在一旁看着。

到了下午5点多，安子文和王力走了。戚本禹仍留在那里，一直点交到天黑才走。

戚本禹走后，田家英像塑像一般，一动不动坐在那里。董边劝他吃晚饭，他也不吃。看得出，他陷入了极度的痛苦和愤懑之中。

夜深，电话铃声响了。是谁来电话？戚本禹！

“你到秘书室来一趟，在文件清单上签字。”戚本禹仿佛一下子成了他的上司似的，对他颐指气使。

啪的一声，田家英挂断电话。

他满脸怒色，对董边说：“戚本禹是什么东西？！他早就是江青的走卒，我不去签字！”

过了一会儿，田家英咬牙切齿道：“我的问题是江青、陈伯达陷害的。善有善报，恶有恶报，我不相信这些人有好下场！”

董边听不出他话里有话，但是知道他心里如割似绞，便坐在一旁默默地陪着。

人在最痛苦的时候是无言的。田家英一声不响，木然坐着。

董边呢，心中也反反复复想着安子文在下午代表中央所说的那些话。她当时并没有把事态看得那么严重，以为像往常的政治运动——《五一六通知》通过才几天，谁会料到这场“文革”会那般惨重、残酷？

夜深了，12点了，田家英要董边先去休息。

那时，他们所住的“永福堂”是个小院子，中间的正房住家，右边的是毛泽东的图书室，左边是逄先知的办公室。田家英那时坐在图书室里。

董边因为翌日一早还要去上班，回正房先睡了。

她迷迷糊糊一觉醒来，一看手表，已是清晨5时，图书室里还亮着灯。

董边赶紧下床，到那里去看田家英。他竟一夜未眠，未食，仍呆呆地坐着。

董边知道他心里难受，可是没有往坏处想。她要他赶紧去休息。

“今天你上班吗？”田家英问她这么一句话。

“上班。”董边答道，“7点就得走。”

“你管你去上班，别管我！”田家英说道。

董边依然没有意识到事态的严重。她以为，这一回大约是要他检查检查“右倾错误”，要他离开中南海下乡劳动。她去找逄先知，要逄先知帮助他做检查，如果要下乡的话，就跟他一起下去。

吃过早饭，快到7时了，她像往日一样，跟丈夫打个招呼，上班去了。与往日不同的是，她又一次劝他早点休息。

他呢，朝她点点头，一点也没有流露出异常的情绪。

她走出了院门，上班去了。她丝毫没有意识到，这一回竟是与他生离死别！

他悲壮地死于中南海“永福堂”

5月23日上午，挂着清朝乾隆皇帝手书“永福堂”的小院，格外地安静：逄先知写材料去了，勤务员陈义国也有事外出了。

“永福堂”格外安静，还因为隔壁的“增福堂”无声无息：那里原本住着陆定一一家。陆定一夫人严慰冰已于1966年4月28日被捕。陆定一于5月8日从合肥回京之后，在中共中央政治局扩大会议上受到林彪的责骂，当即被逐出中南海，软禁于北京安儿胡同一号，一个班的士兵看守着他。

毛泽东秘书田家英在“文革”刚开始就含愤离世

“永福堂”格外安静，也由于离此不远的毛泽东住处不再人来人往：毛泽东在杭州住着，有时他在上海，就连中共中央政治局扩大会议这样重要的会议在京举行，他也没有回京。正忙于发动“文革”的他，行踪隐秘，百倍警惕着“现正睡在”他的“身旁”的“赫鲁晓夫那样的人物”——他要借助“文革”打倒的“中国赫鲁晓夫”，正在北京主持着中共中央政治局扩大会议呢！

就在这一片安静之中，田家英在“永福堂”小院里，独自度过了人生的最后一个上午！

安安静静，电话铃声未曾响过，也未曾

有过一个来访者——他已接到逐出中南海的命令，还有谁会给他挂电话，还有谁敢登门拜访？

直到中午，小院外才响起了脚步声，打破了这里的沉寂。那是勤务员陈义国回来了，找田家英吃中饭。

正房里没有人影。

图书室的门紧闭着。他在门外大声地喊了几下，没人答应。

咦，田家英到哪里去了呢？

他试着推了图书室的门，那门反锁着，推不开。

他等了一会儿，又喊了一阵子，屋里仍没有任何反响。

陈义国觉得情况有点异常，他找人拿钥匙开了门。

陈义国朝里面看了看，见不到人。他走了进去，走过几排书架，顿时像触电似的尖叫起来："啊哟——！"

原来，他在两排书架之间，看到田家英吊死在那里！

陈义国急急抓起电话，向上报告……

下午3时光景，正在上班的董边，忽然接到了中共中央组织部部长安子文的电话："你马上到少奇同志西楼办公室来一下！"

董边觉得诧异，平素很少交往的安部长，怎么会直接打电话来？会不会发生了什么突然事变？

董边急急赶回中南海，来到刘少奇西楼办公室。她一走进去，安子文已在里面等她了，旁边坐着汪东兴。当时，汪东兴主管毛泽东的警卫工作。

等董边坐定，安子文这才直截了当地把不幸的消息告诉她："田家英同志自杀了！"[1]

董边顿时懵了，脑袋仿佛在一刹那间剧烈地膨胀，全身发冷，两行热泪涌出了眼眶！她万万想不到，在她清早离家时，丈夫还是好好的，一转眼就隔着生与死的鸿沟！

等董边的情绪稍稍安定，安子文问道："他临死前跟你说过些什么话？"

"我一点也不知道他会去死。如果我稍微察觉他有死的念头，我就不会去上班了！"董边如实回答道。

安子文也长叹一口气，心境显得非常沉重，对董边说道："我陪你一起去

[1] 叶永烈注：2002年香港《动向》杂志刊登出罗冰的文章——《毛泽东涉暗杀田家英案》，称田家英不是自杀而亡，而是被汪东兴的警卫开枪打死，并暗示，此事与毛泽东有关系。这篇文章在海外广为传播。其实，所谓田家英是"他杀"，纯系子虚乌有的讹传。

看一看他。”

在安子文、汪东兴的陪同下，董边一脚高一脚低地朝“永福堂”走去。那里跟刘少奇西楼办公室只一箭之遥。

董边一走进家门，便看到院子里站着三四个解放军。显然，因为家中发生了意外事情，解放军来看守现场。

董边走进图书室，田家英已被放下来了，躺在两排书架之间的地上，身上盖着他平时用的灰色的被单。董边弯下身子，看见他双眼紧闭，但舌尖伸出嘴外。

“你立刻离开中南海！”董边正处于心灵的巨创剧痛之际，接到了这样命令式的通知。

董边无法在丈夫的遗体旁再多看几眼，便只好来到正房。一走进去，就看见桌子上放着丈夫的手表——他在离别这个世界前，从手腕上取下，留给妻子。

他留下了遗言。他写下振聋发聩的话：“相信党会把问题搞清楚，相信不会冤沉海底！”

董边以为是要她暂时离开这里，匆匆拿了牙刷、手巾和一点零用钱，就像平常出差似的，拿着一个小包上了汽车。她压根儿没有想到，她从此就永远离开了这个地方！

“曲生何乐，直死何悲。”田家英“直不辅曲，明不规暗，栱木不生危，松柏不生埤”的浩然正气，贯长虹，惊天地。他的死，是对那正在席卷全国的“文革”狂澜的强硬抗争。虽然英年早逝，可悲可叹，但是他“直如朱丝绳，清如玉壶冰”，永远活在千千万万人民的心中。

他是一个没有城府，喜怒形于色的人。他因为接到久别的妻子的一封信，会当众高兴得哭起来。当他蒙受诬陷，他又一怒而以死相抗。他不会掩饰，不会屈膝，也不会忍耐。他离世之际，不过44岁，正值年富力强、生命之花最为茂盛的时候！

历史终于发出公正的声音

逝者撒手离去，生者备受煎熬。

汽车离开中南海，在北京城里东拐西弯，驶入了丰盛胡同，把董边送入中央直属机关宿舍。董边一进去，吃了一惊，她的三个孩子已经在那里！

本来，董边和田家英住在中南海“永福堂”，那里属于乙区，是首脑人物的住地。他们的孩子则住在中南海东八所。孩子们正在上中学。可是，如今连孩子也被逐出中南海，临时搬入中直机关宿舍。

孩子们不知道家中发生了什么事情，董边也不便对他们说。孩子们住在一间屋里，董边被安排在另一间屋里。

董边失去了行动自由，处于软禁状态。

孩子们觉得奇怪：“妈妈，你怎么不去上班？”

“我在家里写文件。”董边搪塞道。

在那些痛心疾首的日子里，先是安子文在他的办公室里，单独约见过她；接着，安子文、王力、戚本禹这三人小组，又找董边谈了一次。

在万分郁闷之中，在孤寂烦乱之中，董边的心灵受着折磨。据告，田家英是犯了“篡改毛主席著作”的“大罪”。据指示，她必须彻底“揭发”田家英……

手中的笔重千斤，她没法写“揭发”材料。幸亏她向来豁达、乐观，这才没有被逼疯、逼死。

如此这般过了一个月，董边接到通知，让她回原单位——全国妇联去。当时，她担任全国妇联书记处书记、《中国妇女》杂志社长。

就在董边准备去全国妇联的时候，一大群人来“请”她了！她被拉上汽车，直奔全国妇联。

呵，全国妇联可热闹，从一楼到四楼，全是大字报。更准确地讲，全是批判董边的大字报！

董边被软禁在全国妇联的一个小房间里。每天，她要拿着一个本子，一边看大字报，一边摘录。她成了“反革命修正主义分子”，在《中国妇女》杂志上“贩卖封、资、修黑货”。

在大字报所揭发的种种董边“罪行”之中，最耸人听闻的一条是：让外国人侦察中南海的地形！

那是怎么回事呢？原来，董边在国外访问时，一家妇女杂志的主编在家中宴请她。后来，那位主编访华，董边以同等的礼节相待，在家中宴请她。于是，那位主编来到中南海，被说成是“侦察”中南海的地形！事先，董边向领导部门请示过，何况那位外宾是社会主义国家的，当时与中国关系十分友好。再说，中南海也并非外国人莫入的“禁区”。毛泽东一次次接待外宾，常在中南海……

在那荒唐的岁月，一张又一张荒唐的大字报编造着荒唐的谎言。董边被关在一间黑洞洞的汽车库里，三天两头接受批斗。

最为荒唐的一幕发生在1968年6月，董边遭到了激烈的批斗。这一故事，简直足以收入《“文革”笑话集》：

那时，“解放军毛泽东思想宣传队”（即“军宣队”）要进驻全国妇联。“军宣队”队员大多数是男的。在全国妇联，“文革”中女厕所常用，而男厕所几乎关闭。因为妇联工作人员是女的，关起门来搞运动。董边是“牛”（即“牛鬼蛇神”），干最脏的活，打扫厕所成了她每日的“任务”。为了迎接“军宣队”的到来，董边奉命清扫男厕所。打扫完毕，董边为了让“军宣队”来到时厕所干干净净，就把小便瓷斗用报纸糊上，到时再取下报纸。糊的时候，董边只留意报上有没有照片。

糊好之后，董边闯下大祸——因为有人发觉，报纸上印有“红太阳”字样！

于是，“军宣队”进驻后的头一炮，就是批斗董边！

10年“文革”，董边过了10年非人的生活。

她成了“牛”，“牛”岂可有保姆？多年照料她的孩子的保姆李佩，被辞退了。她的孩子天各一方：长女到内蒙古插队落户，次女在吉林农村，儿子在四川劳动。

最使董边痛心的是，由于意外的不幸，儿子曾义（孩子们都用田家英原姓）自杀离世，年仅21岁！他是一个很聪明的孩子，只念了初中一年级就插队落户去了……

家破人亡，董边独自过着“牛”的生活。她被开除党籍，连做北京的“牛”都不行，被赶到河南干校、河北恒水农村劳动。原来体重120斤的她，掉到90斤，又黑又瘦，又受着气喘病的酷虐……

在粉碎“四人帮”之后整整一年——1977年10月，董边才结束了那苦难的生活。董边得以平反，重新出任全国妇联书记处书记。后来，担任全国妇联党组书记。她被选为中共第十二次全国代表大会代表，并被大会选为主席团成员。

从1983年至1988年，她担任全国政协常委……

诚如田家英的遗言所预见的那样：“相信党会把问题搞清楚，相信不会冤沉海底。”田家英的冤案，在中共中央的直接关怀下，在1980年初终于得以平反昭雪。

1980年3月28日，田家英追悼会在北京八宝山公墓礼堂隆重举行。

邓力群代表中央致悼词，悼词热情地称颂了田家英的品格和业绩：

“家英同志是一位经过长期革命锻炼，忠于党、忠于人民，有才能的优秀共产党员。他为共产主义事业努力奋斗，做了大量的工作。

“几十年的实际行动证明，家英同志确实是一个诚实的人，正派的人，有革命骨气的人。他言行一致，表里如一。他很少随声附和，很少讲违心话……”

悼词赞扬了田家英“真诚、坦率、亲切、耿直的生动形象”。

尽管这是一个在田家英含冤离世快14年才召开的追悼会，但是多少人失声痛哭，甚至有人趴在地上哭得站不起来！

八宝山公墓礼堂里一片痛惜声：

人民痛惜党和人民失去了这样的好儿子；

人民痛惜“文革”灾难摧残了一代刚直的栋梁之材；

人们最为痛惜的是他华年而逝——在开追悼会之际，倘若他能从八宝山重返人间，也不过58岁，他会成为中共中央富有活力、富有经验又深知民心、深得民心的领导人，会大力推进中共十一届三中全会的正确路线。然而，逝者如东流之水，一去不复返……

秘书江青

第一章
“约法三章”

据传，中共中央政治局讨论了毛泽东的婚事，同意了毛泽东的意愿，但对江青作出了限制性的规定：“江青只能以一个家庭主妇和事务助手的身份，负责照料毛泽东同志的生活与健康，将不在党内机关担任职务，或干涉政治。”

初识毛泽东

关于江青如何结识毛泽东，曾有着各式各样的传说。

传说之一，是江青来到延安的第二天，便随着徐明清和王观澜去见毛泽东。

这一传说显然与事实不符，因为徐明清不是跟江青一起进入延安，而是在江青进入延安后一个来月才到那里，不可能在“江青来到延安的第二天”带她去见毛泽东。

另外，笔者在采访徐明清时，她说她没有带江青去见过毛泽东。虽说王观澜跟毛泽东颇熟，去见毛泽东时也不可能随便带一个陌生人同去。

传说之二，是上海《文汇报》前总编徐铸成的《萧桂英进宫》一文：

> 我有一位朋友，是中共的老党员，抗战初期就在陕北打游击。他说，他在延安住过的那段时间，曾有幸看过那位过气影星的京戏，演的是《打渔杀家》里的萧桂英。演萧恩的是解放后主持戏改工作的阿甲（十年动乱中大受批斗，可能这也是“罪状”之一）。据说这两个人旗鼓相当，演得都很出色，桂英的相，尤为秀丽。
>
> 据说，也就在这个时候，也就是这出戏，她跳进龙门，受了特达之知。据说“明皇”那天也去参加晚会，看了这出戏大为激赏，很鼓了几记巴掌，这就使台上的桂英大为感动，大受鼓舞。
>
> 她灵机一动，第二天即去找那位“李莲英”，说是自己对文艺问题，有些心得，想当面求教于“导师”；“李莲英”也看到这是他讨好固宠的好机会，三方心里相投，一拍即合。从此，就“一步进入深宫（其实是窑洞）里……”。[1]

[1] 1980年10月15日香港《大公报》。

不言而喻，徐铸成所说的“过气影星”，就是江青。“李莲英”，则指康生。

跟江青同台演出的阿甲，本名符律衡，江苏武进县埠头镇人氏。他自幼酷爱京剧，亦喜绘画、书法。教过书，做过工，当过编辑。1938年初，他从山西临汾进入延安。先在鲁迅艺术学院美术系学习，不久，担任鲁迅艺术学院评剧研究团团长，和江青同台演《打渔杀家》。据云，演出时康生为江青敲边鼓。

也有类似的传说，说毛泽东在“陈绍禹从莫斯科回到延安的欢迎晚会”上，看了江青主演的话剧《被糟踏了的人》。

陈绍禹即王明，是1937年11月29日飞回延安的，欢迎晚会当然也就在此后数日。然而，话剧《被糟踏了的人》是由崔嵬编导的，他在1938年春才进入延安，不大可能在欢迎王明的晚会上演出《被糟踏了的人》。

崔嵬也是山东诸城人，江青的同乡，而且又同在山东实验剧院学习，同在上海业余剧人协会演出。他进入延安后，参加了筹建鲁迅艺术学院的工作。1938年4月，鲁迅艺术学院成立于延安，成为中共培养文艺干部的学校。首任院长为毛泽东，后来由吴玉章、周扬担任院长。崔嵬编导的话剧《被糟踏了的人》，由江青演女主角。崔嵬在1938年7月加入中共。

还有一种类似的传说，说毛泽东在看江青主演的话剧《锁在柜子里》时，注意起江青。

又据当年在延安、后来曾任“民革上海市委顾问”的翟林椿先生回忆，1938年8月13日纪念“八一三”抗日1周年（据笔者查考，似应是1938年7月7日纪念“七七”抗战1周年），在延安钟楼东边，原“抚衙门”旧址，举行大会。上午是毛泽东作报告，下午文艺演出。[1]

翟林椿先生记得，话剧主演者是丁里。笔者查考延安资料，查出“七七”1周年大会，鲁艺演出三幕歌剧《农村曲》，主演为丁里；然后演三幕话剧《流寇队长》。

翟林椿回忆：“压轴戏是江青主演的京剧《打渔杀家》。纵然我当年很少看过京剧而入迷姑苏评弹，但江青扮演的桂英一角，不论唱白、身段、台风、神韵，都得到观众的一致好评。毛泽东和其他首长观看了这场精彩纷呈的演出。演出结束，江青率先和众多演员拥到台口，向热烈鼓掌的首长和广大观众致谢。尔后，她便款款步入后台，一间点有汽灯的残破空屋（临时化妆室）去卸妆。”

[1] 本书作者1992年5月21日采访翟林椿。

翟林椿记得他目击的一幕：

“毛泽东等首长步入临时化妆间，慰问演员。这时，我奉命提着铁皮水壶，为首长倒开水，所以也进入那临时化妆间，见到江青上前跟毛泽东握手，然后很亲切地谈着……”

翟林椿所目击的，是不是江青第一次跟毛泽东见面，不得而知。

不论是看京剧《打渔杀家》，还是看话剧《被糟踏了的人》或是《锁在柜子里》，有两点是可以肯定的：

第一，那时江青在延安相当活跃，主演过京剧、话剧；

第二，毛泽东向来对戏剧很有兴趣，他看过江青演出的戏剧。

至于传说之三，那是江青听毛泽东的报告，故作认真，引起毛泽东的注意。

香港星辰出版社在1987年出版了珠珊著《江青秘传》。笔者在北京访问了“珠珊”（1991年7月8日采访），即王稼祥夫人朱仲丽。据朱仲丽告诉笔者，“珠”即“王”“朱”也，由王稼祥和她的姓组成；“珊”也是“王”字旁，“册”乃两人之书也。《江青秘传》中这么写及毛、江初识：

中央党校设在延安城东的桥儿沟。这地方原是外国人传教的场所，有一栋大教堂，许多平房；最近又添建了新屋和新窑。学员们全是中共党员，来自国民党地区、各个根据地和各方面军。江青混入党校，是她取得政治资本的重要一步。

今天吃午饭之前，各班组通知大家，下午两点钟在礼堂听报告，按时入座，不得迟到。一点多钟的时候，礼堂里已开始有学员进来。

江青最早来到，找了一个前排位子。她想，一定要坐在显眼露面的地方，不管谁做报告，做报告者必是党中央领导人。

礼堂里坐满了学员。

两点钟了，忽然响起热烈的掌声，全体起立。

台上出现了毛泽东，几百双眼睛放出喜悦的光芒。

江青也站起来鼓掌，对准台上招招手，拍拍手；再拍拍手，又招招手。她清楚地知道，这几下可以使毛泽东发现自己在前排。听报告时，她一时似乎在认真地听报告，一时又像是在思考报告的内容；有时急速记笔记，有时又似乎支颊，偏着头看台上的人。姿态变化无穷。

两个钟头的报告结束了。同学们有的兴奋得没有心思去玩，马上整理笔记；有的互相交换学习心得。晚上，全校分组讨论。江青坐在那儿，不多发言；她的心早飞了，私心杂念，不能告人的隐情，一齐涌上心头。今天是和毛泽东第二次相见了，马上要来一个行动，否则心愿依然渺茫。学习小组会快结束时，她巧妙地作了十分钟发言，把会上同学们的发言加以归纳整理，作为自己的意见，加上漂亮的形容词重复一遍，言词动听，似乎有条有理。

晚上，等大家都睡觉了，她独自一人坐在灯下，提笔写道：

敬爱的领袖毛主席：

我今天专心地聆听了你的有着伟大历史意义的报告，你指明了光明的方向，使我鼓舞。

我是一个木工的女儿，从小受生活的折磨，在三顿吃不饱的苦难中又遭父亲酩酊大醉殴打成性的逆运；母亲受压，家破人亡，流落他乡；我被迫学京戏，登台谋生；后到上海加入左翼文联，于1933年入党，先后当电影和舞台明星。这是党给我的培养，是你的光辉思想哺育了我，才有今日。

我向往延安，追求真理，现在是党校十二班的学员。我因理论水平极低，革命斗争经验极少，有许多政治思想上的问题缺乏先进者的指教。

我请求，敬爱的毛主席，请你在百忙中接见我一次，这是我这个苦孩子一生的唯一的希望！

我思想上有许多问题，如能得到你的当面教诲，我当获益不浅！其中一部分是今天听你的报告之后，有关目前形势的分析。在某一点上，我还不甚明白。

敬爱的毛主席，我想你会欢迎我，你是一位善于联系群众的伟大人物，我这个纯真的女孩子只不过向你提出区区小小的要求。如果准见，我将于后日（星期日）下午三时来到你的居处。

啊！我写至此，全身热血奔腾！我将亲耳听到你的教导，的确：我已经见过你三次了，这幸福的第四次即将到来……

中央党校十二班学员

江青

1937年冬

第二天，她亲自把信送进城，到毛泽东居处的门口，又转身赶回党校。

她不准备再追求别人了。她已经选定了奋斗的目标。

星期日下午，她不等接到回音，就按时到了毛泽东居处……

据李维汉回忆，中共中央党校确实请过毛泽东来讲哲学。李维汉的校长任期是1937年5月至1938年4月，而江青是在1937年11月入校，正是在李维汉校长任期之内。

笔者注意到曾任毛泽东保卫参谋的蒋泽民在1998年出版的回忆录，他以亲历者、目击者的身份，非常具体又细致地记述了江青初识毛泽东的经过：

1939年2月，当我来到毛泽东身边工作时，贺子珍已经走了一年多，还没有回来。然而，就在这时候江青出现了。

1939年3月，党中央决定成立党校，由吴玉章老人任校长。毛泽东曾与吴老商量过，校址设在桥儿沟，这里有些房子和窑洞，又有一座天主教堂，可作大教室和会场。准备工作就绪后，学校要举行开学典礼，吴老邀请毛泽东参加。毛泽东欣然答应了。

开学那天，吴老身体欠佳没能去，周扬和另一位副校长来杨家岭接毛泽东。我和李德山陪同前往。

下午一时左右，我们来到了会场。会场设在天主教堂，比较简陋，没有桌椅，只有作为主席台的前面放一个长条木桌，桌子后面有七八个小木方凳。六七十名学员席地而坐，大家已端端正正地坐好。

周扬和副校长陪着毛泽东进来时，学员们起立，热烈鼓掌。毛泽东向学员们摆手示意，让大家坐下，然后坐到桌子后面中间的方凳上。周扬坐在毛泽东左边，副校长坐在毛泽东右边；我坐在周扬旁边，李德山坐在副校长旁边。

大会开始了。按会议程序，毛泽东作报告。精彩的报告不时地被学员们热烈的掌声所打断。

毛泽东讲话时，我发现最前排有一位装束特殊的年轻漂亮的女同志。她头上戴着毛泽东到陕北时戴的那种八角帽，帽子戴得往后，帽子下是乌黑浓密的头发；身上穿着上海阴丹士林布做的衣服，腰身很细；脚上穿的是用布条打的草鞋，上面有朵大红缨；娇美的脸上涂了一层薄粉和胭脂，手里拿着一个小红笔记本。她一会儿抬起头，用水汪汪的大眼睛望着毛泽东，像在领会报告的内容；一会儿又低下头，在笔记本上记着。看样子，她听得聚精会神。

会场里六七十名学员，女学员还不到三分之一，她在这些朴实的学员中很显眼，她是谁呢？

在学员们经久不息的掌声中，毛泽东长达两个多小时的报告结束了。

为了庆祝开学，散会后，学校准备会餐。教堂里摆上几张桌子，刚才的会场变成了餐厅。学员们十来个人围一桌，站着兴致勃勃地喝着延安生产的散装白酒。

毛泽东被学校领导热情地挽留住，与学员们一起会餐。这是一张大圆桌，周扬和副校长分别陪坐在毛泽东身边，我、李德山和司机老梁也坐在这张桌子上。

周扬和副校长为毛泽东斟了满满一杯酒，刚要端起敬给毛泽东时，那位装束特殊的女青年已端着一杯酒轻盈地来到桌前，声音又娇又脆地说："主席，您好，您刚才的讲话真好，我很受教育，我这个新学员敬您一杯酒。"说完，她把酒送到毛泽东面前。

毛泽东接过酒，有礼貌地道一声谢。她见毛泽东没说什么，便微笑着转身离去。

她回到饭桌后，同桌的人让她代表大家给毛泽东敬酒。这样，她第二次来到毛泽东面前，说："主席，这杯酒是我们全桌人敬您的，您一定得喝呀！"

"谢谢大家！"毛泽东稳重地接过酒，表情依旧。

待她走后，毛泽东问周扬："这个女同志叫什么名字，她从哪里来的？"

周扬回答："她叫蓝苹，是上海的电影演员。"

"哦。"毛泽东轻轻地点了点头，没有说什么。他一面与周扬饮酒，一面打听这些学员的情况，都来自何方。然后，他们又畅谈党校的建设和发展的远景，谈兴很浓。

学员们见蓝苹很活跃，因此，这个桌选她当代表，那个桌也让她给毛泽东敬酒，她又一次来到毛泽东身边。

毛泽东微笑着问她："蓝苹，你来延安吃小米习惯吗？"

"主席，小米饭可好吃啦！我完全习惯了。"

毛泽东听后，鼓励她好好锻炼。

会餐结束了，周扬和副校长陪着毛泽东来到了办公室，畅谈半个多小时后，又将毛泽东送出屋。正在我们准备回去时，忽见蓝苹从侧面的屋子奔出来，急步走到毛泽东面前，认真地说："主席，您讲的话很重要，我是个新党员，学习中会碰到许多新问题，理解不了，要请主席给解答。”

“那好办，可以找同学、教员研究，也可以去找校部和校长。”

“那还解决不了呢？”蓝苹偏着头，做出天真的样子。

“如果还有问题解决不了，可以反映给我，大家一起讨论，总可以解决的嘛。”随后，毛泽东上了车。

说者无意，听者留心。蓝苹果真到杨家岭向毛泽东“请教”来了。

4月初的一个星期天，上午十一时左右，收发室的同志送来一个条子，上面写着“中央党校学员蓝苹要见毛主席”。我一看就知道是那个上海演员，把条子递给毛泽东，毛泽东看后说：“让她先等一会儿吧。”

过了一会儿，蓝苹来了，还是穿着开学典礼时的那套衣服，外面披一件咖啡色的风衣……

大约半个多小时后，毛泽东通知公务员，让我把蓝苹领去。进屋后，我发现屋子虽然收拾得比较利索，但是桌子上已经空空如也，文件全部收到了后面，而且用报纸盖上。这和党其他干部来是不一样的。

蓝苹在毛泽东屋内大约待了两个多小时，笑容满面地走了出来，很有礼貌地对我说：“谢谢您，蒋参谋，再见！”说完，她又向收发室走去，向那里的同志打了声招呼，然后姗姗离去。

下一个周日，蓝苹又来了，在毛泽东那儿待了一段时间离去。她以后就经常不断地来，大部分时间在周日。

蓝苹比较聪明，也很有社会经验。这时期，她对我们工作人员和警卫战士，乃至公务员态度都是和蔼的，先笑后说话，给我们留下一个不错的印象。这样，她与我们很快熟悉了，从中了解了毛泽东工作和生活规律。她有时来并不说找主席，而是到警卫排或收发室那儿看看，然后去毛泽东那里。

在蓝苹精心安排下，由桥儿沟党校到杨家岭毛泽东窑洞的这条道路打通了。她来的次数越来越多，待的时间越来越长，有时在这里吃完晚饭才走。

蓝苹与毛泽东谈恋爱了。

……

这时的蓝苹很会体贴人。她每次到毛泽东这里来，一面与毛泽东说着话，一面手脚勤快地收拾屋子，一会儿就把屋子收拾得利利索索。她反应快，又善解人意。当毛泽东要吸烟时，她立即把烟拿来，放在毛泽东手里，而且亲自点燃。当毛泽东要看书时，她马上把书取来，翻到毛泽东要看的那部分。她发现茶水凉了，轻轻地换上热的，把茶杯放到伸手可取的位置，而且杯正对着手的方向，拿起来非常方便。吃饭前，她主动拿来毛巾，含情脉脉地帮助毛泽东擦擦脸和手。

恋爱初期蓝苹学会了骑马。

桥儿沟离杨家岭不算近，要走一个多小时才到，而且中间要经过空旷的飞机场。

晚上，蓝苹离开杨家岭时，为了安全，毛泽东让警卫战士送她。她不会骑马，也不敢骑马，警卫战士就从马厩里选出一匹最老实的马，让她骑上，战士在前边牵着马缰绳走，把她送到桥儿沟后，战士再把马骑回来。

这样，时间不长，蓝苹不仅敢骑马了，而且学会了骑马，只是晚上由杨家岭回桥儿沟时骑，平时不骑。为了安全，我们嘱咐护送她的战士，转告蓝苹，绝不能跑马，要慢走，速度与步行差不多。

光阴似箭，从春到秋半年时间过去了。1939年秋季，传出蓝苹要和毛泽东结婚的消息，中央政治局有些领导不同意，说蓝苹在上海的一段历史不清楚，应当查清，没有问题再结婚。

这时，蓝苹与毛泽东吵了一架。[1]

蒋泽民的回忆如此详尽、生动，但是违反了一个最基本的前提——毛泽东与江青在1938年11月就已经结婚。这一结婚时间，见诸权威性的著作——中共中央文献研究室所编的《毛泽东年谱》中册第97页。

蒋泽民所回忆的江青与毛泽东的恋爱经过，全部发生在1939年2月之后！这时，毛泽东与江青早已结婚，怎么还会进行“恋爱”？！难道毛泽东和江青“先结婚后恋爱”？！

如果说是蒋泽民对于时间的记忆有误，把1938年误记为1939年，然而，他到毛泽东身边工作的日期是不可能记错的——他是在1939年2月才来到毛泽东身边，他的目击、他的亲历，当然是发生在1939年2月之后。因此，他的这一段回忆不存在对于时间记忆上的错误。

另外，那时候蓝苹已经改名江青，蒋泽民的回忆中怎么总是称她是蓝苹呢?

至于他的回忆在时间上为什么会出现这么大的差错和矛盾，不得而知。

---

[1] 蒋泽民回忆，吕荣斌撰文：《在伟人身边的岁月：毛泽东保卫参谋、周恩来随从副官的回忆录》，红旗出版社1998年10月版。

类似的传说还有很多，比如说是毛泽东去“鲁艺”讲话，江青“特别坐在前面，使毛最容易看到的地方，打扮得漂漂亮亮”。虽说江青后来从中央党校调往“鲁艺”，但从时间上看，似乎以朱仲丽的说法比较准确，即在中央党校听毛泽东报告。

江青初见毛泽东的时候，曾把自己的一张照片送给了毛泽东。这张照片在毛泽东的笔记本里，夹了很长一段时间……

1997年10月，笔者在湖南召开的传记文学研究会上，结识从北京来的王凡先生。他赠笔者新出的《知情者说》第二册，内中根据他对毛泽东机要秘书叶子龙的采访，对笔者的《江青传》作了补充。

王凡先生在书中写道：

（1937年）8月20日，毛泽东前往洛川冯家村，参加政治局扩大会议，就是有名的洛川会议，叶子龙亦随同他前往。会议期间的一个黄昏，叶子龙独自散步，遇见八路军留守兵团司令员萧劲光和两位女性。

萧劲光把两位女性向叶子龙做了介绍：一位是他的夫人朱仲芷，一位是刚刚从上海来根据地的电影演员江青。那是江青初入陕北根据地，也是叶子龙第一次见江青。

关于江青到延安第一次见毛泽东的情形，世间有种种传闻，在叶永烈所著《江青传》中，把几种有代表性的记载都罗列了出来……

不知何故，叶永烈没有引朱仲丽另外一部书《女皇梦》中的叙述。朱仲丽在这部书中提到她的表姐，一位中共高级干部的夫人，江青同她一起从洛川进入延安，并在到达延安的第二天，带江青看望了毛泽东。她们和毛泽东在院子里谈了一会儿，便告辞出来。

朱仲丽是否有一位身为中共高级干部夫人的表姐不得而知，但她确有一位曾是八路军留守兵团司令萧劲光夫人的姐姐。叶子龙和江青的第一次见面，恰恰在洛川，而且江青恰恰是和朱仲丽的姐姐朱仲芷在一起。

据叶子龙回忆，洛川会议结束，返回延安的第二天，萧劲光夫人朱仲芷就带江青来见毛泽东。毛泽东是在他住的窑洞外面见的江青，所以叶子龙看到了他们交谈的情景。

朱仲丽《女皇梦》一书人物的真实姓名，大都通过谐音或义近的方式改换了，有些人物间的真实关系也被模糊或改动。在书中，朱仲丽对她表姐如何与江青从洛川到延安，江青如何央求她表姐带她见毛泽东的过程描述得相当详尽，且多处与叶子龙关于朱仲芷的回忆相吻合。因此笔者推测朱仲丽笔下的表姐，实为其亲姐姐，那么，叶子龙的回忆是比较可靠的。江青第一次见毛泽东的情况，也随之清晰了。

王凡先生记述的叶子龙的回忆和朱仲丽的这一描述，为江青与毛泽东的第一次见面，又提供了一种新的说法。

江青在中共中央党校学习之后，曾短期调往陕甘宁边区政府教育厅工作。据当时曾与江青共事的钟华女士在1992年6月告知笔者：

“原厅长徐特立调中央工作，新调来的厅长是陈正人。陈厅长到职不久，又来了一位女干部，即是由蓝苹改名的江青。她来后不久，就到延安县去视察教育工作。当时听说她是个老党员，她下乡时陈厅长还照顾她给个毛驴骑。回来后她向陈厅长汇报工作时，受到表扬。我当时也认为她这么个从大上海来的明星到延安后很快就下乡，是值得佩服的。因为当时延安乡下卫生条件很差，我下去时都发怵。这说明她刚到延安时还是可以的。没多久她被调走，调走的原因是延安准备成立平剧团，江青会演平剧（京剧）。”

调到毛泽东身边工作

据徐明清回忆，江青跟毛泽东恋爱的消息，在延安传得很快。

朱仲丽曾这么写及江青给毛泽东写情书的情形：

早春的延安，春寒料峭。

江青穿着海蓝色长毛绒大衣，头上戴了一顶薄薄的灰色军帽，帽顶推向后脑勺，使不太高的前额全部显露出来。她眉毛如柳叶，不浓不淡，那双眼睛流露出扑朔迷离的光芒。

她从宝塔山下往山上的边区医院走来，一眼看见正下山的、手中拿着听筒的朱仲丽，便停步：“喂，朱大夫！”

朱仲丽猛一抬头，也停止脚步，正好和江青打个不远的照面，对这位似曾相识的女同志打了一个招呼。

江青笑道：“朱大夫，我认识你，而且即将成为你的病人了。”

朱仲丽惊问：“你是谁？不舒服吗？”

江青表情丰富地动着脖颈：“我是来住外科病房的。”她指着鼻子，“我要把这讨人厌的鼻息肉割掉呀！”

朱仲丽点点头，匆忙地回答："啊！原来是这样。那好，我现在急于去城内看门诊，再见。"她活泼地往山下快步走，一双红绒线织成的草鞋带着沙土滑了下去。

延安边区医院，外科病房一排排的窑洞，整整齐齐地在半山腰中，伴着雄伟的宝塔山。

这天傍晚，朱仲丽穿着白大褂，颈上的两只短辫，不时地跟着脖子摇动。她照例左手握着听筒，愉快地迎着偏西的太阳到邻近的山坡上去查病房。走至山坳处，抬头看见美国内科医生马海德。

"喂！又碰见你了，到内科查房吗？"朱仲丽主动打招呼问道。

马海德不高不矮，身穿八路军军服。头发黑卷，手中提着听筒和血压表，"哈罗！朱大夫，你下了门诊又去查外科病房，看，快吃晚饭了！"

他俩表情丰富地边笑边走。走到一岔路口，朱仲丽说："好，我们分路了，再见。"

马海德："再见，祝你好。"

朱仲丽口中哼着歌儿，活泼地滑下山坡。

朱仲丽跨进外科病房，立即向四位病人问好。

走至江青病床前："江青同志，你开刀后，只能用嘴呼吸，鼻已塞满了纱布，一定会难过的，不要紧，两三天就能取出来了。"

江青点头："如果可以的话，我愿意早点出院。"

朱仲丽手握听筒站在江青病床前："可以的。其实，你该早做手术，外面的条件比陕北好。你好好休息吧，不要写信了。"

江青忙把腿上的信纸叠好，放在一本书里，回答道："你该相信，我完全是因为太忙，水银灯下，舞台生涯，你可以想象，哪有治病的时间呢？"

"那我倒相信。"朱仲丽说完猛一抬头，发现病房门口站着个人，那人穿着灰色军服，向朱仲丽微笑。"啊，是你！警卫员同志，你是来看病的吗？"

警卫员："不是，"他手指着江青，"我等回信。"

朱仲丽恍然："啊，知道了。"说完回头看了一眼。

江青半躺在病床上，以两腿为桌，继续低头写信。

朱仲丽走出病房窑洞回头问警卫员："小王，你是……"

小王答道："我是送信来的。"

朱仲丽回看江青一眼，江青正情意绵绵地忙着写信。朱仲丽感到奇怪地问："是毛主席叫送来的？"

小王聪明地只点点头，偷看江青一眼，抿着嘴笑。

朱仲丽走出了窑洞门，回头又轻声对小王说："请代我向主席问好。"小王会意地笑了。[1]

由于江青与毛泽东热恋，不久，组织上再度找徐明清了解江青的历史情况。这一回，着重了解的不是江青的党籍问题，而是江青在上海的各方面的情况。徐明清明白，这是为了江青和毛泽东的婚事，组织上第二次对江青进行审查。徐明清所谈的，跟她原先为江青所写的证明材料差不多，但是她提到了江青在上海时生活上的那些浪漫事。

组织上除了向徐明清了解之外，也向来自白区的其他人作了调查。

毛泽东会看中江青，许多人感到不可理解。笔者看来，当年毛泽东的警卫员李银桥的一席言，倒比较客观：

那时的延安，生活环境异常艰苦，斗争形势也很严峻，到了延安受不了又离开延安的不乏其人。江青在这个时候来到延安，坚持下来了，还是应该肯定的。当然，投奔革命的不等于坚强的革命者，毛泽东曾多次指着江青鼻子训斥，你就是资产阶级个人主义，你是改不了的剥削阶级作风。这两句话给我的印象很深，也耐人寻味。我想江青如果没有积极投奔革命，毛泽东不会说这两句话；江青如果是成熟的优秀革命者，毛泽东也不会说这两句话。

敬仰爱慕毛泽东的女青年不少，以毛泽东的情况，不可能选一个各方面都糟糕，如某些文章说的那样一无是处的女人作妻子。

那时江青长得还是比较出众，头发乌黑浓密，系一根发带，发带前蓬松着一抹刘海，发带后面，曾经留过辫子，曾经让头发像瀑布一样披挂到肩际，眉毛弯弯的，眼睛大而有神，鼻子挺秀，嘴巴稍稍有些大，但是抿紧了嘴唇的时候还是别有一番动人之处。

她会唱戏，现在不少文章说她是三流演员（关于"三流演员"，如果说胡蝶、阮玲玉、赵丹是一流，俞珊等算是二流，那么她算是三流也恰如其分，特别是就新电影而言，她还没有主演过一部有影响的电影）。但在延安，在陕北，我们那时把她当明星看待。她唱戏唱得好。她表演的《打

[1] 朱仲丽：《我知道的毛主席》，中国青年出版社1998年4月版。

渔杀家》，中央首长很喜欢，毛泽东也喜欢。

她字写得好，也能写文章，特别是楷书写得好。

江青喜欢骑马，驯烈马，越凶越爱骑。

江青不爱打枪，爱打扑克，织毛线，她织毛衣织得很好，能织出各种花样，会剪裁衣服，自己动手做，做得很漂亮。

那时，她比较能接近群众，给工作人员剪头发，讲点文化科学知识，教教针线活等。行军路上能搞点小鼓励，有时还给大家出谜语。有个谜语如今我还记得清："日行千里不出房，有文有武有君王，亲生儿子不同姓，恩爱夫妻不同床。"谜底是"唱戏"。

江青喜欢打扮，也会打扮。转战陕北期间，她不再长发披肩，梳成两条辫子，在脑后盘成一个髻。在女同志中，她总是显得比较出众，女青年喜欢叫她帮助梳妆，她也乐于帮助别的女孩子，毕竟是一种荣誉。她在冬天穿军装时候多一些。有时也穿深蓝色棉衣，剪裁合体，总要显出身段才行。夏天喜欢穿翻领列宁装，带卡腰。她满意自己的皮肤白皙，腰肢苗条，她乐意暴露自己的优点。

江青在表现她的种种优点之处的同时，也不断地暴露出她品质和性格上的缺点和弱点。她的骄傲，她的爱出风头，她的顽强表现自我，总想高居人之上的欲望，她从来不会替别人想一想的极端个人主义……

李银桥跟江青有过长期的接触，他对她的观察、评价，是比较中肯的。

笔者在访问徐明清时，她也如此说：

"人是会变的。江青也有一个演变的过程。最初，她在俞启威的影响下，加入中国共产党，走过一段革命的道路。她到上海以后，在'晨更工学团'里工作，表现也还是可以的。但是，她后来进入上海戏剧界、电影界，明显地表现出争名夺利、爱出风头，生活作风乱七八糟，等等……后来，随着地位的变化，她越走越远，以至篡党夺权，成了'四人帮'的头子，成了反革命集团的头子，成了历史的罪人。"

1938年4月，当鲁迅艺术学院在延安成立之后，江青调到那里，担任戏剧教师。

1938年8月，江青得到重要调令，即调她到军委办公室当秘书。实际上也就是到毛泽东身边工作——对于江青来说，这是至关重要的一步。这时，江青进入延安正好一年。

“约法三章”

毛泽东毕竟是中共最高领袖，而江青又是那么一个在上海曾闹得满城风雨的影星，何况那时毛泽东和贺子珍并未办理离婚手续。因此，江青和毛泽东恋爱的消息传出，反对者大有人在。

内中，最为激烈的反对者是张闻天。他认为，贺子珍是一位优秀的中共党员，有着光荣的斗争历史，又经过长征的艰苦考验，多次负伤，应该受到尊重。

另外，张闻天收到了王世英等的一封长信，反映了江青当年在上海的复杂历史情况。

王世英（1905—1968），山西省洪洞县人，毕业于黄埔军校第四期，与林彪同期。1925年加入中国共产党。曾在上海、南京、天津、北平从事地下工作，是中共资深的情报工作负责人。解放后担任中共山西省委书记、山西省省长。

当江青在上海被捕时，正值王世英在上海，曾组织过营救江青的工作。此后，江青在上海所闹的“唐蓝风波”，王世英也一清二楚。

王世英在1938年奉命调往延安，得知毛泽东要与江青结婚，大吃一惊。他写了一封长信，给中共中央负总责的张闻天。他在信中详细反映了江青在上海的种种情况，认为毛泽东作为党的领袖，与这样的女人结婚不合适。

王世英写完信之后，觉得一个人署名，分量还不够。他在延安找到当年一起在上海从事地下工作的陈雷（后来曾任黑龙江省省长）、南汉宸、王超北、谢祥荫等，共同署名，而且一一摁了指印，表示郑重其事[1]。

王世英后来在“文革”中遭迫害致死；

南汉宸后来任中国人民银行行长，也在“文革”中遭迫害致死；

王超北在1962年被康生下令逮捕，关押了近20年……

在江青和毛泽东结婚之后，消息传出，向中共中央去电、去信反对这一婚姻的还有：新四军副军长项英，中共江苏省委严朴……这在后文中将会详细叙及。

但是，也有人认为，毛泽东要跟谁结婚，纯属毛泽东个人私事，他人不

[1] 王凡：《知情者说》第2册，第4页，中国青年出版社1997年版。

必多加干涉。爱情不等于“干部鉴定”，无法勉强。支持者中最为激烈的是康生。

据传，中共中央政治局讨论了毛泽东的婚事，同意了毛泽东的意愿，但对江青作出了限制性的规定：“江青只能以一个家庭主妇和事务助手的身份，负责照料毛泽东同志的生活与健康，将不在党内机关担任职务，或干涉政治。”

这一规定，后来又被传为“约法三章”。这“约法三章”流传甚广，却因没有原始文件为据，那“三章”的内容也就有着许多不同的“版本”。

版本之一：

一、不准参政；

二、不准出头露面；

三、要好好照顾毛泽东同志的生活。

版本之二：

（一）江青不得利用她和毛泽东的关系作为政治资本；

（二）她只能成为毛泽东的事务助手，不得干预政策及政治路线的决定；

（三）她不得担任党内机关的重要职务。

版本之三：

（一）只此一次，不准再娶；

（二）毛与贺子珍的婚约一天没有解除，只能称江青同志，不能称毛泽东夫人；

（三）除照顾毛的私人生活外，不得过问党的内外一切人事和事务。

不过，毛泽东的卫士长李银桥，否认曾有过“约法三章”。他如此说：

“还流传什么‘约法三章’？江青打倒了十几年，真有这个约法三章，约法人早就出来证明了。没人证明么。”[1]

李银桥的意见，可以作为“一家之见”。

值得一提的是，那位美国的维特克在《江青同志》一书中，没有说“约法三章”，但提及了：

“今后二十年或一生之间，江青只能专心家事，不准干预公事。”

另一值得注意的是，崔万秋在其所著《江青前传》中，提及国民党军队攻下延安时，曾查获王若飞的日记本，内中记述了“约法三章”的内容。王若飞曾任中共中央秘书长，他记下“约法三章”是可能的：

“第一，毛、贺的夫妇关系尚存在，而没有正式解除时，江青同志不能以

[1] 权延赤：《卫士长谈毛泽东》，北京出版社1989年版。

毛泽东夫人自居；

“第二，江青同志负责照料毛泽东同志的生活起居与健康，今后谁也无权向党中央提出类似的要求；

“第三，江青同志只管毛泽东的私人生活与事务，二十年内禁止在党内担任任何职务，并不得干预过问党内人事及参加政治生活。”

台湾方面公布的王若飞所记“约法三章”，文字较严谨，内容也比较准确。只是尚未见到公布原件手迹。

很可能这一“版本”的“约法三章”，是当时的原始文字记录。其余种种“版本”，是凭借记忆回忆或口头传说，所以彼此有出入。

根据王若飞所记“约法三章”，第一条规定了毛、贺、江三人的关系，第二条规定了江青的任务，第三条规定了对江青所作的限制。这三条，条理清楚，用词稳妥，是种种“版本”中最为可信的。

也有人认为，当时中共中央政治局不可能对江青作出“约法三章”，而是中共中央组织部负责人找江青谈话，如果她与毛泽东结婚，对她规定了几条必须遵守的原则，后来被传为“约法三章”。

还有人认为，根本就没有所谓的“约法三章”。其中主要依据是张培森先生在1986年采访杨尚昆，问及“约法三章”。据张培森的记录，杨尚昆回答说：

“过去有个传闻，说江青同毛结婚时中央有个决定，不让她参加政治生活，实际上根本没有这件事。

“两年前我曾经问过陈云，我说你那时在延安既是组织部长，又是政治局委员，你知道不知道这件事？他说，根本没那回事。”

也就是说，杨尚昆本人并不清楚关于“约法三章”问题，他是问了陈云，而陈云否定了关于“约法三章”的传闻。

由于海内外关于“约法三章”的传闻甚广，在这里，笔者列举关于“约法三章”的不同观点，读者当会作出自己的判断。

终于和毛泽东结婚

24岁的江青，终于和45岁的毛泽东结婚了。

结婚的时间，一般笼统地说是“1938年秋”。朱仲丽说是1938年11月。

倒是徐明清的回忆更具体，她记得是1938年11月里的一天——那一天日本飞机第一次轰炸了延安。

笔者查阅了《中国现代史大事记》（黑龙江人民出版社1984年版），该书记载："1938年11月20日，日机轰炸延安，死伤三十余人。次日又轰炸。"

笔者在延安查阅当年"陕甘宁边区政府机关报"《新中华报》，在1938年12月20日该报上查到《反对敌机滥施炸轰延安边区各团体致全国同胞函》，内称：

"最近敌在回军华北、围攻晋冀察边区，受到我全体军民重大打击之后，竟于羞怒之余，始以大飞机狂炸西安、榆林等不设防城市，继于11月20、21两日袭击延安，计前后敌机共来三十余架，投弹一百五十九枚，死伤共一百五十余人，毁民房三百零九间，牲口九十余匹，损失无算……"

另据1990年8月20日《延安精神》报所载《陈云遇险》一文记载：

"1938年11月20日，正好是星期天，天大亮了，但太阳还未从清凉山露脸。突然从东北方向响起了一阵沉重的嗡嗡声，只见十几只黑乌鸦（引者注：指日军飞机）出现在延安上空，紧接着听到的是震耳欲聋的爆炸声……"

那天，陈云躲进一孔窑洞，那窑洞被炸坍了。七八个人在外边扒土，这才把陈云救了出来。

笔者访问了毛泽东在凤凰山下的旧居——那是一排三孔窑洞。据介绍，这三孔窑洞在那次轰炸时被炸坍，后来重新修复。那天被炸的，还有光华书局、组织部、训练班，以西北旅社前后为最严重。

在日军飞机轰炸的当天，中共中央机关决定迁往西北郊的杨家岭。毛泽东和江青亦于当夜迁往杨家岭，成仿吾让出了自己的窑洞给毛泽东、江青居住。

这么一来，江青和毛泽东结婚的日子，可以考证出来，即1938年11月20日，也就是徐明清说的"日本飞机第一次轰炸延安那一天"。

徐明清回忆说，那天，她和丈夫王观澜接到毛泽东的通知，请他俩去吃晚饭。她在路上见到许多被炸死者的尸体。[1]

毛泽东不在"合作社"请客，而在他自己当时所住的凤凰山的窑洞里，请一位厨师掌勺。那天，一起被邀请的，还有洛甫（张闻天）、李富春、蔡畅、罗瑞卿等。客人们坐满一桌。

客人们都知道这是毛泽东跟江青结婚而请客，但毛泽东却又没有明说。反正主人和宾客都明白，心照不宣。江青坐在毛泽东身边，殷勤地为客人们敬酒夹菜。

---

[1] 本书作者于1993年4月2日对徐明清所作补充采访。

那时，徐明清是陈云的部下——她在中共中央组织部当妇女科副科长，部长便是陈云。

不过，徐明清说明道："在那天以前、以后，毛泽东分批请客。因为一个厨师来不及烧几桌菜，所以只好分批地请。这样，很难说那一天就是他们结婚的日子，反正就在那天左右。"

这里要说明一句的是，徐明清记得毛泽东请客那天，张闻天在座。但是，张闻天夫人刘英则说，由于张闻天反对毛泽东和江青结婚，所以毛泽东没有请张闻天吃喜酒。

刘英是在江青与毛泽东结婚之后从苏联回到延安，她回忆道：

我对贺子珍是很爱怜的。她十八岁在永新城偶遇毛，两人一见倾心，她就离开父母跟着毛主席上了井冈山。她文化素养确实低些，连着生孩子，也没有养成读书的习惯，脾气也不大好，常常干扰毛主席，有时争吵起来贺子珍还忍不住动手。所以在他们的婚姻上，我觉得两人确实不大般配。现在看到江青成了毛主席窑洞里的人，毛主席言谈中也表现出满意的神色，我随口对毛主席说："你身边确实需要有人照顾。你同贺子珍也实在合不来。"听我这样一说，毛主席兴奋极了，把大腿一拍，连说："刘英同志，你才是真正理解我的人啊！这事不少老同志反对哩，你要给我做解释，做宣传！"

回到家里，我同闻天讲了去看毛主席的情况。闻天连忙说："你可不要管，江青的事你不要管！许多老同志有意见，不是反对毛主席同贺子珍离婚，而是不赞成他同江青结婚。"闻天告诉我，毛、江要结婚时，议论纷纷，反映很多。原在北方局做秘密工作的王世英同志，当时正在中央党校学习，写了一封信给中央，说江青在上海桃色新闻很多，毛主席同她结婚很不合适。信上签名的人一大串。根据地也有打电报、写信来的。意见都集中到闻天这里，中央的几位领导同志也向闻天反映，希望闻天劝说。

闻天觉得这种个人私事，别人不便干预。他也了解毛个性很强，认准了的事很难回头。但是大家的意见确实很有道理，党的领导人的婚姻也不能等闲视之。考虑再三，闻天综合大家的意见，以个人名义给毛主席写了一封信。信写得比较婉转，大意是：你同贺子珍合不来，离婚，大家没有意见，再结婚也是应该的，但是否同江青结合，望你考虑。因江青是演员，影响较大。这样做，对党对你，都不大好。

信是让警卫员送去的。毛读罢大怒，当场把信扯了，说："我明天就结婚，谁管得着！”第二天在供销社摆酒两桌，闻天自然不在宾客之列。[1]

在毛泽东和江青结婚之后，毛泽东又补请了一回喜酒。

那是八路军一二〇师师长贺龙从前线回到延安，前去看望毛泽东。

贺龙走进毛泽东的窑洞，正遇江青从里面走了出来。贺龙并不认识江青，也就没有跟她打招呼。不过，贺龙已经风闻毛泽东新婚。

贺龙见到毛泽东，故意问道：“走出去的是个什么人呀？”

毛泽东也知道他是明知故问，便说：“你这个问题问得真‘毒’呀！”

贺龙大笑道：“主席家里走出一个我不认得的人，我为什么不能问？”

毛泽东也大笑起来：“好，好，我请客！我请客！”

结婚以后，江青名义上仍是中共中央军委档案秘书，实际上就在毛泽东身边，照料他的生活。

毛泽东与江青在延安

新婚不久，毛泽东从凤凰山迁往杨家岭的三间新窑洞。那窑洞在山脚，地上铺着砖，墙上刷了白灰，窗格子上糊了薄薄的白纸，屋里显得亮堂。有些家具是新做的，但没有用油漆漆过，因为那时油漆短缺。三间窑洞一间是起居室，一间是毛泽东书房兼卧室，一间是江青卧室。

[1] 刘英：《我和张闻天命运与共的历程》，中共中央党校出版社1997年版。

屋外，是一块碾平过的平地，摆着石桌、石凳。还有一小块菜地，毛泽东闲时爱种菜。

没有电灯，没有自来水。只有蜡烛、煤油灯，水则是从井里打上来，盛在搪瓷脸盆里。

江青完全成了一位家庭主妇。这时的她，收敛了，检点了，跟在上海时那般罗曼蒂克，判若两人。

在延安的高干夫人们之中，江青与她们相比，深知自己革命资历的浅薄：周恩来夫人邓颖超是资深革命家，朱德夫人康克清上过井冈山、经过长征，任弼时夫人陈琮英在上海做过多年地下工作，博古夫人刘群先去过苏联、经过长征，张闻天夫人刘英在长征中是中央队的秘书长……在这样的夫人群中，只有像具有贺子珍那样的革命资历才能匹配。正因为如此，江青初入毛泽东的窑洞，不能不小心翼翼，见到谁都微微一笑，点一点头，极少言语。当时人们这么形容江青："口还没开就先笑。"意即说话前先是满脸堆笑。这时的她，尚是"新媳妇""小媳妇"。

江青在中共中央党校学习结束后，调到鲁迅艺术学院工作。有些关于江青的传记称江青进延安后便入"鲁艺"，那是不确的。"鲁艺"是在1938年4月10日开始宣告成立，最初在延安城内二道街临时借用房子。后来迁至延安北门外两侧半山坡。1939年8月3日，迁往延安东郊十余里的桥儿沟天主教堂——那里原是中共中央党校校址。

据现存的《鲁艺通告》载："戏剧系张庚，助理员黄乃一，编剧王震之，指导员江青。"

在《鲁字第十二号通告》上，记载着该校各种会议参加者名单。在"教务会议"及"训育会议"的参加者名单中，有江青。

和毛泽东结婚后，江青也参加一些社会活动。例如：

1939年2月10日，中华全国戏剧界抗敌协会陕甘宁边区分会成立，江青为该会理事之一。

1940年1月4日至12日，陕甘宁边区文化协会举行第一次代表大会，江青当选为该会执行委员之一。

1946年7月底，延安电影制片厂成立，江青当选为该厂董事之一。

新婚之初的日子是平静的。她跟毛泽东相处不错。她给毛泽东结了新毛衣，给他做了充满辣味的菜。闲暇时，那架老式的留声机就在窑洞里唱了起来。这架留声机是美国记者史沫特莱进入延安时，带来送给毛泽东的。江青动作熟练地给留声机换上一张张七十八转的唱片。知道毛泽东喜欢京剧，投其所好，她在延安搜集一批京剧唱片。毛泽东听得入神，有时用脚拍打着砖地，打着节拍，有时嘴里也哼哼几句。

毛泽东的窑洞，常常高朋满座。来了毛泽东的战友，她很少露面，要么递个烟，要么倒杯茶，马上就走开。来了外国记者，她不能不露面，不过，她也只是握个手，点个头，递上盆花生米，就走开了。她显得很腼腆，如同个大姑娘。正因为这样，一位外国记者记述对江青印象："她直率而客气，很像一位通情达理的贤妻良母。"

这表明，这位曾经成功地扮演走出家庭的反叛女性娜拉的演员，此刻又成功地扮演着跟娜拉截然相反的"贤妻良母"型的东方女性。

江青这种"直率而客气"的形象，同样深深地留在范明的印象中。

范明，本名郝克勇，中共在国民党三十八军的地下工委委员、统战部部长。在1942年7月，毛泽东曾电令郝克勇前往延安一谈。郝克勇在1942年12月，来到了延安枣园毛泽东住地。后来，郝克勇曾写下回忆文章《枣园初见毛主席》，内中主要写毛泽东，但是也写及江青。他的回忆颇为真切、生动。

现把郝克勇的回忆文章有关江青的部分摘录如下，读者可以从中看出当时江青在毛泽东身边的生活情景：

> 1942年12月的一天，下午两点多钟，欧阳钦同志奉命陪我到枣园去见毛主席，我好像是冲开笼子的小鸟一样自由地飞翔，快马加鞭，来到了枣园毛主席住地。只见一个由土墙围着的小门前，既无卫兵把守，又无其他人员来往，在一棵大枣树掩映下，显得格外优雅肃穆。
>
> 我随着杨清同志（即欧阳钦）静悄悄地走到门内一座茅草房（传达室），坐下和胡乔木等同志寒暄。言犹未了，从窑洞里走出了两位女同志——毛主席夫人江青和叶子龙夫人蒋英，和蔼可亲地招呼我们说："主席还没起床，先到里面坐。"
>
> 我们走进石窑里面，只见一个方方正正的炕桌摆在窑的中央，四边各放着同样大小的四个小方凳。江青和蒋英让我们坐下，倒了茶，解释说：主席的习惯是晚上办公，白天睡觉，到下午四时起床，要我们等一下。
>
> 说着，江青取来一副扑克牌，让我和她当对家，杨清和蒋英当对家，打起所谓统一战线扑克来。江青洗牌很快，分牌也很快，出牌也很刁，可是我也能得心应手地配合得好，一下子把对方赢了五百分。
>
> 蒋英不服，说我和江青有暗号。江青对蒋英说，没有暗号，他是作统战工作的能手，最能了解对方意图。你要打听你父亲的下落，他一定

会知道。

蒋英如获至宝地说："叶子龙也给我说过，你肯定知道我父亲的下落，他叫蒋听松，听说在第一战区司令官卫立煌处当什么参议，但一直联系不上，你是否知道？"

我当时由于作秘密工作的警惕习惯，有些为难。这时，在一旁的江青同志会意地说：知道的话，说说无妨。

我于是告诉她，蒋听松确在卫处当参议，和赵寿山有关系，也和党有间接的统战关系。蒋英热泪盈眶，拉着我的手说：这就好了，我被打成特务羔子的帽子可以摘掉了，请你写个证明吧！我望了望杨清，杨点头说："可以！回头由组织部出面找你再写。"蒋英千欢万喜地向杨和我致谢。

正当大家谈论热闹之际，毛主席身披延安呢子上衣，和蔼可亲地从窑洞后间走到我们的面前。两位女同志（引者注：指江青和蒋英）即时退了出去。[1]

在谈话中，毛泽东建议郝克勇在进入延安后应该改名，并为他取名"范明"，这个名字竟然一直沿用至今。

在与毛泽东作了长时间的谈话之后，郝克勇又写及江青：

接着主席又问了关于统战工作的其他一些事情。不知不觉之中，几个小时过去了。这时，主席点燃一支香烟，站起来反复踱步后，略有所思地走到窗口，向外望了望："啊！黎明前的黑暗，天快亮了，肚皮也饿了，该吃饭了，喂饱肚皮再说。"江青应声端上了菜饭：一盘辣椒炒肉片，一盘辣椒糊烧豆腐，一盘辣椒炒土豆，一盘辣椒红烧延安河里的小鱼，中间放了一盘菠菜豆腐汤。主席把手一挥说："请吃饭吧！朱夫子说'黎明即起，洒扫庭除'，咱们今天反其道而行之，黎明即起，喂饱肚皮，请放开肚皮吃饭，回去好好睡觉，明天再谈。"大家也都笑着拿起了碗，随着主席盛了大米小米混合饭，埋头吃了起来。[2]

郝克勇所记述的江青，在客人来的时候热情招待，而客人与毛泽东谈工作

[1] 范明：《枣园初见毛主席》，《党的文献》1995年第3期。

[2] 范明：《枣园初见毛主席》，《党的文献》1995年第3期。

时则赶紧避开——那时候的江青，给人们留下不错的印象。

另外，毛泽东的保卫参谋蒋泽民回忆江青和毛泽东新婚的情形，也对江青最初的印象不错：

毛泽东和江青结婚后，那短暂的一段时间，生活还是平静的。

每周六晚上，江青由党校回来，周一早上再回去。开始是步行来，步行归，以后改为警卫员用马接送。

江青回来后，对毛泽东比较关心，照顾得也还周到。毛泽东工作累了，放下手中的笔在藤椅上休息时，江青立即给毛泽东点支烟，放在他手里，然后打开留声机，放一段乐曲。在那动听的像小河流水一样清清流放的音乐中，毛泽东很快消除了疲劳，又继续挥毫疾书。有时候，江青也给毛泽东唱段京戏，她的唱腔不错，毛泽东微笑着听着，欣赏着。

单调而又冷清的窑洞有了欢声笑语，有了温馨，毛泽东心情愉悦。

江青初到杨家岭时，晚饭后经常陪毛泽东散步，我们警卫战士远远跟随，保卫他们的安全。

火红的晚霞中，苍茫的暮色下，毛泽东和江青并肩而行，主席身材魁梧，江青窈窕。望着他们缓缓而行的背影，我从心里祝福他们。

这时，江青对我们或公务员的态度还可以，仍是先笑后说话，比较礼貌。每逢周六她从党校回来时，周少林师傅总是高兴地掌起大勺，给他们改善一下伙食，饭菜做得有滋有味。其实也没什么精米细菜，无非是炒个猪肝，给毛泽东做碗红烧猪肉，再给江青炒个素菜。江青也不挑剔。工作人员尚比较满意，有时背后议论：别看江青是上海来的演员，还是比较随和的，看起来好伺候。[1]

生了女儿李讷

在和毛泽东结合之前，江青曾有过四次婚姻，她却未曾生育过一个孩子。

她曾怀孕。那是在她第二次来上海前，跟黄敬同居，使她怀孕。她在上海做了人工流产手术。

---

[1] 蒋泽民回忆，吕荣斌撰文：《在伟人身边的岁月：毛泽东保卫参谋、周恩来随从副官的回忆录》，红旗出版社1998年10月版。

那时的她，不想要孩子。因为她四处为生活而奔波，孩子是个累赘。

据徐明清回忆，江青在上海时体质甚差，甚至一度停经。后来，随徐明清去临海老家，徐明清之父是老中医，经他用中药调养，江青才恢复正常的经期。

跟毛泽东结婚之后，江青却盼望着早生孩子。虽说当时在延安，女干部们都不大愿意生孩子。

因为生了孩子，就得自己在家抚养，意味着不能参加工作。江青却跟一般的女干部不同，她的工作本身就在家中——照料毛泽东的起居和健康。毛泽东工作异常忙碌，她就显得格外清闲。有个孩子，她就可以多一份“工作”。更重要的是，一旦有了孩子，她作为“毛泽东夫人”的地位就巩固了——那“约法三章”一直使她耿耿于怀。

新婚不久，1939年初，她曾到南泥湾参加劳动两三个月。人们照顾她，没有让她去开荒、种地。她发挥她的“一技之长”——结毛线衣。她用陕北土制的毛线，结了十来件厚厚的毛线衣，算是她的劳动成果。

1939年冬，她怀孕了。那是她和毛泽东结婚整整一年之后。

1940年8月，她分娩了，生下一个女儿。这时，她26岁，毛泽东47岁。女儿的降生，使毛泽东异常高兴，虽说对于毛泽东来说，已是他的第10个孩子——杨开慧生了3子，即毛岸英、毛岸青、毛岸龙。毛岸英出生于1922年10月，毛岸青出生于1924年夏，毛岸龙出生于1927年2月。内中毛岸龙早夭，1931年5月末，因“噤口痢”死于上海广慈医院。另外，贺子珍先后生了6个孩子，存活的只有一个女孩娇娇。

这样，毛泽东当时有着二子、二女，即毛岸英、毛岸青、娇娇和江青生下的女儿。

毛岸英和毛岸青在1936年6月离开上海，翌年初到达苏联莫斯科，从此在那里生活。

娇娇本来跟毛泽东、江青生活在一起。由于贺子珍在苏联死了儿子，万分悲痛，非常思念女儿娇娇。经毛泽东同意，4岁的娇娇在1940年江青生下女儿后被送往苏联，跟贺子珍生活在一起，使贺子珍得到了安慰。

这样，留在毛泽东身边的，只有江青所生的女儿。毛泽东为女儿取名“李讷”。

“李”，当然取自江青的本姓。这时的毛泽东，经过1935年1月的遵义会议，此后又经过对张国焘、王明的斗争的胜利，已完全确立了他在中共的领袖地位。考虑到女儿姓毛将来太惹人注意，所以他决定采用她的母姓。

至于“讷”，据云取义于《论语》中《里仁》篇中的一句：“君子欲讷于言而敏于行。”讷，语言迟钝之意。

毛娇娇在苏联生活了多年，在1948年回到了毛泽东身边。

后来，毛娇娇要到北京师范大学附属中学上学，毛泽东为之改名，叫“李敏”。这“敏”字，同样取义于《论语·里仁》中的“君子欲讷于言而敏于行”。又据《论语·公冶长》：“敏而好学，不耻下问。”

李敏之“李”，据云另有一番含义：那是1947年3月，蒋介石命胡宗南调集20万大军进攻延安。3月19日，毛泽东放弃了延安，采取“诱敌深入”之策略。毛泽东离开延安，转战陕北，为了不使敌军发觉目标，他改用化名“李德胜”，取义于谐音“离得胜”，即离开延安会得胜。李敏作为“李德胜”之女，当然姓“李”。

不过，也有人说，在给两个女儿取名之际，江青用了一番心计，“讷”“敏”取自唐纳之纳和章泯之泯的谐音。究竟是否如此，不得而知……

李讷长得活泼可爱，使毛泽东的窑洞里充满了笑声，使江青的“夫人”地位日渐巩固。

据徐明清回忆，江青在生了李讷之后，曾再度怀孕。不过，江青不愿再生孩子了，认为生孩子伤身体。这样，她做了流产手术。

手术后，江青发高烧，病情相当危险。经检查，才知医生把纱布忘在她的腹中！

徐明清去看望她，才知道她高烧的原因。

此后，江青再不生孩子，做了绝育手术。

变娇变骄了

生了女儿李讷，又过了政治审查大关，江青的地位日渐巩固，日益得意起来。小心翼翼的“新媳妇”的日子过去了。

江青渐渐显示她的本性。一桩小事，露出了她的强横。

据参谋蒋泽民回忆，一天，江青听说，在另一位首长家中，有个小保姆的名字，居然也叫江青！

江青极为不悦：一个小保姆，怎么可以跟她同名同姓呢？

依照江青的猜测，一定是那个小保姆听说她叫江青，也就模仿她的名字，叫起江青来。

她托蒋泽民去找那个小保姆，要小保姆改名！

然而，蒋泽民前去细细一问，得知小保姆原本有个小名，嫌不好听，到了那位首长家，首长给她改名江青！

蒋泽民再一打听，得知小保姆改名江青，比江青还早。也就是说，小保姆并不是模仿她才叫江青的。

在中国，同名同姓本是常有的事。可是，江青绝不能容忍那个小保姆也叫江青，仿佛“江青”这名字已经成了她的“专利”。

毕竟江青是“第一夫人”，那个小保姆拗不过她，只得改名。

江青对于自己身边的小保姆，也开始摆架子，动不动就呵斥了。

江青在屋里装了电铃，动不动按电铃，支使公务员、警卫员做这做那，服侍她。

她对伙食也挑挑剔剔了，关照炊事员该这么做，该那么烧。

她越来越娇，也越来越骄。

她不再那么“腼腆”。她像得意的“公主”一样，出现在延安的舞会上。她不论地面如何高低不平，总是能够保持优雅、熟练的舞姿。这时，她成了全场注意的中心，人们在悄悄议论着：“呶，你瞧，到底是上海来的电影明星！”她显得益发得意了。

她喜欢骑马。本来，她不会骑马。正因为这样，她在从西安到洛川途中，连日降雨，汽车不能通行，她不得不骑马时，显得神情异常紧张。如今，她把骑马当成一种很好的消遣，喜欢在延安招摇过市。

新西兰人路易·艾黎曾回忆，在延安城外，“一个女孩骑着白马过来了，有点快，使人感到有点紧张。我不知道她是谁，回去一形容，人们齐声说，嗨！那就是主席的新夫人”。她很得意。

她所企望的，就是引起人们的注意，引起人们的羡慕：“呶，那是主席的新夫人！”她觉得过瘾，犹如当年在上海舞台上成为众目睽睽聚焦的目标一样。

苏联摄影师罗曼·卡门，曾三次获得斯大林奖。1939年5月，奉斯大林之命，到达延安，拍摄一部关于中国革命和抗战的电影。

卡门遇见了江青，为她拍摄了骑马的英武照片。这张照片如今被印在许多关于江青的书中。

卡门写下这样的回忆：

“在我们去看毛主席的路上，我们骑马穿过延安城。新近开放的‘女子政治大学’是为数千名从全国各地来到延安的妇女而建立的。学校位于一座小山上，恰好在鲁艺与抗日军政大学的后面。我们两次蹚过溪流。

“在我们第二次过河之后，我们被一位女骑手风驰电掣般地追了上来。快要追上我们时她一下停住了，勒紧缰绳，用一种带有野味的姿势快活地欢迎我们，她就是毛泽东夫人。像成千上万年轻的中国人一样，几年前她来到了延安这个特殊的地区，并在政治大学学习。在此之前她是上海的一位著名女演员。现在，她已是一名年轻的共产党员。她为伟大光荣的中国共产党所从事的工作是作毛主席的个人秘书。她为他安排活动日程、记录演讲内容、抄写文稿并照顾其他各种各样的杂务。现在她是刚刚从毛主席派她去的一个遥远的地方回来，意气风发地坐在她那矫健小巧、神气十足、不停腾跃嘶咬的马上，两条辫子用缎带绑住盘在脑后。她穿一件缴获的日军军官大衣，光脚穿着一双木底草鞋。

“‘我去告诉毛主席你们来了。’她说着猛地掉转马头，向后挥了挥右手，身体微微前倾，旋即消失在一阵灰尘之后。

“她的普通话说得也十分可以。我记得她在其他中共领袖们的夫人中间是最为出众、最为漂亮别致的。”

由于江青喜欢骑马，引出关于周恩来惊马的种种传说。

周恩来的右臂，只能弯曲60度。在众多的照片上，周恩来总是曲着右臂。他的右臂骨折，是坠马所致。坠马之际，江青在侧。

关于周恩来坠马，传说颇多，照列于下：

其一，“在延安，有一次江青要跟着周恩来出去。一条狗突然从路边窜出，吠叫着扑过来。江青惊慌失措，拨马便逃。那田埂小路又窄又弯，她的马撞到周恩来的马上，周恩来一头摔下来，右臂就摔断了。在延安医治无效，党中央决定让周恩来去莫斯科治疗。”[1]

其二，“有一天下午，周恩来要去党校上课，江青建议毛泽东让她一块去。她想骑马，也可能想让听众看到她同周恩来一起来，她认识毛泽东之前，在那里是谁也不注意的普通一兵。两人骑马回来时，周恩来和江青沿河岸走，周在前，江在后紧跟。比周恩来小十五岁的江青（引者注：应为小十六岁）不像周讲了那么长的课很累，图痛快，非要快跑不可。江青的马多挨了鞭子，突然，前蹄踩住了周恩来坐骑的后蹄。周的马直竖起来，把中国未来的总理摔在硬实的地上，右臂折断，落了终身的缺陷。”[2]

---

[1] 《啄木鸟》1990年第2期。

[2] 罗斯·特里尔：《江青正传》，世界知识出版社1988年版。

其三，“有一种说法是，周来找毛，毛有别的事要做，不愿那天晚上去中央党校讲马克思主义。毛让周代他去，并让他的夫人江青陪同。在去党校的路上，江青用力抽打她的马，跑在了前面。当他们来到一片玉米地时，田边的小路非常窄，只能通过一匹马。突然，江青勒住了马。这样，紧随其后的周，要么撞上她，要么践踏庄稼，要么也突然勒马。于是周就紧紧勒住了马缰，马的前蹄腾空而起，周摔下马来，为保护头部，他伸出右手，于是右臂在地上折断了。肘部凸出的骨头清晰可见，鲜血喷涌而出。江青却装作什么也不知道似的回到了延安。周说毛一直不知道这件事与她有关。”[1]

其四，据中共中央文献研究室编的《周恩来传》第24章《到苏联疗伤》载，周恩来坠马，是到中央党校去作报告。因为延河水涨，他们就骑马。途中，周恩来骑的马受惊，把周恩来摔了下来。他的右臂撞在石崖上，造成粉碎性骨折。警卫人员立刻赶上去，周恩来已经自己站起来，用左手扶着骨折的右臂，痛得咬紧着牙关。警卫人员扶着周恩来步行到党校会客室。中央卫生处立刻派几个大夫赶来，给他先做了简单的包扎。

中共中央文献研究室编写的《周恩来传》这一段记述，是根据当时在场的警卫人员蒋泽民1985年3月20日致胡耀邦的信以及当时在场的另一警卫人员王来音1979年6月口述材料而写成的。这一段记述，没有提及江青。

其五，1992年4月5日，笔者在延安革命纪念馆访问了该馆研究人员米世同。他在此馆工作多年，据他回忆，1965年成仿吾回延安时，他曾问及关于周恩来惊马一事。成仿吾的回忆，谈及一些重要史实，似乎比中共中央文献研究室的《周恩来传》更准确些：

周恩来惊马，是在1939年7月10日晚。他去中共中央党校，为的是给“华北联大”师生送行。

“华北联大”即华北联合大学，1939年7月7日在延安宣告成立。该校由陕北公学、鲁迅艺术学院、工人学校、安吴青训班等部分师生组成，共约1500人，由成仿吾任校长兼党团书记。中共中央决定，该校到晋察冀根据地办学。因此，该校一宣告成立，师生们便准备离开延安，前往晋察冀根据地。

7月7日是“七七事变”纪念日，“华北联大”在1939年7月7日宣告成立，那天毛泽东前去作报告，号召：“深入敌后，动员群众，坚持抗战到底。”

7月10日，周恩来前往“华北联大”作题为《中国抗战形势》的报告。“华北联大”在延安无校址，借用中共中央党校，那时，中共中央党校设在延

[1] 迪克·威尔逊：《周恩来传》，解放军出版社1989年版。

安城西北处小沟坪。毛泽东、江青、周恩来都住在杨家岭。杨家岭离小沟坪不远，中间隔着延河。

那时，延河水涨，周恩来骑马，江青骑骡，带着警卫员，过了延河。过河之后，遇一小沟。

周恩来在前，江青在后。周恩来的马已过小沟，江青的骡过沟后，习惯地往前蹦跶一下，正好撞上周恩来的马屁股。马受惊，一下子把周恩来摔下。摔下处是石岩，使周恩来右臂骨折。

警卫员火速前往中央党校，一边派人救护周恩来，一边打电话向毛泽东报告。毛泽东对江青大为恼怒，在电话中责怪江青不慎使周恩来受伤。当夜，江青吓得不敢回杨家岭。直至翌日毛泽东气消，她才敢回去……

成仿吾是重要的当事人。他的回忆，可供参考。他于1984年5月17日在北京逝世。

除了喜欢跳舞、骑马之外，江青独自在家时，抽起烟来。她在上海时，已经会抽烟，不过偶尔抽抽。这时，遇上烦闷之际，她便抽烟，只是不大在人前抽烟，因为当时陕北年轻女人很少抽烟。

不过，美国《纽约时报》的通讯员梯尔门·杜丁先生，还是敏锐地注意到江青吸烟。1944年，他这样写及对于江青的印象：

“在她身上还是发现了中国传统女性的美质——‘一个来到现实生活中的中国画美人’。她的穿着和普通的中国妇女别无二致。只是在裁剪和用料上更为得体一点；她的头发剪成苏联式短发，这是一种在西北革命领袖人物夫人们之间颇为时髦的发式，而这使她本人更为漂亮（30年后绝大多数中国妇女的头发剪成的都是这种样式）。那些日子里她就吸洋烟了，并且是美国舞曲音乐迷。一个与她跳过舞的美国人发现她的英语‘不是不能讲的’。”

杜丁在报道中说，江青与毛泽东主席结婚之后，患上了肺结核病，病情延续到1944年还没有好。虚弱的病体并没有阻止她在鲁艺继续授课。江青在鲁艺学院讲授的课程是戏剧艺术，此外她还导演了一部宣传人民抗日的保留剧目。

在延安，常有外国人访问毛泽东，江青以主妇身份招待客人，她给外国人留下了不错的印象。

苏联记者彼得·伏拉迪米罗夫，在1942年至1945年住在延安。

伏拉迪米罗夫除了对外发出许多关于延安的报道之外，还每天记日记。他的日记在30年后才公开发表。

他在日记中这样描绘1942年的江青：

“她是一个瘦小的、有着柔软身段与机灵黑眼睛的女人，她站在丈夫身旁的时候，同丈夫那伟岸的身躯相比显得是那样弱小……

“极端的自觉性是她杰出的品质，她的理智胜过她的禀性，她毫不仁慈地驾驭着自己，她的事业就是她自己的一切。她在年轻的时候就急于要获得她最终得到的东西……”

哈里森·福门，是一个美国新闻记者。他与毛泽东及江青相识于1944年。

福门写下这样的报道：

“毛泽东在他居住的小院门口接迎了我。院内是一字排开的六个普通窑洞，这里住着毛泽东一家及其贴身护卫。毛泽东那年轻美丽的妻子同他在一起，她就是以前大上海闻名遐迩的女电影演员蓝苹。这是一个极为聪慧的女人，并且在1933年就加入了中国共产党。1937年，她毅然放弃了她的电影事业，转赴延安。在延安鲁艺学院从事戏剧艺术教育。毛泽东对戏剧的兴趣使他们走到一起，并于1939年春不事铺张地结为伉俪。

“夫妻二人的穿着都很平常。妻子的一身像睡衣裤一样宽大的劳动布服装绑在她那样纤细的腰身上，使她的身段愈显苗条；丈夫穿着一件粗糙的、带补丁的土布上衣，短得不能遮住小腿的裤子。我被带到了‘客厅’，这是一间用砖块铺地、白灰刷墙、摆有几件结实但很粗糙家具的窑洞。时间已到了晚上，洞内仅有的几点光线来自一支被固定在一只倒置茶杯上的蜡烛，几支点燃的烟头上。谈话期间总有几个儿童跑进跑出。这些儿童站下来盯了我几秒钟，然后剥了一块糖放在嘴里又跑出去玩了。毛泽东好像根本不在乎他们的存在。”

大卫·巴利特上校是美国观察小组成员。他在1944—1945年被派驻延安。他清楚地记得毛泽东在一次军事展览会上，向他介绍夫人江青：“巴利特上校，这是江青。”

巴利特惊讶地发现：本来想象中的痨病患者看上去却十分健康，而且神情欢愉。

巴利特这样描述江青：

“她的举止体态优雅端庄，俨然一个传统女明星形象；像其他所有中国女演员一样，她的普通话说得也十分可以。我记得她在其他中共领袖们的夫人中间是最为出众、最为漂亮别致的。”

罗伯特·佩恩在1945年访问毛泽东的时候，对江青的印象是这样的：

“毛泽东的夫人进来了，穿着黑色女裤和一件毛衣。‘你好！’她招呼道，带着一种典型的北京腔儿。这使你一下猛地意识到她那张脸美丽而有丰富的表情。同时，伴着她那款款移来的脚步，一股高原地区野花的清香也飘进了屋内。”

江青并非“贤妻良母”型的东方女性。她的个性倔强。在“新媳妇”的日子过去之后，她渐渐显露“本色”，不再对“老板”言听计从了。那时，她在陕北，一直称毛泽东为“老板”。她要保持自己的独立性，不断跟毛泽东发生口角。

本来，夫妻之间意见不一，争几句、吵几句，也不足为奇。可是，江青往往不顾场合，在工作人员面前跟毛泽东争吵。毛泽东毕竟是领袖，江青这样哗啦哗啦地当众吵架，使毛泽东甚为不快。当她的声音越来越高时，毛泽东会大喊一声：“闭嘴！”一听这话，江青才收敛一些。

最使毛泽东不悦的是，她骂他“土气”“土包子”。其实，这句话倒是反映了她灵魂深处对延安的鄙视，她还是向往上海那十里洋场的“明星”生活。

在转战陕北的日子里

国共谈判终于破裂，在重庆签订的“双十协定”被炮火撕毁。1946年6月26日，蒋介石军队大举进攻中原解放区，从此内战全面爆发。

1947年3月13日，延安上空出现成群的飞机，机翼上漆着青天白日标志。炸弹倾泻而下，浓烟冲天而起。延安结束了平静。

屈指算来，江青和毛泽东结婚已经近9年。这9年的生活虽说是艰苦的，但毕竟是安定的，是在延安的窑洞里平静地度过。说实在的，江青进入延安以来，还没有经受过战火的洗礼。

就在国民党的飞机涌向延安的那一天，胡宗南部队的16个旅，共约23万人，分两路朝延安发起了攻击。

炸弹在毛泽东窑洞附近爆炸，猛烈的气浪朝窑洞袭来，震碎了门窗玻璃，把家具震得吱咯吱咯响。毛泽东毕竟久经战火的考验，对于隆隆飞机、轰轰爆炸声，置若罔闻，依然在窑洞里工作着。江青带着李讷躲进防空洞，大声地唱着歌，借歌声壮胆。

面对胡宗南部队的强大攻势，毛泽东避其锋芒，于3月19日放弃延安。从此，江青跨上马背，随着毛泽东开始过着动荡的战争生活。

这时，由中共七届一中全会选出的中共中央书记处的“五大书记”——毛泽东、朱德、刘少奇、周恩来、任弼时，分为两路。刘少奇、朱德率一部分中共中央委员进入晋察冀解放区，来到河北省平山县西柏坡村，受中共中央委托组成以刘少奇为首的中央工作委员会；毛泽东、周恩来、任弼时则留在陕北作战，组成中共中央前委。

为了保密，毛泽东化名“李德胜”，如前所述，意即“离得胜”。

周恩来化名“胡必成”，“胡”来自他那长长的黑胡子，战争岁月他实在无暇天天剃须，干脆让它长个够，而“必成”则是“必定成功”之意。任弼时化名“史林”，取“司令”的谐音。陆定一则化名“郑位”，取“政委”之谐音。

在转战陕北的日子里，每逢行军休息，周恩来总是活跃人物，他会用外国人讲中国话的腔调讲“吃花生仁不吃花生皮”，逗得大家捧腹大笑。江青已是主席夫人，不再当众唱一段，倒是出谜语给大家猜。7岁的李讷在江青的熏陶下，此刻成了“名角”。李讷会唱京戏，来一段《打渔杀家》，一派江青风度，会博得一片掌声，连毛泽东也夸奖她：“讷讷成了我们陕北小名旦啰！”江青呢，在一旁用嘴哼“隆格里格”，用这“口琴”代替京胡，为李讷伴奏。听见毛泽东夸李讷，她得意地笑了。

形势越来越严峻，带着孩子行军有诸多不便。毛泽东和江青商量，让李讷跟着中央机关一些家属、子女一起，东渡黄河，到山西去。组织上安排李文芳照料李讷。

江青在转战陕北的那些日子里，在靖边县一个名叫小河村的村庄，曾认一位陕北姑娘为干女儿。

江青随毛泽东第一次来到小河村，只住了几天，由于国民党胡宗南部队逼近，就离开了。

不久，毛泽东和江青又来到小河村。这一回，住的时间长。当地老百姓并不知道毛泽东，只晓得他叫“李家”，身后常常跟着警卫，是个“大官”。

江青倒是跟村里的妇女混熟了。

后山卜学忠家的姑娘叫卜兰兰，聪明伶俐，十六七岁，常来“李家”串门，江青很喜欢她，认她为干女儿。

如今，卜兰兰仍清楚记得往事。她曾经这么回忆跟“干妈”江青相处的日子：

毛主席进小河村时，我在崖畔摘桑叶，我们家喂了三四升蚕。

他们头一次来住过几天，第二次见他拄拐棍，我想一定来了大官，回去撂下桑叶，就去串门，走到毛主席住的窑院——那时我不知道他是毛主席，我先碰到江青，她一把拉住我，问我叫甚名？我说我叫兰兰。她说这个名字起得好。问我家有甚人？我就一个个背给她听，有大、有娘、有哥……她笑了笑，拽我进屋，抓了一把糖给我，还给我冲黑糖开水，甜得巴嘴皮。她抱我，抱得我发疼，很紧。

玩了一会，我要回去。她叫我明天再去，我回家给娘说，那院子来了个小婆姨，个子高高的、白白的，细得很。娘听后说有空去看看。

第二天摘罢桑叶我又去。江青问我认字不？我说不。她说不识字不行，以后你天天来，我教你认。后来，我天天去，她就教我，到她们离开小河时，我就认下六百多个字。

当时我还不知道这里住的是中央机关，也不知道这里还有毛主席，乡亲们都称他李家，他不多说话，可爱笑，笑起来咯咯有声，我们就常逗他笑，好听他笑。

毛主席也挺喜欢我，我去了他们就炒鸡蛋、煮海带叫我吃，我挺爱吃海带，我没吃过那东西。

我娘一阵就同江青认识了，她们是纳鞋底混得亲热的。说她有个女儿不在身边，怪想孩子的。后来听一个写《黄土地红土地》的作家同志说，江青和我娘接触太多，汪东兴还让人调查过我们家。他们见咱父亲是个老实庄稼人，娘虽很风流，出身没问题，毛主席安全没影响，就让他们来住了。

我去得多了，有一天江青对我说：兰兰，你当我的干女儿吧，我真想有个女儿在身边。我想她对我好，人挺随和，就说好。跑回家给我大、我娘说，他们也都同意。其实，他们根本没把这当回事。这样，我就把江青叫干妈，把毛主席叫姨父，时间一长，混熟了，说话也随便了。

我问："姨父，你多大了？"

他伸出五个指头说："五十了。"

我一听："那么大？"

他瞪着眼又咯咯地笑了。

村里让我家给部队推磨，就是用小麦磨面，一头骡一天磨三四斗麦，一斗麦二十斤面，其余我们落下，麦子和骡子是部队上的，我们见部队用荞麦喂牲口，就拿我们磨面落下的麸皮换来荞麦，做成荞麦面饼、荞麦饸饹，送给部队吃，李家也爱吃。

江青很喜欢我，一天见不到我就跟丢了魂似的。找到我，就亲热地问我做甚并叮咛我好好帮娘干活，说我娘年老，当女儿的要勤快。她说她是很小时从家里跑出来参加革命的，十五岁当演员，二十岁跟李家结婚。

部队离开小河时，毛主席、江青都想让我跟他们走。尤其江青，说让我给她看小女儿，供我上学，等于她生养了两个女儿。她还说李讷七岁，当我妹妹。

可我大（引者注：父亲）、我娘就我一个女子，要离开，他们说啥也不同意，拦住不让我走。我哭着要走，跑到他们窑里，江青望着我直叹气。这时候，毛主席看弄成这个样子，安慰我说："兰兰，你不要哭，我们回到延安，就写信让你大把你送来，好吗？现在你大、你娘不让你走，我们硬把你带走，别人会说闲话哩。"

我哭着点头。江青把一条裤子、一双洋袜、一个银调羹和一些鞋面布送给我，她也哭了。[1]

从卜兰兰的回忆可以看出，当时在农村，江青还是能够跟普通百姓打成一片的。

毛泽东、江青别了干女儿卜兰兰，毛泽东的次子毛岸青从苏联回来了。

1947年10月8日，毛泽东在致长子毛岸英的信中，这么写道：

岸英：

告诉你，永寿回来了（引者注：即毛泽东次子毛岸青，当时从苏联回来），到了哈尔滨。要进中学学中文，我已同意。这个孩子很久不见，很想看见他。你现在怎么样？工作，还是学习？

一个人无论学什么或作什么，只要有热情，有恒心，不要那种无着落的与人民利益不相符合的个人主义的虚荣心，总是会有进步的。你给李讷写信没有？她和我们的距离已很近，时常有信有她画的画寄来，身体好。我和江青都好。我比上次写信时更好些。这里气候已颇凉，要穿棉衣了。再谈。

问你好！

毛泽东

1947年10月8日[2]

这里提及的李讷"和我们的距离已很近"，便是指李讷托寄在山西。李讷画的画，使毛泽东在戎马倥偬中得到欣慰。

---

[1] 肖思科：《知情者说》之三，中国青年出版社1997年版。

[2]《毛泽东书信选集》，人民出版社1983年版。

毛岸英是1946年从苏联回到延安的。他随中共中央宣传部撤离延安，来到陕北瓦窑堡一带。

在转战陕北的那些日子里，江青的职责仍是照料毛泽东的生活。

有一次，中央机关转移到陕北靖边县王家湾，这个小山村只十几户人家，贫农薛老汉腾出两间半窑洞，其中一间给毛泽东和江青住。毛泽东、周恩来、任弼时、陆定一要开会，只能在毛泽东的窑洞里开会。毛泽东要江青避开，因为这个会议是军事会议。江青不得不搬到别处去睡，被臭虫叮得浑身又红又痒。江青憋了一肚子气。在她看来，要她搬出去，要她回避军事会议，无非是那“约法三章”在起作用。

对这类事，江青非常敏感。有一回，毛泽东起草好一份军事电文，她想看一下，毛泽东当即收了起来，使她颇为难堪。

不过，到了后来，有一些并非十分机密的文件，如果秘书没有空，毛泽东也叫江青抄写——特别是以毛泽东名义所写的信件。

为什么毛泽东喜欢让江青抄写以他的名义发出的信件呢？

江青当年在青岛大学图书馆工作时，每天要抄写图书卡片，练过字。跟毛泽东结婚以后，她刻意模仿毛泽东的字体——“毛体”。江青相当聪明，一学就会，而且模仿到足以乱真的地步！

毛泽东写文章、写信，写毕之后总要修改。文章圈圈改改没什么，反正最后是以印刷体印出来。信件则不同，倘若圈圈改改太多，未免有点不恭之嫌，毛泽东需要重抄一遍发出。在事务繁忙的时候，毛泽东无暇重抄，便叫江青代劳。

毛泽东在1949年4月2日写给傅作义的信，便是江青用“毛体”抄写的。这封信后来被作为“毛泽东手稿”收藏。在“文革”后，北京军事博物馆举办“毛泽东事迹展览”时，把这份江青的抄件作为“毛泽东手稿”公开展出。

在众多的参观者之中，唯有一位“火眼金睛”，断定这份“毛泽东手稿”出自江青笔下。

此人来自中央档案馆。

笔者曾在中央档案馆采访，那里有一个“手稿组”，专门负责保管中国共产党领袖人物手稿。毛泽东的大批手稿，便保存在那里。

“手稿组”里有一位鉴别毛泽东笔迹的专家，名唤齐得平。他长期跟毛泽东手稿打交道，练就一身识别毛泽东手稿的真功夫。

那天，他仔细端详，发觉那份“毛泽东手稿”尽管笔迹酷似毛泽东，但是由于刻意模仿，笔画显得僵硬。他由此断定，乃是江青的模仿之作。

另一份“毛泽东诗词手迹”，也是被齐得平认出是江青模仿的“作品”。

虽然江青模仿毛泽东的手迹，逃不过专家的眼睛，但是毕竟瞒过了成千上万的参观者。这起码可以说，江青模仿毛泽东手迹的“功夫”已经相当不错。

正因为这样，在工作繁忙的时刻，毛泽东的一些书信，便叫江青誊抄……

在不断的宿营、行军、再宿营的流动生活中，从1947年12月起，到1948年3月，毛泽东总算得到暂时的安定，一直住在陕北米脂县的杨家沟。

杨家沟也是一个小村庄，但是比王家湾要大，二百来户人家。看中这个小村，是因为小村不走大道，来往的人不多，不易暴露目标。另一桩原因，是小村里有个“扶风寨”——地主庄院。这“扶风寨”在陕北那穷山沟里，是难得的“豪华型”窑洞。屋外，一排玻璃走廊，颇有气派。屋里，那窑洞四壁，竟漆着浅绿色油漆！那炕的四周，居然还雕龙刻凤……毛泽东和江青，就被安排住在“扶风寨”里，住了四个月。这个连地图上也找不到的小村，一时间成为中共中央的所在地。

1947年底，就在这个“扶风寨”，中共中央召开了重要会议。毛泽东在会上作了《目前形势和我们的任务》的报告。这个报告，毛泽东反反复复，改了好多回。最后交给江青誊清。

毛泽东关照她在誊抄时，要做到“五不”，即不要写错字，不要写草字，不要写怪字，不要写别字，不要写简字。这清楚表明，毛泽东非常看重这份报告，以求付印时不错一个字。

这篇报告，后来被收入《毛泽东选集》第四卷。

确实，这篇报告极为重要。毛泽东指出，中国已到了历史的转折点：

“人民解放军的主力已经打到国民党统治区域里去了。中国人民解放军已经在中国这一土地上扭转了美国帝国主义及其走狗蒋介石匪帮的反革命车轮，使之走向覆灭的道路，推进了自己的革命车轮，使之走向胜利的道路。这是一个历史的转折点。这是蒋介石的二十年反革命统治由发展到消灭的转折点。这是一百多年以来帝国主义在中国的统治由发展到消灭的转折点。这是一个伟大的事变。这个事变所以带着伟大性，是因为这个事变发生在一个拥有四亿五千万人口的国家内，这个事变一经发生，它就将必然地走向全国的胜利……”

在这里，毛泽东把蒋介石称为“匪帮”了，毛泽东笑谓，蒋介石咒骂共产党为“共匪”，骂了那么多年，一次又一次地“剿匪”，如今轮到“原物奉还”，称“蒋总统”为“匪”了！

毛泽东断定，中国共产党及其领导下的中国人民解放军，已处于“历史的转折点”。确实，毛泽东已稳操胜券。此后，才一年多时间，中共便赢得了全国性的胜利……

前往苏联疗养

1949年3月24日，虽然江青通宵未眠，却异常地兴奋。向来很讲究作息规律的她，这一回“规律”完全被打乱了。

江青随着毛泽东乘坐汽车抵达河北涿县火车站时，已是25日凌晨两点。

喷着水汽的火车头，带着七八节车厢，正在车站待命。虽说江青当年往返于京沪之间，火车没少坐，这一回却头一次乘软卧车厢。上车之后，毛泽东、朱德、刘少奇、周恩来、任弼时、叶剑英、滕代远，各占一间软卧房间。

平津战役已经结束。1949年1月15日，中国人民解放军占领天津市，全歼守敌13万余人，活捉国民党天津警备司令陈长捷。毛泽东任命黄敬为天津市市长兼中国人民解放军天津区军事管制委员会副主任，主任为黄克诚。

1949年1月31日，北平宣告和平解放。傅作义率部起义。

毛泽东的专列，从涿县驶往北平。

一路上，毛泽东也显得兴奋。他说：

“我以前也到过北平，到现在整整三十年了。那时，是为了寻求救国救民的真理而奔波。还不错，吃了点苦头，遇到了一个大好人，那就是李大钊同志。在他的帮助下，我后来才算成了马列主义者。可惜呀，李大钊同志已经为革命献出了宝贵的生命。他是我真正的老师呀。没有他的指点和教导，我今天还不知道在哪里呢。”[1]

涿县离北平不远。清晨，专列便驶抵北平清华园车站，华北军区司令员兼平津卫戍区司令员聂荣臻、中共北平市委第一书记彭真，已在车站迎候。

毛泽东坐进美国20世纪30年代生产的一辆道奇牌小轿车，直奔北平西郊。从此，毛泽东和江青便下榻于那里的香山双清别墅。

就在毛泽东到达北平的当天下午5时，毛泽东出现在西苑机场，上万人拥集在那里，举行隆重的入城式。毛泽东在那里检阅了部队。一些外国记者听说毛泽东出现在北平西苑机场，纷纷报道毛泽东“飞抵”北平。其实，毛泽东是坐火车前来北平的。

---

[1] 阎长林：《毛泽东生活散记》，《东方记事》1987年第一、二期合刊。

《人民日报》出版号外《毛主席飞抵北平》。北平震动了。中国震动了。这是中国共产党战胜国民党的最鲜明的标志。

江青也为此而兴奋。这意味着，她已成了中国的“第一夫人”。

进入北平之后，毛泽东加倍地繁忙。他要指挥中国人民解放军向长江以南进军；他要会见各界人士，筹备召开新的政治协商会议；他要着手建立中华人民共和国和中央人民政府……

就在这时，就在进入北平一个来月，江青走了，离开了毛泽东，离开了北平……

江青上哪儿去了呢？

1949年5月21日，毛泽东在致柳亚子的信中说：

“各信并大作均收敬悉，甚谢！惠我琼瑶，岂有讨厌之理。江青携小女去东北治病去了……”[1]

毛泽东在这里所说“江青携小女去东北治病去了”，其实是经过东北去苏联治病。

江青带着女儿李讷以及警卫员、护士和一位俄国大夫，从北京坐火车到沈阳，再从沈阳往北，进入苏联。

北平是和平解放的，北平有那么多的大医院，那么多的大夫，她看不上眼。她要去苏联看病，借此去国外开开眼界，休养一番。她从未出过国，而那时出国，诱惑力最大的是“老大哥”苏联那里。

她终于得以成行。她尝到了“第一夫人”的尊荣滋味。

到达莫斯科，她被安排住在斯大林在市郊的别墅。

李讷随江青一起疗养。苏联很尊重她，因为知道她是毛泽东夫人，后来还安排她到南方黑海海滨，住进雅尔塔疗养院高级房间。对于她来说，从1937年秋进入延安，到1949年春进入北平，在山沟沟里生活了12个年头。如今，35岁的她，可以尽情享受一番，苦尽甘来了。

在莫斯科，江青一称体重，只有42公斤。她的病状是持续发烧。

经过苏联专家会诊，确认发烧的原因是扁桃体炎：先是右侧的扁桃体发炎，然后影响到左侧。

苏联医生为江青做了切除两侧扁桃体手术。手术只用了半小时。

据朱仲丽回忆，江青无大病。苏联医生的检查结果是除了官能性神经过

[1] 中共中央文献研究室编：《毛泽东年谱》（1893—1949）下卷，第505页，人民出版社1993年版。

敏之外，没有任何器质性疾病，用不着住院治疗。于是，她就在苏联疗养院疗养。

关于江青在苏联治病的情况，很少见于书刊。1992年俄罗斯《半人星马座》杂志第1至2期，发表了当年担任江青翻译的A.N.卡尔图诺娃的回忆文章《我给江青当翻译》，详细透露了真实的情况。陈立思翻译了此文，发表于1993年第5期《人物》杂志。

卡尔图诺娃回忆说，当时她25岁，从莫斯科东方大学中国部毕业不久，从未当过汉语口语翻译，幸亏江青的普通话很标准。另外，后来又来了一位中方女翻译，她叫林利（当时叫李利），是中共元老林伯渠的女儿。

现将卡尔图诺娃的回忆文章摘录于下：

> 1949年6月，苏共中央国际部部长B.R.格里戈良对我说，江青此行是秘密的（她在苏联用尤苏波娃这个姓），并强调，领导对我高度信任，而我则不得把此事告诉任何人，除非是那些必须知道此事并将与我共同工作的人。他讲了我的职责的大致范围，再次强调说，我应该尽一切努力，使客人觉得在莫斯科如在自己家里一样，使她对在我国进行的治疗、休养和日常生活氛围都感到满意。至于其他的一切工作，在此期间我都可以不做。
>
> 那时我只有二十五岁。在上述部门做中国问题初级专员刚刚一年。也许，正是由于年轻不懂事，接受这项任务时我竟然丝毫没有感到紧张不安。
>
> 在飞机抵达前我和部领导的代表已经在弗努科沃机场迎候了。江青的身体很虚弱。她是躺在担架上被抬下飞机的。我们简短地问候了一下，就同医生护士一起把江青护送到莫斯科郊区一座专门为外国贵宾准备的别墅去。考虑到病人的身体状况，把她安排好，大多数人很快就告辞了，只留下医生、护士和我。这时我才初次体验到紧张：因我还不习惯这种工作中会发生什么事呢？

卡尔图诺娃十分客观地记述了她对当时的江青的印象：

> 她身材优美，穿着得体（她穿长裤和连衣裙都同样引人注目，不过连衣裙只有天气很热并且是接待客人或者外出时才穿），举止文雅。她有一双生动活泼的杏仁似的黑眼睛，五官端正，但牙齿略微向前突出了些，一头漂亮的黑发向后梳，挽成一个紧紧的发髻。十指纤细。身高一米六四。

心情好的时候她也会露出富有魅力的、愉快的微笑。

依我看，江青的记性很好。那年夏天和她见过面的人，谁叫什么名字，她一直都记得。她熟悉国际共产主义运动的情况，知道差不多所有的共产党和工人党的领导人，对东欧各国人民民主运动的形势也有相当的了解，更不用说在中国发生的事情的动态了。总之，江青作为毛泽东的私人秘书，长年“泡”在大量的信息当中（这些信息源源不断地送到她的办公桌上），已经修炼得能够毫不费劲地记住它们了。

再谈谈她待人接物的方式。我不得不惊叹她在同来探望她的大大小小的人物交谈时驾驭对方的能力。我看她怎样变换谈话的调子和话题。从来都没有出过差错。对什么人应把握什么样的分寸，她总是测度得很准确。我想，昔日在上海当电影演员的经历对于她大有裨益的。

关于江青第一次在苏联治病的经过，卡尔图诺娃写道：

从江青到莫斯科的第一天起，她就特别关照，房间里的温度要保持在二十二—二十三度。为江青做了一系列的医疗检查。我们陪她前往坐落在格拉诺夫大街上的医院（当时叫克里姆林医院）。我自然是要陪同全过程的，因此能接触到她的病情的哪怕是最细微的情况。可是出于纯粹的道德上的考虑，我不打算写出这些，尽管江青已不在人世了。我只能说，我们的医生关于江青病情已无法医治的诊断是对的。后来还是传统的中医起了作用——正是中医治好了江青的痼疾。

时间一天天过去。江青经过住院治疗，身体渐渐恢复。出院后她回到扎列奇的住所，散散步，能打打台球（这是按照她的爱好特地运来的）。

随着身体情况的好转，江青提出要去参观工厂（我们陪她参观了留别尔茨的农机厂），也想了解集体农庄的情况。当然，最常去的还是大剧院，有一次她还在那里会见了谢尔盖·列梅舍夫。她还去过莫斯科模范艺术剧院，同当时任院长的阿位·塔拉索娃以及该剧院的主要演员进行了座谈。

江青是个自高自大和性格浮躁的人。在莫斯科她就是随心所欲的。而她的喜怒无常，我是很清楚的。

有一天我去江青的单间病房，我记得，是在二楼。在门厅里我看见玛申卡（她是库图佐大街裁缝店的裁缝）在埋首饮泣。我问她出了什么事。她说：“要是你赶上了这种事也得哭。我给她（江青）赶了一夜才缝好的连衣裙，让她试试，可是她却不愿试！”我不知道是什么原因使江青的情绪不好。可是，有意思的是，当我走进江青的病房，同她谈了大约一个小时，她根本没提这件事，只是说，她今天不舒服。而玛莎则不得不多等几天再给她试衣服。

在苏联疗养期间，江青最为高兴的事，是见到了斯大林。

那是刘少奇受中共中央指派，秘密访问苏联。

斯大林接见了刘少奇，同时也接见了作为毛泽东夫人的江青。

在宴会上，江青站起来向斯大林敬酒。斯大林见她那么年轻，以为她会怯场。她，演员本色，不慌不忙走到斯大林面前，高举着酒杯，像朗诵台词一般清楚地说道：“我举杯，向斯大林同志敬酒，祝愿斯大林同志健康长寿！斯大林同志的健康，就是我们的幸福！”

斯大林听了江青的祝辞，脸上浮现笑容，说道：“我第一次听到这样的话，我的健康是你们的幸福！谢谢！我祝愿毛泽东同志健康长寿！”

斯大林高举酒杯，和江青碰杯，一饮而尽。

江青在苏联住了6个月，回到北京。这是江青第一次前往苏联治病。

第二章
染指政治

这样，江青有了一项正式任命，即毛泽东的生活秘书。此外，她还有两项职务，即中共中央宣传部文艺处处长、文化部电影局顾问（原先的“电影指导委员会”取消了）。

自从被正式任命为毛泽东的生活秘书，江青也就成了副部长级的干部了。

住进中南海菊香书屋

1949年秋，当江青从苏联回到北平时，毛泽东已从西郊香山的双清别墅搬入中南海。中南海位于北平的故宫西侧。那里有北海、中海、南海三海，中南海指中海和南海。所谓“海”，亦即湖。中海、南海都是人工开凿的。中海开凿于金元，南海开凿于明初。有了“海”，沿“海”建殿阁楼台，湖光潋滟，风景秀丽，成了皇家禁苑。

北平和平解放后，周恩来曾仔细巡视了中南海，建议选定中南海为中共中央和未来的政务院的所在地。毛泽东同意周恩来的选择。于是，1949年5月，毛泽东迁入中南海丰泽园。

丰泽园在南海之畔，建于康熙年间，原是康熙及其后的皇帝讲礼的地方。

江青带着李讷到了北平，小轿车接她直奔中南海。她平生头一回进入风光秀丽、曲径通幽、古色古香、绿树掩映的当年皇家禁苑，如入画中。进入丰泽园，跨过三座汉白玉石栏杆桥，一座坐北朝南的朱红小院便出现在眼前。那里叫“颐年堂”，如今成了毛泽东召开核心会议的地方。朱德、刘少奇、周恩来常在那里跟毛泽东碰头。

从会议室往东，穿过一条小走廊，便是当年皇家的“菊香书室”。

北平刚解放时，第一个住进菊香书屋的是林伯渠。

菊香书屋是一个四方形的四合院，四面各有五间房。林伯渠住的是北屋。不久，东屋和南屋分别安排给毛泽东和周恩来作为临时休息之处——当时，毛泽东和周恩来还住在北平香山，每天进城办公，在此休息。5月，当毛泽东正式迁入中南海，整个菊香书屋都安排做毛泽东住所。从此，毛泽东在菊香书屋定居，直至1966年8月。

毛泽东住在北房东头的两间。一间是办公室，一间是卧室。

江青被安排住在北房西头的两间屋。她和毛泽东的住房之间隔着一间门厅。

东房五间，中间的一间也是门厅，成为毛泽东一家的餐厅。东房靠北两间是办公室，靠南两间是会客室。

西房五间，中间一间是过道。南头两间是值班室和工作人员办公室。北头两间，是毛泽东藏书室。

南房五间，中间一间是穿堂。其余四间是毛泽东子女住房。

菊香书屋四面二十间屋子，构成四方形的封闭小院。中间的院子里铺着草坪，种着树，南北、东西两条小路从院中央穿过，交叉成“十”字，把院子变成“十”字。

菊香书屋是老房子，红漆斑驳。毛泽东叮嘱行政部门，不必重新油漆，只是打扫了一下，就搬了进去。只是院内原本没有厕所，没有暖气设备，行政部门在那里建造了卫生间，安装了取暖锅炉。

虽说菊香书屋无法跟斯大林的别墅相比，但是比延安的窑洞毕竟好多了。江青住进菊香书屋，在北房跟毛泽东相对而居，这意味着她完全是以毛泽东夫人的身份出现在这里，不必担心由于贺子珍的回国而造成对她的夫人地位的威胁。

从1949年9月27日开始，北平恢复原名北京。10月1日，毛泽东在天安门广场升起第一面五星红旗，宣告中华人民共和国成立，北京成为新中国的首都。

此后不久，江青受毛泽东委托，执行一次使她颇为高兴的公务——到北京火车站为宋庆龄送行。

孙中山夫人宋庆龄具有崇高的声望。

1949年6月19日，毛泽东亲笔致函宋庆龄，并委派邓颖超前往上海问候宋庆龄。毛泽东的信，全文如下：

庆龄先生：

重庆违教，忽近四年。仰望之诚，与日俱增。兹者全国革命胜利在即，建设大计，亟待商筹，特派邓颖超同志趋前致候，专诚欢迎先生北上。敬希命驾莅平（引者注：当时北京尚称北平），以便就近请教，至祈勿却为盼！专此。敬颂

大安！

毛泽东

1949年6月19日[1]

---

[1]《毛泽东书信选集》，第326页，人民出版社1983年版。

1949年8月28日，当宋庆龄应毛泽东之邀从上海坐火车到达北平时，毛泽东亲自前往火车站迎接，朱德、刘少奇、周恩来也一起去欢迎她。

10月1日，她作为中华人民共和国副主席，登上了天安门城楼。

11月，宋庆龄因事要从北京回上海。毛泽东委派江青前去送行。显然，江青是很恰当的人选，因为对方是女性。江青打扮了一番，前去送行。江青兴高采烈，不是在于送行本身，而在于执行此次公务她“代表毛泽东”，亦即以毛泽东夫人的身份在社会场合公开露面。

当时，宋庆龄对江青最初的印象不错。宋庆龄曾对别人这么说起江青：“有礼貌，讨人喜欢。”[1]

出任“电影指导委员会”委员

毛泽东夫人毕竟只是一种身份，不是一种职务。在菊香书屋闲居，终究不行。江青要求工作。

组织上斟酌再三，给江青安排了一个不大不小又适宜于她的兴趣的职务，即中共中央宣传部文艺处副处长。这是一个富有弹性的副职，她不必天天去上班，甚至可以不管事，挂一个虚衔，但她毕竟有了一个党内的正式职务。按她的级别，是够不上配备专车的。仗着毛泽东夫人的身份，她有了轿车，进进出出方便多了。

她是一个不安分的女人，看到毛泽东成为党和国家的主席，她也跃跃欲试，企图染指政治。

她的最初的尝试，那便是批判电影《清宫秘史》。

《清宫秘史》是香港永华影业公司在1948年12月完成的影片，编剧姚克，导演朱石麟，由舒适饰光绪皇帝，周璇饰珍妃，唐若青饰西太后，洪波饰李莲英。影片完成之后，便在香港上映。1950年3月至5月，《清宫秘史》在北京、上海等城市上映。江青虽然息影多年，仍关注着电影界的动向，曾调看了许多影片，内中包括这部《清宫秘史》。

江青看了《清宫秘史》，认为此片“内容反动”，是一部“卖国主义的片子”。

江青向毛泽东诉说了自己的“观后感”，得到毛泽东的支持。

[1] 爱泼斯坦：《宋庆龄》，第600页，人民出版社1992年版。

于是，在中共中央宣传部的一次会议上，这位文艺处的副处长发话了："《清宫秘史》是一部很坏的影片，我们应该对这部影片进行批判。"

中共中央宣传部部长陆定一、副部长周扬对这位文艺处的副处长之言，不以为然。另一位副部长胡乔木，还发表了与江青相左的意见。胡乔木此人，自1941年起便担任毛泽东秘书、中共中央政治局秘书，跟毛泽东接触颇多。江青可以用毛泽东夫人的身份去吓唬红墙外面的人，却无法镇住陆定一、周扬、胡乔木这样资深的人物：当年转战陕北时陆定一化名"郑位"（政委），与毛泽东朝夕共事，而周扬则早在30年代便已是上海文化界的中共领导人。

这时，江青深有"人微言轻"的感触。

不过，她对电影依然关注。1950年7月11日，文化部在颁布《电影新片领发上演执照》《国产影片输出》《国外影片输入》和《电影旧片清理》四个暂行办法，加强电影管理，同时又成立了"电影指导委员会"，加强电影领导。电影指导委员会的委员有陆定一、周扬、胡乔木、田汉、蒋南翔、丁玲、邓拓、阳翰笙等，江青也被列为委员。另外，这天还成立了文化部戏曲改进委员会。

对于《清宫秘史》的批判未能如愿，江青又抓住了另一部电影《武训传》。

武训，原名武七，清末山东堂邑（今聊城西）人，以"行乞兴学"而著名，受到清政府嘉奖，封为"义学正"。陶行知十分赞赏武训精神。1944年夏，陶行知在重庆遇见电影编导孙瑜，送了一本《武训先生画传》给他，建议他拍《武训传》。

事隔数年。1947年，当孙瑜从美国回国，正值南京的中国电影制片厂着手筹拍反共"戡乱"片。从事地下工作的中共文艺界领导人阳翰笙知道孙瑜对武训有兴趣，建议他把剧本《武训传》写出来，交中国电影制片厂拍摄，以抵制拍摄"戡乱片"。这样，孙瑜写出了《武训传》，于1948年由中国电影制片厂拍摄。赵丹饰武训。

到了1948年11月，淮海战役战火酣烈，南京岌岌可危。中国电影制片厂经费困难，停拍《武训传》。

1949年2月，上海昆仑影片公司购置了《武训传》的摄制权。经过一番曲折，直至1950年12月才终于完成，于1951年初上映。

这样一部历时3年，从国民党时代开拍、到共产党时代完成的影片，作者为了使影片切合新形势，一头一尾，加上一位女教师的旁白：

"今天，我们解放了，我们的政府给了穷人充分受教育的机会，翻了身的人，不再做睁眼的瞎子。今天我们纪念武训，要办好我们的冬学，扫除文盲，提高文化。”

“中国的劳苦大众，经过几千年的苦难和流血斗争，才在为人民服务的共产党组织之下，在无产阶级的政党的正确领导之下，打倒了帝国主义和国民党政权，得到了解放！我们纪念武训，要加紧学习文化，来迎接文化建设的高潮！”

编导尽量把这样一部构思、创作于旧时代的作品，适应新时代的需要，用心之良苦，可见一斑。

影片上映之后，最初的三个月，《武训传》得到一片赞扬，各报纷纷发表文章给影片以好评。《大众电影》杂志还把《武训传》列为1950年10部最佳国产片之一。

作为“电影指导委员会”的委员，江青看了《武训传》。仿佛众人皆醉她独醒，她看出了《武训传》存在“严重问题”。

她又一次向毛泽东吹风。

毛泽东调看了影片《武训传》，他认为这是一部宣传资产阶级改良主义的影片。

毛泽东的意见，使江青万分欣喜。她有了“尚方宝剑”，便对周扬说：“《武训传》是一部宣传资产阶级改良主义的影片，应该进行批判！”

跟上一回一样，江青只是说出毛泽东的意见，并没有说明这是谁的话。

周扬仍不以为然，以为那是江青再一次挑刺，便顶了她一句：“你这个人，有点改良主义，没有什么了不起嘛！”

批判《武训传》　江青“露峥嵘”

1951年的形势，已经与1950年不同。1951年，文艺界已经从建国之初的忙乱中走过来，开始抓批判工作：

1951年1月10日，《文艺报》载文批判了3部作品，即《愤怒的火箭》《驴大夫》《不拿枪的敌人》。

2月10日，《文艺报》刊载陈企霞的文章，批判碧野的长篇小说《我们的力量是无敌的》。

4月，报刊对电影《荣誉属于谁》开展批判。

于是，对于电影《武训传》的批判，也就提到了日程上：

4月25日，《文艺报》发表贾霁对电影《武训传》的批评文章《不足为训的武训》，打响了批判《武训传》的第一炮。

5月10日，《文艺报》发表杨耳的《试谈陶行知先生表扬“武训精神”有无积极作用》，把批判之火引申到陶行知头上。同日，《文艺报》还发表邓友梅的《关于武训的一些材料》。

《人民日报》在5月15日、16日转载了《文艺报》上批判《武训传》的文章，并加了编者按，号召大家对这部影片进行深入讨论。这意味着中共中央机关报注视着电影《武训传》。

四天之后——5月20日，异乎寻常的情况发生了，《人民日报》在第一版醒目推出社论《应当重视电影〈武训传〉的讨论》。《人民日报》为批判一部电影而发表社论，这是头一回。

社论的措辞严厉，行文如高屋建瓴，看得出非出自等闲之辈笔下。事隔26年，当《毛泽东选集》第五卷在1977年出版时，人们见到这篇社论收入其中，方知文章出自菊香书屋。

社论指出，电影《武训传》“狂热地宣传封建文化”，“污蔑农民革命斗争，污蔑中国历史”。在批判了《武训传》之后，笔锋一转，社论说了一番全局性的话，对文化界的领导们进行了尖锐的批评：

> 电影《武训传》的出现，特别是对于武训和电影《武训传》的歌颂竟至如此之多，说明了我国文化界的思想混乱达到了何等的程度！
>
> 在许多作者看来，历史的发展不是以新事物代替旧事物，而是以种种努力去保持旧事物使它得免于死亡；不是以阶级斗争去推翻应当推翻的反动的封建统治者，而是像武训那样否定被压迫人民的阶级斗争，向反动的封建统治者投降。……
>
> 特别值得注意的，是一些号称学得了马克思主义的共产党员。他们学得了社会发展史——历史唯物论，但是一遇到具体的历史事件，具体的历史人物（如像武训），具体的反历史的思想（如像电影《武训传》及其他关于武训的著作），就丧失了批判的能力，有些人则竟至向这种反动思想投降。资产阶级的反动思想侵入了战斗的共产党，这难道不是事实吗？一些共产党员自称已经学得的马克思主义，究竟跑到什么地方去了呢？

社论扭转乾坤，成为全国解放后文艺界第一次大规模的批判运动。

社论中还开列了长长的名单，点名批评了43篇赞扬武训和《武训传》的文章及其48位作者。这为开展“大批判”树立了箭靶。

原本为《武训传》叫过好的《大众电影》编辑部、戴白韬、梅朵等，纷纷登报公开检讨。就连郭沫若也牵涉进去了，因为他曾为《武训画传》题签并作序。他在《人民日报》发表了《联系着武训批判的自我检查》。

电影《武训传》编导孙瑜、主演赵丹，当然成了“重点人物”，连连检讨。

昆仑影业公司通电各地，停映《武训传》。

中央文化部、教育部，中共上海市委，纷纷发出通知，号召批判《武训传》。

周扬也只得顺应潮流，8月8日在《人民日报》发表文章《反人民、反历史的思想和反现实主义的艺术——对电影〈武训传〉的批判》。

8月26日，夏衍也在《人民日报》发表检讨文章《从〈武训传〉的批判，检查我在上海文学艺术界的工作》。

在批判高潮之中，江青做了一桩颇为得意的事：她向毛泽东提出，要去山东调查武训的历史。她说，她是山东人，能讲一口山东话，回老家活动方便，以“李进”的名字出现，不会引起别人的注意。毛泽东同意了。

江青的行动计划被周扬得知，周扬派出他的秘书钟惦棐，协助江青工作。

《人民日报》得知这一情况，也决定派人参加。

这么一来，在1951年6月，便由《人民日报》社和中央文化部组织了一个“武训历史调查团”，到山东武训家乡进行实地调查。调查团总共13人，江青以“李进”之名，参与其中。

这13人是：

袁水拍（人民日报社），钟惦棐、李进（中央文化部），冯毅之（中共山东分局宣传部），宇光、杨近仁（中共平原省委宣传部），王燕飞（平原省文联），陈蕴山（平原日报社），司洛路（中共聊城地委宣传部），段俊卿、赵安邦（中共堂邑县委），赵国壁（中共临清镇委宣传部），韩波（中共临清县委宣传部）等。

其中的平原省，1949年设置，1952年撤销，包括鲁西、豫北、冀南等地。

调查团在山东堂邑、临清、馆陶等县作了20多天的调查。当地知道调查团的来意，也听说李进的特殊身份，也就顺着调查者的需要，提供种种材料。

调查团返京后，由袁水拍、钟惦棐、李进3人执笔，写出了《武训历史调查记》一文，最后经毛泽东修改，于1951年7月23日至28日在《人民日报》连载，然后出版了小册子。

毛泽东在1951年7月11日致函胡乔木，提及江青：

乔木同志：

此件请打清样十份，连原稿交江青。排样时，请嘱印厂同志校正清楚。其中有几个表，特别注意校正勿误。

毛泽东

7月11日[1]

毛泽东所说的“此件”，就是《武训历史调查记》。

毛泽东嘱把清样连同原稿交江青，最清楚不过地说明主持这一调查的是江青。

《武训历史调查记》共分五个部分：

一、和武训同时的当地农民革命领袖宋景诗；

二、武训的为人；

三、武训学校的性质；

四、武训的高利贷剥削；

五、武训的土地剥削。

毛泽东对每一部分都作了仔细修改。

《武训历史调查记》说：“武训是一个以流氓起家，遵从反动封建统治者的意志，以‘兴学’为进身之阶，叛离其本阶级，爬上统治阶级地位的封建剥削者。”

《武训历史调查记》完全否定了武训其人，也就从根本上否定了电影《武训传》。

批判电影《武训传》，对电影界造成了严重的后果。据夏衍回忆说：

“1950年、1951年全国年产故事片二十五六部，1952年骤减到两部！”[2]

夏衍还说，当时电影厂流行一句话：“拍片找麻烦，不拍保平安！”

平心而论，电影《武训传》在那样大动荡的岁月中艰难地拍摄，就影片本身来说，确实显得粗糙，也存在许多明显的缺陷。然而，孙瑜、赵丹都是左翼电影工作者，用意是好的。倘若考虑到影片的历史原因，不应该那样粗暴地对影片大加鞑挞。这种批判，实际上是“左”的思潮的初露头角，后来日渐发展，直至“文革”恶性膨胀。

1985年，当“陶行知研究会”和“陶行知基金会”成立之际，胡乔木作了

[1]《建国以来毛泽东文稿》第2卷，第403页，中央文献出版社1988年版。

[2]《夏衍谈〈武训传〉和中国知识分子》，《文汇电影时报》1994年8月3日。

一番讲话。讲话中有陶行知谈及对于《武训传》的批判。胡乔木这番话，反映了十一届三中全会以后中共中央对当年批判《武训传》所持的否定态度：

> 1951年，曾经发生过一个开始并不涉及而后来涉及陶先生的、关于电影《武训传》的批判。这个批判涉及的范围相当广泛。我们现在不在这里讨论对武训本人及《武训传》电影的全面评价，这需要由历史学家、教育学家和电影艺术家在不抱任何成见的自由讨论中去解决。但我可以负责任地说，当时这场批判，是非常片面的，非常极端的，也可以说是非常粗暴的。因此，尽管这个批判有它特定的历史原因，但是由于批判所采取的方法，我们不但不能说它是完全正确的，甚至也不能说它是基本正确的。这个批判最初涉及的是影片的编导和演员，如孙瑜同志，赵丹同志等；他们都是长期在党的影响下工作的进步艺术家，对他们的批判应该说是完全错误的。他们拍这部电影是在党和进步文化界支持下决定和进行的。如果这个决定不妥，责任也不在他们两位和其他参加者的身上。这部影片的内容不能说没有缺点或错误，但后来加在这部影片上的罪名，却过分夸大了，达到简直不能令人置信的程度。从批判这部电影开始，后来发展到批判一切对武训这个人物表示过程度不同的肯定的人，以及包括连环画在内的各种作品，这就使原来的错误大大扩大了。这种错误的批判方法，以后还继续了很长时间，直到党的十一届三中全会才得到纠正。[1]

江青对于批判电影《武训传》颇为得意，“锁在烟雾中”的“奇峰”，终于“偶尔露峥嵘”。她借助于毛泽东的权威，一下子使周扬、夏衍这班当年她的上司纷纷检讨，使那个给唐纳写诗的陶行知长眠地下也不得安宁，使赵丹也尝到她的厉害。她参加“武训历史调查团”，实际上成为这个调查团的领导。她开始探头探脑，越出“约法三章”的禁规，尝试着干预政治了。

笔者在采访中国科学院院士、曾任上海科学院副院长、上海有机化学研究所所长的汪猷教授时，他谈及有趣的一幕：

汪猷之妻李秀明，是李淑一的胞妹。李淑一的丈夫柳直荀，是毛泽东的好友。毛泽东来沪时，接见上海知识界人士，汪猷在座。那天，赵丹亦在应邀之列。当赵丹进来时，毛泽东一眼就认出他来，说道：“你不就是演《武训传》的赵丹吗？”不料，毛泽东此言，使赵丹顿时满脸通红——因为电影《武训

[1]《党史通讯》1985年第12期。

传》正在挨批！毛泽东迅即发现赵丹的尴尬之状，哈哈大笑起来，四座皆笑。赵丹亦笑，在笑声中赵丹解脱了窘境……

又一次飞往苏联治病

在初次“露峥嵘”的那些日子里，江青显得那么忙碌。

1951年7月28日，在“电影指导委员会”会议上，江青点名批判了电影《荣誉属于谁》。

9月初，在中共中央宣传部会议上，江青点了副部长周扬和胡乔木的名，说他们“抗拒”对电影《武训传》的批判。

9月6日，在“电影指导委员会”第十次会议上，江青对拍摄电影《南征北战》发表了意见，表示支持。

10月，江青向中共中央反映，经她在电影界、美术界、音乐界做了“大量调查”，发现周扬在领导工作中存在“严重问题”，建议在文艺界开展整风运动。

中共中央宣传部决定先开“小型整风会”。会上，江青尖锐地批评了周扬。会后，周扬说：“有江青同志在，工作难做。”此言传入江青耳中，江青益发对周扬耿耿于怀。无奈，在12月，周扬不得不在中共中央宣传部就电影《武训传》作检查。

大抵由于江青如此卖力地“抓”电影，在1951年11月15日，中共中央宣传部、政务院文化教育委员会党组关于机构设置和人员配备给中央的报告中，提及“拟任江青为中共中央宣传部电影处处长”。

翌日——1951年11月16日，毛泽东对报告作了批示：

乔木同志：

此件很好，可照此实行。惟赖若愚调总工会为秘书长，陶鲁笳是否能调出待考虑，江青是否适宜做处长也值得再考虑一下。

毛泽东

11月16日

当时，赖若愚任中共山西省委书记。陶鲁笳任中共山西省委副书记，拟调任中共中央宣传部政治教育处处长、文化教育委员会干部教育管理局局长。

由于毛泽东认为“江青是否适宜做处长也值得再考虑一下”，江青的任命后来被取消了。

1952年初，江青建议就“武训历史调查团”调查所得的材料，创作京剧《宋景诗》。

这时的江青，大有“文革”初期那种批张三斗李四的味道——实际上60年代的江青是50年代初期江青的重演。

就在江青一次次抛头露脸之际，在1952年2月，这江上“奇峰”忽地又“锁在烟雾中”了！

江青由前台退回幕后，其原因是她病了！

江青这次生病，最初是感冒引起的。

1951年9月初，她从山东回到北京，又决定去参加土地改革运动。

毛泽东同意她参加土改运动。她被安排到湖北农村。她随李先念等乘火车从北京前往武汉。

为了她的安全，李先念只让江青在武汉近郊参加土改。她仍以“李进”的名字出现在土改工作组。

天气日渐转冷。在一场寒潮袭来时，江青感冒了。由感冒而咳嗽，进而演变成为支气管炎。

她不得不从近郊农村回到武昌治病。

她终于病倒，终日发低烧，失眠，特别是右肋下时有疼痛。

她从武汉回到了北京。在北京，经大夫会诊，这一回，她倒是真的有病。大夫诊断，她患慢性胆囊炎，肝也不好。

虽说这是常见病，北京的医院完全可以为她治疗，不过，她仍要求去苏联动手术。

毛泽东同意了她的要求。这样，1952年8月，她飞往苏联，又住进莫斯科郊区的斯大林别墅。

美国人维特克在《江青同志》一书中，记述了江青回忆第二次去苏联治病的情形：

> 苏联医生直接把她送进了外科实验室去探察她的肝脏，但没有除去积聚在胆囊里的水。经过外科抽样检查，提出治疗方案。她再一次被送到苏联南方的她所讨厌的雅尔塔。
>
> 为了减退不断的高烧，她被注射了大量的青霉素，每次两千万单位，这样的剂量和次数只使得她感到更糟。她痛惜她个人完全没有权势，她的抗议是完全徒劳的。

在那令人厌烦的雅尔塔冬天，她越来越思念家乡，但医生不让她回国。她想，他们要把她留在那里，可能只是因为他们因没治好病而感到惭愧。最后，他们把她送回到莫斯科，安置在一个普通的医院里。后来她有幸被转移到了克里姆林宫里雄伟的宫廷医院，那是为政府的高级官员而准备的医院。

在斯大林逝世的前一天，她被转移到郊区疗养院，从收音机里听到了他突然发病的消息。斯大林逝世的庄严宣告几乎使每一个苏联人民好几天都陷入极大的感情紊乱之中。

在这紧要关头，负责江青病情的苏联警卫员、医生和护士说，他们的领袖之死至关重要，毛主席应和其他各国首脑一道来莫斯科参加葬礼。江青告诉他们说那不关她的事，这样重大的决定应由中共中央作出。

举行斯大林葬礼的那天，莫斯科的气温下降到零度以下。毛主席虽然没有来，但发来了唁电。在这紧张的情况下，她仍与疗养院的其他病人一道守夜。她从她的窗口看到了殡仪队伍走向红场，路上排队行走的人群非常混乱，使她感到非常惊讶。她评论说：斯大林的失败之一，是思想上没有为他死的那天准备群众队伍。

当年担任江青翻译的A.N.卡尔图诺娃，在1992年俄罗斯《半人星马座》杂志第一至二期发表的回忆文章《我给江青当翻译》中，这么写及江青第二次去苏联治病的情况：

1953年2月底3月初，根据部领导的请求，我每天都带着斯大林的病情报告上她那儿去。对于他的逝世，她感到十分悲痛，并去过联盟大厦停放斯大林灵柩的大厅守灵。

有一天江青决定去看望在莫斯科长期养病的毛远叔（注：即毛岸青，当时化名杨永寿）。我知道远叔在莫斯科东方大学读书，有一段时间他的哥哥毛远福（即毛岸英，当时化名杨永福）是他同学，我们叫远叔“果里亚·远叔”，把他哥哥叫作“谢尔盖·远福”。但那时我们谁都不知道，他们是毛泽东的儿子。也许，除了柳芭·库兹涅佐娃（出嫁后随夫姓帕廖多钦娜），因为谢尔盖同她关系很好。很难说江青对他们怎么样。从前她从来没有在谈话中提起过他们。而现在，在从医院回来的路上，江青却讲起了谢尔盖·远福在朝鲜牺牲的情况（讲到他时显得那么怀旧）。

毛远福在大学时就是一个有为的青年，我甚至可以说他是有天才的，又博览群书。

我们，他的同学们，听说回国后他曾在一些问题上与父亲意见不一致。毛泽东就派他到满洲参加土改，以便让他深入中国人民的生活。

江青在苏联休养了一年多，直到1953年秋才返回北京。

对于俞平伯《红楼梦》研究的批判

就在江青养病养了两年多之后，忽地又一次“露峥嵘”……

1954年9月1日，山东大学校刊《文史哲》发表了署名李希凡、蓝翎的文章《关于〈红楼梦简论〉及其他》，批评了俞平伯的《红楼梦简论》。

江青对美国人维克特谈话时，曾自吹是“半个红学家”：

《红楼梦》我读过多少遍记不得了。大概十遍以上。到延安以前看了三次。一看到林黛玉死就哭鼻子，看不下去了。太惨了。

毛主席批评我，你这个人不成话，一部书都看不完……

《红楼梦》是讲不完的。你们不要认为我是红学家。我只是半个红学家。

江青还这么说及她当时看了李希凡、蓝翎的文章之后的情景：

“这篇文章被我发现了，就送给毛主席看。”

一下子，在中国又掀起一场轩然大波……

俞平伯，中国的《红楼梦》研究权威人士，北京大学教授，中国科学院文学研究所研究员。他1919年毕业于北京大学，1922年就写出了《红楼梦辨》一书。1952年，他修改了此书，改名《红楼梦研究》。1954年3月，他又在《新建设》第3期上发表《红楼梦简论》。

两个“小人物”，读了俞平伯的《红楼梦简论》，不以为然。他们着手写文章，批评俞平伯。

这两个“小人物”，便是李希凡和蓝翎。

李希凡，本名李锡范，当时27岁。他是北京通县人，考入山东大学中文系。1953年毕业后，到北京中国人民大学继续学习。

蓝翎，本名杨建中，当时23岁。他是山东单县人，就读于山东大学中文系，跟李希凡是同学。1953年毕业后，到北京师范大学工农速成中学任语文教员。

两位“小人物”写出了《关于〈红楼梦简论〉及其他》，试图投寄给《文艺报》。他们先给《文艺报》去信，询问可不可以批评俞平伯，没有得到答复。于是，他们求助于母校，他们的老师表示支持，把他们的文章发表在《文史哲》9月号上。

江青很有兴味地读了李希凡、蓝翎的文章，大为赞赏。她把文章推荐给毛泽东看。毛泽东看后，也认为不错，建议《人民日报》予以转载。不过，毛泽东认为自己直接给《人民日报》下指示，要他们转载，似乎过于郑重其事。他让江青出面，转告《人民日报》。

于是，江青给《人民日报》社打了电话。9月中旬，江青带来了《文史哲》第九期，说毛泽东主席很重视李希凡、蓝翎的文章，希望《人民日报》予以转载。

周扬认为，《人民日报》转载这样的文章不合适，建议改由《文艺报》予以转载。

于是，《文艺报》第18期转载了李希凡、蓝翎的文章，还加了由主编冯雪峰所写的“编者按”，全文如下：

> 这篇文章原来在山东大学出版的《文史哲》月刊今年第九期上面。它的作者是两个在开始研究中国古典文学的青年；他们试着以科学的观点对俞平伯先生在《红楼梦简论》一文中的论点提出了批评，我们觉得这是值得引起大家注意的。因此征得作者的同意，把它转载在这里，希望引起大家讨论，使我们对《红楼梦》这部伟大杰作有更深刻和更正确的了解。
>
> 在转载时，曾由作者改正了一些错字和由编者改动了一二字句，但完全保存作者原来的意见。作者的意见显然还有不够周密和不够全面的地方，但他们这样地去认识《红楼梦》，在基本上是正确的。只有大家来继续深入地研究，才能使我们的了解更深刻和周密，认识也更全面；而且不仅关于《红楼梦》，同时也关于我国一切优秀的古典文学作品。

冯雪峰所写的“编者按”，至今看来也并无什么不妥之处，想不到后来竟遭“批判”。

10月16日，毛泽东的一封信，震荡着中国的知识界。这天，毛泽东给中共中央政治局及其他有关人士写了一封信，此信后来被收入《毛泽东选集》

第五卷：

驳俞平伯的两篇文章附上（引者注：除山东《文史哲》9月发表李希凡、蓝翎的《关于〈红楼梦简论〉及其他》一文外，10月10日《光明日报》又发表他们的《评〈红楼梦研究〉》一文）请一阅。这是三十多年以来向所谓红楼梦研究权威作家的错误观点的第一次认真的开火。作者是两个青年团员。他们起初写信给《文艺报》，请问可不可以批评俞平伯，被置之不理。他们不得已写信给他们的母校——山东大学的老师，获得了支持，并在该校刊物《文史哲》上登出了他们的文章驳《红楼梦简论》。问题又回到北京，有人要求将此文在《人民日报》上转载，以期引起争论，展开批评，又被某些人以种种理由（主要是“小人物的文章”，“党报不是自由辩论的场所”）给予反对，不能实现；结果成立妥协，被允许在《文艺报》转载此文。嗣后，《光明日报》的《文学遗产》栏又发表了这两个青年的驳俞平伯《红楼梦研究》一书的文章。

看样子，这个反对在古典文学领域毒害青年三十余年的胡适派资产阶级唯心论的斗争，也许可以开展起来了。事情是两个“小人物”做来的，而“大人物”往往不注意，并往往加以拦阻，他们同资产阶级作家在唯心论方面讲统一战线，甘心作资产阶级的俘虏，这同影片《清宫秘史》和《武训传》放映时候的情形几乎是相同的。被人称为爱国主义影片而实际是卖国主义影片的《清宫秘史》，在全国放映之后，至今没有被批判。《武训传》虽然批判了，却至今没有引出教训，又出现了容忍俞平伯唯心论和阻拦“小人物”的很有生气的批判文章的奇怪事情，这是值得我们注意的。

俞平伯这一类资产阶级知识分子，当然是应当对他们采取团结态度的，但应当批判他们的毒害青年的错误思想，不应当对他们投降。

毛泽东的信，以雷霆万钧之力，给了周扬等人一记猛掌。

毛泽东的信中，有一句涉及江青：

“问题又回到北京，有人要求将此文在《人民日报》上转载，以期引起争论，展开批评，又被某些人以种种理由（主要是‘小人物的文章’，‘党报不是自由辩论的场所’）给予反对，不能实现。”

不言而喻，这“有人”指的就是江青。

至于毛泽东所说的“某些人”，指的就是中共中央宣传部副部长周扬、林默涵和《人民日报》总编辑邓拓。

毛泽东这封信，表明江青有着强大的“后台”。

毛泽东的信中还有一句话：“被人称为爱国主义影片而实际是卖国主义影片的《清宫秘史》，在全国放映之后，至今没有被批判。”

毛泽东没有说明“被人称为”的这“人”是谁。

如前所述，毛泽东有关《清宫秘史》是“卖国主义”影片的“信息”，来自江青。

在23年之后——1967年3月，在江青的策划下，戚本禹的文章《爱国主义还是卖国主义？——评反动影片〈清宫秘史〉》才揭穿了这一谜底——这“人”是刘少奇。尽管刘少奇否认对电影《清宫秘史》说过什么话，但是《爱国主义还是卖国主义？——评反动影片〈清宫秘史〉》用黑体字标明毛泽东在1954年写下的这段话，成为批判刘少奇的“有力武器”。

在戚本禹的文章《爱国主义还是卖国主义？——评反动影片〈清宫秘史〉》中这么写及江青：

“当时，担任文化部电影事业指导委员会委员的江青同志，坚持毛主席的无产阶级革命路线，几次在会议上提出要坚决批判《清宫秘史》。但是，陆定一、周扬、胡××（引者注：此处“半点名”，指胡乔木）等却大唱对台戏……”

虽然人们直至23年之后，才体会到毛泽东信中的那句话的巨大“威力”以及江青的不可小觑，不过在当时，人们还是太看轻了江青！

在毛泽东写了那封信的第三天——1954年10月18日，中共中央宣传部和中国作家协会党组就召开会议，贯彻毛泽东的指示。

10月28日，《人民日报》发表袁水拍的《质问〈文艺报〉编者》一文，严厉批评《文艺报》。

袁水拍的文章，在发表前曾送毛泽东审阅并修改。

袁水拍在文章中尖锐批判《文艺报》：

“这种老爷态度在《文艺报》编辑部并不是第一次。在不久以前，全国广大读者群众热烈欢迎一个新作家李准写的一篇小说《不能走那一条路》及其改编而成的戏剧，给各地展开的国家总路线的宣传起了积极作用。可是《文艺报》却对这个作品立即加以基本上否定的批评，并反对推荐这篇小说的报刊对这个新作家的支持，引起文艺界和群众的不满。《文艺报》虽则后来登出了纠正自己错误的文章，并承认应该‘对于正在陆续出现的新作者，尤其是比较长期地在群众的实际生活中，相当熟悉群众生活并能提出生活中的新问题的新作者……给予应有的热烈的欢迎和支持'，而且把这件事当作'一个很好的教训'，可是说这些话以后没有多久，《文艺报》对于'能提出新问题'的'新作者'李希凡、蓝翎，又一次地表示了决不是'热烈的欢迎和支持'的态度。"

毛泽东在袁水拍的这段话之后，亲笔加上了这么一段：

> 文艺报在这里跟资产阶级唯心论和资产阶级名人有密切联系，跟马克思主义的新生力量却疏远得很，这难道不是显然的吗？[1]

紧接着，中国文联主席团和中国作协主席团召开八次扩大的联席会议，贯彻毛泽东指示。于是，在全国范围内，掀起了批判俞平伯《红楼梦研究》的运动。

面对强大的压力，冯雪峰不得不写下《检讨我在〈文艺报〉所犯的错误》，公开发表于1954年11月14日《人民日报》：

> 问题的严重不仅在于我平日对于在古典文学研究领域内资产阶级唯心论观点在泛滥的现象熟视无睹，问题的严重更在于当李希凡、蓝翎两同志向古典文学研究领域内资产阶级唯心论开火的时候，我仍然没有认识到这开火的意义重大，因而贬低了李、蓝两同志的文章的重要性，同时，也就贬低了他们文章中的生气勃勃的战斗性和尖锐性，贬低了马克思列宁主义的这种新生力量。这错误的最深刻的原因在哪里呢？检查起来，在我的作风和思想的根柢上确实是有与资产阶级思想的深刻联系的。我感染有资产阶级作家的某些庸俗作风，缺乏马克思列宁主义的战斗精神，平日安于无斗争状态，也就甘于在思想战线上与资产阶级唯心论"和平共处"。特别严重的是，我长期地脱离群众，失去对于新鲜事物的新鲜感觉，而对于文艺战线上的新生力量，确实是重视不够；并且存有轻视的倾向的。

由俞平伯又牵扯了胡适，全国又开展对胡适思想的批判。

毛泽东的信，表示对于"小人物"的挑战精神的支持，表示对于学术权威的见解可以开展讨论，这是有积极意义的。但是，他对"大人物"和"小人

---

[1] 《建国以来毛泽东文稿》第4卷，第589页，中央文献出版社1990年版。

物”的学术意见作出了“裁决”，这显然不妥，特别是那时形成了一边倒。对俞平伯全盘否定，并扣上政治性的大帽子，实际上是一种“左”的倾向。

1954年这场对俞平伯《红楼梦》研究的批判，最初的发难者便是江青。对电影《清宫秘史》和《武训传》的批判，最初的发难者也是江青。江青跟周扬等人的三番较量，她克敌制胜的“王牌”，便是借助于毛泽东的权威。这三番较量，是她参与中国政治的尝试。她都得胜归朝！

毛泽东的信中，回溯了对电影《清宫秘史》和《武训传》的批判，这使周扬意识到：江青不可小视！

1992年4月4日，《光明日报》发表韦柰的回忆文章《我的外祖父俞平伯》，文中透露了俞平伯所蒙受的心理创伤：

> 1954年突发的事件来势凶猛，令俞平伯丈二和尚摸不着头脑，直到“文革”后期，报端披露毛泽东给政治局的那封信，他才明白这到底是怎么一回事。韦柰和外祖父共同生活几十年，却从未听到他们对这件事的任何议论，他的日记中也不见只言片语的有关记载。那一切，似乎已沉入他的心底，不见有一丝涟漪。沉默的本身也是一种表白，至“文革”后期，俞平伯更绝口不谈“红楼”，以至连他的家人也不敢去碰这个话题。但到临终前重病的半年里，他对《红楼梦》的系念却再也无法令他做到淡漠，他几乎要遍了家中所有版本的《红楼梦》，一部部翻看，他用几乎不能动弹的手写下了这样几个难以辨认的字：“胡适、俞平伯是腰斩红楼梦的，有罪。程伟元、高鹗是保全红楼梦的，有功。大是大非”。“千秋功罪，难于辞达”。[1]

直至中共十一届三中全会之后，1986年1月，借庆贺俞平伯从事学术活动65周年纪念之际，中国社会科学院院长胡绳出面，作了一番讲话，对1954年的那场批判，重新作了评价。

胡绳首先对俞平伯的成就，作了全面评价：

“俞平伯先生是一位有学术贡献的爱国者。他早年积极参加五四新文化运动，是白话新体诗最早的作者之一，也是有独特风格的散文家。他对中国古典文学的研究，包括对小说、戏曲、诗词的研究，都有许多有价值、为学术界重视的成果。”

---

[1] 麦阳：《〈红楼梦研究〉批判始末》，《世纪》1994年第1期。

胡绳着重地重新评价了1954年那场对于俞平伯《红楼梦》研究的所谓批判：

“早在二十年代初，俞平伯先生已开始对《红楼梦》进行研究。他在这个领域里的研究具有开拓性的意义。对于他研究的方法和观点，其他研究者提出不同的意见或批评本是正常的事情。但是1954年下半年因《红楼梦》研究而对他进行政治性的围攻，是不正确的，这种做法不符合党对学术艺术所采取的双百方针。《红楼梦》有多大程度的传记性成分，怎样估价高鹗续写的后四十回，怎样对《红楼梦》作艺术评价，这些都是学术领域内的问题。这类问题只能由学术界自由讨论。我国宪法对这种自由是严格保护的。我们党坚持四项原则，按照四项原则中的人民民主专政原则，党对这类属于人民民主范围内的学术问题不需要，也不应该作出任何‘裁决’。1954年的那种做法既在精神上伤害了俞平伯先生，也不利于学术和艺术的发展。”

胡绳的讲话，意味着洗去了俞平伯所蒙受的历史冤屈。

1986年2月6日，《光明日报》发表了对俞平伯的专访《佳气神州一望中》，这是30多年以来俞平伯第一次公开谈《红楼梦》……

“政治夫妻”

江青在第三次“露峥嵘”——批判俞平伯《红楼梦》研究之后，在1955年初还相当活跃。

1955年2月，江青曾两度夜访著名电影导演史东山。

当江青在1933年第一次从山东来到上海的时候，前往码头迎接她的就是史东山。当时，史东山是一位青年导演，奉左翼剧联（即“左翼戏剧家联盟”）之命，和前山东实验剧院话剧组教师李也非一起，前来接待这位青岛“海鸥剧社”的成员……

后来，史东山成了中国的名导演。特别是在1946年，导演了《八千里路云和月》，轰动了全国。

1955年2月23日，53岁的史东山突然猝死。当时对外是称“病死”，其实是服用了大量的安眠药，自杀身亡!

史东山是个乐观、直率的人，为什么会突然自杀呢?

在史东山自杀前，江青在两名警卫的陪同之下，两度前往史宅，登门拜访。据说，那是因为毛泽东要她关心电影界，于是她就登门看望史东山。

她与史东山单独谈话。究竟谈了些什么？不得而知。但是，自从第一次谈话之后，史东山就一下子变得闷闷不乐，沉默寡言。

没几天，江青又突然来访。

江青走后，史东山双眉紧锁。

妻子华旦妮问他。他只蹦出一句话：“我怎么能受一个女人的摆布？”

几天后，史东山便自杀离世！

周恩来得知这一消息，异常震惊。按照当时的规定，自杀者是不能开追悼会的，周恩来破例批准为史东山开追悼会。

史东山之死，在“文革”中才被重新提起。1969年，显赫一时的江青写下这样的批示：

“史东山是对党不满自杀的。”

“华旦妮是军统特务。”

据云，江青结仇于史东山，是因为江青30年代在上海初入电影圈的时候，曾希望在史东山导演的影片中担任角色，被史东山拒绝……

至于江青在1955年2月，究竟跟史东山谈了些什么，已经无法查证。

不过，江青在1955年2月两度夜访史宅，表明江青当时相当活跃。

此后不久，江青便又处于云遮雾障之中了。

江青从前台又一次退到幕后，是因为她再度犯病了。

她定期做身体检查。这一回，全身检查结果，表明心肺正常，肝胆正常，血液正常，肠胃消化稍弱。然而，在做妇科检查时，北京协和医院的大夫认为，子宫颈口长期糜烂发炎，百分之八十的可能性生长肿瘤，需要进行治疗。

肿瘤？癌症？刚刚步入不惑之年的她，听到这消息如五雷轰顶！

性命第一。她不得不把政治上的野心搁在一边，忙着治病保命。

她再一次要求去苏联治疗。保健大夫为她写了报告给毛泽东，毛泽东当即指示同意。于是，她第三次前往苏联，住在莫斯科郊区原斯大林别墅。

据朱仲丽回忆，苏联大夫检查后，只怀疑江青可能患子宫颈癌肿，但不能确诊。苏联大夫建议她休养一段时间，进行观察。

在美国人维特克的《江青同志》一书中，则这样记述江青的回忆：

江青又一次旧病复发了。她的高烧很重，并且经久不退。体重急剧下降，使她瘦得不像人样。她所有的医生都被召集起来会诊，妇科医生诊断她患有子宫癌。

她回忆起在1955年，她不得不被送到苏联做证实是无效的医疗检查。

因为在那些年月，苏联医生不相信“细胞原理”。因而，苏联医生否决了她去苏联前中国医生所做的诊断。

直到1956年她的中国医生才注意到大概损坏的细胞开始冲破子宫膜。在他们的判断中，两种治疗方法是可行的，外科手术或射线疗法。由于她以前因肝病做的外科手术引起了腹部粘连，她不能再接受外科治疗，那就只有搞射线疗法了。

她发现镭治疗太使人痛苦了，钴六十更强烈，无法忍受。既然她也不能忍受他们的治疗，她的医生简直无法救她。因此，他们建议她回莫斯科，让俄国医生再一次接管治疗。

她知道她虽然病重，但她无法接受再次离开中国的想法，不知道她在离开后将发生什么。因此她强烈反对他们的决定。但最终仍无济于事。毛主席第一次安排了一个女妇科医生陪同她出国。这是她的第四次俄国之行（引者注：应是第三次苏联之行）。

她记得到达莫斯科后就完全衰弱了，不断地发高烧。她知道她得了可怕的病，指望康复十分渺茫。当她的情况被估量到允许进医院时，苏联医生说他们不能接受她，因为她的白细胞数低到了三千，镭射治疗的一个方面的影响会使她对传染病的抵抗力很低。她、她的妇科医生和助手发疯似的告诉医生说既然他们的医院有病床就应该让她住院。他们妥协了，而且第一次允许她让中国医疗专家守在她的床边。他们对她“过量”使用钴六十。她失去知觉。她坚信她骨髓都受到了损害。然后他们给她输血，但每次输血使她烧得更高，因此整个治疗方案被称为适可而止。

停止治疗，苏联医生认为莫斯科郊外的新鲜空气更有益于健康，于是他们把她送到郊区疗养院。这是一个显然他们不再对她负责的地方。

那年冬天是刺骨的寒冷。疗养院的医务人员试图将她放到摄氏零下二十度的空气中去“治疗”她。她的视力都斜了，所有的图像都变得模糊不清和变了形状，她的双腿严重颤抖以致她没有支撑就不能站起来。在她的记忆中，那个梦魇似的冬天转到了春天，春天又到了夏天。经过一长段对她的任意观察，她的医生庄严地宣布说她还患有“软骨病”。她突然大笑一声，回忆起三十年代和四十年代在陕西北部，很多同志患有他们所称的“软骨病”。这种情况是缺碘和钙而引起的。但这一次断定她患有软骨病的真正目的，是想找个理由将她脱手，以便把她送回到城市医院里去。

城里医生现在给她使用最有力的治癌武器。第一次，继而第二次、第三次使用钴治疗。这样大剂量的用药，削弱了她的身体，使得她时常需要供氧。

当她能振作精力时就提出两个要求：第一，停止钴治疗法；第二，送她回国。提要求是一回事，行动则是另一回事。苏联的医疗界是严格地区分等级的，这就意味着，另一个医师或医疗教授以他自己的权力担负起他的一个病例的责任，如果没有得到他的上级的认可几乎是不可能的。她又一次昏迷过去，这时才找到一个教授在那关键的时刻来看她的病情。

她告诉他们说她极想回国，但没有人听她的话。城里的医生，显然因他们治疗无效而感到懊恼，又安排她回到不在他们权限之内的郊区疗养院。

通过这些日子，毛主席知道她极想回国。然而他也知道苏联医生准备的医疗报告的详情。在周总理被派往莫斯科去进行政府谈判时，他到医院看望了她。是他传达了主席的指示说要她留在莫斯科，直到她显然康复为止。总理在医院时，他与医务人员谈了话，研究了她病情的报告，以便自己判定她的情况到底怎样。当诊断和治疗的图像开始出现时，他对苏联医生所做的和没有做的大发雷霆。

她仍很高兴地见到了总理，因为她企图尽其所能跟上国内外政治形势。一天，总理带了鲍罗丁女士和程砚秋到她的床边看望她，程砚秋是著名的京剧艺术家。为了逗她乐，程砚秋编造哑剧表演。

她待在苏联的时间越长，病情就更恶化。她反复乞求回中国去。最后，他们让她走了。在回中国的飞行途中，她全身皮下出血。

回国之后，国内的大夫又对她的病进行会诊。大夫们的结论是“子宫癌肿”，建议她做子宫切除手术，这样可以达到根除的目的。

“一个女人怎能没有子宫！”江青坚决反对做子宫切除手术——原本这是妇科常见手术，对身体并无太大的损伤。

不能做子宫切除手术，那就只好进行放射治疗。如朱仲丽所说：

“在这个问题上，江青吃了大亏。她采用放射治疗，致使全身虚弱，白血球减低，出现许多后遗症，休养了好多年。如果从另一个角度讲，也是一件好事，因为至少她少做了不少坏事。”

不过，她总以为苏联的医疗水平比中国高，她需要苏联医生的确诊，而且希望到苏联进行放射治疗。

于是，中国大夫带着她的病历、病理切片专程飞往莫斯科，和苏联大夫一起会诊，最后，决定请她来莫斯科，做放射治疗。

这样，江青第四次前往苏联治病，依然住在莫斯科郊区原斯大林别墅。

毛泽东1956年初致宋庆龄函中，提及了江青“到外国医疗”。原文如下：

亲爱的大姐：

贺年片早已收到，甚为高兴，深致感谢！江青到外国医疗去了，尚未回来。你好吗？睡眠尚好吧。我仍如旧，十分能吃，七分能睡。最近几年大概还不至于要见上帝，然而甚矣吾衰矣。望你好生宝养身体。

毛泽东

1956年1月26日[1]

苏联大夫精心治疗她的病，因为他们知道她是毛泽东夫人。经过钴放射治疗，三个疗程顺利地进行，把她的子宫颈瘤彻底治好了。

经过疗养，江青的白血球数也回升到5000。

卡尔图诺娃回忆说：

江青1957年再次来莫斯科时，我已不在中央机关工作，而是去读研究生了。有一天谢尔巴科夫打电话给我，说我的一位“老熟人”又来莫斯科郊区了，想同我见见面，并请我带我的女儿伊琳娜一起来。

我记得那是一个晴朗的秋日，午饭后我们同江青漫步在公园的林荫道上，她觉得自己浑身不舒服。她很快就累了。

经过治疗、复查，江青康复，可以回国了。

在回国前夕，如朱仲丽所忆：

“她提出如何预防的问题，又提出将来再并发其他疾病问题。教授都详细地一一解答了，还告诉她在一年之内不能同房。她马上干脆地答道：‘我们早就不在一块，我同毛泽东同志是政治夫妻！’”

其实，江青和毛泽东感情的淡漠，不光是因为她患了妇科病。

早在她患病之前，就连吃饭，她也跟毛泽东分开了。

如李银桥所忆，那是江青过分挑剔饮食之后，毛泽东发话了：“我就是土

---

[1] 《毛泽东书信选集》，第509页，人民出版社1983年版。

包子。我是农民的儿子，农民的生活习性。她是洋包子，吃不到一起就分开。今后我住的房子穿的衣服吃的饭菜按我的习惯办。江青住的房子穿什么衣服吃什么饭菜按她的习惯办。我的事不要她管，就这样定了！”

从此，毛泽东和江青分开吃。即便是在一个饭桌上吃饭，仍各吃各的菜！

美国人维特克在《江青同志》一书中，这么评论江青与毛泽东的关系，倒是入木三分：

> 回过头来看延安时代，作为一个年轻的妻子，一个无名的同志，江青意识到了：性只关系到第一回合，支持长期利益的是权力。
>
> 也许江青没有意识到，这个判断概括了她不寻常的生活：少女时代的坎坷导致了她跟最高领导人的婚姻，而这个婚姻的纽带又因她对权力的追求而松弛；她经过成功的个人斗争，取得了别的女人得不到的地位，并使得主席不仅因她是一个女人而对待她，而且要把她当作一个不受任何男人控制的政治人物来看待她；她还赢得了主席的一些同事对她个人的尊敬和重视，虽然他们有时抱怨她阻挡了他们通向毛主席的道路；她跟群众保持某种个人联系，而各种类型的统治者很容易切断这种联系；她不仅打破了老一代树立的某些政治、文化标准，而且制造了影响国家和历史的她自己的标准，当然是一种简单的破坏性的标准。

中共江西省委第一书记杨尚奎的夫人水静，则这么谈及江青生活的完全资产阶级化，谈及江青和毛泽东的关系：

> 当时，江青的生活完全资产阶级化，这已不是什么秘密，而“化”的程度却是令人吃惊的。一位曾在江青身边工作的护士告诉我，与其说江青像个东宫皇后，不如说更像个女奴隶主。在日常生活中，江青连一举手一投足之劳都不愿意付出。她晚上穿着睡衣躺在床上，要护士替她整好、拉平，她动都懒得动。房里安装了电铃，使唤人都不用开口，按按铃就行了。有一回她的电铃响了，护士急忙赶进房里，只听江青懒懒地说：“把暖水袋递给我。”其实，那暖水袋就在她床上，伸伸手就够着了。早上一睁开眼，她就把护士和工作人员叫到床前，问她们：“今天天气怎么样？我穿什么衣服好呀？配哪双鞋子呀……”嘀咕半天，想好了，给她办妥了，才准备起床。先坐在床上，在别人侍候下洗脸刷牙；然后在别人侍候下吃早饭。江青干什么都不愿意动手，甚至连洗澡也不例外。她躺在浴缸

里，让护士给她洗身、擦背……

1962年夏，江青再次上庐山，当时，她常到直属招待所来洗头发。只要她一到，招待所便变成一座“死城”，工作人员不能来回走动，炊事人员不能动勺弄盘，住在这里的客人也得屏住呼吸，因为不能发出任何声音，否则就要“影响”江青的“休息”。而且她一待就是半天，推拿按摩，没完没了，以致工作人员饭都吃不成。如此作威作福，也是天下少见的。

江青总是在自己周围制造死一般的寂静。我亲眼看到，她在上海、杭州、庐山等地的住处都与众不同，不但地上铺着厚厚的绿色地毯，窗上挂着沉沉的绿色窗帘，而且床铺、桌子、坐椅乃至马桶都要用绿色丝绒包起来；就连茶盘、茶杯也要垫上小方巾。为她服务的工作人员走进她的房间必须蹑手蹑脚，像雪花落地般地轻而无声，否则就要大触霉头。江青平时这么怕“吵”，我们这些夫人当时感到很不理解，背后常议论。江青那么怕吵，怕声音，可是跳舞时却非强刺激的西洋打击乐不能尽兴，这岂不自相矛盾？所以，如果说绿养眼还有些道理的话，静未必是为了养神，更多的恐怕还是为了造“威”，使人一入她的住处便胆战心惊，就像宗教庙堂里那种刻意制造出来的阴森气氛令人毛骨悚然一般。一个人的功绩与他所受到的尊敬是成正比的，江青无功，唯恐别人不敬，于是挖空心思地“创造威严”，可惜画虎不成，反类其犬。

江青得到的生活待遇和荣誉，远远超出了她的付出。沾一点毛主席的“光”，人们也可以理解，但是，我总觉得在她内心有一种深深的怨恨，一有机会或抑制不住时便会宣泄出来。我是从她对工作人员的态度上察觉这一点的。在她身边工作的人，都是经过严格挑选的，无不恪尽职守，甚至对江青的过分苛刻和蛮横无理的要求，也都看在毛主席的分上而强咽下去。尽管如此，她不但不对这些同志表示感谢，反倒抱有一种莫名其妙的敌意，甚至充满着仇视。一位曾做过江青护士的同志告诉我，江青偶尔一高兴，也什么都说，甚至连与唐纳等几个前夫的事也津津乐道；而她不高兴时，任何小事情都可以成为她训斥、惩罚工作人员的由头。我在北京的一位朋友告诉我，她的妹妹就是因为一件小事而被江青发配到大西北去“充军”的，搞得一家人不得团聚。还有更倒霉的，在江青一怒之下便当作“反革命”送进监狱。江青这种行为激起了许多领导的义愤，据说，少奇就很有意见，江青所在的党支部还专门派人找她谈了话，但毫无作用。江青对工作人员的奴隶主工作作风，连毛主席也无可奈何。他知道江青对哪个态度恶劣，便会找哪个同志道歉："看我的面子，不要跟她计较。"

有一次，一位护士到毛主席处要求离开江青，毛主席说："我知道江青不好，不要多说了，看在我的分上。"主席有时被江青怄得心烦，只好与卫士谈心诉苦，后悔与江青结婚，说现在离婚，同志们有看法；不离婚，又背了个政治包袱，只好凑合着过了。

虽然分居多年，但仍未忘夫妻之情的毛泽东主席，最后终于无法忍受江青的倒行逆施。

1975年7月，他在一封信件上对江青作了这样的指示："孤陋寡闻，愚昧无知，三十年来恶习不改，立刻撵出政治局，分道扬镳。"尽管指示没有执行，但江青的末日已经临近了。然而，对毛主席来说，至死也未能摆脱这个沉重的"政治包袱"。

作为毛主席的妻子，江青长时期与丈夫和孩子吃不到一起，住不到一起，说不到一起，玩不到一起，使家庭处在解体的状态中。不能给丈夫以温馨，不能给孩子以母爱，而只知一味地贪婪地索取，给丈夫带来无休止的烦恼，一个家庭的悲剧正是从这里产生。

成为毛泽东的秘书

1956年，中共中央政治局常委开会时，决定正式任命毛泽东的秘书，即陈伯达、胡乔木、叶子龙、田家英、江青，人称"五大秘书"。

这"五大秘书"有所分工：陈伯达、胡乔木为政治秘书，叶子龙为机要秘书，田家英为日常秘书，江青为生活秘书。

据说，最初定下的是"四大秘书"，没有江青。因为在提名江青时，毛泽东曾表示反对。经周恩来提议，常委们经过讨论，认为毛泽东的生活秘书还是由江青担任比较合适、方便。所以，最后定下来还是"五大秘书"。

毛泽东的机要秘书叶子龙曾这么回忆：

"最初，毛泽东提名的只有四个人，陈伯达、胡乔木、田家英和我。周恩来接着提议加进江青，中央同意了，所以文件下发时就成了五个。"[1]

不过，叶子龙说，文件上不是称为"毛泽东秘书"，而是"中共中央主席秘书"。

[1] 王凡：《知情者说》之二，第235页，中国青年出版社1997年版。

江青

其实，当时的中共中央主席是毛泽东，所以“中共中央主席秘书”，实际上也就是毛泽东秘书。人们习惯地称之为“毛泽东的五大秘书”。

这样，江青有了一项正式任命，即毛泽东的生活秘书。此外，她还有两项职务，即中共中央宣传部文艺处处长、文化部电影局顾问（原先的“电影指导委员会”取消了）。

自从被正式任命为毛泽东的生活秘书，江青也就成了副部长级的干部了。

这时的她，那“心腹之患”，仍是疾病。她担心放射治疗不彻底，担心癌肿转移，她顾不上再插手政治，处于长期疗养之中。

当时，担任毛泽东专职生活管理员的张国兴，曾这么回忆道：

> 毛泽东和江青的工资，由我每月初到中央警卫局行政处财务科签字领取回来，再交给卫士张云鹏保管，我负责每次具体花销，并记好账目。每月交李银桥审查，同时也必须交江青过目，因为江青不仅是毛泽东的“五大秘书”之一，而且还是家庭主妇。江青及子女的生活支出也是由我来掌握和记账。[1]

炎暑，她来到北戴河，下榻于中浴场一号平房。她在那里打扑克，散步，游泳。与众不同的是，别人下海，要么赤足，要么趿双拖鞋，走过沙滩，而江青总是穿一双薄薄的软底鞋，一直走到海水跟前，才把软底鞋脱下。这是因为她的右脚比普通人多长了一个脚趾，她不愿意给别人看到。

她只会“狗爬”式。有一回，她在那里见到王光美游泳。这位刘少奇夫人时而侧泳，时而仰泳、蛙泳，如“浪里白条”。江青深为惭愧，游泳的兴趣顿减，把更多的时间消磨在打扑克牌上。

[1] 田原：《我负责毛泽东日常饮食生活——专职生活管理员张国兴的回忆》，《中外书摘》1994年第11期。

冬日，她去南方疗养，要么住广州，要么去杭州、上海。在杭州西湖雷峰塔右侧，在上海西郊，借毛泽东的名义，她修建了别墅。

1958年2月20日，毛泽东在给杨开慧的堂妹杨开英的信中，提及“江青有一点病”：

友妹：

来信收到，很高兴。结婚了，病也好了，为你祝贺。好像是在1956年，听了胡觉民同志说你又穷又病，曾付一信，并寄了一点钱给你，不知收到否？我还好。江青有一点病。谢谢你的问候。祝你努力为人民服务，同时注意身体。并问李同志好！

毛泽东

1958年2月20日

这时的江青，虽然担任毛泽东秘书，但以休养为主，同时也看国内外报刊和文件，把认为有参考价值的送毛泽东参阅。

直到1962年9月，毛泽东在中共八届十中全会发出“千万不要忘记阶级斗争”的号召，江青以为时机到了。她从抓“革命样板戏”入手，渐入政坛，直至成为中央文革小组第一副组长——此后她的政治生涯，已不再与担任毛泽东秘书有关。

机要秘书高智

第一章
毛泽东的幽默

“高智，你说我管多少人？”毛泽东猛然间问他这么个问题。“主席，全国、全党、全军都归你领导，归你管呀！”高智觉得，这个问题很容易答复。

“不，我只管两个半人。”毛泽东的回答，出乎意料。

“两个半人”中的一个

北京。中南海。丰泽园。毛泽东要上床睡觉了，机要秘书高智送文件给他，正准备走开，忽地，毛泽东叫住了他。

“高智，你说我管多少人？”毛泽东猛然间问他这么个问题。“主席，全国、全党、全军都归你领导，归你管呀！”高智觉得，这个问题很容易答复。

“不，我只管两个半人。”毛泽东的回答，出乎意料。

“两个半人？哪两个半人？”高智好生奇怪。

“哦，你一个，罗光禄一个……”毛泽东说道。毛泽东提到的罗光禄，也是机要秘书。

“还有半个呢？”高智问。

“那半个是江青！”毛泽东答道，“江青我只能管她半个，还有半个管不了。”

毛泽东机要秘书高智

虽说事隔多年，当笔者在西安采访高智时，他依然能够非常清晰地回忆当年毛泽东主席跟他谈论自己管“两个半人”的情景。

高智，他的脸型有点像侯宝林，只是不像侯宝林那么幽默，而是显得严肃。方脸，两道浓眉，前额刻着很深的“抬头纹”。笔者下榻于西安人民大厦，不远处就是他家。客厅里挂着毛泽东像，毛泽东手书唐朝王昌龄《出塞》诗：“秦时明月汉时关，万里长征人未还。”在他的卧室里，挂着他和毛泽东的合影。他从1945年起在中央机要科工作，1953年担任毛泽东机要秘书，跟毛泽东朝夕相处10年，直至1962年离任。

高智一口陕西话，不时地抽烟。他说起了自己是怎么来到毛泽东身边工作的……

毛泽东头一回跟高智谈话，问起他的名字，就说“很厉害呀”，因为不仅“智”，还加上个“高”。

其实，高智的原名叫高占贞。1928年10月27日（农历戊辰年九月十五），他出生在陕北黄河边上的葭县（今佳县），“占”字辈，排行第四，按“元亨利贞”命名，即占元、占亨、占利、占贞。15岁那年，他小学毕业，考入陕北的绥德师范学校，同学们便取笑他的名字，因为“高占贞”的谐音是“搞战争”，他岂不成了“战争贩子”？于是，请同学们“参谋”，改个好听而响亮的名字——高智。

1944年11月，16岁的他在绥德加入中国共产党。那时，他常常唱陕北民歌：“东方红，太阳升，中国出了个毛泽东……”他很想去延安，很想见到领袖毛泽东。

机会终于来了。那是1945年7月，地下党传来消息：延安需要人！

八九个人向党组织报名去延安，高智也是其中的一个，绥德师范学校刘校长舍不得高智走掉，因为高智是学生会的负责人之一，文工团的台柱子。高智一次次找刘校长，一定要去延安。刘校长知道留不住他，只得同意了。

就这样，八九个人牵着毛驴上路了。行李放在毛驴背上，小伙子们步行。带队的叫薛志学。每天走七八十里光景。大约走了五天，他们见到一座山的山顶有一座土黄色的塔，八角、九层。哦，那不是宝塔吗？延安到了！在那年月，延安嘉岭山上的宝塔，如同穿云破雾的灯塔，射出璀璨的光芒，吸引着四方进步青年。就这样，高智来到了钦慕已久的红都延安。

他企盼着见到那位为人民谋幸福的毛泽东……

为毛泽东译电文

高智很幸运，到延安后被分配在中央机要科工作，那是一个直接跟毛泽东接触的部门。

高智住进了延安近郊杨家岭的窑洞里，第一课便是保密教育。作为机要人员，上级规定不得跟外人接触，上街要请假，要两三个人一起上街……他也学习了译电业务。机要科通过无线电报，跟19个解放区保持联系，工作非常繁忙。高智在代号为“昆仑支队”的部门工作。代号经常变更，有时叫“亚洲部”，以求保密。

高智常常经手字迹龙飞凤舞的电报，一问才知是毛泽东手迹，他感到格外亲切。他非常认真地译电，庆幸自己能够为毛泽东工作。他渴望见到毛泽东。

那时，毛泽东时而住在杨家岭，时而住在枣园。他渐渐知道，毛泽东习惯于夜里工作，早上睡觉。当机要科的同志们跳跳蹦蹦从毛泽东窑洞前走过，见到哨兵朝他们摆摆手，便知道毛泽东正在休息，马上放低了声音。

大约工作了一个来月光景，他终于见到了个身材颀长的人在杨家岭黄土坡上散步。他的同事们告诉他，那就是毛主席！高智远远地望着，久久地凝视着，心中颇为兴奋，因为他第一次见到了毛泽东。

此后，他常常见到毛泽东。特别是在转战陕北的日子里，中央机要科总是随毛泽东行动。有一回，高智住在毛泽东隔壁的窑洞，为毛泽东译电。

在过五台山时，忽地下了一场大雪。为了毛泽东乘坐的中吉普的安全，高智和机要科的同志们在雪中步行探路。当汽车陷入泥雪之中，又奋力推车前进。劳累了一天，毛泽东的秘书叶子龙送来一瓶白酒，慰劳大家。

北平解放后，中央机要科随毛泽东一起进入北平，住在西山。这时，高智才头一回见到地毯，见到“软床”——他在席梦思床垫上跳呀，蹦呀，乐不可支，这时的他，不过21岁。

1952年，高智回老家探亲，才知父亲已经去世3年。回到北京后，他被调入中南海，在中共中央办公厅机要室工作。不久，组织上要他负责中共中央政治局会议的会务工作。那时，中共中央政治局会议大都在中南海的西楼会议厅召开，高智给会议准备铅笔、便笺，印发文件，催办决定，并向中共中央办公厅主任杨尚昆汇报工作。会议有时在毛泽东所住的丰泽园召开。大一点的会议，则在勤政殿召开。这时，他经常见到毛泽东。毛泽东很守时，开会总准时来到。也有时他事忙，人齐之后告诉他，他撂下手头的事步入会议室。

会务颇多，领导又调来赖奎，跟他一起工作。后来成立了会议科，专门负责政治局会议的会务。

毛泽东教他“开门见山”

1953年初，中共中央办公厅机要室主任叶子龙找高智谈话：“组织上决定调你担任毛主席的机要秘书。”

高智一听，愣住了，说道："毛泽东是党的领袖、政府主席，我怎么能做他的机要秘书？出个差错不得了！"

叶子龙答道："你在中央机要科、机要室工作多年，做得不错嘛，一定能胜任新的工作。"

高智又说："我的陕北话，怕主席听不懂。"

叶子龙笑道："主席在陕北生活了十几年，还听不懂陕北话？"

高智接着说："他的湖南话，我听不懂。"

叶子龙道："你在他身边工作一段时间，就会听懂。主席很好相处。你听不懂的地方，只要问他一句，他就会向你作解释。"

这下子，高智鼓起了勇气，说道："那就让我试试看吧。如果不行，赶快把我调走，免得影响主席的工作。"

第二天，高智就到毛泽东那里报到——其实，也就是从中南海的西楼，来到咫尺之内的丰泽园，如此而已。不过，高智却怀着一颗惴惴不安的心。

那时，罗光禄已担任毛泽东的机要秘书。他比高智大一两岁，四川人，红军长征经过四川时，他加入了红军。他告诉高智，主席的机要秘书工作，他一个人忙不过来，所以增加了一名。那天上午，毛泽东正在睡觉，罗光禄向高智介绍了机要秘书要做哪些工作。他给高智一大堆文件、信件。有的信封上写着"直送毛泽东主席"，他要高智拆看。他说，机要秘书工作之一，就是替主席筛选文件、信件、电报，把重要的送主席过目，不重要的删去，或向主席简单汇报一下内容，以节省主席的时间。高智一边看文件、信件、电报，一边提心吊胆：这可是非同小可的工作呀！什么重要，什么不重要，要有准确的判断力。高智深知机要秘书这副担子不轻。

下午，毛泽东醒来。他听罗光禄说新秘书来了，要高智到他卧室去。高智跟在罗光禄后边，小心翼翼地步入毛泽东的卧室。他虽说在毛泽东身边工作多年，却从未跟毛泽东有过单独交谈。他进屋时，毛泽东正躺在床上看书。见他进来，毛泽东坐了起来，跟他聊起了家常。

"高智，你的名字很厉害！"毛泽东风趣的话，一下子把高智那高度紧张的神经拧松了。

毛泽东问他的家乡、父母，问起他结婚了没有。

"刚结婚不久。"高智回答说。

"你的爱人叫什么名字？"

"叫霍碧英。"

"什么'霍'？"

“就是那个‘霍去病’的‘霍’。”

“哦，原来是霍去病的本家！”毛泽东又大笑起来。打从这次谈话之后，高智跟毛泽东的距离迅速缩短。作为机要秘书，他生活在这位伟人身旁，经常进出他的办公室、书房、卧室。他觉得毛泽东很容易接近，讲话富有幽默感，像一家人那样相处，心境显得轻松。

最初，高智为毛泽东筛选文件。毛泽东嘱咐他，有些文件没有标题，请他阅后加上个标题看起来方便些。高智不知道标题该怎么加，赶紧找来《人民日报》，照着报上加标题的办法，给文件加上标题，有的还加了副标题。

毛泽东见了，大笑道：“高智，你这是秀才编报纸呀！报纸是对外宣传用的。文件是给我看的，用不着这一套，开门见山就行了，什么内容就加个什么标题，一目了然，用不着文绉绉的。”

从此，高智记住“开门见山”，知道了该怎样给文件加标题。

羊肉泡馍的故事

记不清那天是去看什么展览会，看罢，两辆吉姆车一前一后，行进在北京的街道上。在车上突然发生的故事，高智迄今仍清晰地记得……

车子行驶在阜城门外时，毛泽东忽地说了句：“我饿了！”

侧着身子坐在前排右座的高智马上听见了，转过脸对毛泽东说道：“主席，我们回到家里，什么事也不干就吃饭。”

“不。”毛泽东一边抽烟，一边说道，“我要去饭馆吃！”

高智以为自己听错了，问了一句：“去饭馆？”毛泽东清楚地回答了两个字：“饭馆！”

这下子，高智着急了。毛泽东平常从不在饭馆吃饭。有时宴请外宾，在什么大饭店里，那都是事先安排了的，安全、保卫工作都作了周密的安排。眼下毛泽东要下饭馆，高智毫无思想准备。可是，他又必须按照毛泽东的指示去办。

高智平时在机关食堂吃饭，对于北京的饭馆不熟悉。他只在外面吃过一回“担担面”，那是他不知道担担面是什么滋味，心中好奇。不过，他倒有急智，忽地记起前些日子听公安部长罗瑞卿说起，曾在新街口吃过一回“羊肉泡馍”，据说那饭馆还不错。

“羊肉泡馍”是陕北风味小吃，是把馍（其实是火烧）掰碎，用羊肉煮泡。高智是陕北人，所以记住了罗瑞卿所说的羊肉泡馍饭馆。此时，他对毛泽东说："去吃羊肉泡馍，好不好？"

"行！"毛泽东一口答应。毛泽东也曾在陕北久住，喜欢这种陕北风味小吃。"老周，停一下。"高智对司机说道。司机把车速减慢，稳稳地靠在路边。前面的那辆吉姆，也立即停了下来。

高智告诉前面车里的卫士，先去新街口那饭馆打前站，并选一个安全的停车点，过一会儿，毛泽东的车就来。

毛泽东的车，在路边停了些时候。他的车从外面看不见车内。没多久，他的车启动，驶往新街口。高智心情异常紧张，担心毛泽东的安全，因为那一家饭馆，事前没有布置过安全保卫工作。

到了新街口，打前站的卫士们已在那家饭馆里了。高智和李银桥陪着毛泽东进了饭馆，见里面有一间雅座，当即走了进去。里面正好有一张桌子，毛泽东、高智、李银桥、王敬先先坐了下来。卫士和司机机灵地在雅座门口的一张桌子四周坐了下来。幸好，没人发现毛泽东。

高智向店主要了8碗羊肉泡馍，每人一碗。羊肉一片片很嫩，毛泽东吃得很香。

看看吃得差不多了，高智前去结账。店主说，总共6元3角。

糟了，高智一摸口袋，身边没有那么多钱。他知道，毛泽东身边是不带钱的。几个人凑，凑不足6元3角。

高智只得向店主打招呼，说是临时决定在外吃饭，身边没带钱，明日一早一定送来。

那店主大抵看出来人都是干部模样，规规矩矩，也就连连说："不要紧，不要紧，明天送来就行。"

这时，毛泽东吃罢，走出雅座，立即被人认出。饭馆里的顾客们啪啪鼓掌，毛泽东也向大家点头招手，出了门。这时，司机老周已把轿车开到饭馆门口，让毛泽东上了车。

"原来是毛主席！"店主兴高采烈。

车子驶入中南海，高智那忐忑不安的心才算踏实了。

翌日一早，高智踩着一辆菲力浦牌自行车，从中南海来到新街口，把6元3角送到那店主手中。店主不肯收，说是毛主席前来吃羊肉泡馍，是他们饭馆的无上光荣，怎么可以收钱呢？

高智无论如何留下了钱，这才骑车回中南海……

第二章
“五大秘书”外的秘书

除了为毛泽东筛选文件分类之外，作为机要秘书，高智还负责安排毛泽东的工作，如什么时候开会、什么时候会见外宾、什么时候会见求访的客人。毛泽东的电话，也是他接的。接到紧急的电话、电报，即便毛泽东在开会，也要立即转告他。

毛泽东身边的工作人员都很机灵

毛泽东日理万机，头绪繁多。为了协助他的工作，中共中央在1956年曾正式任命了他的5位秘书，即陈伯达、胡乔木、田家英、叶子龙、江青，人称“五大秘书”。这些“大秘书”们，除了江青之外，并不跟毛泽东住在一起。江青是毛泽东的生活秘书。高智和罗光禄两人，在毛泽东身边轮流值班，一人值一天，24小时一班。正因为这样，毛泽东才半开玩笑地说他只管“两个半人”。

高智兢兢业业守在毛泽东身边。只要毛泽东一按电铃，如果轮到他值班，总是随叫随到。他既感到这一工作重要，又非常紧张、谨慎。他从不看小说或跟工作无关的东西，聚精会神地值班、生怕一时分心、会耽误国家大事。

除了为毛泽东筛选文件分类之外，作为机要秘书，高智还负责安排毛泽东的工作，如什么时候开会，什么时候会见外宾，什么时候会见求访的客人。毛泽东的电话，也是他接的。接到紧急的电话、电报，即便毛泽东在开会，也要立即转告他。有时，高智把情况写在条子上，放在毛泽东卧室的桌子上，毛泽东一回来就看到了。

对于毛泽东的吩咐，高智“句句照办”，非常认真地执行他的指示，不敢有半点疏忽。如果有时没有听清楚毛泽东的意思，他宁可当场问，请主席再讲一遍，绝不含含糊糊。他发觉，确如叶子龙所说的，毛泽东在再讲一遍时从无厌烦之感，但是谁如果没听清楚乱办事，毛泽东是要批评的。

外出时，轿车里总是坐4个人，他们的座位也是固定的：前排左面是司机周西林，右面是高智，后排左面是卫士长李银桥，右面则是毛泽东。20世纪50年代，毛泽东所乘坐的是苏联所赠的吉姆牌黑色轿车，装有防弹玻璃，车门显得很重。行车时，高智总是紧紧地背靠车门，侧坐着，面孔正对司机。他保持着这样的姿势是有原因的。他紧靠车门，为的是尽量不挡住后排毛泽东的视线，让他透过前窗玻璃看见车外的景物；他侧坐着，则为的是随时可以跟毛泽东交谈，听清他在行车中的指示，并随时把他的指示转告司机。毛泽东外出时，通常前面还有一辆吉姆牌轿车。行车时，前面的车一直注视着毛泽东座车动向。如果后面的车一下子停了，前面的车也马上停住。前面的车里，那时坐着毛泽东身边的工作人员王敬先、王荫清等。

高智说，毛泽东身边的工作人员都很机灵、敏捷。毛泽东说一句话，他就明白了。他向别人转告毛泽东的意思，也只需说一句话。有时，甚至做个手势，彼此就能领悟。他们对毛泽东都忠心耿耿，竭尽全力做好工作。

在毛泽东身边工作，纪律也极严格。作为机要秘书，高智经手过国家许多高度机密的文件，但从不跟家人说起，也从不自己记点什么。有一段时间，几位中央首长常常来电话问起毛泽东的起居，关心毛泽东的身体状况，为了便于汇报，高智在纸条上记毛泽东几点钟起床、几点钟休息之类。毛泽东知道了，问道："高智，你记什么东西？"高智如实说明情况。毛泽东当即说："不要记了。烧掉！烧掉！"高智当即把那些纸条烧掉。

高智每天都跟毛泽东的各种批示、文稿打交道，他全部归档，从不留下片纸。只是有一次毛泽东练字，写王昌龄的《出塞》诗，写"秦时明月汉时关"一句，漏了一"关"字。毛泽东要扔掉，高智留下作纪念——如今挂在高智家的客厅里。

在毛泽东的专列上

1959年6月18日晚，毛泽东叫高智到他的书房去，说道："我明天要到湖南、江西去一趟，你准备一下。这一回，坐火车去。"

接着，毛泽东又说："从这一回开始，你们两个机要秘书轮流跟我去。一个留在家里，一个跟着我。如果出动的时间长，你跟罗光禄半个月对换一下，歇口气，好不好？你和罗光禄商量一下。"

记得，那时已是晚10时。高智给中央警卫局打了电话，告知毛泽东明日出发。另外，他又与罗光禄商量，这一回罗光禄留在丰泽园看家。

第二天，高智就随毛泽东出发了。毛泽东有他的专用列车——"专列"，8至10节车厢。一开始，专列上要有铁道部副部长随行，以便沿途安排线路。后来只派铁道部一个局长随行，毛泽东说部长们事忙，不必麻烦他们。随行的卫士也减至一个中队，20个人左右。

毛泽东的专列外出，一般不在同一条线路上往返。比如，沿津浦线南下，往往走京汉路北上。

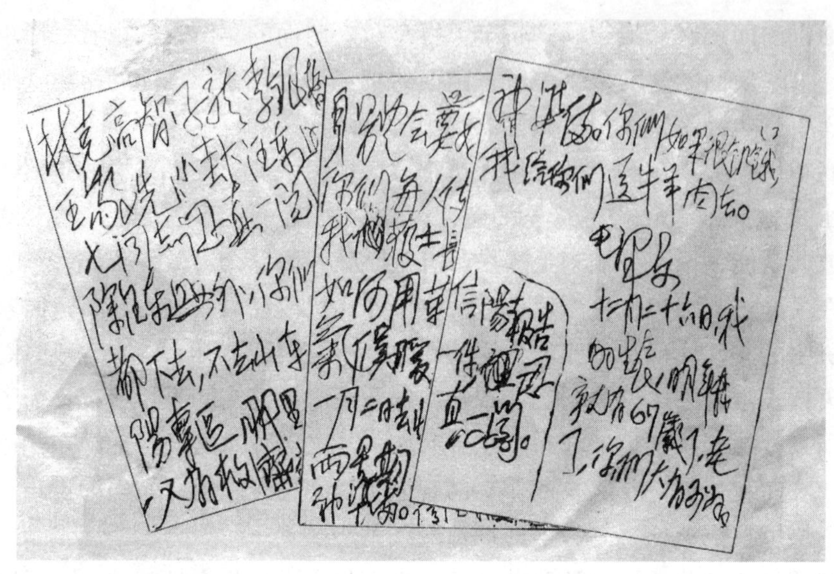

毛泽东写给高智等人的信

这一回沿京汉路南下。

如果在一个地方逗留时间不长，毛泽东不大喜欢下火车，总是住在专列上。接见当地领导人，也是在专列的客厅。

这一回，已是6月下旬，南方已很热。专列驶入长沙，停在岔道上。那时专列上没有空调，工作人员弄来大冰块，放在专列上毛泽东卧室里。

6月24日下午，毛泽东在长沙畅游湘江后，仍回到专列上。毛泽东说道：“太热了，我几天没睡好觉，怎么办？”

“下火车，住宾馆去！”高智早就想说这句话。

“不！我要回老家去。你给杨尚昆打个电话，告诉他我要去韶山，然后上庐山。电话通了以后，我们就发车。”

在每一个专门停靠毛泽东专列的岔道附近，电线杆上有专线。高智把保密机的电话线接出来，接在专线上，便可以打通电话。

电话一摇就通。北京的接线员问：“你是哪里？”高智答：“一号。”这是毛泽东的代号。

很快，接线员接通了杨尚昆。

“杨主任吗？我是高智。主席要去韶山。”高智说道。

“什么？去韶山？”杨尚昆有点意外。

“是的，去了韶山，上庐山！”高智答道。

“好，我马上安排！”杨尚昆说话很干脆。

高智给杨尚昆挂完电话，随即向毛泽东作了汇报。接着，高智又忙着给湖南有关部门挂电话。刚打完电话，专列就动了。高智来不及下车拆线，只得使劲一扯，把电话线从电线杆上扯下来。

火车一开起来，凉快多了。毛泽东显得很高兴。

才一个多小时，专列风驰电掣，到达湘潭，又停在岔道上。车厢里又变得闷热。作为机要秘书，高智无人轮班，因为罗光禄留在北京，他不敢入眠，时时准备毛泽东一旦呼唤，就前去按照他的指示办理有关事宜。望着繁星闪烁的夜空，他企盼着下一场雨，以便毛泽东明日坐汽车去韶山时，风沙小一些。

果真，翌日下了一场雨！吉普车载着毛泽东，朝韶山飞奔。一路上，毛泽东凝视着窗外的景色，抽着烟，陷入了沉思。高智一声不响，不愿干扰沉思中的毛泽东。

下午5时许，一串轿车鱼贯而抵韶山。同行的有公安部长罗瑞卿、中共湖北省委第一书记王任重、中共湖南省委第一书记周小舟。阔别故园多年，毛泽东终于回来了。毛泽东一行，住入韶山招待所卢家湾一号。

入夜，毛泽东叫高智，吩咐道："我好多年没有回家，要见的人很多，你安排一下时间，什么时候见谁。另外，明天晚上，我要请乡亲们吃顿晚饭，请些什么人，你跟公社书记一起排个名单。"

高智连夜进行了安排。

原以为毛泽东路途劳顿，夜里又接见许多老乡亲，早上会睡觉，不料，翌日清早，卫士封耀松突然告诉高智，主席说要出去走一走。

高智连忙赶去，毛泽东已经往外走了。高智不知道毛泽东要往哪里走，担心他的安全，与小封一起紧紧跟着他。毛泽东此地生、此地长，熟门熟路，走出卢家湾招待所，径直过了韶河上的小桥，踏着山路，上山去了。

小封很机灵，知道毛泽东要去看父母的坟，沿途折了一把松枝。当毛泽东来到坟前，高智把松枝递给了毛泽东，他放在坟前，鞠了三躬，然后说："前人辛苦，后人幸福。"

接着，高智陪着毛泽东，前往故居。毛泽东很仔细地看着他当年跟父母的合影。高智记得，毛泽东指着母亲的照片说："我母亲是因为脖子上长了一个疱去世的。后来听说是淋巴腺瘤，照现在的医疗条件，她就能治好了！"毛泽东对父母充满着感情，深深感染了高智。

毛泽东在韶山住了两个晚上，又返回长沙，再去武汉。据高智回忆，6月30日下午1时45分离开武汉，乘船沿长江东行，抵达九江已是夜里12时了。原计划当夜上庐山。听说上庐山，盘山公路要转300多个弯子，高智担心夜路不安全，劝毛泽东在九江休息。毛泽东觉得高智言之有理，当夜就住在船上。

高智在船上未敢稍有懈怠。凌晨3时，他前往毛泽东住的房间，看看他睡了没有。他在房门口不见卫士，猜想毛泽东已服了安眠药，大约正要卫士按摩，以便就寝，也就不进去了，在门口坐了一会儿。没多久，值班卫士李连成从房里出来，高智轻声地问："主席睡了吗？"

李连成点点头。

高智说："他睡了，我放心了，明天他要上山呢。"

高智说罢，才安心回到自己的船舱里。

翌日，毛泽东听李连成说起，便道："高智是好心人！"

上山之后，毛泽东召开了著名的庐山会议——先是中共中央政治局扩大会议，然后是中共八届八中全会。

"奉命"去看舞剧《小刀会》

1960年1月16日，高智正随毛泽东住在上海锦江饭店。更准确点讲，住在锦江俱乐部。

毛泽东忽地对高智说："交给你一个任务。"

高智以为有什么重要的事要办。

毛泽东笑道："今天是星期六，周末，请你看戏！"

高智问道："你看吗？"

毛泽东答："你先去看看，看完说说你的印象。你说好，我就去看。"

这样，高智"奉命"去看戏。

戏院不远，就在锦江俱乐部斜对过——长乐路、茂名南路交叉口，一座镶砌着棕色面砖的两层美式建筑。在解放前，那里是兰心大戏院，当年在上海是数得上的豪华剧院。如今，叫上海艺术剧场。

高智步入剧场。那天，上演的是上海歌舞剧院新编的舞剧《小刀会》，描写上海农民领袖刘丽川反抗清朝封建统治和外国侵略者的故事。高智平生第一次看舞剧，觉得挺新鲜。由于他是奉毛泽东之命去看的，所以看得特别认真、仔细。

看罢，回到锦江俱乐部，毛泽东问起高智对《小刀会》的印象。高智很详细地向毛泽东讲述了剧情，又介绍了演员的表演。说到高兴处，高智手舞足蹈一番，学着演员的样子，逗得毛泽东哈哈大笑。

高智记得毛泽东讲过“你说好，我就去看”，便把《小刀会》大大夸奖了一番，尽力怂恿毛泽东去看，因为毛泽东工作很累，需要看看戏，松弛一下紧张的神经。

高智以为，自己为《小刀会》连连叫好，毛泽东一定会去看。不料，毛泽东却说：“我不看！”

高智颇为意外：“这么好的戏，你不看？”

毛泽东慢条斯理地说：“你讲得那么详细，还表演了一番，我还去看什么？”

毛泽东这么一说，高智挺后悔的，他想不到自己对《小刀会》的“宣传”过分详细，适得其反。

其实，毛泽东说的是一句俏皮的反话，高智却信以为真。

翌日晚上，毛泽东和周恩来一起，步入上海艺术剧场，观看了《小刀会》。看毕，周恩来代表毛泽东上台向演员们致谢。

毛泽东回到锦江俱乐部之后，接见了上海歌舞剧院领导和部分演员。据曾演女主角周秀英的演员郑韵回忆，毛泽东对她说：“《小刀会》很好嘛，是反帝反封建的，可以到北京去演，那里的人民会欢迎的。”毛泽东觉得，舞剧《小刀会》中，有点京剧武打味，很不错。他尤其喜欢剧中演道台的演员，说演得很好。

后来，舞剧《小刀会》果真赴京演出，还赴朝鲜演出，颇为轰动。

离别毛泽东后高智“想坏了”

毛泽东向来不作兴过生日，不搞庆寿。1960年12月下旬，毛泽东在北京主持中共中央工作会议。12月26日那天，毛泽东生日，他只请身边的7个工作人员在家中一聚。那时正值三年自然灾害期间，聚餐很简朴，没有酒，也没有肉。

毛泽东给他们7个人写了一封信。

高智遵照毛泽东的指示，和毛泽东身边工作人员一起下农村调查。只是没有去信阳，而是去了许昌地区。他们如实地向毛泽东反映了农村情况，使毛泽东掌握了第一手资料，为制定党的农村政策提供依据。

高智还记得，在三年自然灾害期间，毛泽东和全国人民共甘苦，很少吃肉。有一回，来了一位客人，毛泽东不得不嘱咐厨师添一盆红烧肉。毛泽东要高智一起陪客人吃。三人同桌，高智夹了一块红烧肉给客人，接着夹了一块给毛泽东，这时毛泽东的反应“正常”。过了一会儿，高智又夹了一块给毛泽东，这时毛泽东的反应“正常”。过了一会儿，高智又夹了一块红烧肉给客人，他深知毛泽东喜欢吃红烧肉而又很久未吃到红烧肉，又给毛泽东夹了一块。谁知毛泽东竟狠狠瞪了高智一眼，吓得高智再也不敢给毛泽东夹肉——因为毛泽东是为了招待客人才添了那盆红烧肉！

毛泽东的衣着也很简朴。平常，会见党内的同志，毛泽东很随便地穿布鞋。到外省视察，穿得也平常。会见外宾，则要穿上“礼服”，也不过那么几件罢了，穿了多年。高智说着，打开家里的衣柜，取出一件米灰色的中山装给笔者看。他说，他的这件衣服，是跟毛泽东那件大衣用的同一块料子，在北京西单同一家服装店做的。照片上常见毛泽东穿米灰色大衣，就是跟他同时做的那件。高智说，他这件中山装舍不得穿。一见到这件衣服，就想起了毛泽东……

高智担任毛泽东的机要秘书整整十年。他说：“亲切、幸福的十年，是紧张、忙碌的十年，也是我毕生难忘的十年。”

1962年4月19日，毛泽东找高智谈话。那时，毛泽东身边的“老人”们，如叶子龙、李银桥等都一一调离，毛泽东征求高智的意见。高智虽然很想继续在毛泽东身边工作，但考虑到“老人”们一一调离，还是一起调离吧。

毛泽东跟高智一起合影留念。

高智和妻子、孩子来到了陕西，在西安、在延安工作。

离开毛泽东，他无时无刻不想念。

1965年1月13日，高智出差北京，毛泽东马上接见他。高智见到毛泽东，才说了一句“我想坏了”，就热泪纵横了。

毛泽东紧握着他的手，跟他聊着别后的情况，一谈就谈了45分钟。

毛泽东叮嘱高智，以后来北京，一定要来看他。

他万万没有想到，这竟是他跟毛泽东的最后一次见面！

1973年6月9日，周恩来飞抵延安，他曾两次问起高智，希望一见。很遗憾，那时高智在延安开完会，往西安走，未能同周恩来见面。

1976年9月9日，毛泽东去世的消息传出，高智跌足痛哭。那时他在西安，马上坐火车赶往北京。他见到了毛泽东遗容。怀着沉重的心情，出席了毛泽东追悼会。

机要秘书罗光禄

第一章 紧张的工作

一般来说，卫士把毛泽东的文件、信件在下午1时或2时送交机要秘书。机要秘书经过筛选、处理后，在当夜送到毛泽东处。毛泽东习惯于夜间办公。

标明“特急”的文件例外。罗光禄拆阅后，往往马上要去找毛泽东。即便毛泽东在睡觉，也要叫醒他。这类特急件，以外交文件居多。

叶剑英调他到毛泽东身边工作

一架专机从北京起飞，朝着武汉前进。机舱里空荡荡的，只有一个乘客。

专机尚未降落，中国人民解放军中南军区政委谭政已在机场上等候。

专机上坐着的是一位30多岁的男子，姓罗，名光禄。他是毛泽东主席的机要秘书。此次，毛泽东看了武汉地区一份关于“三反五反”的报告，作了批示，要罗光禄带文件乘机赶往武汉……

那时，毛泽东身边有两位机要秘书，一位叫高智，另一位便是罗光禄。

笔者在西安访问了高智。据高智回忆，有一回，毛泽东跟他聊天，曾说：“我只管两个半人。”高智很惊讶，全国、全党、全军都归毛泽东领导，他怎么“只管两个半人”呢？

高智问毛泽东：“哪两个半人？”

毛泽东答曰：“你一个，罗光禄一个……”

“还有半个呢？”高智问。

“那半个是江青！”毛泽东答道，“江青我只能管她半个，还有半个管不了。”

叶永烈采访毛泽东机要秘书罗光禄于北京

这“两个半人”，生活在毛泽东身边。高智和罗光禄轮流值班，每人值24小时。高智把罗光禄的地址、电话号码告诉了笔者。于是，在1992年11月下旬，笔者赴北京访问了早已离休、年届75的罗光禄。

罗宅明亮、宁静，阳光洒在塑料地板上。罗光禄和妻子、小孙子正在家中。虽说岁月使他的双鬓染霜，但回忆那峥嵘往事，他仍陷于激动之中——他在毛泽东身边担任机要秘书，整整15个春秋！

他，1917年出生于四川北部、嘉陵江中游的苍溪县农村。1933年，他参加了红军——红四方面军。由于张国焘的错误指挥，红四方面军历尽艰辛，差一点全军覆没于甘肃沙漠。罗光禄从甘肃到了新疆，这才终于有机会来到延安。他于1938年加入中国共产党，进入中共中央党校学习。后来，他在中央军委一局，担任作战参谋。

记得在1948年，在河北平山县西柏坡村——当时的中共中央机关所在地，中央军委副总参谋长叶剑英忽然找罗光禄谈话。叶剑英对他说："现在，中央决定集中办公，毛主席那里需要人。经过研究，调你到毛主席那里，担任秘书工作。"

罗光禄万万没有想到，领导会调他担任毛泽东的秘书。他当然很兴奋，但又很担心，说道："我怕担当不起这样重要的工作。"

叶剑英鼓励他道："这项工作确实非常重要，要派政治上绝对可靠的同志去。中央很信任你，所以调你去。相信你会做好秘书工作的。不懂的地方，向毛主席请示就行了。"

就这样，罗光禄来到毛泽东身边，朝夕相处了15年……

毛泽东的"换脑子"

虽说在各种公众场合，罗光禄见过毛泽东，却从未跟他谈过话。这样，当他头一回步入西柏坡毛泽东办公室时，心中颇为紧张。

"你到这里工作，我很欢迎你！"毛泽东握着他的手，说话很随和。

"我怕做不好工作。"罗光禄道出了心中的不安。

"不要紧，慢慢就会熟悉的。"毛泽东安慰他道。

就这样，罗光禄开始在毛泽东身边工作。一开始，他显得很拘谨，连走路都特地放轻脚步，尽量不发出声音。在他的心目中，毛泽东是领袖，是历史的巨人，他不能不小心翼翼、兢兢业业。

毛泽东很快就打破他的拘束感。毛泽东喜欢聊天，谈吐幽默。毛泽东不喜欢独自吃饭，总要招呼一两个人一起吃饭。罗光禄在他身边，常被叫去一起吃饭。毛泽东边吃边聊，说说笑笑。毛泽东说："工作时，我全副精力扑在办公桌上，吃饭时，如果一个人吃，我的脑子还会在办公桌上，跟人边吃边聊，我就换了个脑子，得到了休息。”在海阔天空的闲聊之中，罗光禄的拘束感也就烟消云散了。

罗光禄记得，那时毛泽东的饭菜很简单，两三个菜而已，大都是素菜。辣椒则每餐必备，好在罗光禄是四川人，也是吃着辣椒长大的。毛泽东喜欢吃糙米饭，常常掺些小米或者山芋。毛泽东爱散步，边走边聊，也是为了“换脑子”。

毛泽东最爱看书。特别是进北京之后，他的茶几上放着书，床上放着书，散步时带着书，就连厕所里也放着书！

毛泽东说：“看书就是休息。办公时想的是一回事，看书时，换了脑筋，也就得到了休息。”

毛泽东看书很多，各种各样的书都看，所以知识渊博。他的讲话和著作，广征博引，得益于读书。

罗光禄奉毛泽东之命，到书店为他买书。如今，他手头还保存着一张毛泽东的便条原件——

罗秘书：

请在今天至广州书店买一本书，叫做《哲学研究》杂志，1959年11月—12月综合号，下午交我为盼。

毛泽东

15日上午5时

便条背后，有一行罗光禄当时用铅笔注明的日期，即“1960年2月15日”。那时，毛泽东很关心《哲学研究》杂志上关于逻辑学的讨论。他在1960年提议政治局委员人人订一份《哲学研究》杂志。

罗光禄说，像这样的毛泽东买书便条，他经手好多。如今保存在他手头的，只这一张。

笔者细细观看那便条，那是红色铅笔写在宣纸上的，一望而知乃是“毛体”。笔者向他借了原件，用复印机复印。

罗光禄说，毛泽东在延安时大都用毛笔写字。进北京后，有一回用施德楼生产的铅笔，软硬适中，笔迹墨色很浓，很喜欢，从此一直用这种铅笔。也用那里生产的红蓝铅笔。

机要秘书的工作够紧张的

毛泽东住在中南海丰泽园的菊香书屋，那是一座古老的四合院。毛泽东的办公室，在东房靠北的两间。机要秘书的办公室，离毛泽东办公室约四五十米。

一般的群众来信，由田家英到秘书室拆阅、处理，重要的送毛泽东阅。有关文件、重要的信件，则由机要秘书拆阅、处理，加以筛选，加上标题送毛泽东批阅。罗光禄和高智轮流值班，每天要给毛泽东送一次文件、信件。一般来说，卫士把毛泽东的文件、信件在下午1时或2时送交机要秘书。机要秘书经过筛选、处理后，在当夜送到毛泽东处。毛泽东习惯于夜间办公。

标明“特急”的文件例外。罗光禄拆阅后，往往马上要去找毛泽东。即便毛泽东在睡觉，也要叫醒他。这类特急件，以外交文件居多。因为外交上的谈判，往往限时限刻，要求毛泽东迅速作出决定。

密级最高的是“亲启件”。给毛泽东的“亲启件”，都由机要秘书拆阅，足见机要秘书的重要。毛泽东写给其他中央首长的“亲启件”，也常由机要秘书专程送去。不过，毛泽东发出的“亲启件”，从来不封口。他往往叫罗光禄或高智先看一下，有没有笔误之处，然后叫他们送出。然而，毛泽东收到的“亲启件”，则几乎件件密封。即便由罗光禄带回的“亲启件”，也总是密封的。

打给毛泽东的电话，也是由罗光禄或高智接的。任何打给毛泽东的电话，总机总是接到毛泽东的机要秘书那里。罗光禄或高智听后，倘若认为必须由毛泽东本人接听，那就走过去，到毛泽东的办公室。这时，毛泽东拿起办公桌上的电话耳机，那电话便会接进来。有时，电话内容紧急，而毛泽东正在睡眠，罗光禄则来到他的卧室，叫醒他听电话。

打给毛泽东的电话不多。经常来电话的是周恩来。周恩来一般在夜里11时或12时来电话。接通电话后，他总是先问罗光禄：“主席睡觉了没有？”一听周恩来的声音，罗光禄马上到毛泽东那里去，让毛泽东接电话。

周恩来主管外交，许多紧急的事要及时向毛泽东请示，所以常来电话或派人送“亲启件”“特急件”。

毛泽东每天的工作日程，由机要秘书安排。几时几分接见谁，几时几分出席什么会议，都要事先周密安排。毛泽东召开会议，总要机要秘书开列出席者名单。经他过目，删去几个或增加几个，然后发出通知。

在毛泽东身边工作，是不许做记录的，所以罗光禄个人不记日记。不过，他每天要填值班日记。那是中共中央办公厅秘书局印好的表格，要填写毛泽东每日的活动。这些值班日记，交中办秘书局保存。如今，这已成为研究毛泽东的重要档案资料。这些值班日记，最初由机要秘书徐业夫和罗光禄记，后来由罗光禄和高智记。叶子龙也记过。

第二章
他“表扬”了毛泽东

于是，罗光禄向叶子龙、王敬先转告了毛泽东的话。他们召集了毛泽东身边工作人员，让罗光禄介绍毛泽东病中坚持工作的情形，大家都深为感动。在罗光禄的记忆中，这是毛泽东唯一一次同意罗光禄对他进行“表扬”。

“人是要有一点精神的”

毛泽东对自己的要求很严格，三年自然灾害期间，北京市规定，每户一个月只能供应一斤肉，毛泽东也遵照这一规定。

毛泽东习惯于夜间工作，白天休息，他的“早饭”相当于通常的晚饭。有一回，他在钓鱼台吃“早饭”，发觉有一盆肉。他问罗光禄，肉从哪里来的？如果“来路不明”，他就不吃——因为他知道，那一个月，北京连规定的一户一斤肉都供应不上，成了“无肉月”，所以毛泽东对这盆肉的“来路”表示怀疑。

罗光禄向毛泽东作了解释：昨天主席宴请外宾，原定两桌。周恩来因部里临时有事，不能出席宴会，改成一桌。按规定，招待外宾，席上有肉。剩下来的那桌菜，今日分给大家。主席和身边工作人员均分，大家都分到一点肉。那一盆肉是这么来的。

毛泽东听说他的身边工作人员也都分到了肉，他这才吃了那盆肉。

毛泽东对子女的要求也很严格。子女上学，都是骑自行车或坐公共汽车，从来不许用毛泽东的轿车接送。

罗光禄手头保存着一张毛泽东女儿李敏结婚时拍摄的合影。

照片背面注明日期“1959年8月30日”。李敏和孔令华结婚，很简单。毛泽东只请亲家孔从洲、老朋友王季范以及身边的工作人员吃顿饭而已。那合影上不见江青。笔者问罗光禄：“江青怎么没有出席李敏的婚礼？”罗光禄说：“她躲开了！李敏是毛泽东和贺子珍生的女儿，江青借故回避了。”

在合影上，罗光禄站在最后一排。他说，他是一个不爱照相的人。遇上照相，他总是站最后。也正因为如此，他在毛泽东身边工作了15个年头，竟然没有留下一张他和毛泽东的合影——如今，他颇感遗憾，但已无法弥补了。

毛泽东弟弟毛泽民之子毛远新，也曾生活在毛泽东家中。有一回，天冷了，毛泽东在中南海游泳池游泳，毛远新站在池边看着。毛泽东要毛远新下水，毛远新说水太凉。毛泽东便说：

“你连水凉都怕，将来革命不？”毛远新一听这话，连忙下水了。

还有一回，毛泽东在杭州，患感冒，发烧到38.5摄氏度。罗光禄没有给毛泽东送文件。毛泽东问：“罗秘书，你怎么不给我送文件呀？”罗光禄答道：“主席，你发烧，该休息。”毛泽东当即说：“没有关系，还没有到三十九度呢！”没办法，罗光禄只得遵命，给毛泽东送去文件。毛泽东半躺在床上，批阅文件，使罗光禄很受感动，眼眶也湿润了。毛泽东朝他看了看，罗光禄也就照直说了：“主席，你的精神很使我感动！”毛泽东笑道：“这没有什么！”罗光禄说：“主席，我要把你的这种精神告诉支部的同志们，让大家向你学习。”毛泽东又笑道：“人是要有一点精神的。如果你要告诉支部的话，你就说这句话。”

于是，罗光禄向叶子龙、王敬先转告了毛泽东的话。他们召集了毛泽东身边工作人员，让罗光禄介绍毛泽东病中坚持工作的情形，大家都深为感动。在罗光禄的记忆中，这是毛泽东唯一一次同意罗光禄对他进行“表扬”。

作为毛泽东的机要秘书，罗光禄跟随毛泽东南来北往。他记得，有一次在武汉，正遇正月十五元宵节，黄鹤楼一带耍龙灯，十分热闹。毛泽东说看看去，中共中央办公厅主任杨尚昆和公安部长罗瑞卿便带了10多位警卫，跟毛泽东一起去。罗光禄也陪毛泽东去。上了山，一行人步行着，毛泽东身材高大，很招人注意。一群小学生很快认出了他，紧紧跟着。罗光禄打发他们，叫他们别跟在后面。一位小学生悄声对他说：“那是毛主席！”罗光禄连连摇头：“不是毛主席。”小学生笑了：“是毛主席，没错。”小学生指了指自己的下巴，说道：“毛主席这里有颗痣！”

一传十，十传百，小学生们的“发现”，很快在游人中传开，大家都围拢来，要看毛主席。有人甚至喊起了“毛主席万岁”，一下子，招来了更多的人围观。罗光禄很着急，生怕出事。这时，罗瑞卿站了出来，大声嚷嚷：“同志们，我是公安部长罗瑞卿，大家听我指挥，让出一条路！”罗瑞卿这么一喊，管用，游人们当即闪开，让出一条道路。于是，警卫们护送着毛泽东，朝江边走去。毛泽东倒不在乎，游人们高呼“毛主席万岁”，他不断向游人们招手。一直到了江边，上了船，罗光禄和警卫们才松了一口气。

在船上，罗光禄对毛泽东说：“主席，今天好险哪。如果群众中混了坏人，那就麻烦了。”

毛泽东却坦然地说：“没什么。即便有坏人，我们是有准备的，坏人是没有准备的。”

“窃听器事件”真相

关于“窃听器事件”，曾有过种种说法。罗光禄对于此事的回忆最为清楚。那是在20世纪50年代末。毛泽东那时的谈话，通常是作个记录而已。只有在大型的会议上，毛泽东发表重要讲话，这才用录音机录音。用笔记录，毕竟不完整。于是，中共中央办公厅想把毛泽东的谈话录音，以求完整地记录，留诸后人。生怕毛泽东反对，没有向他报告，便在毛泽东的会客室等处安装了微型录音设备，也就是所谓“窃听器”，还专门配备了录音员。那时，录了毛泽东的一些谈话，毛泽东并没有发觉。

1959年夏，罗光禄随毛泽东专列前往湖南长沙。在火车上，毛泽东跟专门负责冲印照片的小胡聊天。小胡离开毛泽东那里后，遇上录音员。录音员笑着对她说：“小胡，刚才你在主席那里说了些什么，我全知道。”接着，录音员说了一点他们谈话的内容，使小胡非常惊讶。

小胡报告了毛泽东，毛泽东也异常震惊。不过，那时正在旅途之中，毛泽东没有立即加以追究。

专列抵达长沙车站，毛泽东想下车，工作人员要他稍等，因为中共湖南省委派出的车子未到达。毛泽东指了指窗外，那儿停着几辆伏尔加牌轿车。工作人员说，不够坐。于是，便扳着手指头，数起了专列上的人中，内中数到了“录音员”。

“车上有录音员？带录音员干什么？”毛泽东并不知道录音员也在车上，他很快就把此事跟小胡说的情况联系起来。

毛泽东后来追究此事，才知道内中的详情，进行了批评。

刘少奇召集了有关工作人员开会，转达了毛泽东的批评，作出了处理。刘少奇把处理情况写成报告，送呈毛泽东。毛泽东批示同意，了结了此事。

不料，隔了几年，在“文革”前夕，“窃听器事件”被翻了出来，说成“盗窃党的机密”，变成了很严重的事件，使很多人挨整……实际上，那几位同志的出发点还是好的，想多保存一些毛泽东的谈话，只是事先没有报告毛泽东，在做法上欠妥。

倾听来自底层的真实声音

毛泽东很注意倾听来自底层的真实的声音。每逢身边的工作人员回家乡，毛泽东总是让他们乘回乡之际了解情况，然后向他汇报。

在吃了“大跃进”年月浮夸风之苦以后，毛泽东更注重调查研究。

1960年12月26日，毛泽东67岁诞辰那天，他给林克、高智、叶子龙、李银桥、王敬先、封耀松、汪东兴等7位身边工作人员写信，派他们到河南等地农村调查。

1961年1月20日，毛泽东又派陈伯达、胡乔木、田家英3人，各率一个小组，共21人，分别到浙江、湖南、广东农村调查。

1962年，罗光禄奉毛泽东之命，下农村调查。他被派往湖南常德专区石门县，那是湘北的贫穷的小县。临走那天，汪东兴告诉罗光禄：“主席昨天没有睡好，为的是担心你从北京一下子到了石门县，生活上受不了，会产生思想问题……”罗光禄当即请汪东兴转告毛泽东：“请主席放心，我非常愉快地下乡！”

就这样，罗光禄来到了石门县，与农民们一起种棉花，了解农村情况。

不久，中共中央决定精简机构，毛泽东带头，裁减自己身边的工作人员。在高智调走之后，1963年5月，罗光禄也调离毛泽东那里。

罗光禄来到核工业部工作，仍在北京。1965年，毛泽东曾召见他，请他详细谈谈“四清”运动（即社会主义教育运动）的情况。

此后，罗光禄再也没有见到毛泽东。

如今，他手头除了保存毛泽东要他买《哲学研究》的便条以外，还有两张便条——原本他经手过不知多少张毛泽东写的条子，现在仍保存在他手头的三张便条，成了他珍贵的纪念品。

他把原件给笔者看，这两张便条分别写于1959年12月30日和31日——在两天内毛泽东就给他写了两张便条，足见当年他收到的毛泽东便条之多。

这两张便条，均未公开发表过，现照原文抄录于下。

其一：

罗秘书：

诗一首，今日上午送交到会各同志，每人一张。何伟、浦寿昌及军委来的那个同志（忘其名），也各送一张。共送二十一张。

另送江青一张。

毛泽东
30日早晨

据罗光禄回忆，何伟系何英之弟，他和浦寿昌都是总政的俄语翻译；“忘其名”的“军委来的那个同志”则是雷英夫。至于“诗一首”是哪一首诗，罗光禄经手的毛泽东文稿太多，已记不清了。

其二：

罗光禄同志：

两首诗，每首各五份，请于今日分送陈、田、胡、邓、林克五同志，为盼！

毛泽东
31日早

内中的“陈、田、胡”，应是陈伯达、田家英、胡乔木。至于“邓”是不是邓力群，罗光禄记不清了。

罗光禄在毛泽东身边工作了15年，由于工作高度紧张，又昼夜颠倒，得了神经衰弱症。如今，他的睡眠仍不好，记忆力也差。然而，他深深怀念那15年，怀念毛泽东。他怀着一腔深情，对笔者说道：

“毛泽东是中国20世纪的伟人，他是军事家、战略家、理论家、思想家、文学家、诗人。他对于中国革命作出巨大的贡献，他创建了中华人民共和国，解放了劳苦大众。我能有机会在这么个伟人身边工作，永远感到自豪。毛泽东不是‘树’起来的，是在实践中证明了他确实是我们的领袖。我们热爱他，尊敬他，是发自内心的。”

早期的秘书

井冈山上的秘书贺子珍

1928年的5月，鲜花开遍了井冈山的原野。一天，袁文才摆了一桌酒席，请了红军的几位首脑。来者心照不宣，频频向毛泽东敬酒贺喜。那酒杯伸向毛泽东，也伸向毛泽东之侧的一位白净姣美而目光刚毅的姑娘。

那姑娘是永新城里一朵出众的鲜花，人称“永新一枝花”，名叫贺子珍，年方18，瓜子脸，乌亮的眼睛，光彩照人。

贺家原本祖居永新县烟阁乡黄竹岭村，世代务农。到了贺子珍曾祖父这一辈，有了些积蓄，买下二百来亩油茶林和二十亩土地。家中富裕起来，贺子珍的父亲贺焕文也就上了私塾，识字知书，成了读书人。

那时，可以花钱买官。有了钱，贺焕文想当官，也就捐了个江西省安福县知县。

贺焕文的前妻叫欧阳氏，生一子，名贺敏萱。

欧阳氏去世后，贺焕文娶广东姑娘温土秀[1]为续弦。温土秀长得俏丽，原是广东梅县一户大家的闺秀，因其父遭厄运，不得不随父迁往永新。

温土秀生三子三女：三子为贺敏学、贺敏仁、贺敏振，三女为贺桂圆、贺银圆、贺先圆。贺敏学于1926年加入中共，成为永新县农民自卫军副总指挥。后来成为红军团长，中国人民解放军副军长。解放后任福建省副省长、全国政协常委。

贺银圆后来改名贺怡，1927年加入中共。1931年7月20日与毛泽东小弟毛泽覃结婚。1949年11月死于车祸。

贺敏仁参加红军，当司号兵。在长征途中被错杀。

贺先圆又名贺仙妩，和贺敏振一起，在永新暴动后死于战乱。

贺敏萱在战乱中逃到吉安清源山亲戚家中，在那里当了斋工。后来加入中

[1] 注：据王行娟著《贺子珍的路》（作家出版社1985年版）为“杜秀”。但中共永新县委党史办公室提供的资料称“温土秀”。

共，做地下工作。在“文革”中被打成“假党员”。1971年死于安徽合肥。

长女贺桂圆，是因为她生于中秋，丹桂飘香，圆月当空，取名“桂圆”。后来，她自己取“自珍”为学名，即善自珍重之意。参加革命后，改为“子珍”，如今以贺子珍之名传世。

贺焕文捐官当上安福县县长，却因为人老实，受人排挤，丢了官，回到老家永新。他在永新衙门当了个“刑房师爷”，却被一场官司牵涉进去，坐了班房。那时，贺子珍不过4岁。

出狱后贺焕文看透尔虞我诈的官场，弃官经商，在永新县城南门禾水边上，开了一爿小店，名叫“海天春”，卖杂货，兼营茶馆。他曾请了一位风水先生来预卜小店前景，风水先生意味深长道：“屋舍虽破，两栋支撑；不进钱财，就出人才！”此话竟被言中……

贺子珍在县城秀水初级小学毕业后，进入教会学校——福音学校女生部学习。天主教的势力，早在19世纪末，便已伸入永新县城。福音学校虽说是教会办的，教学质量倒是不错的。这样，贺子珍从那里毕业时，已有一定的文化水平。1926年春，16岁的贺子珍成了母校秀水小学的国文教师。

就在这时候，从南昌来了个大学生，名叫欧阳洛。他是永新人，在1922年考入南昌省立第一师范。在南昌，欧阳洛结识了方志敏、赵醒侬、袁玉冰等人，参加了他们领导的“马克思主义学说研究会”。1925年，欧阳洛加入了中国共产党。

欧阳洛回到永新，使永新有了中共的种子。他在县城办起了平民夜校，贺子珍和妹妹贺怡成了第一批学员，思想日渐转向马克思主义。哥哥贺敏学，也跟欧阳洛过从甚密。这年夏天，贺氏三兄妹——贺敏学、贺子珍、贺怡，都加入了中国社会主义青年团。贺子珍担任了永新县第一任中国社会主义青年团支部书记。不久，她转为中共党员。

当北伐军经过永新时，永新成立了国民党县党部。那时国共合作，贺子珍出任国民党县党部委员兼妇女部部长，成为永新十分活跃的人物。这时的她，不过16岁！

贺子珍教妇女们唱起了《花脚歌》：“我们妇女真可怜，封建压迫几千年，别的暂不说，裹脚苦难言。脚小鞋子尖，走路要人牵，破皮又化脓，害人真不浅。大家快放脚，真正好喜欢！”

1927年3月，贺子珍担任中共永新县委妇委书记。不久，她被调往吉安县，担任国民党永新县党部驻吉安办事处联络员，又任中共吉安特委委员兼特委妇委组织部长。

"四一二"的冲击波，也波及远离上海的永新县城。永新的国民党右派在6月10日黎明时分动手搜捕中共党员，原永新县工人纠察队军事教官萧金然叛变，带领国民党军队捉人。贺子珍的哥哥贺敏学等中共党员和群众80多人被捕入狱。

贺子珍在吉安闻讯，心急似焚。左思右想，搭救贺敏学等人的唯一办法，是求救于袁文才。

袁文才是贺敏学中学同班同学，跟贺子珍也很熟悉。贺子珍便跟中共永新县委联系，由她向袁文才写信求援。

贺子珍还给狱中的哥哥写了信，托永新的舅母在探监时秘密塞给贺敏学。贺敏学也把自己写给袁文才的一封信，塞在一把竹柄油纸扇里。舅母一边摇着这把扇，一边走出监狱。

袁文才接到贺子珍、贺敏学的信，会同王佐，率部攻打永新县城。7月26日晚，他们攻进县城，占领了监狱，救出了贺敏学等人。

不久，贺子珍也从吉安赶来永新，随着哥哥一起，和袁文才、王佐上了井冈山。

贺子珍上了山，就得了疟疾，只好在山上住下来休养。稍好，她下了山，住在茅坪大仓村。

袁文才的部队，正驻扎在那里。贺敏学也住在那里。

10月3日，从宁冈的古城传来不寻常的消息：毛泽东率中国工农革命军来到那里。据传，毛泽东是中国共产党的中央委员呢！

消息是龙超清传来的。龙超清说，毛泽东还写过《湖南农民运动考察报告》，很有名气呢。

龙超清向袁文才转达了毛泽东的意见，说是过几天来大仓村跟袁文才会面，要送枪给袁文才。

袁文才很高兴，吩咐部下把银元一叠叠装入竹筒，一百银元一筒，装了六筒，说是送给毛泽东部队。

10月6日，五六个男子汉走进大仓村。他们的脖子上，都系着一根红布条。为首的那位，瘦高个子，脸晒得黝黑，那眼睛里布满血丝。他跟袁文才握手之后，袁文才开始介绍他手下的部将。袁文才介绍了贺敏学，最后介绍站在贺敏学旁边的贺子珍。

那为首的人物，便是毛泽东。他见到17岁的贺子珍，以为这姑娘大约是袁文才手下部将的女儿。

袁文才道："她是中共永新县委委员。"

毛泽东连声说："看不出！看不出！"

毛泽东询问了她的姓名，一下子记住了："哦，祝贺的'贺'，善自珍重的'自珍！'"

毛泽东在茅坪住下。那里有座八角楼，原是攀龙书院的课堂，楼上用明瓦砌了八角形图案，使课堂光线明亮，也就得了"八角楼"之名。那里本是贺敏学住的，让给了毛泽东。

袁文才的住处离八角楼不远。疟疾未愈的贺子珍常坐在袁家门口晒太阳。毛泽东来来去去，总要路过袁家门口，跟贺子珍有时聊上几句。

渐渐地，她和毛泽东的接触多了起来。

贺子珍的疟疾渐愈，被派往永新县烟阁乡黄竹岭村，那里是贺家祖居之处。贺子珍父亲在"捐官"之前，就住在那里。

贺子珍在黄竹岭工作了一些日子。后来，又到九陇山那儿工作。真巧，毛泽东带着警卫路过九陇山，跟她相遇。毛泽东在那里住了一个星期，天天都和她在一起工作。当毛泽东离开那里回茅坪时，她跟毛泽东同路去茅坪。

贺子珍佩服毛泽东的才智学识，毛泽东喜欢贺子珍的俏丽坚强。毛泽东把贺子珍调到身边工作——担任秘书。从此，贺子珍的职务是"毛委员的秘书"。

在那炮火纷飞、戎马倥偬的年月，爱苗居然悄悄在两人心头滋长。

据东方出版社2003年4月出版的《贺氏三姐妹》一书称，为毛泽东和贺子珍做大媒的是袁文才的夫人谢梅香（见《贺氏三姐妹》125页）。

毛泽东和贺子珍结婚的日期、地点，各种说法不一。

据谭政的回忆文章《难忘的井冈山斗争》中说：

> 毛泽东同志与贺子珍结婚就是在夏幽，是1928年4月—5月，热起来了，穿件单衣，结婚很简单，没有仪式，没有证婚人，从夏幽退出以后，两人就是夫妻关系了。[1]

夏幽，也就是永新县夏幽区。讲得更具体一点，是夏幽区的塘边村。那时，贺子珍率工作队到塘边村打土豪、分田地，住在一位老婆婆家。没多久，毛泽东也带一些战士来到塘边进行分配土地试点。他俩和中共永新县委的刘真、胡波一起召开许多群众座谈会，毛泽东提问，贺子珍记录。毛泽东在调查

[1] 《井冈山革命根据地》下册，中共党史出版社1987年版。

的基础上，写出了《永新调查》。毛泽东在塘边村先后住了四十来天。

毛泽东来到塘边村的日期，谭政只说了个大概。当时在中共夏幽特别支部工作的徐正芝的回忆，则讲得很具体："1928年古历4月27日，毛司令率红军来到我们塘边村。"[1]

1928年"古历4月27日"，亦即1928年6月14日。

王行娟著《贺子珍的路》一书说是"三打永新"之后，毛泽东和贺子珍在塘边村"终于结合在一起了"。三打永新，是在1928年6月23日。

由中共永新县党史办公室编印的《永新人民革命史》（1989年9月版），内中的《贺子珍》一文，则写道：

"1928年5月的一天，天气晴和，阳光明丽，毛泽东和贺子珍在茅坪洋桥湖的八角楼上结婚了。"

虽然关于毛泽东与贺子珍结婚的日子的各种说法稍有不同，但大体上都是说在1928年春夏之间。

袁文才跟贺敏学、贺子珍有着亲切的友谊，又跟毛泽东建立了战斗友情，何况他是当地人，自然，由他出面请客为毛泽东、贺子珍贺喜，是最合适不过了。

人民出版社1993年出版的中共中央文献研究室所编《毛泽东年谱》（1893—1949）上卷247页写道：

> 1928年6月下旬，毛泽东与贺子珍在塘边一起工作的日子里，结为革命伴侣。

同书325页写道：

> 1930年11月14日，杨开慧在长沙浏阳门外识字岭英勇就义。

与毛泽东婚后，贺子珍担任井冈山前敌委员会秘书，在书记毛泽东身边工作，亦即毛泽东秘书。

在毛泽东和贺子珍结婚之前，1928年春，朱德和25岁的伍若兰在湘南结婚。伍若兰是湖南耒阳县城南金兰村人，曾就读于衡阳的湖南省立第三女子师范学校。1924年加入中国社会主义青年团，1925年加入中国共产党，1926年任

---

[1] 徐正芝：《忆塘边的革命斗争》，《井冈山革命根据地》下册，中共党史出版社1987年版。

1937年春毛泽东与贺子珍在延安

耒阳县妇联会主席。她参加湘南起义，跟朱德相识、相爱，结合在一起。1928年4月底，她跟朱德部队一起来到井冈山。

1928年9月26日，毛泽东和朱德率红军主力回到了井冈山，住在大山中心的茨坪。

茨坪虽说只是个山村而已，一片“干打垒”式的黄泥墙房屋坐落在山坪上，不过，却有着悠久的历史。据云，在明代之前，那里叫“柴坪”，是个出山柴的地方。在明代时，这小小山村，居然有人考中“探花”，做了官，于是改名“仕坪”。这里又因出柿子，又称“柿坪”。后来，到了1924年，国民党军队进剿“山大王”王佐，那名叫牛文田的团长出的布告上写作“茨坪”，于是这名字也就沿用下来。

茨坪东面一座小山脚下，几幢黄泥房子，成了毛泽东、朱德的住处，成了红四军军部、湘赣边界防务委员会、井冈山前敌委员会、红四军军械处的所在地。

那里有一家店铺，那平整的柜台被毛泽东看中，成了他的办公桌，放着砚台、毛笔，铺上井冈山的毛边纸，他在那里写作。不过，到了晚间，砚台得收起来，因为那柜台又是床，夜里要睡人。

毛泽东的身边工作人员知道他有两大爱好：一是部队打下新的城镇，弄到书报给他送来，会使他非常高兴，通宵达旦地读起来。有一回，不知是谁，给他送来一本线装书，他大大赞赏了一番。原来，那是范仲淹的《范文正公集》。范仲淹是北宋政治家、文学家，他的文集中写及北宋江西剿匪的情景，毛泽东比较古今的“山大王”，说从北宋剿到现在，“山大王”是剿不完的。他笑道，“蒋介石占京为王，我们占山为王”！他的另一爱好是吸烟。谁给他弄到纸烟，他会高兴一阵子。

贺子珍的一项工作，是为毛泽东剪报。他看到报上有保存价值的资料，画一个圈，贺子珍就给他剪下，保存起来。有关的文件，也是由贺子珍保存。毛泽东的警卫员，大都是贫苦农民，不识字，由贺子珍教他们文化课。

毛泽东那时过着流动的生活，他的行李很简单：一床被子，几件衣服，一顶斗笠，一把油纸伞，一盏马灯，此外加上一担书篓，一担铁皮文件箱。他爱喝茶，用土碗盛着茶水。

秘书古柏和曾碧漪

1950年，一辆轿车驶入中南海，一位中年妇女艰难地下了车。毛泽东关切地问她的右腿怎么样了，然后详细地问起那次车祸的情景。

她用广东口音的普通话，一一答复了毛泽东的问题。毛泽东静静地听着，脸色严肃、沉重。不言而喻，她所叙述的贺怡之死，使毛泽东心绪不宁。贺怡，毛泽东的弟媳，贺子珍的胞妹。车祸之际，贺怡死，她重伤。

她，毛泽东的老战友，名叫曾碧漪。在井冈山，毛泽东担任红军总前敌委员会书记，而总前委秘书长则为古柏，亦即曾碧漪的丈夫。她随丈夫在毛泽东身边工作，跟贺子珍朝夕相处，情同姐妹……

毛泽东听罢曾碧漪诉说的贺怡之死，沉默良久，才说了一句说："碧漪，你办事向来稳重，这一回怎么不小心！"

毛泽东的话，如重锤落在曾碧漪心上，她伤心地落泪了。她想分辩几句，因为那天贺怡急于赶路，要司机开夜车，她曾劝说过贺怡……可是，望着毛泽东沉痛的目光，她把到了嘴边的话咽了下去。她知道，对于贺怡之死，毛泽东心中一直不好受……

那次车祸，深深地刻印在曾碧漪的记忆屏幕上。1991年7月10日，笔者在北京采访了曾碧漪。虽说已经过了40多个春秋，85岁高龄的她，伤感地向笔者追叙那逝去的岁月。她面目清秀，虽说视力稍差，思维仍很敏捷。贺氏姐妹，跟她心心相印。她说，在井冈山的时候，贺子珍和她一起为毛泽东管理文件，贺子珍负责收发，她负责保管。她俩成为毛泽东早年的秘书。毛泽东需要什么文件，总是向曾碧漪要。古柏作为秘书长，更是成了毛泽东的主要助手。她记得，古柏常常替毛泽东把文件用秘密药水抄写在衣服上、布匹上，交给通讯员带出去。有几次，通讯员忽然给毛泽东送来了线装古书。毛泽东把古书交给古柏。线装书的每一页都是对折起来的，古柏从折页中抽出一张张白纸，然后用药水一泡，那白纸像变魔术似的，忽地出现一个个字！接着，贺子珍和她忙碌

古柏

起来，把那些字抄下来，呈送毛泽东。

古柏这名字，常使人以为是化名或笔名，其实是真名实姓。他是江西寻邬人，本来跟毛泽东素昧平生。1925年，19岁的古柏在寻邬加入中国共产党。1929年1月31日，毛泽东率红军路过寻邬，古柏赶去求见，跟毛泽东相谈甚为融洽。翌年5月，毛泽东再次来到寻邬，此时古柏已是中共寻邬县委书记。整整20天，古柏陪着毛泽东在寻邬东奔西走，进行调查。毛泽东写出《寻邬调查》。不久，毛泽东把古柏调到身边工作，担任秘书。

曾碧漪是广东南雄人，本名曾昭慈，属“昭”字辈——她的哥哥叫曾昭秀，妹妹叫曾昭恩，弟弟叫曾昭度。她参加了游击队。有一回，她受了伤，住在哥哥家，忽地来了一位理小分头、穿中式对襟衣服的英俊男子，哥哥说此人是“同志”。曾碧漪结识了这位“同志”，他便是古柏。1928年，她跟这位“同志”结婚。

古柏成为毛泽东的秘书之后，工作异常繁忙。她记得，古柏常常连一顿饭都不能安安生生地吃，总是吃了几口便撂下筷子，去处理急务。她和贺子珍也很忙，总是围着那只文件箱转。

毛泽东说，她俩的任务就是保管好文件，保护好文件箱。那时，战斗频繁，说走就走。在行军时，文件箱在哪里，她俩便在哪里。她俩曾斩钉截铁地说过：“人在文件在。”因为那文件箱，是党和红军的机密所在。有一回，黄昏时分，在行军途中遇上敌机轰炸，炸弹爆炸时掀起的泥土，把她俩都埋了起来。苏醒后，她和贺子珍扒开泥土，钻了出来，头一件事就是寻找文件箱。她俩用手挖土，好不容易挖出了文件箱，心中的石头落了地。但是，挑夫被炸弹吓跑了，找不到了。她俩用扁担抬着两只文件箱，高一脚、低一脚在山间小道上摸黑赶路，终于在翌日破晓时刻追上部队。毛泽东见了她俩，夸奖了一番：“我们正在为你们两个着急呢！你们做到了‘人在文件在’，不容易！”

最为惊心动魄的一幕，发生在1930年12月中旬。夜深，忽地有人给彭德怀送来一封密信，掀起一番风波。那信是用毛笔写的，落款是毛泽东，而收信人则是古柏。毛泽东在给古柏的这封信中写道，已查明“朱、彭、黄、滕系红军中AB团主犯”。此处的“朱、彭、黄、滕”，即朱德、彭德怀、黄公略、滕代远，当时红军的主将；而“AB团”，则是“Anti-Bolshevik”的缩写，即“反对布尔什维克”。

朱、彭、黄、滕怎么会成“AB团主犯”呢？与此同时，朱德也收到同样内容的密信。

朱德、彭德怀毕竟跟毛泽东是同生死、共患难的战友，不相信毛泽东会写这样的密信给古柏——虽说信上的字酷似“毛体”。他们仔细审视那密信，发觉信尾的日期写成“10/12”，而毛泽东从无这样的写作习惯，他不写阿拉伯数字，总是写成“十二月十日”或“十二，十”字样。

此事被迅速查明，乃是一封挑拨离间的伪造的毛泽东致古柏信件！幸亏朱德、彭德怀没有上当，避免了红军的内讧。信件是一个名叫丛永中的人伪造的，他平日喜欢模仿“毛体”，知道毛泽东跟古柏关系密切，便伪造了毛泽东致古柏的信。

丛永中是红二十军的。当时，红二十军在富田发动兵变，脱离以毛泽东为首的红军总前委的领导，史称“富田事变”。当时，古柏对那封伪造的毛泽东的信一无所知。古柏、曾碧漪正在富田。得知兵变，他俩急急朝总前委所在地宁都小布赶去。入夜，他俩到达那里，正值那里因“富田事变”而戒严，哨兵不许他俩进去。古柏一再说自己是秘书长。哨兵不认得他，不肯放行。正在吵吵闹闹之际，总前委秘书谢维俊前来查哨，听见古柏熟悉的声音，赶紧跑了过去。古柏和曾碧漪终于见到了毛泽东，毛泽东大笑道：“哦，阎罗王开恩，放回古秘书长！”原来，道路误传，说古柏在富田被杀，总前委刚为古柏开了追悼会呢！

曾碧漪跟贺子珍共事，结识了贺怡。1931年7月，贺怡跟毛泽东的小弟弟毛泽覃结婚。这样，贺氏两姐妹嫁给了毛氏两兄弟，一时传为佳话。贺子珍先是在1929年生下一女儿，战争之中只得寄养在龙岩老乡家中，后竟不知下落。1932年11月，贺子珍生下一儿子，毛泽东为他取名毛岸红，小名则叫毛毛。在毛毛出生前两个月，贺怡也生下一个儿子。

1933年1月，以博古为首的中共临时中央从上海迁到红都瑞金，全面推行王明的“左”倾机会主义路线，毛泽东被指责为“右倾”。他们排挤、打击毛泽东，先从“毛派”下手。邓、毛、谢、古，作为“毛派”人物，遭到了批判。邓，即中共会昌、寻邬、安远三县中心书记邓小平；毛，即中共永丰、吉水、泰和三县中心书记毛泽覃；谢，即谢维俊；古，即古柏。他们4人以至被打成“反党小组织”。在“文革”中当邓小平复出之际，毛泽东旧事重提，曾于1973年8月4日写下批示："他（引者注：指邓小平）在中央苏区是挨整的，即邓、毛、谢、古四个罪人之一，是所谓毛派的头子。"贺怡也"挨整"，差一点被开除党籍。经董必武为她"担保半年，党内考察"，这才保住了党籍。

1934年10月红军进行长征时，古柏和毛泽覃被留在当地工作。古柏担任了闽粤赣红军游击纵队指挥，毛泽覃担任红军独立师师长。曾碧漪和贺怡也留了下来。贺子珍临走时，把两周岁的毛毛交给了毛泽覃和贺怡。贺子珍把自己的一件小灰布军装剪开来，铺上棉花，连夜为毛毛缝了件小棉袍。她含泪告别小毛毛，从瑞金赶往于都，跟毛泽东一起踏上远征……

中央红军一走，红区顿时成了白区。国民党军队长驱直入，留下来的红军游击队的日子变得异常艰难。1935年4月25日，毛泽覃战死于瑞金黄鳝口附近红林山区，年仅30岁。也就在这时，由于叛徒的出卖，古柏在广东龙川鸳鸯坑遭敌军包围，苦战半日弹尽受伤，流血过多，死于山野，年仅29岁。

在危难之际，贺怡把毛毛转移到一位警卫员家中，从此不知下落。她在1935年生下一子，也只得寄养在赣南山区之中。

贺怡改名贺一，从事地下工作。1940年6月30日，她在广东韶关被捕。后来，中共中央得知讯息，用被俘的国民党将领换回了她，她历尽千难万险，才终于得以来到延安。

曾碧漪则留在韶关做地下工作，她和古柏婚后，生了五个孩子，即古兴民、古一民、古兆民、古有民、古忆民，内中老大古兴民在1930年夭折。老二古一民是阴历除夕生的，生下寄养在当地老百姓家。老五古忆民，也寄养在"同志嫂"家中……

曾碧漪和贺怡在那漫长的寒夜中蒙受着丧夫之痛，而贺子珍在1937年秋离开延安前往苏联之后，又因江青插足，无法再回到毛泽东身边。这三位女性，在心灵巨痛之际，无不思念那散失在江西红土上的骨肉：贺子珍怀念毛毛，贺怡想念老大、老二，曾碧漪缅怀老二、老五……

毛泽东在1934年离开江西、踏上长征之路时，老百姓问他，红军何时打回来？他应道："三五年吧！"三年过去了，五年过去了，不见红军回江西。哦，直至三个五年过去——1949年，打着红旗的中国人民解放军进军江西，老百姓这才明白毛泽东所说的"三五年"的含义。

1949年9月，贺怡回到江西吉安工作，便着手寻找毛毛——她受姐姐贺子珍的重托。这年11月，她得到中共吉安县委的支持，乘一辆中吉普，开始在当年的红区寻觅。她来到韶关，见到阔别多年的曾碧漪，请曾碧漪上车，一起去寻找。

贺怡幸运地找到了老二——已经14岁的儿子贺麓成，曾碧漪也找到了老二。后来，她在1954年又找到老五。红区老百姓冒着生命危险，抚养了她们的子女，贺怡和曾碧漪感动得涕泪横流。曾碧漪记得，是江西会昌县的红区干部温季月，带大了她的老二。温家不顾杀身之祸，保存了一帧古柏的照片——曾碧漪指着客厅里那张放大照片对笔者说，这是唯一一张被保留下来的古柏传世之照。

令人遗憾的是，她俩苦苦追寻，仍不见毛毛的踪影——毛毛该17岁了！

1949年11月21日，贺怡连夜赶路。晚上八九点钟，吉普车行驶到江西泰和县凤凰圩，在过一座木桥时翻了车，翻到了水沟里，车上坐了八九个人。坐在车子前面的贺怡、曾碧漪的老二以及孩子的养父当场身亡，曾碧漪右脚骨折，贺怡之子贺麓成左腿骨折……这惨重的一幕，使贺子珍白发骤增，毛泽东心境怆然。

毛泽东在听罢曾碧漪关于车祸的亲历情景后，虽说讲了一句曾使曾碧漪心中久久不安的重话，但毛泽东也自知言重。此后，毛泽东仍常常打电话，请曾碧漪进中南海话旧。曾碧漪知道毛泽东公务繁忙，不是他来电话，不敢惊扰。有一次，毛泽东对她说："你怎么好久不来看我？"曾碧漪只得照实说明，生怕耽误他的工作。毛泽东说了一句令她难忘的话："有好多话，我只有对你这样的老同志才能说呀！"

1956年初，毛泽东得知当年杀害古柏的凶手仍未查明，便批示公安部门严查。由于毛泽东的关注，公安部门下了大力破案，几个月后终于抓获了叛徒王应源，凶手黄居成、黄卓等，使他们得到了应有的惩罚。

也正是由于毛泽东的关心，曾碧漪先后担任了第三、第四、第五届全国政协委员。

贺怡之子贺麓成在贺子珍及舅舅贺敏学的照料、关心下，刻苦学习，后来成为成就卓著的导弹专家。

曾碧漪告诉笔者，在1937年，毛泽东曾题词悼念古柏："吾友古柏，英俊奋发，为国捐躯，殊堪悲悼。愿古氏同胞，继其遗志，共达自由解放之目的。"

说罢，曾碧漪深情地说："主席是很重感情的，对老战友念念不忘！"毛泽东浓浓友人情，使曾碧漪刻骨铭心，永记温暖。

秘书童小鹏

有着“红色摄影师”的美誉

童小鹏从1935年10月红军长征抵达陕北之后，成为毛泽东的秘书，至1936年西安事变起，作为中共代表译电工作的随员，在周恩来领导下工作。

童小鹏担任毛泽东的秘书的时间是短暂的，前后为1年。

此后，童小鹏长期与周恩来共事。1959年至1966年，任国务院副秘书长兼总理办公室主任。直至1976年1月8日周恩来去世，他跟周恩来“风雨四十年”。

笔者希望能够采访童小鹏。在北京，打电话到他家，家人告知，他和夫人一起长住福建老家，忙于写回忆录。笔者准备专程前往福建采访他。

真巧，在1992年10月，笔者从上海飞往重庆采访重庆谈判的相关人士，刚在中共重庆市委招待所住下，当地的友人便告诉说，隔壁房间前几天住着童小鹏！于是，笔者赶紧打听童老的去向，得知他搬到一家部队招待所。得到童老的同意，笔者来到那里，访问了他和夫人紫非。

叶永烈采访童小鹏与夫人紫非

童小鹏思维反应很快，言谈幽默风趣。他出生于1914年，福建长汀人氏，比紫非年长7岁。笔者问及他的本名是否叫童小鹏，他大笑起来，说他原名“童大鹏”，只因小时候个子小，人们都喊他“小鹏”。久而久之，“童大鹏”变成了“童小鹏”，他居然也就以“童小鹏”为名。如今，几乎很少有人知道他本来叫“童大鹏”。

笔者跟童老谈着，他的夫人拿着照相机在一旁“咔嚓”拍照。看来，摄影已成了他们夫妇的共同爱好。

童小鹏有着“红色摄影师”的美誉。在中共高级干部中，爱好摄影的并不多，他是一个，张爱萍是一个。比起摄影记者来，童小鹏要方便得多，因为摄影记者只有得到允许，才能参加某些场合，拍摄照片，而童小鹏作为高级干部，能够拍到许多记者无法涉足的历史镜头。

童小鹏不仅举办了他的摄影作品展，而且由文物出版社印行了他的摄影作品集《历史的脚印》，他还主编了大型图片集《第二次国共合作》。

童小鹏是怎样爱上摄影的？童老说，他的“老师”是李克农。西安事变时，李克农任中共中央代表团秘书长。李克农喜欢摆弄照相机，“感染”了他，教会他怎样拍照。

童小鹏迷上了摄影，到了“机不离手”的地步。他抓住历史的瞬间，拍下了许多珍贵的镜头。他颇为“得意”地说起他的几幅佳作：

一是1946年，他和周恩来同住在南京梅园新村30号。一天，知道周恩来要出门，他事先在门口摆弄好照相机。周恩来出门时，他“咔嚓”一声按下快门。那幅照片拍得很自然，周恩来也很喜欢。如今，很多关于周恩来的书上，差不多都印着这帧照片。

二是开国大典之际，童小鹏从香港弄到了一点彩色胶卷。那时，彩色胶卷是非常稀奇的。就这样，他居然拍摄了开国大典的彩色照片，成为很珍贵的史料。

三是1959年夏日庐山会议上批判彭德怀时，会议气氛非常紧张，好多位中共中央委员都站了起来。“机不离手”的他，意识到这一场面非同寻常，当即拿出照相机拍摄。在这样严峻的场合，他不便用闪光灯，就开大了光圈，悄然拍摄，没有惊动会场。这些照片，如今成为不可多得的历史镜头。

他身处历史旋涡的中心，用照相机拍下了“历史的脚印”。因此，他的摄影作品集弥足珍贵。

童老回忆说，他最初拍照时，胶卷是自己冲洗的，照片也是自己放大的。因为这样可以省钱，而且有些照片不宜于拿到外面印放。他知道这些照片的意义，尽管南征北战，他一直非常细心保管底片。“酒越陈越香”，如今，这些几十年前的照片，凝聚着时代风云，已是千金难得的了。

在记者这一行当中，分为文字记者和摄影记者。文字记者只管采访新闻，而摄影记者则专门拍摄照片。兼文字与摄影于一身的记者也有，但是不多。

就秘书工作而言，秘书要有一定的文字功夫，能够帮助领导校对文件，起草讲话稿，整理文案，这是人所共知的。然而，秘书如果像童小鹏那样学会摄影，那就更好。通常人们认为摄影是秘书的“分外事”。其实，秘书常年工作在领导身边，比任何摄影师接触领导的机会都多。童小鹏就善于抓住可贵的瞬间，为中国当代历史留存了不可多得的精彩照片。

一丝不苟　严谨细致

童小鹏对于秘书工作的启示之二，就是一丝不苟、严谨细致的工作态度。

在纪念长征70周年的时候，许多考证文章都注重引述长征亲历者的日记，因为这些日记是长征的第一手记录。虽然参加长征者为数不少，但是留下来的日记却屈指可数：红五军团参谋长陈伯钧的日记，红一军团一师三团党总支书记肖锋的日记，红九军团文书林伟的日记，童小鹏日记。

在这些仅存的珍贵日记中，以童小鹏的日记最为详尽，最为精确。1933—1936年童小鹏的日记，被冠以《军中日记》的书名，于1986年由解放军出版社出版。人们称赞童小鹏的日记，“精确到了每天、每时、每刻”。长征中每天的行军路程，每次遭遇的战斗，每天亲历的事件，在童小鹏的日记中都有记载。

当时，童小鹏只是一个二十出头的小伙子，是红军前卫军团一军团政治保卫局的秘书。他在进行艰苦卓绝的长征的时候，每日必定详尽地记日记。在当时，记日记并不是组织上交给的任务，而是使命感驱动他逐日记录红军的壮举——二万五千里长征。他的日记，成为长征最真实、最准确的历史记录。

童小鹏的长征日记，在长征结束之后就引起注意。他在1936年8月6日的日记中写道：“杨（尚昆）主任、陆（定一）部长又来要我们写长征的记载，据说是写一本《长征记》。用集体创作的办法来征集大家——长征英雄们的稿件，编成后由那洋人带出去印售。并云利用去募捐，购买飞机送我们，这真使我们高兴极了。”这里说的“洋人”就是斯诺。发起写一本《长征记》的是毛泽东。8月5日，毛泽东与杨尚昆联名致函参加过长征的同志：“现因进行国际宣传，及在国内国外进行大规模的募捐运动，需要出版《长征记》，所以特发起集体创作。各人就自己所经历的战斗、行军、地方及部队工作，择其精彩有趣的写上若干片断。文字只求清通达意，不求钻研深奥。写上一段即是为红军作了募捐宣传，为红军扩大了国际影响。”

当时，童小鹏担任红一方面军红一军团政治部主任罗荣桓的秘书。童小鹏一下子就写了7篇关于长征的文章，如《残酷的轰炸》记述四渡赤水行军中遭受敌机轰炸的悲惨场面，《禁忌的一天》讲述红军在广西边界地区翻越高山时体验“瘴气”的经历……童小鹏能够写出那么多关于长征的文章，正是得益于他的长征日记。由于日记中有详细的记录，所以他的文章中的日期、地点、人物、气氛，都很准确。

童小鹏的勤奋和精细，引起毛泽东主席的注意。1935年10月，红军长征到达陕北之后，他被调往中央军委机要科工作。用童小鹏自己的话来说：“我当时名义是毛泽东的秘书，实际上是帮助叶子龙校对电稿，抄录电文，同志们开玩笑说我‘是毛主席秘书的秘书’。”不久，童小鹏被调往周恩来身边工作，从1936年12月12日爆发西安事变到1976年1月8日周恩来去世，童小鹏与周恩来风雨同舟40年。郭沫若曾称赞周恩来虑事“如水银泻地”一般周密，而童小鹏细致入微的工作态度，正是与周恩来的工作作风非常默契，所以他得到周恩来的倚重。

童小鹏在晚年告老还乡，回到福建漳州，亲自执笔写回忆录，把他记忆仓库中的周恩来化为文字，留给后人。他依据多年来在周恩来身边工作所作的种种记录，写出了长达85万字的纪念周恩来的《风雨四十年》（分上、下两卷），还写出自传《少小离家老大回》。

说起周恩来的故事

据童老的秘书小戴说，童老把重庆视为第二故乡，近年来到重庆去了十多趟。这是因为童老当年在雾都重庆，曾度过难忘的岁月。

笔者请童老回忆周恩来，他谈起重庆谈判时感人的故事……

他说，毛泽东主席于1945年8月28日从延安飞抵重庆，跟蒋介石进行和平谈判。

他记得，毛泽东来重庆后，乘坐的是蒋介石派来的轿车，连司机也是他们的。很多人替毛泽东担心，因为蒋介石是什么事情都干得出来的。毛泽东却很坦然，他料定蒋介石不敢对他下毒手。毛泽东准确地分析了形势：当时抗日战争刚刚结束，全国人民渴望国内和平，蒋介石也做出跟共产党和平谈判的姿态，不敢冒天下之大不韪暗害他——正因为这样，他从延安飞到重庆，也就不在乎坐上蒋介石派来的汽车。

张治中在重庆市中心有座公馆，叫桂园，他安排毛泽东主席在那里休息。不过，毛泽东只是中午在那里休息，晚间仍回红岩村。红岩村位于重庆城郊嘉陵江畔的一个红土坡上。那里原是一片荒坡，饶国模在那里创办了“大有农场”。饶国模是黄花岗烈士饶国梁的胞妹，思想进步，对中共有好感。于是，取得了饶国模的帮助和支持，中共在那里建了一幢三层楼房——红岩村13号，作为八路军重庆办事处。中共中央南方局也设在这里。于是，红岩村成了重庆的“红区”。毛泽东住进了“红区”。

中共中央南方局成立时，以周恩来、博古、凯丰、吴克坚、叶剑英、董必武6人为常委，周恩来为书记。童小鹏最初在秘书处任秘书，后来任秘书处处长兼机要科科长，领导机要、电台、文书三个科。电台设在三楼，重庆谈判时的机密电报，便是经童小鹏之手，由三楼秘密电台发往延安。

毛泽东住在二楼右手第一间。楼房里的楼梯、过道，全铺着木板，人一走过便发出噔噔脚步声。周恩来关照工作人员们不要穿皮鞋，避免发出响亮的脚步声，影响毛泽东休息。童小鹏和紫非是在红岩村结婚的，那时已经有了孩子。他们把孩子放在底楼，尽量减少干扰。三楼的电台工作人员全部赤足，这样走路无声。那时正值重庆酷暑，三楼阁楼式小屋气温高达40℃，电台工作人员日夜坚持工作。

童小鹏谈起了周恩来。周恩来的睿智、镇定、机敏、周密，给他留下不可磨灭的印象。童小鹏说及了“李少石事件”。

那是在1945年10月8日，那天《国共双方代表会谈纪要》已经定稿，双方商定在10月10日签字。毛泽东将在签字后的翌日离开重庆，返回延安。为了庆贺会谈成功，也为了给毛泽东饯行，8日晚，张治中举行隆重的宴会。数百人出席了宴会。宴会毕，文艺演出开始。周恩来陪着毛泽东在看戏。突然，八路军重庆办事处来人找周恩来。周恩来见来者神情紧张，知有要事，当即离席。周恩来从来人的报告中得知，出了大事：李少石的汽车在红岩村附近，受到国民党士兵枪击，李少石中弹，现在生命垂危！

李少石，国民党左派元老廖仲恺的女婿。他在1925年加入共青团，1926年加入共产党，1930年与廖仲恺之女廖梦醒结婚。眼下担任八路军驻重庆办事处秘书，周恩来的助手。1925年8月20日，廖仲恺在广州国民党中央党部大门前，遭国民党右派指使的暴徒狙击，中弹身亡。

如今，会不会是20年前惨剧的重演？会不会是蒋介石破坏重庆谈判的一个阴谋？特别是此事发生在《国共双方代表会谈纪要》签字前夕，发生在毛泽东主席离渝前夕……

周恩来面对这一突发事件，显得异常镇定。他没有惊动正在看戏的毛泽东和张治中，马上着手处理这一事件。周恩来找来国民党的宪兵司令张镇，问他是否知道李少石事件，张镇摇头，周恩来告知了大致的情况，严词要求张镇立即办两件事：第一，详细调查李少石中弹的原因，弄清真相；第二，晚会结束后，张镇务必用自己的汽车并亲自送毛泽东主席回红岩村，绝对保证毛泽东主席的安全。张镇答应照办。

周恩来又与张镇一起，于晚8时50分赶赴重庆市民医院，探望李少石。李少石已于一个小时前因抢救无效而去世，周恩来闻讯泪如雨下！

李少石的死讯，于翌日见报，震惊了山城重庆。很多人认为是国民党特务下的毒手。有人说，李少石也是两道浓眉，国民党特务一定是把他当成周恩来，开枪暗杀！

周恩来很冷静。他除了责令张镇进行调查之外，也通过各种途径了解事件经过。很快地，他弄清了真相：8日下午5时，李少石乘八路军驻重庆办事处汽车，送柳亚子先生由曾家岩周公馆回沙坪坝住宅，然后返回红岩村。因有紧要公务在身，司机熊国华行车甚快。经过红岩嘴下土湾时，正遇国民党重迫击炮第一团第三营七连中尉排长胡关台率30余人在那里休息。内中一等兵吴应堂正在路边解手，被汽车撞倒。司机熊国华没有停车，该连下士班长田开福情急，朝汽车开了一枪，那枪弹自车后工具箱射入，正中李少石，由左侧肩胛部射入肺部……

周恩来经过调查，排除了国民党特务暗害李少石的可能性。他向毛泽东作了汇报，起草了一份声明。这份声明在10月11日重庆《新华日报》以《十八集团军驻渝办事处钱之光处长谈话》名义发表，说明了事件真相，平息了这起突然爆发的风波。钱之光的谈话还表示，那位正在市民医院医治的国民党士兵吴应堂的医药费，“我们愿负担”。

当天的《新华日报》一售而空。重庆市民纷纷称赞中共的实事求是的态度。

后来，周恩来曾说：“人不要有主观主义，不要有成见，李少石一事就是很生动的例子。”

周恩来也曾跟童小鹏谈起张镇，他说：“我要张镇办的几件事，他都一一去办了。应当说，在处理李少石事件时，张镇还是做了好事的。”

那几天，周恩来非常忙碌，他正在为毛泽东如何安全返回延安而操心。毛泽东从延安去重庆，是由张治中和美国驻华大使陪同，乘坐赫尔利的专机，当然安全。但是，赫尔利已于1945年9月返美。毛泽东从重庆回延安，怎样才能绝对安全呢？

正巧，张治中在跟周恩来谈话时，说及在重庆谈判结束后，蒋介石委员长将派他前往兰州，处理新疆问题。周恩来非常机警，当即抓住这一机会，说道：“你能不能先送毛主席回延安，然后转道前往兰州？”张治中当即答应：“我向蒋委员长请示。”蒋介石同意了周恩来的建议。于是，在10月11日那天，毛泽东由张治中陪同，登上蒋介石专机“美龄”号，由重庆飞往延安……

童小鹏以敬佩的心情，说起周恩来的这些往事。他的记忆力不错，阅历丰富，而且他又善于捕捉那些感人的细节……正因为这样，他的《风雨四十年》一书，引起广泛的注意，被认为是研究周恩来的极其重要的第一手著作。

通讯秘书李锐

93岁还去游泳

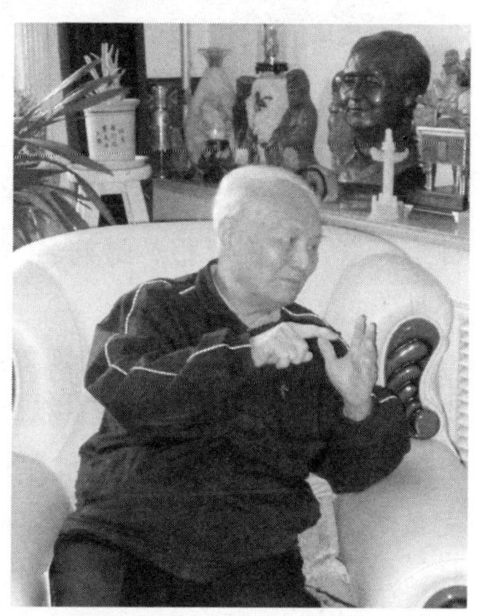
2010年5月13日叶永烈在北京再度采访李锐

笔者过去为别的事情采访过李锐，所以2010年5月12日下午在北京路过他家门口时，就上楼摁响门铃。笔者原本以为，已经93岁高龄的李锐，总会在家中。没有想到，他家保姆说，李锐游泳去了！于是，约定翌日上午拜访他。

虽说李锐九十有三，却人如其名，眼光敏锐，思想敏锐。那天早上，他刚刚吃完早饭，一口气跟笔者谈了3个多小时，直至中午。他一头银发，气色很好，穿一件深蓝色的运动服，看上去像年轻人。在他所坐的沙发后面的柜子上，除了有他自己的青铜雕像之外，还有陈独秀、彭德怀画像。他看过笔者的纪实作品，尤其关注笔者写的《陈伯达传》。他逐一回答笔者的问题，并跟笔者随意而聊。聊着聊着，他会进书房找书，然后签名送笔者，说这本书可供参考，那本书值得一看。那天上午他总共赠笔者9本近著。李锐每日读书阅报，消息相当灵通。听说笔者要他谈钱学森，他马上站起来，从书房里拿出一本刚刚出版的2010年第5期《炎黄春秋》杂志。他说，这一期《炎黄春秋》上有薛攀皋的《科学家与农民竞放“卫星”》，其中就有相当篇幅谈到钱学森。

李锐出生于1917年4月，湖南平江人，原名李厚生，曾用名李候森。

李锐说，他的父亲早年留学日本，追随孙中山，是1905年中国同盟会成立时的第一批会员。1917年8月孙中山在广州召开“非常国会”，李锐的父亲是“非常国会”代表，选举孙中山为“大元帅”。他的父亲在1922年去世，当时李锐只有5岁。李锐的母亲是前清女子师范的毕业生，对李锐的教育非常严格。毛泽东的秘书李六如认识李锐的母亲。

1944年，李锐（左）出狱后与战友的合影

1934年至1937年，李锐在国立武汉大学机械系学习。1937年5月加入中国共产党。

虽说是工科学生，但李锐喜欢写作。参加革命之后的李锐，主要的工作就是“笔杆子”。1940年至1945年，任中共中央青委宣传部宣传科科长，延安《解放日报》评论部组长。1945年至1948年任冀热辽日报社社长。1948年至1949年任中共中央东北局高岗政治秘书、陈云政治秘书。1949年8月至1952年9月任《湖南日报》（《湖南日报》最初名《新湖南日报》）社社长，中共湖南省委宣传部部长。

在1952年，经过3年的恢复经济，中国开始实行第一个五年计划，中共中央决定调动大批专业知识干部“归口”。机械系出身的李锐也“归口”，从笔杆子转到工业战线，李锐称之为“投笔从工”。1952年9月，湖南省委书记黄克诚调任中国人民解放军总参谋长，李锐随黄克诚同车赴京。从此这位报社社长、宣传部部长，“归口”到水电部门。1952年10月10日，李锐被任命为燃料工业部水电工程局局长。此后任电力工业部部长助理、党组委员兼水电建设总局局长。1958年8月至1959年任水利电力部副部长。

写作《毛泽东同志的初期革命活动》

笔者问李锐，你作为水利电力部副部长，怎么会成为毛泽东的秘书？

李锐进书房，找出一本红色封面的《三十岁以前的毛泽东》。封面上印着青年毛泽东身穿长衫、右手持油纸伞穿行在山野，一望而知是刘春华在“文革”中创作的那幅著名的油画《毛主席去安源》。

李锐说，这是他三易其稿、写了将近半个世纪的书，最初是在他担任《湖南日报》社社长、中共湖南省委宣传部部长期间开始写的。

李锐怎么会关注起毛泽东的青少年时代的呢？

起因在于湖南《大公报》。在中国，曾经有过互不隶属的七家《大公报》。最著名的是1902年6月17日英敛之在天津创办的《大公报》，而创刊于1938年8月13日的香港《大公报》，至今仍是香港富有影响的报纸。至于湖南《大公报》则创刊于1915年9月1日，是民国时期湖南历史最久的日报。

那是他在1949年南下回到故乡湖南工作时，结识了张平子先生。张平子从1938年起担任湖南《大公报》总编辑。张平子告诉李锐，毛泽东从1919年起，曾经在湖南《大公报》上发表过许多文章，他有当时的湖南《大公报》。张平子所说的这一情况引起李锐莫大的兴趣。于是李锐就小心翼翼地翻阅那些已经饱经沧桑、又薄又脆的旧报纸，从1919年11月8日至10日连续三天在湖南《大公报》第2版上看见《本报特别启事》：“本报添约毛润芝先生为馆外撰述员，此布。”

此后，在1919年11月16日湖南《大公报》上读到署名“泽东”的评论文章《对于赵女士自杀的批评》。“赵女士自杀”是11月15日发表于湖南《大公报》的社会新闻，长沙女子赵五贞，被迫嫁给比她大20岁的古董商，在花轿中用剃刀自杀身亡……毛泽东在评论中对赵五贞之死深表同情，指出“是环境逼着他[1]求死的”。

李锐在湖南《大公报》探骊索珠，竟然找到二三十篇可以肯定是毛泽东所写的文章。1951年初，李锐利用他担任《湖南日报》社社长的方便，在报社里把毛泽东这些鲜为人知的早期文稿以《毛主席旧作辑录》为书名，印了50本。不料此事惊动了上级，认为未经毛泽东本人同意，不能擅自汇编毛泽东早期文稿，严厉批评了李锐，并要求李锐上交已经印好的50本《毛主席旧作辑录》。

刚过而立之年的李锐不服于批评，认为编印《毛主席旧作辑录》纯属好意，为毛泽东保存宝贵的早期文献，而且仅限报社内部参考，何错之有？李锐反而因此利用他工作上的方便，广泛收集、研究毛泽东早期文稿以及革命活动。李锐在湖南大学图书馆的库房，查阅《湘江评论》等曾经发表毛泽东大量文稿的报刊。李锐采访了毛泽东母校——湖南第一师范校长周世钊，得到大量第一手资料。他从此广泛采访与毛泽东早期革命活动有关的人士，积累的资料越来越丰富。在1952年9月他调往北京工作前，请假一个月，冒着酷暑，写出了《毛泽东同志的初期革命活动》一书初稿。

李锐调到北京工作之后，决心“弃文从工”。不料，《中国青年》杂志得知李锐写了《毛泽东同志的初期革命活动》一书，想在杂志上连载。当然，在团中央的机关刊物上连载关于毛泽东生平的文章，相当慎重。李锐推荐毛泽东

[1] 当时女性也用“他”字。

的秘书田家英“把关”。于是《中国青年》编辑部就请田家英审稿，然后在《中国青年》上连载，产生了广泛的影响。

李锐推荐毛泽东的秘书田家英来“把关”，是因为李锐跟田家英有着深厚的友谊。他们相识于延安。当年的延安，“莫道都穿粗布服，称呼同志一家人”。李锐在延安担任《解放日报》评论部组长，田家英则喜欢给《解放日报》写文章，田家英的文章差不多都是经李锐之手发表在《解放日报》上。他俩意气相投，很快就成了挚友。如今，李锐调到北京工作，田家英也就成了他的《毛泽东同志的初期革命活动》最好的审稿人。

1957年8月，《毛泽东同志的初期革命活动》由中国青年出版社出版，发行了上百万册。毛泽东是否从这个时候开始注意起李锐，不得而知。

怎么成为毛泽东秘书？

李锐成为毛泽东的秘书，并不因为他写了《毛泽东同志的初期革命活动》一书，却是一场关于长江三峡水电站的大辩论，使毛泽东注意起这位口才、文笔都不错的水利电力部副部长。

毛泽东十分重视长江三峡工程。1956年6月毛泽东在《水调歌头·游泳》中，描绘了长江三峡大坝建成之后的美景：

更立西江石壁，
截断巫山云雨，
高峡出平湖。
神女应无恙，
当惊世界殊。

毛泽东还曾经到三峡实地考察。不过，毛泽东也深知三峡工程浩大，未敢贸然决策。

那时候，长江三峡建水电站的建设问题引起激烈的争论。以长江水利委员会主任林一山为代表的一批学者认为要建，而李锐旗帜鲜明地反对，认为按照当时中国的国力还建不了这么大的水电站。

1958年1月18日，正在广西南宁开会的毛泽东，指派一架专机把李锐和林一山接到南宁，当着他和中共中央政治局主要领导的面就三峡工程建设问题展开辩论。

林一山此人，对长江的种种问题了如指掌，毛泽东称他为“长江王”。林一山并非水利科班出身，却原本是一员战将。他在1936年1月加入中国共产党，当过胶东区游击司令员。曾任青岛市委书记兼市长、辽宁省委副书记兼军区副政委。后来担任第四野战军南下工作团秘书长，南下之后任中南军政委员会水利部长兼长江水利委员会主任。林一山干一行，钻研一行。他全力钻研长江水利，竟然成了专家，成了“长江王”。

林、李二人同机到达南宁之后，毛泽东带领刘少奇、周恩来、朱德、彭真、李富春、李先念、薄一波、陈伯达、胡乔木、吴冷西以及李锐的老朋友田家英，坐在长条桌的一边，而另一边就是林一山和李锐。

毛泽东请林一山、李锐各抒己见。林一山说，要两小时，而李锐则说，半小时足矣。

林一山有备而来，带来一大堆资料，从汉朝贾让治水谈起，侃侃而谈，长篇大论，直至全面阐述建造三峡水电站的必要性、重要性、可行性以及种种优点。

接着，李锐进行简短而有力的反驳。李锐反驳的重点放在质疑林一山所说的可行性上。李锐尖锐指出，三峡工程急于上马带有很大的主观性、片面性和随意性，这样巨大的工程按照当时中国的国力，不要说七八年修不好，10年内也办不成。李锐还指出，修建三峡工程需要移民100多万人，这是一个极其严重、极为困难的问题。

辩论之后，毛泽东又要两人把主要观点写成文章，3天交卷。林一山写了两万多字，李锐只写8000字。李锐指出：“三峡水电站所有重大技术问题，可以说无一不超过当前世界水平很远。当然这一点吓不倒我们，但问题是需要时间……”

毛泽东十分欣赏李锐的学识和直率，认为按照当时中国的实际情况，只能暂缓建设三峡水电站。李锐回忆说：“只要言之成理，毛主席那时还是很听得进反面意见的，尤其是小人物的反面意见。”

这场辩论结束之际，毛泽东赞赏李锐文章写得好，意思清楚，内容具体，论点服人。毛泽东指着李锐说：“我们要有这样的秀才。”“大家都要注意培养秀才。”

出人意料，毛泽东提出，要李锐留下担任他的秘书。由于李锐当时忙于水利部的工作，无法出任毛泽东的专职秘书，于是从这时候起，李锐开始担任毛泽东兼职秘书（又称通讯秘书，也有人称为“工业秘书”，并不确切）。

李锐一下子被毛泽东如此看重，用中共湖南省委第一书记周小舟的话来说，李锐“你中了状元了！”

这样，李锐开始与毛泽东有许多接触。

中了“状元”之后

李锐中了“状元”之后，得以出席中共高层诸多会议，开始了他的新的政治生涯。

李锐既然成了毛泽东的“通讯秘书”，他就得经常给毛泽东写信，反映问题和意见。1958年正值“大跃进”岁月，作为“大跃进运动”的发动者的毛泽东也头脑发热。

1958年1月，毛泽东在南宁会议批判周恩来、陈云等，提出要“反‘反冒进’”，开始了严重的“左”的错误。此前，周恩来、陈云提出要“反冒进”。毛泽东称，“反冒进”是“寻寻觅觅，冷冷清清，凄凄惨惨戚戚”；“冒进”则是“轰轰烈烈、高高兴兴”，“不尽长江滚滚来”。不言而喻，毛泽东“反‘反冒进’”，也就是要继续“轰轰烈烈、高高兴兴”，“不尽长江滚滚来”。

1957年11月13日，在“反右派斗争”进入尾声的时候，《人民日报》发表了一篇社论，题为《发动全民，讨论四十条纲要，掀起农业生产的新高潮》。这篇社论里，第一次使用了“大跃进”这个词。毛泽东看了之后，高兴地拿起红铅笔来，在社论旁边批了一句话：“建议把一号博士头衔赠给发明‘跃进’这个伟大口号的那一位（或者几位）科学家。”从此，“大跃进”的热潮席卷中国。

李锐送给笔者的书中，有一本《李锐上书集》。李锐说那本书中收入他给毛泽东的“上书”，其中还有“专题回忆”《大跃进期间三次上书毛泽东》。

李锐回忆说：

> 1958年6月上旬，毛找我去谈过一次话，说到当年钢铁要翻一番的打算。6月中旬到7月上旬，我到上海主持华东区电力系统下放会议，接着参加华东区计划会议。这些会议是在5月八大二次会议正式通过社会主义建设总路线之后，紧锣密鼓地部署“大跃进”的重要步骤。在开完会议离开上海的头天晚上（7月7日），我给毛泽东写了第一封工作性质的信。我的

信委婉地反映了华东地区1959年产钢600万吨的计划对机械工业造成的严重困难，尤着重于发电设备高速增长的困难。我认为在工业全面跃进的形势下，电力供应将严重不足，这种情况在短期内还难以改变。信的末尾指出："有些事情需要也可以'霸蛮'（这是一句湖南土话，即勉强蛮干之意），但有些事'霸蛮'也无济于事。""大家确实都是鼓足了二十四分干劲，但是在计划上很少听见'留有余地'"，"人们还是不大愿意多听困难之言，困难之言有时也使人难以启口，至少先给自己戴顶'中游'帽子，才好开讲。"

信发出之后，毛泽东没有回音。

1958年8月17日至30日，中共中央政治局在河北省秦皇岛北戴河举行扩大会议。毛泽东主持会议，李锐作为毛泽东的"通讯秘书"得以与会。会议提出"以钢为纲，全面跃进"的方针，号召1958年要为生产1070万吨钢而奋斗。8月29日，会议通过两项重要决议，即《中共中央政治局扩大会议号召全党全民为生产一千零七十万吨钢而奋斗》和《关于在农村建立人民公社问题的决议》。会后，在全国很快形成了"全民炼钢"和"人民公社化运动"的高潮。为期将近半个月的会议，毛泽东并没有找李锐谈话。毛泽东正处于"霸蛮"的时候，自然听不进李锐的意见。

李锐说，到1958年11月的武昌会议，"大跃进"初期的狂热已过，乱子和问题出现不少，中央开始降温。毛泽东在这次会议的第一天讲话时提出要把空气压缩一下。也许是他想起我那封信来了吧，会议初始的一天晚上，接到通知，要我到他的住处东湖招待所去。

李锐回忆说：

这个地方我很熟悉，我的母校武汉大学就在附近。1952年我从湖南调北京之前的夏天，我到中南局组织部谈话时，在这招待所里住过几天。这是一个不规则的长廊式的平房，就在东湖之滨。这次与毛泽东谈话不到一个小时，现在记得起来的谈了三件事：

一是大炼钢铁，谈到"小土群"，几千万人上山并不能解决问题，而且决非长策，钢铁这个东西还是要靠"大洋群"，否则不能保证质量，从而会影响到用户，首先是机械行业一系列问题。我最后说了一句：不到黄河心不死。他也笑了起来，这些话听进去了。

其次谈到大炼钢铁产生乱砍树木毁林的恶果，当时我就有所接触，联想到水土流失。这个问题未能深谈下去。

第三件事是粮食"放卫星"问题，我特意问他，你是农村长大的，长期在农村生活过，怎么能相信一亩地能打上万斤、几万斤粮？他说看了钱学森写的文章，相信科学家的话。原来1958年农业"放高产卫星"时，钱学森在报纸上发表了一篇文章，说太阳能如果利用了多少，科学论证，一亩地可以打几万斤粮。钱的文章对毛固然起了作用，当时我心里想：一个自己种过地对农业如此熟悉的人，恐怕主要还在欣赏群众的冲天干劲，也相信这种积极性或许真能创造奇迹，不想给这种"热情"泼冷水，因而对高产"卫星"宁可信其有，不愿信其无吧。说受钱文影响，是否有点推卸责任呢？何况，即便在武昌会议上，他还是相信1958年粮食产量硬有7500亿斤。这个比头年翻一番的产量，他是很满意的。（后经核实，只有4000亿斤。）

我的《龙胆紫集》中，"戊己诗"九首组诗有一首七绝，即记这夜谈话情景：

岂有闲情忆少年，
湖边夜召话当前。
黄河不到心难死，
特作如斯斗胆言。

这晚谈话使我感到，钢铁也好，粮食也好，毛确实比较清醒了，"不到黄河心不死"这样重的话，不仅不以为意，还笑了起来。虽然粮食产量仍坚持公布7500亿斤，他还是号召反对作假，直接批评了当时盛行的浮夸和弄虚作假的恶劣风气，这就有利于降温工作的进行。

1959年2月底，李锐给毛泽东写了第二封反映问题的信。信里主要讲了1959年钢产量指标必须下降，并且落实，这样才能免于影响全局。否则，最大问题是同一机部的矛盾无法解决。一机部的主要产品有赖于钢的数量尤其质量，从而电力也是无法保证的。信的末尾，还引用了列宁的话："宁肯少些，但要好些。"信写好后遇见陈云的秘书周太和，他将信给陈看了，并跟我说，信中所反映的问题不少牵涉到计委，最好能给李富春也看看。于是我将信的抄件送李富春，原件送毛泽东，并说明同时给了李富春一份抄件。

1959年3月25日至4月1日，中共中央在上海召开了政治局扩大会议，李锐出席了会议。毛泽东约他单独谈话。

关于上海的谈话，李锐回忆说，是在会议刚开始两三天，得到通知，毛泽东要他去谈话。毛泽东住在一所很宽敞的花园洋房。进客厅时，胡乔木也在座。刚坐定，毛泽东就指着李锐对胡乔木说："这个人是不敢做强盗的。"李锐茫然，不知毛泽东此言何意。后来转入正题谈钢铁指标落实，对计委的工作有很大意见时，李锐才明白，毛泽东刚才的话是指李锐给他的信为什么要送一份给顶头上司李富春看，认为李锐胆子太小了，"不敢做强盗的"。毛泽东对李锐说，为什么只给他几根骨头吃，不给些肉吃？李锐明白，这是指第二封信写得太简要。

于是，李锐给毛泽东写了第三封反映情况的信。李锐在信中说得颇为尖锐：

> 关于1959年计划的安排（也包括第二个五年计划指标的几次调整），从成都会议到这次上海会议，大体上涨了五六次，下降了两次：如果划一根曲线，则北戴河为最高点，武昌为转折点，上海为落实点。这是一个冷与热、浪漫与现实、藐视战略困难与重视战术困难的发展过程。从做计划来说，回忆一下这一年来的情况，接受一些经验教训是必要的，这对于安排明年和今后的计划有很大的好处。中外古今没有过这种大跃进的经验，一年来计划安排的上下过程是不可避免的。但有一点要引起注意，就是今后做计划，应当避免再这样几上几下、大上大下了。

在上海会议结束后紧接着召开的八届七中全会最后一天大会上，毛泽东作了长篇讲话，其中几次谈及李锐，使李锐诚惶诚恐。据李锐回忆：

> 毛泽东说，我要找几位通讯员，名曰秘书，从三委（计、经、建委）二部（冶金、机械）找，一部一人，人由我自己找，找那些有一点马列主义的、脑筋灵活一点的人，借此同你们唱对台戏。然后再逐步增加，找几个部的。前面乌龟爬上路，后面乌龟照路爬。你们可以找通讯员，为什么我不可以找？你们反对得了呀？我找了个李锐，在长江水利上和林一山是唱反调的。他写了三封信给我。我看这人算是好人，有点头脑，就是胆小，给我的信先给李富春看，怕你的顶头上司，不怕我；我这里不是正统，是插野鸡毛的。
>
> 讲到这里，毛大声地问：李锐来了吗？我坐在会场的最后一排，只好应声站了起来。毛说：你坐在后面干什么？你坐到前头来嘛！你写的东西

有“骨头”没有“肉”，你给我点“肉”吃嘛！你给我写了三封信，给我很大帮助，我很感谢你，是共产党感谢共产党。

在讲到第十五个问题即要解放思想时，毛又点我的名说：李锐怕鬼，要改。要解放思想，不要怕鬼。现在我们同志中有一种空气很不健康，怕挨整，以为总不知有哪一天要整到他头上来，所以谨小慎微。好嘛，公事公办，怕什么？只要不杀头就行；其他都可以，戴机会主义帽子，记过，撤职，开除党籍，老婆离婚。“舍得一身剐，敢把皇帝拉下马”，王熙凤乃是治世之能臣，乱世之奸雄。舍不得砍掉头，就下不了最后的决心。

毛泽东在这么重要的会议上，当着那么多高级干部，多次提到李锐，使李锐终生难忘：

我自己真没有想到会在大会上受到如此奇特的夸奖。“你坐到前头来嘛”，“给我点肉吃嘛”，“共产党感谢共产党”，此种声调、语气、神态，至今仍历历在目。

这一回，李锐得到朋友的评价是“红得发紫”。

在庐山摔了一个重重的跟斗

从中了“状元”，到“红得发紫”，李锐的人生曲线也到达最高点了。不久之后，李锐在庐山摔了一个重重的跟斗，从高峰跌进低谷。

笔者最初注意起李锐，就是因为他写的《庐山会议实录》一书。这本书于1989年4月首次由春秋出版社、湖南教育出版社共同出版。当时这本书属于“少量刊印，内部发行”。笔者在上海买不到这本书，通过向湖南教育出版社直接邮购，于1986年6月12日购得此书，花了一整天时间，一口气看完。这是笔者看过的关于庐山会议最详实的一本书，因为李锐是庐山会议的亲历者，他根据自己当时的笔记以及相关原始资料，写成此书，揭开了庐山会议的迷雾。在笔者看来，《庐山会议实录》一书是李锐所有著作中最重要、最有价值的一部书。这本书的可贵，一则李锐是庐山会议重要当事者，亲历了庐山会议诸多重大事件，二则李锐作为“秀才”，笔头甚勤，把庐山会议的重要见闻记录在一个黑皮笔记本上，使李锐的《庐山会议实录》一书建立在第一手的可靠史料上。

“庐山会议”包括两次重要会议：1959年7月2日至8月1日中共中央在江西庐山召开的政治局扩大会议和1959年8月2日至16日举行的党的八届八中全会。政治局扩大会议有中央政治局委员和各省、市、自治区党委第一书记，中央、国家机关一些部门的负责同志参加了会议。

据李锐的黑皮笔记本记载，1959年6月30日接到通知，上庐山开会。这天北京上山的人到中南海居仁堂，彭真传达了要讨论的13个问题，说是开“神仙会”。原本李锐无缘出席庐山会议，由于他成了毛泽东的“通讯秘书”，所以成为会议的列席代表。

“神仙会”的主题是毛泽东定的，那就是总结经验教训，调整指标，继续纠正“左”倾错误。会议的气氛轻松而活跃。李锐与毛泽东秘书田家英、胡乔木来往颇多。

李锐回忆说，毛主席找我们少数几个人谈了三次，谈得很融洽，有时满堂欢笑。李锐写下了这样的诗：

> 山中半夏沐春风，
> 随意交谈吐寸衷。
> 话到曹营事难办，
> 笑声震瓦四心通。

其中的“话到曹营事难办”，是指毛泽东找李锐等人谈话时，曾经说及：“我这个人也有胡思乱想。有些事不能全怪下面，怪各部门，否则，王鹤寿会像蒋干一样抱怨：曹营之事，难办得很。”说到这里，他自己和三个听者，一齐哄堂大笑起来，久久不息。

李锐与田家英的友情最深。李锐回忆说：

> 经常与田家英议论时政，忧心国事，臧否人物，乃至推敲文件。这是真正的交心，当然也是危险的交心。所谓“危险的交心”，就是有时难免对主公（这是我们谈话时，他对毛泽东的尊称）有所议论：除谈论老人家独到的长处外，还谈到短处。如说主公有任性之处，这是他有次同中央办公厅负责人谈到深夜时两人的同感。他还谈到主公常有出尔反尔之事，有时捉摸不定，高深莫测，令人无所措手足，真是很难侍候。今天跟上去了，也许明天挨批，还喜欢让人写检讨……

李锐还忆及田家英一段尖锐的话：

> 他说，他离开中南海的时候，准备向主公提三条意见：一是能治天下，不能治左右；二是不要百年之后有人来议论（这是我们不止一次谈论过的赫鲁晓夫作秘密报告之事）；三是听不得批评，别人很难进言。第三条他感触最深，谈过反右派前夕的一些情况。

在“神仙会”期间，在会议上，尤其是在会下，李锐很活跃。李锐不光是跟田家英有“危险的交心”，而且跟胡乔木以及中共湖南省委第一书记周小舟、中国人民解放军总参谋长黄克诚大将有过“危险的交心”。

胡乔木是毛泽东秘书。李锐跟胡乔木认识很早。李锐说，1939年夏，中共南方局开青年工作会议，李锐当时在湖南省委组织部工作，兼省青委书记；冯文彬、胡乔木代表中央青委从延安来到重庆。开完会后，李锐陪同胡乔木到湖南检查青年工作，走了一个月。后来，李锐调离湖南撤退到延安，一路与胡乔木同行。到延安后，胡乔木把他留在中央青委宣传部工作。

周小舟曾经担任过毛泽东秘书。20世纪50年代初，周小舟任中共湖南省委宣传部部长，李锐是副部长，几乎天天在一起工作。后来李锐接替周小舟，担任中共湖南省委宣传部部长。

李锐跟黄克诚也是老熟人。李锐回忆说，解放战争时期，黄克诚在热河任冀察热辽分局书记时，他担任该区报社社长。南下湖南之后，李锐任《湖南日报》社社长、湖南省委宣传部部长，黄克诚是湖南省委书记，李锐常去黄克诚家中。1952年9月，黄克诚调任中国人民解放军总参谋长，李锐随黄克诚同车赴京。

“神仙会”终于不轻松起来。7月14日晚，国务院副总理兼国防部部长彭德怀元帅针对当时客观存在的问题，给毛泽东写了一封长信，谈了自己不便在小组会上谈的想法，陈述了他对1958年以来“左”倾错误及其经验教训的意见：“浮夸风、小高炉等等，都不过是表面现象；缺乏民主、个人崇拜，才是这一切弊病的根源。”彭德怀的这封信，被称为“万言书”。

7月16日，毛泽东批示把彭德怀的信印发给全体与会者，并让会议转入对这封信的讨论。在小组会上，黄克诚、周小舟、张闻天等发言认为信的总的精神是好的，表示同意彭德怀信中的意见。

7月18日，李锐来到田家英住处，胡乔木、吴冷西、陈伯达都在。谈到彭德怀的信，大家都很感兴趣，觉得信的内容很好，观点跟他们一致。李锐还说，只有彭老总才有胆量，敢这样写。

就在不少人赞同彭德怀的信的时候，7月23日，毛泽东在大会上讲话，发动了对彭德怀的反击，认为彭德怀的信表现了“资产阶级的动摇性”，是向党进攻，是右倾机会主义的纲领。从此庐山上的“风向”大变，从最初的反“左”，一下子来了个180度转弯，变为“反对右倾机会主义”。

毛泽东在历史上本来就与彭德怀有着过节。毛泽东曾说：“我这个人是被许多人恨的，特别是彭德怀同志，他是恨死了我的；不恨死了，也有若干恨。我跟彭德怀同志的政策是这样的：‘人不犯我，我不犯人；人若犯我，我必犯人。’”这一回毛泽东在庐山上抓住彭德怀的“万言书”，进行反击了。

毛泽东的讲话，是庐山会议的转折点。对于李锐他们不啻是晴天霹雳。听了毛泽东的讲话之后，李锐记述了那难忘的一幕：

> 我们四个人：田家英、陈伯达、吴冷西和我，沿着山边信步走去，心中都是沉甸甸的，没有一个人讲话。怀念田家英文中，我记下了这一情景：
>
> 走到半山腰的一个石亭中（大概是小天池），大家停下来，还是没有人吱声。亭中有一块天然大石，上刻明人王阳明诗句：
>
> 昨夜月明山顶宿，隐隐雷声翻山谷。
> 晓来却问山下人，风雨三更卷茅屋。
>
> 刻诗者是否预知我们要到这个亭子来？诗意跟我们此时心境有某种暗合。在亭中，远望长江天际流去，近听山中松涛沉吟，大家仍无言相对。见到亭中几个石柱无一联刻，有人提议，写一副对联吧，我拣起地下烧焦的松枝，还没有想好联句时，家英抬手写了这一首有名的旧联：
>
> 四面江山来眼底
> 万家忧乐到心头
>
> 写完了，四个人依旧默默无语，沿着原路，各自回到住处。

从彭德怀的信，又牵涉出黄克诚、张闻天、周小舟。

彭德怀是国防部部长，黄克诚是中国人民解放军总参谋长，过从甚密，而又观点一致。

在庐山时，张闻天的住处同彭德怀很近，早晚散步常见面。由于观点相同，张闻天到彭德怀的住处交谈过多次。

黄克诚曾经是周小舟的老上级。

从7月23日开始，庐山风云变幻，会议气氛变得沉重，转为对彭德怀、黄克诚、张闻天、周小舟等的所谓“右倾机会主义”“反党集团”问题进行揭发批判。

在这风口浪尖时刻，李锐又犯了大忌。那是在7月23日晚饭之后，李锐又到周小舟和周惠那“二周”的住处去。周惠曾任中共湖南省委副书记、省委书记处书记，跟李锐也是老相识。他们仨都对毛泽东在上午的讲话不满意。周小舟说，他怀疑毛泽东的这篇讲话，是否经过常委讨论。按照讲话精神发展下去，很像斯大林晚年，没有真正集体领导，只有个人独断专行。李锐则说，毛泽东确实喜欢高指标，只喜欢柯庆施那样一些吹牛说大话、奉承迎合的人。李锐称毛泽东上午的讲话是“翻云覆雨”。周小舟提议跟黄克诚谈谈。李锐担心，这样去谈，不就变成“小组织活动”了？周小舟仍然坚持。于是三人来到黄克诚住处。谈到将近10时，没有想到，彭德怀到黄克诚的房间来了。周小舟见彭德怀进来，即说：老总呀，我们离右派只有30公尺了！谈了一会儿，李锐他们三人先离开。离开时正好被公安部部长罗瑞卿撞见……

“7月23日晚事件”很快引起毛泽东的注意，李锐居然跟“右倾机会主义头子”彭德怀、黄克诚、周小舟、周惠“混”在一起。随着批判“右倾机会主义”的深入，也就涉及到了李锐。

据李锐回忆，在7月30日晚上，接受胡乔木的意见，李锐给毛泽东写了一封信：

……听了主席23日讲话后，我的心情紧张起来。晚上到小舟、周惠处扯谈，周小舟也很紧张，想去找黄老谈谈。电话约后，三人就一起去了。谈了下我们的心情，黄老要我们不要紧张，有错误老老实实检查好了。说彭总的信一细看，问题很多。周惠又谈了一些湖南粮食等情况。临走时，彭总进来了，我们都站起来（房中没有多余的凳子）。彭总讲了一下他写信的过程。没谈几句，我们就走了。（出来时在山坡上望见罗瑞卿同志，小舟二人过去打招呼，我从另一条路回我的住处——说明这一细节，是听有小组追问这件事。）

我同小舟是在湖南工作熟识的，平常能在一起扯谈。同周惠在延安中央青委就认识。这次开会，三人原都在中南小组，对于这次会议总结经验教训，将一些问题和缺点摆清楚，对于所谓压力问题的感触，气味是相投的。

情况就是如此。请主席相信我是以我的政治生命来说清楚这件事。如不属实，愿受党纪制裁。

毛泽东把李锐的信作为会议文件印发了。李锐原本以为写了这封以“政治生命”担保的信，就可以把当时议论毛泽东“很像斯大林晚年”之类的话遮盖过去。

没有料到，到了8月9日，在政治高压之下，张闻天在检查中说起，曾经与彭德怀议论过毛泽东“很像斯大林晚年”。紧接着，8月10日，黄克诚在检查中交代了7月23日晚也曾经议论过毛泽东“很像斯大林晚年”。这下子，李锐陷入了绝境，因为他那封作为会议文件印发的致毛泽东的信，白纸黑字，等于撒谎！李锐既然以“政治生命”担保，他的“政治生命”也就完了。

翌日——8月11日，李锐不得不在大会上检查，题目为《我的反党、反中央、反毛主席活动的扼要交代》，承认自己“攻击去年的大跃进和总路线”，“大肆攻击主席和中央的领导”，参与23日晚上的“反革命活动”；承认30日写给毛泽东的信，是“欺骗主席，说是用我的政治生命担保写的”；承认由于思想、立场相同，同黄克诚、周小舟、周惠有湖南宗派关系；承认自己是“陷入这军事俱乐部的一员”。

最惊险的一幕，是李锐所说的：

在山上开“神仙会”阶段，由于我的不谨慎，这三条意见同一位有老交情的同志谈了，开大会时被捅了出来。

“这三条意见”也就是田家英对李锐所说的对毛泽东的三点看法：一是能治天下，不能治左右；二是不要百年之后有人来议论；三是听不得批评，别人很难进言。

顿时，会场沸腾了！主持会议的刘少奇问李锐是怎么回事。李锐在《庐山会议实录》中这样写道：

于是我站起来，大声而从容地说道：这三条意见是我自己的想法，跟田家英无关，大概是小舟听误会了，这完全由我负责。刘少奇马上说：李锐不是中央委员会的人，他的问题不在这里谈，另外解决。于是，这个突然险情总算避开了。

毛泽东知道之后，似乎相信了李锐的话，以为那“三条意见”是李锐说的，不是田家英说的。毛泽东说：“想把秀才们挖去，不要妄想，秀才是我们的人。李锐不是秀才，是俱乐部的人。”

毛泽东所说的“李锐不是秀才，是俱乐部的人”，一锤定音。从此李锐从云端跌进谷底。1960年1月27日经中共中央批准，李锐被开除党籍并撤销了党内外一切职务。

从1958年1月下旬李锐担任毛泽东的通讯秘书，到1959年8月中旬在庐山上翻了车，总共只有短暂的19个月。

漫长的苦难生活

在1959年8月2日，李锐在庐山上就给家中写了这样几十个字的“报丧”书：

> 20多天来，会议极为紧张。我在会议期间，由于思想上的右倾情绪，犯了错误，在作检讨，心情极为沉重、紧张，很难再写信了。还要开全会，大概10号以后，会才能结束。

从云雾缭绕的庐山归来，李锐开始了漫长的苦难生活。

回到北京之后，田家英特地给李锐打电话，其中讲了这样一句话：“我们是道义之交。”据李锐说，“不幸被人听见，几天之后，我家中的电话就被拆除了”。

笔者在1990年10月25日采访李锐时，曾经问他，这“不幸被人听见”的人是指谁？李锐的回答，使人非常吃惊：他的前妻范元甄。

李锐的前妻范元甄，跟李锐一样有着颇深的革命资历：1937年8月，16岁的她加入中国共产党。1939年2月调入重庆中共南方局党报《新华日报》任记者，18岁的她单纯而活泼，深受周恩来夫妇喜爱。

范元甄与李锐在抗日救亡活动中相爱，1939年结婚，并于这年年底一起奔赴延安。范元甄被誉为延安“四大美女”之一。1940年8月，周恩来、邓颖超回延安，已经怀孕7个月的范元甄涉河去看望周恩来，受了凉，胎死腹中。后来，1941年2月，周恩来在重庆得知这一情况，当即写了一信慰问范元甄，托叶剑英在回延安时带去，还送范元甄一帧照片。范元甄多年来一直精心保存周恩来的这一封亲笔信：

元甄同志：

乘参谋长（引者注：指叶剑英）飞回之便，我写几句话问问你好。你现在当能想象我们在此地的忙碌、紧张和愤慨的情形。但是我们大家并不以此为烦恼。整个红岩嘴，曾家岩以及化龙桥——都是你曾经到过住过的地方——同志都团结得像一个人一样，手携手地肩并肩地一道奋斗，一道工作。有些人正在无言地走向各方，有些人正在准备坚持到底。紧张而又镇静，繁忙而又愉快的生活，两年来在重庆，这还是第一次体验。光荣的，是党给这次机会来考验我们自己，在被考验中，这一代的男女青年，是毫不退缩地站在自己岗位上，走在统一战线的最前线。

我和颖超常常提到你，想起你，觉得假使“小范”在此，也许会给我们以更多的鼓励，更多的安慰，更多的骄傲。元甄！对么？我相信你的血也在沸腾，你的心也跳跃起来了。不要急，伟大的时代长得很，学好了，奋斗的日子，试验的机会多得很，你决不是一个落后者。夜深了，想想你的活泼的神气，写几句鼓励青年好友的话，也许正对我是一种快乐，而这种快乐我和颖超常常引为无上荣幸的。

握你的手。

周恩来

（1941年）二月一日

然而，1943年4月，灾难突然降临到李锐头上，他被诬陷为“特务”，在延安被捕入狱。范元甄也受到牵连，不得不接受政治审查。范元甄经受不了如此沉重的打击，与李锐离婚。范元甄在受到审查时，与审查者发生了不正当的男女关系。李锐在被关押一年零三个月之后出狱。范元甄主动提出与李锐复婚，李锐同意了。

事隔16年，灾难又一次降临在李锐头上。范元甄又要跟李锐“划清界限”，所以当她在一旁听到田家英的电话，马上去打“小报告”。

1960年1月27日，李锐被开除党籍并撤销了党内外一切职务。

1960年3月26日，上级宣布李锐“下放”到黑龙江虎林县西岗850农场劳动。

在那里，李锐作为“右倾机会主义分子”，受冻挨饿，全身浮肿。田家英知道了，请求李富春帮忙，总算把他从生产队调到总场场部，生活条件总算稍微好些。

范元甄在这时写了诸多“揭发”李锐的材料，以表明自己没有与李锐“同流合污”。范元甄再度提出要与李锐离婚。李锐同意了，办理了离婚手续。

1961年11月20日，经过一年半多的流放，李锐终于回到北京，却一直在家闲居，没有安排工作。

1963年3月，水电部派他到安徽磨子潭水库，介绍信上写明“帮助工会做点文化教育工作”。

1967年8月26日，北京来了三个人，找李锐调查胡乔木、田家英、吴冷西的情况。李锐说，胡乔木、田家英、吴冷西不会搞政治阴谋，而搞政治阴谋的是陈伯达。他又“闯”了祸。

1967年11月10日，安徽省军管系统来人，以负责人要找李锐谈话为由，连夜把李锐送到合肥。翌日用专机把李锐送到北京，关入秦城监狱。

李锐说，这是他第二次入狱。在延安的监狱——保安处，他被关押了一年。当时在“抢救运动”中，据说延安有“特务”1.5万人。可是，1950年李锐读到国民党特务头子唐纵的《唐纵日记》。在1942年8月23日的日记中，唐纵写道，现在延安很混乱，可惜没有一个内线。这清楚表明，当年国民党并无一个特务打入延安中共党内。国民党军统局长是戴笠，而唐纵是二把手。《唐纵日记》从另一个角度说明延安“抢救运动”的扩大化。那时候李锐也被打成“特务”，采用所谓“苏联经验”审讯，即5天5夜不让睡觉，逼你胡说八道，承认“特务”。李锐回忆说，那时候一天只给他喝一碗稀饭，终日坐在矮板凳上，双腿麻木。他还曾被绑在十字架上打……

李锐赠笔者诗集《龙胆紫集》。李锐喜欢写诗，可是他的诗集为什么叫《龙胆紫集》呢?

那是他在秦城监狱有一回不慎跌倒，护士给了他一小瓶紫药水和几根棉花签，他就用棉花签做笔、紫药水做墨水，用这样奇特的“奇墨怪毫”，在《列宁文选》的空白处写下几百首诗，这便是《龙胆紫集》的来历。

1975年5月，随着邓小平的“复出”，李锐才结束了8年铁窗生涯，走出秦城监狱。

李锐再度被送回安徽磨子潭水库，接受“改造”。

“关怀莫过朝中事”

直至1979年1月，李锐平反，重新工作，任电力工业部党组副书记、副部长兼基建工程兵水电指挥部政委，国家能源委员会副主任、党组成员。

这时，范元甄又一次提出与李锐复婚，遭到李锐的坚决拒绝。

李锐重组家庭。在李锐的客厅里可以看见李锐与夫人张玉珍漾着幸福笑容的合影。

由于李锐曾经当过陈云秘书，为陈云所熟悉、看重。经陈云举荐，1982年李锐调任中共中央组织部青年干部局局长。1982—1984年任中共中央组织部副部长、常务副部长。后任中共组织史资料编纂领导小组组长，总共编了19卷。当选中共第12届中央委员，第12、第13届中共中央顾问委员会委员。

在李锐复出之后的种种工作中，值得特别提到的是他以自己的亲历，写出了《庐山会议实录》。

常言道："好记性不如烂笔头。"李锐格外珍视那个在庐山会议期间所用的黑皮记录本。这个笔记本记录了毛泽东在庐山会议的多次讲话，也记录了整个庐山会议的历程。正因为这样，在庐山会议之后，在水电部受到批斗时，李锐把自己多年来的全部日记本、工作笔记本、来往信件，统统上交了，但是唯有这个黑皮记录本没有上交，一直留在身边。他"下放"安徽磨子潭水库时，也随身带着。1967年11月10日，当他从磨子潭水库被送往合肥，然后再从合肥用专机押往北京，他知道大灾大难即将降临。他在黑皮记录本上写了"李锐庐山会议的记录本"，郑重交给那几个来自北京的军人。

李锐冤案平反之后，组织上发还给他当年上交的全部日记本、工作笔记本、来往信件，但是唯独不见李锐视若珍宝的黑皮记录本。李锐猜想，他当时因为得罪陈伯达而被送进秦城监狱，这个黑皮记录本很可能被那几个军人交给了陈伯达。庐山依然是那样波谲云诡，1970年在庐山会议召开的中共九届二中全会上，陈伯达作为林彪的第一号同伙，遭到毛泽东的点名批判。下了庐山之后，全国掀起"批陈整风"运动，陈伯达倒台。1971年9月13日，当林彪座机摔在蒙古温都尔汗时，爆发了震惊全国的"九一三事件"。就在这一天，原本软禁在北京家中的陈伯达，被押往秦城监狱……李锐推测，他的那个黑皮记录本极有可能混在陈伯达的档案材料里。

果真，这个珍贵的黑皮记录本，在陈伯达的档案材料里找到了。李锐说，这个记录本上没有像其他退回的资料一样盖印有"专办"的编号，可见一开始就被陈伯达取走了。

黑皮记录本唤起了李锐久藏的记忆。

1980年秋，李锐参加了《关于建国以来党的若干历史问题的决议》草稿的讨论。重新评价1959年的庐山会议，是重要的历史问题之一。李锐作为庐山会议的亲历者，以黑皮记录本为依据，花了半天时间，清清楚楚、原原本本讲述了庐山会议的真实面目，引起了强烈的反响。会议简报以两万多字的篇幅刊登了李锐的发言。负责《关于建国以来党的若干历史问题的决议》起草工作的胡乔木，看到这份简报以后，深为欣慰，认为这是关于庐山会议的难得的好文章。胡乔木给李锐写了一封信：

……看了你在小组会上关于庐山会议的发言，真是高兴。很多事情我都忘了，有些不知道，想因你的日记又完璧归赵之故。因此想起，你是否可以负责写一庐山会议始末史料（另可找一两位合作者以求比较完备和比较客观，请提名），写出后再找有关同志补充审定。这很要紧，值得付出心血，万一我辈都不在了（人有旦夕祸福），这一段重要史料谁来写呢？会写成什么样子呢？同意否请告。

祝好

胡乔木

（一九八〇年）十一月十九日

在胡乔木的鼓励和支持下，李锐写出了《庐山会议实录》，为中国当代历史留下了一份翔实、可贵的文献。

李锐晚年，是反思的晚年。他研究庐山会议，研究毛泽东，研究中共党史。尽管他的一些见解引起了争论，他依然著文写诗。

2008年1月24日，范元甄死于癌症，终年87岁。

李锐说，2009年国庆60周年时，92岁的他作为嘉宾登上天安门城楼观礼。李锐还拿出两份红色的证书，是他当选“中国改革开放30年30名杰出人物”“中国改革开放30年社会人物”，他显得很有“成就感”。

在李锐的客厅里，给笔者印象最深的是一副对联：

关怀莫过朝中事

袖手难为壁上观

这便是李锐晚年心态的写照。

附　录

中央警卫团团长张耀祠

用张耀祠的话来说，他的职责是保卫毛泽东，保卫中共中央，负责安排毛泽东的衣、食、住、行。多年来，他生活在毛泽东身边。尤其是毛泽东晚年，他住在毛泽东卧室咫尺之遥的更衣室——那时，毛泽东住在中南海游泳池旁， 那间更衣室成了张耀祠的办公室兼卧室。他跟毛泽东朝夕相处……

庐山浓雾，以灯为毛泽东座车引路

“晓起，推窗四望，烟雾弥漫，如舟行大海中，四面波涛，不复知有世界……”这是清朝吴阐明在游庐山时，在《匡庐纪游》一书中写下的庐山晨雾景象。

庐山多雾，尤其是夏日清晨，群峰被雾所湮没，庐山成了“牛乳世界”，真个“不识真面目”。

1970年盛暑，在浓雾如粥的清早，常有一辆轿车从“芦林一号”缓缓驶出。车前，有两位战士手提马灯开道，轿车跟随着马灯徐徐向前，其速度比往常步行还慢。

车上坐着一位身材魁梧、脸色倦怠的男子，他便是毛泽东。中共九届二中全会，正在庐山召开。这是一次不平常的会议，他正面临着林彪集团的严重挑战。

毛泽东公开的办公地点是芦林一号。那里不仅有宽大的办公桌，而且有为他特制的宽大的木板床，似乎表明他睡在那里。

那是中共江西省委在风光如画的芦林湖之侧，为毛泽东兴建了一座中西合璧、总面积达2700平方米的芦林别墅。因房号是一号，人称“芦林一号”。这座别墅，安排给毛泽东居住。但是，毛泽东却不愿住在那里，而住在他1959年庐山会议时住过的“美庐”——那里原是蒋介石的别墅，以宋美龄之名命名。毛泽东在芦林一号办公，接见一批又一批各方面的负责人。

林彪、陈伯达在会上发难，使庐山上的气氛益发紧张。

毛泽东在8月11日写了《我的一点意见》，尖锐地批判了陈伯达。从此，陈伯达倒台。不过，出于策略上的考虑，毛泽东没有点林彪的名，期待着林彪的悔悟。

自8月31日起，经汪东兴安排，毛泽东不再住美庐，而是住进一秘密住所——那是离美庐不远的一幢平房，亦即脂红路一七五号。这一住处几乎不为他人所知。

那是美国亚细亚银行在1920年建造的一幢别墅，面积为664平方米。1924年，转到美国人托克博士手中。

毛泽东依然保持着夜晚工作的习惯。形势是那样的严峻，林彪、陈伯达以及黄永胜、吴法宪、叶群、李作鹏、邱会作串通一气，正在策划一场夺权阴谋。毛泽东通宵在芦林一号找人谈话，一个个做工作。拂晓当毛泽东结束了工作，准备从芦林一号返回脂红路一七五号休息时，扑面而来的浓雾使他的轿车行路艰难，何况庐山的公路往往一侧是悬崖，稍一疏忽便会出现险情。为了领袖的安全，警卫战士手持马灯在车前引路……

17岁那年，他就在瑞金为毛泽东站岗

这鲜为人知的故事，是张耀祠告诉笔者的。他当年担任中共中央办公厅副主任兼中央警卫团团长。用他的话来说，他的任务是负责安排毛泽东的衣食住行。以马灯导引轿车，属于“行”，正是他的工作范畴。

笔者很早就从许多文件、档案中看到张耀祠的大名。1990年，笔者出差北京，住在中共中央办公厅秘书局招待所，曾去寻访他。到了他家，才知他平日不在北京，而是住在千里之外的西南某地。1991年5月、1992年10月、1994年5月，笔者三度飞往西南某地，在一个军人警卫的大院里，终于见到了他。

叶永烈采访张耀祠

年逾古稀的张耀祠，穿一件蓝衬衫，很随和、健谈。大约因为他远离北京，几乎没有谁前来采访，我们的谈话是从他的名字开始。笔者在一些文件上见到“张耀词”，在另一些文件上见到“张耀祠”，不知他的大名究竟叫什么，他哈哈大笑，说出了其中的“典故”。

他，1916年出生于江西于都，取名张耀祠。到了“批林批孔”那阵子，江青说他的名字封建味儿太浓，是“孔老二”那一套，改成“张耀词”。江青被

打倒之后，他把名字改回去了，仍用“张耀祠”原名。

当年，瑞金是中国的红都，是中华苏维埃临时中央政府的所在地。受到革命的鼓舞，1933年，17岁的张耀祠参加了红军。不久，他被调往中央政府警卫连，在瑞金中华苏维埃临时中央政府门口站岗。他常常见到一位瘦瘦的高个子，穿一身灰布军装，领子两边缝着红领章，人称“毛主席”——中华苏维埃共和国临时政府主席毛泽东。从那时起，他便结识了这位叱咤风云的中国革命领袖。

后来，他调往国家保卫局侦察科工作。那时国家保卫局的局长是邓发。

他参加了举世闻名的长征。进入贵州名城遵义时，他忙着张罗杀大肥猪，庆贺胜利。他见过李德，那是一个个子高大的德国人。遵义会议之后，他记得国家保卫局局长邓发曾指示，要注意李德，防止他自杀……

1953年5月，他被调往中南海，任中央警卫团团长、中共中央办公厅警卫局副局长（局长为汪东兴），负责毛泽东的安全保卫工作，直到毛泽东去世。1955年，他被授予大校军衔。1964年，升为少将。在《中国人民解放军将帅名录》上，登载着他的小传和照片。他是中央警卫团团长，实际上他是师长。他回忆说，在延安时，成立了中央警备团，负责中共中央首脑机关的保卫工作。那时，是团级建制。进入北京之后，担负警卫中央党、政、军首脑机关及重要民主人士的任务，一个团显然不够，于是扩充成中央纵队。中央纵队下辖两个师，张耀祠在二师。抗美援朝时，一师调往朝鲜。留在北京的二师，改称中央警卫师。1953年5月，张耀祠被任命为中央警卫团团长。这个团，后来发展到8000多人，人数比一般的师还多，而且全是精兵。

中央警卫团，亦即著名的“八三四一部队”，外国记者称之为毛泽东的“御林军”。关于“八三四一”，曾流传这样的故事：“八三”——毛泽东终年83岁，“四一”——自1935年遵义会议至1976年去世，毛泽东担任中共领袖正好41年。

关于“八三四一部队”代号的来历，张耀祠笑道，那流传的故事属巧合。早在50年代，中央警卫团成立之初，战士们写家信时，问及收信地址该怎么写。解放军总参谋部经过研究，认为写中央警卫团某某人收，诸多不便，规定以“北京八三四一部队”这一代号对外。

在“文革”中，“八三四一部队”名闻遐迩，人们才渐渐知道这是一支不平常的部队——中央警卫团。

用张耀祠的话来说，他的职责是保卫毛泽东，保卫中共中央，负责安排毛泽东的衣、食、住、行。多年来，他生活在毛泽东身边。尤其是毛泽东晚年，他住在毛泽东卧室咫尺之遥的更衣室——那时，毛泽东住在中南海游泳池旁，那间更衣室成了张耀祠的办公室兼卧室。他跟毛泽东朝夕相处……

如今，年已七十有六的他，早已离休，住在西南某地部队小院，大门口和院门口均有军人站岗。他不抽烟，不喝酒，个子壮实，颇为健谈。他坐在客厅的长沙发上聊着，一只白猫蜷伏在他身旁。他是从惊涛骇浪中走过来的。如今，细细地回叙那历史的洪波巨澜，他显得那么深沉……

毛泽东专列“九一三”前夕的惊险经历

每当毛泽东外出，张耀祠都得忙一阵子，安排毛泽东的“行”。

在50年代，毛泽东乘过几次飞机。后来，考虑到他的安全，几乎不坐飞机而是乘火车。周总理则通常坐飞机。

毛泽东有他的专列。专列一般有十四节车厢，毛泽东大都在中间的一节。他那一节车厢上有会议室、卧室、卫生间。此外，有餐车、行李车、公务车等车厢。在“文革”中，由于形势紧张，在他乘坐的专列一前一后，还有两列同样的专列，前面的专列开道，后面的专列押尾。为了他的安全，专列上一般配备100多名全副武装的八三四一部队战士。这一切，都要由张耀祠调动。

车厢外边不挂标志牌——通常的列车总是挂着从哪里驶往哪里的标志牌。毛泽东的专列通行无阻，一路绿灯，别的列车都让车。一般不靠站。有时中途靠站，也不过停十来分钟。

毛泽东是个手不释卷的人。每次外出，张耀祠要安排调运一批毛泽东常用的书籍。这样，毛泽东在旅途中要用什么书，可以随时送上。

最为惊险的一次随毛泽东外出，要算是1971年“九一三”事件前夕了。

下了庐山之后，林彪不仅不思悔改，反而让林立果、周宇驰等制订《“五七一工程”纪要》，策划武装政变，杀害毛泽东。箭在弦上，大有一触即发之势。

毛泽东发动了反击。1971年8月中旬至9月12日，毛泽东去南方巡视，向沿途各地党政军负责人“吹风”，透露“有人”急于想当国家主席，要分裂党、急于夺权。张耀祠随行，在剑拔弩张的形势下，安排毛泽东的南方巡视。

最紧张的时刻是在上海。毛泽东的专列抵达上海西郊时，他没有下车。9月10日晚上，毛泽东在专列上接见马天水、王洪文和王维国。王维国当时是空四军政委，林彪的死党。传闻王维国带着手枪上毛泽东专列。笔者问张有无此事。他说，当时他对王维国进行检查。笔者无法证实王维国是否带枪上专列。

9月11日上午，毛泽东又在专列上召见了许世友、马天水、王洪文。作为南京军区司令的许世友，是奉毛泽东急电，从南京飞来上海，直奔毛泽东专列。下午1时，许世友下了专列，去上海锦江饭店吃午饭，毛泽东便令专列启动，朝南京前进。

张耀祠记得，一路上专列不停站，直奔南京。抵达南京车站时，已是傍晚。许世友已经从上海飞回南京，到车站上迎候毛泽东。专列在南京站停了10分钟，张耀祠下了车。许世友就问："主席下不下车？"汪东兴和张耀祠答："主席休息了，不下车。"传闻中毛泽东专列在南京站未停车，许世友在车站上朝专列连连挥手等，张耀祠说那些全是杜撰的。

12日清早，专列抵达济南站时，也停了10分钟。张耀祠下车找杨得志。杨得志出去了，不在济南。专列继续前进。

中午，车抵天津。毛泽东吩咐张耀祠给北京的李德生、纪登奎、吴德、吴忠打电话，要他们马上赶往丰台车站。张耀祠当即下车，在天津站打了电话。张耀祠打完电话，刚回到专列，车子就动了。张耀祠回忆道："当时，我的脑子转了一下，觉得奇怪：主席既然马上要回北京了，为什么不在人民大会堂召见李德生他们，却要他们赶到丰台？"

车抵丰台，李德生等4人已在车站等候。他们上了专列，倾听毛泽东的指示。

他们下了车，马上去分头执行毛泽东的指示。

专列离开丰台，直驶北京站。毛泽东在那里下了专列，上了轿车。

抵达中南海时，张耀祠特意看了一下手表：1971年9月12日下午4时整。

毛泽东胜利返回北京的消息，使正在山海关的林彪心惊肉跳。8个小时后，林彪便乘坐三叉戟专机从山海关机场起飞。又过了两个多小时，蒙古温都尔汗荒原上一声巨响，林彪"折戟沉沙"，"九一三事件"震惊中外……

张耀祠回顾随毛泽东巡视大江南北那难忘的日日夜夜，感慨万千。

毛泽东不愿化装戴墨镜、戴大口罩

毛泽东喜欢杭州。当北京朔风凛冽，他常常移居"天堂"杭州。

工作之余，毛泽东的一大乐事是爬山。他几乎爬遍了杭州四周的几十座山。爬山也是"行"，属于张耀祠分管的范畴，他总是随同毛泽东一起爬山，为他警卫。

毛泽东通常是下午4时左右外出爬山，大约到晚9时“打道回衙”。他在韶山长大，从小爬山。成为领袖之后，他把爬山作为休息、健身之道。他爬山不紧不慢，走了一阵，坐下来略歇。

他外出爬山，全凭兴之所至，事先并没有计划。他驱车到哪座山的山脚下，就下车爬山。自然，这给警卫工作带来困难，无法事先侦察道路、沿途警戒。好在到了下午4时之后，山上游人很少。张耀祠多派几位警卫，有前锋，有后卫，尽力保障毛泽东的安全。

半山遇见寺庙，毛泽东喜欢信步踱入。遇见和尚便攀谈起来，常常谈得很有兴致。和尚们认出是毛泽东主席，惊喜交加，以为是从天上掉下来的！

杭州的北高峰，毛泽东上去三次。岳王庙，他去了两回。其他的山，张耀祠记不清山名，数不胜数。那时，毛泽东天天爬山，把杭州一座座山峰踩在脚下。

为了毛泽东的安全，张耀祠最初曾给毛泽东戴墨镜、戴大口罩，毛泽东很不高兴。他身材高大，不论怎么化装，总是被人认出来。他索性不化装，自由自在地在山间漫游。所幸从未遇上什么“麻烦”。

除了爬山之外，毛泽东喜爱游泳。在韶山，他家门口就有池塘，从小水性很好。游泳也是“行”。张耀祠记得，毛泽东游过北戴河、长江、珠江、赣江、钱塘江等。通常，他游2000至8000米。

张耀祠说，毛泽东的游泳姿势多种多样，时而蛙泳，时而仰泳。最绝的一手，要算是他仰躺在水面上，一动也不动，可以躺很久很久——这一手，张耀祠无法学会，因为毛泽东体胖，浮力大。仰躺在水面，毛泽东显得非常惬意，望着蓝天白云，四周水波粼粼，使他在紧张的工作中得以松弛。

毛泽东不理“洋规矩”

毛泽东吃菜很简单，辣椒每餐不离，50年代喜食红烧肉。后来医生劝告他，红烧肉里脂肪太多，不宜多吃，他就改为吃鱼。通常，他吃鲢鱼之类，他最爱吃武昌鱼。

毛泽东平日粗菜淡饭，不吃山珍海味。鱼翅、燕窝之类，不上他的餐桌。

毛泽东对身边的工作人员很好。张耀祠记得，菲律宾总统马科斯夫人访华时，向中国外交部提出求见毛泽东。毛泽东当时在武汉。外交部得知，急忙报告毛泽东。毛泽东说："见就见吧。"于是，马科斯夫人飞到了武汉，晤见了毛泽东。马科斯夫人高兴地对毛泽东说，她已通知菲律宾驻华使馆，请他们尽快从菲律宾运些新鲜的芒果，送给毛泽东主席及其子女。果真，没多久，几筐芒果空运武汉。毛泽东不大吃水果，放的时间久了，怕坏了，张耀祠要张玉凤向毛泽东报告一下，是否可以给他在北京的孩子送一些？毛泽东笑道："你们照顾我，比我的子女周到得多。谢谢你们，请转送给大师傅、警卫和护士们。"张耀祠照办了。

平常，毛泽东收到外宾赠送的贵重礼品都交公。各地送的礼品，他通常不收。实在没法退回的，那就折价付钱。有一回，一位友人给毛泽东送来了小米，他倒全部收下——毛泽东喜欢吃粗粮。

他规定，地方上送了礼，一定要向他报告。他知道以后，总是要叮嘱两个部门进行处理：一是要按物折价，把钱寄给送礼者；二是要信访处写一回信，希望下不为例。

当然，有的多年老朋友送点纪念品，他是收的。收后，他总"投桃报李"，送别的东西作为回礼。

毛泽东爱喝茶。众茶之中，他独钟龙井。这样，张耀祠每年都代他向杭州定购龙井茶叶。

毛泽东有保健医生在身边，不过，他怕打针，也不喜欢吃药。这样，张耀祠要为他准备一些常用药品，诸如安眠药、感冒药之类。遇上小毛病，毛泽东会自己要一点药片吃，好在他体质很好，不大生病。

毛泽东的衣着很简朴。他叮嘱过，给他添置衣服，一定要征得他的同意。好几次，张耀祠要为他添置新衣，他都不同意。他的睡衣已经破旧，补了又补，却不愿换新的。他说："旧的睡衣穿惯了。舒服！"没办法，那件睡衣补了几十处，他还在穿。

进了北京城，要接见外宾，毛泽东不得不定做了一双皮鞋。经办的同志认为黄色好看，给他定做黄色皮鞋。可是，管外事的同志见了，对毛泽东说："在外交场合，应当穿黑皮鞋，显得庄重，还是再做一双黑皮鞋吧！"毛泽东不理这些"洋规矩"，认为有一双皮鞋就够了，何必再做第二双。他照样穿着黄皮鞋接见外宾。那双鞋，他竟穿了好多年。

毛泽东的住房，几次需要翻修，他都不同意，认为翻修要花费很多经费，还是将就用吧。

毛泽东向来睡木板床。早在长征途中，每到一地，他总是睡铺板——他从不睡老百姓家的床。进入中南海，虽说他完全有条件睡棕棚或席梦思，而他却一直睡木板床。

他的衣着简朴，但很讲究卫生，常洗常换，即使在炮火连天的岁月也是如此。

他最不吝惜的是买书。他的个人书库，已是一个小型图书馆。在晚年，他患了白内障，无法看书，还请张耀祠物色了北京大学芦荻同志，专门为他读古文、诗词。据芦荻告诉笔者，那时，毛泽东每夜要她读古书两三小时，边说边谈，他是个“嗜书如命”的人。

毛泽东喜欢老实人

张耀祠谈及了张玉凤，毛泽东晚年的生活主要由她照料。张玉凤最初是毛泽东专列上的一位服务员，后来调到毛泽东身边当服务员。毛泽东的机要秘书，最初是叶子龙，后来是罗光禄、高智，接着是徐业夫。徐业夫患肝癌死了，由高碧岑接替。“九一三”事件后，高碧岑调走了，由张玉凤担任毛泽东的机要秘书。大家喊她小张。张耀祠说，毛泽东喜欢老实人。毛泽东身边的工作人员，大都老老实实，工作勤勤恳恳，对毛泽东忠心耿耿。毛泽东最不喜欢的是自作主张，做事事先不报告（当然，属于每个工作人员职权范围之内的事不在例）。

关于“窃听器事件”，曾有各种说法。据张耀祠回忆，那是在1958年，毛泽东说过，会议要有人作记录。有一位秘书在毛泽东的专列的会议室里，安装了录音设备，把录音话筒隐蔽在灯脚下。后来，毛泽东发觉了，非常生气，狠狠批评了一顿。虽说那位工作人员也是好心，生怕在列车行进时，记录不方便，改用录音机录音，如果事先报告毛泽东，征得他同意，那就不会惹他生气了，也就不会后来在“文革”中被说成是“窃听器事件”。

谈到这里，张耀祠说，毛泽东平日很少对工作人员发脾气。生气时，毛泽东会说：“有屎就拉，有屁就放！”让别人痛痛快快地说，他也痛痛快快地说，如此这般，说完拉倒。不过，张耀祠倒是多次见到毛泽东对江青发脾气。毛泽东曾这样说及江青：“她跟谁都合不来，对谁也看不起——包括我在内。”

毛泽东平日手不释卷，即便在他晚年。他不习惯戴老花眼镜，看书用放大镜。

毛泽东博古通今，讲话幽默风趣，虽说晚年他重病在身，仍出语诙谐。毛泽东病重时，叶剑英、华国锋、汪东兴、王洪文、张春桥轮流值班，他们通常值夜班，而白天值班则是张耀祠。毛泽东穿着睡衣，躺在床上，脸上长出灰白色的胡子。

他向毛泽东报告周恩来去世的噩耗

1974年10月13日，张耀祠随毛泽东专列驶抵长沙。从那一天起，直至1975年2月3日，毛泽东在长沙住了114天。

那时，在北京，周恩来、邓小平和“四人帮”展开了尖锐的斗争。

1974年10月17日夜，在北京的钓鱼台17号楼，王、张、江、姚“四人帮”聚集在一起。他们知道，邓小平要陪外宾去长沙见毛泽东，必须抢在邓小平之前，向毛泽东“告状”。江青提议，王洪文在翌日飞往长沙——这就是人们所说的“长沙告状”。

传闻，王洪文往长沙告状时，由于是背着周恩来去的，飞机在夜间飞行。张耀祠说，王洪文飞抵长沙机场时，毛泽东派他去机场接王洪文。王洪文不是夜里到达，而是中午到达。他把王洪文送到毛泽东住处，然后去吃午饭。他记得，王洪文在毛泽东那里，谈话的时间并不太长。王洪文向毛泽东告状，说北京“大有庐山会议的味道”，遭到了毛泽东的批评。谈毕，仍由张耀祠送他到机场，飞回北京。

至于王洪文第二次飞往长沙，传闻他比周恩来早一天到达长沙。笔者采访过王洪文秘书廖祖康，他说王洪文的专机是和周恩来专机同时从北京起飞的，他陪同王洪文一起去长沙。这一回访问张耀祠，他也证实了王洪文确实与周恩来一起抵达长沙。

张耀祠说，周恩来当时患病，正住在医院。四届人大即将召开，江青忙于“组阁”，提出要王洪文当人大委员长，安排张春桥当总理。周恩来为了排除江青的干扰，抱病前往长沙，与毛泽东面商四届人大有关人选问题。由于当时中央日常工作由王洪文主持，所以王洪文也一起去长沙。本来，周恩来建议，两人合坐一架专机，以节省费用。王洪文却要摆他的中央副主席的架子，自己另调一架飞机。这两架专机从北京同时起飞。抵达长沙时，仍由张耀祠去机场迎接。

张耀祠说，最初，毛泽东对王洪文印象不错，说他做过工、种过田、当过兵，是集“工农兵”于一身的干部。毛泽东提拔了王洪文，让他担任中央副主席，一度作为接班人培养。可是，毛泽东很快发觉，王洪文跟江青、张春桥、姚文元搞在一起，几度告诫他，他仍不听。上一回，王洪文“长沙告状”，受到了毛泽东的批评。这一回，王洪文向毛泽东透露了江青“组阁”的意思又受到毛泽东的严厉批评，王洪文不得不在长沙写了书面检讨。毛泽东和周恩来共同拟定了四届人大有关人事安排的问题，使江青的“组阁”搁浅……

张耀祠回忆道，周恩来与毛泽东的关系一直很好。在北京的时候，周恩来常去毛泽东那里，周恩来总是先给毛泽东秘书打个电话，然后再到毛泽东住处。他俩在一起，切切磋磋，颇为融洽。周恩来向来很尊重毛泽东，毛泽东则向来倚重周恩来。

1976年1月8日上午10时许，正在中南海毛泽东住处的张耀祠，接到北京三〇五医院的电话，告知紧急消息：周恩来病逝!

张耀祠撂下电话，当即奔进毛泽东卧室，病中的毛泽东正坐在沙发上，张玉凤在侧护理。张耀祠向毛泽东报告：“刚才接到电话，总理在上午九时五十七分病逝！”

毛泽东听罢，久久地沉默无言，屋里静得可以听见呼吸声。张耀祠一动不动站在毛泽东跟前。毛泽东的脸色沉重。后来，毛泽东挥了一下手，张耀祠这才徐徐退出毛泽东的卧室。

毛泽东常常“连续作战”

笔者向他提了一个有趣的问题：“作为长期在毛泽东身边工作的你，观看现在许多关于毛泽东的电影，你觉得演得像不像？”

他爽朗地大笑起来说：“又像，又不像！”

他仍按照多年的习惯，提及毛泽东时，总是称之“主席”。他说演员的“主席”，看上去有些像，但并不完全像。有些动作，夸张了些，老是一只手撑着腰，一只手挥来挥去，不大像主席。还有，表演主席思索时，来来回回在屋里踱方步，其实他几乎没见过主席这个样子。他说：“主席多半是坐在沙发上，跷着脚——也就是常说的跷着‘二郎腿’，一根接一根抽烟，即表明他在动脑筋，在沉思。这时，我们尽量不打扰他。”至于电影中那“主席”所说的湖南话，可能考虑到让观众能听懂，讲的是“湖南普通话”，其实主席讲的并不是那样的湖南话。

毛泽东个子高大，走路很快。在50年代，张耀祠加快步伐，才能追上他。

到了晚年，毛泽东走得慢了。为了便于他上汽车，还特地做了张小木凳，让他先踏在木凳上再上车。毛泽东喜欢散步，但散步时不喜欢走回头路，曰：“好马不吃回头草！”

毛泽东的饮食很简单，不吃山珍海味。战争年代，吃几块红烧肉，算是“补品”了。进城之后，考虑到红烧肉的脂肪太多，他不大吃了。后来，就连腊肉、香肠之类也不吃。他不喜欢喝牛奶。不喝酒，不喝汽水，只喜欢喝茶。有客人来，偶然饮半小杯茅台酒或葡萄酒。晚年常吃鱼，吃鲢鱼尾巴上那一段。50年代，他吃橘子、桃子、西瓜之类水果，晚年很少吃水果。夏天，爱吃一种叫“马齿苋”的野菜。

毛泽东的习惯是深夜工作，上午睡觉。他房间里的窗帘，终年拉上。他在屋里不见阳光，这对他的健康不利，医生们总是劝他出去散步或游泳。他的工作量很大。特别是遇上紧急的大事，有时两三天以至四五天不睡觉，接连工作着。用毛泽东的话来说，叫作“连续作战”。

人的衰老，总是从腿开始。大约从1970年起，毛泽东不常外出，终日在屋里坐着。后来，他生病了，接见外宾时，总是事先在书房里坐好——因为他走路要由工作人员扶着。病重时，他只能在床上，不再接见外宾，每餐由工作人员喂食。后来，怕喂时呛噎，改为鼻饲，用橡皮管插入鼻孔输入食道，输入的是流质食物。即便到了这个时候，毛泽东的听觉还是好的，脑子也是清楚的，但讲话含混不清。写字时手发抖，字又重叠在一起，字迹往往很难辨认。毛远新当联络员，就是在这个时候。毛泽东曾告诫毛远新，不要往江青那里跑，但毛远新还是悄悄地常去江青那里，跟“四人帮”搅在一起。正因为这样，在“十·六”行动时，对毛远新实行“保护审查”。

毛泽东身边的工作人员，都非常尊敬、爱护毛泽东。看到晚年的他上车不便，为他做个踏脚凳，是个小例子。张耀祠又举了一个小例子：为毛泽东定做沙发时，工作人员提出，坐垫中的海绵要开几个洞，便于通风、散热，使毛泽东久坐时不累。

毛泽东在“文革”前，住在中南海丰泽园菊香书屋。那是一座年代久远的四合院。“文革”开始，毛泽东才迁入中南海游泳池旁的一套房子。毛泽东迁入那套房子的原因是：那套房子有一个客厅，便于接见外宾，也可以召开小型会议。这样，上了岁数的毛泽东，用不着外出了。

在那大院子里，毛泽东住东南角，张耀祠住西北角。毛泽东的卧室并不大，15平方米左右。那时，毛泽东已和江青分居。

说及中南海的游泳池，曾有一份报道，说那是毛泽东用自己的稿费建造的。张耀祠摇头，说那是误传。毛泽东喜欢游泳，有人未经请示就在玉泉山特为他建造了个游泳池，毛泽东到了玉泉山看到了游泳池，很不高兴，批评了有关的人，并于1954年4月25日写信给刘少奇、陈云、邓小平等，说建造费“由我的稿费中支出，游泳池封闭不用”。大抵“张冠李戴”的缘故，后来被误传成中南海的游泳池是毛泽东自己花钱建造的。

毛泽东在20世纪60年代，喜欢到大江大河去游，游长江，游珠江，游湘江……张耀祠也会游泳，但远远游不过毛泽东。为了做好安全保卫工作，他从八三四一部队挑选一批擅长游泳的战士，加以训练。每逢毛泽东外出游泳，这批战士不离毛泽东左右。另外，还配备了救生艇跟踪行驶，以防万一。

笔者在访问张耀祠之前上了庐山，听那里的朋友说，毛泽东曾在庐山芦林湖游泳。为了便于毛泽东从他的下榻处芦林一号来到芦林湖，曾专门建造一条地道，毛泽东通过地道从芦林一号来到湖边，下水游泳。张耀祠听罢说道，主席在芦林湖游泳，是有那么回事，至于走什么地道下去，则无此事，那是一种凭借想象而产生的传闻。

首次透露拘捕江青的实情

“新闻记者的耳朵，连睡觉时都是竖着的。”此言不假。1976年10月12日清早，当英国《每日电讯报》送到千千万万订户手中时，一条10月11日发自北京的电讯，一下子便轰动了伦敦。

那是该报驻北京的记者尼杰尔·韦德发出的独家新闻，眉题是《华粉碎极左分子》，主题是《毛的遗孀被捕》。

这是以江青为首的“四人帮”被粉碎后，第一次公开报道——离那扭转中国历史的10月6日，只相隔6天而已！

从那以后，拘捕江青的一幕，一直为公众所关注。然而，一年又一年过去，有关的详情并未公开透露。于是，产生种种传闻：在拘捕江青时，她大哭大闹，以至在地上打滚、撒野……

执行拘捕江青命令的，便是张耀祠。

在笔者第二次访问他时，他终于谈及了这一敏感的话题——首次披露了拘捕江青的实情。在笔者第三次访问他时，又作了补充。

张耀祠说，他清楚地记得，1976年10月6日下午3时，他接到汪东兴的电话，要他马上去一下。

那时，汪东兴担任中央政治局委员、中共中央办公厅主任，而张耀祠则是他的副手——中共中央办公厅副主任，他们常见面。

张耀祠像平常一样，来到汪东兴办公室，坐了下来。不过这一回，汪东兴的神情显得格外严肃，意味着有重大的任务下达。同时奉命前来的，还有中共中央办公厅警卫局副局长武健华。

果真，汪东兴以低缓的语调，对张耀祠、武健华道："中央决定，粉碎'四人帮'！"

张耀祠虽说还是第一次听说这一决定，但是他一听就颇为振奋，因为他早就知道，毛泽东生前曾多次批评过王、张、江、姚"四人帮"。

汪东兴继续说道："分四个小组行动，对'四人帮'实行隔离审查。"

汪东兴指定张耀祠负责江青小组。他对张耀祠、武健华说："你们准备一下，今天晚上8时行动——顺便把毛远新也一起解决。"

就这样，张耀祠接受了这一历史性的使命。

在当时，这是一项绝密行动。张耀祠并不知道华国锋、叶剑英、汪东兴怎样研究制定了"十·六"行动计划，也不知道另三个小组如何在中南海怀仁堂执行拘捕王洪文、张春桥、姚文元的命令。张耀祠在离开汪东兴那里之后，和武健华一起作了安排，把这一绝密使命向几位警卫作了交代。

晚上8时，张耀祠带领着几位警卫前往毛远新住处。那时，毛远新住在中南海颐年堂后院，跟江青住处很近。张耀祠对中南海了若指掌，执行任务熟门熟路。

当时，张耀祠穿便衣，连手枪都没有带。警卫们则穿军装，但也没有手枪。笔者问张耀祠，执行这样重要的使命，怎么不带手枪？他笑道，四周站岗的警卫们，全是我的部下，还怕江青闹事？抓他们，易如反掌！

在毛远新那里，张耀祠遇上了小小的麻烦。

一进去，张耀祠便向毛远新宣布，根据中央的决定，对他实行"保护审查"（张耀祠特别向笔者说明，对毛远新跟"四人帮"有所区别，不是"隔离审查"），并要他当场交出手枪。

毛远新一听，当即大声说道："主席尸骨未寒，你们就……"他拒绝交出手枪。

张耀祠身后的警卫们当即上去，收缴了毛远新的手枪，干脆利落地把他带走了。

在解决了毛远新之后，张耀祠便和武健华带着三位警卫前往江青住处。

在"文革"中，江青长住钓鱼台，但在中南海万字廊二〇一号也有她的住处。毛泽东病重期间及去世后，江青不住钓鱼台，住在中南海。

江青那里，由于工作关系，张耀祠常去，有时一天要去一两趟。正因为这样，这一回他去拘捕江青，朝江青住处门口的警卫点点头，就进去了。

江青刚吃晚饭，正在沙发上闲坐。她见张耀祠进来，朝他点了点头，没头没脑地问了一句“东兴呢”，仍然端坐着。

今日非比往常，张耀祠在江青面前站定，以庄重、严肃的口气，向她作如下宣布：

“江青（往日，他总称之为“江青同志”，这一回忽地没有了“同志”两字，江青马上投来惊诧的目光），我接华国锋总理电话指示，党中央决定将你隔离审查，到另一处地方去，马上执行!

“你现在还在进行分裂活动，你要老实向党坦白交代你的罪行，要遵守纪律。你把文件柜的钥匙交出来！”

张耀祠告诉笔者，他当时说的，就是这么两段话。其中“你要老实向党坦白交代你的罪行，要遵守纪律”一句，是他临时加上去的，其余全是汪东兴向他布置任务时口授的原话。

江青听罢，一言不发，仍然坐在沙发上。她沉着脸，又双目怒视，但并没有发生传闻中所说的“大吵大闹”，更没有“在地上打滚”。张耀祠说，那大概是后来在审判江青时，江青在法庭上大吵大闹，通过电视转播，给人们留下很深印象，由此“推理”，以为拘捕她时，她也会如此“表演”。

张耀祠说，江青当时似乎已经意识到，她会有这样的下场。正因为这样，江青对张耀祠所宣布的中央命令，并没有过分地感到意外。

江青沉默着，在沙发上坐了一会儿，这才慢慢站了起来，从腰间摘下了一串钥匙——她总是随身带着文件柜（保险柜）钥匙，并不交秘书保管。

她取了一个牛皮纸信封，用铅笔写了“华国锋同志亲启”7个字，然后放入钥匙，再用密封签把信封两端封好，交给了张耀祠。

张耀祠吩咐江青的司机备车，把江青押上她平时乘坐的那辆专用轿车，武健华上了车。轿车仍由江青的司机驾驶。

张耀祠说，外界传闻给江青“咔嚓”一声戴上锃亮的手铐，然后用囚车押走等，纯属“想象”。当时，并没有给江青戴手铐，也无“囚车”。他说，江青的司机也是他的部下，当然执行他的命令。

轿车驶往不远的地方——10月6日夜里，江青在中南海的一处地下室里度过。王洪文、张春桥、姚文元当夜也押在那里，只是关在不同的房间中。并没有像传闻中所言“连夜押在秦城监狱”。

震惊中外的“十·六”行动，兵不血刃，未发一弹，便把以江青为首的“四人帮”一网打尽。这一切，都进行得那么顺当。张耀祠说，“四人帮”不得人心，所以一听说要拘捕他们，大家心里非常高兴——就连江青身边的工作人员，也都支持我们。正因为这样，他执行拘捕江青的任务时，非常顺利，没有太多的“戏剧性”。

永远怀念毛泽东

毛泽东离开人世，已经很多年了，张耀祠在1994年接受笔者采访时仍深深怀念着他，怀念着在这位历史巨人身边度过的难忘岁月。他跟笔者长谈着，话题总是不离“主席”……

他记得，毛泽东病危时，大夫、护士昼夜护理。1976年9月8日子夜，荧光屏上显示的电波渐渐减弱，张耀祠和在场的医护人员都以焦急的目光盯着荧光屏。9月9日凌晨零时10分，心电波变成了一根直线，毛泽东经抢救无效，心脏停止了跳动。跟随毛泽东多年的张耀祠，和医护人员一样，泪如泉涌……

作为一代伟人，毛泽东是永远值得我们怀念的。年逾古稀、过着离休生活的张耀祠一再深情地说：“我在主席身边工作多年，一直对他怀有深厚的感情。你想想，从1935年的遵义会议确定了他的领导地位，到1949年赢得全国胜利，只有短短的14年的时间，而我们党从1921年诞生，到1935年也是14年，那14年中间发生了多少次‘左’倾、右倾错误！历史充分证明，毛泽东同志是我们党的伟大领袖。解放后，他领导我们进行社会主义革命和建设，也取得了很大的成就。虽然他晚年犯了错误，但他仍是伟大的马克思列宁主义者、无产阶级革命家。我永远崇敬他。”

张耀祠逊称自己在毛泽东身边只是“做做具体事儿”。然而，他的对这些“具体事儿”的回忆却生动地勾画了毛泽东的真实形象。

读讲诗文的芦荻

从此，芦荻的生活规律不得不作很大的改变，以求能够适应毛泽东昼夜颠倒的生活：她上午睡觉；下午闭门看书为讲读做案头准备工作；深夜至凌晨，她来到毛泽东那里，为他侍讲诗文。她终日在中南海住不能回家。

遴选工作在悄然进行

毛泽东精熟文史，自然用不着“侍讲学士”给他讲论文史。然而，在他年迈的1975年，他忽地委托中共中央办公厅替他物色一位讲读古诗文的人……

内中的原因，是由于毛泽东自1974年春天开始，视力明显减弱了，看东西模糊不清。向来自己看文件、批文件的他，不得不叫机要秘书代读，照他的意见代签文件。这年8月，毛泽东路过武汉时，大夫在东湖宾馆为他诊看眼疾，断定为“老年性白内障”。其中，有一只眼睛病情比较严重。

毛泽东素来手不释卷，是一位“书痴”。他的眠床之侧，便是一大堆的书，他日夜展读。对于他来说，不读书比不眠不食还难受。他尤爱古代的诗、文、史。机要秘书可以为他读文件，可是侍讲古文，就勉为其难了。

于是，中共中央办公厅主任汪东兴和副主任张耀祠着手寻觅“侍讲学士”。当然，既然要“讲”，普通话要好，口齿清楚；况且，能在毛泽东身边“侍讲”，古典文学的功底要好，能够跟毛泽东对话；再说，毛泽东的生活昼夜颠倒，侍讲者年纪不可太大，以免吃不消，但也不能太年轻，怕学术功底太浅，以中年最为合适；还有，进入中南海，政治上当然要可靠……这些，也就成了遴选侍讲者的条件。

遴选工作在悄然进行。

首先想到的最合适的单位，自然是北京大学中文系。汪东兴、张耀祠委托当时的中共北京市委书记谢静宜，从大学中文系物色人选。谢静宜本是河南商丘县人，1953年16岁初中毕业，分配到中共中央办公厅当机要员。“文革”中日渐发迹，与江青关系非常密切。

没几天，谢静宜就送来北京大学中文系几位教师的档案。机要秘书张玉凤把这些档案一一念给毛泽东听。听罢，毛泽东说：“就让芦荻来试试看吧！”

芦荻的名字，常常出现在文学刊物上。他写诗，写散文，是广东一位老作家。北大中文系却有一位与他同名同姓的芦荻，中年教师。她，普普通通，并非学界名流。毛泽东选中她，原因很简单：博览群书的毛泽东，读过中国青年出版社1963年出版的《历代文选》一书。

这本书由中国人民大学语文系文学史教研室冯其庸、刘乙萱、芦荻、刘瑞莲、李永祜、吴秋瑾选注。毛泽东很喜欢其中的《触詟说赵太后》（《赵策》）、《别赋》（江淹）、《滕王阁序》（王勃），很巧，这几篇文章的选注者正是芦荻。记忆力甚强的毛泽东，当时便记住了芦荻的名字。

正巧，从1970年底起，芦荻从中国人民大学语文系调往北京大学中文系。这样，北大中文系报来的备选者之中，便有芦荻。毛泽东记起了《历代文选》，也就选中了芦荻。

这时，44岁的芦荻本人对此毫无所知……

忽地要她为北大党委“讲课”

1975年5月中旬光景，芦荻忽地接到系里的通知，说是要她准备给北京大学党委委员们讲《离骚》。

芦荻如同丈二金刚摸不着头脑，不知道北大党委怎么会对《离骚》发生兴趣。芦荻更弄不明白，怎么会要她去讲。那时，她在家煮牛奶，不慎烫伤左手、左脚，她以身体不适而推托。

可是，似乎此事颇有来头，校党委指定要她讲。她只得从命，勉强答应下来。她在家中埋头读《离骚》，为讲课做准备工作。

几天之后，疮口发炎，她不得不带着《离骚》进城，在协和医院理疗科诊治。上午9时，她正在理疗，北大中文系工宣队一位姓谢的师傅突然闯进理疗室，要她马上回校。大夫生气了：“她是我的病人，正在治病。学校里有什么事，等她理疗结束才能去！”那谢师傅非要她立即上车，跟大夫争执起来。

看那势头，似乎发生了意外的事。芦荻只得中止理疗，随谢师傅回校。车子开得很急，芦荻甚为不适，晕车、呕吐了。她暗暗猜想是她的一个学生前些日子出了事，学校里找她调查吧？

汽车直驱位于北大四院的北大党委。下了车，谢静宜已在那里等候了——这是芦荻头一回跟这位市委书记兼北大党委书记打交道。

“芦老师，请你给我们几个人讲讲古文。”谢静宜很客气地对芦荻说道，并指了指在座的王边龙等几人。

“是讲《离骚》吧？”芦荻正打算从随身的拎包中拿出《离骚》。

“不，不讲《离骚》。”谢静宜说，“今天请你讲另外两篇古文，一篇是江淹《别赋》，另一篇是《触詟说赵太后》。”

芦荻懵了！不是要她讲《离骚》吗？怎么忽地又改了篇目？虽说那两篇古文她曾注释，但毕竟已事隔多年，要讲，也得准备一下呀。何况，身边这两篇古文都没有带。

没有办法，只得全凭记忆，随口而讲。幸亏她的古文底子不错，面对这样的突然袭击式的“考试”，也能从容对付。

她背起了《别赋》：

“黯然销魂者，唯别而已矣！况秦、吴兮绝国，复燕、宋兮千里。或春苔兮始生，乍秋风兮蹔起……”

她一边背，一边讲解着。她发觉，听者似乎爱听不听，心不在焉。她只是遵命背下去，讲下去。

在开始讲《触詟说赵太后》时，谢静宜问了一句：“詟字到底念‘哲’还是念‘龙’？”

听到这句问话，似乎表明谢静宜算是在听，而且也懂得一些（其实，这句问话是谢静宜从毛泽东那里听来的）。

“詟字过去念‘哲’。现在根据对出土文物的考证，应当念‘龙’。”芦荻答道。

谢静宜听了，露出满意的神色，让芦荻继续讲下去。

讲毕，谢静宜说了一句：“回去吧！”

芦荻如释重负，上了车，回到三里河家中。虽然她实在不明白，为什么谢静宜忽地要她讲那两篇古文，她还以为这种特殊的“讲课”任务从此结束，可以在家中安心养伤。

她万万没想到，谢静宜那次找她，是一次“面试”！

夤夜去见毛泽东

5月23日，北大开来一辆中型面包车，来到三里河，停在芦荻家前。车上坐的有北大中文系负责人，还有“梁效”的人马。

所谓“梁效”，即“两校”的谐音。“文革”中许多“大批判”文章，署名“梁效”——北大和清华这“两校”的写作组，打着深深的“江记”烙印。芦荻是个普通教员，与“梁效”素无来往。

来客步入芦荻家中，要她马上带换洗衣服、脸盆牙具之类，以及几本古文书籍，说是住到什么地方去。芦荻只得遵命。上了车，径奔北大，驶往未名湖畔的一幢楼。来到那儿，芦荻才知，楼内是“梁效”写作组的“大本营”。她被安排住在一个房间里，据说还要她继续讲课。

她跟“梁效”毫无瓜葛。在那里，她关起门来看书，如同往常在家备课一样。

三天之后——5月26日晚上，看了一天的书，芦荻神情疲惫，正准备就寝，却听到敲门声。不速之客竟是谢静宜！

谢静宜要芦荻收拾衣服用具，马上出发。

“深夜里还要讲古文？”芦荻不解，但又不便问。

楼前，一辆轿车在恭候，上了车，谢静宜这才开口，说了一句使芦荻难以置信的话：“我要带你去见毛主席！”

芦荻瞪大了眼睛，吓了一跳，说了声：“什么？见毛主席？”

“你去给毛主席讲诗、词、歌、赋。”谢静宜说出了缘由。

芦荻几乎不相信自己的耳朵了：毛泽东主席是全国人民的伟大领袖，对中国古典文学深有造诣，怎么会要她去讲诗、词、歌、赋？

最使她纳闷的是，那“歌”讲些什么呢？中国古代并没有多少“歌”（即“歌行”），怎么讲呢？……她如同进入幻境一般，只觉得车子像飞一样在前进。尽管身边坐着谢静宜，她又不便多问。她不知道，毛泽东主席为什么会忽然召见她这样一个平平凡凡的人。

车子刚刚驶过西单，便转入中南海，戛然停住。由于过分地紧张，芦荻在下车时，咣当一声，撒了手提包，把脸盆、两支笔、书、梳子和四件换洗衣服，全都打翻在车里，狼狈透了！

“我替你收拾，你先去吧！”幸亏司机这么说。

她看了一下手表，10时18分。在谢静宜带领下，她步入毛泽东住处。当时，她仿佛在做梦一样，一眼就看到在电影、电视中见过多次的熟悉的形象。不过，眼前的毛泽东主席，不像往常记者们所形容的“神采奕奕”，显得苍老，有点病态，但精神仍很不错。

对于她的到来，毛泽东显得非常高兴。毛泽东握着芦荻的手，问道：“会背刘禹锡的《西塞山怀古》这首诗吗？”

神情高度紧张的芦荻，那思维还一下子无法运转到刘禹锡的诗上去。

这时，毛泽东慢慢地用铿锵之音吟诵起来：

王濬楼船下益州，

金陵王气黯然收。
千寻铁锁沉江底，
一片降幡出石头。
人世几回伤往事，
山形依旧枕寒流。
今逢四海为家日，
故垒萧萧芦荻秋。

这是芦荻异常熟悉的诗，经毛泽东用湖南口音吟诵，别具一番风味。

吟罢，毛泽东笑着问芦荻："你的名字，是不是从这首诗里来的？"

芦荻笑了。她那紧张万分的神经，在谈笑中开始放松。

毛泽东指了指自己的右眼，说是患目疾，要请她代读中国古文，芦荻这才明白了请她来此的用意，松了一口气。

芦荻一直侍立在床前。毛泽东让她坐下来，跟她聊起了刘禹锡。他很喜欢刘禹锡的作品，尤其是那名句："沉舟侧畔千帆过，病树前头万木春。"他会背刘禹锡的《陋室铭》《乌衣巷》《竹枝词》《杨柳枝词》等许多作品。

芦荻坐在一侧，很拘谨地静静听着。毛泽东的秘书、医护人员以及谢静宜，也一起听毛泽东谈话。

毛泽东兴致很高，海阔天空地聊着，从唐朝的刘禹锡，谈到了三国时的阮籍，又忽地提及了北周文学家庾信。他见芦荻在一边只是听着，笑道："该轮到你讲了，就讲讲庾信的《枯树赋》吧。"

毛泽东冷不丁地点了一个题目，芦荻毫无准备，她凭自己的记忆，背诵起《枯树赋》，边背边讲解，毛泽东听得很有兴味。

接着，又谈起了那位"江郎才尽"的"江郎"——江淹的《别赋》以及《触詟说赵太后》（显然谢静宜事先从毛泽东那里知道他要听讲这两篇古文，所以对芦荻进行了"面试"）。

大约很久没有遇到这样的可以谈论中国古典文学的对手，毛泽东显得异常兴奋。他下了床，在屋里缓缓踱起步子来，一边踱，一边嘴里哼诗诵词。他缓步在宽大的房间里踱了三圈。这时，芦荻望着他，突然产生老松静穆之感。

从夜里10时18分，一口气谈到凌晨1时。大夫考虑到毛泽东正在病中，劝他早点休息。

毛泽东谈兴正浓，不肯中断谈话。又谈了两个小时，大夫下了"命令"，非要毛泽东休息不可。

这时，芦荻赶紧站了起来，向毛泽东告别。

毛泽东说："再见吧，我们认识了，以后慢慢谈。"

就这样，芦荻结束了与毛泽东的第一次谈话。

亲眼目睹毛泽东嗜书如痴如醉

于是，芦荻被送入离毛泽东住处很近的一幢楼里，住了下来。用毛泽东的话来说，芦荻是他"请来的客人"。

芦荻住在底楼的一间屋内。除了她以外，底楼还住着好多位为毛泽东治病的大夫。谢静宜则住在二楼。

从此，她的生活规律不得不作很大的改变，以求能够适应毛泽东昼夜颠倒的生活：她上午睡觉；下午闭门看书为讲读做案头准备工作；深夜至凌晨，她来到毛泽东那里，为他侍讲诗文。她终日在中南海住不能回家。

芦荻这样讲述自己当时的心态：

"我是一个很普通的人，突然进入中南海，来到毛泽东身边工作，我的心情也是非常紧张的。毛泽东当时在人民群众的心中是神，我也是这样看的。我对他是毕恭毕敬。大约我看过许多古代史书的缘故，我总有一种深入重地、深入禁地的感觉。我常常如《诗经 · 小雅》中所说的那样，'战战兢兢，如临深渊，如履薄冰'。"

每当她奉召前往毛泽东那里时，谢静宜总要陪同一起去。谢静宜绝不放过任何一个可以接近毛泽东的机会，以便从最高领袖那里得知种种政治信息。

她步入毛泽东卧室，总是侍立于毛泽东床前，双手捧着书，逐字逐句地念。毛泽东一再叫她坐下来，往往用手拍了拍床头的红丝绒小凳子，她这才小心翼翼地坐下来。这时，毛泽东往往对大夫、秘书说："来，来，你们也来听听。"在听讲时，毛泽东还常常问大夫、秘书：

"你们听懂了没有？"

芦荻仿佛变了一个人。她变得不苟言笑，只是专心于自己的工作。她显得过分地紧张、过分地拘谨，不止一次受到谢静宜的批评，就连毛泽东也多次提醒她不必太拘谨。

慢慢地、慢慢地，芦荻才算开始适应那样的环境，拧紧了的神经渐渐松弛下来。尤其是毛泽东谈笑风生，平易近人，使她逐渐打消了紧张心理。

美国学者特里尔在《毛泽东传》中曾谈及，在世界的领袖人物中酷爱读书的是毛泽东和戴高乐。芦荻对戴高乐不了解，然而，她却亲眼目睹了毛泽东读书时那如醉如痴的神情。虽说她把他当作神，但她也确实从心底里敬爱他、佩服他。她总是称他“您”，他却不喜欢。他说：“还是说‘你’吧！”

毛泽东公务甚忙。尽管在病中他身子行动不便，终日卧床，可是他仍亲自料理国内外大事。

听汇报，发指示。他只能挤时间读书。入夜，芦荻便在自己的房间里等候。有时是夜11时，有时甚至是凌晨2时，毛泽东要读书了，就叫秘书打电话给芦荻，芦荻跳上自行车，前往500米外的毛泽东住所。她一路上风风火火骑自行车，到达毛泽东那里往往直喘气。后来毛泽东在他的书房里放了张桌子，让芦荻在那里看书，他需要读书时唤她进来。另外，她在书房里工作，也便于她借阅毛泽东的藏书。

起初讲古代诗词，芦荻得心应手。多年来，她潜心研究中国古代诗词，毛泽东点什么诗词她便可背出，并作讲解。

毛泽东点古代散文，芦荻也还算能够应付。

可毛泽东涉猎面甚广。有时，要她读《二十四史》。那已越出了她的专业范围。她很生疏，有许多生僻的古字念不出来。这时，她停顿下来。毛泽东催促道：“念呀，念下去呀。”她只得如实说，遇上不认识的字，要查字典。不料，毛泽东随口说出那字该怎么念，并大笑起来。芦荻一边深感自己学识不够，一边非常佩服毛泽东渊博的知识。

毛泽东对《鲁迅全集》很有兴趣。虽说这已属于现代文学范畴，非芦荻所长，他也要芦荻念。芦荻并不熟悉鲁迅的著作，只得赶紧借来成套《鲁迅全集》，钻研起来，以便能够完成侍读任务。有时候，毛泽东记起鲁迅的一句话，叫她从《鲁迅全集》中查出处，往往使她忙上一阵。比如，毛泽东记得，鲁迅曾说过，烂苹果只消挖掉烂了的部分，仍然可以吃。他要芦荻查这句话出自鲁迅的什么文章。芦荻很费劲才算查到了原文。

最狼狈的一次是毛泽东忽地对《土壤学》发生兴趣，要她读。她读得结结巴巴，因为她对自然科学实在很生疏。

毛泽东的湖南口音很重，加上病中语音含混，最初她常常听不明白，要张玉凤“翻译”。后来，她带了笔记本，听不明白的地方，毛泽东就写在纸条上。这样，她也就随时记下毛泽东对古典文学的各种谈话，并夹入毛泽东写的纸条。她的笔记本，如今成了极其珍贵的历史文献。她正在根据笔记本上的记录及毛泽东手书纸条，写《毛泽东谈六部小说》。毛泽东对中国古典名著如

《三国演义》《水浒传》《红楼梦》等，非常熟悉，常跟芦荻谈论这些小说。

毛泽东知道她的身世

日渐熟悉之后，有一回，毛泽东跟芦荻谈起南朝作家江淹的《别赋》时，说道："江淹《别赋》中'秋露如珠，秋月如珪'，你的书中对'珪'的注释不很准确。"

芦荻一听，大吃一惊。她直到这时，才知道毛泽东曾看过她参加选注的《历代文选》一书。她对毛泽东的读书之博，打心底里佩服。她当即请毛泽东谈下去。毛泽东说了自己对"秋露如珠，秋月如珪"的理解。她觉得毛泽东极有见地，古文修养比专门研究古典文学的她要好得多。她倍感自己的浅薄，每天花更多的时间准备侍读。

还有一回，毛泽东谈起了抗美援朝，忽地问及她参加抗美援朝的情况。她从未跟毛泽东说起自己的经历，毛泽东怎么知道她参加过抗美援朝呢？她这才明白，毛泽东在挑选侍读者时，曾了解过她的经历……

毛泽东的这些话解除了她思想上的顾虑：她进入中南海，心情很紧张，除了由于她平生头一回进入这样的"重地"之外，还由于她有过坎坷的经历……

其实，芦荻不是她的本名，那是她进入解放区时改用的名字。她本姓卢，名素琴。论祖籍，她与毛泽东是大同乡——湖南长沙人氏。但是，她的父亲一辈已迁往东北。1931年，她生在东北辽阳。她的父亲一口东北话，所以她也就不懂湖南话。父亲是清末读书人。那时，已经废科举，父亲没有应试，成为私塾教师。他双手都能写字，擅长书法，谙熟古文。她的哥哥在父亲的熏陶下，9岁就会背《唐诗三百首》。可惜她才两岁时，父亲故世。那时，她有5个哥哥、1个姐姐，生活在农村之中，3间草屋，房前房后一片芳菲花木之地，伴随着她度过童年。

母亲姓冯，当时才30多岁。母亲知书识礼，常给她讲故事。入夜，一灯如豆，她听母亲讲《三国演义》，讲《水浒》，讲《封神演义》，使她从小就熟悉这些中国古典文学名著。7岁时，母亲便轻声教她苏武的诗——在日军统治下的东北，那样的诗是被禁止的。

那时，东北市场上出售南洋兄弟烟草公司生产的香烟，每盒烟里都有画片，画着苏东坡、司马光等人物。她喜欢收集这些画片，从画片上认识中国许多文学名家。

她在东北上学，曾改用母姓，冯稚乔。乔，即次女之意，原是父亲为她取的名字。

在东北大学时，由于学校迁往北平，她也随之来到北平。在那里，她进入北京大学中文系学习。她积极参加学生运动，思想日趋进步，加入了党的外围组织。

解放后，怀着一腔爱国热情，她参加了抗美援朝运动，来到朝鲜。

1954年她复员，在中国人民大学执教。1957年2月，她加入中国共产党。

一帆风顺的她，不久受到两次沉重的打击：

刚刚入党的她，遇上了“大鸣大放”。她在教研室负责工会工作，常常召集各种会议。虽说在会上她并没有“大鸣大放”，但是她支持别人“鸣”、支持别人“放”。在反右派斗争扩大化之际，她被定为“中间偏右”，失去了党籍。

另一沉重的打击是母亲患晚期肝癌，于1958年1月去世。母亲一手抚养她成人，母女情深。失去了慈母，她终日悲泣不已。

在双重的打击下，她精神不振，情绪低落。

真是祸不单行。她去托儿所接孩子时恍恍惚惚，摔了一跤，大腿骨折，不得不卧床好几个月。孩子从食堂买饭、买菜，而她家住在十楼，用过的盆、碗没人带下去，在家中积了一大堆。有人看到了，说她“缺乏共产主义道德”，甚至说她存心“偷窃食堂盘、碗”。芦荻闻言，怒不可遏，尽管一条腿绑着石膏，她硬是请一位老师背着，从楼上下来，把一大叠盘碗亲手交还食堂！……

这些事大约也记载在她的档案上。毛泽东详细询问了她交还盘、碗的经过，听罢大笑不已——他十分欣赏她的性格。

毛泽东并不介意她“中间偏右”，也不介意她失去了党籍。毛泽东召她进入中南海，这清楚表明了对她政治上的信任。她的沉重的思想包袱，也就放了下来。

在“文革”中，中国人民大学停办，芦荻被下放到江西余江县的五七干校劳动，种水稻。余江县，毛泽东曾为之写过《送瘟神》律诗：“读（1958年）6月30日《人民日报》，余江县消灭了血吸虫。浮想联翩，夜不能寐。微风拂煦，旭日临窗。遥望南天，欣然命笔……”

毛泽东向她问起了余江县的近况。

1970年12月26日——真巧，这天是毛泽东的生日，芦荻在江西得到调到北京大学中文系的通知，返回北京。

她来到北大，那里正在由工农兵学员“上大学、管大学、用毛泽东思想改造大学”。芦荻又成了“再教育”的对象。她身体孱弱，患心脏病、胃病，在艰难中接受“再教育”。

她做梦也想不到，心绪不宁的她，会忽然被召进中南海……

在她进入中南海两个来月后，毛泽东的眼疾终于要动手术了。动手术的日期，据张玉凤回忆，是8月中旬，但据芦荻回忆，则是7月29日——应当说，芦荻的回忆更准确。

考虑到毛泽东在病中，外出不便，手术就在毛泽东的卧室和客厅中间的小厅里进行。

施行手术的，是北京广安门医院眼科中年大夫唐由之。毛泽东在第一次与唐由之见面时，跟他与芦荻见面一样，背诵了一首诗：

岂有豪情似旧时，
花开花落两由之。
何期泪洒江南雨，
又为斯民哭健儿。

毛泽东所背诵的，是鲁迅的《悼杨铨》，内中“花开花落两由之”一句包含“由之”两字。毛泽东对唐大夫说：“你的父亲一定是位读书人，他可能读了鲁迅先生的诗，为你取了这个‘由之’的名字。”毛泽东的渊博和记忆力，使人们惊讶不已。

手术很成功。一星期后，毛泽东一只眼睛复明，从此结束了600多个失明的日日夜夜。虽然他视力复明，医生劝他不可用眼过度，他仍留芦荻侍读。

她请毛泽东谈《水浒传》

有一回，毛泽东笑着问芦荻：“你平日教学生们是怎么教的？难道光是你一个人讲‘满堂灌’，你从来不提出问题？你得采用启发式呀！”

芦荻一听，便明白毛泽东在很婉转地批评她。因为她一直是在侍读而已，近乎“照本宣科”，从未向毛泽东提过一个问题。

其实，这除了她的拘谨之外，还有毛泽东所不知道的原因。她在进中南海之时，北大党委给她规定了几条“禁律”：

不问你的时候，不能回答；

该说的说，不该说的不说；

不该问的不问；

不该听的不听；

不该看的不看……

她一直严格遵循这些“禁律”。既然“不该问的不问”，她也就干脆什么都不问——因为她不清楚哪些属于“不该问”的范畴。这样，她在侍读时，一直保持“目不斜视”的姿势，双手捧书，专心致志地念着。

如今，毛泽东要她提问题，当然她不可不提。不过她仍小心翼翼，仅仅就古典文学范畴，就毛泽东喜欢的话题，提出一些学术性的问题。（如今，她异常地懊悔。她当时对毛泽东“仰视”奉若神明，太不了解了。哪怕是她当时读一读斯诺的《西行漫记》，也会帮助她了解这位中国人民的领袖。她今日有一大堆问题想问他，可惜，斯人已去，“逝者如斯夫”！）

这样，在进入中南海两个多月后，她在和毛泽东交谈时，已经比较自如轻松了，有时还会因毛泽东幽默的谈吐而发出笑声，不再“不苟言笑”。在交谈中，她也能提出问题，请毛泽东给予回答，她请毛泽东谈对一些历史人物的评价，对一些古典文学作品的见解。初入中南海时，她食不甘味，体重明显减轻。这时，在与毛泽东的谈笑中，她的精神非常愉快。她觉得，能在这样一位时代的伟人身边工作，真是三生有幸。

就在这时，发生了一桩完全意想不到的震动全国的大事。

1975年8月14日凌晨2时，芦荻接到毛泽东秘书的电话，说是要她过来读书。芦荻迅即前往毛泽东住处。

那天，毛泽东刚忙完公务。他跟芦荻又聊起了古典文学问题。像往常一样，毛泽东谈着，她拿出笔记本记录。有时，遇上听不清楚的话，毛泽东在纸条上写几个字。

芦荻的记录清楚表明，那天毛泽东先是谈李白，然后谈柳宗元，接着谈起了《红楼梦》，又从《红楼梦》把话题转到《三国演义》和《水浒传》。毛泽东完全是在那里即兴漫谈，想到什么说什么，发表着他对中国古典文学的见解。

1974年，《北京日报》一位姓谢的负责人，忽地来到了北大，向中文系约写一篇评论《水浒传》的文章。约稿时，定下了调子，说《水浒传》“只反贪官，不反皇帝”。芦荻当时也在座。她感到不可理解，因为学术界向来对《水浒传》评价颇高，称它是“农民起义的教科书”，甚至称其为“千古不朽的农民运动的史诗”，如今怎么变成“只反贪官，不反皇帝”了呢？她觉得无法按照这样的调子写评论《水浒传》的文章，可是又隐隐约约感到那话很有“来头”。她追问是谁说的，《北京日报》的负责人不肯说出是谁……既然是上边布置下来的“任务”，教研组里还是进行了讨论。教师们都觉得根据那8个字的确很难下笔，后来勉强写成了，《北京日报》大抵不满意，没有发表。芦荻风闻，那8个字是毛泽东在一次谈话中说及的。《北京日报》“闻风而动”，所以到北大中文系约稿……

既然毛泽东鼓励她提问题，这时，芦荻就问道：“主席，听说你讲过，《水浒传》‘只反贪官，不反皇帝’？”

毛泽东点了点头说：“那是我在政治局扩大会议上讲的。”

这时，坐在一旁的张玉凤，也插话说：“去年在武汉时，我正读《水浒传》。主席见了，对我说过，‘宋江是投降派’！”

于是，芦荻请毛泽东详细谈谈应当怎样读《水浒传》这部书。

这样，也就引发出毛泽东的一大段议论。

芦荻的笔，沙沙地作记录，记下了毛泽东的话。

后来，芦荻这么回忆：

“主席讲《水浒传》时，谈笑风声，和蔼幽默。就该书的主导的政治倾向问题，他反复举例，细致地进行了分析……主席非常推崇鲁迅，每次谈话，都要提到他。当他听我说北大中文系正在修改《小说史稿》时，便说，鲁迅评小说评得好，要好好学习鲁迅的思想观点。他更盛赞鲁迅在《流氓的变迁》中对《水浒传》的评论，称赞鲁迅对金圣叹的批判。他对《水浒传》研究中长期没有贯彻鲁迅的评论精神，对金圣叹的腰斩《水浒传》和大量发行的这一腰斩本即七十一回本，十分不满……”

毛泽东说，应该出全本——百回本，叫出版部门印行。他说，印行百回本，让读者了解故事的始末，了解全貌，知道梁山好汉们怎样胜而又怎样败，还其本来面目，让读者知道堡垒最容易从内部攻破。

芦荻忙于记录。她觉得毛泽东的见解，颇为深刻。她只是从学术的角度，理解毛泽东的话。

张玉凤毕竟是秘书，她从秘书的角度考虑问题。她认为，毛泽东的话就是指示。毛泽东说要印百回本，那就应当加以执行、贯彻。于是，她问毛泽东：“主席，要不要通知出版界，把百回本的《水浒传》印出来？”

毛泽东答道：“好。”

这时，张玉凤便对芦荻说：“芦老师，你把主席的指示，写一下吧。”

芦荻从未起草过文件之类，她遵照毛泽东的意思，写下他的这么一段话：

“《水浒传》百回本、百二十回本和七十一回本，三种都要出。”

毛泽东补充道：“要不要把鲁迅的那段评语印在书的前面？”

芦荻遵嘱加上了一句：“把鲁迅先生的《流氓的变迁》中的那段话印在卷首。”然后递给张玉凤。

这时，毛泽东说：“我要休息了，今天就谈到这里。”

张玉凤赶紧把芦荻记录的毛泽东那两句话，递给毛泽东。毛泽东看毕，微微颔首。

芦荻站了起来，告退。

毛泽东朝她挥了挥手，道：“好，再见！”

这时，张玉凤对她说：“芦老师，请你在书房里等一下。”

于是，芦荻来到毛泽东书房，坐在他的书桌前。平日，她给毛泽东读完书，也总是在那里再看一会儿书。毛泽东的书房里，有上万册的书。卧室和客厅之间的小厅里，也放着很多书。

卧室里，有两个大书橱。毛泽东的生活，是与书紧密联系在一起。

芦荻在书房里看了一会儿书，张玉凤进来了，说道：“芦老师，刚才我问主席，除了把鲁迅的评语印在各种版本的《水浒传》的前面，要不要把主席对《水浒传》的意见整理一下，也印在前面？主席同意了。芦老师，请你把主席对《水浒传》的评语马上整理出来。另外，主席说，把鲁迅的那段话也写上。”

这时，毛泽东睡了。芦荻在毛泽东的书房里，整理着毛泽东刚刚的谈话记录——她压根没有想到，这份谈话记录会在全国“掀起”一番“运动”！

姚文元居心叵测借题发挥

芦荻把毛泽东关于《水浒传》的谈话，择其主要观点，按照记录原文，整理出来。全文如下：

> 《水浒》这部书，好就好在投降。做反面教材，使人民都知道投降派。
>
> 《水浒》只反贪官，不反皇帝。摒晁盖于一百零八人之外，宋江投降，搞修正主义，把晁的聚义厅改为忠义堂，让人招安了。宋江同高俅的斗争，是地主阶级内部这一派反对那一派的斗争。宋江投降了，就去

打方腊。

这支农民起义队伍的领袖不好，投降。李逵、吴用、阮小二、阮小五、阮小七是好的，不愿意投降。

鲁迅评《水浒》评得好，他说："一部《水浒》，说得很分明：因为不反对天子，所以大军一到，便受招安，替国家打别的强盗——不"替天行道"的强盗去了。终于是奴才。"（《三闲集·流氓的变迁》）

金圣叹把《水浒》砍掉了二十多回。砍掉了，不真实。鲁迅非常不满意金圣叹，专写了一篇评论金圣叹的文章《谈金圣叹》。（见《南腔北调集》）

《水浒》百回本、百二十回本和七十一回本，三种都要出。把鲁迅的那段评语印在前面。

整理完毕，由于毛泽东正在安憩，芦荻只得仍在书房里待命。

大约下午2时光景，张玉凤来到书房，取走芦荻整理好的毛泽东评《水浒传》记录，然后去毛泽东卧室。

俄顷，张玉凤来，说毛泽东看过了，认为可以。张玉凤请她誊清一份。

很快，芦荻誊毕，张玉凤带她步入毛泽东卧室。毛泽东躺在床上。

芦荻把誊清稿递给毛泽东。毛泽东戴上老花眼镜，一行一行地看，看得很认真。芦荻和张玉凤侍立于床前。

毛泽东看毕，说了声"可以"。于是，芦荻退出，又回到书房。

过了两个多小时，令人吃惊的事发生了：张玉凤来到书房，手中拿着用道林纸印刷的文件和一叠空白信封。张玉凤请芦荻校看一下那文件。芦荻一看，上面印的就是她整理的毛泽东评《水浒传》谈话记录。

"这么快就印出来了！"芦荻惊讶不已。

张玉凤微微一笑。印刷毛泽东指示的速度，要比学校里印讲义的速度不知高出多少倍。

更使芦荻惊诧的是，就在这两个多小时之中，不光是印好了一封给毛泽东的信。毛泽东已看了姚文元的信，批示："同意。"

原来，毛泽东的关于评《水浒传》的谈话，提出要出版三种版本的《水浒传》，当然要交宣传出版部门执行。于是，便送到姚文元那里。

姚文元这位当时的"舆论总管"一看，如获至宝！他要利用毛泽东的这一番"最高指示"，别有用心地做一番文章。于是，他当即拿起笔来，给毛泽东写了一封信，声称：毛泽东对于《水浒传》的评论，"对于中国共产党人、中国无产阶级、贫下中农中一切革命群众在现在和将来，在本纪和下世纪坚持马克思主义，反对修正主义，把毛主席的革命路线坚持下去，都有重大的、深刻的意义。应该充分发挥这部‘反面教材’的作用”。

为此，姚文元提出三条建议：

为了执行毛主席提出的任务，拟办以下几件事：

一、将主席指示印发政治局在京同志，增发出版局、《人民日报》、《红旗》、《光明日报》及北京批判组谢静宜同志，上海市委写作组。附此信。

二、找出版局、人民文学出版社同志传达落实主席指示，做好三种版本印刷和评论的工作。我还看到一种专供儿童青年读的《水浒传》，是根据七十一回改的六十五回本，也要有改写前言，增印鲁迅的话，否则流毒青少年。

三、在《红旗》上发表鲁迅论《水浒传》的段落，并组织或转载评论文章，《人民日报》、《光明日报》订个计划。

以上可否，请指示。

这么一来，本是毛泽东关于《水浒传》的一次个人漫谈，只是要出版部门印行三种版本《水浒传》，一下子被姚文元扩大了，动员全国舆论来讨论此事。

既然毛泽东同意姚文元的意见，“印发政治局在京同志”，张玉凤作为秘书也就照办。她把一叠空白信封和一张政治局在京委员的名单交给芦荻，说道：“芦老师，麻烦你写一下名字。”

这时，芦荻已校看毕印好的毛泽东评《水浒传》，发觉印错一个字，即“摒”字被误排成“屏”。“屏”并非“摒”的简体字，虽然两者都有“排除”的含义，用“屏”也可以，但芦荻坚持非改成“摒”不可。并拿出毛泽东跟她谈话时手书的“摒”字给张玉凤看，说道：“主席的原文是‘摒’字，要尊重主席原意。”

张玉凤要去了毛泽东手书纸条，要芦荻给“第七办公室”附一函，说明“屏”必须改成“摒”。这“第七办公室”，亦即“姚办”。

芦荻接着帮张玉凤在一个个信封上写好政治局在京委员的姓名，便回住所休息去了。因为分发文件之类事，不属于她的工作范围——她只是为毛泽东侍读而已。倘若不是张玉凤要她帮忙写信封，她是绝不会介入这些秘书工作的。

此后席卷全中国的“评《水浒传》运动”，与芦荻毫不相干。虽然那一大段“最高指示”是她向毛泽东提问而引出、并由她亲笔整理成文的，但她只是一个安分守己、埋头古典文学的知识分子，向来与权术、阴谋无缘。

在大寨她与飞扬跋扈的江青相遇

阴谋家们打着毛泽东的旗帜，利用那段“最高指示”做起“大文章”来了：

《红旗》杂志在1975年第9期发表了评论《重视〈水浒传〉的评论》。《人民日报》在1975年8月31日转载，并发表署名“竺方明”的长篇文章《评〈水浒传〉》。

紧接着，9月4日《人民日报》发表社论《开展对〈水浒传〉的评论》，用醒目的黑体字，印着“最新最高指示”——芦荻整理的毛泽东的谈话记录。

这么一来，《水浒传》这本元末明初的古典小说，忽地成为全中国人民关注的“热点”。人人评《水浒传》，人人稀里糊涂——只有极少数阴谋家明白其中的用意。

8月下旬，江青在召集“文化部长”于会泳等开会时，透露了“天机”：

“主席对《水浒传》的指示有现实意义。评论《水浒传》的要害是架空晁盖，现在政治局有些人要架空主席。”

江青的攻击矛头，指向周恩来、邓小平。

1975年9月中旬，全国“农业学大寨”会议在山西昔阳召开。江青来到那里，在各种场合作关于“评《水浒传》”的讲话，一次又一次说什么“宋江要架空晁盖”，“党内有宋江”……

由于目疾渐愈，毛泽东已能自己看书，芦荻仍住在中南海，但工作任务大为减轻。她可以常常回家看望。

记得9月11日——第三届全国运动会在北京召开的前夜，芦荻回家送全运会的票给丈夫和孩子，忽地接到紧急通知，说是毛泽东派她前往山西大寨。她知道，毛泽东曾说过，她这样的教师，不能整天关在学校里，应当到工农中去看看。于是，她在谢静宜带领下，前往大寨。

当芦荻来到大寨时，江青已在那里多日，多次在那里作报告，鼓吹“评《水浒传》”。芦荻一到那里，便与那些晚到者一起，被拉去听江青报告的录音，进行“学习”、讨论。芦荻一听，完全不是那么回事，走样了！毛泽东对《水浒传》的评论，是跟芦荻谈的，芦荻心中最清楚。可是，江青却说成要揪“党内的宋江”，说那宋江“五短身材”，如此等等，完全是用来影射当时主持中央日常工作的领导同志。在讨论时，芦荻一言不发，她能说什么呢？

终于，芦荻在大寨跟江青相遇了。江青一见到她，用颇为傲慢的口气说道：“你叫芦荻，我知道你在主席那里……”

最初，毛泽东调芦荻前去侍读，江青是不知道的。后来，北大写作组在一篇文章中写及《枯树赋》，内中提及毛泽东对《枯树赋》的意见，并说毛的这些意见“已与芦荻同志谈过”。

北大写作组的文章，总要通过谢静宜往江青那儿送。江青看了之后，便追问“芦荻是谁”，才知道是毛泽东亲自选定的侍读者。

倒是周恩来知道芦荻在主席那里。有一回，周恩来送一些巧克力给毛泽东身边的工作人员，一个人一块，内中便有一块说是给芦荻的。

当然，自从毛泽东跟芦荻谈《水浒传》的记录印出以后，江青就更注意芦荻其人了。当时，江青难得见毛泽东一面，而芦荻侍读在毛泽东身边，毛泽东跟芦荻谈古典文学，一谈便是三四个小时。江青当然明白，她在大寨长篇大论评《水浒传》，“阐述”毛泽东的“最新最高指示”，可以糊弄老百姓，却瞒不过芦荻。

江青对芦荻，时而飞扬跋扈，不屑一顾；时而挑剔，说她的衣服太旧；时而又很“亲热”，拉着她合影。

芦荻这人，教员本色，书生本色，玩不了花招，也不懂那些错综复杂的“政治”。她只醉心于她的古典文学世界，别无他求。她既不会奉承，也不会献媚。她对江青没有好感，尤其是听了江青那叽里呱啦的评《水浒传》报告之后。长期受中国古典文学的熏陶，铸就了她一颗淡泊的心。她与世无争，唯求在学术上有所收益、进取。她始终认为自己是个读书人，如此而已！

江青在大寨给毛泽东挂了两次长途电话，内中提及芦荻……

从大寨回到北京，回到中南海，不知什么缘故，芦荻不能再见毛泽东了。

她得到通知，过了毛泽东的生日——12月26日，她可以回学校去了。

这个日子突然提前，9月26日，她离开了中南海。临行，她要求见毛泽东一面，向他道别，未能如愿。中共中央办公厅一位负责同志在送她回校时，只是含糊其词地对芦荻说了一句：“你呀，知识分子，缺乏实际锻炼！”她只讲了这么一句，并未说明“缺乏实际锻炼”的具体含义——也就是要她离开中南海的原因。

她在离开之际，心境是异常矛盾的：

一方面，她感到无比轻松。她这位“书生”，从一进入那里，就很不适应。她毫无权欲，拙于心计，终日紧张，食眠不安。她仍企求过普通的老百姓生活。

另一方面，她也产生一种失落感。跟毛泽东谈古典文学，与其说是她“讲课”，不如说是毛泽东“讲课”。毛泽东兼政治家、思想家、诗人、哲学家、军事家、书法家于一身，谈吐非凡。他的真知灼见，使她获益无穷。在毛泽东晚年，即使是尼克松、基辛格，见到他也只能谈个把小时，可是，他却把她作为谈话的对手，一夜又一夜长谈，真是千载难得的机会！

她回到了家中，回到了学校，她依然是一名普通教师。虽然那时的报纸正铺天盖地一般在那里评《水浒传》，她不置一词——她对谁也不说在中南海的工作情况，把一切都深深地埋在心里。

大约过了个把月，忽地，一位在毛泽东身边工作的大夫光临她的家。大夫奉毛泽东之命，要她查一句苏东坡的话的出处。她当即拿出自己的一部明代版本古书，从中查出那句话，在书中夹上纸条，交给大夫带去。这清楚表明，毛泽东仍记得她……

在流言蜚语面前她保持沉默

芦荻离开中南海不到一年，传来毛泽东主席去世的消息，芦荻顿时失声痛哭。毛泽东那在病中的坚强形象，不时浮现在她的脑海中。后来，她从毛泽东的大夫那里得知，毛泽东晚年的痛苦病症之一是失眠。他年轻时就睡眠不好，步入晚年，失眠愈甚。于是，他通宵达旦地读书。患了目疾，不能读书，又无法入眠，他不能不请人侍读。另外，在晚年，他陷入深深的寂寞之中。他已很少在公众场合出现，很少出席会议，很少会见外宾，也不大会见朋友，与江青又几乎无话可谈。这样，芦荻侍读之际，勾起他对中国古典文学的浓厚谈兴。他本来健谈，于是，就一夜一夜地在谈论中国古典文学中度过……

在毛泽东去世不久，中国发生了“十月革命”，扫除了祸国殃民的“四人帮”。人们揭露了这帮阴谋家借用“评《水浒传》”而批周、批邓的诡计。这时，外界方知，毛泽东那段“最高指示”，是芦荻整理的。不明真相的群众，迁怒于芦荻。北大学生贴出大字报，说芦荻“坐江青的车”。其实，她跟江青毫无瓜葛，而外界却误传她是在江青那里工作！

中央专案组前来调查，她写了关于毛泽东同她谈《水浒传》的经过。1977年9月，中共中央印发的《王洪文、张春桥、江青、姚文元反党集团罪证（材料之三）》，收入了她写的那份材料。这一文件印发全国。顿时，更多的人对她产生了不解：她怎么会进入中南海的？毛泽东怎么会跟她谈《水浒传》？毛泽东的原话，是那样的吗？她会不会有"背景"？是不是"四人帮"那条线上的人？虽然中共中央文件的说明词中明明白白称她为"芦荻同志"，这"同志"两字表示她没有什么问题，但是种种流言蜚语仍朝她袭来。

她平日素来不声不响埋头学问，此时依然不声不响。可是，各种各样的人不断来找她，她一概不理不谈——因为她离开中南海之际，组织上关照过，出去之后一概不谈中南海的事。她严格遵守组织纪律。她只能默默承受巨大的精神压力，不出一声，听凭种种误传四处流布。

一天上午9时，芦荻正独自在家备课，骤然响起敲门声。她以为来了学生，开了门。屋外站着的是一位小伙子，一手拿着酒瓶，一手拿着面包，闯了进来。他在她的书桌对面坐了下来，说自己是一个工人，从武汉来。他一边喝着白酒，嚼着面包，一边气势汹汹问芦荻："你在中央文件上说，评《水浒传》是毛主席跟你谈的，那姚文元有什么错？"

她不知这位不速之客要干什么。她只得如实说明道："主席谈自己对《水浒传》这部书的看法，是跟我谈中国古典文学时提及的。姚文元是移花接木，借题发挥，搞政治阴谋。"

那青年没有理睬她的解释，依然不停地追问，不停地喝酒。

她吓坏了。她是个手无缚鸡之力的弱女子，无法把他驱出家门，只得说："同志，我要备课。你有什么意见，请找北大党委反映。"

那人端坐不动，从上午一直到下午6时。直至她看见窗外有下班的邻居走过，赶紧开了门跑出，给学校保卫部打了电话。

保卫部派人来了，终于"请"走了那位青年。

这件事使她受惊。她住的是普通的宿舍，谁都可以来敲她的门。她不得不躲避生人，尤其是避见记者。当时担任中共中央组织部部长的胡耀邦同志委派一位新华社记者来找她，找了3天，才找到了她！

她无法再在北大工作。1979年底，组织上调她到另一所高等学校任教。但是，那所学校竟然不接收她。整整半年，她处于没有单位、没有工作的状态。

无可奈何，她只得给胡耀邦去信——既然那时胡耀邦派人找过她，他也一定了解她。她希望胡耀邦能安排她的工作。她说，找毛泽东身边的任何一位同志，都可以了解她在中南海的表现，她确实与姚文元、江青没有任何关系……

不久，那所高等院校终于接收了她，安排她从事中国古典文学教学。

从1982年开始，她正式提出要求恢复党籍。组织上经过调查，纠正了1957年扩大化错误，她于1985年恢复了党籍。

尽管如此，外界对她仍不了解。她对她在中南海的工作情况，一直守口如瓶。种种关于"文革"史的专著中写道："8月14日，芦荻将毛泽东有关《水浒传》的谈话整理成文，送姚文元看。当日，姚文元复信毛泽东……"芦荻说，她当时只是为毛泽东侍读而已，是毛泽东"请来的客人"，她哪里有权"送姚文元看"？何况，她与姚文元从无交往！

某地大学学报上的文章，甚至说毛泽东关于评《水浒传》的谈话记录，是芦荻"编撰"的。

她，怎么可能去"编撰"毛泽东的话？！她是依据记录，严格尊重原意，加以整理，而且送呈毛泽东亲自审定的……

她终于打破多年的沉默

1990年6月下旬，由于她的一位友人的介绍，笔者在北京得以采访她。这些年，她一直拒见记者、作家，保持着沉默。毕竟已时过境迁，1975年的一切都已凝固成历史。笔者请她回顾历史，她答应了。

在电话里，笔者跟她约定上午8时见面。笔者按时来到教师宿舍，敲响了门。一位照料她的女孩子开了门，说芦老师正在睡觉——她昨夜写东西，直至凌晨4时才睡下。

她听见声响，要笔者在书房里稍候，她即起床。她的书房不可想象，几乎成了小猫、小狗的世界。十来只小猫、小狗，分别在书桌、书橱、茶几、沙发上，"散步"或打盹。不明白她怎么会养这么多的小猫、小狗，黄、黑、灰、白各色都有。

她的书橱里，放着《十三经注疏》《百子全书》《三希堂法帖》《佛学大辞典》《历史职官表》《四库全书总目》等。茶几上放着一张昨日的《光明日报》。墙上，挂着友人所书朱德元帅的一首诗："伫马太行侧，十月雪飞白。战士仍衣单，夜夜杀倭贼。"

片刻之后，她来了，白色短袖衬衫，浅灰色长裤，一副金丝框眼镜，一口标准的普通话。

芦荻（叶永烈摄）

她看上去文弱，一派书生风度，眼睛似乎射出一种忧郁的目光。她待人很真诚。她说自己“出生于耕读之家，是很普通的人，不值得了解的人”。她讲话口齿清楚。长年教鞭生涯，使她养成讲话从容不迫、有条有理的习惯，话语中不时夹着古诗词。

笔者感到十分荣幸，她终于打破了多年的沉默，面对录音机，慢慢回溯那远逝的岁月。每一回她提及去世了的母亲，都忍不住珠泪盈睫。看得出，她是一个很重感情的人。

她谈起毛泽东主席，总是充满着深深的敬意。

59岁的她，已步入高级职称的行列。丈夫在中国社会科学院，研究中共党史、工人运动史，现已退休。她有一子一女。在“文革”之后，她坚决不要孩子学文科。一子一女都学电子计算机专业，如今都在美国深造。1988年，她曾去美国探亲，看望子女。她特别喜爱活泼天真的外孙女。

大抵因为子女、外孙女都不在身边的缘故，她格外爱怜小动物，与一些友人成立了“小动物保护协会”。她的家简直成了小猫、小狗“收容所”。猫狗们随地大小便，屋内有一股浓烈的异味。她一边开电扇，一边点上几根檀香，把小猫、小狗赶出书房，这才能够安心地跟笔者长谈。可是，谈话被电话铃声打断，她打开书房的门去接电话、小猫、小狗顿时又一拥而入。

她说，这个协会的名誉会长是谢冰心和夏衍，这两位文学界的前辈都喜爱小动物。

当然，组织“小动物保护协会”，只是她的业余爱好罢了。

她说，她平生无所求，在晚年只想写出几部酝酿已久的书，献给世人。

她已完成《中国诗歌史》一书，交给了出版社。她还写出了30万字《李白研究》一书。已经完成《隋唐五代文学史》初稿。

她正在精心写作《毛泽东和传统文化》和《毛泽东谈历史和古代文学》。前者是写毛泽东作为一位无产阶级杰出领袖对中国传统文化的种种见解；后者是根据她所珍藏的毛泽东和她谈话的记录，加以整理。毛泽东读《二十四史》，曾在书上作了许多批语，她也一一摘录。不言而喻，这两部书，将具有重要的历史价值，是她在毛泽东身边侍读所得的精华之作。

她还向笔者谈及一桩往事：

有一回，毛泽东跟她闲谈，问起《宋词选》为什么只有一部胡云翼选注本，注释也嫌简单，你们学校里开不开诗词课？

当时，她欲言又止。因为毛泽东在“文革”中曾说过：“大学还是要办的，我这里主要说的是理工科大学还是要办……”言外之意即文科大学不必办，大学中文系哪里还谈得上开诗词课呢？《宋词选》之类的书，也就难以再出版。她想，教育界贯彻你的“最高指示”，才成了这个样子，你倒反而问起学校开不开诗词课来了？！

坐在一旁的张玉凤明白芦荻心中的意思，连忙给她使眼色，示意她不要说。

谁知毛泽东并未意识到芦荻心中的困惑，继续说道：“我们一起来搞一部《宋词选》好吗？搞一部《诗词曲选》好吗？你看，这样的书，出版社会给出吗？”

芦荻记得，毛泽东完全以一个普通作者的口气，讲那番话。

芦荻听罢，一阵惊喜，说道：“主席您如果亲自动手选宋词，选诗词曲，这将造福于学术界，造福于子孙后代！你选注的书，哪有出版社不给出的道理？你来说，我来记。你选定了篇目之后，一首一首地谈你的见解，我来整理记录，一定能把书写出来。”

“好，好。”毛泽东发出一阵哈哈大笑。

毕竟毛泽东太忙，加上重病在身，在那之后，无暇进行这一工作。

如今，毛泽东已经到另一个世界去了，无法再选宋词，无法再选诗、词、曲。不过，芦荻在跟毛泽东的一次次长谈中，知道他喜欢哪些宋词，知道他喜欢哪些诗、词、曲。能不能照此编一本别具一格的《宋词选》、一本不同于众的《诗词曲选》，以完成毛泽东的遗愿呢？

难怪，她凌晨4时才睡。她在忙于笔耕，完成一本又一本新著。

她自称是“蝼蚁之辈，极其平凡”。她不修边幅，唯求完成自己的心愿，一生足矣！

哦，祝她顺心！

毛泽东的37位秘书简介

（依照担任毛泽东秘书的时间为序）

谭政（1928）

1930年，红十二军政治部主任谭政在福建长汀

谭政是毛泽东首任秘书。

1928年2月，谭政调往红四军前委，担任前委书记毛泽东的秘书，成为毛泽东的第一位秘书。当时，谭政在井冈山砻市与毛泽东同住一屋，毛居里间，谭居外间，形影不离，无话不谈。

谭政原名谭世铭，1906年6月14日出生于湖南湘乡。1927年9月，谭政参加毛泽东领导的湘赣边界秋收起义和三湾改编。同年10月加入中国共产党。

当谭政调任毛泽东的秘书时，毛泽东一见面，就问起谭政的岳父陈绍纯先生。谭政很惊讶，毛泽东怎么知道他是陈绍纯先生的女婿呢？原来，毛泽东从他的入党申请书上得知他的社会关系。毛泽东认识陈绍纯先生的长子、参加了南昌暴动的陈赓，所以点名要谭政当秘书。

那时候，井冈山革命根据地同湖南省委以及在上海的中共中央机关之间还没有建立无线电联系，联络全靠交通员送信。为了使文件便于随身携带，需要秘书把文件抄写在当地生产的一种极薄的竹纸上。毛泽东的许多重要文件，都是谭政手执毛笔、用蝇头小楷工工整整抄写在竹纸上，由交通员带下山去的。其中编入《毛泽东选集》的《中国的红色政权为什么能够存在》是中共湘赣边界第二次代表大会决议案的一部分，《井冈山的斗争》是毛泽东向中共中央的报告。

谭政后来成为毛泽东手下一员杰出的战将。1955年被授予大将军衔。他先后担任中国人民解放军总政治部主任、国防部副部长、中共中央军委常委、中共中央书记处书记。1988年11月6日在北京逝世。

江华（1928—1929）

江华

1980年，最高人民法院特别法庭对林彪、江青反革命集团10名主犯进行审判，特别法庭庭长江华主持这一重大审判，他的名字不断出现在媒体上，引起广泛关注。江华，就是当年毛泽东在井冈山上的秘书。

江华其实并不姓江，他原名虞上聪。从事革命工作之后，曾经改名黄琳、黄春圃，江华也是他当年的化名，竟然以化名传世。他取名江华，是因为1907年8月1日他出生于湖南江华县。江华县因为在古代属于江南西道，而县城在阳华岩之南，于是得名江华。

江华在1926年加入中国共产党。1928年，江华调到红军工作，先后担任红四军前委秘书、红四军政治部秘书长，而前委书记为毛泽东，所以也就成为毛泽东的秘书。1929年底，江华离开井冈山到上海工作，结束了毛泽东秘书的工作。

在井冈山，有一次毛泽东交给江华（当时名叫黄琳）一个紧急任务，把一封急信送往西进的二十八团、二十九团。21岁的江华一天一夜跑了120里，赶上了西进的队伍，送上毛泽东的信。

解放后，江华曾任中共浙江省委第一书记、最高人民法院院长。1999年12月24日在杭州病逝。

贺子珍（1928—1937）

贺子珍，毛泽东的第二位妻子，秘书。

贺子珍原名桂圆，又名自珍。1909年中秋（9月28日）生于江西永新。1925年加入中国共产主义青年团。1926年毕业于永新女子学校，并加入中国共产党。曾任共青团永新县委书记，中共永新县委、吉安县委妇委书记。1927年参与组织永新农民暴动后，随袁文才部队上井冈山。1928年在湘赣边界特委和中国工农红军第四军机关任毛泽东秘书。1928年5月与毛泽东结婚。1929年1月随同红四军主力下山，后任中央苏区政府机要科科长。

1935年4月23日，在长征途中贺子珍为掩护伤员而负伤17处，头、背、肺部被炸入弹片。到达延安之后，继续做毛泽东的秘书工作。

1937年10月赴苏联治病，但苏联医生表示，弹片已无法取出。后在莫斯科东方大学学习。1947年回国。解放后任杭州市妇联主任，第五届全国政协委员。

1984年4月19日在上海病逝，终年75岁。

详见本书《井冈山上的秘书贺子珍》。

谢维俊（1928—1929）

1972年8月14日，毛泽东在邓小平写给他的信上作了批示："他在中央苏区是挨整的，即邓、毛、谢、古四个罪人之一，是所谓毛派的头子。"毛泽东批示中提到的"邓、毛、谢、古"，"邓"，即中共会昌、寻邬、安远三县中心书记邓小平；"毛"，即中共永丰、吉水、泰和三县中心书记毛泽覃；"谢"，即谢维俊；"古"，即古柏。1933年，他们4人由于执行毛泽东的路线，受到"左"倾机会主义的批判，以至被打成"反党小组织"。

谢维俊

谢维俊，又名唯俊，字蔚青。1908年10月出生于湖南省耒阳县。1926年加入中国共产党。

1928年1月，谢维俊参加湖南年关暴动，后随湘南起义部队上井冈山，历任红四军二十八团一营连党代表、第一纵队政治部主任。不久，他担任总前委秘书，在总前委书记毛泽东身边工作，成为毛泽东早年的秘书之一。谢维俊随同毛泽东参加了井冈山革命根据地反"进剿"、反"会剿"的战斗，参加了中央苏区第一、第二、第三次反“围剿”战斗。谢维俊深刻领会了毛泽东的游击战术。

1932年秋，谢维俊担任江西军区第二军分区司令员兼红军独立五师师长，运用毛泽东的游击战术，配合中央红军的第四次反“围剿”作战。

1933年，谢维俊作为“邓、毛、谢、古”之一遭到批判。

谢维俊参加了长征。到达陕北之后，于1936年初任中共三边特委书记。在率部向保安挺进时，途遇土匪袭击，在激战中壮烈牺牲，年仅28岁。

古柏（1930—1933）

古柏，1906年生于江西长宁（后改寻邬，今寻乌）。1925年12月加入中国共产党。1928年3月领导寻邬农民起义，建立游击队。1929年春中国工农红军第四军主力从井冈山向赣南进军到寻邬时，红四军一部与当地游击队合编为第二十一纵队，他任政治委员。同年10月组建中共寻邬县委，任书记。

1930年5月，毛泽东、朱德率红四军第二次到寻邬，他协助毛泽东进行了著名的“寻邬调查”。此后，古柏调到毛泽东身边工作。6月中旬，调任红四军前委秘书长，成为毛泽东秘书。后任红一方面军总前委秘书长。直至1933年作为“邓、毛、谢、古”之一遭到批判，他无法再在毛泽东身边工作。

中央红军主力长征后，古柏留下坚持斗争，任闽粤赣边游击队司令员。1935年3月6日在广东龙川上坪鸳鸯坑的战斗中英勇牺牲，年仅29岁。

详见本书《秘书古柏和曾碧漪》。

曾碧漪（1930—1933）

曾碧漪是古柏的妻子。

曾碧漪原名曾昭慈，1907年生于广东南雄。1928年冬，曾碧漪从广东到江西寻邬和古柏在一起工作，并与他结婚。当时，古柏是寻邬县委书记，曾碧漪负责妇女工作。夫妻俩和毛泽东同住在县城边马蹄岗的楼房。1930年6月中旬，古柏调任红四军前委秘书长，成为毛泽东秘书。曾碧漪担任红四军前委秘书、红一方面军总前委秘书，成为毛泽东文书、机要秘书，直至1933年。

红军长征后，她与古柏一起留在中央苏区。古柏牺牲后，她仍坚持革命工作。1949年后，曾先后在中国红十字总会、中央纪律检查委员会、中国革命博物馆、中央组织部工作。

1991年7月10日，本书作者在北京采访了曾碧漪。1997年3月29日，曾碧漪在北京病逝，终年90岁。

详见本书《秘书古柏和曾碧漪》。

李井泉（1930—1931）

李井泉

李井泉主政四川长达17年。从1949年担任中共四川省委第一任书记，直到1966年“文革”被打倒。他还是中共中央西南局第一书记。

1955年5月，西藏的达赖一行来到四川成都，李井泉作为中共四川省委第一任书记照理应当会见达赖，他却没有露面。1959年，达赖等人叛逃祖国，李井泉知道之后说道：“我早就看出这个人，不是个好东西，所以我当年不见他。”有人问他：“毛主席当年都接见他，难道毛主席没看穿他，你看穿了他？”李井泉反问道：“你怎么知道毛主席没看穿他？”那人反问：“那你怎么知道毛主席看穿了他？”这时，李井泉回答说：“我当过毛主席的秘书，当然知道。毛主席是为了西藏人民，当时要尽力争取达赖，所以接见达赖，不像我这样直来直去而已！”

李井泉曾经是毛泽东的秘书，鲜为人知。

1909年9月19日，李井泉出生于江西临川。1927年春加入共青团。8月10日，李井泉与临川热血青年一道离别故土，随起义军南下广东，先后担任中共东江特委机关文书、东江特委团委秘书长。

1930年春夏之交，东江特委派李井泉送密信到红四军前委。当时，红四军正在从赣南寻邬向闽西长汀转移途中，李井泉跋山涉水日夜兼程找到了红四军，把密信交到红四军前委书记毛泽东手上。这是李井泉第一次见到毛泽东。毛泽东看完密信，跟李井泉交谈，很喜欢这位能干的21岁的年轻人。毛泽东把李井泉留在身边，担任秘书——所以李井泉的履历表上写着“1930年在红四军司令部政委办公室担任秘书长”。那时候，毛泽东的职务就是红四军司令部政委。

李井泉担任毛泽东秘书将近一年。1931年春，毛泽东找李井泉谈话，希望李井泉到基层去，到一线去加强锻炼。这样，李井泉离开了毛泽东，担任红三十五军政治委员。

1933年，王明“左”倾教条主义错误在中央占了统治地位，毛泽东受排挤，“毛派”的邓小平、毛泽覃、谢维俊、古柏受到批判。李井泉也属于“毛派”，遭到批判。

1934年李井泉参加红一方面军长征，历任中央直属纵队政治处主任、红二方面军第四师政委。

解放战争时期，李井泉任晋绥军区政委、第二十兵团政委、入川南下支队政委。解放后任中共四川省委书记，第三、第四、第五届全国人大常委会副委员长。1989年4月24日，病逝于北京，终年80岁。

郭化若（1931）

郭化若

郭化若是毛泽东的军事秘书。他颇有传奇色彩：蒋介石请他当秘书，他不从，后来却成了毛泽东的秘书。

郭化若，原名郭可彬，曾用名郭俊英、郭化玉、郭化羽，1904年8月10日出生于福建省福州市。1924年加入中国国民党。1925年进入黄埔军官学校第四期学习。同年加入中国共产党。由于学业优秀而且擅长写作，经教官推荐，蒋介石曾两次下令调他去当秘书，但是他都以“军人应当战死在疆场”为托词婉拒。1926年参加北伐战争。1927年7月派赴苏联莫斯科炮兵学校学习。

郭化若后来回忆说：“在1929年春

从莫斯科回国，几经周折，当年8月2日到达福建龙岩，加入红四军的行列。古田会议后，我被调任红四军参谋处长，后任红一方面军参谋处长、代参谋长，一直在毛主席身边负责司令部战斗文书拟制工作。还任过毛泽东同志的秘书。”（郭化若著《在毛泽东同志身边工作的时候》）当时，郭化若协助朱德、毛泽东指挥了第二、第三次反“围剿”作战。郭化若在起草第二次反“围剿”通令时，提出了游击战的“十项原则”，即“扰敌、堵敌、截敌、袭敌、诱敌、毒敌、捉敌、侦敌、饿敌、盲敌”，这样就使毛泽东的“敌进我退，敌驻我扰，敌疲我打，敌退我追”的“十六字诀”更加具体化。

郭化若还回忆说，“长征途中，有段时间毛泽东随干部团行动，我们吃住在一块。到达陕北后，直到抗战胜利，我一直在抗大和军委总部工作，耳提面命地接受毛泽东的指挥和教育。”

在延安，郭化若在毛泽东身边工作，一边帮助毛泽东处理军事事务，一边研究毛泽东军事理论，完成《军事辩证法》这一理论专著，被称为“军队里第一个研究毛泽东军事辩证法的人”。按照毛泽东的要求创办并主编《八路军军政杂志》，深入研究抗日游击战争的战略问题，深受毛泽东好评。毛泽东还特派郭化若在延安抗日军政大学主授“战略学”课程。1939年年底，郭化若写出了4万多字的《孙子兵法之初步研究》，得到毛泽东的充分肯定，并让他在“抗日战争研究会”上作专门演讲。郭化若获得“儒将”“毛泽东的军事高参”美誉。

解放后，郭化若任南京军区副司令员、军事科学院副院长。1955年，郭化若被授予中将军衔。1957年，郭化若的《新编今译孙子兵法》出版，毛泽东高兴地说：“古有《孙子》，今有郭子。”

1995年11月26日郭化若在北京逝世，终年91岁。著有《新教育教学法》、《孙子译注》（中、日文版）、《郭化若军事论文选集》、《郭化若诗词墨迹选》等。

谢觉哉（1933—1934）

毛泽东的秘书，通常都年纪小于毛泽东。例外的是两位，即谢觉哉和李六如。

谢觉哉原名维鋆，字焕南，别号觉哉，亦作觉斋。湖南宁乡人。谢觉哉留着八字胡，毛泽东常亲切地称之为“谢胡子”。

谢觉哉

1884年4月27日，谢觉哉出生于湖南宁乡。三个年代的不同身份，表明了谢觉哉思想的转变：1905年，他成为清末秀才，1923年加入中国国民党，1925年加入中国共产党。

1920年8月，谢觉哉应何叔衡之邀到长沙主编《湖南通俗报》，办报期间，他结识了毛泽东，并参加了“新民学会”。毛泽东对他的第一印象是“谢胡子睿智谦和、诚实可信”。

大革命时期，他当选为国民党湖南省党部常委，主编《湖南民报》。后来在上海编辑中共中央机关刊物《红旗》。1933年从上海进入中央苏区，担任中华苏维埃共和国临时中央政府主席毛泽东的秘书，与毛泽东朝夕相处。

毛泽东让秘书谢觉哉起草通知。这对于这位清末秀才而言，不过小菜一碟，俄顷一挥而就。不料毛泽东看罢却摇头，这样的半文半白的语言工农民众看不懂，要他按照老百姓看得懂的浅显文字写通知。谢觉哉从此改变自己的文风。1933年11月，谢觉哉随同毛泽东到江西兴国县长冈乡，毛泽东在调查中口问手记，并写出《长冈乡调查》一文。毛泽东深入调查的作风，也给了谢觉哉很大的启示。

1934年10月，50岁的谢觉哉参加长征。到达延安之后，任中共中央党校副校长。他与徐特立、吴玉章、林伯渠、董必武被人尊称为“延安五老”。

解放后任最高人民法院院长。1971年6月15日在北京逝世，终年87岁。

黄祖炎（1933—1935）

黄祖炎，江西省南康县人，生于1908年5月，1927年加入中国共产党。

1933年，毛泽东担任中华苏维埃中央政府主席。黄祖炎成为毛泽东主席秘书。黄祖炎用工整的文字，誊录了毛泽东大量文稿。毛泽东在中央苏区遭到批判，处于政治生涯的低潮。在毛泽东患病期间，黄祖炎细心照料毛泽东。

有一次，毛泽东患恶性疟疾，体温高达40℃，黄祖炎连夜赶几十里路去请医生傅连暲为毛泽东诊治。黄祖炎成为毛泽东的无话不谈的知己。

1934年10月他随中央红军参加长征，任红军总政治部巡视员。到了延安，虽然黄祖炎已经不是毛泽东的秘书，毛泽东作为中共的最高领导人，多次前去看望黄祖炎，两人仍保持良好的友谊。

黄祖炎摄于济南

解放后，黄祖炎任山东军区政治部主任、山东省人民政府委员会委员。1951年3月13日晚上，黄祖炎出席在济南市政府礼堂召开的山东军区文化部召开的文化工作座谈会，参加会议的有部队的文化干部等200多人。黄祖炎在会上作了讲话。会议结束之后，济南曲艺演员表演节目。黄祖炎坐在第一排的中间座位。演出期间，原本坐在第四排的一个穿军装的男子，从后面接近黄祖炎，突然掏出手枪，朝黄祖炎头部开枪。黄祖炎当即血流如注，不幸遇难。

凶手在遭到抓捕时开枪自杀。经查，凶手叫王聚民，34岁，当时担任惠民军分区政治部宣教科副科长。他因父亲是地主，在土改中被斗，而且村里有人揭发王聚民在1938年曾向敌人密告两名地下共产党员。王聚民心怀不满，进行报复。他与黄祖炎并无个人恩怨，但是认为要杀就杀大干部，于是便朝黄祖炎开枪。

黄祖炎死于非命，年仅43岁。

毛泽东得知黄祖炎遭到暗杀，非常悲痛，在1951年4月19日就转发《罗荣桓等关于黄祖炎被害事件调查报告》写下批示：

中央军委各部门各特种兵司，中央政府各部门党组，各大军区，志司，并转各省军区，军分区，兵团军师，各中央局，并转分局，省委，区党委，市委，地委：

兹将罗荣桓罗瑞卿诸同志关于黄祖炎同志被刺案调查报告一件发给你们研究。像王聚民这样的反革命分子很早就有许多罪恶表现，全党全军如有类似这样的人，务须注意及时处理。

毛泽东

四月十九日[1]

翌年——1952年10月27日，毛泽东在山东军区许世友司令陪同下，前往济南英雄山烈士陵园黄祖炎墓前祭奠。

王首道（1933—1934；1937—1944）

王首道

王首道是毛泽东在瑞金时期的秘书。此后，在延安再度负责毛泽东的秘书工作。

王首道，又名芳林、一飞，1906年5月6日出生于湖南浏阳县。1925年秋，加入中国共产主义青年团。1926年5月，王首道成为广州农民运动讲习所第六届学员，主讲人就是中共中央委员、中国国民党中央代理宣传部长兼所长毛泽东。这年夏日，王首道加入中国共产党。

1931年，王首道任中共临时湘赣省委书记，发动湘赣军民参加第三次反“围剿”战斗。1933年11月，王首道来到中央革命根据地瑞金，担任中华苏维埃共和国中央政府主席毛泽东秘书。1934年春，王首道担任江西瑞金中央组织局秘书长。

王首道在担任毛泽东秘书期间，陪同毛泽东到兴国、瑞金做调查研究工作。

1934年10月，王首道参加长征，任中共中央军委第二纵队政治部主任，后任国家保卫局执行部长。

1937年7月抗日战争爆发后，王首道在延安中共中央办公厅工作，经毛泽东亲自提名，王首道任中共中央办公厅秘书处处长。王首道再度在毛泽东身边工作。王首道掌管毛泽东的文电收发、联络工作并照顾毛泽东的生活起居，还

[1] 《建国以来毛泽东文稿》第二卷，第249页，中央文献出版社1988年版。

亲自担任中共中央政治局会议的记录员。

1944年8月，中共中央决定在湘粤边区建立新的革命根据地，10月成立八路军南下支队，王震为司令员、王首道为政委，由延安出征。这时，王首道才离开毛泽东身边，从事新的工作。

1946年秋，据中央决定，王首道到沈阳，任军事调停处执行部东北小组负责人，同国民党、美国代表谈判，解决军事冲突问题。

解放后，王首道历任中共湖南省委第一副书记兼湖南省人民政府主席，交通部部长、党组书记，中共广东省委书记。1996年9月13日在北京逝世，终年90岁。

李一氓（1935）

在毛泽东的历任秘书之中，李一氓担任毛泽东的秘书的时间最短，前后只有两个月。

那是在1935年10月19日，李一氓随中央红军到达陕西西北部的吴起镇。这时候，李一氓被抽调担任毛泽东的秘书。11月20日直罗镇战役胜利后，为了做东北军的统战工作，李一氓油印了毛泽东亲自起草的《致东北军五十七军军长董英斌的公开信》，分发给释放的东北军俘虏。此后，李一氓被调到陕甘省委担任宣传部长，结束了毛泽东秘书的工作。

李一氓

李一氓又名李民治，1903年出生于四川彭县，1926年加入中国共产党。1932年，到中央苏区瑞金。1933年任中华苏维埃共和国临时中央政府国家政治保卫局执行部部长。1937年7月抗日战争爆发后，在皖南受命协助叶挺组建新四军，任新四军秘书长。解放后任国务院外事办公室副主任、中国人民外交学会副会长、中共中央对外联络部常务副部长。

1990年12月4日，李一氓在北京逝世，终年87岁。

童小鹏（1935—1936）

童小鹏，福建省长汀童坊镇人，1914年生。1930年6月参加红军并入党，在红四军、红一军团政治部、政治保卫局任秘书。

1934年参加长征，长征到陕北后，曾任毛泽东秘书。1936年12月西安事变后，一直随周恩来在西安、南京、武汉、桂林、重庆等地八路军办事处负责秘书、机要工作，任机要科科长，中共中央南方局秘书处处长，中共中央驻重庆、南京代表团副秘书长，重庆中共中央南方局副秘书长。1947年3月后，在中央城工部、中央统战部任秘书处长、副秘书长、秘书长。1958年到1966年任总理办公室主任、国务院副秘书长。“文革”初任中共中央办公厅第一副主任，“文革”中下放干校。1973年回中央统战部，1977年任中央统战部副部长，后任中共中央党史资料征集委员会副主任。1982年退居二线，1987年离休。

童小鹏是中共第八、第十一次全国代表大会代表，第二、第三届全国人民代表大会代表，第五、第六届全国政协常委。

童小鹏因病医治无效，于2007年7月18日在北京病逝，享年93岁。

叶子龙（1935—1962）

叶子龙

叶子龙担任毛泽东机要秘书长达27年之久。他与陈伯达、胡乔木、田家英、江青被称为毛泽东的“五大秘书”。笔者曾去北京叶子龙家中采访。

1916年12月29日叶子龙出生于湖南浏阳，原名叶良和、叶佐臣，因崇拜三国名将赵子龙，改名叶子龙。1930年8月参加中国工农红军。1932年2月加入中国共产党。在1932年经过短期培训之后，成为红军的电报译电员。参加了长征。1935年10月，成为中共中央军委机要股译电员，来到毛泽东身边工作。不久，担任中共中央军委第一局机要科科长、毛泽东机要秘书。1948年5月起任中共中央书记处办公处副处长。1949年3月兼任中共中央办公厅机要室主任、毛泽东办公室主任。

在担任毛泽东秘书期间，叶子龙建立《中央工作大事记》，采用速记和电子技术保留了大量重要资料。

1962年5月，叶子龙调任中共北京市委工业部副部长。2000年中央文献出版社出版了《叶子龙回忆录》。2003年3月11日病逝。

吴亮平（1936—1937）

吴亮平是毛泽东在陕北保安、延安时期的英文秘书。

吴亮平

从1936年7月16日美国记者斯诺第一次在陕北保安窑洞采访毛泽东开始，一连十几个晚上都是从晚上9点谈至翌日凌晨2点，担任现场翻译的就是毛泽东的英文秘书吴亮平。后来，斯诺能够写出名著《西行漫记》，是跟吴亮平的贡献分不开的。

毛泽东认识吴亮平，是从一本书开始的。那是1931年，毛泽东率领红军打下福建漳州时，从战利品中发现了一本“黎平”翻译的恩格斯的《反杜林论》，如获至宝，一直带在身边反复研读。1932年，24岁的吴亮平进入中央苏区，毛泽东得知吴亮平即“黎平”，高兴地称赞他“功盖群儒，其功劳不下于大禹治水”。

吴亮平又名黎平、理屏，1908年出生于浙江奉化，曾就读于上海南洋中学、大夏大学。1925年10月，由中共青年运动领导人恽代英提名，赴莫斯科中山大学留学。同年12月在莫斯科加入共产主义青年团，1927年转为中国共产党党员。

1930年初，吴亮平回国。在上海，吴亮平拜会鲁迅，参与左翼作家联盟的筹备工作。1930年2月16日下午，“文委”（即中共“上海临时中央文化工作委员会”）在上海一家咖啡馆召开成立“左联”的筹备会议，两个人先后讲话，即鲁迅和吴亮平。

这年夏天，22岁的吴亮平冒着酷暑，花费三个月，精心翻译了恩格斯名著《反杜林论》。11月，上海江南书店出版了吴亮平的译本。

吴亮平进入中央苏区之后，出任中华苏维埃政府国民经济人民委员。1934年1月，在第二次全国苏维埃代表大会上的三个主要报告，一是毛泽东的政治报告，二是朱德的军事报告，第三便是吴亮平的经济工作报告。

1934年10月吴亮平参加长征，任中央纵队秘书长。

到达陕北后，为了接待美国记者斯诺的来访，毛泽东点名吴亮平担任英文秘书兼翻译。斯诺曾经这样写及当时采访的情形："毛泽东交叉着腿坐在从岩石中凿成的一个很深的壁龛里，吸着一支前门牌香烟。坐在我旁边的是吴亮平，他是一位年轻的苏维埃'干部'，在我对毛泽东进行'正式'访问时担任译员。他把毛泽东对我所提出的问题的回答，用英文全部记下来，然后又译成了中文，由毛泽东改正，他对具体细节也必力求准确是有名的。靠着吴先生的帮助，这些访问记再译成了英文，经过了这样的反复，我相信这几节文字很少有报道的错误。我在收集材料上多亏吴亮平给我许多的帮助。"

1936年7月25日晚上，毛泽东在结束和斯诺有关长征的谈话后，兴致勃勃，欣然挥毫写下《长征》诗赠与斯诺，并建议他到红军前线采访。斯诺后来回忆说："毛泽东为我亲笔抄下了他作的关于红军长征的一首诗。在他的英语秘书吴亮平的帮助下，我当场用英文意译了出来。"

此后，吴亮平任中共中央宣传部副部长。1937年11月，王明利用职权撤销了吴亮平的领导职务。之后，吴亮平任《解放》周刊责任编辑。1941年党中央作出结论，推倒了王明对吴亮平的诬蔑，他被选为党的"七大"代表。

解放后吴亮平任化学工业部副部长。1986年10月3日病逝，终年78岁。

张文彬（1936—1937）

张文彬又名张纯清，曾用名张南赤、刘宗义，1910年出生于湖南平江县。1927年加入中国共产党，任中共平江县委军事部长。彭德怀、滕代远发动平江起义，张文彬率县赤卫大队编入红五军，担任营党代表。红五军上井冈山，张文彬任第一大队党代表。1930年红三军团成立后，任红五军党代表。1931年任红七军政治委员、红三军团保卫局局长。中央红军结束长征到达陕北后，任毛泽东的秘书。

张文彬

1936年8月，张文彬受中共中央派遣进入西安，对杨虎城、杜斌丞进行统战工作，在西北建立了红军的秘密联络站。张文彬以杨虎城的少校秘书身份进行活动，同张学良的东北军建立联系。西安事变发生后，中共中央派出了以周恩来为首的代表团前往西安，张文彬是代表团成员之一，参加与蒋介石代表的谈判，协助周恩来做了大量工作。

1937年“七七”事变后，党中央决定派张文彬去广东领导开辟敌后抗日战场，张文彬自延安抵达香港，再从水路秘密进入广州。

1942年6月，中共南方工委机关因叛徒告密遭到破坏，张文彬在广东大埔高陂镇被捕。1944年8月牺牲于狱中，年仅34岁。

周小舟（1936—1938）

周小舟

1936年1月，南京新街口北面的一家旅馆，住进一位身穿长衫的24岁的年轻人。此人本名周怀求，字元诚，为了便于从事秘密工作，从这时起用化名周小舟，与国民党谈判。不料，此后竟一直用周小舟这一化名。

周小舟是毛泽东的同乡，1912年出生于湖南湘潭。1927年，15岁的他加入中国共产主义青年团。1935年4月，加入中国共产党，不久任中共北平临时市委宣传部部长。11月底调到中共中央北方局联络部工作。中共中央北方局书记高文华致电毛泽东，称拟派周小舟、吕振羽赴南京联络。获准之后，在1936年初，周小舟和历史学家吕振羽前往南京，与国民党宋子文、陈立夫的代表秘密谈判联合抗日。此后，周小舟于3月、6月、8月又三度前往南京秘密谈判。然后，周小舟在8月来到延安，向中共中央、毛泽东汇报南京秘密谈判情况。毛泽东十分看重年轻干练的同乡，把他调到中央军委，担任自己的联络秘书。从此，周小舟留在毛泽东身边工作。

1937年4月，奉毛泽东之命，周小舟赴山西会见山西省政府主席、军阀阎锡山，很好地完成了秘密联络工作。10月初，毛泽东又派他以中央军委联络员的身份，前往新疆省主席、军阀盛世才那里做联络工作，他也完满完成任务。

1938年秋，周小舟调任中共冀中区委员会常委、宣传部部长。虽然他离开了毛泽东身边，但是仍不断与毛泽东有书信往返。

解放后，周小舟任中共湖南省委第一书记，毛泽东回湖南、赴韶山，均由周小舟陪同。

不幸的是，1959年秋，在庐山会议上，周小舟由于同情彭德怀，被错误地定为“彭（德怀）、黄（克诚）、张（闻天）、周（小舟）反党集团”成员，受到撤销职务处分，被派到湖南省浏阳县大瑶公社任党委副书记，接受改造。1962年调任中国科学院中南分院副院长。在“文化大革命”中，周小舟受到多次批斗，1966年12月26日在广州逝世，终年54岁。

1979年2月，中共中央撤销了1959年对他的错误处分，5月为他公开平反昭雪。

李六如（1937—1940）

李六如

李六如的名字被人们熟知，是因为在1957年4月由作家出版社出版了他的三卷本长篇小说《六十年的变迁》。这部长篇小说生动地描写了从清朝末年到新中国成立初期中国社会60年的巨大变迁。小说的主人公叫季交恕，一望而知是李六如三个字的“变迁”。《六十年的变迁》实际上就是李六如的自传体小说。至今，《六十年的变迁》仍不断再版、重印。

1887年7月11日，李六如出生于湖南平江县。1911年参加辛亥革命，任四十六标标统，补陆军少将衔。1913年赴日本留学。

1921年夏日，李六如在长沙贡院西街

的船山学社里，拜会了毛泽东，彼此志同道合，相见甚欢。这年秋天，由毛泽东、何叔衡介绍，李六如加入了社会主义青年团。1921年冬李六如转为中国共产党党员。北伐时担任国民革命军第二军第四师党代表。1931年，在瑞金的中华苏维埃政府担任税务局长。1935年红军长征，李六如奉命留在中央苏区坚持斗争，不幸被捕，直至1937年“七七”抗战爆发之后，经党营救出狱。1937年10月，李六如到达延安，重晤毛泽东。他在边区银行当了两星期秘书之后，随即分配到毛泽东主席办公室任秘书长。他的妻子王美兰也成为毛泽东主席办公室秘书处干事。

李六如担任毛泽东主席办公室秘书长之后，就住在毛泽东窑洞隔壁的窑洞，两人交往非常频繁。按照毛泽东的指示，李六如起草了大量的文电、报告、书信。1937年11月12日，毛泽东在延安党的活动分子会议上所作题为《上海太原失陷以后抗日战争的形势和任务》的报告，就是李六如根据毛泽东口授提纲整理的，此文后来收入《毛泽东选集》。1938年9月29日至11月6日，中国共产党在延安举行扩大的六届六中全会。会前，李六如参与了毛泽东所作的题为《论新阶段》的政治报告的起草工作。

李六如担任毛泽东主席办公室秘书长前后3年，一直到1940年5月。

解放后，李六如担任中央人民政府最高检察院副检察长。1955年因病离职后，写出了长篇小说《六十年的变迁》。

1973年4月10日病逝，终年86岁。

和培元（1938—1941）

在李六如担任毛泽东主席办公室秘书长期间，1938年初，办公室新增了一位年轻的秘书，那就是和培元。和培元曾经在燕京大学学习哲学，后来在保定当高中语文教员，是中共地下党员。

1938年夏，遵照毛泽东主席的指示，李六如与和培元共同编写《陕甘宁边区实录》一书。毛泽东要他俩编写这本书，是为了向国统区介绍陕甘宁边区的真实面貌，让国统区人民了解陕甘宁边区。毛泽东跟他俩一起研究编写提纲，并由他俩各写一半。

和培元与李六如非常认真地收集资料、进行编写，经过半年时间，完成了《陕甘宁边区实录》。毛泽东为这本书题词：“边区是民主的抗日根据地，是实施三民主义最彻底的地方。”

1939年1月22日，毛泽东致函陕甘宁边区政府教育厅厅长周扬：

周扬同志：

此稿李六如、和培元各写一半，我全未看。因关系边区对外宣传甚大，不应轻率出版，必须内容形式都弄妥当方能出版。现请你全权负责修正此书，如你觉须全盘改造，则全盘改造之。虽甚劳你，意义是大的。最好二月十五日前完稿，二月底能出书。

备有稿费（每千字一元五角），当分致你与李、和三同志，借表酬劳之意。此致

布礼！

毛泽东

一月二十二日夜十时[1]

从这封信中可以看出毛泽东对于出版《陕甘宁边区实录》的重视。

延安的军政学院当时被称为八路军的最高学府，毛泽东到那里作过报告，谭政、王若飞、和培元、郭化若、王学文、张如心等到那里兼课，和培元主讲哲学，每次讲三个小时，共讲过70多课次，足见他在哲学方面有很深的功底。和培元把唯物辩证法的认识论和方法论归纳成五句话："世界是物质的，物质是运动的，运动是有规律的，规律是可以认识的，认识是有个过程的。"

毛泽东很注重哲学研究。1940年6月，延安新哲学会举行第一届年会，毛泽东、朱德等到会讲话，艾思奇、陈唯实、周扬、范文澜、何思敬、郭化若、和培元等在会上宣读论文。和培元的论文题目是《论新哲学的特性与新哲学的中国化》。他指出："我们的新哲学家对哲学本身还十分缺乏更渊博更深刻的研究"，"多数还仅能做到辩证唯物主义原理的解释或传达"，"我们还没有一部真正中国化的新哲学教程"。当时，还组织了一个哲学小组，成员有艾思奇、陈伯达、吴黎平、杨超、和培元、何思敬等，每礼拜活动一次。

1941年夏，刚过而立之年的和培元，在新婚的第三天，到延河游泳时不幸淹死。延安《解放日报》在报道这一噩耗时，称"青年哲学家和培元同志被淹身亡"。友人们得知之后，不胜唏嘘，为之扼腕。

[1] 《毛泽东书信集》，第138页，人民出版社1983年版。

华民（1938）

华民是与和培元同时担任毛泽东秘书。

关于华民生平的记载甚少。2007年由中共党史出版社出版的刘益涛著《十年纪事：1937—1947年毛泽东在延安》中，寥寥几笔，写及华民：

> 徐懋庸在左翼作家联盟时，于1936年8月就“国防文学”与“民族革命战争的大众文学”两个口号的争论等问题，写信给鲁迅。鲁迅接信后发表了《答徐懋庸并关于抗日统一战线问题》一文，驳斥了徐懋庸。为要弄清是非，徐懋庸于1938年3月到达延安。5月中旬之末，他写信给毛泽东，请求接见。毛泽东第二天就复信徐懋庸，说愿意同他一谈。过了一天，毛泽东派秘书和培元、华民来找徐懋庸，了解一下“左联”的情况。大约是5月23日，下午3点钟，毛泽东的秘书华民来把徐懋庸带到北门内凤凰山麓毛泽东住的窑洞里。

另外，在艾克恩著《延安文艺运动纪盛》一书（文化艺术出版社1987年版）71页，也有相关的记载，写及毛泽东派秘书和培元与华民前去看望徐懋庸。

徐懋庸（1910—1977），作家，原名徐茂荣，浙江上虞人。著有《打杂集》《不惊人集》和《打杂新集》等。

江青（1938—1976）

江青原名李云鹤，艺名蓝苹，曾用名李进孩、李进。1914年3月生于山东诸城。1929年在济南入山东实验剧院学戏。1931年在青岛大学图书馆工作。1933年2月由俞启威（黄敬）介绍加入中国共产党。1934年9月在上海被国民党当局逮捕，获释后以蓝苹为艺名做过话剧演员、电影演员。1937年秋从上海到延安，改名江青，入抗日军政大学（马列学院）学习。1938年4月任鲁迅艺术学院戏剧系指导员。1938年8月调任中央军委办公室秘书，在毛泽东身边工作，照顾毛泽东起居，从此成为毛泽东生活秘书。

1938年11月与毛泽东结婚。1940年生女儿李讷。1956年经中共中央政治局常委会同意，正式任命江青为毛泽东的秘书。

江青从1963年起推动现代京剧的改革，开始在中国政坛崭露头角。

在1966年，江青任中央文革小组第一副组长。1969年在中共九届一中全会上，当选中共中央政治局委员。1971年林彪事件后，她在政治局内与张春桥、姚文元、王洪文结成“四人帮”。江青在“文革”中犯有严重罪行。1976年10月6日被捕，隔离审查。1977年7月，中共十届三中全会决定永远开除江青党籍。1981年1月，中华人民共和国最高人民法院特别法庭判处江青死刑，缓期2年执行。1983年1月，最高人民法院刑事审判庭改判江青为无期徒刑。1991年5月14日，江青自杀身亡，终年77岁。

详见本书《秘书江青》。

陈伯达（1939—1970）

陈伯达担任毛泽东秘书时间颇长，前后达31年之久。

陈伯达是笔名，原名陈尚友、陈建相，曾用名（包括笔名）达23个之多，诸如王通、仲晦、曲突、陈志梅、周全、梅庄、史达、王文殊、陈万里等。

1904年7月29日，陈伯达出生于福建省惠安县一个四代书香的破落家庭。1925年在厦门加入国民党。1926年担任国民革命军独立六十四师师长张贞秘书。1927年4月下旬在上海加入中国共产党，然后前往莫斯科中山大学学习。1930年底回国。1931年4月在天津被捕，经张贞出面营救出狱。此后任中共北方局宣传部长，发起“新启蒙运动”。1937年2月担任中共北平市委“三人委员会”成员。1937年9月从北平到延安，在中共中央党校当教员。

陈伯达曾深入探讨中国古代哲学，引起了毛泽东的注意。1939年春调到毛泽东主席办公室工作，从此成为毛泽东的秘书，直至1970年。

陈伯达担任毛泽东的政治秘书，即为毛泽东起草文件，并根据毛泽东的意见起草中共中央文件、《人民日报》社论、《红旗》杂志社论等。1943年7月10日，陈伯达经毛泽东主席的授意和修改，在延安《解放日报》发表长文《评〈中国之命运〉》，曾经产生广泛的影响。1956年，根据毛泽东的意见，他起草以“人民日报编辑部”名义发表的《关于无产阶级专政的历史经验》。他还根据毛泽东的指示起草人民公社“六十条”、“社会主义运动”的“二十三条”、中共中央《关于国际共产主义运动总路线的建议》、关于文化大革命的

《五一六通知》、关于文化大革命的“十六条”……

陈伯达曾先后担任马列学院副院长，中国科学院副院长，中共中央宣传部副部长。1958年任《红旗》杂志总编辑。1966年任中央文化革命小组组长，并在中共八届十一中全会上当选为中央政治局委员、常委。

陈伯达在“文革”中犯有严重罪行并成为林彪反革命集团重要成员。1970年8月，中共九届二中全会在庐山召开。8月31日，毛泽东写了《我的一点意见》，批判陈伯达，从此陈伯达下台。1970年10月18日，陈伯达被捕，关押于秦城监狱。1973年8月，中共十届一中全会通过决议，永远开除陈伯达的党籍，撤销其党内外一切职务。

1981年1月，中华人民共和国最高人民法院特别法庭判处陈伯达有期徒刑18年，刑期从1970年10月18日算起。1988年10月18日陈伯达刑满释放。1989年9月20日病逝，终年85岁。

详见本书《秘书陈伯达》。

张如心（1941—1942）

如今追溯历史，探讨“毛泽东思想”是谁最早提出来的。

张如心

1941年3月出版的第16期《共产党人》杂志上，有一篇题为《论布尔什维克的教育家》的文章，内中写及党的教育人才“应该是忠实于列宁、斯大林的思想，忠实于毛泽东同志的思想”。作者是张如心。这篇文章被确认第一个提出“毛泽东思想”——尽管这篇文章的主题是谈教育，只是提了一下“毛泽东同志的思想”。但是，这“毛泽东同志的思想”是与“列宁、斯大林的思想”相提并论的。一个月后——1941年4月，张如心在延安《解放》周刊上发表题为《在毛泽东同志的旗帜下前进》的文章。

1941年12月底，张如心被调至毛泽东身边工作，担任毛泽东秘书。

张如心曾用名张恕心、张恕安，1908年出生于广东兴宁。1925年加入国民党。1926年赴苏联莫斯科中山大学学习，参加国民党留苏学生党部领导工作。1929年11月回国到上海。1931年5月加入中国共产党，编著《哲学概论》一书，介绍马克思列宁主义哲学的基本原理。1931年8月前往中央革命根据地参加中国工农红军，任中央革命军事委员会总政治部《红星》报主编。1934年10月参加中央红军长征。进入延安之后，担任抗大主任教员，主讲哲学。

张如心成为毛泽东秘书之后，更加注重宣传毛泽东。1942年2月8日，张如心为“泽东日”作《怎样学习毛泽东》的报告。1942年2月18日、19日，延安的《解放日报》连载了张如心的《学习和掌握毛泽东的理论和策略》一文，认为“毛泽东的理论是中国的马克思列宁主义”，文中还提出了“毛泽东主义”这一新名词。

1944年，毛主席指示延安大学开一门全校师生都听的大课，大课包括三个部分：自然发展史、社会发展史和现实的理论和思想问题。于光远讲自然发展史，张心如讲社会发展史，周扬讲第三个部分。

1943年，张如心出任延安大学副校长。

1946年10月，张如心任东北大学党委书记、副校长。1947年出版《毛泽东的人生观与作风》一书。解放后东北大学更名为东北师范大学，张如心任校长。1952年10月调任中共中央高级党校党委委员、中共党史教研室主任。后任中国科学院哲学社会科学部委员。1976年1月因病在上海逝世，终年68岁。

柴沫（1941—1945）

柴沫，原名厉全起，1917年9月出生于浙江慈溪县厉家村（今属慈溪市掌起镇）的一个农民家庭。

1937年冬，柴沫来到延安，在陕北公学学习。1938年1月，柴沫加入中国共产党。柴沫从陕北公学毕业后，被分配到毛泽东办公室工作，最初为毛泽东管理图书、抄写文稿，1941—1945年任毛泽东秘书。

抗战胜利后，柴沫离开延安，奉命随中央大队向东北进发，任冀察热辽中央分局秘书处长兼研究室主任。解放后任天津市军管会办公厅秘书处长、中共湖南省委秘书长、铁道部科技局局长。1961年，经毛泽东的秘书田家英推荐，柴沫任中央政治研究室秘书长。

1962年2月底，毛泽东让田家英组织一个调查组赴湖南调查，共17人，柴沫是其中成员。毛泽东在武汉东湖宾馆会见调查组成员时，见到柴沫。毛泽东说："柴沫，老朋友了！你在延安我的办公室工作过，还管过我的生产劳动和生活，在困难时期做得不错。"

然而，柴沫在调查工作中，赞同田家英的意见，主张实行包产到户，与毛泽东的意见相左。田家英遭到批评，柴沫也受到冷落。

1966年"文革"刚开始，田家英于5月23日自杀。担任中共中央马列主义研究院秘书长、党委副书记的柴沫也遭到迫害，于1966年9月4日自杀身亡，年仅49岁。

毛泽东于1972年11月4日、12月5日分别在柴沫的妻子王若林等人反映柴沫情况的两份来信摘报上批示："纪、汪酌处。""纪、汪处理。似不应除名。（逼死了人，还要开除吗？）"这里的"纪"是指纪登奎，时任中共中央政治局候补委员、中央组织宣传组副组长；"汪"则是指汪东兴，时任中共中央政治局候补委员、中央办公厅主任。

1977年12月30日，中共中央组织部在北京八宝山革命公墓隆重举行柴沫的骨灰安放仪式。时任中组部部长的胡耀邦主持仪式，胡绳致悼词，正式为柴沫申冤昭雪，恢复名誉。

胡乔木（1942—1966）

胡乔木也是毛泽东的政治秘书，从1942年2月至1966年6月，胡乔木担任毛泽东政治秘书24年。

胡乔木原名胡鼎新。1912年6月1日出生于江苏省盐都县鞍湖乡张本庄。清华大学、浙江大学肄业。1930年加入中国共产主义共青团，1932年转为中国共产党党员。曾任共青团北平市委宣传部部长。1935年后，任中国社会科学家联盟书记，中国左翼文化界总同盟书记。1937年从上海前往延安，担任安吴青训班副主任、泽东青年干部学校教务长。1941年2月上旬，任毛泽东秘书。

胡乔木的主要工作是为毛泽东以及中共中央起草文件。其中有：1942年整理毛泽东《在延安文艺座谈会上的讲话》，1945年参与起草《关于若干历史问题的决议》，1949年3月起草中共召开七届二中全会公报。

解放后先后担任新华通讯社社长、新闻总署署长、中共中央宣传部副部长、中共中央副秘书长、中央书记处候补书记。1949年参与起草《中国人民政治协商会议共同纲领》。1951年写出《中国共产党三十年》。1954年参与起草《中华人民共和国宪法》。1956年起草以"人民日报编辑部"名义发表的《再论无产阶级专政的历史经验》。

1961年8月17日，胡乔木给毛泽东写了一信，说明病情，要求请长期病假。经毛泽东同意之后，胡乔木离开了他的工作岗位，虽说他名义上还是毛泽东的政治秘书，实际上他已不在毛泽东身边工作。直至1966年“文革”爆发，胡乔木遭到批判，结束了毛泽东秘书的职务。

1975年任国务院政治研究室负责人。1977年，担任中国社会科学院院长。1980年担任中共中央书记处书记。1982年当选为中共第十二届中央政治局委员。主持起草了《中国共产党中央委员会关于建国以来党的若干历史问题的决议》等重要文件。1987年当选中共中央顾问委员会常委。

1992年9月28日在北京逝世，终年81岁。著有《胡乔木文集》三卷，诗集《人比月亮更美丽》。

详见本书《秘书胡乔木》。

王炳南（1945）

重庆谈判期间的毛泽东秘书王炳南

毛泽东的秘书，很少在公开场合以毛泽东的秘书身份出现。比如，陈伯达、胡乔木、江青等，都是以当时的职务称呼。然而，在1945年全国关注的重庆谈判期间，王炳南在各种公开场合，却以毛泽东秘书的身份出现。更加令人诧异的是，王炳南担任毛泽东秘书，只在重庆谈判期间。

1945年8月28日，毛泽东从延安飞抵重庆。毛泽东的秘书胡乔木随毛泽东同行。但是，到达重庆之后，胡乔木却处在新闻焦点的背后，见报的是毛泽东、周恩来和王若飞。胡乔木依然忙于秘书工作，他除了为毛泽东处理电文、起草文件之外，还为《新华日报》撰稿，批驳国民党右翼人士对中共的种种诬蔑。

毛泽东在重庆广泛进行社交活动，拜访、接见各方人士，在座的秘书是王炳南。毛泽东在重庆增加了王炳南作为秘书，是因为王炳南长期在国民党统治区活动，熟悉方方面面的人士。

1909年，王炳南出生于陕西乾县。1926年加入中国共产党。1929年赴日本留学。1931年转往德国留学。1935年任中共旅德支部负责人。1936年春，被中共驻共产国际代表团派回国内，在西安事变中协助周恩来做了诸多统战工作。此后，在上海、重庆从事宣传、统战联络工作。正因为王炳南在国统区人头极熟，所以毛泽东在重庆谈判期间，特地请他担任秘书。

此后，王炳南担任中共驻南京代表团发言人，中共中央外事组副组长。解放后担任政务院外交部办公厅主任、部长助理。1955年任中国驻波兰大使，兼中美大使级会谈中方第一任首席代表，参加了长达9年的中美会谈。1964年回国，任国务院外交部副部长。1975年任中国人民对外友好协会会长。1988年12月22日，因病在北京逝世，终年79岁。

田家英（1948—1966）

田家英是毛泽东的“五大秘书”之一，但是他跟陈伯达、胡乔木不同，他一直工作在毛泽东身边；他又跟一直工作在毛泽东身边的叶子龙不同，他也为毛泽东起草文稿；他还兼生活秘书江青的部分工作，成为毛泽东的“总管”。另外，在“五大秘书”之中，他最年轻，被毛泽东称为“少壮派”。

田家英是笔名，原名曾正昌，1922年1月4日出生于四川成都。田家英早年父母双亡，在成都药铺当学徒。1938年赴延安入陕北公学学习，同年加入中国共产党。曾任延安马列学院教员、中共中央政治研究室研究员、中共中央宣传部历史组组员。

1946年，田家英被毛泽东看中，聘为长子毛岸英的家庭教师。1948年，田家英成为毛泽东秘书。1954年被任命为中共中央办公厅副主任，负责秘书室的工作。

田家英参与了《毛泽东选集》一至四卷的编辑工作，主要负责撰写注释。他为毛泽东起草了在中共“八大”上的开幕词。

在1959年的庐山会议上，田家英赞同彭德怀的“万言书”，毛泽东认为他“右倾”。虽然他依然在毛泽东身边工作，但彼此之间产生了分歧。1966年5月22日，田家英因“一贯右倾”“篡改毛泽东著作”，遭到停职反省处分，秘书工作由戚本禹接替。5月23日上午，田家英自杀于中南海永福堂，年仅44岁。他担任毛泽东秘书共计18年。

1980年，中共中央为田家英平反。3月28日，田家英追悼会在北京八宝山公墓礼堂隆重举行。

详见本书《秘书田家英》。

罗光禄（1948—1963）

罗光禄是毛泽东的机要秘书。

1917年，罗光禄出生于四川苍溪县。1933年，他参加了红军。1938年加入中国共产党，进入中共中央党校学习。毕业后在中央军委一局担任作战参谋。

1948年，在河北平山县西柏坡村——当时的中共中央机关所在地，罗光禄担任毛泽东秘书。罗光禄在毛泽东身边，与毛泽东朝夕相处了15年。1963年5月，罗光禄调往核工业部工作。

详见本书《机要秘书罗光禄》。

王鹤滨（1949—1953）

毛泽东主席和王鹤滨在中南海

王鹤滨是毛泽东的保健医生兼生活秘书。

1924年王鹤滨出生于河北安新县。1939年在安新县抗日政府秘书室做书记员。1941年到晋察冀军区白求恩医校学习。1942年加入中国共产党。1943年赴延安中国医科大学学习，被评为模范学生。1945年毕业后，在中央军委卫生部工作。北平解放后，任香山门诊部支部书记，业务副主任。

1949年8月，王鹤滨被任命为毛主席的保健医生，兼任秘书。

1953年经过毛泽东同意，杨尚昆派他赴苏联深造，在苏联列宁格勒第一医学院第一内科攻读研究生，获医学副博士学位。回国后任核工业部安全防护卫生局局长。1985年离休，写作回忆录《紫云轩的主人——我所接触的毛泽东》（中央党校出版社1991年版）、《惊世书圣毛泽东》（长征出版社2004年版）、《毛泽东的保健生活与养生之道》（中国青年出版社2005年版）。

高智（1953—1962）

高智是毛泽东机要秘书。

高智原名高占贞，1928年10月27日出生于陕西葭县（今佳县）。1944年加入中国共产党。1945年来到延安，在中央机要科工作，任译电员。1952年，调入中南海，在中共中央办公厅机要室工作。1953年初，担任毛泽东机要秘书，与毛泽东朝夕相处。1962年4月19日，他结束毛泽东机要秘书工作，调离中南海。

详见本书《机要秘书高智》。

林克（1954—1966）

林克是毛泽东的国际问题秘书。

1925年11月2日林克生于江苏常州。1946年参加中国共产党。1949年毕业于北平燕京大学经济系。毕业后任新华通讯社记者、翻译，国际部编辑组组长。

1954年秋任毛泽东秘书，同时也教毛泽东学英语。林克曾回忆说，“我教他学英文是附带的，主要是做他的国际问题秘书。我原来在新华社就是搞国际问题，所以组织上调我去，一方面考虑我既懂英文，另一个又搞过国际问题。”

林克

林克还回忆说：“我每天都需要阅读大量文件和报刊，平时注意国内外的情况和动向较多，但从宏观上综合、从理论深度分析问题上有些欠缺。所以毛泽东常常敦促我学习理论，提高能力，他经常就世界战争与和平的前景、世界各种力量的对比、国内外形势和世界主要矛盾、各国外交政策和对华政策等，提出问题，同我讨论。他那引人入胜的言谈，激发了我学习理论的兴趣，培养了我学习理论、研究问题的习惯，这让我受益终生。”

林克在毛泽东身边工作达12个春秋，直至1966年7月离开，回到新华通讯社国际部工作。

林克于1986年离休。1996年12月在北京病逝。

2000年，中央文献出版社出版林克回忆录《我所知道的毛泽东》。

徐业夫（1957—1974）

徐业夫是毛泽东的机要秘书。

徐业夫，小个子，安徽人，老红军，在20世纪30年代初参加红军，经历过长征。长征时期，徐业夫就在毛泽东身边工作。在20世纪50年代初，进入中共中央办公厅机要室，担任一科科长。1957年，徐业夫担任毛泽东机要秘书。

徐业夫戴一副金丝眼镜，能写一手漂亮的毛笔字，也擅长写文章。徐业夫为人谨言慎行，深得毛泽东的看重。

在徐业夫担任毛泽东的机要秘书期间，曾经做过几件重要的事：

1966年7月8日，毛泽东在韶山滴水洞写给江青的一封信，是一封极其重要的信。毛泽东此信，纵论20世纪中国的过去，评述当时中国的“左派”、“右派”和“中间派”，又预言他死后的中国的未来。这是一篇道出了“毛泽东战略”的不寻常的信。毛泽东在信中还尖锐地批评了林彪：“我猜他们的本意，为了打鬼，借助钟馗。我就在二十世纪六十年代当了共产党的钟馗了。事物总是要走向反面的，吹得越高，跌得越重，我是准备跌得粉碎的。那也没有什么要紧，物质不灭，不过粉碎罢了。”

1971年9月13日，当林彪在蒙古温都尔汗机毁人亡之后，在1972年5月21日至6月23日召开的全国批林整风汇报会上，毛泽东致江青的信作为会议的最重要文件印发，传达到全党。当时的中共中央文件上注明：“原件为毛泽东销毁，以上为毛泽东校阅过的抄件。”这抄件便是机要秘书徐业夫当时所抄。

在“文革”中，还有一份重要文件，那就是1966年8月5日毛泽东所写的《炮打司令部——我的一张大字报》。最初，他写在一份1966年6月2日的《北京日报》上。那天的《北京日报》头版，转载了《人民日报》社论《横扫一切牛鬼蛇神》。毛泽东随手在社论左边的空白处，写了那张“大字报”（其实是

“小字报”），无标题，末尾署“8月5日”。经徐业夫誊抄之后，毛泽东作了若干修改，加上标题《炮打司令部——我的一张大字报》，后来作为中共中央文件下达。

徐业夫跟毛泽东有一共同嗜好——抽烟。毛泽东晚年患支气管炎，一抽烟，就咳嗽很厉害。徐业夫对毛泽东说，他抽的四川雪茄不错。毛泽东抽后，果真咳嗽减轻，从此毛泽东便改抽四川雪茄。

徐业夫后来得了肝癌，在1974年不得不住院治疗，使毛泽东失去了一位多年倚重的机要秘书。

李锐（1958—1959）

在毛泽东众多的秘书之中，李锐是特殊的一个。他并不在毛泽东身边工作，而只是兼职秘书、通讯秘书。

李锐1917年4月生于湖南平江。原名李厚生，曾用名李候森。1934年至1937年，在武汉大学机械系学习。1937年5月加入中国共产党。1940年至1945年，在延安任中共中央青委宣传部宣传科科长，延安《解放日报》评论部组长。1948年至1949年，曾先后担任中共中央东北局书记高岗、代理书记陈云的政治秘书。解放后任中共湖南省委宣传部部长。1952年起任燃料工业部水电建设总局局长。

李锐引起毛泽东的注意，是在1958年1月。当时，中共中央在南宁召开了部分中央领导人和部分地方领导人参加的总结第一个五年计划、讨论第二个五年计划和长远规划的会议，内中涉及三峡工程要不要上马这一重大问题。毛泽东知道主张三峡工程立即上马的代表人物是长江水利委员会主任林一山，而认为国力不够、应当暂缓这一巨大工程的代表人物是李锐。毛泽东派专机把林一山和李锐接到南宁。林一山和李锐当着毛泽东和许多中央领导人的面进行激烈地辩论，最后毛泽东认为李锐有理，决定推迟三峡工程建设。毛泽东指着李锐说：“我们要有这样的秀才。”南宁会议散会前，毛泽东要李锐当他的秘书。李锐忙说恐怕不成，水电业务忙得很。毛泽东说是兼职的嘛。就这样，李锐成了毛泽东的兼职秘书、通讯秘书。

此后，李锐多次就重大问题向毛泽东建言献策，尽他的兼职秘书、通讯秘书的职责。

好景不长。在1959年7月2日至8月16日的庐山会议上，李锐被定为“彭德怀反党集团的追随者”，被开除党籍，也就结束了他短暂的毛泽东的兼职秘书、通讯秘书的工作。

此后，李锐被下放到黑龙江，在“文革”中被关进秦城监狱达8年之久。

1979年1月，李锐恢复工作，任电力工业部党组副书记。1982年至1984年任中共中央组织部副部长。李锐著有《庐山会议实录》《毛泽东的早年与晚年》等书。

谢静宜（1959—1976）

谢静宜

谢静宜，毛泽东称之为“小谢”，担任毛泽东机要秘书（机要员）。

谢静宜曾用名谢时清，1935年11月生于河南商丘。1956年5月加入中国共产党。谢静宜这个初中文化程度的女孩能够进入中南海，是因为1952年9月至1953年3月曾在长春解放军机要学校接受半年的学习。在北京经过几个月的训练，从1953年7月成为中共中央办公厅机要局译电员，开始在中南海工作。从1959年起，她担任毛泽东的机要员，负责接发电报，接听、记录保密电话。

由于毛泽东的信任，谢静宜在“文革”中成为政坛要员：1968年后，担任北京大学党委常委、清华大学党委副书记；1973年任中共北京市委书记。1976年粉碎“四人帮”后被撤销党内外一切职务。

戚本禹（1966—1968）

戚本禹，1931年5月出生于山东威海。1942年，11岁的他来到上海，当时他父亲在上海工作。1947年秋在上海浦东中学因投身地下学运被开除学籍，不久便秘密参加了中国共产党。1948年秋至1949年夏在上海中华理科和南洋模范

“文革”中的戚本禹

中学从事地下工作。1949年5月上海解放后，7月被选送到北京的劳动大学（中央团校前身）学习，次年毕业。1950年5月4日分配到中央办公厅秘书室任见习秘书，开始进入中南海。当时秘书室主任师哲，副主任江青、田家英。据其自述：“中央办公厅秘书室的副主任田家英看我喜欢看书，便委任我参加《毛泽东选集》的校对工作，并帮他管理毛主席的书籍。”

后来担任中央办公厅信访科科长，业余钻研历史。1963年，戚本禹在《历史研究》上发表批太平天国李秀成的文章《评李秀成自述》，引起广泛注意。毛泽东也开始注意起戚本禹。1963年底，江青找戚本禹谈话，说主席表扬了你，很满意你写的文章。主席认为党内叛徒问题始终未能解决，你的文章提出这个问题。于是，戚本禹调入《红旗》杂志社，担任历史组编辑，后升任历史组组长。

1965年12月8日，《红旗》杂志第13期发表戚本禹的文章《为革命而研究历史》，文章批判了中国历史界的权威翦伯赞的“资产阶级观点”。文章发表后，毛泽东予以了高度评价，称：“戚本禹的文章很好，我看了三遍，缺点是没有点名。”

1966年5月16日，中央政治局会议决定重新设立中央文化革命小组，戚本禹成为小组成员之一。5月23日，毛泽东的秘书田家英自杀，戚本禹接任中央办公厅秘书室主任，成为毛泽东秘书，同时兼任江青秘书。后来又任中共中央办公厅秘书局局长、中共中央办公厅代主任、《红旗》杂志副总编辑，权重一时。他与王力、关锋被称为中央文化革命小组的“小三”，人称“王、关、戚”（“大三”为陈伯达、康生、江青）。

1967年3月30日在《红旗》杂志第5期发表《爱国主义还是卖国主义？——评历史影片〈清宫秘史〉》，是批判刘少奇的“重磅炮弹”。

1967年8月1日，《红旗》杂志第12期发表社论《无产阶级必须牢牢掌握枪杆子——纪念中国人民解放军建军40周年》，提出“要把军内一小撮走资产阶级道路的当权派揭露出来”，毛泽东斥之为“大毒草”，并要追究责任。中央文革小组开会追究责任，8月30日王力、关锋被隔离审查，戚本禹的政治地位也开始动摇。

1968年1月12日深夜，戚本禹因“五一六”案被关入秦城监狱。

1983年11月2日，北京市中级人民法院以反革命宣传煽动罪、诬告陷害罪和聚众打砸抢罪，依法判处戚本禹有期徒刑18年，剥夺政治权利4年。

1986年1月11日，戚本禹刑满释放，回到上海。

本书作者在上海多次采访了戚本禹。

高碧岑（1968—1974）

高碧岑是湖南省宁乡县第六区南竹乡人，生于1933年，从小当篾工，小学文化程度。

参军之后，1953年调入中南海警卫部队，即八三四一部队。

1955—1968年，担任毛泽东主席贴身警卫。毛泽东关心警卫战士，提倡学文化，高碧岑从小学文化提高到中学文化程度。后来担任中南海警卫部队一中队副区队长。曾经多次陪同毛泽东畅游长江。

1968—1974年，担任毛泽东机要秘书。

1974年春毛泽东机要秘书徐业夫因患肝癌住院之后，机要秘书的重担就全部压在高碧岑肩上。不久，毛泽东指定张玉凤接替高碧岑，担任机要秘书。

张玉凤（1974—1976）

张玉凤是毛泽东最后一任机要秘书。

1944年，张玉凤出生于黑龙江省牡丹江市。1960年在牡丹江铁路局的餐车当服务员、广播员。1962年被调到毛泽东专列当服务员。1967年与在铁道部工作的刘新民结婚。

1970年7月的一天上午，她正在清扫车厢，列车长通知她去一趟中南海，她来不及梳洗打扮就跟着走了。从此她在毛泽东身边工作，照料毛泽东起居，虽无生活秘书的正式名义，实际上是做这项工作。1974年春，毛泽东的机要秘书徐业夫因病住院，高碧岑担任这一工作。不久，毛泽东指定张玉凤代理机要秘书。1974年10月，中央办公厅正式任命张玉凤为毛泽东主席的机要秘书。

当时，张玉凤曾担心自己不能胜任机要秘书工作。据她回忆，毛泽东对她说："其实做我的秘书难也不难。不难的是，只管收收发发；难的是，要守纪律。你做秘书可以看中央给我的文件，而汪东兴、张耀祠他们不能看。包括我的家人江青、李讷、毛远新他们，如果不让看，他们也不能看。还有，你不要以为当了我的秘书就可以指挥一切了。做秘书工作要谦虚、谨慎，要多学习，每天除了收发文件，还要多看材料……"

张玉凤

毛泽东去世之后，张玉凤离开了中南海，调至中国第一历史档案馆工作，后又调回铁道部，1988年从铁道部老干部局退休。

后 记

这本《毛泽东和他的秘书们》，是陆陆续续写成的。

我先是采访了陈伯达，为他写了70万字的《陈伯达传》。

后来，经过多年采访，又写成70多万字的《江青传》。

接着，访问了田家英夫人董边，写了《毛泽东秘书田家英》。访问了高智、罗光禄，为这两位机要秘书写了访问记。

然后，采访了胡乔木夫人谷羽及有关人士，又写了《中共中央一支笔——胡乔木》一书。

我在上海还采访了毛泽东秘书戚本禹。

毛泽东的机要秘书叶子龙很早就列为我的《毛泽东和他的秘书们》一书的采访对象。我去北京他家采访时，正值他在病中。本待他病好之后再采访，不料他不久就病逝了，我失去了直接采访的机会。

此后，我在北京两度采访了毛泽东通讯秘书李锐。

我也采访了曾碧漪。她和她的丈夫古柏是毛泽东早期秘书。

另外，张耀祠、芦荻虽不是毛泽东的秘书，我先后采访了他们，发现他们关于毛泽东的回忆颇具史料价值，所以作为附录收入本书。

附录中还收入我写的《毛泽东37位秘书简介》，让读者对于毛泽东的秘书们有一个总体的了解。

叶永烈

2014年11月24日改定于上海“沉思斋”